LES ORIGINES DE LA RUSSIE MODERNE

LE

BERCEAU D'UNE DYNASTIE

LES PREMIERS ROMANOV

1613-1682

PAR

K. WALISZEWSKI

PARIS

LIBRAIRIE PLON

PLON-NOURRIT et Cⁱᵉ, IMPRIMEURS-ÉDITEURS

8, RUE GARANCIÈRE — 6ᵉ

—

1909

LE
BERCEAU D'UNE DYNASTIE

LES PREMIERS ROMANOV

1613-1682

Le Roman d'une impératrice. — *Catherine II de Russie*, d'après ses mémoires, sa correspondance et les documents inédits des Archives d'État. 16ᵉ édition. Un volume in-8°, accompagné d'un portrait d'après une miniature du temps. . . . . 8 francs

(Couronné par l'Académie française, prix Thérouanne.)

Autour d'un trône. *Catherine II de Russie*. Ses collaborateurs. — Ses amis. — Ses favoris. — 8ᵉ édition. Un volume in-8°, accompagné d'un portrait. . . . . 8 francs

Pierre le Grand. *L'Éducation — L'Homme — L'Œuvre*, d'après des documents nouveaux. 6ᵉ édition. Un volume in-8°, avec un portrait en héliogravure . . . . 8 francs

Marysienka. Marie de La Grange d'Arquien, reine de Pologne, femme de Sobieski (1641-1716). 4ᵉ édition. Un volume in-8°, avec un portrait en héliogravure . . . . 7 fr. 50

L'Héritage de Pierre le Grand. Règne des femmes. Gouvernement des favoris (1725-1741). 3ᵉ édition. Un volume in-8° avec un portrait en héliogravure. . . . . 8 francs

La Dernière des Romanov : *Élisabeth Iʳᵉ, impératrice de Russie* (1741-1762), d'après des documents nouveaux et en grande partie inédits puisés aux archives des Affaires étrangères de Paris, aux archives secrètes de Berlin et de Vienne et dans divers autres dépôts, ainsi que dans les publications russes et étrangères les plus récentes. 3ᵉ édition. Un volume in-8°, avec un portrait en héliogravure. . . . . 8 francs

Les Origines de la Russie moderne. **Ivan le Terrible.** 5ᵉ édition. Un volume in-8° avec une carte . . . . 8 francs

Les Origines de la Russie moderne. **La Crise révolutionnaire** (1584-1614). (Smoutnoié Vrémia). 2ᵉ édition. Un volume in-8°. . . . . 8 francs

PARIS. — TYP. PLON-NOURRIT ET Cⁱᵉ, 8, RUE GARANCIÈRE. — 11826.

LE

BERCEAU D'UNE DYNASTIE

LES PREMIERS ROMANOV

1613-1682

PAR

K. WALISZEWSKI

PARIS

LIBRAIRIE PLON

PLON-NOURRIT et Cᵉ, IMPRIMEURS-ÉDITEURS

8, RUE GARANCIÈRE — 6ᵉ

1909

AVANT-PROPOS

Ce volume termine l'aperçu sommaire des origines de la
Russie moderne, que j'ai cru devoir donner pour préface à
mes études antérieures. Il achève également le cycle de
monographies, plus détaillées bien qu'assurément très
incomplètes aussi, où, d'Ivan le Terrible à Catherine la
Grande, j'ai porté mon effort sur trois siècles de l'histoire
russe.

On a remarqué, pour m'en blâmer, ou même pour m'en
louer, « la marche à reculons, ou en zigzag, » que j'ai
suivie dans cette longue étape. Je m'en suis expliqué déjà;
je m'en excuse encore. On fait ce qu'on peut, comme on
peut. Il y a vingt ans, je ne possédais pas les ressources
qui m'ont permis, depuis, d'aborder les parties plus lointaines d'un passé très insuffisamment exploré. Mais, en
commençant par la fin et en présentant d'abord à mes lecteurs la très séduisante Catherine, je n'ai été guidé par
aucun calcul. Si c'est un compliment qu'on a voulu me
faire en supposant le contraire, je ne l'ai pas mérité.

La publication de mon précédent volume, consacré à la
période troublée de la fin du seizième et du commencement
du dix-septième siècle, s'est fortuitement rencontrée avec
l'explosion d'une nouvelle crise révolutionnaire. Une autre
coïncidence, que je n'ai pas cherchée davantage, vaudra
encore à ce volume-ci un semblant d'actualité. En 1913,
éteinte au dix-huitième siècle dans la personne de l'impéra-

trice Élisabeth, mais regreffée sur une souche allemande, la
dynastie des Romanov fêtera le trois centième anniversaire
de son avènement. Pour solliciter et retenir notre attention,
les débuts historiques de l'illustre maison ne réclament pas
ce regain d'intérêt.

L'époque où ils se placent a vu s'accomplir des événements qui aujourd'hui encore n'ont pas cessé de déterminer la vie intérieure et extérieure du grand empire du nord.
Selon la forte expression de M. Klioutchevski, en abordant
cette période de l'histoire nationale, les Russes de notre
temps ont l'impression d'entrer dans le domaine de leur
autobiographie.

Au dix-septième siècle, nous sommes encore en Moscovie; mais déjà le noyau excentrique, constitué là en terre
finnoise, se gonfle et s'étend dans toutes les directions, où
prendra corps bientôt la grande, l'énorme Russie que nous
avons devant les yeux. Inaugurée au dix-septième siècle,
l'œuvre des grands « rassembleurs de la terre russe »
s'achève. Les héritiers de la monarchie disloquée des premiers Rurik ressaisissent avec Kiév, son antique capitale,
une portion considérable du patrimoine de Vladimir. Dans
sa lutte séculaire avec la Pologne, pour la possession de ces
provinces et l'hégémonie du monde slave, la nouvelle Russie en genèse prend un avantage décisif sur sa rivale de
l'ouest, et, simultanément à l'est, elle atteint les rives du
Pacifique. Elle passe définitivement au rang de grande
puissance européenne et asiatique.

Dans l'accomplissement de cette tâche et en grande partie pour suffire à l'effort qu'elle lui impose, tout en réparant
après des secousses récentes, en consolidant dans ses
organes essentiels et en développant sa puissance politique, la vieille Moscovie dépouille cependant quelques
traits par trop archaïques du passé ancestral. Elle prend

contact avec la civilisation occidentale ; elle s'en assimile les premiers éléments et elle prépare, jalonne, ébauche même sur plusieurs points l'œuvre réformatrice de Pierre le Grand.

En même temps encore, au point de vue social et économique, elle commence de subir une transformation profonde où s'accusent déjà les traits caractéristiques du régime actuel. L'antique constitution aristocratique du pays fait place à une différenciation progressive des classes sociales. L'élément dirigeant du *boiarstvo* perd un à un ses privilèges et sa dictature politique, se fondant dans la nouvelle classe privilégiée des *dvorianié*, à base plus large et essentiellement démocratique. L'industrie naissante fait surgir les premiers éléments d'un tiers. Mais, en vertu d'une des contradictions qui sont dans la loi historique de cette destinée paradoxale, le mouvement démocratique, ainsi esquissé, tend à aboutir non à l'émancipation, mais à l'asservissement politique et économique des classes intéressées. L'accession des *dvorianié* au rôle de classe dirigeante a pour contre-partie la dégradation des paysans libres au régime de l'esclavage. L'influence politique acquise par les nouveaux privilégiés incline à se résoudre en bureaucratie. L'épanouissement de la bourgeoisie est étouffé par un régime économique qui lui impose, parallèlement, au bénéfice de l'État, toutes les servitudes de la corvée. L'État, enfin, vise à fonder sa toute-puissance et sa force non sur le développement libre mais sur l'assujettissement de plus en plus complet de toutes les classes.

D'émouvants drames accompagnent cette évolution : lutte de l'Église avec le pouvoir séculier ; résistance des instincts de conservation aux prises avec les tendances novatrices ; révolte des consciences pour la défense de leur liberté ; guerres sanglantes, émeutes et insurrections. C'est

a

l'époque, où, arrivant à son plus grand essor, le monde bizarre des confréries cosaques livre aussi ses dernières grandes batailles, et c'est l'époque où, dans un bain de sang, le *Raskol* naît à la vie intense qui l'anime encore de nos jours.

Sur cette scène remplie de tragiques péripéties, des acteurs paraissent, dignes des rôles qu'ils ont à remplir. En face du patriarche Nikone, auteur de la réforme ecclésiastique, personnalité puissante, s'érigeant en champion des anciennes croyances, un simple pope, Avvakoum, atteint la grandeur épique. Et combien d'autres figures encore de haut relief, truculentes, héroïques ou touchantes, se dressent à côté de celles-là : Stenka Razine, le chef insurgé des Cosaques du Don, hésitant entre la conquête de Moscou ou celle de Téhéran ; Bogdan Khmiélnitski, le chef insurgé des Cosaques du Dniéper, se piquant de reconstituer à son profit l'ancien empire des ducs de Kiév ; et, dans un tout autre plan, au sein du Raskol naissant, la sainte, la divine, comme Avvakoum l'appelait, Fédosia Morozov.

Michel Féodorovitch, être falot, devient un fondateur de dynastie déconcertant ; mais, partageant le pouvoir avec lui et l'y suppléant, son père, moine malgré lui, patriarche improvisé et régent par droit d'autorité paternelle, fait office d'un Richelieu moscovite singulièrement intéressant ; et, après eux, le second Romanov, le père de Pierre le Grand, mérite d'arrêter nos regards, leur offrant une des plus hautes personnalités morales qu'aucune époque ait vues sur le trône.

A tous ces éléments d'intérêt, ajoutez-en un encore : esquissés seulement au quinzième et au seizième siècle, effacés au dix-septième par la culture européenne, c'est à ce moment que, à la veille de disparaître, les traits caractéristiques du type moscovite arrivent, forme et expression, à leur plénitude complète, se laissant saisir et fixer.

Cependant, en Russie même, cette époque n'est devenue jusqu'à présent l'objet d'aucun travail d'ensemble, sauf dans l'histoire générale de Soloviov, qui, sur plus d'un point, se trouve dépassée par des études postérieures et n'a pu, sur d'autres, pour des raisons d'ordre politique, porter une investigation suffisamment pénétrante ; ou, sauf encore dans la troisième partie, tout récemment publiée, du cours d'histoire de M. Klioutchevski, qui est l'œuvre d'un maître, mais ne contient que des aperçus sommaires, supposant une familiarité intime avec le sujet. Le règne d'Alexis lui-même attend encore un historien, depuis Berch, dont l'ouvrage, publié en 1831, n'a plus de valeur scientifique.

Ce volume répond donc à une lacune, que je n'ose assurément pas me flatter de combler entièrement, mais où j'espère ne pas m'être employé inutilement à apporter quelques vues générales et quelques précisions.

Dans le détail, en monographies et publications de documents, la littérature russe a accumulé, pour cette période, des ressources considérables que j'ai utilisées, en m'appliquant à les compléter dans la mesure de mes moyens. L'histoire de la Russie s'y confondant sur divers points, et particulièrement en Ukraine, avec l'histoire de la Pologne, j'ai dû mettre aussi à contribution les sources polonaises et de même la littérature petite-russienne, que M. Hrusevskyi a enrichi récemment par des travaux importants, rendus accessibles partiellement au public européen, grâce à une traduction allemande.

A tous ceux qui, depuis vingt ans, m'ont aidé dans l'accomplissement de ma tâche, je renouvelle mes remerciements. Dans le nombre, un ami que je me plaisais à considérer presque comme un collaborateur, tant je recourais souvent, et toujours avec fruit, à sa riche bibliothèque et à sa vaste érudition, Ivan Ivanovitch Stchoukine, m'a été enlevé au moment où je terminais ces pages. C'est avec une profonde douleur que, sur sa tombe prématurément ouverte, je dépose un dernier tribut d'affectueuse reconnaissance.

LE BERCEAU D'UNE DYNASTIE

LES

PREMIERS ROMANOV

PREMIÈRE PARTIE

LA FORMATION DE L'EMPIRE

CHAPITRE PREMIER

UN FONDATEUR DE DYNASTIE. — MICHEL FÉODOROVITCH

I. Le premier Romanov. — II. L'héritage du « Temps des troubles ». — III. La paix avec la Suède. — IV. La trêve avec la Pologne.

I

LE PREMIER ROMANOV

En mettant fin au « Temps des troubles » l'avènement du premier Romanov devait donner un démenti éclatant au proverbe vulgaire, d'après lequel pour faire un civet il faut un lièvre. L'histoire ne connaît guère, semble-t-il, d'autre exemple d'un établissement politique fondé dans de telles conditions. Une famille de gentilshommes, parvenue au premier rang, apparentée par alliance à la maison de Rurik et populaire, mais d'élévation peu ancienne, d'origine obscure

1

et de condition cruellement éprouvée par de plus récentes épreuves; le père du nouveau souverain voué, depuis quelques années, aux pires disgrâces et aux plus compromettantes aventures, moine, malgré lui, dans un couvent converti en prison, faux patriarche aux côtés d'un faux tsar dans le camp de Touchino, et enfin otage aux mains des Polonais; la mère réduite, elle aussi, à prendre le voile, victime, en compagnie de son fils, de toutes les tribulations d'une guerre extérieure et civile, traquée de retraite en retraite et ne songeant qu'à se faire oublier avec lui; ce fils, adolescent de dix-sept ans, disgracié par la nature au physique comme au moral, faible d'esprit et de corps, timide, gauche et sans aucune instruction; un vote enfin, imposé à une assemblée sans mandat légal, par une bande de Cosaques révoltés : c'est avec cela qu'à l'aube du dix-septième siècle la Moscovie en détresse s'est avisée de se créer une dynastie nationale et un gouvernement autoritaire.

L'expédient paraissait une gageure folle. J'ai indiqué dans un volume précédent (1) quel concours de circonstances a voulu qu'elle fût faite. Je vais essayer de montrer, dans celui-ci, comment elle a été gagnée.

Un Hollandais, établi à ce moment à Moscou, exprimait la conviction que le seul moyen dont disposât Michel pour se maintenir sur le trône était d'imiter le « Terrible » et « d'avoir du sang jusqu'au coude. » Il se trompait. Le premier Romanov fut un souverain doux et inoffensif.

Il ne songea d'ailleurs pas à gouverner; il s'abandonna d'abord à son entourage, c'est-à-dire aux parents de sa mère, les Saltykov, et à la tsarine Marfa elle-même. Les premiers étaient d'une médiocre ressource.

Sans autre capacité que celle de l'intrigue, avec le seul souci de prendre places et richesses, le plus qu'ils pouvaient, dès la première heure ils constituèrent plutôt un embarras et

---

(1) *La Crise révolutionnaire*, p. 438 et suiv. — Admise dans ces pages, la réalité du rôle décisif des Cosaques a été depuis confirmée et mise hors de doute par les recherches d'un savant suédois, M. Helge ALMQUIST, voy. *Le Monde oriental*, 1907, t. I, p. 37 et suiv.

un péril. La mère, parce que mère sans doute, valait mieux.

Elle avait violemment disputé son enfant aux électeurs aventureux, « qui voulaient le faire coucher dans le lit de trois Tsars récemment assassinés » ; avec la même énergie, elle s'appliqua ensuite à le défendre contre ce risque finalement accepté. Sur le portrait qui nous a été conservé, des yeux sévères sous d'épais sourcils, un grand nez impérieusement courbé et des lèvres pincées indiquent une nature volontaire. L'exil, le monastère, les longues privations, les angoisses incessantes et les cruels outrages avaient trempé encore et durci ce tempérament. Elle commença par mettre la main sur ce qui restait du trésor des anciennes Tsarines. Elle se servit de ces épaves pour s'entourer de créatures dociles, d'espions vigilants et de soldats dévoués, et, ainsi armée, elle fit tête aux événements.

Tout cela ne donnait pas encore un gouvernement. Aussi, par lui-même, le nouvel établissement dynastique n'en fournit d'abord aucun. Le *Sobor* était là, l'assemblée constituante et élective, qui, à défaut d'autre organe, avait un moment réuni tous les pouvoirs. On ne se pressa pas de les lui enlever. En 1615, pour des raisons que nous ignorons, on se contenta de modifier sa composition, au moyen de nouvelles élections. Puis, ce second *Sobor* renvoyé à son tour, on en convoqua d'autres, à des intervalles qui, jusqu'à présent, n'ont pu être mieux précisés, mais qui, pendant les premières années du règne, semblent avoir à peine interrompu une permanence effective (1).

En matière d'attributions, la pratique du régime parlementaire n'avait d'ailleurs élaboré ici aucun principe nettement défini, et, en élargissant de quelque façon la compétence des « élus du peuple, » les « conditions » acceptées par Michel se prêtaient, dans leur imprécision, à tous les accommodements.

Sommairement reconstitué, le conseil des boïars, la

(1) SERGUIÉIÉVITCH, dans le *Recueil des sciences politiques* de Bezobrazov, t. II, p. 23-24, note.

Douma, fonctionnait de son côté, partageant une besogne trop ingrate à ce moment pour devenir un objet de compétition.

L'ordre naturel des facteurs y était fréquemment interverti. Ainsi en 1614, pour des mesures concertées au sujet des Cosaques, la *Douma*, organe plutôt administratif, renvoie l'exécution au *Sobor*, organe législatif, qui n'est pas intervenu dans la décision! Un peu plus tard, les Anglais, en instance auprès de la *Douma* pour l'octroi de certains privilèges commerciaux, reçoivent pourtant cette réponse que de telles questions *ne peuvent plus* être solutionnées « sans l'Assemblée de tout l'Empire. »

Nous ne connaissons pas avec certitude la lettre du pacte constitutionnel consenti par Michel. Il est plus que douteux, cependant, que ce document ait contenu des clauses de cette nature. Mais les créateurs du nouveau régime avaient peine à en dégager le sens. S'égarant dans l'interprétation d'une œuvre hâtive et qui devait n'être qu'éphémère, ils suivaient l'inspiration du moment. L'appel à « l'Assemblée de tout l'Empire » se réduisait d'ailleurs, dans l'espèce, à la réunion de quelques marchands de Moscou, sommairement consultés (1); et, dans ce trait, s'accuse déjà le vice congénital d'un parlementarisme ainsi mis en pratique : l'absence de fonds substantiel assurant son développement organique. On n'aperçoit là que le produit accidentel de circonstances fortuites. La situation se modifiant, l'organisme qu'elles ont fait naître tendra à retourner au néant.

Par habitude, succédant à Michel, Alexis continuera encore à convoquer des *Sobory* et même à leur confier l'expédition des affaires courantes ; mais, sous Michel déjà en 1642, une Assemblée se prononçant à une majorité énorme pour l'occupation définitive d'Azov conquis par les Cosaques sur les Tatars, le Tsar s'arrêtera, en définitive, au parti contraire (2).

(1) KLIOUTCHEVSKI, *Le Conseil des Boïars*, p. 381-2.
(2) SÉROUIÉIÉVITCH, *Les Assemblées*, loc. cit., t. II, p. 41; TCHITCHERINE, *La Représentation nationale*, p. 557.

Pour se reconnaître dans l'ordre de choses énigmatique issu d'une crise extrêmement confuse, des hommes d'État de premier ordre eussent été nécessaires. L'entourage de Michel ne comprenait que des êtres grossiers, ignorants et foncièrement démoralisés. Violents aussi et querelleurs.

En présence même du souverain, des disputes et des rixes éclataient constamment entre eux, et aux injures succédaient les coups. Le souverain ne faisait rien d'ailleurs pour adoucir ces mœurs barbares. En pleine cour, pour une accusation mensongère portée contre un prince Gagarine, un gentilhomme, Léontiev, était, *d'ordre du Tsar*, souffleté par un simple secrétaire *(diak)* de la *Douma*. Pour un méfait de même genre, un autre gentilhomme, Tchikhatchov, recevait une volée de coups de bâton.

De tels hommes n'étaient pas faits pour orienter leur patrie dans des voies nouvelles. Il est prodigieux déjà qu'en pareil équipage, Marfa, son fils et ce qui leur servait de gouvernement aient pu faire face aux difficultés de l'heure.

Elles étaient accablantes.

II

L'HÉRITAGE DU « TEMPS DES TROUBLES »

A demi conjurée, la longue crise laissait le pays dans un état de désordre et de misère épouvantable. Campagnes dévastées, villes détruites, classes sociales en dissolution : le chaos et la ruine partout. Depuis dix ans, paysans et citadins n'avaient cessé de fuir les habitations saccagées, les champs en friche, et l'exode éperdu continuait encore ; car si les armées d'invasion avaient été refoulées, des bandes isolées, partisans polonais, Cosaques, maraudeurs, infestaient toujours la contrée, jusqu'aux environs de la capitale.

Maryna et Zaruçki tenaient encore campagne, et je les ai

montrés poursuivant leur rêve obstiné et leur équipée aventureuse jusqu'en juin 1614 (1).

Même après la capture du couple et la mort du fils de
Maryna, on ne put se flatter d'en avoir fini avec la *smouta*, la
résistance de réfractaires de toute espèce, insurgés contre
toute espèce d'ordre politique ou social. Sous le commandement d'autres chefs populaires et audacieux, Zakhar Zaruçki,
Ianko Balovien, ils poursuivaient la lutte. Expulsés de la
région centrale, ils reprenaient pied dans les provinces du
nord, de Kholmogory à Arkhangelsk, de Vaga à Kargopol,
exerçant d'affreux ravages, multipliant les plus odieux excès.
Ils remplissaient de poudre la bouche et les oreilles de leurs
victimes et y mettaient le feu. Et, à bout d'efforts, pour les
réduire, en septembre 1614, le *Sobor* n'imaginait pas d'autre
expédient que d'envoyer au-devant de ces brigands quelques prêtres chargés de les ramener au devoir! Sur quoi,
enhardi, Balovien revenait au sud et menaçait un instant
Moscou.

On manquait de troupes; celles qui avaient chassé les Polonais n'étaient qu'une milice, toujours prompte à se disperser
au lendemain d'un succès. Il n'en restait pas un homme.
Pour tirer meilleur parti d'une organisation militaire, d'ailleurs archaïque et en pleine décomposition, l'argent faisait
défaut. Trait curieux où s'accuse, même dans le domaine le
moins fait pour les perpétuer, la permanence de certaines
traditions : pour subvenir à la pénurie du Trésor, *Sobor* et
Douma ne pensèrent pas pouvoir mieux faire que de
demander un supplément de ressources à la consommation
des boissons fortes. Les cabarets furent multipliés et le fisc
y exerça avec rigueur son droit de monopole.

Mais, pour boire même de l'eau-de-vie versée par les
Ganymèdes officiels, encore fallait-il avoir de quoi la payer,
et cette industrie ne rendant pas assez, en 1615 et en 1616,
le *Sobor* ordonna une contribution extraordinaire du *cin-*

_____

(1) *La Crise révolutionnaire*, p. 453 et suiv.

quième. C'était un impôt sur le revenu au taux de 20 pour 100. On y ajouta une taxe de 120 roubles par *sokha*, unité agricole et fiscale dont les proportions sont assez difficiles à déterminer. Nous y reviendrons. Une seule famille, celle des Stroganov, grands commerçants et gros propriétaires, eut ainsi 56,000 roubles à payer, somme énorme pour l'époque. C'étaient, à la vérité, les uniques richards du pays.

Les Zaruçki et les Balovien ne demeuraient pas seuls menaçants. Les Polonais avaient été chassés de Moscou, mais Ladislas restait Tsar élu de Moscovie et ne renonçait pas à ses prétentions. Les Suédois, d'autre part, se trouvaient établis à Novgorod, où le frère de Gustave-Adolphe, le prince Philippe, s'était fait reconnaître comme souverain, avec l'ambition déclarée d'ajouter le tout à cette partie de l'empire démembré. Enfin, le père de Michel restait en captivité.

Faire la paix avec la Pologne et obtenir la liberté de Philarète, ce dut être le premier souci des nouveaux gouvernants. Le but n'était pas aisé à atteindre. Envoyé dès le 10 mars 1613 à Varsovie pour ce double objet, Denis Aladine se trouva fort embarrassé : avec qui et au nom de qui pouvait-il négocier? Le roi de Pologne ne reconnaissait qu'un Tsar, qui était son propre fils. A ce souverain Michel lui-même avait prêté serment! Pour libérer Philarète, Aladine proposait un échange de prisonniers; mais il ne restait plus guère de Polonais dans les prisons moscovites : on les avait presque tous égorgés!

Sigismond ne daigna même pas répondre à ces ouvertures. Le Sénat polonais se montra plus accueillant. La question financière avait de quoi le préoccuper aussi : peu ou point payées, les troupes polonaises ne songeaient qu'à poursuivre le recouvrement de leur solde sur les domaines de la couronne, qu'elles mettaient au pillage. Mais le Roi gardait des ressources personnelles et donc le moyen d'avoir des mercenaires, grâce auxquels se renouvelant, les hostilités prenaient une tournure défavorable aux Moscovites. De ce côté l'épuisement était plus grand et l'infériorité de l'appareil militaire s'aggravait par la mauvaise qualité du commandement.

La principale ressource défensive du pays demeurait dans ses villes fortifiées; or, celles-ci se trouvaient pratiquement désarmées. A Ouglitch, les chroniques du temps indiquent des ponts rompus, des tours éventrées, des fossés comblés; en fait de garnison, six artilleurs mourant de faim; pas de poudre, pas de blé et presque pas d'habitants!

Le commandement était à l'avenant : une querelle de préséance mettait aux prises les princes André Khovanski et Ivan Khvorostinine appelés à le partager, et ils en oubliaient l'ennemi.

Aussi, en juillet 1613, l'ennemi reparaissait aux abords de Mojaïsk et de Kalouga, où le héros de la guerre d'indépendance, le glorieux prince Dimitri Pojarski, tombait malade d'épuisement, après s'être mesuré avec le célèbre Lissovski. Se déplaçant avec une rapidité fantastique, faisant jusqu'à 150 verstes par jour, passant comme une ombre entre Mojaïsk et Viazma, puis entre Vladimir et Mourom, et aussitôt après entre Toula et Siérpoukhov, insaisissable avec sa poignée de Centaures jamais lassés, ce partisan devait léguer son nom à une bande que les champs de bataille d'Allemagne ont illustrée au cours de la guerre de Trente ans.

Les hostilités n'aboutissant de part et d'autre à aucun résultat décisif, on négocia encore. De nouveaux ambassadeurs moscovites parurent à Varsovie avec des lettres de créance qui émanaient du *Sobor* et où la signature de Michel se confondait — à la quatorzième place — avec celle des boïars. On en était là! Les envoyés se risquaient-ils à invoquer le nom du tsar régnant, Philarète lui-même protestait : n'avait-il pas été chargé par le *Sobor* de solliciter le consentement de Sigismond à l'intronisation de son fils? Les envoyés faisaient appel à la volonté divine qui en avait décidé autrement.

— Allons donc! répliquaient les Polonais, ce sont les Cosaques du Don qui ont imaginé de faire un souverain de votre *popovitch* (fils de pope)!

— Quel tsar était-ce que votre Ladislas? objectaient
encore les Moscovites. Il prétendait nous gouverner par l'intermédiaire du corroyeur Fedka Andronov !

— Et vous avez prétendu le remplacer par le boucher
Minine !

En vain, l'envoyé de l'Empereur, Érasme Handelius, intervenait comme médiateur. L'Empereur hésitait lui-même à
reconnaître le rival de Ladislas, et, d'autres ambassadeurs
moscovites se présentant à Vienne, il les renvoyait avec une
lettre qui était adressée aux boïars seuls et où Michel ne se
trouvait même pas mentionné !

Ces ambassadeurs, au cours de leur mission, étaient d'ailleurs devenus la risée et la terreur de l'Allemagne entière. A
Hambourg, ils attentaient à la pudeur d'une Anglaise, fille
de qualité; à la Haye, hôtes du trésorier, ils essayaient de
mettre à mal sa fille. A Vienne, après leur avoir offert des col-
liers d'or ornés de son portrait, l'Empereur, offusqué par
d'autres incartades de même genre, faisait retirer les portraits (1). En juin 1616, après de nouvelles tentatives multipliées dans toutes les cours d'Europe, une copieuse distribution
de zibelines, dont les conseillers de Mathias daignèrent prendre
leur part, ne valut au plus délié des diplomates moscovites,
Loukiane Miassnoï, que de bonnes paroles : l'Empereur n'ai-
derait pas la Pologne et l'engagerait même à faire la paix.

Sortant d'une guerre, la Hollande n'avait offert aux solliciteurs importuns qu'une hospitalité mal payée, comme on a
vu. L'Angleterre offrait son concours contre la Suède, mais
demandait, en retour d'engagements assez vagues, la libre
navigation sur le Volga pour le commerce de la Perse, sur
l'Ob pour chercher la route de l'Inde et de la Chine, et des
facilités encore pour exploiter la Nouvelle-Zemble, la permission d'extraire du minerai dans le bassin de la Soukhonia...
Sollicitée pour qu'elle lâchât les Tatars contre les Polonais,
la Turquie elle-même se dérobait : elle se trouvait engagée

(1) Soloviov, *Hist. de Russie*, t. IX, p. 72.

dans une expédition contre la Perse et les Tatars se plaignaient que, pour des incursions incessantes du côté d'Azov, les Cosaques du Don reçussent de Moscou des secours en approvisionnements et en argent. Désirant se faire pardonner ses liaisons récentes avec Maryna et Zaruçki, la Perse seule faisait mieux et mettait pompeusement ses trésors à la disposition du « Tsar blanc ». Mais, des lingots d'argent ainsi obtenus, on ne tirait que 7,000 roubles!

Ce n'était pas assez pour soutenir une double guerre. Un instinct sûr détermina les conseillers de Michel à se défaire d'abord du plus redoutable des deux adversaires qu'ils avaient à combattre.

III

LA PAIX AVEC LA SUÈDE

Avec une égale sûreté de vue, Gustave-Adolphe ne devait pas hésiter sur le parti qu'il lui convenait de tirer de la situation. Jusqu'à l'élection de Michel il avait fait mine de soutenir les prétentions de son frère. Après l'événement, tout en poursuivant les hostilités, présidant personnellement à la prise de Gdov (septembre 1614) et préparant le siège de Pskov, il donnait à ses commissaires l'ordre de traiter avec le nouveau tsar : il était décidé à se contenter du seul empire de la Baltique. En juillet 1615, après avoir perdu sous les murs de Pskov le meilleur de ses généraux, Ewert Horn, il brusqua la négociation qui fut définitivement engagée à Dederino, sous Khvostov, et où l'agent anglais John Merick figura comme médiateur avec des envoyés hollandais.

L'un de ces derniers, Antoine Geteeris, nous a laissé une description terrifiante de l'état du pays environnant : dans la plaine déserte, des amas de cendres marquant la place des villages anéantis; de loin en loin seulement un monastère à demi ruiné ou une isba au seuil obstrué par un amoncellement de cadavres...

Comme toujours, dans les rencontres de ce genre mettant en présence des Moscovites et des Occidentaux, l'entente fut précédée par des disputes oiseuses et des colloques injurieux. Se prévalant du traité qui leur assurait la Carélie en échange du corps de troupes auxiliaire donné au tsar Chouïski, les Suédois réclamaient cette province.

— Mais vos soldats nous ont trahis!

— Vous ne les aviez pas payés!

— Tais-toi, Jacques de La Gardie, tu as reçu l'argent, mais tu l'as mis dans ta poche!

Interrompues après la signature d'une simple trêve, poursuivies par correspondance puis reprises à Stolbovo, ces laborieuses tractations se heurtèrent encore à la prétention de Moscou d'obtenir le concours militaire de la Suède contre la Pologne. Enfin, le 27 février 1617, un traité de paix éternelle fut signé. A défaut de l'alliance désirée, obtenant la restitution de Novgorod et la renonciation de Philippe à l'héritage de Rurik, les Moscovites se tiraient une épine du pied à assez bon compte. Ils ne cédaient que leurs droits fort contestables sur la Livonie et sur l'Ingrie, ainsi que quelques places : Ivangorod, Iambourg, Oriéchek, Notebourg, Kexholm (Schlüsselbourg). Mais, ainsi que Gustave-Adolphe le marquait dans une lettre triomphante adressée à sa mère, ces places, c'étaient les clefs de la Baltique et les points mêmes sur lesquels, un siècle plus tard, devait se porter l'effort de Pierre le Grand (1).

Sur la base d'une liberté de commerce réciproque, les Suédois recouvraient en outre leurs anciens comptoirs à Novgorod, Pskov et Moscou, restituant de leur côté aux Moscovites le même privilège à Revel et l'étendant à Viborg et à Stockholm.

Ainsi Novgorod rentrait dans le giron, renonçant sans trop d'ennui, semble-t-il, à son rêve d'autonomie, où les Suédois avaient mis quelques désenchantements. Une amnistie géné-

(1) Geijer, *Svenska Folkets historia*, t. II, p. 96-97. Comp. Forsten, *La Question de la Baltique*, t. II, p. 118 et suiv., 134 et suiv.

rale accordée à la ville et l'introduction pompeuse dans ses
murs d'une Vierge miraculeuse empruntée au monastère voisin de Tikhvine, consacrèrent le rétablissement de l'ancien
ordre de choses.

L'Angleterre fut le mauvais marchand de cet accommodement. John Merick réclamant le prix de ses bons offices, on
allégua que la route de la Perse par le Volga était peu sûre
à cause des brigands, que celle de l'Inde et de la Chine par
l'Ob était impraticable à cause des glaces toujours charriées
par le fleuve, et que d'ailleurs la Chine était un pays petit et
sans richesse (1) !

L'honnête courtier dut se contenter d'un collier d'or, d'où
le portrait du tsar ne fut pas enlevé, et d'un lot de fourrures
où, à côté de trop rares zibelines, les petits-gris figuraient en
proportion affligeante.

Mais le moins qualifié à se féliciter de l'événement fut
l'autre adversaire de Moscou.

IV

LA TRÈVE AVEC LA POLOGNE

La Pologne venait de perdre un temps précieux. En
novembre 1616, un de ses meilleurs capitaines, Alexandre
Gosiewski, avait bien réussi à débloquer Smolensk, obligeant
les voiévodes moscovites, Michel Boutourline et Isaac Pogojiï,
à une retraite précipitée ; mais, votée par la Diète, la mise en
campagne d'une grande armée demeurait à l'état de projet,
faute de ressources suffisantes. En avril 1617, s'aventurant sur
le chemin de Moscou avec une dizaine de mille hommes seulement, Ladislas dut revenir à Varsovie pour chercher des ren-

---

(1) Soloviov, *Hist. de Russie*, t. IX, p. 118. — Pour le traité, voy. *Recueil
complet des Lois*, t. I, n° 19 ; *Recueil des documents d'État*, t. III, n° 34, 35 ;
Actes historiques, t. III, n° 284 ; *Suppl. aux Actes hist.*, t. I, p. 160, 162, 164,
166 ; t. III, p. 3, 4, 11, 12, 14, 20, 21, 32, 42-44. — Comp. *The present state
of Russia*, t. II, p. 266-9 ; Soloviov, *loc. cit.*, t. IX, p. 114 et suiv.

forts, et en septembre seulement il reparut sous les murs de Dorokhobouje. Quelques Moscovites de marque, Michel Cheïne, le prince Georges Troubetzkoï, figuraient dans son entourage, et leur présence, sans doute, engagea le voïévode du lieu, Ivanis Adadourov, à livrer la ville et à se joindre au tsar polonais avec toute la noblesse du pays. Viazma, à son tour, lui ouvrit ses portes, et Ladislas d'envoyer aussitôt à Moscou un manifeste annonçant son arrivée prochaine, avec le patriarche Ignace, — le pontife promu par le premier faux Dimitri, mauvaise recommandation! — qui procéderait à son couronnement.

C'était compter sans deux obstacles : l'hiver, qui survenant bientôt allait interrompre les opérations militaires, et le manque d'argent, qui ne devait pas permettre de les reprendre avant le mois de juin de l'année suivante. Mojaïsk et Borissov évacuées alors sur un ordre de Moscou où la panique régnait, l'accès de la capitale parut ouvert. Mais Ladislas avait encore trop peu de monde avec lui; il pensa devoir attendre les 20,000 Cosaques que lui amenait le hetman petit-russien, Konachévitch, un homme de guerre réputé. Forçant le passage de l'Oka et déjouant une tentative de la garnison de Moscou pour empêcher sa jonction avec les Polonais, le vaillant soldat fit de son mieux; mais quand il fut là, les premiers froids d'un hiver précoce se faisaient de nouveau sentir.

Ladislas ne s'en laissa pas décourager, et Moscou pensa revivre les jours terribles de Touchino. Le tsar polonais campa au lieu même où le second faux Dimitri avait planté sa tente. Mais la situation n'était plus la même. Les Polonais avaient pu alors pénétrer au Kreml sans coup férir, parce que, en présence du bandit de Touchino, ils semblaient un pis aller. Ladislas, lui, se voyait obligé à un siège, et l'incapacité des guerriers qu'il commandait pour ce genre d'opérations se trouvait établie. Des assauts mal conduits, les rigueurs de la saison et l'insubordination des troupes eurent vite fait de frayer la voie à une reprise de négociations.

Quand, pour tourner la grosse difficulté des titres, les Polonais se furent avisés de désigner Michel comme « celui que vous nommez maintenant votre Tsar », l'entente devint facile. On avait de bonnes raisons à Moscou pour y apporter le plus grand esprit de conciliation. La capitale tenait bon, mais en Pologne les diétines se montraient disposées à voter de larges subsides ; Konachévitch et ses Cosaques du Zaporojé protestant contre la paix, ceux du Don faisaient mine de leur prêter main forte ; enfin, pendu avec sa mère, le fils de Maryna revenait de la tombe, miraculeusement sauvé, racontait-on, et recueilli par des moines, à Kiév.

Le 15 février 1619, au village de Déouline voisin de la Troïtsa, l'accord n'ayant pu se faire sur les conditions d'une paix durable, une trêve fut conclue pour quatorze années et demie. En apparence, Moscou payait cher ce répit : avec Smolensk, Bielaïa, Dorokhobouje et une douzaine d'autres places elle livrait toute sa ligne de défense sur la frontière occidentale. A ce prix, elle n'obtenait même pas la renonciation de Ladislas au titre qu'il disputait à Michel. En réalité, la Pologne perdait davantage : la dernière occasion qui s'offrait à elle de régler à son avantage le débat engagé depuis le seizième siècle avec sa voisine pour l'hégémonie du monde slave.

Il était clair dès maintenant que, Ladislas tournant le dos à Moscou sans y avoir recueilli l'héritage de Rurik, Varsovie deviendrait un jour la proie des autres héritiers qu'il se montrait impuissant à évincer.

Cette conséquence lointaine échappait à la prescience des hommes de l'époque, parce qu'ils n'apercevaient pas la vraie cause des singuliers retours de fortune qui, dans ce duel tragique, empêchant toujours l'une des puissances rivales de recueillir le fruit des avantages en apparence les plus décisifs, donnaient à l'autre le moyen de se relever des pires desastres. Ils n'appréciaient pas à sa valeur la qualité des forces mises aux prises de la sorte : d'un côté un peuple jeune, mal dégourdi encore, mais en pleine croissance, en pleine montée de sève, et, par tempérament comme par habitude, dressé aux plus dures diciplines et aux sacrifices les plus lourds ; de l'autre, un peuple prématurément vieilli et comme étiolé dans la chaude atmosphère des luttes politiques, où ses énergies et ses aptitudes s'hypertrophiant unilatéralement, avec le sens des résolutions viriles pour tout autre objet, il perdait jusqu'à la conscience des plus impérieux devoirs.

Le 1er juin, sur la petite rivière Polanovka, aboutissait cet échange de prisonniers qui à la Pologne ne pouvait rendre que quelques éclopés et qui rendait à Moscou le père de son souverain, et le 14 du même mois, précédant *à pied* une voiture de gala, qui malgré la saison était un traîneau, comme l'exigeait l'étiquette du lieu, et où Philarète avait pris place, Michel ramenait dans sa capitale en fête l' « otage » enfin délivré.

Qu'allait-on faire de ce prêtre ? Entre le père enfroqué et le fils couronné, tous les deux à leur corps défendant, la situation était sans précédent. Par bonheur, depuis la mort d'Hermogène, que les Polonais passaient pour avoir laissé mourir de faim, le trône patriarcal demeurait vacant, Ignace ne comptant pas. Donc Philarète fut patriarche. Il n'avait aucune éducation religieuse et gardait des goûts très profanes. Mais en Occident même, à cette époque, on ne s'embarrassait guère, en pareil cas, de telles objections, et, avec moins de génie assurément mais une ambition égale, Philarète pouvait bien marcher sur les traces de Richelieu. Il se trouva que, l'Église et l'État réclamant également un chef, le second ne fut pas le moins bien partagé par l'effet de cet événement.

CHAPITRE II

LA RESTAURATION

I

UN GOUVERNEMENT BICÉPHALE

Adoptée par les souverains moscovites après le mariage d'Ivan III avec la dernière des Paléologues, l'aigle bicéphale prit à ce moment une autre valeur symbolique qu'ils n'avaient point prévue. Tout en n'ayant qu'un Tsar, l'Empire eut deux souverains, et sans aucun heurt, sans la moindre difficulté, les relations établies dès la première heure entre le père et le fils s'accommodèrent dans ce sens aux convenances communes. Si fortement développé dans ce milieu, et, à travers quelques excès, y constituant un élément de cohésion morale si précieux, le principe *familial* intervint dans la circonstance pour écarter tout conflit. Philarète ayant tout ce qui manquait à Michel pour figurer avec quelque dignité dans le rôle de gouvernant, ou même pour s'y essayer : l'ambition, le goût du pouvoir, l'expérience de la vie, une certaine ouverture d'esprit due à cette expérience même et le sens de l'autorité, le gouvernement se trouva tout naturellement porté aux mains qui étaient le plus capables de l'exercer.

L'hypothèse d'un coup d'État imaginée à ce propos (1)

(1) FOCKERODT, *Russland unter Peter dem grossen*, p. 23.

doit être péremptoirement écartée. Les témoignages de l'époque y contredisent formellement (1). La possibilité même d'une usurpation de pouvoir n'existait pas dans l'espèce. Depuis la mort du « Terrible » et à travers les inévitables déchéances que le mode même de leur accession au trône avaient infligées à ses successeurs, l'affaiblissement progressif de l'autocratie aboutissait à une abdication effective. A la fiction de cette autorité absolue s'opposait paradoxalement celle des institutions libres évoquées au cours de la tourmente, creusant entre l'une et les autres un vide que ni le *Sobor* ni la *Douma* ne parvenaient à remplir. En fait, la place était à prendre et le gouvernement à recréer. Michel n'ayant pas même songé à aborder cette tâche, Philarète s'y employa, préparant la voie à son petit-fils.

Des rapports empreints de part et d'autre d'une grande tendresse et affectant, du fils au père, un caractère de déférence respectueuse s'y prêtèrent admirablement (2). Ils tendaient à les associer, même officiellement, dans l'exercice du pouvoir souverain. Le père intervenait dans la plupart des décisions. Si l'une d'elles échappait à son assentiment préalable, il arrivait qu'elle fût rapportée ou amendée pour cette raison (3). Philarète se trouvant absent, Michel ne manquait généralement pas de prendre d'abord son avis, le mettant au fait de chaque affaire en cours. « Qu'en pensez-vous ? écrivait alors le patriarche ; moi, je pense... » Et l'indication ainsi donnée était ponctuellement suivie.

Au regard même du protocole, la souveraineté se dédoublait, le titre de *viélikiï gossoudar*, — l'équivalent de la *Majesté* — étant indifféremment attribué au père et au fils. Les envoyés étrangers présentaient eux aussi leurs lettres de créance — et leurs présents — en double, d'après un cérémonial dont Boris Godounov au temps de sa faveur avait

(1) Popov, *Recueil*, p. 306 (chronographe de l'archevêque Pakhonius). Comp. Klioutchevski, *Le Conseil des Boïars*, p. 547.

(2) *Lettres des souverains russes*, édit. de la *Commission des Archives d'État*, t. I, nᵒˢ 14, 17, 21, 36, 37, 40, 55, 185, 267, 369, 378.

(3) *Recueil des documents d'État*, t. I, nᵒˢ 25, 231 ; t. III, nᵒˢ 52, 55, 58, 64.

2

déjà bénéficié. Et c'était plus que Richelieu ne put jamais obtenir de la nonchalance de son maître. En dépit de l'isolement où Moscou se confinait à ce moment, nul doute cependant que l'exemple du tout-puissant cardinal n'ait quelque peu contribué à l'établissement de ces relations. L'étanchéité morale des peuples les plus réfractaires aux influences extérieures n'est jamais absolue.

Et la tsarine douairière? Avec la réapparition de l'époux qu'elle avait perdu et qu'elle ne pouvait plus reconquérir, son rôle était fini. S'ils n'eussent été, par le jeu cruel des événements qui bouleversaient leur existence, lui moine et elle nonne, Philarète l'eût renvoyée au *terem*. Patriarche, il la fit rentrer au cloître. Et avec elle, bien que plus tentés de défendre les situations acquises, le même néant réclama ces parents fâcheux qu'elle avait poussés au premier rang. La disgrâce des Saltykov fut précipitée par une intrigue scandaleuse dans laquelle ils avaient trempé en faisant perdre à Michel la fiancée de son choix. Il était dit que le fils ne pourrait même pas se marier sans que le père s'en mêlât.

II

LE MARIAGE DE MICHEL

L'épisode ouvre un jour curieux sur les mœurs de l'époque. En 1616, le jeune Tsar avait jeté son dévolu sur Marie Ivanovna Khlopov. La famille de l'élue appartenait à la clientèle des Romanov. Déjà les fiançailles étaient célébrées et, selon l'usage, la future Tsarine avait échangé son prénom contre celui d'Anastasie, qui rappelait aux Moscovites le souvenir cher de la première femme du « Terrible », quand un ordre d'exil envoya la malheureuse jeune fille à Tobolsk, avec quelques-uns des siens.

Son crime? Elle était devenue malade, incapable, au témoignage des médecins de cour, de « servir à la joie du souverain », donc coupable, puisque la Providence l'avait jugée digne de pareille disgràce. Selon les idées du temps, la maladie passait pour une punition du ciel.

Les choses en étaient là quand, revenant à Moscou, Philarète eut la curiosité de voir clair dans cette affaire. Interrogé, le confesseur de l'ex-fiancée attesta sa parfaite innocence et d'autres indices permirent au patriarche de suspecter la sincérité du diagnostic qui l'avait condamnée. Il se contenta toutefois d'une demi-réparation. De Sibérie, où elle subissait les plus dures privations, la Khlopov fut ramenée en Europe, à Vierkhotourié, où elle eut 10 kopecks par jour pour vivre, puis à Nijni-Novgorod.

Le père avait d'autres vues pour le mariage du fils. De 1621 à 1623, il renouvela à Copenhague et à Stockholm des tentatives pour lesquelles le passé ne fournissait pourtant pas des précédents encourageants, et seuls des échecs successifs essuyés de ce côté l'engagèrent à revenir sur ce mariage qui avait été fait et défait en son absence. Une enquête montra alors que les Saltykov s'étaient prévalu d'une simple indigestion infligée à la fiancée du Tsar par un abus de friandises. L'un d'eux, Michel Mikhaïlovitch, venait d'avoir une querelle avec l'un des oncles de la jeune fille. Lui et ses frères eurent à subir, à leur tour, la confiscation de leurs biens et l'exil. Mais la Khlopov n'en resta pas moins à Nijni-Novgorod, et ce fut l'œuvre de la tsarine Marfa, qui retrouva son énergie et son influence pour défendre ses parents contre le pire chàtiment qu'ils eussent trouvé dans le triomphe de leur victime. Affirmant son autorité, l'esprit de famille l'emporta sur toutes les autres considérations.

En septembre 1624, Michel épousa la princesse Marie Dolgorouki, perdit cette compagne au bout de quelques mois et conduisit l'année suivante à l'autel la fille d'un obscur gentilhomme, Eudoxie Strechniév (1). Elle devait bientôt le rendre père d'Alexis. L'hérédité fut assurée dans la nouvelle dynastie.

(1) Voy. sur cette souveraine une étude de M. MILORADOVITCH, dans l'*Archive russe*, 1897, III, et 1901, I.

Mais l'héritage apparaissait encore singulièrement précaire.
On s'était provisoirement défait des Polonais, mais en leur
livrant les clefs de la maison, et chez ces voisins, ainsi rendus
plus menaçants encore, un changement de règne inquiétant
s'annonçait. Retenu par des scrupules de religion ou des sentiments de jalousie, Sigismond passait pour n'avoir appuyé
que fort mollement les entreprises de son fils. Il se faisait vieux
et sa santé déclinait rapidement. Belliqueux et ambitieux,
épris du métier de soldat où il s'était essayé de bonne heure
et assez peu dévot, en succédant à son père, nul doute que
Ladislas ne fût tenté de prendre une revanche de ses déceptions passées. En cherchant à marier Michel en Suède ou en
Danemark, autant qu'un gain de prestige pour la jeune
dynastie dont il guidait la destinée incertaine, Philarète se
préoccupait d'obtenir un renfort contre ce nouvel assaut
auquel il estimait avec raison qu'à elle seule la Moscovie risquait de ne pas opposer des forces suffisantes. Déçu au
chapitre des combinaisons matrimoniales ainsi poursuivies, il
ne s'en attacha pas moins à l'espoir d'une alliance politique,
pour laquelle il pouvait se flatter en effet de trouver moins de
difficultés. Dans cette querelle mettant aux prises les deux
moitiés du monde slave, la fatalité imposait déjà aux adversaires cet appel à l'étranger, qui cent cinquante ans plus tard,
dans la phase décisive du débat, devait intervenir encore
pour en fausser la solution.

III

UNE CAMPAGNE DIPOMATIQUE

Sur ce terrain, loin de se montrer rébarbatif, l'étranger
s'offrait. A deux reprises, en 1626 et en 1629, luttant en
Pologne et en Allemagne contre la coalition catholique,
Gustave-Adolphe ne dédaigna pas de se présenter à Moscou
en solliciteur. Sinon un corps d'armée russe, il aurait voulu

du moins enrôler sous ses drapeaux quelques Cosaques à
opposer à la bande de Lissovski, dont les Impériaux tiraient
un merveilleux secours. Les envoyés du roi de Suède se montraient pressants. En refusant de prendre parti dans le conflit
qui mettait l'Europe en feu, Moscou tournait le dos à la fortune. Répugnât-elle même à rompre la trêve conclue avec la
Pologne et à se mêler ouvertement aux hostilités, Richelieu
venait de fournir la formule et le modèle d'une « guerre couverte, » qui ménageait toutes les convenances et tous les intérêts.

Si tenté qu'il fût d'entrer dans cette voie, le Richelieu
moscovite manqua d'audace et d'esprit de décision. Quand,
après avoir esquivé ces propositions, il se trouva, en 1631,
résolu à les accueillir, Gustave-Adolphe avait traité avec les
Polonais. Les négociations continuèrent cependant, la Suède
y employant tour à tour un diplomate de fortune, Alexandre
Roubiets, ou Roubtsov, Moscovite égaré à son service après
onze ans de captivité en Pologne, puis un Allemand, Jean
Muller, qui, lui premier, fit au Kreml office de résident à
demeure. En se dérobant jusque-là à l'entente proposée, on
n'avait pas ici perdu entièrement son temps : on s'était activement préparé à la guerre et on parlait maintenant de la
déclarer à la Pologne sans plus tarder. Muller répondait en
offrant deux régiments suédois et en demandant la permission d'en recruter plusieurs autres chez les Cosaques du
Dniéper. A son tour, Gustave-Adolphe combattrait volontiers
« à couvert ».

C'était disposer trop présomptueusement du bien d'autrui.
Les Cosaques du Dniéper relevaient de la Pologne, qui avait
de la peine à tenir en main cette confrérie turbulente, mais
qui réussissait encore à la défendre contre des velléités de
trahison. Agents suédois et agents moscovites de recrutement
furent éconduits en risquant de laisser leur vie dans la tentative, et, peu après, la mort du vainqueur de Lutzen coupa
court à l'entreprise entière (1).

(1) SOLOVIOV, *Hist. de Russie*, t. IX, p. 179-184.

Or, en frappant simultanément à d'autres portes, la diplomatie moscovite n'avait pas été plus heureuse. De l'Angleterre, avant la trêve de Deouline, elle avait bien réussi déjà à tirer un prêt de 100,000 roubles — réduit à 20,000 par l'infidélité des intermédiaires employés. Mais, en 1623, elle s'était flattée d'engager les prêteurs dans une vaste coalition antipolonaise dont, avec le Suède et le Danemark, les Pays-Bas feraient aussi partie, et elle n'avait fait que s'attirer d'humiliantes railleries.

Elle en demeurait à des tâtonnements, qui facilement l'égaraient sur des routes encore mal explorées. En 1615, envoyant en France Ivan Kondyrev, n'avait-elle pas pensé gagner à sa cause, contre la Pologne et la Suède, le gouvernement de Concini ! Ni le maréchal d'Ancre, ni ses successeurs immédiats ne se soucièrent de répondre à cette ouverture ; Richelieu lui-même ne s'en montra pas pressé, et en 1623 seulement, le premier Français destiné à porter en la lointaine cour du Nord la parole du Roi Très Chrétien reçut ses lettres de créance.

C'était le baron Louis de Courmenin des Hayes, fils d'un gouverneur de Montargis. Page d'abord, puis maître d'hôtel de Louis XIII, et depuis 1621 employé à diverses missions en Danemark, en Allemagne, en Prusse, ce jeune diplomate — il n'avait à ce moment que trente-sept ans — était réservé à une triste fin. Une ambassade en Suède, convoitée et refusée à sa trop entreprenante ambition, devait bientôt le pousser à des intrigues flairant le crime de haute trahison et le conduire à l'échafaud. A Moscou, il fit d'assez pauvre besogne. Contre la Pologne alliée de l'Empereur, Richelieu n'eût pas été fâché d'introduire la Moscovie dans le camp opposé. Mais l'envoyé français s'embarrassa gauchement dans des querelles puériles d'étiquette et plus mal à propos encore il montra qu'un prêtre avait dicté ses instructions. Il parut essentiellement préoccupé d'organiser l'exercice du culte catholique dans la capitale de l'orthodoxie. Il avait autre chose dans son sac ; mais, en offensant d'un côté des susceptibilités légitimes, il se heurta de l'autre à une coalition de préjugés, de routines et d'intérêts particuliers, qui condamnaient sa mission à un échec inévitable.

Richelieu faisait bonne mesure aux auxiliaires qu'il espérait gagner contre la Maison d'Autriche. En retour d'une alliance défensive et offensive, il ne réclamait que des arrangements économiques, dont l'avantage eût été au moins égal pour les deux parties. Pour la France, la route de la Perse, oui ; mais pour la Moscovie la faculté de se procurer directement les marchandises françaises, dont elle commençait à prendre le goût et sur le prix desquelles des intermédiaires anglais, hollandais ou brabançons prélevaient des courtages usuraires. Malheureusement, les marchands moscovites tenaient à leur monopole persan, dont ils ne savaient d'ailleurs pas tirer grand profit, et, tout en se faisant une concurrence acharnée, les rivaux commerciaux de la France se liguaient contre l'ennemi commun pour la défense des situations acquises. Les Pays-Bas offraient précisément leur concours pour le boycottage du port polonais de Danzic : ils s'approvisionneraient de préférence à Arkhangelsk et le roi de Pologne y perdrait 100,000 écus par an. De ce côté, le monopole anglais faisait obstacle à la combinaison ; mais Courmenin n'en fut pas moins éconduit.

Un instant, faute de mieux, l'alliance danoise parut en voie de réalisation et on en était presque à l'échange des signatures, quand l'étiquette s'en mêla encore. Se prévalant du privilège conquis par le voisin suédois à la pointe de l'épée, le roi de Danemark prétendait passer, lui aussi, avant le tsar dans le libellé du traité. Cette difficulté accrocha irrémédiablement l'entente plus qu'à moitié faite, et le tsar, trop convaincu de sa grandeur pour céder devant un aussi petit souverain, se trouva en tête à tête avec « le roi de Hongrie », c'est-à-dire victime d'une simple mystification. Ce « roi de Hongrie » était Bethlen Gabor. On manquait de renseignements précis à Moscou sur les démêlés où ce prétendant se trouvait engagé avec la Maison d'Autriche, comme sur les

chances qu'il avait pour en sortir victorieusement et on fit
grand accueil à deux de ses envoyés, qui d'aventure étaient
des Français : Charles de Talleyrand, marquis d'Assedeville,
et Jacques Roussel. Mais, se querellant et se dénonçant réciproquement, les deux compères discréditèrent eux-mêmes
leur cause. Le marquis se fit interner à Kostroma, où, mourant bientôt après, Gabor ne put le secourir. Richelieu sembla se désintéresser d'une aventure à laquelle il peut bien
avoir été étranger, et pour tirer le prisonnier de ce mauvais
pas, le comte de Soissons, auquel il paraît avoir tenu de près,
ne trouva en 1632 d'autre expédient que de faire intervenir
en sa faveur Charles Ier et Henri de Nassau, dont les sollicitations exercées par l'intermédiaire d'un autre Français, Gas-
ton de Charon, demeurèrent cependant sans effet. En 1635
seulement, un message de Louis XIII eut meilleur succès (1).

Mais Moscou restait toujours sans partenaire pour la lutte
qu'elle devait juger prochaine. De la Turquie elle-même elle
ne pouvait rien attendre. En 1621, Osman II avait bien proposé une action concertée contre la Pologne, mais Philarète
ne s'était pas jugé suffisamment préparé. Après les terribles
épreuves qu'il venait de subir, son pays demeurait encore si
faible que, s'y introduisant par petits détachements, des Tatars de Crimée ravageaient impunément les provinces du
sud-est. Depuis, Osman avait fait, seul, une campagne malheureuse ; au retour, il avait été massacré par ses janissaires,
et en proie à des troubles intérieurs, la Porte était pour
quelque temps pratiquement désarmée.

D'Europe, la Moscovie se trouvait donc une fois de plus
rejetée en Asie. Mais, en Perse même, Abbas avait eu à se
plaindre, entre temps, des traitements infligés à ses envoyés.
Quelque besoin qu'on sentît au Kreml de ménager certains
étrangers, on ne se retenait toujours pas de les envisager
alternativement comme des otages ou comme des espions.
On ne voulait cependant plus admettre, à cet égard, la réci-

---

(1) Soloviov, *Histoire de Russie*, t. IX, p. 198.

procité. En 1620, rien que pour avoir, bien malgré lui, *entendu* des propos déplaisants lâchés en sa présence par le Shah à l'adresse du tsar, l'envoyé de celui-ci à Téhéran, Tioukhine, recevait à son retour soixante-dix coups de knout, subissait une application de tenailles rougies au feu et devait s'estimer heureux d'en être finalement quitte au prix d'un internement à vie dans un cachot sibérien (1).

Entre Shah et Tsar on n'en restait pas moins bons amis, et, en 1625, un ambassadeur d'Abbas, Roussan-Bek, provoqua, à Moscou, des transports d'allégresse, en apportant, sinon de quoi faire victorieusement la guerre à la Pologne, du moins un gage de victoire : une chemise du Christ retrouvée en Géorgie! L'authenticité de la relique prouvée par les miracles qu'elle opérait, on espéra obtenir du généreux donateur un secours plus substantiel. Hélas! chargé de la solliciter, le prince Grégoire Tioufiakine ne ramena... qu'une jolie Persane cachée dans un coffre!

On finit alors par se persuader que, pour la lutte en perspective, on n'avait à compter que sur ses propres forces et on sentit la nécessité d'une réorganisation fondamentale de l'appareil militaire dont on disposait.

IV

UN ESSAI DE RÉFORME MILITAIRE

Déjà archaïque lui-même, dans son mode de recrutement comme dans son équipement, le gros de l'armée polonaise, composé exclusivement de troupes à cheval fournies par le *pospolite ruszenie* — le ban — adoptait cependant des formations et des méthodes de combat plus savantes, empruntées aux modèles étrangers, ou élaborées sur place.

Depuis Bathory, en possession d'une tactique qui contre

(1) Soloviov, *loc. cit.*, t. IX, p. 204.

les Suédois eux-mêmes avait affirmé sa supériorité, cette cavalerie se trouvait en outre appuyée par des troupes à pied, recrutées en grande partie en Allemagne ou en Hongrie, dressées et outillées à l'européenne et de plus en plus nombreuses. C'est un titre d'éternel honneur pour le règne du premier Romanov d'avoir su s'inspirer de cet exemple, en présidant, de 1626 à 1632, à la création de la nouvelle armée russe.

En même temps que des chefs de recrutement étaient envoyés en Occident pour lever 5,000 hommes d'infanterie, engager au service du tsar des fondeurs de canons, opérer des achats d'armes, des soldats moscovites subissaient sous la direction d'instructeurs étrangers, un dressage méthodique. Dans les corps mis sur pied pour la campagne en vue, figurèrent pour la première fois des cavaliers indigènes équipés à la manière allemande et des fantassins indigènes, formés et exercés sur le modèle des régiments de mercenaires écossais tirés du dehors (1).

On sait qu'en France le premier essai d'organisation d'une armée permanente remonte à Charles VII, et, au douzième siècle, la tendance générale en Occident était de renoncer à l'emploi des mercenaires d'origine exotique. Jusque dans la voie du progrès, où elle s'engageait maintenant, Moscou demeurait donc en retard, et, comme en France, l'effort qu'elle faisait se heurtait à de grosses difficultés d'argent. En un an, de septembre 1632 à septembre 1633, l'entretien des mercenaires étrangers devait dévorer 430,606 roubles, alors que pour le contingent vingt fois plus nombreux des milices indigènes, la dépense n'atteignait pas le cinquième de cette somme (2).

L'effort était considérable. Il n'allait pas être immédiatement récompensé. La destinée du peuple auquel on l'imposait semble vouée aux sacrifices longtemps stériles et aux

(1) Brix, *Geschichte des alten russischen Heeres Einrichtungen*, p. 284, 287, 291.
(2) Milioukov, *L'économie de l'État*, p. 50 et suiv., 64-65.

longues patiences. Le mérite de Michel et de ses successeurs aura été encore de ne s'être pas laissé détourner de la voie adoptée par les échecs les plus décourageants. La persévérance dans la fortune adverse, ce fut la moitié du génie de Pierre le Grand, et, plus modestement, son grand-père sut ne pas fléchir devant des désastres faits pour ébranler les plus forts.

Ni lui ni Philarète ne se montrèrent capables d'ailleurs d'apprécier à sa juste valeur le nouvel instrument de guerre qu'ils se donnaient. Sa nouveauté même les trompa sur son efficacité. Après avoir redouté une nouvelle rencontre avec la Pologne, ils arrivèrent à la souhaiter passionnément, et, en dépit des échecs diplomatiques simultanément encourus, ces six années de 1626 à 1632 furent aussi remplies pour eux par l'attente fiévreuse d'un concours de circonstances favorable à la prise d'armes méditée.

Par un singulier renversement d'idées, où s'accusent et la faiblesse de leur jugement et la force de leurs illusions, l'événement qui leur parut fournir l' « occasion » ainsi guettée était précisément celui qui les avait d'abord pénétrés d'angoisse. En avril 1632, Sigismond mourut et, bien que Ladislas se trouvât en posture de lui succéder sans contestation possible, le simulacre d'une élection nécessitée par la loi constitutionnelle du pays, l'épreuve inévitable d'un interrègne, la recrudescence d'anarchie l'accompagnant habituellement, semblèrent autant de gages de succès pour une attaque brusquée. Un *Sobor* promptement convoqué s'en montra persuadé et la nouvelle armée fut appelée à faire ses preuves.

Mais Moscou avait, elle aussi, ses éléments de désordre. Désignés pour le commandement en chef, les princes Dimitri Tcherkaski et Boris Lykov firent comme avaient fait dix-huit ans auparant Khovanski et Khvorostinine. Deux mois furent perdus à apaiser leur querelle, puis, comme on n'y réussissait pas, à leur chercher des successeurs, et, en août seulement, on fit choix de Michel Cheïne et d'Artemi Ismaïlov.

Illustré par la défense de Smolensk contre les Polonais (1),
Cheïne était chargé maintenant de reprendre cette place.
L'armée mise sous ses ordres comptait 32,970 hommes et cent
cinquante-huit canons, avec 3,667 hommes d'infanterie allemande ou écossaise et 3,330 hommes d'infanterie moscovite
pourvue de cadres allemands (2). Elle était destinée à recevoir
des renforts considérables, dont les milices concentrées à
Mojaïsk et en d'autres lieux fourniraient les éléments.

V

LE DÉSASTRE DE SMOLENSK

Les débuts de la campagne furent brillants. Enlevant successivement Sierpeïsk, Dorokhobouje, Starodoub et d'autres
places, Chéïne et Ismaïlov assiégèrent Smolensk en décembre.
Mais le commandant polonais de la place se piqua d'égaler
en vigueur et en ténacité son prédécesseur moscovite et y
réussit si bien que Ladislas eut le temps de se faire élire,
d'employer à des armements précipités l'épargne laissée par
son père, prince économe, et d'arriver avec 23,000 hommes
au secours des assiégés, qui tenaient depuis huit mois.

Chéïne était un brave soldat, mais un général médiocre.
L'armée polonaise manœuvrant pour le déloger des positions
avantageuses par lui occupées, il ne sut lui opposer aucune
défense tactique. Dès les premiers jours de septembre, il lui
avait livré des hauteurs d'où elle le domina ; à la fin du mois
il lui laissa reprendre dans son dos Dorokhobouje où il venait
d'établir son centre d'approvisionnements. Quelques jours
plus tard, il était entouré, manquant de vivres et de four-
rages, tandis que l'artillerie polonaise tenait son camp sous
le feu plongeant d'une artillerie bien pointée. Les événements
futurs d'Ulm et de Sedan trouvaient là un précédent historique.

(1) V. *La Crise révolutionnaire,* p. 393 et suiv.
(2) BRIX, *loc. cit.,* p. 584.

Le dénouement fut moins prompt, la lenteur orientale intervenant de part et d'autre pour le retarder. Mais tandis que, renouvelant les stratagèmes épiques de l'Illiade, les Polonais employaient des messagers déguisés en buissons pour correspondre avec les assiégés, les Moscovites se ressentaient encore douloureusement de l'indiscipline de leurs auxiliaires étrangers. En plein conseil, l'Écossais Lesly tuait d'un coup de pistolet un autre colonel, l'Anglais Sanderson. A l'essai, le nouvel appareil militaire accusait des vices déconcertants.

A la mi-janvier 1634, Chéïne entama des pourparlers et le 19 février il capitula aux conditions imposées par ses adversaires. Elles étaient dures et humiliantes mais conformes aux usages de l'époque, sans présenter même rien de déshonorant pour un pays où un proverbe veut que « la honte ne soit pas de la fumée : elle ne mange pas les yeux » et où, en assujettissant ses serviteurs aux procédés avilissants que nous connaissons, l'autocratie ne s'employait pas à développer, sur ce point, une grande délicatesse de sentiments. Avec tout leur matériel de guerre, les vaincus abandonnaient leurs insignes et consentaient à les déposer solennellement aux pieds des vainqueurs (1).

Philarète ne fut plus témoin de la catastrophe, et, avant sa fin survenue le 1ᵉʳ octobre 1633, la maladie qui devait l'emporter ne s'est pas sans doute trouvée étrangère à certaines défaillances, qui venaient de contribuer à cet écroulement de ses rêves téméraires. Chéïne avait attendu en vain les renforts qui lui étaient promis et Michel fit preuve d'une sévérité peut-être excessive pour le vieux général. Sans égard pour ses services passés, il laissa exécuter un arrêt de mort, qui frappa

(1) Les sources russes pour l'histoire de ce siège sont très pauvres. Quelques documents dans *Actes réunis dans les Bibl. et Arch. d'État,* t. III, nᵒˢ 219, 220, 223, 224, 233, 244, 247, 252 ; *Actes hist.,* t. III, nᵒ 177. — Du côté polonais : Wassemberg, *Gestorum Vladislai...,* t. II, p. 58, 84 et suiv ; Kwiatkowski, *Hist. de Pologne sous le règne de Ladislas IV,* p. 60 et suiv ; A. Radziwill, *Mémoires,* t. I, p. 185 ; *Journal du siège dans les Mémoires de Przylecki sur Koniecpolski,* p. 435 et suiv. ; Piasecki, *Chronica,* p. 550 et suiv. ; X. Liske, *Contribution à l'histoire de la guerre de Moscovie, dans les publications de la Bibl. Ossolinski,* 1868, t. XI, p. 1-65.

également Ismaïlov, tandis qu'une copieuse distribution de coups de knout et d'ordres d'exil faisait justice de leurs subordonnés.

Ces représailles paraîtront d'autant moins justifiées que, si douleureux qu'il fût, le désastre n'eut pas les conséquences qu'il pouvait faire craindre. Une fois de plus la Pologne devait montrer l'impuissance radicale où la décomposition de son organisme politique la mettait pour recueillir le fruit des triomphes que la survivance de ses vertus guerrières lui permettait de réaliser encore. Entre vaincus et vainqueurs, ceux-ci se trouvèrent les premiers à bout de souffle, et plutôt que de reprendre le chemin de Moscou, où rien ne semblait pouvoir plus l'arrêter, Ladislas se laissa engager à négocier.

On traita sur Polianovka, à l'endroit même où Philarète avait précédemment recouvré la liberté; le 17 mai 1634, on tomba d'accord cette fois sur les conditions d'une paix éternelle, et, pour prix d'un des succès les plus décisifs que les annales militaires d'aucun pays aient jamais enregistré, le fils de Sigismond se contenta d'une place de troisième ordre, Troubtchevsk, ajoutée à ses acquisitions antérieures. La Turquie montrant des dispositions agressives, il s'estima heureux, à ce compte, d'obtenir la possibilité de réunir contre elle toutes ses ressources, et sa bourse dégarnie lui fit apprécier infiniment un appoint de 20,000 roubles tiré du trésor moscovite et dont le traité ne porta pas mention, pour que le roi besogneux pût l'employer à se couvrir de ses dépenses personnelles. Moyennant quoi, il renonçait en outre implicitement à ses prétentions au trône de Moscou, après avoir en vain demandé que Michel cessât lui-même de s'attribuer le titre de « souverain de toutes les Russies ». Qu'il mette : « sa Russie », disaient les Polonais non sans raison, alléguant qu'en fait, avec la Russie blanche, la Russie rouge et la petite Russie, ils gardaient l'héritage à peu près entier de Iaroslav et de Vladimir. Ils durent se contenter, pourtant, de refuser assez malhonnêtement la restitution de l'original de l'autre traité, par lequel en 1610 Zolkiewski avait assuré à Ladislas la couronne que Michel portait maintenant. La pièce ne se laissait plus retrouver, affirmaient-ils. Un germe de nouveaux et prochains conflits subsistait ainsi.

Pour le moment, la consigne fut toutefois, à Moscou, de les éviter tous dans le domaine des relations extérieures, où on venait de si mal réussir. Déjà on savait, en ce pays, pratiquer à propos la politique du recueillement. Elle n'était pas d'un emploi aisé avec la Turquie, du fait des Cosaques et des Tatars, chiens de garde se laissant difficilement tenir en laisse.

De part et d'autre on esquivait les responsabilités en usant d'une mauvaise foi égale. On traitait ces irréguliers de bandits, tout en leur accordant des subsides et des encouragements. Les « bandits » du Don entendaient mal cette diplomatie, et, en juin 1637, une rencontre des représentants des deux pays étant convenue sur place pour concerter un accommodement, ils coupaient court aux négociations en assassinant l'envoyé turc, Thomas Cantacuzène, et en enlevant Azov au milieu d'un épouvantable massacre.

Occupé en Perse, le sultan Mourad commença par tirer vengeance de l'insulte en lâchant les « bandits » de Crimée, qui dès le mois de septembre de la même année eurent mis à feu et à sang toute l'Ukraine moscovite. En mai 1641, son successeur Ibrahim parut sous Azov avec une énorme armée, mais se laissa déterminer à une retraite honteuse après vingt-quatre assauts repoussés par une poignée de Cosaques que leurs femmes aidaient sur la brèche. Et ce fut encore le même jeu : les héroïques défenseurs reçurent de Moscou des félicitations et des présents, mais, ainsi qu'il en a été fait mention plus haut, contre l'opinion du *Sobor* l'évacuation de la place fut décidée au Kreml et exécutée.

Les nouvelles de Pologne influèrent sur cette résolution. Elles laissaient craindre que, disputé avec succès à Ladislas en dépit de la mésaventure de Smolensk, le diadème des Rurik ne fût pas pour d'autres raisons solidement assuré au front des Romanov.

VI

LA RÉAPPARITION DES PRÉTENDANTS

En 1619 déjà, les Polonais faisaient insidieusement mention d'un fils de Maryna qui aurait échappé à la mort. En 1643, envoyé à Varsovie sous le prétexte d'une délimitation des frontières à opérer, le prince Alexis Lvov eut mission de recueillir des renseignements et de réclamer des éclaircissements au sujet d'un individu qui, après avoir séjourné chez les Cosaques du Dniéper sous le nom de Dimitri, venait de passer en Pologne, en se donnant pour le fils du tsar Vassili Chouïski. On croyait aussi savoir à Moscou qu'un autre personnage énigmatique était depuis quinze ans tenu en réserve par les Polonais comme prétendant éventuel et gardé au couvent des Jésuites, à Brest.

Les explications données à Lvov ne furent rien moins que rassurantes. Le prétendu fils de Vassili s'était, lui disait-on, glissé dans la maison du trésorier de la couronne, Jean Danillowicz, qui, après enquête, l'avait fait fouetter et chasser, après quoi on ne savait pas ce que cet aventurier était devenu. Quant à l'élève des Jésuites de Brest, ce n'était qu'un simple paysan, auquel par pure plaisanterie on avait donné le titre de tsarévitch et qui ne songeait aucunement à revendiquer cette qualité. En insistant cependant, l'envoyé obtint l'aveu que ce paysan avait été quelque temps désigné comme le fils de Maryna, et il en sut davantage en s'adressant au premier éducateur du faux tsarévitch, l'ihoumène d'un monastère de la région de Pinsk, Athanase Filipovitch, futur champion très zélé de l'orthodoxie en son pays et martyr de cette cause (1).

(1) Son autobiographie a été publiée dans le IVᵉ volume de la *Bibl. hist. russe*. Quant au monastère situé à Koupiatitsy, il a disparu et son nom même aurait été oublié s'il n'avait légué à l'église de Sainte-Sophie de Kiév une icone miraculeuse, qui est encore vénérée de nos jours. Comp. KOSTOMAROV, *OEuvres*, t. V, p. 569 et suiv.

Le pupille que les jésuites lui avaient enlevé s'appelait Jean Louba. Son père, gentilhomme de Podlachie, était mort à Moscou pendant l'occupation polonaise, et, ramené en Pologne, recueilli par le chancelier de Lithuanie, Léon Sapieha, l'enfant avait été bel et bien destiné à jouer le rôle d'un prétendant.

L'affaire devenait grave, et aussitôt Lvov insista énergiquement pour que le faux tsarévitch lui fût livré ou bien immédiatement supplicié en Pologne. Après une année entière de laborieuses négociations, il dut se contenter d'un expédient qui devait donner lieu à des complications nouvelles : Louba accompagnerait une ambassade polonaise qui se rendrait prochainement à Moscou, où Lvov pensait bien qu'on ne laisserait pas échapper cette proie.

Il comptait sans l'énergie de l'ambassadeur, Gabriel Stempkowski, qui, se prévalant de l'innocence très apparente de son protégé, être borné et nullement incliné aux aventures, se montra disposé à le défendre, au besoin, les armes à la main. Or Michel et ses conseillers furent d'autant moins disposés à pousser les choses jusqu'à cette extrémité qu'ils se trouvaient engagés dans une autre et très fâcheuse querelle, où l'intervention de la Pologne eût augmenté leur embarras. Ils s'étaient fort inconsidérément laissé reprendre à cette chimère d'une alliance de famille en pays d'Occident, source depuis Boris Godounov (1) de tant de déboires dont le souvenir restait cependant cuisant. Contraint d'accepter pour lui-même une alliance des plus modestes, le fils de Philarète crut pouvoir en ambitionner une, plus reluisante, pour sa fille aînée, Irène, et c'est encore sur le Danemark qu'il jeta son dévolu.

(1) Voy. *La Crise révolutionnaire*, p. 81.

3

VII

LES FIANÇAILLES D'UNE TSAREVNA

Il avait reçu en 1641 une ambassade danoise, à la tête de laquelle se trouvait un fils du roi Christian IV. Ce n'était qu'un prince de demi-sang, issu d'un mariage morganatique du souverain avec la comtesse Monk. On ne l'en traita pas moins, à Moscou, d'Altesse royale, en décidant qu'il ferait pour Irène un parti sortable. Le prince Valdemar ne songeait aucunement à prendre femme en Moscovie. Il n'apportait que des propositions d'intérêt commercial qui, d'ailleurs, furent déclinées, à raison d'une déconvenue récemment éprouvée dans une transaction de même genre. Des nécessités financières pressantes avaient engagé Michel à traiter avec une compagnie holsteinoise qui, moyennant un versement annuel de 600,000 gros écus, s'était fait attribuer le privilège du commerce de la Perse que tant d'autres compétiteurs avant elle avaient vainement sollicité. Or, elle faisait banqueroute à ses engagements et ne payait pas un sol. Valdemar s'en retourna donc sans avoir rien obtenu ; mais, envoyés sur ses pas, les plus habiles diplomates dont on put faire choix au Kreml allèrent solliciter le consentement de Christian au mariage du prince avec la tsarevna.

Eu égard aux situations respectives, le roi ne pouvait qu'être flatté par cette démarche, mais les conditions de l'alliance projetée lui parurent inacceptables. Valdemar devait changer de religion, et, à l'accueil qui leur fut fait, les porteurs de cette clause jugèrent combien elle offensait les sentiments d'un prince aussi dévoué à la cause protestante. Ils avaient ordre, en outre, de refuser « la personne », lisez le portrait d'Irène. On sait qu'en Moscovie à cette époque, comme aujourd'hui encore en Orient, l'époux n'était admis à voir l'épouse qu'après qu'elle eût franchi le seuil de la chambre conjugale. Les Moscovites du temps répugnaient d'autre part à laisser peindre ou dessiner leur image, par crainte d'un maléfice. Mais « la personne » ne fut pas demandée.

Michel s'obstina, et par l'intermédiaire d'un courtier d'affaires établi depuis quelques années en Moscovie comme agent commercial du Danemark, Pierre Marselis, il se montra plus accommodant : Valdemar recevrait en apanage les duchés de Souzdal et de Iaroslavl, et *il ne serait pas gêné dans la question religieuse*. Du coup, fort en peine de procurer à son fils un établissement convenable, Christian mordit à l'appât, et ce fut au tour du jeune prince de se montrer récalcitrant. Ce qu'il avait vu de la Moscovie ne l'engageait pas à y revenir, encore moins à s'y fixer. Marselis avait beau l'assurer que « tout se passerait bien ». Il en répondait sur sa tête.

— Que ferais-je de ta tête ? répondait Valdemar.

Il dut cependant céder à la volonté paternelle, et, après avoir reçu les assurances les plus formelles au sujet du respect garanti à sa foi, ainsi que la promesse d'un temple où il aurait la faculté de pratiquer librement le culte protestant, en décembre 1643, il se présenta à la frontière de sa nouvelle patrie avec une suite de trois cents personnes. Il ne put que se louer de la réception qui l'y attendit, sauf qu'à un relais les garnitures de son carrosse de voyage furent enlevées par des amateurs d'élégances exotiques. Mais il n'eut pas plus tôt pris ses quartiers au Kreml que le patriarche Joseph (successeur de Philarète après Joasaphe) lui ménagea une surprise autrement désagréable, en l'invitant le plus naturellement du monde à prendre ses dispositions pour entrer dans le giron de « la vraie Église ». — Valdemar invoquant les conventions arrêtées à Copenhague, Michel intervint. Il avait été convenu en effet que le prince garderait à cet égard une liberté entière ; mais, depuis, son père avait écrit en déclarant qu'il entendait le soumettre aux volontés de son futur beau-père. Eh bien, la volonté de celui-ci était que le fiancé d'Irène se fît orthodoxe.

Valdemar fut d'autant moins porté à se rendre à cet argument que tout prétexte propre à le débarrasser d'une union déplaisante lui agréait fort. En vain lui vantait-on les charmes de la tsarevna. Il ne pouvait s'en assurer avant d'être devenu son mari, mais il devait croire qu'elle était parfaitement belle et non moins bien élevée, ne ressemblant point à cet égard aux filles de son pays. Ainsi elle ne buvait jamais à en perdre la tête. Modeste et raisonnable en tout, de sa vie, en vérité, elle ne s'était enivrée !

En dépit de perspectives aussi flatteuses, pendant cinq mois le fiancé rebelle lutta pour obtenir son congé. En mai, à bout de patience, il essaya de fuir en s'ouvrant passage l'épée à la main, mais ne réussit qu'à se faire rouer de coups, après avoir tué un *strelets*. Deux ambassades successivement expédiées par Christian IV pour réclamer l'accomplissement du mariage dans les conditions convenues ou le renvoi du prince n'eurent pas meilleur succès. La Pologne s'en mêlant, par crainte d'une brouille avec le Danemark qui rapprocherait Moscou de la Suède, en vain encore Valdemar entra dans la voie des concessions. Il consentait à ce que ses enfants fussent orthodoxes et promettait d'observer les jeûnes du canon grec « autant que sa santé le lui permettrait ». Michel ne voulut rien entendre, et il devait mourir sans avoir réglé le différend.

Le 12 juillet 1645, une attaque au cœur l'emporta. Le fils unique qu'il laissait, Alexis, avait seize ans.

Le règne du premier Romanov ne saurait compter assurément parmi les époques brillantes de l'histoire nationale, comme sa personnalité n'y a pas figuré non plus avec beaucoup d'éclat. Tel quel cependant, et grâce en grande partie à Philarète, en épargnant au pays des désastres irrémédiables et en le mettant sur la voie d'un avenir meilleur, ce règne a inauguré, au lendemain de terribles épreuves, une période réparatrice, dont la valeur n'a pas été suffisamment appréciée jusqu'ici (1). Il a été, dans tous les sens, une entreprise de *restauration*.

_____

(1) Voy. cependant des indications dans ce sens de M. Kizewetter, dans le *Obrazovanié*, de 1897.

VII

LA RESTAURATION

Le mot n'est pas excessif. Le gouvernement de Michel ou plutôt de Philarète, car même après la mort du père le fils n'a fait que marcher sur ses traces, a marqué d'abord un retour décidé à la tradition dans l'exercice même du pouvoir souverain. A cette différence près cependant que, pour le partager avec le tsar, selon l'antique formule déjà fortement endommagée par « le Terrible », l'aristocratie n'était plus en posture convenable. Après l'*opritchnina* (1), le « Temps des troubles » avait consommé sur ce point des déchéances définitives. Parmi les familles qui naguère pouvaient prétendre au partage, les Romanov s'étaient mis hors rang; les Godounov se trouvaient en exil; les Chouïski et les Mstislavski disparaissaient par voie d'extinction; les plus énergiques d'entre les Galitzine venaient de périr. En fait d'ailleurs, les événements de la fin du seizième et du commencement du dix-septième siècle n'avaient fait que précipiter à cet égard une évolution qui, dès les temps les plus anciens, se laissait prévoir dans cette sphère et qui, vers le milieu du quinzième siècle, se dessina nettement au sein de l'État moscovite en formation. Aux côtés des premiers « rassembleurs de la terre russe », les libres compagnons d'autrefois, princes et boïars, manquaient déjà de ressources pour revendiquer des droits progressivement entamés avec leur indépendance et leur fortune également réduites. Le parcellement des héritages amoindrissant l'une, l'autre ne pouvait plus être efficacement défendue. Sur leurs domaines constamment rétrécis, la clientèle de vassaux qui faisait leur force abandonnait les seigneurs appauvris. En l'absence de majorats, le grand-duc de Moscou fut bientôt

(1) Voy. WALISZEWSKI, *Ivan le Terrible*, p. 321 et suiv.

seul à posséder une quantité considérable de terres, et, en les distribuant à ses « serviteurs » *(sloujilyié)* sous forme d'allocations viagères, sorte de fiefs *(pomiéstia)*, seul aussi il disposa du moyen de faire valoir une autorité qu'il tendit naturellement à rendre sans rivale.

Pour ces « hommes de service » , la question des *pomiéstia*, et donc le souci de gagner et de conserver la faveur du distributeur, primèrent tout autre intérêt. Au milieu de la crise récente, princes et boïars déchus avaient bien essayé de se relever de leur disgrâce en imposant une charte à Chouïski. Mais, enfermés à Moscou devant l'insurrection des gueux, écartés ensuite du pouvoir par les Polonais et enfin mis en échec par les Cosaques, ils s'étaient trouvés hors de combat. L'honneur de chasser les Polonais et de réprimer la révolte populaire échut aux titulaires des fiefs et aux habitants des villes.

Ainsi poussées au premier rang, ces deux classes auraient pu, à leur tour, opposer à la toute-puissance du souverain un contrepoids redoutable. Mais outre que, les ruinant, la crise les mettait momentanément dans un état de grande faiblesse, elles étaient irrémédiablement divisées, voire même armées l'une contre l'autre. Les populations urbaines avaient à se plaindre tonjours des *voiévodes* et des *starostes*, qui les pressuraient et les exploitaient abominablement et contre lesquels ils ne voyaient de recours qu'auprès du tsar ; or ces oppresseurs se recrutaient précisément parmi les *sloujilyié*.

Par l'effet de ces causes, en dépit de ses origines et de la situation précaire qu'elles lui créaient en apparence, la jeune dynastie des Romanov fut donc en mesure non seulement de maintenir, en le restaurant, l'intégrité du principe autocratique, mais encore de lui donner plus de force. Hors d'état d'en balancer la prépondérance grandissante, la vieille aristocratie ne sut que consoler ses rancœurs dans la revendication jalouse et hargneuse du seul privilège qu'on lui laissât, ainsi qu'un os à ronger : la comptabilité des droits d'ancienneté et des titres de préséance. Et c'est ainsi qu'à la veille d'être abolie, l'institution du *miéstnitchestvo* (1) fut appelée à son plus grand développement.

On a vu comment, dans le conflit avec la Pologne, les prétentions mises en jeu de ce chef avaient à deux reprises compromis les opérations militaires. En présence d'un souverain issu d'une famille de second rang, elles devaient s'affirmer contre lui-même de façon souvent insolente mais toujours futile. Et ce caractère leur resta. Tel jour, à un banquet de cour, un Romanov, le propre oncle du tsar régnant, cédant la première place à un Mstislavski, un Lykov lui disputait la seconde. Le lendemain, le souverain recevant un envoyé étranger, les *Ryndy*, porteurs de hache appelés à encadrer son trône, faisaient défaut, à raison d'une querelle de même genre, et un maître d'hôtel se mutilait la main plutôt que de figurer dans le cortège avec un compagnon de service qu'il jugeait indigne d'y paraître au même rang (2).

Pour réprimer ces incartades, le doux Michel n'hésita pas lui-même à recourir au knout; mais l'esprit de famille les inspirant, les intéressés préféraient la mort à une déchéance de cet ordre, qui, en vertu des principes réglant la matière, se répercutait sur toute leur parenté. Dressés aux coups de fouet, ils redoutaient d'ailleurs davantage un autre châtiment, qui passait pour le plus sévère auquel le souverain pût avoir recours et en vertu duquel, convaincu d'avoir soulevé mal à propos une contestation de préséance, le coupable était « livré avec la tête » au rival ainsi mis en cause. Or cela se réduisait à une cérémonie assez puérile : l'offenseur devait, en compagnie d'un commissaire, se rendre chez l'offensé; mis en présence de celui-ci, il lui faisait une profonde révérence et s'en allait, sans pouvoir descendre de cheval ni reprendre sa monture dans la cour de la demeure visitée, mais non sans accompagner cette démarche expiatoire des plus grossières injures.

En fait, l'autocratie bénéficiait de ces algarades, où ses

---

(1) Voy. WALISZEWSKI, *Ivan le Terrible*, p. 56 et suiv.

(2) SOLOVIOV, *Hist. de Russie*, t. IX, p. 363, 364, 377; ZIERNINE, dans l'*Archive des sciences hist. et jur.*, l. III, 1ʳᵉ partie, p. 21.

adversaires naturels usaient ce qui leur restait encore de force
et de prestige, et le grand embarras du gouvernement de Michel
fut ailleurs. L'aristocratie tombait en décomposition ; mais le
pays entier avait peine à vivre. Se disputant les « places »,
princes et boïars faisaient défaut au commandement des armées
ou des forteresses qui leur étaient confiées, mais il arrivait aussi
qu'ils n'eussent rien à commander. Dans la province de Novgorod, en 1626, on trouvait encore 2,752 hommes en état
de porter les armes ; mais dans celle de Ladoga il n'en restait
que 289 et 75 seulement à Porkhov, 70 à Staraïa-Roussa (1).

Pas de soldats et pas d'argent. Pour opérer les levées et
recueillir les contributions votées par les *Sobory*, des boïars,
accompagnés de scribes *(pistsy)* et de contrôleurs *(dozorch-
tchiki)* étaient envoyées de tous côtés. Ils avaient charge de
procéder au recensement des sujets « bons pour le service » et
d'examiner la situation des contribuables, en réglant la distribution des *pomiéstia* et en fixant l'assiette de l'impôt.
Hélas ! le désordre général, la corruptibilité des fonctionnaires
ainsi employés et l'épuisement du pays concouraient à déjouer
cet effort, viciant les calculs, déconcertant les contraintes les
plus rigoureuses. Envoyé dans la province de Bielooziéro, un
percepteur s'excusait : en fouettant jusqu'à mort les débiteurs
récalcitrants, il avait réussi quelque temps à leur faire rendre
gorge ; mais depuis, l'arrivée des Polonais étant signalée, il
se voyait impuissant ; le knout lui-même ne donnait plus
rien (2) !

Un état de choses quelque peu analogue venait de suivre,
en France, les guerres de religion.

Jusqu'à l'arrivée de Philarète, le gouvernement de Michel
manqua de ressort pour lutter avec de telles difficultés. A ce
moment, une impulsion plus énergique et plus habile donnée
à la politique intérieure se fit heureusement sentir.

(1) *Actes de la Comm. archéogr.*, t. III, n°° 11, 12, 14, 15, 36, 37, 88, 98, 105,
115, 126, 171 ; *Actes hist.*, t. III, n° 164 ; *Suppl. aux Actes hist.*, t. II, n°° 69,
101 ; *Recueil complet de Chroniques*, t. IV, p. 329 et suiv.
(2) Soloviov, *loc. cit.*, t. IX, p. 391.

VIII

LA RÉORGANISATION ADMINISTRATIVE

En juin 1619 déjà, le *Sobor* eut à prendre une série de décisions importantes : établissement d'un nouvel inventaire des terres grevées d'impôts, de façon à faire le départ des insolvabilités plus ou moins justifiées par les ravages de la guerre ; mesures pour faire rentrer les censitaires *(tiaglyié)* en fuite ; répression des abus de pouvoir commis par les « hommes de service » employés comme fonctionnaires de tout ordre. La création d'un département spécial de requêtes (littéralement de « plaintes contre les hommes forts », *Prikaz tchto na silnykh loudiéï tchelom büout)* paraît avoir procédé de cette initiative. En même temps, on s'avisait de la nécessité d'avoir un état régulièrement dressé des recettes et des dépenses annuelles, et la Moscovie posséda son premier budget.

Au sujet des méfaits imputables aux fonctionnaires, une enquête fut ordonnée, en rapport avec le problème simultanément envisagé d'une réorganisation fondamentale de l'administration provinciale. La faiblesse du contrôle exercé d'en haut et l'absence en bas de fortes collectivités locales pouvant y suppléer, livraient les administrés, sans défense aucune, aux fantaisies des représentants du pouvoir central, qui faisaient assaut d'arbitraire et de violence. Pas plus qu'en France d'ailleurs, ni en aucun pays d'Europe à cette époque, en dépit d'une centralisation déjà excessive, l'organisation administrative ne répondait à aucun type uniforme. Pour réduire les abus dont elles souffraient, Ivan IV avait autorisé les communes à se donner des magistrats librement élus (1). Mais cet embryon de *self-government* ne reçut pas une application générale. Incurie ou méfiance, par endroits les com-

(1) WALISZEWSKI, *Ivan le Terrible,* p. 195.

munes en avaient décliné spontanément le bénéfice, et, au
milieu de la crise, la dictature militaire des voiévodes faisant
valoir sa suprématie, les magistratures électives et surtout les
juridictions criminelles de ce ressort, exercées par les *goubnyié starosty*, s'étaient presque partout éclipsées.

Une recrudescence de désordres et de malversations en
résultait, surtout dans les localités lointaines. A Mangazéïa,
en Sibérie, deux voiévodes, André Palitsyne et Grégoire
Kokorev, se signalaient par d'odieux excès, l'un empochant
pour son propre compte des contributions prélevées à coups
de bâton, l'autre obligeant ses administrés à s'enivrer journellement dans un cabaret par lui exploité. Une circulaire,
envoyée en 1621 aux Communes, pour les engager à ne pas
se laisser extorquer des pots-de-vin ou des corvées illégales,
eut l'effet qu'on peut supposer, et, en 1627, un retour à la
politique du « Terrible » parut s'imposer avec l'extension des
pouvoirs attribués aux *goubnyié starosty*, de façon à concentrer
progressivement entre leurs mains toute l'administration
locale.

Malheureusement, le concours des populations intéressées
manqua encore. Quelques provinces et villes tardant comme
précédemment à faire l'essai de cette organisation, d'autres
s'en dégoûtaient après coup, affirmant, comme Dmitrov et
Kachine, en 1644, que l'administration des voiévodes valait
mieux. En fait, à la vérité, le choix libre des magistrats élec-
tifs n'était que fictif dans beaucoup de cas, soit que le gouvernement central intervînt pour fausser le principe de l'institution, ou que les électeurs se montrassent incapables d'en
user. Le phénomène s'est reproduit à une époque beaucoup
plus voisine de nous; et, en définitive, les voiévodes l'emportèrent. Dans tous les pays où le despotisme a pris racine,
c'est en enlevant aux assujettis le goût des mœurs libres,
comme le savoir nécessaire pour s'en accommoder, qu'il
obtient sa plus grande force et assure le mieux sa durée.

L'administration centrale ne se piqua pas d'esprit de suite
à cette occasion. Elle avait grand besoin, d'ailleurs, elle-

même d'être réorganisée, et bien qu'à beaucoup d'égards ils
se trouvassent en présence d'une situation nouvelle, Michel
et Philarète n'ambitionnèrent pas davantage, dans cette
sphère, le rôle de novateurs. Remettre les choses en état fut
leur souci le plus habituel, et au développement même de
la vie politique, sociale et économique du pays, là où il leur
fut donné de l'apercevoir, l'application des vieilles formules
leur parut répondre suffisamment. Ils ne touchèrent pas aux
prikazes, se contentant de multiplier le nombre de ces bureaux, par scissiparation en quelque sorte et spécialisation
dans un département distinct de tel ou tel groupe d'affaires,
qui arrivait à déborder les cadres plus anciennement constitués.

C'est ainsi, d'ailleurs, que de nos jours encore et en d'autres
pays les nouveaux ministères prennent naissance.

Mais, locale ou centrale, l'organisation administrative
gardant en Moscovie, comme l'organisation fiscale, un caractère de classe, cette particularité créait d'autres difficultés.
Les classes se ressentaient aussi du désarroi universel. De ce
côté, le problème à résoudre affectait deux formes distinctes :
répartition convenable des allocations territoriales entre « les
hommes de service » et établissement de rapports convenables
entre ces possesseurs du sol et les cultivateurs du même sol,
les paysans. Un grand nombre des *sloujilyié* se trouvaient, du
fait de la crise, sans allocation aucune ; un grand nombre de
terres allouées étaient converties en déserts, ce qui équiva-
lait au même pour les bénéficiaires ; enfin, un grand nombre
de domaines de la cour et d'autres terres sujettes au régime
du cens, « terres noires », apparaissaient arbitrairement converties en possessions franches.

C'est sur ce dernier point, le plus sensible naturellement
au point de vue des intérêts de l'État, que porta principalement l'effort de Philarète. On sait comment en Suède, vers
la même époque et dans des circonstances presque identiques,
une « réduction » brutalement opérée par Charles XI eut
pour effet, dans la lutte engagée à ce propos entre le souve-

rain et la noblesse, le triomphe momentanément complet de l'absolutisme. Sans avoir pris une forme aussi violente, il semble bien qu'un travail de revision poursuivi en Moscovie de 1629 à 1636 et couronné par une codification des mesures successivement adoptées *(Pomiéstnoié Oulojénié)* ait visé un but quelque peu analogue (1).

IX

L'ÉVOLUTION SOCIALE ET ÉCONOMIQUE

Les résultats ne furent pas des plus satisfaisants. En 1633 encore, les gentilshommes de la province de Moscou se déclaraient hors d'état de « servir » contre les Polonais, les uns parce qu'ils n'avaient pas de terres, les autres parce que, sur les terres possédées, ils ne trouvaient pas en proportion suffisante des paysans propres à les cultiver. Mais quelle était la proportion suffisante? Sur ce point, un écart énorme se produisait dans des évaluations contradictoires. *Quinze* par lot de dimension moyenne, déclarait le *Sobor* de 1633 ; *cinquante,* répliquaient les intéressés à l'assemblée de 1644. En attendant que le débat fût vidé, une loi dut, en 1642, renouveler les anathèmes du code de 1550 contre les *sloujilyié,* qui, pour échapper à leurs obligations, se faisaient volontairement serfs !

En conditionnant essentiellement sa situation économique, la question de la main-d'œuvre demeurait, pour cette classe, d'une importance capitale ; mais l'État n'y était pas moins intéressé, puisqu'il ne pouvait être servi si ses serviteurs n'avaient pas de quoi manger. L'impitoyable loi de l'esclavage, le *kriépostnoié pravo,* devait procéder de ce dilemme (2).

Certains paysans semblent bien avoir, dès cette époque,

(1) PLATONOV, *Leçons,* p. 276.
(2) LAPPO-DANILEVSKI, *L'organisation de l'impôt direct,* p. 135 et suiv.

perdu le droit de quitter à volonté les terres où ils se trouvaient établis, devenant ainsi *glebæ adscripti*, serfs en fait
sinon en titre. D'autres continuaient à louer leur travail aux
propriétaires de leur choix, sans qu'il soit possible de préciser
la raison juridique de cette différence. Comme au siècle précédent (1), elle paraît avoir procédé d'un ensemble de causes
complexes, où dominaient les relations pécuniaires créées
entre les parties en cause. Avant Boris Godounov, abandonnant une terre par lui cultivée pour le compte d'autrui, un
paysan pouvait déjà y être ramené de force, si, avant de partir, il avait négligé de rembourser les avances ou autres frais
dus au propriétaire. Au cours de la crise, et à raison même
de la misère qui en résultait, ces cas tendirent à se multiplier,
en même temps que devenaient fréquents les rapts de paysans, opérés de propriétaire à propriétaire. Souvent, pour
mettre à couvert leur responsabilité, les cultivateurs en fringale de déplacement se faisaient enlever. Comme de raison,
les propriétaires lésés avaient la faculté de réclamer ce qu'ils
considéraient comme leur bien, et, d'abord illimité, puis restreint en 1597, élargi en 1615 et en 1637 au bénéfice de certaines catégories d'intéressés, le droit de suite, ainsi reconnu
par la loi, fut généralisé lui-même en 1641, mais limité à
une période de quinze ans.

Était-ce déjà le *kriépostnoié pravo* tel que nous l'avons
connu? Assurément non, pas plus que Boris ne l'avait établi
par ce règlement de 1597, qui, objet d'une singulière méprise,
visait précisément un but contraire. Il restait des paysans gardant la libre disposition de leur travail, à l'expiration des
engagements temporaires par eux contractés, ou en l'absence
d'un contrat inscrit au cadastre *(Pistsovyia Knigi)*. Mais, graduellement, les propriétaires prirent l'habitude de refuser
leur signature à des contrats qui ne fussent pas perpétuels et,
la détresse universelle y aidant, l'habitude allait devenir la
règle.

(1) Voy. WALISZEWSKI, *La Crise révolutionnaire*, p. 29.

Les paysans censitaires des « terres noires » échappèrent quelque temps à cette souricière ; mais bientôt l'énormité des prestations de toute nature mises à sa charge détermina une raréfaction de cet élément, et la responsabilité collective des communes, cette *krougovaia porouka*, qui de nos jours encore soulève des réclamations si justifiées, finit par y provoquer un mouvement général de sauve-qui-peut. Mais où pouvait-on se sauver? Nul autre refuge que chez le propriétaire voisin, toujours prêt à recueillir les déserteurs dans le traquenard du servage contractuel.

En même temps, des cas de cession, de vente de paysans sans terre se multipliaient. La loi ne les autorisait pas ; mais au propriétaire d'une terre, sur laquelle un paysan était tué par un autre propriétaire, elle permettait de réclamer une indemnité en nature, tête pour tête ; et l'on devine à quelles interprétations abusives devait se prêter ce compromis légal, dans la coutume d'abord puis dans la législation d'un pays, où, se confondant avec l'intérêt de l'État, l'intérêt des chasseurs de la main-d'œuvre réclamait tous les ménagements.

Ces faits avec leurs conséquences ne sont, d'ailleurs, pas entièrement particuliers à la Moscovie, et l'histoire de ce pays du seizième au dix-septième siècle reproduit en grande partie, sur ce point, les phénomènes économiques et sociaux qui, en Occident, ont déterminé après l'invasion des barbares un résultat analogue. A cet égard, la période du moyen âge s'est trouvée simplement déplacée, pour l'empire des tsars, d'un espace à la vérité énorme. Mais ce n'est pas la seule singularité qu'il offre à l'étonnement de l'historien.

Le sort des paysans s'acheminant ainsi à un devenir lamentable, nécessité par cette raison d'État qui, dans notre monde moderne, remplace la fatalité antique, la condition des populations urbaines sollicita à son tour l'attention du gouvernement restaurateur. Juridiquement, dans la première moitié du dix-septième siècle, ruraux et citadins paraissent confondus, au point de ne pouvoir presque pas être distingués : de la ville à la campagne et inversement, du commerce et de l'industrie aux travaux des champs, ou en sens contraire, les mouvements des uns et des autres étant libres, l'assiette de l'impôt seule établit entre eux une différence sensible. Le paysan paye sur la terre qu'il cultive et l'habitant de ville sur la maison, le *dvor* qu'il occupe. Mais dans beaucoup de villes, à cette époque, on ne trouve pas de citadins *(posadskiïé)*. A Alexine par exemple, en 1650, le voiévode signale un seul sujet de cette espèce, — et il est mort !

Plus douloureusement encore que les campagnes, les villes avaient eu à se ressentir du « Temps des troubles », et les entreprises d'une fiscalité aux abois, les excès d'une administration cupide et vénale, la multiplication des monopoles et des privilèges ajoutant leur effet ruineux aux misères ainsi créées, à Moscou même, la population urbaine se trouvait diminuée de 33 pour 100.

A travers quelques hésitations et quelques repentirs, Michel et Philarète devaient demeurer fidèles à une politique d'expédients qui, en échange de bénéfices très aléatoires, — ainsi que l'indique le contrat passé avec la Compagnie holsteinoise — livrait le pays à l'exploitation de quelques étrangers et faisait obstacle à son libre développement. En principe, le recours à ces auxiliaires exotiques se laissait justifier : seuls, à ce moment, ils étaient capables de mettre en valeur, de découvrir même des ressources qui, pour les indigènes, demeuraient inaccessibles ou insoupçonnées. Mais, dans la direction elle-même donnée aux entreprises ainsi protégées, des préoccupations injustifiables prévalaient. Une fabrique d'armes existant à Toula depuis le seizième siècle, en 1632 on autorisait le Hollandais Vinnius, associé plus tard à Marselis, à y établir une fonderie de canons et de boulets, et aussitôt on recrutait au dehors des fondeurs en quantité. En 1630, un autre étranger, Firmbrandt, fabricant de velours, était employé à recueillir en Occident des ouvriers habiles dans ce métier. En 1631, on subventionnait l'Anglais Frank

Glover pour la création d'une fabrique d'orfèvrerie et de joaillerie, où d'aventure un Russe, Ivan Martynov, se trouvait exceptionnellement avoir part.

La guerre et les industries de luxe recevaient ainsi un traitement de faveur, et, après la mort de Philarète qui observait à cet égard quelques ménagements, les portes furent d'autre part plus largement et inconsidérément ouvertes à l'invasion d'un occidentalisme plus exploiteur encore que réellement productif ou utilement fécondant. Michel s'entoure de médecins, d'apothicaires, oculistes, alchimistes, fabricants d'orgues, originaires de tous les pays. A un constructeur hollandais, Melchart, il donne 2,676 roubles pour un instrument de musique « qui fait chanter des oiseaux ». Et si le Suédois Kristler s'emploie avantageusement à bâtir un pont de pierre sur la Moskva ; si son compatriote Koët mérite des encouragements en établissant une verrerie, comme Firmbrandt en faisant l'essai d'une tannerie de peaux d'élan ; si même le Russe Cristophor Golovieï s'applique avec quelque succès à des travaux d'hydraulique, les préférences officielles restent acquises aux travailleurs du fer et aux inventeurs de matières précieuses. En 1640, l'Anglais Cartwright pense vainement en découvrir aux environs de Moscou ; en 1642, des prospecteurs allemands ne réussissent pas mieux aux environs de Tver. Et, bien qu'un Russe encore, Boris Riépine, participe aux recherches, dans l'ensemble, rien n'est fait pour donner à ces entreprises exotiques une valeur éducatrice.

Les villes demeurent à peu près étrangères au mouvement industriel ou commercial ainsi développé, et, n'essayant pas de les y associer, le gouvernement ne prend aucun soin de donner quelque consistance aux éléments essentiellement flottants qui constituent leur population. Une colonie étrangère assez nombreuse se fixant à Moscou et y devenant prospère, le monopole industriel et commercial qu'elle exerce en fait n'est assez faiblement concurrencé que par l'activité des villages libres *(slobody)*, multipliés, à la faveur encore de privilèges injustifiables, sur les domaines des monastères.

Ces établissements sont un autre lieu de refuge, et même choisi de préférence par les échappés des communes censitaires qui, assez fréquemment inclinées, elle aussi, à des occupations de même genre, se ressentent douloureusement de cet abandon. Il arrive même que les villages francs d'impôt, « blancs » comme on les appelle, contribuent de façon plus directe à la ruine des villages censitaires, ou « noirs », et des villes pareillement assujetties au cens. Rachetant un *dvor* de village « noir » et s'y établissant, l'habitant d'un village « blanc » emporte dans ce nouvel établissement son statut personnel et « blanchit » la demeure qu'il a adoptée. La part d'impôt qu'elle supportait se trouve ainsi déplacée et, en vertu de la responsabilité collective, reportée sur les autres *dvory* de la commune.

Et voici un trait où se traduit éloquemment la détresse d'une société livrée à de telles pratiques. Les lecteurs qui ont bien voulu suivre l'auteur dans ces études connaissent déjà l'espèce de contrainte par corps, dite *pravièje*, en usage dans ce pays contre les débiteurs : la bastonnade sur le gras de jambes, appliquée plusieurs heures par jour et pendant plusieurs semaines devant la maison de justice. Eh bien, les cas sont fréquents, à cette époque, de débiteurs même solvables mais préférant subir ce traitement plutôt que de faire honneur à leurs engagements. Et, en 1628, une loi intervient limitant à un mois l'emploi du *pravièje,* le recouvrement des créances devant, après ce délai, être poursuivi sur les biens des intéressés.

Le gouvernement de Michel et de Philarète eut des préoccupations économiques très minutieuses, jusqu'à prendre souci, en 1626, du poids et de la qualité des petits pains *(kalatchy)* livrés à la consommation. Mais, dès cette époque, la politique moscovite devenait trop extensive pour suffire aux exigences même élémentaires d'une culture intensive dans les limites constamment élargies d'un territoire démesuré. Au moment où il cédait à la Pologne quelques-unes des provinces le mieux peuplées qu'il possédât, l'empire des

tsars s'annexait en Asie 140,000 lieues carrées de déserts,
ses Cosaques poussant toujours plus loin et jusqu'aux frontières de la Chine leurs chevauchées audacieuses. Refoulée à
l'ouest par la résistance d'une civilisation supérieure, la Moscovie faisait à l'est œuvre de puissance colonisatrice; mais,
nécessairement, les éléments de culture qu'elle portait dans
les *toundras* sibériennes n'étaient pas de première qualité, et
déjà les colonies ainsi créées aux confins de l'empire, en
même temps qu'un champ d'expériences hasardeuses, devenaient aussi une école de vices déplorables. Grossiers eux-
mêmes et à demi sauvages, dans l'âpreté d'une lutte où ils
jouaient journellement leur existence, dans l'enivrement
d'un pouvoir pratiquement illimité, les colonisateurs de
l'époque contractaient quelques-unes des habitudes qui
pèsent aujourd'hui encore bien lourdement sur les destinées
de leur pays.

Parcourant la Moscovie à deux reprises, en 1634 et en
1636, Adam OElschlaeger (Olearius) avait nettement l'impression de se trouver là même en pleine barbarie. Il était
frappé par le bon marché des produits : deux kopecks pour
une poule, un kopeck pour une douzaine d'œufs. Passant
dans la capitale les fêtes de Pâques, il se trouvait édifié par
les pratiques pieuses et charitables du souverain, qui, avant
d'aller à matines, visitait les prisons et y distribuait des œufs
peints et des *touloups* de peau de mouton. Mais, en même
temps, il voyait les cabarets pleins d'une foule avinée,
hommes et femmes, laïcs et ecclésiastiques y faisant assaut
d'intempérance et d'obscénité. Des ivrognes affalés remplissaient les rues et chaque matin on y ramassait nombre de
cadavres. Des incendies éclataient à chaque instant et on ne
s'occupait même pas de les éteindre, se contentant de démolir
à coups de hache les maisons voisines pour arrêter la propagation du feu. Des quartiers entiers étaient ainsi détruits. On
n'avait pas à la vérité grand'peine à les rebâtir, un marché
spécial fournissant des maisons toutes prêtes à monter en
quelques jours.

Ces maisons ne sont pourtant que des masures, et, dans les jardins frustes qui les entourent, Olearius n'aperçoit nulle trace de culture soignée, ni fleurs ni légumes délicats. Le tsar seul possède quelques pieds de roses apportés de Gottorp et les Hollandais viennent seulement d'introduire les salades et les asperges. Les Moscovites mangent comme ils habitent, sans aucun souci de confort ni d'élégance. La grossièreté de leurs mœurs en égale la licence et les vices contre nature sont parmi eux chose des plus communes.

Ce sombre tableau ne laisse-t-il cependant pas apercevoir des parties plus lumineuses? Le savant observateur allemand semble n'en avoir découvert aucune. Et pourtant sa présence même en Moscovie, où il venait en invité, en ambassadeur de la culture européenne, aurait dû lui servir d'avertissement et le convaincre que cette barbarie dont il notait, non sans quelque exagération, les aspects déplaisants n'était déjà, à beaucoup d'égards, que le legs d'un passé révolu.

X

LE PROGRÈS

Suivant OElschlaeger de près, un autre étranger, Jean Dorn, s'occupait à Moscou en 1637, avec l'assistance d'un indigène, Bogdan Lykov, à la traduction d'une grande cosmographie latine. Au couvent des Miracles, Philarète lui-même présidait à l'établissement d'une école gréco-latine, confiée à un correcteur de livres saints renommé, Arsène Gloukhoï. Déjà aussi, par l'effet de l'esprit outrancier propre à la race, à peine goûtée, la saveur des prémices de culture ainsi recueillies inspirait à quelques-uns de ceux qui en bénéficiaient le mépris irréfléchi et injustifié de tout l'héritage national. Ce fut le cas de ce prince Ivan Khvorostinine, dont j'ai évoqué déjà la silhouette déconcertante (1). Si on peut aisé-

_____

(1) *La Crise révolutionnaire*, p. 383.

ment excuser ce libéral du dix-septième siècle d'avoir confondu le bon et doux Michel avec un despote, — Philarète
tenant les rênes du gouvernement l'erreur était facile — ses
dédains trop affectés pour les hommes et les choses de son
pays le rendent moins sympathique. Rappelé à la cour, après
un internement de quelques années seulement au monastère
de Saint-Cyrille, il pouvait d'ailleurs juger par son propre
exemple que les temps où « le Terrible » exerçait des représailles autrement sévères étaient loin.

Le passé résistait assurément, provoquant des réactions en
sens contraire. En 1627, un modeste pionnier de l'œuvre
civilisatrice, Laurent Toustanovski, dit Zizanii, se trouva
vivement pris à partie pour avoir commenté dans ses livres
des phénomènes tels que les éclipses du soleil, les tremblements de terre et les comètes, en cherchant à leur donner
une explication naturelle. Appliquées à l'évolution des astres,
les données élémentaires qu'il puisait dans ses lectures furent
taxées d'hérésie, tout bon chrétien étant tenu de savoir que
les astres avaient des anges pour conducteurs. La littérature
nationale n'en commençait pas moins de s'enrichir d'autres
œuvres que les naïfs et grossiers essais de polémique politique
et d'édification religieuse où s'épuisait naguère la verve du
prince Kourbski et de ses contemporains.

Chez la plupart de leurs successeurs, à l'époque que nous
étudions, la rudesse du style égale à la vérité la pauvreté des
idées. Le plus fécond d'entre eux, le prince Simon Chakhov-
skoï, n'est, en prose comme en vers, qu'un insupportable
déclamateur. Exclusivement attaché, peut-on croire, à la
seule recherche de phrases sonores mais vides de pensée, il
se montre également incapable de produire un argument de
quelque valeur dans l'épître qu'il adresse au shah Abbas pour
l'engager à prendre le baptême, comme de fournir un renseignement utile dans les Mémoires qu'il a laissés. Littérairement
et historiquement, commencée sous le règne de Michel et
connue sous le nom de « Manuscrit du patriarche Philarète »,
une chronique officielle du « Temps des troubles » ne vaut

guère mieux. Les récits des voyages faits en Palestine et en Perse par les marchands moscovites Gogara et Kotov offrent plus d'intérêt. Gogara a peu d'instruction et beaucoup de candeur ; mettant sa barbe en contact avec un cierge allumé au feu miraculeux du temple de Jérusalem, il s'est assuré à trois reprises qu'elle n'en souffrait aucun dommage. Mais, de Jérusalem, ce pèlerin ingénu passe en Égypte ; il est vivement frappé aussi par le miracle profane des pyramides, et l'accueil enthousiaste fait à ses récits indiquerait à lui seul, dans le milieu où il se produit, l'éveil d'une curiosité que les frontières intellectuelles de la vieille Moscovie n'étaient plus capables de retenir longtemps.

Pour quelque temps encore, ce pays devait rester moralement emprisonné dans la sphère étroite des idées et des préoccupations religieuses. Les plus grands savants de l'époque sont des correcteurs de livres saints. Mais de l'effort même porté sur ce point, à travers une autre crise redoutable, l'affranchissement de l'esprit national sortira, par la puissance émancipatrice qu'inconsciemment ce travail aura mis en jeu, en éveillant dans ce milieu de tradition et de routine le besoin et le sens de la critique, ce grand instrument de toutes les conquêtes du monde moderne.

Les débuts de cette évolution furent malheureux. Le problème de la correction des livres saints se rattachait ici aux obscurs commencements de l'imprimerie moscovite. Détruite pendant l'occupation polonaise, rétablie par Michel, l'unique typographie de Moscou fut naturellement employée d'abord à la mise sous presse d'œuvres de liturgie et d'enseignement ecclésiastique. Au cours de ce travail, on dut s'appliquer à redresser les nombreuses erreurs introduites dans les textes par des copistes ignorants ou négligents. Pour diriger cette entreprise de revision, Michel désigna en 1616 le célèbre archimandrite de la Troïtsa, Denis, qui venait de jouer un rôle héroïque et lui devait un prestige et une autorité sans rivaux (1).

(1) *La Crise révolutionnaire*, p. 409-410.

Mais, destructeur impitoyable des plus magnifiques apo-
théoses, déjà le vent changeant des impressions populaires avait soufflé sur le célèbre monastère et ses nobles
héros. Très saint homme, Denis semble avoir été un administrateur médiocre, et, au lendemain des grandes épreuves où
sa vaillance avait triomphé, le train quotidien de la vie commune révélait sa faiblesse. Il ne savait pas se faire obéir.
Après avoir pris l'habitude de ne tenir aucun compte de ses
ordres, sous prétexte qu'il les accompagnait de la formule
« s'il vous plaît », ses subordonnés en venaient à l'insulter
publiquement, et, se dégageant progressivement de toute
contrainte, ils finirent par se prévaloir de la popularité
acquise pour d'abominables excès. Les moines multipliant
les accaparements, les exactions et les violences de toute
nature, les serviteurs du saint lieu se livraient au brigandage
à main armée !

La réputation de l'archimandrite devait s'en ressentir, et,
accusé bientôt d'hérésie dans l'exercice de ses nouvelles fonctions, condamné à une amende de 500 roubles qu'il était
hors d'état de payer, soumis au *pravièje*, jeté dans un cachot
la chaîne au cou, il savoura toutes les amertumes d'une disgrâce imméritée. Le grand crime mis à sa charge était
d'avoir, dans le verset : « Venez Seigneur, et bénissez l'eau
avec le Saint-Esprit et le feu » — de la prière pour la bénédiction des eaux — retranché les deux derniers mots. Les
artisans faisant emploi du feu pour leur industrie lui repro-
chèrent de vouloir leur enlever leur gagne-pain, et tandis
que, dans la cour du palais patriarchal, l'administrateur provisoire du siège, Iona, métropolite de Kroutitsa, festoyait
avec ses prêtres, on fouettait le malheureux archimandrite et
des forgerons ameutés venaient lui jeter des pierres.

C'était avant le retour de Philarète. Se rencontrant avec la
réapparition du futur patriarche, la présence à Moscou du
patriarche de Jérusalem, Théophane, détermina un revirement. Instruit de l'incident, le pontife d'Orient affirma que
les mots en litige ne se trouvaient pas dans les textes grecs.

Coup de théâtre, suivi de la convocation d'un *sobor* et de la réhabilitation complète de Denis (1). Mais la correction des livres saints était destinée à provoquer ultérieurement de plus grands orages ; les débats ainsi soulevés ne sont aujourd'hui pas encore épuisés, et l'origine lointaine de ce conflit religieux, qui a tenu et tient toujours une place si considérable dans l'histoire du pays, devait être marquée ici.

(1) Soloviov, *Hist. de Russie,* t. IX, p. 434 et suiv.

CHAPITRE III

LE PÈRE DE PIERRE LE GRAND

I

L'AVÈNEMENT D'ALEXIS

Par le nombre et l'amplitude des œuvres réalisées ou acheminées à une réalisation prochaine, des problèmes sinon solutionnés du moins mis à l'ordre du jour, des mouvements créés ou développés dans la sphère des idées politiques, sociales, religieuses, ce règne est un des plus mémorables de l'histoire de la Russie. Aux yeux de la postérité immédiate, il a été éclipsé par l'éclat fulgurant de celui qui l'a suivi de près ; de nos jours, une observation plus attentive des faits a tendu à les rétablir dans une perspective historique plus juste et à faire reconnaître que, par rapport à la masse d'éléments préparés antérieurement pour un enfantement fécond, en précipitant ce travail, l'œuvre de Pierre le Grand n'a été, à beaucoup d'égards, qu'un avortement douloureux et malsain, dont la Russie moderne continue à se ressentir.

Dès le milieu du dix-septième siècle, révélée par des pétitionnements de plus en plus nombreux et pressants, voire des émeutes de plus en plus violentes, l'urgence d'un ensemble de mesures rénovatrices a provoqué ici une activité législative considérable. Concuremment avec les problèmes économiques

et juridiques, d'autres, d'ordre moral ou religieux, s'imposaient, imprimant à l'entreprise de la correction des livres
saints et à la réforme du rituel une impulsion plus vigoureuse.
Se rattachant à la question de l'unité nationale comme à celle
non moins délicate des rapports entre l'Église et l'État, la
crise du *raskol* introduisait dans cette sphère un ordre de
choses nouveau. En même temps encore, le soulèvement des
Cosaques polonais entraînant une gravitation générale des
populations ukrainiennes vers l'orbite moscovite, l'œuvre de
réintégration de l'antique patrimoine russe se trouvait
amorcée.

L'homme qui a présidé à ces événements et l'époque qui
les a vus s'accomplir méritent assurément de fixer l'attention.

Par la bonté, la douceur, l'aptitude à s'attacher fortement
aux personnes de son entourage, Alexis ressembla à son père.
Il était d'esprit plus vif, de tempérament plus robuste et il se
trouvait élevé d'une façon plus convenable à son rang. Son
éducation avait été, depuis treize ans, dirigée par le boïar
Boris Ivanovich Morozov. Perdant sa mère peu après la
mort de son père, le jeune tsar donna à ce précepteur une
confiance entière et eut à s'en louer à certains égards. Morozov était un homme intelligent, adroit, assez instruit pour
l'époque, mais incapable malheureusement de s'élever au-
dessus du rôle d'un favori et de se retenir d'en abuser. Après
lui, le personnage le plus influent dans l'entourage du nouveau souverain fut le *diak* de la *Douma*, Nazar Tchistoï,
ancien marchand de Iaroslavl, et tous deux subissaient l'ascendant du marchand hollandais Vinnius, — premier
exemple d'un étranger intervenant dans les affaires du pays.

En pareille compagnie, Alexis ne risquait pas d'être
détourné de la voie où, emporté par d'irrésistibles courants,
Michel avait déjà fait quelques pas timides.

Au témoignage d'un contemporain (1), son avènement
aurait été précédé d'un *Sobor* électif. L'indication est difficile

---

(1) Kotochikhine, *De la Russie*, p. 4. Comp. Zagoskine, *Histoire politique de
l'État moscovite*, t. I, p. 281 ; Latkine, *Les Assemblées*, p. 206-207.

à concilier avec le fait certain d'une prestation de serment
imposée aux sujets du nouveau tsar aussitôt après la mort de
son prédécesseur (1). Peut-être faut-il admettre un simulacre
d'élection, dont des précédents récents auraient suggéré la
nécessité et fourni la formule.

Alexis, ou plutôt son mentor, débuta bien, en liquidant
l'affaire du prince Valdemar, ainsi que celle du malheureux
Louba. Le premier put, en 1645 déjà, reprendre le chemin
de Copenhague et les ambassadeurs polonais eurent licence
d'emmener l'autre, après avoir seulement pris l'engagement
qu'il serait enfermé à vie dans une forteresse.

On n'en avait pas fini, pour cela, ni avec les prétendants
ni avec les Polonais. Envoyé à Moscou par Ladislas, en
1646, le disert et conciliant castellan de Kiév, Adam Kisiel,
avait beau comparer la Moscovie et la Pologne à deux
cèdres du Liban issus de la même souche. Masquant un antagonisme plus profond où l'avenir des deux pays était engagé,
l'irritante question des titres maintenait entre eux une hostilité sourde, en même temps que, plus menaçant pour les
Polonais que pour les Moscovites, le danger d'un conflit avec
la Porte empêchait la seule entente qui eût pu les réunir
contre l'ennemi commun : les Tatars.

Bientôt, d'ailleurs, Moscou fut absorbée par des embarras
intérieurs. Les marchands indigènes protestaient de plus en
plus vivement contre leurs concurrents étrangers, qui, s'aidant
de la corruption, soudoyant le *diak* influent, Pierre Tretiakov,
gagnant Morozov lui-même, accaparaient en gros et en détail
tout le commerce du pays. Le mentor d'Alexis se donnait
bien l'air de faire droit à ces réclamations en imposant au
double les accapareurs ; il n'obtenait qu'une élévation
correspondante des prix demandés à leur clientèle. En
essayant d'autre part de remédier à la détresse des agglomérations rurales ou urbaines, il soulevait de nouveaux mécontentements. Pour alléger les charges qui les écrasaient, il

(1) *Actes de la Commission archéographique*, t. IV, n° 1.

n'imaginait pas d'autre expédient que l'établissement d'un nouvel impôt sur le tabac et l'augmentation de l'impôt sur le sel, préface, assurait-il, d'une réduction prochaine des autres redevances.

Après avoir encouru naguère l'ablation du nez, fumeurs et priseurs furent libres de se donner ce plaisir, quitte à le payer très cher; mais l'impôt sur le sel devenait aussitôt très impopulaire. Le poisson salé constituait la base de l'alimentation locale dans les hautes comme dans les basses classes. Dès 1648, la mesure dut être rapportée.

Au commencement de 1647, Alexis décida de prendre femme, et, à cette occasion, Morozov arma encore contre lui l'opinion publique. Et d'abord il y eut comme une répétition de l'affaire Khlopov. Deux cents jeunes beautés étant, selon l'usage, recueillies dans toutes les provinces de l'Empire et offertes au choix du souverain, la fille d'un pauvre gentilhomme, Evfimie Vsiévolojski, se fit agréer. Malheureusement pour elle, la joie qu'elle éprouvait lui causa un évanouissement, et aussitôt, déclarée convulsionnaire, elle fut renvoyée en Sibérie avec tous les siens. Or, Boris Ivanovitch passa pour n'avoir pas été étranger à cet événement. Veuf et projetant une seconde union avec la fille d'Ilia Miloslavski, il rêvait de devenir le beau-frère de son souverain, en lui destinant la seconde fille de ce très obscur et peu recommandable personnage. Il poussa l'intrigue à bonne fin, et la désapprobation fut générale.

Issu d'une famille de transfuges lithuaniens, Ilia Danilovitch avait été poussé en avant par le *diak* du Département des Affaires étrangères, Ivan Gramotine, dont il était le domestique. Ses filles, s'il faut en croire Collins, vendaient au marché des champignons cueillis dans les bois. Pauvre, il ne songea qu'à exploiter sa nouvelle situation pour s'enrichir rapidement, en partageant les gains réalisés avec ses plus proches parents, le juge du Département Provincial *(Ziémskiï Prikaz)*, Léonce Plechtchéiev, et l'administrateur du Département de l'artillerie, Pierre Trakhaniotov. Ce fut le point de départ d'un soulèvement populaire, qui rappelle quelque peu les débuts des troubles où la France se trouva engagée vers la même époque.

II

LA FRONDE MOSCOVITE

Cet orage éclatait bien mal à propos. La Pologne subissant à ce moment des défaites terribles dans ses démêlés avec les Cosaques, l'intervention de Moscou devenait nécessaire. Elle fut retardée par la crise intérieure, dont la coïncidence peut bien, d'ailleurs, n'avoir pas été accidentelle (1).

Des plaintes nombreuses contre Plechtchéiev étant restées sans effet, le 2 juin 1648, les mécontents profitèrent d'une procession, où le tsar accompagnait le patriarche, pour le saisir directement de leurs doléances. Repoussés, ils se portèrent au Kreml, où, rentrant précipitamment, Alexis se trouva assiégé. Avec la lie de la populace, des marchands, des artisans, voire des « hommes de service », figuraient parmi les assaillants. Composée de *striéltsy*, mi-soldats mi-bourgeois eux-mêmes, et mal payée, la garde de l'auguste enceinte semble n'avoir pas fait meilleure contenance devant cet assaut que, à l'autre extrémité du continent, la milice bourgeoise devant les barricades dont Paris se couvrait presque au même moment (2).

Comme ceux de Paris, les émeutiers de Moscou ne s'attaquaient pas encore au souverain ; mais, envahissant le palais de Morozov, ils lui firent subir un pillage, ou plutôt une dévastation complète. Se ruant sur les objets précieux, ils ne se les appropriaient pas, mais les mettaient en pièces, les foulaient aux pieds ou les jetaient par les fenêtres, en criant :

(1) KUBALA, *Esquisses historiques*, 1re série, 4e édit., p. 199-201. — Comp. *Bibliothèque Ossolinski*, ms. n° 189, p. 132 et 199.
(2) LAVISSE, *Histoire de France*, t. VII, 1re partie, p. 38.

« C'est notre sang! » Comme, ayant achevé cette première
besogne, ils se disposaient à détruire la maison elle-même,
Alexis leur fit savoir qu'elle lui appartenait. Ils se retirèrent
alors, non sans avoir cependant massacré trois des serviteurs
du tout-puissant favori, qui se cachait dans les appartements
de son beau-frère.

Moins heureux, Tchistoï n'échappa pas à leur colère grandissante : « Voilà pour le sel! » crièrent-ils en le frappant,
puis en le jetant sur un tas de fumier, où ils l'achevèrent.
Plechtchéiev et Trakhaniotov avaient, de leur côté, réussi à
trouver un refuge; mais, après avoir mis à sac leurs demeures, la foule avinée se représenta le lendemain devant le
palais du tsar, demandant qu'ils lui fussent livrés, ainsi que
Morozov.

L'émeute grossissait visiblement; des incendies allumés
aux quatre coins de la capitale la menaçaient d'une destruction complète, et, sans défense, Alexis dut parlementer avec
ses sujets révoltés. Il promit d'exiler son beau-frère, livra
Plechtchéiev d'abord, qui fut mis en pièces, puis Trakhaniotov, qui fut décapité. Enfin, le tsar demanda grâce, pleurant et s'engageant par serment à supprimer les monopoles,
à établir une meilleure administration financière et à introduire dans son pays « le gouvernement de la justice ». Une
distribution d'argent et de faveurs accordée aux *striéltsy* paraît
avoir contribué plus efficacement encore au rétablissement
de l'ordre; mais, se répercutant en province, les troubles y
entretinrent, quelque temps encore, une agitation inquiétante (1).

(1) Sources principales : Compte rendu officiel dans les Registres de cour
(Dvortsovyié Razriady), édit. Miller, t. III, col. 93-94 ; OLEARIUS, édit. de Leyde,
1719, p. 294 et suiv. ; mention courte dans *La Chronique des troubles (Liétopis
o miatiéjakh)*, 2° édit. Moscou, 1788, p. 357 ; détails plus précis dans une autre
édition de cette chronique, dite *Novyï Liétopisiéts*, Moscou, 1853 ; *Suppl.*, t. 1,
p. 5-6 ; quelques indications dans le *Chronographe*, *Recueil de Popov*, p. 247-
248 ; quelques autres dans AZARINE, *Monuments de littér. anc.*, t. LXX, p. 123-
125 ; récit d'un témoin oculaire, probablement un membre de l'ambassade hollandaise, publié à Leyde, 1648 (traduction russe dans le *Messager hist.*, janvier
1880, p. 68 et suiv.) ; Documents divers publiés par IAKOUBOV, dans *Lectures de*

L'attitude du second représentant de la dynastie des Romanov au milieu de ces épreuves a donné lieu à des controverses qui ne sont pas près d'être épuisées. En se flattant de les résoudre au moyen d'un document trouvé dans les manuscrits de la Bibliothèque impériale de Saint-Pétersbourg, M. Platonov (1) n'a produit que le témoignage d'un contemporain peut-être bien informé, mais notoirement acquis à la cause des émeutiers. D'après cette version, Alexis aurait demandé au *mir* la grâce de Morozov. Le *mir*, communauté russe aux frontières vagues et aux aspects changeants, se prête aisément dans ses interventions historiques à des interprétations arbitraires. Il est malaisé pourtant de l'identifier avec une bande d'incendiaires et d'assassins. Le jeune tsar a capitulé devant l'émeute, non sans grand dommage pour son autorité, mais en sauvant l'essentiel au prix de concessions assurément douloureuses : ceci paraît acquis. Pour les détails, au milieu de l'indigence et de la confusion des sources, la date elle-même des événements demeure incertaine, celle du 2 juin semblant la plus vraisemblable pour le commencement des troubles (2).

Il convient aussi de retenir le commentaire d'Olearius, disant que, habitués à la tyrannie, les Moscovites peuvent beaucoup supporter; mais, si l'oppression dépasse une certaine mesure, ils se révoltent et deviennent alors terribles, méprisant tout danger et se montrant capables des pires violences et des plus affreuses cruautés.

L'observation garde, aujourd'hui encore, sa valeur.

Renvoyé au monastère de Saint-Cyrille, même dans cet exil lointain, Morozov ne laissa pas d'exercer encore quelque temps une influence assez considérable; bientôt, cependant, il

la *Société d'histoire et d'antiquité*, 1898, t. I; *Actes de la Commission archéogr.*, t. IV, n° 29; *Supplément aux Actes historiques*, t. III, n° 45; *Mémoires de Godefroy*, Bibliothèque nationale, manuscrits, fonds français, volume 20161, folio 323; quelques documents nouveaux chez Ziértsalov, *Les Insurrections*, p. 4 et suiv.

(1) *Revue du ministère de l'Instruction publique*, juin 1888, p. 282 et suiv.

(2) Voy. encore PLATONOV, *Leçons*, p. 289; comparez SOLOVIOV, *Histoire de Russie*, t. X, p. 154 et suiv.

devait en être dépossédé par l'entrée en scène d'un autre favori appelé, celui-ci, à jouer dans la vie d'Alexis et dans l'histoire de son règne un rôle beaucoup plus important. Depuis 1646, le jeune tsar subissait l'ascendant d'un ancien moine, auquel, à ce moment même, il confiait la métropolie de Novgorod. La grande réforme ecclésiastique et la grande crise religieuse du dix-septième siècle étaient à la veille de se produire.

III

UN RÉFORMATEUR ECCLÉSIASTIQUE. — NIKONE

Né en cette « année terrible » de 1605, qui avait vu l'entrée triomphale à Moscou du « faux Dimitri » et de son escorte polonaise, le futur patriarche avait pour parents de pauvres paysans finnois du village de Veldemanov, de la province de Nijni-Novgorod. Un hameau voisin, Grigorov, allait bientôt donner le jour au plus redoutable adversaire que Nikone dût plus tard rencontrer : ce pope Avvakoum, qui est la figure la plus originale et la plus puissante de l'époque.

Au baptême, Nikone avait reçu le nom de Nikita et son père s'appelait Mina. Il eut de bonne heure une belle-mère, Ksénia, qui paraît avoir été de l'espèce la plus malfaisante des marâtres. A un moment, la vie du malheureux enfant aurait même été menacée (1). Il apprit pourtant, on ne sait comment, à lire et à écrire, et cet avantage lui valut un refuge au monastère de Saint-Macaire de Jeltovody. Mais, quand il eut atteint l'âge de vingt ans, ses parents l'engagèrent à se marier et lui procurèrent une cure, d'où une réputation promptement acquise de savoir et d'énergie le fit passer à Moscou. Nostalgie du cloître ou éveil d'une ambition incapable de s'accommoder d'un horizon borné, il ne tarda cependant pas à quitter une carrière qui, aux prêtres séculiers

(1) CHOUCHÉRINE, *Notes biographiques*, p. 1 et suiv.

de l'église orthodoxe, ferme, on le sait, l'accès des hautes
dignités ecclésiastiques. Père déjà de trois enfants, il convint
avec sa femme d'une séparation à l'amiable, et, tandis qu'elle
prenait le voile au couvent de Saint-Alexis à Moscou même,
il endossait le froc et adoptait le nom de Nikone, en allant
chercher un lieu de retraite ascétique sur les rives de la mer
Blanche.

En 1643, nous le retrouvons ihoumène du monastère de
Kojéziérsk (éparchie de Novgorod, district de Kargopol) et,
en 1646, revenant dans la capitale pour les affaires de sa
communauté, il attire sur lui l'attention d'Alexis. Retenu par
le tsar, il devient archimandrite du monastère du Saint-Sauveur, où se trouvent les tombeaux de la famille Romanov, et
tous les vendredis il a la bonne fortune de célébrer l'office
des matines dans la chapelle du souverain, avec lequel il s'entretient longuement.

Ainsi se formaient entre ces deux hommes des relations
d'où devait sortir un chapitre unique de l'histoire nationale. A celui qu'il commençait déjà à appeler « son ami particulier » *(sobinnyï droukh)*, Alexis attribua d'abord une charge
qui, au siècle précédent, avait fait la fortune du favori
d'Ivan IV, Adachev : le service des pétitions. Puis, comme
Novgorod était troublé à son tour par des mouvements populaires inquiétants, il l'envoya dans cette ville.

Métropolitain et pourvu en outre de pouvoirs fort étendus,
Nikone justifia la confiance du souverain. Il développa une
activité remarquable. Une famine éclatant, il établit au palais
archiépiscopal un dispensaire d'aliments et de secours en
argent ; il créa des hospices, améliora le régime des prisons.
Ne négligeant pas pour cela le gouvernement de son diocèse,
il préludait à une réforme du rituel ; il introduisait dans la
cathédrale de Sainte-Sophie le chant grec, y essayait des
chantres recrutés à Kiév. La maîtrise ainsi constituée obtint
bientôt une célébrité telle, que le tsar voulut l'entendre, et
ravi, sur le conseil de son confesseur, Bonifatiév, il engagea le
clergé de la capitale à suivre ce modèle.

Le patriarche Joseph faisant à cet égard une vive opposition, les choses restèrent en l'état pour le moment, mais ce n'était qu'un ajournement. La réforme administrative et judiciaire promise aux émeutiers de 1648 devait obtenir un tour de faveur.

IV

UN NOUVEAU CODE

D'accord avec le clergé, les boïars et les membres de la *Douma*, au lendemain des événements qui avaient ensanglanté la capitale, Alexis décréta une revision et une modification nouvelle des lois existantes.

Ce fut un peu partout la grande préoccupation du siècle et la Moscovie devança sur ce point la France de Louis XIV et de Colbert, où en 1663 seulement on s'avisa de « composer le droit français. »

Extraire des préceptes des Apôtres et des Pères de l'Église, ainsi que des lois publiées par les empereurs grecs, c'est-à-dire du Nomocanon, les articles « convenables à la justice du tsar » ; collationner les oukases des anciens souverains et les décisions des boïars avec les dispositions des anciens codes ; rédiger pour les cas non prévus par tous ces textes des dispositions nouvelles, applicables à tous les sujets de l'empire sans distinction de rang : tel était le programme de l'œuvre projetée.

L'exécution fut confiée à une commission de cinq membres dont le travail devait être soumis à l'approbation d'un *Sobor*. A la fois sage et libérale, cette procédure pourrait servir d'exemple, en Russie et ailleurs, à des législateurs beaucoup plus voisins de nous. C'était d'ailleurs à peu près celle que Louis XIV devait adopter plus tard, contre le vœu de Colbert, qui eût voulu réduire le rôle du Parlement (1).

(1) Lavisse, *Histoire de France*, t. VII, 1ʳᵉ partie, p. 290-291.

5

Présidée par le prince Nikita Odoiévski, la commission se
mit à la besogne le 16 juillet 1648, et, le 1ᵉʳ septembre suivant, le *Sobor* se réunit à son tour, pour siéger sans interrup-
tion pendant sept mois. Cette assemblée paraît avoir été
divisée en deux chambres : une chambre haute, comprenant,
sous la présidence du souverain, le patriarche, le concile et
la *Douma,* et une chambre basse, où siégeaient les manda-
taires de la classe inférieure des « hommes de service », ainsi
que ceux du bas clergé et de la bourgeoisie de Moscou. Le
nombre exact de ces députés reste inconnu; mais, en fournissant la représentation de cent vingt villes au moins, avec
leurs districts, il semble avoir été supérieur au chiffre des
trois cent trente-six signataires du projet adopté, dont près
de la moitié d'ailleurs ne savaient pas écrire et se firent remplacer par leurs collègues pour cette formalité (1).

Contrairement à ce qui avait lieu dans la plupart des
assemblées du temps, les « hommes de service » ne dominaient pas dans celle-ci, le tiers état fournissant jusqu'à
quatre-vingt-neuf votants, bien que certaines villes importantes, comme Kostroma, Siérpoukhov, Nijni-Novgorod et
Riazan, eussent négligé de fournir une représentation complète (2).

La part du *Sobor* dans l'œuvre ainsi accomplie a donné lieu
à des contestations, quelques historiens allant jusqu'à la nier
complètement (3). Voici comment les choses se sont vraisemblablement passées : le travail de rédaction demeurant
réservé aux commissaires seuls, les représentants y intervenaient, d'abord en discutant les articles qui leur étaient soumis, puis en présentant à leur sujet des mémoires, dont la
Commission n'a eu garde de ne pas tenir compte. En fait,
sur quarante articles du xixᵉ chapitre du nouveau code, dix-
sept reproduisent presque mot à mot le texte de ces observa-

(1) PLATONOV, *Leçons,* p. 290 ; LATKINE, *Les Assemblées,* p. 216.
(2) SIÉRGUIÉIÉVITCH, dans le *Recueil* de Bezobrazov, t. II, p. 20.
(3) Dans ce sens, STROIÉV, *Étude historique sur le Code de 1648,* p. 14-15,
et TCHITCHERINE, *De la Représentation nationale,* p. 558.

tions. Quelques-uns, notamment le quarante-deux du chapitre XVIIe, indiquent même cette source. Enfin, quelques
membres du *Sobor* ont été admis dans le sein de la Commission et ont ainsi directement participé à son travail (1).

Cette collaboration a duré jusqu'en avril 1649. Publié en
mai de la même année, le code *(Oulojénié)* a été traduit en
diverses langues et en français dès 1688. Le texte original
a été retrouvé en 1767 au moment de la réunion de la fameuse
« Commission législative » de Catherine. Il est conservé à
l'Arsenal *(Oroujeïnaïa Palata)* de Moscou. La forme matérielle
de ce manuscrit est singulière : un rouleau de 22 à 26 cen-
timètres d'épaisseur qui, déployé, donne un ruban de
308 mètres de longueur, composé de 959 feuilles de parche-
min collées l'une à l'autre.

Pour le fond, l'œuvre n'a plus rien de commun avec les *sou-
diebniki* (procéduriers des quinzième et dix-huitième siècles),
ni même avec les « Ordonnances », civile et criminelle, auxquelles allait aboutir l'entreprise des législateurs français de
l'époque et qui ne furent encore qu'un code de procédure.
En près de mille articles, l'*Oulojénié* de 1648-1649 contient
l'expression complète de la législation du temps, dans le
domaine du droit politique, civil ou criminel. Comme éléments, il utilise d'abord et le plus largement les anciennes
lois russes, la jurisprudence établie par les décisions des boïars
dans les prikazes *(oukaznyïa stati)* et le droit coutumier. Il complète cet apport par d'abondants emprunts au droit byzantin
et au statut lithuanien de 1588. Il soumet enfin le tout à une
transformation organique par l'introduction d'un nombre
considérable de lois nouvelles, dont quelques-unes affectent
le caractère de grandes réformes sociales.

L'apport byzantin et lithuanien s'est reflété surtout dans la
partie criminelle du code, en lui imprimant une grande
dureté. La peine de mort est prévue pour pas moins de soixante

(1) SIERGUIÉIÉVITCH, *loc. cit.*, *Leçons sur l'histoire du Droit russe*, p. 738 ;
LATKINE, *Leçons*, p. 104 ; ZAGOSKINE, *Le Code de 1648* (discours universitaire).
Comparez MEÏTCHIK, dans *Recueil de l'Institut archéologique*, liv. III et IV.

cas, et cette tendance se développant au cours du siècle, un moment devait venir où il n'existerait plus de délit intéressant la sûreté de l'État qui ne fût ainsi frappé. Des dispositions ultérieures l'appliquèrent au retard dans l'exécution d'un ordre reçu, au fait d'avoir accepté un pot-de-vin et enfin aux erreurs commises par les pharmaciens dans le dosage des médicaments (1) !

L'intervention du *Sobor* et en particulier des « hommes de service » s'est affirmée dans les douze articles du chapitre xi supprimant le délai de quinze ans *(ourotchnyia liéta)* pour la recherche des paysans en fuite, c'est-à-dire toute limite à l'exercice du droit de suite.

L'œuvre conserve aujourd'hui encore une valeur qui n'est pas seulement historique, puisque, ayant passé depuis dans le recueil des lois *(Svod zakonov,* 1833), quelques-unes de ses parties demeurent en vigueur. Elle n'est pourtant pas un code dans le sens que nous donnons aujourd'hui à ce mot. Dans le fond comme dans la forme, elle pèche par un défaut de systématisation suffisante. D'autre part, en dépit de ses tendances réformatrices, elle ne crée ni de nouveaux principes, ni même de nouveaux rapports juridiques. Elle est surtout une entreprise de consolidation et de coordination ; mais les classifications qu'elle adopte manquent généralement de justesse, et à ce point de vue la codification française du temps se montre infiniment supérieure, «l'aptitude de la raison française à écrire la loi » s'y affirmant, selon l'expression de M. Lavisse, avec une tout autre maîtrise.

Pour le fond, avec l'assujettissement définitif des paysans à la terre, conséquence de la mesure plus haut citée : la défense faite au clergé d'acquérir des domaines, en application des ordonnances prohibitives multipliées depuis 1580 ; le rétablissement du « Département des monastères », c'est-à-dire la suppression de l'autonomie judiciaire antérieurement acquise à l'Église ; un ensemble de mesures destinées à isoler

(1) Sergoiéiévski, *La Répression dans le droit russe,* p. 83 et suiv.

et à fixer les populations urbaines, comme classe distincte et nettement définie, les législateurs russes de 1648-1649 se sont appliqués à suivre le mouvement contemporain des esprits, — non sans un parti pris au bénéfice de la classe en faveur à ce moment, qui pourtant se trouvait en minorité au *Sobor*. Cheville ouvrière du système politique en élaboration, les « hommes de service » savaient faire valoir leur situation.

Ainsi que dans la formation entière de la législation moscovite, la coutume obtient dans cette codification un rôle dirigeant. Un grand nombre de dispositions nouvelles en apparence n'y sont que la consécration de principes depuis longtemps mis en pratique, comme dans le cas de la pénalité cruelle appliquée aux faux monnayeurs. Depuis cent ans, on punissait les malfaiteurs de cette espèce en leur versant du plomb fondu dans la gorge. Il devait arriver d'ailleurs que la coutume l'emportât même ultérieurement sur la loi écrite. Ainsi, l'interdiction, exceptionnellement prononcée contre l'usage des pétitionnements présentés par les enfants contre les parents, resta, même après 1649, lettre morte. Et pareillement, beaucoup plus tard, nous rencontrons encore des exemples de contrats intervenant entre propriétaires et paysans libres.

Et pourtant, fertile en singularités paradoxales, ce pays n'offre aucune trace du respect témoigné en d'autres contrées au droit coutumier. Les enquêtes *per turbas* sur les usages locaux, si fréquentes dans l'ancienne France, sont ici inconnues. Le gouvernement du lieu tolère ou protège la coutume en tant qu'il la juge conforme à ses intérêts ; dans le cas contraire, il n'hésite pas à lui opposer les pratiques de son choix. Il a soin néanmoins de se guider, dans son évolution législative, sur les vœux de ses sujets exprimés par voie de pétitionnement, et la balance se trouve ainsi rétablie, les solutions définitivement adoptées se plaçant le plus communément sur une frontière automatiquement tracée entre le droit coutumier et le droit au sens propre du mot.

Ce n'est pas d'hier seulement que la conciliation du pou-

voir absolu avec la participation du peuple à la formation
de la loi a été essayée en terre russe.

A un autre point de vue encore, l'*Oulojénié* de 1648-1649
accuse la tendance générale du dix-septième siècle, qui est
de régulariser en tout la vie nationale, de soumettre toutes
ses fonctions à une réglementation précise, à un *tchine* selon
la terminologie du lieu. Une des plus essentielles réformes
du nouveau code procède de cette préoccupation, se rattachant d'ailleurs aussi à des considérations d'ordre fiscal.
C'est la suppression du *zakladnitchestvo* (chap. XIX, art. 13).
Il s'agit d'un expédient par lequel, se donnant en gage
(v zaklad) à un sujet franc d'impôt, aliénant provisoirement
leur liberté à son profit, des censitaires en grand nombre
échappaient à leurs obligations envers le fisc. Propriétaires,
fermiers, marchands, artisans, remplaçaient ainsi une as-
treinte par une autre, ruinant en même temps les assujettis
par une concurrence déloyale. L'interdiction de cette pratique
répondait à des doléances depuis longtemps exprimées ; mais
elle ne fut pas étrangère à l'explosion de nouveaux troubles
auxquels Alexis eut à faire face et qui augmentent le nombre
des anomalies bizarres à signaler dans le passé de ce pays.
Ailleurs, les insurrections se sont généralement produites, de
tout temps, sous le drapeau de la liberté. Ici le gouvernement imposant la liberté à ses ressortissants, knout en main,
— car telle était la peine appliquée aux réfractaires, — les
intéressés se révoltaient pour avoir le droit de devenir
esclaves ! Paradoxe qui s'explique d'ailleurs par cette raison
qu'en fait il n'était question que du choix entre deux escla-
vages, celui qu'on fuyait — l'assujettissement au cens —
étant vraisemblablement le moins dur (1).

Subsidiairement, la même tendance se traduisait encore
dans la législation par la publication d'un statut criminel et
d'un statut commercial ; dans l'administration centrale, par

(1) Voy. pour cette question : PAVLOV-SILVANSKI, *Le Zakladnitchestvo-Patronat,*
dans les *Bulletins (Izviéstia) de la Société archéologique,* vol. IX. Comparez
KLIOUTCHEVSKI, *Cours d'histoire,* t. III, p. 184-185, 204-206.

une répartition plus régulière des affaires entre les divers départements; dans l'administration provinciale, par la réglementation des rapports entre *voiévodes* et magistrats autonomes; dans le domaine financier, par l'établissement des cadastres *(pistsovyïa* et *perepisnyia Knigi)*; dans l'Église, par la correction des livres, la soumission des monastères aux autorités éparchiales et la délimitation des éparchies (1).

Mais déjà l'*Oulojénië* de 1648-1649 vise à établir une classification rigoureuse des éléments sociaux, par une répartition des indemnités dues pour les offenses à l'honneur et variant, d'une classe à l'autre, de 1 à 50 roubles. Tarif bizarre où, grands propriétaires, grands industriels, mais surtout grands argentiers de l'empire, les Stroganov constituent à eux seuls une catégorie distincte et exceptionnellement favorisée : il en coûte 100 roubles pour les injurier.

Ainsi fait, le nouveau code répond-il cependant à son objet, officiellement déclaré? Hélas, subordonnée comme toutes les autres œuvres du règne au principe dont s'inspire sa politique, à la raison d'État et à ses tendances unificatrices et centralisatrices, cette évocation d'un idéal supérieur de justice aboutit sur plusieurs points à un résultat diamétralement opposé : elle ruine définitivement les essais antérieurs d'autonomie administrative ou judiciaire, et, dans le domaine laïc comme dans le domaine ecclésiastique, elle donne à la *volokita* (la chicane) moscovite une marge plus large encore.

C'était, il est vrai, le temps où en France Colbert comptait que la chicane nourrissait soixante-dix mille officiers!

Un progrès se trouvait assurément réalisé, mais dans le sens de ce développement particulier, où la Russie de Pierre le Grand et de Catherine la Grande devait rester engagée et dont la puissance absorbante de l'État et de son pouvoir despotique constituait la ligne directrice. Ébranlée et même détruite en partie par la crise révolutionnaire, l'armature forgée par les derniers représentants de la dynastie de Rurik

_____

(1) Voy. ZAMYSLOVSKI, dans la *Revue du ministère de l'Instruction publique,* décembre 1871, p. 177.

tend à se ressouder; elle répare ses brèches, redresse ses barreaux, augmente ses prises, et bientôt il ne restera plus rien ni personne en dehors de l'énorme cage de fer, où le Cyclope géant du dix-huitième siècle n'aura plus que quelques rivets à poser, pour que son peuple y demeure prisonnier, jusqu'aux souffles libérateurs d'une époque lointaine (1).

Il semble bien que les masses populaires en aient eu conscience, car l'accueil fait à la nouvelle législation ne fut rien moins qu'enthousiaste. Au cours de ces mêmes années 1648-1649, les symptômes de mécontentement général ne disparaissent aucunement. Les *Zakladtchiki* (censitaires en rupture de ban) y contribuant à la vérité par leur résistance à la mesure qui les frappe, les émeutes se multiplient sur divers points du territoire. A Solvytchégodsk, un collecteur d'impôts manque de très près d'être massacré; à Oustioug, le voiévode, Michel Miloslavski, un parent du tsar, est traîné à la rivière. Pillages et meurtres; enquêtes et pendaisons. A Moscou même, rappelé d'exil, Morozov soulève des récrimi-

(1) Documents : *Recueil des documents d'État*, t. III, n° 129; *Actes de la Commission archéographique*, t. IV, n° 29. Texte de l'*Oulojénié* au 1er volume du *Recueil complet des Lois* et dans des éditions séparées, dont la première date de 1649. — Littérature : STROIÉV, *Étude historique sur le Code de 1648-49*; WEINGEBER, *Aperçu des ouvrages concernant le Code*; MOROCHKINE, *La Législation de 1648-49 et son développement*; ZADIÉLINE, *Étude sur le texte original*, dans l'*Archive des sciences historiques et juridiques*, t. I; CHTCHAPOV, *Étude sur le Sobor de 1648-49*, dans les *Annales de la Patrie*, 1862, n° 11; SERGUIÉIÉVITCH, *Les Assemblées*, dans le *Recueil des sciences politiques*, t. II ; VLADIMIRSKI-BOUDANOV, *Des Rapports entre le statut lithuanien et le Code de 1648-49*, même *Recueil*, 1877, t. IV; le même, *Aperçu de la législation russe*, t. I; BIÉLAIEV, *Leçons sur l'histoire de la législation russe*; ZACOSKINE, *Le Code et le Sobor de 1648-49*. Comparez MEÏTCHIK, dans *Recueil de l'Institut archéologique*, 1880, t. III et IV; PLATONOV, dans *Revue du ministère de l'Instruction publique*, avril 1883 ; LATKINE, *Les Assemblées dans l'ancienne Russie*; ZIÉRTSALOV, dans *Lectures de la Société d'histoire et d'antiquité*, 1887, l. III ; TIKHINE, *Le Droit byzantin comme source de la législation de 1648-49*; Comparez IKONNIKOV, *Essai historique sur la culture de Bysance*, p. 480; BORISSOV, dans *Bulletin d'archéologie et d'histoire*, 1899, t. II ; KHMIÉLOV, *Les Sources du Code de 1648-49*, dans *Revue du ministère de l'Instruction publique*, octobre 1900; LATKINE, *Leçons sur l'histoire extérieure de la législation russe*, p. 96 et suiv. ; NIÉVOLINE, *OEuvres*, t. l', p. 56-57; LINOVSKI, *Études sur les principes du droit criminel dans le Code d'Alexis*, etc.

nations nouvelles. Le tsar, affirme-t-on, lui a substitué seulement pour la forme Ilia Miloslavski, qui d'ailleurs ne vaut pas mieux. On se plaint aussi du nouveau chambellan attaché à la personne du souverain, Fédor Rtichtchev, auquel on reproche un goût excessif pour la science étrangère et la fondation d'une école où des moines de Kiev donnent un enseignement fleurant l'hérésie.

Il faut s'ingénier encore pour apaiser l'orage et donner satisfaction aux marchands de la capitale qui s'agitent le plus violemment. La mort de Charles Ier (janvier 1649) survient à propos pour justifier une mesure qui réduit au seul port d'Arkhangelsk le commerce des insulaires coupables d'avoir attenté à la vie de leur souverain. Le privilège de la compagnie anglaise a vécu. Une répression vigoureuse s'ajoutant à cet expédient, Moscou est rendue au calme; mais voici que, sur la frontière suédoise, l'émeute devient une insurrection.

V

LES RÉVOLTES DE PSKOV ET DE NOVGOROD

Le traité de Stolbovo imposait aux contractants l'obligation réciproque de livrer les ressortissants de l'un et de l'autre pays qui se trouveraient en dehors des frontières nouvellement établies. Les Moscovites fixés dans les provinces cédées à la Suède s'étant portés aussitôt à les quitter en masse, la clause d'extradition devenait d'une application cruelle et Alexis consentit en 1650 à s'en libérer par le payement d'une somme de 20,000 roubles et une fourniture de 14,000 *tchétviérti* de blé à prendre dans les magasins de l'État à Pskov. Malheureusement les magasins se trouvèrent vides, et, chargé de l'opération, l'agent commercial, Fédor Émélianov, dut recourir à des achats précipités qui, provoquant un brusque relèvement des prix, firent crier à l'accaparement. Il n'en fallait pas davantage pour mettre en émoi une population encore mal assouplie à la discipline moscovite et gardant le souvenir vivace de ses anciennes libertés. Donc, venant en février 1650, pour prendre livraison de l'argent et du blé promis, l'agent suédois, Nummens, fut assailli, dépouillé, menacé d'être jeté dans la rivière, « sous la glace », puis emprisonné et entouré de gardiens prompts à manier le *knout*. En même temps une députation était envoyée à Moscou, la croyance s'accréditant que le tsar demeurait étranger aux agissements d'Émélianov. Celui-ci ne travaillait, disait-on, que pour le compte des Miloslavski, qui avaient comploté de livrer le pays aux « Allemands ». Avec cette famille décriée, la tsarine Marie Ilinitchna devenait elle-même l'objet des accusations les plus injurieuses (1).

Sous l'influence de cette effervescence, dont un proche voisinage lui communiquait la secousse, Novgorod s'ébranla à son tour. A défaut d'un représentant de la Suède, les habitants ameutés s'en prirent à un envoyé danois, Krabbe, qui fut fort maltraité, passant lui aussi pour être un porteur des 20,000 roubles destinés « à soudoyer l'étranger ». Une investigation de ses bagages ne donnant pas le résultat attendu, les défenseurs de la patrie menacée prirent le parti de se dédommager de leur déconvenue sur quelques-uns de leurs plus opulents concitoyens et procédèrent à un pillage en règle. Le lendemain un gouvernement insurrectionnel se constituait à la Chambre provinciale *(Ziemskaïa isba)* et, après un essai de résistance, le voiévode prince Fédor Khilkov, cherchait refuge au palais du métropolitain, le *Sofiïskiï dvor,* qui fut envahi.

Les renseignements que nous possédons sur cet épisode sont obscurs et contradictoires. Le métropolitain, c'était Nikone. Il nous a laissé un récit du drame, dans une lettre adressée à Alexis; mais les indications qu'elle contient sont suspectes, trahissant la préoccupation de l'auteur de mettre en valeur, à ce propos, sa personne et son rôle. Le document ne laisse d'ailleurs

(1) *Actes réunis dans les Bibliothèques et les Archives,* t. IV, p. 70.

pas d'être curieux ; il nous montre dans le futur patriarche un
halluciné peut-être sincère mais fort adroit. Nikone prétend
avoir eu, dans l'église de Sainte-Sophie, des visions l'avertissant de l'épreuve qui l'attendait. S'animant, une image du
Christ faisait descendre sur sa tête la couronne du martyre.
Humainement parlant, l'invasion de sa demeure parait avoir
été provoquée par un acte de vigueur, mal calculé, de l'énergique métropolite. Prenant fait et cause pour un commissaire
(pristav) du nouveau gouvernement, qui venait d'être mis en
état d'arrestation et fouetté, la foule se rua à l'intérieur du
palais, et, frappé à son tour, lapidé, Nikone dut s'aliter, cra-
chant le sang, s'il faut l'en croire, et attendant la mort. Très
robuste, il ne parait pas s'être longtemps ressenti de ce traitement, et, d'autre part, après s'être entendus avec Pskov, les
révoltés eurent hâte d'envoyer de leur côté à Moscou des
ambassadeurs chargés de justifier leur conduite.

Alexis inaugura à cette occasion une politique dont ses
successeurs les plus éloignés devaient recueillir la tradition :
il se garda de prendre une attitude farouche et de manifester
un ressentiment implacable. Donnant personnellement audience aux envoyés de la ville rebelle, il les congédia avec
une réponse fort longue, où il semblait lui-même faire son
apologie. En même temps il mettait en route pour Novgorod
non un corps d'armée capable de réduire la révolte, mais un
parlementaire accompagné d'un faible détachement. Il engageait même des pourparlers avec un des meneurs de l'insurrection, Fedka Niégodiaiév, et se laissait déterminer par lui à
adresser à Nikone un message sévère, lui reprochant les innovations dans le rituel par lesquelles la population aurait été
irritée.

Le manège eut plein succès. Fedka réussit à introduire
dans la ville la petite troupe du prince Ivan Khovanski et
aussitôt le tsar changea de ton, ordonnant une distribution
de châtiments variés, si précipitamment opérée qu'un certain
Thomas Merkouriév était condamné à en prendre sa part au
moment même où il recevait d'autre part des félicitations

pour s'être employé à défendre le voiévode et le métropolitain !

Restait à en finir de même avec Pskov, dont l'archevêque partageait le sort de Nikone, tandis que le malheureux Nummens subissait la torture et que les représentants du tsar, Khovanski après Volkonski, se faisaient recevoir à coups de canon. La partie fut plus difficile à jouer. Les habitants avaient la tête tournée par des informations fantastiques : étant allé en territoire suédois, à Neuhausen, l'un d'eux rapportait y avoir vu au-dessus de la porte d'entrée l'image du tsar agenouillé devant la reine Christine. Un autre revenait de Pologne avec la nouvelle qu'Alexis s'y était réfugié avec seulement trois compagnons, fuyant les boïars en rébellion contre son autorité, mais se disposant à revenir avec une armée de Cosaques, qui mettrait Khovanski en fuite.

Dans cette ville, jadis républicaine et donc gardant des sympathies pour l'idéal maintenu au sein de la grande république voisine, ces fables correspondaient à un courant d'idées et d'inclinations si persistant qu'à un moment les insurgés faillirent écrire à Ladislas IV pour solliciter son intervention. Se ravisant, ils ne s'en obstinèrent pas moins à tenir Khovanski en échec jusqu'en juillet, époque à laquelle au lieu et place d'une grande armée qu'elle menaçait de mettre en campagne, Moscou ne fit que les frais d'une nouvelle ambassade — de prêtres et de moines, sous la présidence de l'évêque de Kolomna, Raphaël. En ouvrant leurs portes à Khovanski et en livrant les meneurs, les rebelles étaient assurés d'obtenir un pardon général.

Ils ne se laissèrent pas tenter encore, et un *Sobor* réuni dans la capitale se prononça pour l'adoucissement de ces conditions : il suffirait que la ville fît acte de soumission, après quoi Khovanski et ses soldats se retireraient immédiatement. On traita sur cette base en août, et, après qu'il eut proclamé une amnistie complète, l'évêque de Kolomna abandonna aux gros bourgeois de la ville, passablement maltraités eux-mêmes par l'insurrection, le soin d'en tirer une vengeance exemplaire. Plus tard seulement, Alexis demanda à la reine Christine d'envoyer des délégués qui assisteraient au supplice des quelques forcenés dont Nummens avait eu à se plaindre particulièrement. Et l'ordre régna à Pskov (1).

Un instant ébranlé au cours de la crise, le crédit du métropolitain de Novgorod finit par en sortir victorieusement, préparant à l'Église un des plus beaux triomphes qu'elle ait jamais obtenus dans sa rivalité séculaire avec le pouvoir laïc.

VI

L'APOTHÉOSE DU PATRIARCAT MOSCOVITE

Alexis ne tarda pas à se reprocher d'avoir méconnu l'autorité et blâmé la conduite d'un homme auquel le ciel accordait la faveur d'apparitions prophétiques. En 1651, il l'appela à Moscou et fut conquis entièrement. Il avait la passion des cérémonies religieuses, où ses penchants mystiques et ses goûts d'art trouvaient une égale satisfaction. Nikone sut merveilleusement en tirer parti. Il mit le souverain en joie par un double déploiement de pompes religieuses, ordonnées à l'occasion du transfert à la cathédrale de l'Assomption des restes du patriarche Hermogène et du patriarche Job, les deux martyrs du « temps des troubles », enterrés l'un au couvent des Miracles, l'autre à Staritsa. Vint ensuite le tour des reliques de saint Philippe. Manifestation plus grave ! Celui-là avait succombé dans une lutte inégale avec « le Terrible (2).» Du coup, le pouvoir laïc allait faire amende honorable devant son rival ; l'exemple de l'empereur Théodose, recueillant pieusement la dépouille mortelle de Chrysostome, serait suivi : prélude admirable à un redressement réparateur des situations respectives !

(1) *Actes de la Commission archéographique*, t. IV, n° 46; *Supplément aux Actes historiques*, t. III, n° 74; Soloviov, *Histoire de Russie*, t. X, p. 169-204; Latkine, *Les Assemblées*, p. 230.
(2) *Ivan le Terrible*, p. 335-337.

Alexis se prêta docilement à ce dessein : Théodose avait
écrit une lettre d'excuses au saint injurié par sa mère ; le tsar
en fit autant, déplorant en termes appropriés le crime de son
arrière-grand-père maternel (1). Sa correspondance avec le
métropolite de Novgorod nous offre un curieux témoignage
de l'état de sujétion et de prostration morale où l'ascendant
religieux, mis au service d'un tempérament dominateur,
parvient à réduire des personnalités même si haut placées et
si vigoureuses. Le jeune souverain semble, à ce moment,
avoir abdiqué toute volonté comme tout orgueil. Devant ce
maitre impérieux, il est le plus docile des élèves et le plus
humble des pénitents devant ce prêtre. Il se courbe et se
prosterne jusqu'à l'avilissement. Il déclare que ses péchés le
rendent indigne de prendre rang même parmi les chiens !

Sa jeunesse et sa grande impressionnabilité concourent d'ailleurs à expliquer le phénomène. Survenant à la même heure,
la mort du patriarche Joseph lui donnait une forte émotion.
On prêtait au tsar l'intention de déposer ce pontife, qui était
un assez triste personnage, cupide, avare et peu soucieux de
ses devoirs. Alexis y avait songé peut-être en effet, et il en
éprouvait du remords. En pénétrant dans la chambre mor-
tuaire et en y trouvant le cadavre abandonné par ceux qui
étaient chargés de le veiller, il avait été frappé de terreur au
point de défaillir. Il nous a lui-même fait le récit de cette
scène : surmontant son trouble, il s'est mis en prière au
chevet du défunt ; mais soudain, le travail de la décomposition déterminant un bruit très naturel à l'intérieur du cadavre, Alexis s'effare ; il veut fuir. Il se ressaisit pourtant
encore, et alors son esprit pratique lui suggère un autre
devoir à accomplir : le patriarche a laissé des richesses considérables ; si le tsar n'y veille, il n'en restera pas la moitié.
Et voilà le souverain occupé à dresser *manu propria* un inventaire détaillé. Il découvre une quantité prodigieuse de vases
précieux soigneusement enveloppés, selon la coutume mos-

(1) *Recueil des documents d'État*, t. III, n° 147.

covite, dans trois ou quatre papiers. De ses mains, il défait les enveloppes. Quelques objets le tentent, avoue-t-il, indice éloquemment révélateur des mœurs locales! Il résiste cependant au désir de se les approprier. Et, tout en travaillant ainsi, il pleure celui qu'il a perdu ; il en arrive à oublier entièrement ses défauts. En même temps, de toute son âme attendrie, il se rejette avec plus d'élan encore vers cet autre prêtre, dont l'intelligence et le caractère supérieurs l'ont ébloui et qu'il a désigné comme le successeur du défunt (1).

Nikone se trouvait à Solovki, d'où il devait ramener le corps de saint Philippe et à sa suite très nombreuse déjà il faisait sentir la rude main du maître despotique que l'Église et l'État allaient trouver en lui. Boïars et hauts fonctionnaires l'accompagnant dans ce pèlerinage se plaignaient à l'unisson d'être non seulement assujettis à des dévotions et à des jeûnes excessifs, mais encore rudoyés et malmenés de toutes façons. Or, tout en ne pouvant s'empêcher d'en prendre quelque chagrin, Alexis n'osait en faire reproche à l'élu de son cœur. Timidement, il se bornait à lui recommander d'user de ménagements et de ne pas l'exposer au ressentiment de quelques sujets particulièrement irritables, parmi lesquels, fier de ses récents bien que fort problématiques succès et passant pour un grand homme de guerre, très populaire aussi, Ivan Khovanski figurait au premier rang (2).

Revenant bientôt après à Moscou, Nikone fut élu patriarche, c'est-à-dire imposé au choix du Concile. Conformément à l'usage, il refusa, se fit prier, obligea le tsar à se prosterner tout de son long dans la cathédrale de l'Assomption et à joindre ses supplications à celles de l'assistance. Ce n'était pas encore assez. Épris de manifestations théâtrales, Nikone s'adressa aux boïars et au peuple, en posant ses conditions : « S'engageaient-ils à reconnaître en lui le pasteur et le père, à qui tous devraient obéissance? Le laisseraient-ils prendre

(1) *Actes de la Commission archéographique*, t. IV, n° 57 ; ZIÉRTSALOV, *Les Insurrections*, p. 66.
(2) *Recueil des documents d'État*, t. III, n° 147.

les mesures nécessaires pour rétablir l'ordre dans l'Église ? »
Une réponse affirmative ne pouvait faire défaut, et Nikone
coiffa la mitre blanche des pontifes suprêmes.

C'était le 22 juillet 1652. Au même moment, amenée à un
tournant brusque par le soulèvement de l'Ukraine polonaise,
la rivalité polono-moscovite s'engageait dans une phase nouvelle. Je réserve pour une autre partie de ce volume le récit
des événements qui, au prix d'une guerre sanglante de treize
ans, y ont assuré, dès cette époque, le triomphe définitif du
plus robuste des deux adversaires. Victorieuse d'abord pour
les armes d'Alexis, puis mêlée de revers cruels, cette lutte
devait imposer des sacrifices excessifs à un pays encore trop
épuisé et, en 1662, au plus fort de l'épreuve, déterminer de
nouveaux désordres intérieurs qui n'ont pas laissé de menacer gravement et de compromettre en partie les avantages
obtenus.

VII

LA CRISE MONÉTAIRE

Depuis longtemps déjà, le trésor moscovite était réduit à
des expédients passablement scabreux. En l'absence de matières précieuses, que les prospecteurs étrangers ne parvenaient pas à découvrir, on avait recours, comme en France et
ailleurs, à la refonte des monnaies, d'origine exotique elles
aussi, pour la plupart. D'un écu de Hollande valant 40 à
50 kopecks, on en tirait 60 et plus. Ou bien on décidait que
ces mêmes écus auraient cours pour un rouble. On arrivait
enfin au cours forcé des monnaies de cuivre.

Dès 1647, un voyageur étranger publiait ce bulletin expressif :

« Le commerce n'allait pas bien à Moscou l'année passée,
à cause de la dernière guerre, qui avait épuisé les habitants
des deux cinquièmes, outre les nouveaux impôts qu'on avait

établis, car on ne laissait de prendre leurs marchandises par force pour de la monnaie de cuivre, ce qui les fit baisser de cent à un... Cela ruina beaucoup de particuliers et les jeta dans un si grand désespoir que les uns se pendirent et d'autres dépensèrent le reste de leur bien à boire et moururent en buvant (1). »

On voit que certains traits d'une crise économique et sociale à laquelle nous assistons aujourd'hui ont des antécédents lointains.

Ce n'étaient que des essais, où se trouvait cependant en germe l'idée à laquelle l'effort ruineux de la guerre polonaise devait amener les financiers moscovites. En 1656, sinon plus tôt (2), sur le conseil, croit-on, de Fédor Rtichtchev, ils s'avisèrent de frapper des roubles en cuivre et de leur attribuer officiellement la valeur d'un rouble en argent (3). Le rapport de la valeur intrinsèque des deux métaux paraissant avoir été alors comme 62,5 à 1, on aperçoit l'énormité du gain que le trésor se flattait de réaliser. Si grossière qu'elle semble, son illusion est d'ailleurs identique à celle qui en divers temps et en divers pays a inspiré certaines émissions de monnaies fiduciaires. Les roubles de cuivre n'étaient en somme que des assignats, et la présomption de ceux qui y avaient recours se laissait justifier ici par des circonstances particulières. D'une part, en effet, le trésor annonçait que cette monnaie aurait seule cours légal, pourrait seule désormais servir aux échanges, et, d'autre part, en en imposant l'échange forcé contre la monnaie d'or et d'argent, il offrait comme garanties les richesses entières du souverain, qui passaient alors pour immenses, inépuisables, et qui donc fournissaient l'équivalent du gage métallique affecté aux émissions de toutes nos banques modernes (4).

Parmi les intéressés, beaucoup étaient disposés à s'en con-

(1) La Martinière, *Nouveau voyage du Nord,* p. 247-248.
(2) Voy. Brückner, *Les Monnaies de cuivre,* p. 15.
(3) *Recueil complet des Lois,* t. I, n° 204.
(4) *Actes de la Commission archéographique,* t. IV, n° 110.

6

tenter. Les Cosaques d'Ukraine soulevant des objections, un de leurs colonels s'écriait : « Que nous importe ! S'il plaisait au tsar de nous payer notre solde en chiffons de papier, pourvu que son image sacrée se trouvàt dessus, nous devrions l'accepter avec joie (1). » Vers l'époque où il allait naître, Law trouvait là un adepte.

Le système ainsi inauguré était aussi destiné à se perpétuer dans l'histoire financière du pays. Ronds ou carrés, reproduisant l'aspect extérieur des monnaies d'argent, ou affectant la forme de grandes plaques, les roubles de cuivre y ont reparu à plusieurs reprises : en 1725 sous le règne de Catherine Ire et en 1771 sous le règne de Catherine II (2). Bien plus tard, en 1843, un appel beaucoup plus hardi encore à la confiance publique a déterminé un *run* des porteurs d'espèces d'or et d'argent, s'écrasant aux guichets, pour convertir ces monnaies en billets *verts* qui, comme les roubles en cuivre d'autrefois, passaient pour devoir être seuls utilisables à l'avenir (3).

Sous Alexis, les marchands moscovites ne firent de même d'abord aucune difficulté pour se prêter à la conversion qu'on leur imposait. La confiance était robuste, et, avec une audace égale, tout en se servant exclusivement de la nouvelle monnaie de cuivre pour tous les payements à sa charge, le trésor refusa de l'accepter pour plus d'un tiers dans ses recouvrements. La candeur des contribuables ne s'en laissa pas encore ébranler, et pour la mettre à une trop rude épreuve un abus extraordinaire de l'expédient ainsi imaginé fut nécessaire. En cinq ans, au témoignage de Mayerberg, les émissions de cuivre atteignirent cinq millions de roubles, c'est-à-dire plus de cinq fois le montant du budget annuel. En même temps, une légion de faux monnayeurs se mettait de la partie, Ilia Miloslavski donnant l'exemple, en compagnie des

(1) *Archives du ministère de la Justice, Dossiers du Dép. de la Petite-Russie,* n° 5852; KOCHOWSKI, *Climacter secundus,* p. 519.
(2) SCHUBERT, *Monnaies russes,* p. 35 et suiv.
(3) BLOCH, *Histoire des Finances russes,* t. I, p. 206-207.

préposés à la frappe officielle. Et la débâcle commença.

Maintenu par un prodige de rouerie et de naïveté jusqu'en mars 1659 à la parité de 108 kopecks de cuivre seulement, le prix du rouble argent s'éleva progressivement à 15 roubles, valeur constatée en mars 1663. Et ce fut l'effondrement (1).

En juin de la même année, devant l'effroyable détresse d'une population privée, pour une bonne part, de tout moyen de se procurer les objets de première nécessité, le gouvernement capitula : un ukase supprima la frappe du cuivre, avec toutes les opérations connexes. Tout le cuivre monnayé était simultanément retiré de la circulation, la nouvelle loi faisant défense aux particuliers d'en conserver le moindre échantillon, et le trésor remboursant maintenant à bureau ouvert les pièces démonétisées. Seulement, et c'est là qu'il faut admirer l'ingéniosité du fisc moscovite comme l'endurance de ses ressortissants, l'échange se faisait au taux de *un* pour 100!

Or, c'était une concession accordée à un mouvement d'opinion qui venait de prendre un caractère extrêmement menaçant.

Au printemps de 1662 déjà, Moscou avait été mise en émoi par des rumeurs sinistres. Affamée, la populace, la *tchern* de la capitale, se réunissait et parlait de faire un mauvais parti à Ilia Miloslavski, à Rtichtchev et à quelques-uns

(1) Sources : *Recueil de documents d'État*, t. IV, nᵒˢ 29-33 ; *Recueil complet des Lois*, t. I, nᵒˢ 338-339 ; *Actes de la Commission archéographique*, t. IV, nᵒ 144 ; *Actes réunis dans les Bibliothèques et les Archives*, t. IV, nᵒ 93 ; *Actes historiques*, t. IV ; *Supplément aux Actes historiques*, t. IV ; MAYERBERG, *Iter in Moscoviam*, p. 92 et suiv.; KOTOCHIKHINE, p. 83; GORDON, *Tagebuch*, t. I, p. 306; VIMINA, *Istorie*, p. 40 et suiv. ; RINHUBER, *Relation*, p. 6-7. — Littérature : SOUVOROV, dans l'*Archive des sciences historiques*, 1863 ; CHAUDOIR, *Aperçu sur les monnaies russes*; ZABLOTSKI, *Les Monnaies dans l'ancienne Russie*, 1ʳᵉ partie; LAMANSKI, *Aperçu historique de la circulation monétaire*, dans *Recueil de statistique*, 1854, t. II; ARSÉNIÉV, *Aperçu de l'histoire monétaire en Russie*, dans *Mémoires de la Soc. de géogr. de Russie*, 1846, t. I; TOLSTOÏ, *Hist. des Institutions financières en Russie*; SVIATLOVSKI, *Histoire des anciens systèmes monétaires en Russie; etc.* — Voy. encore une apologie assez curieuse des émissions de monnaies de cuivre et de la politique de Rtichtchev, par STROIEV, dans les *Moskov. Viédomosti*, partie littéraire, 1856, nᵒ 96; KOZLOVSKI, dans sa *Biographie de Rtichtchev*, p. 55, sur la participation de cet homme d'État à ces opérations. Voy. encore EINHORN, *Essais sur l'histoire de la Petite-Russie*, t. I, p. 298, 687.

de leurs comparses. En dehors de la crise monétaire, les esprits étaient irrités par l'introduction récente d'un impôt de 20 pour 100 sur le revenu, les conséquences de la peste qui venait de sévir et la prolongation d'une guerre qui, en ce moment, prenait mauvaise tournure.

En juin, le tsar se trouvant à sa résidence favorite de Kolomenskoié (à 7 verstes de Moscou), un placard fut affiché sur une des places de la capitale — la Loubianka — dénonçant les mêmes hommes à la vengeance populaire. Alexis ordonnant d'enlever le libelle, la foule ameutée se rua sur la route de Kolomenskoié. A ce moment, fêtant l'anniversaire de la naissance d'une de ses sœurs, le souverain entendait la messe dans la chapelle du château. Averti, il ordonna à Miloslavski et à Rtichtchev de se cacher dans les appartements de la tsarine et resta en prière.

Les offices orthodoxes étant de longue durée, les assaillants eurent le temps d'envahir les abords du château avant que les derniers répons fussent chantés. A regret, Alexis se laissa engager à quitter la cérémonie et à paraître sur le haut perron, d'où il harangua ses hôtes imprévus. Aussitôt que l'office serait terminé, il promettait d'aller à Moscou et d'y procéder à une enquête. Mais déjà quelques hardis compagnons grimpaient jusqu'au tsar et, l'empoignant qui par les pans, qui par les boutons de sa pelisse, réclamaient des garanties.

Surpris, n'ayant pas songé à appeler sa garde, qui d'elle-même ne s'était pas avisée de protéger l'accès du château, Alexis jura sur Dieu qu'il ferait prompte et bonne justice ; il mit sa main dans celle d'un des agresseurs en garantie de cet engagement, — comme en 1635 faisait à Paris le maréchal de la Force en recrutant des soldats parmi les crocheteurs de la capitale (1), — et les *gilevchtchiki*, comme on les appelait ici, battirent en retraite.

A la chapelle, l'office durait toujours. Y retournant, le

---

(1) LAVISSE, *Histoire de France,* t. VI, 2ᵉ partie, p. 343.

souverain envoya à Moscou le prince Khovanski, plus populaire encore depuis qu'il combattait les Polonais, quoique
sans grand succès, et annonça qu'il le suivrait de près. Mais,
entre temps, un autre groupe d'émeutiers avait pillé la maison du riche marchand moscovite Vassili Chorine, soupçonné
de connivence avec les faux monnayeurs et avec la Pologne,
et à son tour il prit le chemin de Kolomenskoié. A mi-che-
min, les deux bandes se rencontrèrent, fusionnèrent et
ensemble décidèrent un nouvel assaut.

Quelques soldats s'étaient joints à l'émeute, les uns déser-
tant le drapeau et les autres obéissant à leurs officiers, dont
l'un, le capitaine prince Krapotkine, ancêtre du célèbre révolutionnaire, notre contemporain, avait essayé d'entraîner
toute sa compagnie. Débauchés par des proclamations copieusement répandues dans les quartiers militaires, ils semblent
avoir constitué le noyau le plus solide de cette petite armée, où
les vrais insurgés n'étaient que quelques centaines, encadrant
une foule composée principalement de badauds, ainsi qu'il
arrive habituellement en pareil cas. En fait, ainsi que l'indiquent les résultats d'une enquête ultérieure, l'élément militaire dirigeait le mouvement. Et c'est ce qui en constituait la
gravité, à ce moment surtout où de la concentration de
toutes les forces disponibles dans le pays dépendait l'issue
d'une guerre redoutable.

Alexis montait à cheval, pour faire comme il avait promis,
quand, ainsi renforcés, les rebelles se représentèrent devant
lui. Il n'était plus sans défense. Deux régiments de *striéltsy*
avaient été réunis ; les régiments des mercenaires ayant leurs
quartiers dans la capitale accouraient pour les soutenir. Nullement intimidés par ce déploiement de forces, qu'ils pouvaient juger vain depuis les émeutes victorieuses de 1648, les
gilevchtchiki parlèrent en maîtres :

— Ne fais pas verser en vain le sang chrétien, ô tsar orthodoxe ! Nous sommes résolus à mettre la main sur les traîtres,
et si tu ne veux les livrer, nous saurons les prendre chez toi,
comme autrefois.

Et appuyant les paroles d'un geste menaçant, les gourdins et les sabres se levaient. Le second représentant de la dynastie des Romanov en était encore là !

Mais il avait vu la guerre ; il pouvait estimer à leur valeur les adversaires auxquels il avait à faire face. Il fit un signe, et en quelques instants les abords du château furent balayés. Une centaine de fuyards se noya dans la rivière proche ; les *striéltsy* en tuèrent davantage et firent des prisonniers par milliers.

Eu égard au temps et au lieu, les représailles semblent avoir été assez douces. Condamné au *knout* et à l'exil, le capitaine prince Krapotkine peut passer pour s'en être tiré à assez bon compte. Entre douze condamnations à des supplices variés et cent quatre sentences d'exil, frappant en grande majorité des militaires, les documents n'indiquent aucun arrêt de mort (1).

Alexis avait pourtant subi une forte secousse, et la tsarine devait s'en ressentir pendant plus d'un an. Or une épreuve plus cruelle les attendait encore.

Avec l'assentiment du souverain, Nikone s'était appliqué à remplir le programme de son patriarcat, ainsi qu'il l'avait défini en consentant à accepter la succession de Joseph. Avec un grand courage, il avait exécuté un vaste ensemble de réformes, non sans provoquer de vives résistances et en suscitant même, ou plutôt en précipitant, — car les causes générales en étaient plus lointaines, — un des plus formidables soulèvements de consciences dont l'histoire ait enregistré le souvenir, — ce *raskol,* dont les origines et le développement réclament aussi dans ce volume une place à part. Depuis plusieurs années, fort de l'appui de son auguste ami, il tenait tête à des adversaires dont l'énergie égalait la sienne. Et voici que, garanti par un attachement réciproque, scellé

---

(1) *Recueil de documents d'État,* t. IV, nᵒˢ 9, 18, 23, 29, 33 ; *Actes hist.,* t. IV, nᵒˢ 158, 163, 168 ; *Actes de la Comm. arch.,* nᵒˢ 90, 93, 110, 126, 129, 144, 147 ; *Recueil compl. des Lois,* t. I, nᵒˢ 338, 343 ; Ziéñtsalov, *Les Insurrections,* p. 237, 244, 320 et suiv. ; Soloviov, *Hist. de Russie,* t. XI, p. 270-3.

par les engagements les plus solennels, cet accord du chef spirituel et du chef politique de l'empire, gage apparent d'une victoire assurée, se brisait soudain, en des circonstances qui attribuaient au conflit une importance capitale pour les rapports ultérieurs des deux puissances s'y affrontant.

CHAPITRE IV

LE TSAR ET LE PATRIARCHE

I. Nikone. — II. La brouille. — III. La lutte. — IV. Le procès du patriarche. — V. L'exil.

I

NIKONE

En dehors même de l'œuvre réformatrice à laquelle il a attaché son nom, la figure du dernier des grands chefs de l'école moscovite est trop intéressante, le drame où, après des années d'incomparable exaltation, sa carrière a sombré, son procès et son exil constituent une page trop curieuse de l'histoire nationale, pour que nous ne devions pas nous y arrêter avec quelque insistance.

Avvakoum, un pays, se plaisait à dire que le père de Nikone était un *tchérémiss* et sa mère une Tatare. Objet de dispute autrefois entre les détracteurs et les apologistes du réformateur, son origine finnoise ne fait plus doute aujourd'hui. Ni sa personne physique, pourtant, ni sa personne morale n'accusent les traits de cette race communément chétive et indolente. Nikone est un géant fougueux; l'apercevant pour la première fois en 1663, le Grec Paisiï Ligaridé est frappé par son aspect bestial, l'élévation de sa taille, l'énormité de sa tête, ses cheveux restés noirs à soixante ans, son front bas et ridé, ses sourcils épais de fauve, ses longues oreilles de satyre et sa grosse voix de discoureur verbeux (1).

(1) Récit de Ligaride à la Bibl. synod. de Moscou, ms. n° 469; *Procès-verbaux du procès de Nikone*, 1ʳᵉ partie, chap. XVIII.

Très porté à la malveillance, ce témoin en a mis sans doute dans le portrait ainsi tracé; la ressemblance générale en est toutefois confirmée par d'autres sources. Un autre Grec moins suspect d'hostilité, Paul d'Alep, nous montre le patriarche demeurant à table de midi à minuit et quittant le banquet pour chanter matines sans nulle apparence de lassitude (1).

Nikone avait plus de tempérament que d'intelligence ou de savoir et, à peine dégrossi par une éducation religieuse assez sommaire, insuffisamment éclairé ensuite par des lectures hâtives, son esprit demeurait fruste. Son caractère autoritaire et hardi, un goût prononcé pour l'action et pour la lutte, joints à une certaine adresse et à un grand talent de mise en scène, lui valurent seuls d'être accueilli comme une recrue précieuse par le groupe d'hommes instruits et entreprenants où, dans l'entourage d'Alexis, les idées de réforme religieuse trouvaient leur foyer, puis désigné pour réaliser leur programme. En étudiant l'œuvre ainsi accomplie, nous verrons que ces initiateurs se trompaient dans le choix du principal ouvrier; que, beaucoup moins docile qu'ils ne l'imaginaient, cet instrument ne devait pas tarder à échapper de leurs mains; et que, achevée sans eux et contre eux, la réforme était destinée à entrainer leur perte.

En présidant à sa mise en pratique, Nikone s'en est emparé, l'a faite sienne, et, telle qu'il l'a, sinon conçue, du moins exécutée, elle porte indiscutablement sa marque. Dans l'ensemble, elle appelle d'ailleurs l'éloge. En dehors même de la correction des livres saints ou du rituel, au moment où il tomba, le successeur de Joseph avait au moins en partie, selon ses intentions déclarées, ramené dans l'Église un ordre et une discipline qui y faisaient entièrement défaut; il restaurait la prédication, dont le clergé du pays avait perdu l'habitude; il s'occupait de créer des écoles et d'y introduire les études classiques et, encourageant des traductions du

(1) Paul d'Alep, *Voyage*, édit. Mourkos, t. III, p. 28-29.

grec en slavon, réunissant au monastère de la Résurrection fondé par lui les éléments d'une riche bibliothèque, il essayait de constituer, au bénéfice de ses compatriotes, ce foyer intellectuel qui avait manqué à sa jeunesse (I).

Comme prédicateur, il a laissé le souvenir d'un don remarquable d'improvisation, servi par un organe puissant et mélodieux. Fréquemment, il lui arrivait de s'inspirer d'un incident survenu au moment même où il occupait la chaire et de développer sur ce thème quelque leçon d'édification religieuse. Mais aucun de ces sermons ne s'est conservé et quelques-uns de ses mandements que nous possédons, de même que ses discours aux Conciles de 1654 et 1655, pèchent par la prolixité, l'abus des répétitions et une rudesse de style qui parfois les rend inintelligibles.

Il a su enfin tenir tête au *Raskol,* et c'est un fait admissible, sinon prouvé, que, n'était sa chute, le schisme aurait pu être arrêté dans son essor.

Ces mérites et ces services très réels avaient aidé Nikone à obtenir une situation personnelle où il s'élevait bien au-dessus de ses prédécesseurs immédiats. Alexis s'inclinait très bas devant Joseph, et, en apprenant au cours d'un office la mort de ce patriarche, lui et tous les assistants furent, il l'affirme lui-même, frappés d'un tel « effroi » qu'ils « avaient peine à continuer de chanter (2). » Qu'il s'appelât pourtant Joseph ou Joasaphe, et à moins de posséder les titres exceptionnels d'un Philarète, le patriarche n'était, comme tous les dignitaires de l'Église moscovite, qu'un fonctionnaire de l'État, placé au sommet d'une hiérarchie strictement subordonnée au pouvoir laïc. En fait, comme celle des métropolitains, des évêques et des principaux archimandrites eux-mêmes, ihoumènes et protopopes, son investiture dépendait essentiellement du bon plaisir du souverain (3).

(1) APOLLOS, *Courte biographie,* p. 13, 22, 30; HUBBENET, *Recherches hist.,* t. II, p. 462.

(2) *Actes de la Comm. arch.,* t. IV, nᵒˢ 57, 58; IKONNIKOV, *Essai sur l'influence de la culture byzantine,* p. 475.

(3) Voy. KAPTEREV dans *Messager théologique,* octobre 1906, p. 337.

Il n'en pouvait d'ailleurs pas être autrement, puisque, dans l'ancienne Russie, les évêques n'étaient pas seulement pasteurs d'âmes, mais aussi agents du gouvernement, avec des attributions d'ordre administratif très étendues. Possesseurs d'immenses domaines, ils y exerçaient tous les pouvoirs et commandaient parfois à des troupes constituant des unités militaires autonomes, mais toujours comme délégués du seul maître, source unique de toute autorité. L'élection de la métropolie de Moscou en patriarcat, œuvre exclusive du pouvoir laïque, n'avait rien changé à ce régime. Les premiers titulaires de la charge : Job, Ignace, Hermogène, furent les victimes passives de la crise révolutionnaire, insultés par l'émeute, déposés par les gouvernants éphémères, sans que le clergé se mêlât de prendre leur défense ; et, après l'intermède extraordinaire où figura Philarète, ses successeurs, Joseph après Joasaphe, rentrèrent dans le rang sans aucune difficulté (1).

Le patriarcat était-il, en Moscovie, comme l'admettent quelques historiens (2), une institution contraire à l'esprit démocratique de cette communauté religieuse? Une discussion à ce sujet nous mènerait trop loin. Il ne devait être, en tout cas, qu'un phénomène de courte durée. La tendance générale du haut clergé visait sans doute à s'affranchir d'une dépendance assurément avilissante; mais ses représentants n'en étaient pas moins fort attachés aux avantages profanes qu'ils ne tenaient pas des apôtres, et, en s'opposant l'une à l'autre, ces préoccupations aboutissaient en pratique à faire du souverain le chef véritable de leur Église.

Les idées et les sentiments d'Alexis le rendaient particulièrement propre à s'accommoder de cette fonction. Il se montrait tellement pénétré lui-même de l'esprit ecclésiastique qu'il s'en inspirait jusque dans ses dispositions d'ordre militaire, reprochant à un de ses généraux battu par les Polonais d'avoir oublié, non les préceptes de la stratégie,

(1) Le même, même recueil, avril 1905, p. 665-666.
(2) Voy. une discussion à ce sujet, *ibid.*, avril et novembre 1891.

mais les leçons de l'Écriture sainte, recommandant à un autre, comme moyen de mieux réussir, l'emploi du chant *unisono* dans les services de campagne (1). On le voit occupé de réglementer l'observation des jeûnes et dicter des mandements pour cet objet; initiateur des Conciles les plus importants du dix-septième siècle, au milieu de la crise religieuse que ces assemblées essayaient de conjurer, en dehors d'elles et contre elles parfois, comme aussi contre le patriarche, il intervient en arbitre dans les questions débattues et y fait prévaloir sa volonté (2).

A cet état de choses, le patriarcat de Nikone n'apporta aucun changement de principe. Au rapport de certains témoins, le successeur de Joseph aurait bien obtenu une charte obligeant le souverain à ne pas se mêler des affaires ecclésiastiques et rendant les décisions du patriarche obligatoires, sans discussion et sans appel (3). Mais l'interprétation ainsi donnée aux engagements imposés par Nikone à ses électeurs, dans la scène dramatique de la cathédrale de l'Assomption, paraît abusive. Signataire, comme simple archimandrite, de l'*Oulojénié* de 1648-1649, même après être devenu patriarche, Nikone n'a élevé aucune protestation contre celles des dispositions de ce code qui portaient la plus grave atteinte à l'indépendance de l'Église. Il acceptait l'ordre des choses établi, sauf à user de son influence personnelle pour invertir à son profit les conséquences naturelles du régime. Plutôt que de battre en brèche ou de fronder le pouvoir séculier, il préférait s'en servir pour assurer sa propre domination.

Affranchir les évêques des contraintes laïques pour renforcer celles auxquelles il les soumettait lui-même; soustraire la métropolie de Novgorod, tant qu'il en fut titulaire, puis l'éparchie patriarcale, quand il en eut obtenu le gouverne-

(1) *Mémoires de la Soc. d'arch. russe*, t. II, p. 744, 762.
(2) *Actes de la Comm. arch.*, t. IV, n° 321; *Documents pour l'hist. du Raskol*, t. I, 66, p. 335-336; t. VI, p. 42-43; KAPTEREV, dans *Messager théologique*, 1906, t. XII, **624**, 647-648.
(3) Paul D'ALEP, édit. Mourkos, t. III, p. 147; *Documents pour l'hist. du Raskol*, t. VI, p. 197. Comp. MACAIRE, *Hist. de l'Église*, t. XII, p. 241.

ment, à la juridiction du « département des monastères » ;
rattacher à l'une ou à l'autre les monastères de sa fondation,
bien que situés en dehors de leur ressort, tel était son système.

En droit, l'autonomie judiciaire qu'il s'attribuait ainsi
n'excluait pas l'appel au souverain ; mais un diacre essayant
de s'en prévaloir en 1655, Alexis l'éconduisait en ces
termes :

— Mon ami, si je m'avisais de modifier les décisions du
patriarche, il aurait vite fait de me rendre sa crosse, en disant : « Gouverne mes moines et mes prêtres à ma
place (1). »

Avec le temps, Nikone ne laissa pas de rattacher les avantages personnels ainsi obtenus à une doctrine générale : il
prétendit n'avoir signé l'*Oulojénié* que contraint et forcé ; il
fit réimprimer, en 1653, le *Nomocanon*, avec des additions tendancieuses dans ce sens, y insérant notamment la fameuse
Donatio, apocryphe sans qu'il s'en doutât peut-être, de l'empereur Constantin, dont, à l'exemple des papes romains, il
prétendait tirer parti pour ses revendications (2). On lui a
attribué même le dessein de réclamer ce titre de pape, que
les patriarches d'Orient auraient possédé autrefois (3).

Toujours cependant il dut le meilleur de son autorité à
l'ascendant extraordinaire obtenu sur le souverain, ainsi qu'à
un déploiement de vigueur et de rigueur qui, au témoignage pourtant extrêmement bienveillant de Paul d'Alep, faisait de lui un véritable tyran (4). Pour la moindre peccadille,
archimandrites et protopopes étaient mis à la chaîne et
astreints à travailler nuit et jour dans la boulangerie du
palais patriarcal, ou condamnés à mourir de faim dans des
cachots souterrains. Parcourant les campagnes, les *striéltsy*

(1) Paul D'ALEP, édit. Mourkos, t. IV, p. 129.
(2) PLATONOV, *Leçons*, p. 297-298 ; LATKINE, *Leçons*, p. 186 et suiv.
(3) BERCH, *Le règne d'Alexis*, t. I, p. 224. Comp. MACAIRE, *Hist. de l'Église*,
t. XI, p. 193-196 ; t. XII, p. 229.
(4) Édit. Mourkos, t. III, p. 47 ; édit. Belfour, t. I, p. 440 ; t. II, p. 249.
Beaucoup plus complète, l'édition de Mourkos offre cependant quelques lacunes.

du patriarche y exerçaient une police sévère et de cruelles représailles.

Pendant son séjour en Moscovie, le moine grec y a constaté le partage effectif de l'autorité suprême entre trois chefs de gouvernement, qui étaient le tsar, le patriarche et le célérier de la Troïtsa, si puissant celui-ci et tellement pompeux que, dans ses déplacements, il se donnait une suite plus nombreuse encore que celle de ses rivaux de pouvoir, et cependant dégradé bientôt par Nikone et condamné à faire fonction de meunier dans un monastère, où il devait terminer ses jours! Mais ce témoin a pu être égaré par son imagination orientale et par une crédulité qui lui permettait de se laisser persuader que la grande croix surmontant la cathédrale de l'Annonciation était en or massif et valait 100 millions (1)!

Vers la fin, la puissance du patriarche s'appuya aussi sur une richesse énorme. Nikone fut un grand accapareur. Aux immenses domaines constituant l'héritage de ses prédécesseurs, en dépit de l'*Oulojénié*, il ne cessa d'en ajouter de nouveaux, si bien que, de 10,000, le nombre de paysans s'y éleva à 25,000. Sur chaque terre revenant à la couronne, il se faisait attribuer quelque partie.

En 1656, il supprima arbitrairement l'éparchie de Kolomna, la réunissant à la sienne avec tous les bénéfices qui en dépendaient. En même temps, il augmentait le taux des droits annuellement payés au patriarche par les nouveaux titulaires des charges ecclésiastiques, obligeant les simples popes eux-mêmes à se rendre pour cet objet à Moscou, où ils étaient fréquemment retenus de trois à six mois et contraints, par les plus grands froids, à stationner dans la cour du palais patriarcal. Des seules églises de la capitale, il tirait 14,000 roubles par an et réclamait même une part des revenus de la Troïtsa, portant ainsi les siens, s'il fallait en croire Paul d'Alep, à 20,000 roubles par jour (2)!

(1) Édit. Mourkos, t. IV, p. 50; t. III, p. 160-162; Belfour, t. II, p. 78.
(2) *Ibid.*, t. III, p. 161; édit. Belfour, t. II, p. 76-77; GORTCHAKOV, *Le do-*

En 1655, il se fit construire un nouveau palais qui coûta
50,000 roubles, bien que tous les matériaux fussent fournis
par le tsar et la main-d'œuvre par les serfs des domaines
patriarcaux. Le train de sa maison était des plus fastueux ; on
y faisait grande chère et on y buvait beaucoup. Au début d'un
repas, Paul d'Alep mentionne trois verres d'eau-de-vie vidés
par le patriarche et par ses convives et suivis de boissons
variées offertes à chaque service ; or, les services sur les
menus de l'époque se comptaient fréquemment par douzaines. Un jour ordinaire, la table d'un des successeurs de
Nikone en recevait *vingt-neuf*, sans compter les hors-
d'œuvre (1) !

Nikone aimait le luxe et l'apparat en tout. Par certains
traits, il annonce les futures prouesses dans ce genre du plus
fastueux des favoris de la grande Catherine : devant recevoir
Alexis dans un ermitage, à grands frais il y réunit toute une
population de moines empruntée aux monastères voisins. Il
donne à sa toilette des soins de petit-maître, surchargeant
ses ornements pontificaux d'une telle profusion de perles et
de pierres précieuses que, malgré sa carrure, il n'en peut supporter le poids et doit changer de vêtements en cours d'office. Les mantes, les chapes dont il est paré, épuisent
toute la gamme des couleurs chatoyantes. On lui a prêté
l'habitude de se regarder dans une glace en officiant. Mais de
quoi ne l'a-t-on pas accusé ! Et non seulement de s'être laissé
corrompre par les Polonais, mais encore d'avoir tel jour
souillé un sous-diacre préalablement mis en état d'ivresse,
ou violé, dans les mêmes conditions, une femme, sous prétexte de lui administrer un médicament (2) !

maine foncier des métropolites russes, p. 343 ; Pisarev, *La vie des patriarches*,
p. 14 ; Macaire, *Hist. de l'Église*, t. XII, p. 301.

(1) *Annales de la Soc. d'hist. et d'ant. de Moscou*, t. XIII, p. 1-62 ; Brückner,
Beitraege zur Kulturgeschichte, p. 69 et suiv., et *Revue du Min. de l'Instr.
pub.*, t. CLXXII. Comp. *Messager hist.*, t. XX, p. 269-270, 275-277 ; Rouchtt-
chinski, *La vie religieuse des Russes*, p. 134 et suiv ; Paul d'Alep, édit. Mourkos,
t. IV, p. 54, 104 ; Pisarev, *La vie domestique des métropolites*, p. 178.

(2) Voy. le résumé de ces accusations dans *les Annales de la littérature et de
l'art russe*, édit. Tikhonravov, t. V. Comp. Berch, *Le règne d'Alexis*, t. I, p. 200 ;

Nikone, cela est certain, s'est donné beaucoup d'ennemis, qui un jour ont eu beau jeu à l'incriminer et à le salir. Il s'est aussi donné beaucoup de torts; mais la part de la vérité dans ces accusations est assez malaisée à établir. Pour les *raskolniks*, d'où, comme de raison, ont émané les plus violentes et les plus infamantes, son plus grand crime aurait cependant été d'avoir, à l'imitation des pontifes romains, porté l'image du Christ ou de la Vierge sur ses pantoufles. Mais le livre de dépenses du patriarche fait aussi mention d'une distribution journalière d'aumônes fort abondantes, et Paul d'Alep peut bien ne s'être pas trop éloigné de la réalité en affirmant qu'en dépit de sa sévérité, Nikone était cher à la plupart des Russes, comme le pape aux catholiques (1).

En fait, sa popularité s'est manifestée très visiblement au moment de sa disgràce, et, plus tard, Stenka Razine devait essayer encore d'en tirer parti. Pour la conquérir et la garder, Nikone pouvait recourir à des procédés d'un goût douteux : Paul d'Alep nous le montre encore invitant à sa table, en grand apparat, un de ces visionnaires *(iourodivyié)* que le peuple de Moscou avait en vénération, versant à boire à cet hôte et avalant les gouttes de vin qu'il a laissées dans la coupe (2)! Mais l'effet obtenu ne saurait être contesté, et il a puissamment contribué à assurer la suprématie du pontife.

Même limitée, toutefois, au gouvernement de l'Église, celle-ci ne pouvait à la longue éviter des heurts multiples avec l'autorité d'un souverain aussi porté que l'était Alexis à l'affirmer même dans ce domaine. L'enchevêtrement des attributions réciproques les provoquait fatalement. De bonne heure, le patriarche prit l'habitude de donner des ordres, d'adresser, même pour ses affaires particulières, des oukases

---

Paul D'ALEP, édit. Mourkos, t. III, p. 23, 200; édit. Belfour, t. II, p. 105, 200; MACAIRE, *Hist. de l'Église*, t. X, p. 286; ILOVAÏSKI, *Hist. de Russie*, t. V, p. 283; BOROZDINE, *Le protopope Avvakoum*, p. 158, 159, 167. (*Biographie de Nikone*, par un *raskolnik*.)

(1) Édit. Belfour, t. I, p. 289.
(2) Édit. Mourkos, t. IV, 145; édit. Belfour, t. II, 266.

aux agents du pouvoir séculier. Philarète ayant tout récemment donné l'exemple de pareille usurpation, Alexis ne s'en offusqua pas d'abord. Il arriva même que, conformément à un précédent créé dans des circonstances assurément différentes, le successeur de Philarète hérita de ce titre de *viélikiï gossoudar*, que le père du premier Romanov avait partagé avec son fils. Nikone a voulu plus tard que cette faveur lui ait été expressément accordée en reconnaissance des services rendus par lui au cours de la première campagne de Pologne. Les documents que nous possédons n'en portent aucune trace ; mais, dès 1655, le titre figure invariablement dans la correspondance d'Alexis avec sa famille, le souverain n'omettant jamais d'y insérer des compliments à l'adresse du *viélikiï gossoudar*, le patriarche de Moscou (1).

En mai 1654, le tsar s'absenta, fut retenu longtemps sur la frontière polonaise. Une régence devenait nécessaire, et sans que des dispositions spéciales fussent prises à cet égard, par le simple jeu des rapports établis entre le souverain et son « ami particulier » , elle échut à Nikone. Il gouverna donc l'Église et l'État, comme Philarète avait fait ; comme lui, il se substitua au tsar absent pour ratifier les décisions des boïars ; comme lui, au nom du tsar, du tsarevitch ou de la tsarine, mais parfois aussi en son nom propre, il rendit des décisions, expédia des circulaires, prit, de son initiative personnelle, des mesures importantes, pour assurer, par exemple, les approvisionnements militaires ou combattre la peste (2).

L'année suivante, partant pour une nouvelle campagne, Alexis ratifia cet état de fait. Comme il prenait congé du patriarche d'Antioche, alors présent à Moscou, il lui dit en montrant Nikone : « Voici mon remplaçant, je vous confie à lui. » Au cours d'un office célébré ensuite pour demander au

(1) *Lettres du tsar Alexis*, édit. de la Comm. pour la publication des documents d'État, p. 42, 45, 46, etc. Comp. *Actes de la Comm. arch.*, t. IV, n° 330 ; *Actes hist.*, t. IV, n° 62 ; Hubbenet, *Études hist.*, t. I, p. 23 ; Macaire, *Hist. de l'Église*, t. XII, p. 230, 231.

(2) Suppl. aux *Actes hist.*, t. III, n° 119, 120, 121, 123 ; *Actes de la Comm. arch.*, t. IV, n° 71 ; *Actes de la Russie du Sud-Ouest*, t. X, n° 13.

·ciel que la victoire fût conservée aux armes moscovites, le
patriarche prit la parole, et évoquant les triomphes de
Moïse sur Pharaon et de Constantin sur Maxence, pendant
plus d'une heure il tint le tsar devant lui, debout, les mains
jointes, dans une attitude qui frappa Paul d'Alep de stupeur :
« l'un comme s'il était un esclave et l'autre comme s'il était
son maître (1). »

Et Alexis parti, Nikone ne manqua pas, en effet, de
prendre tous les airs d'un maître omnipotent, jouant au souverain jusque dans les détails d'étiquette et s'y montrant plus
exigeant encore que celui qu'il remplaçait; recevant les plus
hauts fonctionnaires sans leur offrir de siège; leur tournant le dos et affectant de ne pas les apercevoir (2).

Au fond, les grandeurs lui tournaient la tête. Aux évêques
et aux métropolites étrangers eux-mêmes, contrairement à
l'habitude, il refusait le titre de *frères*, et donnant à dîner
au patriarche d'Antioche, il mangeait seul à une table
isolée (3). Même présent, Alexis encourageait d'ailleurs ces
excès d'orgueil, faisant mine de céder le pas au pontife
suprême, voulant quand il dînait avec lui, et même chez lui,
que la santé du patriarche fût portée la première (4). Pour
agir ainsi, en dehors de l'empire que la forte nature de
Nikone exerçait sur la sienne, ou de l'affection enthousiaste
que longtemps ce prêtre éloquent sut lui inspirer, le jeune
tsar avait probablement d'autres raisons : au début d'un
règne assez violemment troublé, chef d'une dynastie encore
chancelante, il trouvait bon sans doute de s'adjoindre, à ce
prix, un associé de pouvoir et un porte-respect dont l'autorité assurait la sienne. Livré à lui-même, peut-être eût-il
continué quelques années encore à s'accommoder du partage. Mais les boïars de son entourage le supportaient plus
malaisément.

(1) Édit. Mourkos, t. III, p. 145; Belfour, t. II, p. 59.
(2) Paul d'Alep, édit. Mourkos, t. III, p. 47; Belfour, t. II, p. 74-75.
(3) Le même, Mourkos, t. III, p. 53.
(4) Le même, Mourkos, t. II, p. 122; Belfour, t. I, p. 232, 244, 287.

La politique qu'ils représentaient visait, dans un sens diamétralement opposé, à un assujettissement de plus en plus complet de l'Église à l'État. Rédacteur principal de l'*Oulojénié*, le prince Odoievski s'était flatté de faire un grand pas dans la réalisation de ce programme par l'établissement du « Département des monastères », et voici que ce paysan finnois ruinait l'œuvre ainsi ébauchée !

Ce n'était pas tout encore. Le patriarche tout-puissant mettait son pouvoir au service d'un ensemble d'idées directement contraires aux sentiments et aux inclinations d'un autre groupe d'hommes de cour dont Alexis subissait l'influence grandissante. Nikone n'était pas ennemi de la science et du progrès ; mais il les entendait à sa façon, en orthodoxe farouche et en nationaliste intransigeant. Les moscovites de l'école de Morozov avaient une religion moins ombrageuse et des préoccupations intellectuelles moins étroites. Ils étaient des occidentaux résolus. Nikone témoignait de l'hostilité aux étrangers ; il veillait à ce que, sinon les faubourgs, du moins l'intérieur de la capitale fût fermé à leurs établissements ; il multipliait à leur égard les vexations de toute nature. Un jour, il leur aurait même imposé le port obligatoire de leurs costumes nationaux, au grand chagrin des élégantes du quartier « allemand », obligées de revêtir des toilettes défraîchies et passées de mode, jusqu'à l'arrivée des commandes faites en hâte à Paris et à Londres. Une autre fois, il faisait recueillir, dans les demeures des amateurs naissants de l'art occidental, tableaux et sculptures plus ou moins éloignés du canon byzantin, les vouant pour cette raison à la destruction. Ou bien encore, il s'avisait d'interdire aux boïars les bains fréquents, y apercevant une imitation des usages turcs.

Venant de ses adversaires (1), ces imputations sont suspectes ; on doit cependant admettre comme excessivement probable, sinon certaine, l'influence combinée des deux

(1) FILIPPOV, *Hist. de l'ermitage de Vyg-Oziéro*, p. 15-16 ; ANDRÉIÉV, *Le Raskol*, p. 50-53.

coteries, ainsi armées contre le patriarche, sur le changement d'humeur qui, au cours de l'année 1657, éloigna le
souverain de son *alter ego,* opposant bientôt l'une à l'autre
les deux « Majestés (1) » .

II

LA BROUILLE

En octobre 1657, Alexis fut encore l'hôte de Nikone au
monastère de la Résurrection. Dans un site agréable, sur
l'Istra, à 47 verstes de la capitale, le patriarche avait bâti
cette abbaye sur le modèle du Saint-Sépulcre. Le tsar s'en
était montré très agréablement impressionné et le fondateur avait aussitôt imaginé de donner à sa création le nom
quelque peu ambitieux de « Nouvelle Jérusalem » , qui plus
tard devait lui être sévèrement reproché. Mais, le mois suivant, attendant la visite annoncée du souverain dans un autre
monastère de sa fondation, Nikone eut une première déception : Alexis manqua de parole. En mars et avril 1658, le
tsar ajouta encore quelques terres au domaine du patriarche,
mais les rencontres des deux amis devenaient de plus en plus
rares. Visiblement, le souverain les évitait. Une rupture
n'était probablement pas dans ses intentions, et une explication franche aurait peut-être, pour quelque temps encore,
conjuré la catastrophe; mais le tempérament des deux
hommes voulait qu'ils s'y dérobassent également, l'un par
timidité, l'autre par orgueil, et les ennemis de Nikone eurent
ainsi beau jeu.

Paul d'Alep mentionne une altercation qui se serait produite entre le tsar et le patriarche dès le printemps de 1657,
à l'occasion d'une cérémonie que Nikone aurait réglée con-

(1) Tous les chroniqueurs étrangers sont d'accord à cet égard. Voy. notamment
MAYERBERG, *Inter in Moscoviam,* p. 87; GLAVINICS, dans *Wichmann,* p. 347;
Schurtzfleisch, n° 12.

trairement aux indications de son collègue d'Antioche, qui venait de quitter Moscou. Alexis était sujet aux emportements et le chroniqueur grec veut qu'il ait interpellé son « ami particulier », à ce propos, en langue verte : « Paysan, fils de p...., imbécile!... »

Nikone invoquant son caractère de père spirituel, le tsar répliqua :

« Je ne te reconnais pas cette qualité ! C'est le patriarche d'Antioche que je tiens pour tel, et je vais le faire revenir immédiatement... »

Cette scène semble, sinon inventée de toutes pièces, du moins reproduite avec une grande exagération. Macaire fut en effet rappelé à Moscou; mais, ainsi que Paul d'Alep en convient, pour de tout autres raisons, et, à ce moment, la situation de Nikone n'était encore nullement ébranlée (1). Les polémistes du *Raskol* font d'autre part mention d'une autre algarade où, ne voulant pas gracier un assassin, Alexis aurait été excommunié par son confesseur, qui, d'accord avec le patriarche, intervenait en faveur du coupable (2).

Divers froissements et querelles de même genre ont pu se produire entre les amis d'hier destinés à devenir les adversaires du lendemain, sans qu'aucune cependant exerçât une influence déterminante sur la crise en préparation. J'en ai indiqué les causes probables. Les boïars s'impatientant d'être gouvernés par un prêtre, le clergé se plaignant de trouver en lui un maître trop exigeant, le tsar enfin, atteignant un âge plus mûr, se sentant affermi sur le trône par les succès obtenus contre la Pologne et éprouvant le besoin naturel de voler de ses propres ailes, il y avait désormais une « Majesté » de trop en Moscovie.

Nikone ne sut pas le comprendre; dans l'enivrement de sa toute-puissance, il était arrivé à se faire du pouvoir qu'il exerçait une conception théorique qu'il devait bientôt sou-

(1) Édit. Mourkos, t. IV, p. 165-160; Belfour, t. II, p. 286, 290; MACAIRE, *Hist. de l'Église,* t. XII, p, 308.
(2) ANDRÉIÉV, *Le Raskol,* p. 53.

tenir avec une grande énergie, mais qui ne correspondait aucunement à la réalité. Il se persuadait que, dans la « troisième Rome », le patriarche faisait en effet figure d'un pape, capable de prendre vis-à-vis d'un autre Henri IV l'attitude d'un autre Grégoire VII (1). Il n'allait plus tarder à reconnaître son erreur.

Le 6 juillet 1658, donnant un grand banquet en l'honneur du tsarevitch de Géorgie, le tsar négligea d'y inviter le second *viélikiï gossoudar :* signe certain d'une défaveur grandissante. Dans la foule qui se pressait aux abords du palais, un intendant du patriarche, le prince Dimitri Mechtcherski, fut rudoyé et frappé par un fonctionnaire de la cour, Bogdan Khitrovo. Sur la plainte de Nikone, Alexis promit de faire une enquête sur l'incident et de s'en expliquer personnellement avec le patriarche; mais l'entrevue n'eut pas lieu. Au cours de ce mois, des cérémonies religieuses réclamant la présence du souverain dans la cathédrale de l'Assomption, où Nikone officiait, le tsar fit savoir qu'il n'y paraîtrait pas, et Nikone en exprimant son étonnement, le prince Georges Romodanovski fut chargé de lui dire que le souverain prenait offense de ce titre de *viélikiï gossoudar* que le patriarche « usurpait » .

Trois années auparavant, l'usurpation, s'il y en avait une, était, comme on l'a vu, ratifiée par Alexis *manu propria*. Mais, en pareille occasion, les souverains ont habituellement la mémoire courte.

Ce jour-là, 10 juillet, Nikone officia à l'ordinaire; mais après la communion il ordonna de fermer les portes de l'église, annonçant qu'il prendrait la parole. Il parla en termes singuliers, ambigus et contradictoires, protestant avec violence contre les accusations injustes et calomnieuses dont il était l'objet, mais se reconnaissant coupable néanmoins de négligence dans l'exercice de ses fonctions et con-

(1) Nikone, *Réplique*, mss. du musée Roumiantsov, n° 1551; *Actes de la Comm. arch.*, t. IV, n° 329; *Documents pour l'hist. du Raskol*, t. I, p. 44, 45, 148, 158, 235-236; t. IV, p. 286, 250; t. VI, p. 44; comp. Kaptérev, dans *Messager théologique*, juin 1892, p. 490.

cluant à l'impossibilité où il était de continuer à en assurer
la charge.

— Je vous ai apporté un enseignement précieux, disait-il,
appuyé sur l'autorité de tous les Pères de l'Église, et vous,
avec vos cœurs pétrifiés, vous avez voulu me lapider. Aussi
vaut-il mieux que je cesse d'être votre pasteur.

Et il fit le geste d'abandonner les insignes de son rang.
D'après certains témoignages, il aurait même déclaré vouloir
être anathème s'il revenait sur sa décision. Mais ce point
reste douteux et l'enquête faite ultérieurement au sujet de
l'incident n'a même pas établi avec certitude que Nikone eût
expressément manifesté l'intention de quitter le patriarcat (1).
Les assistants, toutefois, interprétèrent ainsi ses paroles, et
tandis qu'il se dépouillait de ses ornements somptueux, des
cris et des sanglots remplissaient l'église.

Sans qu'il parût y prendre garde, Nikone se fit apporter
un sac, où il avait fait préparer des vêtements de moine;
mais, les métropolites de Kroutitsa et de Serbie intervenant
pour faire disparaître ces objets, il se rendit à la sacristie, y
prit une simple mante d'évêque, remplaça sa mitre blanche
par une coiffe noire et écrivit à l'adresse du tsar une lettre où
se trouvait cette phrase : « Je m'en vais, obéissant à la parole
de l'Écriture : donnez place à la colère. » Après quoi, déposant avec ostentation la crosse du métropolitain Pierre, premier chef de l'Église moscovite, il fit mine de quitter le
temple. Mais la foule le retint.

Il y comptait assurément. Toute cette scène n'avait sans
doute d'autre objet que d'amener Alexis à résipiscence.
Averti de ce qui se passait, le souverain se hâterait d'accourir
et la foule ameutée y aidant, Nikone n'aurait pas de peine à
le faire revenir à de meilleurs sentiments. A la première nouvelle de l'incident, le tsar se montra fortement ému en effet;
mais son entourage faisait bonne garde et, en place de celui
qu'il attendait, Nikone vit arriver le prince Alexis Trou-

(1) *Le procès du patriarche Nikone*, p. 12, 71; Hubbenet, *Études*, t. I, p. 54;
Macaire, *Hist. de l'Église*, t. XII, p. 316.

betzkoï, un de ses plus ardents ennemis, qui, de façon très respectueuse d'ailleurs, lui demanda simplement la raison de la démonstration à laquelle il venait de se livrer et de la détermination qu'elle annonçait.

Nikone s'en référa à la lettre qu'il venait d'adresser au tsar, avec lequel il désirait s'expliquer directement, ajoutant qu'il ne demandait plus qu'une cellule pour y finir ses jours. Troubetzkoï s'en retournant avec cette réponse, l'ex-patriarche ne put s'empêcher de trahir une extrême agitation. Allant des gradins du trône pontifical, où il s'asseyait un instant, à la porte de la cathédrale, où la foule continuait à lui barrer passage, il s'attendait toujours à voir paraître le souverain. Hélas ! Troubetzkoï revint seul, discuta, repartit pour prendre les ordres du maître et finalement déclara, en son nom, que puisqu'il désirait finir ses jours dans une cellule, Nikone était libre de choisir celle qui lui conviendrait le mieux dans un des monastères de sa fondation.

Ce dénouement répondait probablement le moins aux prévisions de l'aventureux prêtre. Nikone tarda encore à en prendre son parti. Lentement, il traversa à pied la place Rouge et les rues avoisinantes, guettant quelque mouvement populaire qui se prononcerait plus énergiquememt en sa faveur. Jusqu'au lendemain, il demeura dans la résidence que son monastère de la Résurrection possédait dans la capitale, espérant un revirement, et, seulement après avoir épuisé tous les atermoiements et connu toutes les déceptions, il se décida enfin à prendre tristement le chemin de la « Nouvelle Jérusalem (1) ».

Trois jours après, Troubetzkoï s'y présenta, non pour engager l'ex-patriarche à revenir sur sa décision, mais pour lui reprocher de l'avoir prise sans avertir préalablement le souverain, qui cependant demandait sa bénédiction pour lui,

(1) Soubrotine, Le procès du patriarche Nikone, p. 20 et suiv.; Choucherine, Détails biographiques, p. 32-33; Macaire, Hist. de l'Église, t. XII, p. 319-322; Soloviov, Hist. de Russie, t. XI, p. 294-297; Mémoires de l'Académie des sciences, section d'archéol., t. II, p. 516-7.

la tsarine, ses enfants et le métropolite de Kroutitsa, chargé de l'administration provisoire du siège abandonné.

Voyant que la manière forte ne lui avait pas réussi, Nikone essaya des procédés contraires. Se faisant très petit et très humble, consentant à tout, il expliqua la précipitation de son départ par la crainte qu'il avait, étant malade, de se trouver surpris par la mort à un poste qu'il ne voulait plus garder. Dans une lettre signée « l'ex-patriarche Nikone », il demanda pardon au tsar, pour ses fautes « sans nombre » et affirma n'avoir plus aucun désir, sinon que le souverain voulût bien l'oublier (1).

Bientôt il crut s'apercevoir que cette attitude nouvelle produisait l'effet qu'il en attendait : Alexis ne se pressait pas de lui donner un successeur et en même temps il adressait à la « Nouvelle Jérusalem » des messages où, parlant des ennemis de Nikone avec lesquels il avait à lutter, il trahissait ses perplexités. Alors l'ex-patriarche changea de ton : averti qu'une commission était nommée pour examiner ses papiers, il rédigea une protestation virulente et prévint le tsar qu'en dehors de secrets d'État, qui ne devaient pas être livrés à des yeux indiscrets, ces papiers en contenaient d'autres que le souverain lui-même devait ignorer.

« Je m'étonne, lui écrivait-il, d'où a pu te venir pareille audace! Naguère tu craignais de porter jugement sur un simple desservant d'église, et voici que tu prétends juger celui qui a été pasteur du monde entier? »

Il imaginait que cette recherche avait pour but de saisir les lettres où Alexis lui-même lui donnait le titre de *viélikiï gossoudar*, et il s'expliquait congrûment à ce sujet :

« Je ne sais plus d'où cela m'est venu, mais j'ai lieu de croire que c'est de toi-même. Toujours tu m'as honoré ainsi en m'écrivant et tu ne peux faire que ce ne soit la vérité. »

Mais il apprenait que l'enquête portait aussi sur les richesses qu'il avait amassées et aussitôt il rappelait que le tsar lui-

(1) *Le procès de Nikone*, édit. de la Comm. arch., p. 1 ; HUBBENET, *Études*, t. I, p. 34.

même en avait profité à plusieurs reprises. Et il se plaignait
encore qu'on lui refusât les égards qui lui étaient dus. En
abandonnant le ministère de chef suprême de l'Église moscovite, il en gardait le titre et la grâce du Saint-Esprit ne
l'avait point abandonné. Il venait encore de guérir par ses
prières deux hommes atteints du haut-mal! D'ailleurs, les
évêques en fonction étaient, pour la plupart, nommés par
lui et lui devaient par conséquent respect et obéissance. De
même, le futur patriarche ne pouvait tenir son investiture
que de lui-même. Il était prêt à lui transmettre la grâce
divine, mais « comme un cierge communique sa flamme à un
autre, sans rien perdre pour cela lui-même de sa chaleur et
de son éclat ». Et en attendant, il n'admettait pas qu'on usur-
pât sa place. Il ne voulait pas, certes, y revenir « comme un
chien revient à son vomissement », mais il défendait au métropolite de Kroutitsa de se substituer à lui pour la procession
des Rameaux (1)... Bref, il n'était plus patriarche, mais
prétendait être traité comme s'il l'était encore et, avec les
honneurs, garder les pouvoirs attachés à la fonction.

La situation ainsi créée ne laissait pas d'être fort embarrassante, d'autant qu'elle coïncidait fâcheusement avec des
événements qui ébranlaient le crédit dont Alexis aurait eu
besoin pour se tirer à son avantage de cette algarade. Dès
le lendemain du départ de Nikone, la défection de Vykhovski,
hetman des Cosaques d'Ukraine ralliés à Moscou, avait fortement compromis, dans ce pays, les affaires de ses nouveaux
maîtres, et l'ex-patriarche ne s'était pas fait faute de donner
à entendre que seul il aurait pu conjurer cette catastrophe.
En juin 1659, Cosaques, Polonais et Tatars réunis infligeaient
à la plus belle armée du tsar une défaite terrible. On s'attendit
à les voir bientôt sous les murs de la capitale. Nikone en prit
texte pour de nouveaux commentaires de même genre, et
cette fois il réussit à imposer à son ancien ami une rencontre
qui, cependant, ne donna pas le résultat qu'il en espérait.

(1) *Le procès de Nikone*, édit. de la Comm. arch., p. 3, 13.

Entre temps, l'ex-patriarche avait trop écrit et maladroitement exaspéré son auguste correspondant. Tantôt, faisant appel aux souvenirs du passé, il essayait de l'attendrir : « J'ai partagé ta table et maintenant je vis seul comme un chien... Je ne regrette pas le morceau de pain perdu, mais je ne puis renoncer à ta bonne grâce et à ton affection » , disait-il. Mais aussitôt après, son tempérament de rustre coléreux prenant le dessus, il évoquait les circonstances pénibles du moment pour frapper son ancien ami à l'endroit le plus sensible : « Tu recommandes le jeûne, mais qui ne jeûne pas maintenant? En beaucoup d'endroits, faute de pain, on jeûne jusqu'à la mort ! Et depuis le commencement de ton règne, il n'y a de pitié pour personne. Partout des pleurs et des gémissements, des lamentations et des soupirs, et il n'y a pas un être qui se réjouisse en ces jours de deuil (1). »

Un raccommodement après cela était difficile. Nikone paraît avoir essayé de mettre à profit son séjour dans la capitale pour soulever la *tchern*. Il organisa des banquets populaires, où il lavait les pieds des convives en tenant des discours séditieux. Alors Alexis se fâcha ; il ordonna à l'audacieux frondeur de quitter la ville, et, au commencement de 1660, il convoqua un concile, qui devait mettre fin à cette situation intolérable.

C'était la guerre déclarée de part et d'autre. Elle devait durer sept ans.

III

LA LUTTE

Nikone n'y pouvait guère compter sur l'appui du clergé. Il avait beau identifier sa cause avec celle de l'Église et s'élever en termes indignés contre les charges énormes dont elle se trouvait accablée du fait d'une guerre dont personne n'aper-

(1) *Mémoires de la Soc. russe d'archéol.*, t. II, p. 473, 550.

cevait la fin. Le clergé n'oubliait pas la part de responsabilité
que l'ex-patriarche avait prise dans une politique maintenant
condamnée par lui. Ses appels hautains à la suprématie du
pouvoir ecclésiastique éveillaient bien des échos sympathiques
parmi les évêques, et quand, cherchant à définir les situations
respectives, il comparait, comme Grégoire VII aurait pu le
faire, l'Église au soleil et l'État à la lune, plus d'un était
secrètement disposé à l'applaudir. « Pâle image, renversée
comme dans un miroir », selon l'expression d'un écrivain
russe de notre temps (1), c'était bien le reflet de la grande
lutte engagée six siècles plus tôt entre la papauté et l'empire.
Mais si la cause était plaisante, il en allait autrement du
champion. Par ses allures despotiques et ses façons altières,
Nikone s'était rendu odieux à beaucoup de ses anciens subordonnés (2). Son administration n'avait pas, d'autre part, été
sans reproche. Peu avant l'ouverture du conflit, le bas clergé
en dénonçait les abus dans une supplique adressée au tsar (3).
Enfin, au milieu d'un autre débat soulevé par la réforme
ecclésiastique, faisant appel du patriarche au tsar, les représentants du *Raskol* naissant se prononçaient encore pour la
suprématie du pouvoir séculier, sauf à changer de tactique
quand ce recours aurait déçu leurs espérances (4).

En fait, dans le sein du haut clergé, Nikone n'eut pour
défenseur que l'évêque de Tchernigov, Lazare Baranovitch,
poursuivant comme Petit-Russien une politique à part, et celui
de Kolomna, Misaïl, qui voulait qu'on observât au moins
quelques ménagements à l'égard de l'ancien pontife (5).

Nikone lui-même ne se faisait pas d'illusions sur le verdict
du concile, qui allait être saisi de cette cause, et il eut soin

(1) Merejkovski, *Le Tsar et la Révolution*. Paris, 1907, p. 141.
. (2) Rapport de l'évêque de Viatka, Alexandre, au tsar, musée Roumiantsov,
mss. n° 376, 1. 249; comp. *Documents pour l'hist. du Raskol*, t. VI, p. 301.
(3) Soloviov, *Hist. de Russie*, t. XI, p. 289-292; comp. Ikonnikov, *Essai sur
l'influence de la culture byzantine*, p. 498.
(4) *Documents pour l'hist. du Raskol*, t. IV, p. 251, 253, 254, 259, 266;
t. VIII, p. 35-38.
(5) Stradomski, dans *Revue du min. de l'Instr. publ.*, 1852, vol. LXXV,
p. 40.

d'infirmer à l'avance son autorité. Il acceptait volontiers des juges, mais qui fussent instruits et honnêtes ; or, ceux-là ne savaient pas lire, pour la plupart, et leur intégrité était plus que sujette à caution. L'archevêque d'Astrakhan, Joseph, se présentant pour lui faire subir un interrogatoire préliminaire, il le recevait avec ces mots :

— As-tu au moins été bien payé pour cette besogne, mendiant?

L'arrêt fut tel qu'il l'attendait, le déclarant déchu de son rang d'évêque, de sa qualité de prêtre — et même de l'honneur. Le tsar ratifiant le vote de l'assemblée après quelques hésitations, l'affaire semblait vidée, quand le repentir tardif d'un des votants remit tout en question. Un des moines appelés de Kiév par Rtichtchev, Épiphane Slavénitski, s'apercevait soudain qu'avec ses collègues il avait fait état de textes grecs qu'il convenait d'estimer apocryphes (1).

C'était, au moins provisoirement, le triomphe de Nikone. Théologien érudit et sans rival à Moscou, Épiphane ne pouvait être récusé comme arbitre. Sa parole faisait autorité, et la procédure entière se trouva infirmée.

L'ex-patriarche abusa de sa victoire. Déclarant toujours ne plus vouloir être pontife suprème, mais défendant qu'on lui désignât un successeur sans son aveu, se donnant pour martyr, se comparant à saint Jean Chrysostome et à saint Athanase, à Basile le Grand et à saint Philippe, il se rendit insupportable de diverses façons. Tel jour, imaginant de toutes pièces un complot qui mettait sa vie en danger, il réclamait une enquête et des représailles sévères ; tel autre, au sujet d'un terrain contigu à son monastère, il entamait avec un haut dignitaire de la cour, l'*okolnitchyï* Roman Bobarykine, un procès des moins justifiables, et le tsar y intervenant il l'apostrophait avec une violence inouïe, le vouait au sort des habitants de Sodome et du « tsar Nabuchodonosor! »

(1) *Le procès de Nikone*, édit. de la Comm. arch., p. 88 et suiv. ; HUBBENET, *Études*, t. I, p. 89 ; MACAIRE, *Hist. de l'Église*, t. XII, p. 353 et suiv ; SOLOVIOV, *Hist. de Russie*, t. XI, p. 308.

Le malheureux Alexis ne savait plus à quel parti se résoudre.
Mais le hasard voulut que Nikone lui-même le mît dans la
voie qui allait le tirer de ce mauvais pas. Épris de la science.
grecque, bien qu'il en ignorât les premiers éléments, l'ex-
patriarche avait cherché à attirer d'Orient un prélat de grande
réputation, Païsius Ligaride, se disant métropolite de Gaza.
Comme beaucoup de ses pareils à cette époque, ce docteur
en théologie n'était qu'un bas aventurier, élève jadis, puis
professeur au *Collegio greco* dirigé à Rome par les Jésuites ;
orthodoxe zélé l'année d'après et métropolite de Gaza par la
grâce du patriarche de Jérusalem ; enfin, dégradé peu après
à raison de multiples malversations, mais gardant une pension du Vatican (1).

Retardée jusqu'à ce moment par les péripéties d'une carrière aussi mouvementée, l'arrivée de ce personnage remplit
d'abord Nikone de joie. L'ex-patriarche eut la naïveté de
croire qu'il trouverait en lui un auxiliaire. Le pensionnaire
du Vatican eut vite fait de le détromper ; jugeant d'un œil
exercé de quel côté étaient pour lui les meilleures chances de
fortune, dès le 15 août 1662, il rédigeait un mémoire qui
donnait tous les torts à Nikone et engageait Alexis à se
pourvoir contre le rebelle — auprès des patriarches
d'Orient.

Comme on ignorait à Moscou la biographie du nouveau
venu, cet oracle fit sensation. L'année 1662 se passa cependant sans que le tsar se décidât à s'en prévaloir, Nikone continuant à se démener violemment dans son exil de la « Nouvelle Jérusalem ». Il arriva même que la capitale fut alarmée
par le bruit que l'ex-patriarche venait de maudire le souverain et sa famille. Une enquête montra qu'il s'était borné à
frapper des foudres spirituelles le pauvre Bobarykine ; mais
les enquêteurs, dont Païsius faisait partie, furent rudement
malmenés à cette occasion. Un colloque entre l'ex-patriarche

(1) Kapterev, *Relations avec l'Orient orthodoxe*, p. 194-196 : Pierling, dans
Antiquité russe, 1902, février, p. 227 et suiv. ; Legrand, *Bibliogr. hellénique*,
t. III, p. 193 et suiv. ; t. IV, p. 57 ; Palmer, *The patriarch and the tsar*, t. III.

et le métropolite de Gaza, en particulier, prit une forme des plus scandaleuses, les interlocuteurs s'imputant mutuellement en termes fort transparents un vice honteux, et Nikone terminant l'entretien par une bordée d'invectives grossières : « Moujik, bandit, païen, chien puant… (1) ».

De retour à Moscou, Païsius déclara avoir eu affaire à « un loup enragé », et, pour dépeindre ce monstre, évoqua tour à tour l'image de Thersite, d'après Homère, et celle de Julien l'Apostat, d'après Grégoire de Nysse. Mais, bien que de plus en plus soucieux de se débarrasser de cet énergumène, Alexis demeurait hésitant sur les moyens à employer. Ayant si longtemps dominé la volonté timide du tsar, il fallait encore que Nikone se chargeât de la fixer en cette circonstance en faisant appel, lui premier, à ce « concile universel » dont Ligaride venait de suggérer la convocation. De plus en plus porté à divaguer, l'injurieux prêtre s'avisait il est vrai, en même temps, de mettre en cause la juridiction du pape! Il se basait, pour cela, sur une décision du concile de Sardique, qui ne visait que les diocèses de l'Illyrie orientale, toujours soumis à Rome.

Il ne cessait, d'autre part, de crier misère, se plaignant de mourir de faim, bien qu'il lui arrivât fréquemment de réunir jusqu'à deux cents convives à sa table, comme aussi de distribuer d'amples largesses aux rares ecclésiastiques qui osaient lui rendre visite.

Alors, exaspéré, poussé à bout, Alexis se décida à agir; mais par un reste d'irrésolution ou de pudique retenue, il se contenta, vers la fin de 1663, d'adresser aux patriarches d'Orient un questionnaire, où le cas était exposé sans que Nikone fût nommé. La réponse, rapportée par un diacre grec du nom de Meletius, se trouva écrasante pour l'inculpé anonyme, le déclarant coupable sur tous les points, sujet à la

---

(1) Nous possédons trois versions de cet incident : le récit de Païsius lui-même, *Procès de Nikone*, mss. de la Bibl. synod., n° 469, 1ʳᵉ partie, chap. XVIII; le rapport des enquêteurs, plus atténué, dans *Recueil des doc. d'État*, t. IV, nᵒˢ 34, 35, et le récit de Nikone, dans *Réplique*, Archives d'État à Moscou, papiers de Nikone, n° 89. Comp. SOUBBOTINE, *Le procès de Nikone*, p. 61.

dégradation et justiciable de l'assemblée des évêques moscovites, eussent-ils été nommés par lui.

Elle devait cependant rester encore sans effet. Après l'avoir reçue avec satisfaction, Alexis eut des doutes sur son authenticité ! Traité de coquin par Nikone, Meletius semblait justifier cette appréciation, et d'un des signataires du document, le patriarche de Jérusalem, Nectaire, une lettre parvenait peu après au tsar, lui conseillant de remettre l'ex-patriarche sur le trône, ou du moins de régler l'affaire à l'amiable (1).

C'était la part de la réalité dans les espérances que Nikone avait fondées sur l'Église d'Orient. Celle-ci ne laissait pas d'être influencée par les plaidoyers fort éloquents que lui adressaient de Moscou même, en faveur de l'ex-patriarche, quelques-uns des compatriotes de Païsius. S'occupant du conflit avec la passion naturelle à leur tempérament méridional et désireux d'y assurer le triomphe d'un homme qui les avait toujours protégés, ils dénonçaient en lui une victime des boïars complotant sa perte contre le vœu du souverain, qui personnellement demeurait attaché à l'élu de son cœur et venait secrètement l'entretenir et le plaindre. A Constantinople, à Jérusalem, à Antioche, on se préoccupait donc de ne pas s'engager mal à propos dans ce conflit, dont l'issue paraissait ainsi incertaine, et, au cours de cette même année, un neveu du patriarche de Constantinople, Athanase, métropolitain de Nicée, suivit Meletius à Moscou, se disant envoyé par son oncle et par le Concile de tous les évêques d'Orient pour réconcilier Nikone avec le tsar.

Sa mission donnant aussi lieu à des doutes et devenant bientôt l'objet d'un désaveu formel, Alexis dut finalement s'arrêter au parti qu'il aurait dû prendre depuis longtemps. Le « concile universel » fut invité à se réunir dans la « troisième Rome ».

Nikone ne s'en montra d'abord nullement déconcerté. Deux des prélats d'Orient seulement, Macaire d'Antioche et Païsius d'Alexandrie, acceptèrent le rendez-vous. Ce n'étaient pas

(1) *Recueil des doc. d'État*, t. IV, n° 37 ; SOUBBOTINE, *Le procès de Nikone*, p. 78 et suiv.

ceux dont l'autorité eût le plus grand poids, et le « concile universel » tournait court. Nikone n'eut garde cependant de récuser son autorité. Il avait, disait-il, contesté celle des évêques nommés par lui, « parce que les juifs eux-mêmes n'avaient pas osé citer le Christ devant un pareil tribunal ». Il acceptait maintenant pour juges ses pairs ; mais Alexis devait s'attendre à ce qu'il parût devant eux non en accusé mais en accusateur. Au temps de sa plus grande faveur, Nikone avait déjà fait part au tsar de son désir de quitter le patriarcat et le souverain ne pouvait avoir oublié en quels termes il lui avait répondu. La lettre existait, déposée en lieu sûr. A cette menace non déguisée, par un artifice dont il demeurait capable à travers sa folie, l'ex-patriarche joignait des propos plus conciliants, exprimant le regret où il était d'être privé d'un commerce qui lui demeurait cher, ainsi que de la possibilité de confondre de vils calomniateurs au moyen d'un entretien direct avec le souverain. Et la faiblesse d'Alexis comme sa sensibilité y aidant, le manège ne fut pas, semblet-il, sans l'impressionner.

Recevant au monastère de Saint-Sava un des messagers de l'ex-patriarche, le tsar conversa longuement en tête à tête avec lui ; il l'assura qu'il n'imputait aucune mauvaise intention à son ancien ami et ne nourrissait non plus contre lui aucun ressentiment. Prompt à faire état du moindre indice favorable, Nikone devait, à peu de temps de là, être confirmé dans les déductions hardies qu'il tirait de celui-ci. Il demeurait en relations avec un boïar de l'entourage du souverain, Nikita Ziouzine, qui autrefois avait été attaché à sa personne et qui disposait, de son côté, d'amitiés puissantes. Deux des plus hauts personnages de la cour, Artamon Matviéiev et Athanase Ordine-Nachtchokine, comptaient parmi ses intimes. Grands partisans tous deux de la réforme ecclésiastique accomplie par Nikone, ils pouvaient passer pour acquis à sa cause, bien qu'ils n'osassent le faire paraître. Or, dans le courant de décembre 1664, l'ex-patriarche reçut de ce Ziouzine trois lettres qui, en des termes de plus en plus pressants, l'engageaient à venir à Moscou, où Alexis avait exprimé le désir de le voir.

L'auteur de cette communication significative y mettait toutes les précisions désirables : s'entretenant avec Matviéiev avec Nachtchokine, Alexis avait déclaré vouloir mettre erme à une querelle qui durait trop longtemps ; il regrettait une séparation qui lui devenait de plus en plus pénible ; faisant enfin appel aux serments réciproques par lesquels lui et son « ami particulier » s'étaient engagés à ne se quitter jamais, il entendait, en ce qui le concernait, y demeurer fidèle. Nikone devait rentrer à Moscou de nuit et se rendre directement à la cathédrale de l'Assomption, où le tsar semblait disposé à le rejoindre. Ziouzine fixait le jour, l'heure et les autres détails de ce rendez-vous mystérieux.

Le mystère aurait dû mettre l'ex-patriarche en garde. Deux années auparavant, trompé par des rapports quelque peu analogues d'un moine nommé Aaron, il avait déjà fait à l'Assomption une brusque apparition, suivie immédiatement d'un ordre catégorique du tsar, le renvoyant à son monastère (1). Néanmoins, l'attitude équivoque d'Alexis, les atermoiements dont il ne cessait d'user et la certitude d'un désaccord d'idées et de sentiments le mettant aux prises, à ce sujet, avec une partie de son entourage ne laissaient pas de donner quelque vraisemblance à cette intrigue. Agir par des voies détournées était assez dans les habitudes du souverain. Ne voulait-il pas, par cet expédient, mettre les adversaires de Nikone en présence d'un fait accompli? L'insistance de Ziouzine, répétant que les intentions du tsar étaient formelles et qu'en n'en tenant pas compte l'ex-patriarche perdrait une occasion unique de regagner sa faveur, finit par désarmer la méfiance de l'exilé.

Dans la nuit du 17 au 18 décembre 1664, à l'heure des matines, le métropolite de Rostov, Iona, célébrant l'office, comme administrateur récemment nommé du siège patriar-

(1) HUBBENET, *Études*, t. I, p. 161 ; SOLOVIOV, *Hist. de Russie*, t. XI, p. 340-342, a confondu les deux incidents.

cal, Nikone parut soudain avec une nombreuse suite dans
l'église désignée et occupa le trône pontifical. « Il sauta sur
le trône comme un chien », dit une biographie, rédigée par
un *raskolnik* (1). Une voix impérieuse qu'on n'avait plus
entendue depuis longtemps interrompit la lecture du psautier,
la faisant remplacer par un *Te Deum* et d'autres prières de
circonstance. Reprenant la crosse de Pierre le Thaumaturge,
Nikone fit le tour du temple pour rendre les dévotions
usuelles aux icônes et aux reliques ; puis, conformément au
rituel, il engagea les assistants à recevoir sa bénédiction.
Nulle protestation ne s'élevait et Iona lui-même se courba
sous la main étendue du grand revenant.

Mais Alexis ne paraissait pas. Sans perdre encore contenance, Nikone ordonna de prévenir le souverain. Celui-ci
écoutait les matines à l'église de Sainte-Eudoxie, et, au rapport de divers témoins, dans l'enceinte du Kreml dont elle
faisait partie comme celle de l'Assomption, l'émoi fut tel qu'on
eût dit que les Tatars y avaient pénétré. Que s'y passa-t-il au
juste ? Comme six ans auparavant, au moment du départ de
Nikone, le tsar ne s'est-il pas débattu entre ses inclinations
secrètes et les avis contraires du plus grand nombre de ses
boïars ? Le Kreml n'a pas livré son secret. Difficilement,
cependant, pourrait-on admettre que Ziouzine se fût fait
l'instrument d'une simple mystification où, n'ayant aucune
chance de réussir, il risquait sa tête. Nous savons avec certitude qu'un conseil de dignitaires laïcs et ecclésiastiques fut
réuni à la hâte et que l'opinion de Païsius Ligaride, dont on
devine le sens, y prévalut. Il n'est pas impossible de supposer
qu'elle allait contre une volonté auguste qui, une fois de
plus, n'osait affirmer.

De toute façon, comme autrefois, au lieu de l' « ami particulier » qu'il s'attendait à retrouver, Nikone vit paraître un
ennemi implacable, le prince Nikita Odoïevski, porteur encore
d'un autre ordre de départ immédiat.

(1) BOBOZDINE, *Le protopope Avvakoum*, p. 161.

Devant cet écroulement de ses espérances, l'ex-patriarche se débattit désespérément. Il ergota, donna comme raison de son retour le désir de mettre terme à une guerre ruineuse où, privé de ses conseils, le tsar s'était engagé ; puis, recourant assez sottement au stratagème qui lui avait réussi à Novgorod, il se réclama d'une vision miraculeuse, inspiratrice de sa conduite. Il voulut en faire part au souverain et réclama une réponse à la lettre qu'il lui écrivait. Le message fut porté, mais la réponse se trouva telle qu'il pouvait la prévoir, simple répétition de l'ordre précédemment donné. Il fallait obéir.

Gardant en main la crosse de Pierre le Thaumaturge, Nikone se dirigea vers la porte de l'église. Les boïars l'arrêtèrent.

— Laisse la crosse !

— Reprenez-la-moi de force, si vous l'osez !

Et il sortit. Le soleil n'avait pas encore paru. Une comète — Hevélius en fait mention dans son *Prodromus* de 1690 — brillait au ciel. Montant dans un traîneau, l'ex-patriarche fit le geste de secouer la poussière de ses pieds.

— Nous balayerons cette poussière, dit le colonel des *striélts*y chargés de lui faire escorte.

— Dieu vous balayera plutôt avec ce balai! répliqua Nikone, en montrant la comète.

En route, il fut rejoint par deux envoyés du souverain, le prince Dolgorouki et Artamon Matviéiev lui-même, interprètes nos équivoques cette fois d'une pensée qui trahissait ses perplexités : Alexis demandait la bénédiction de celui qu'il venait de traiter si durement et implorait son pardon. Ziouzine a pu forcer le sens des confidences par lui recueillies, comme sans doute il comptait aussi triompher par un coup de force de l'indécision qu'elles indiquaient. Mais, assurément, il n'a pas tout inventé.

D'autres boïars de haut rang suivirent d'ailleurs les premiers sur le chemin de la « Nouvelle Jérusalem », et, parlementant avec eux de cinq heures du matin à onze heures du

soir, Nikone essaya assez piteusement de sauver quelque
chose du désastre : il accorda conditionnellement sa bénédiction, rendit la crosse réclamée et livra même le malheureux Ziouzine, en produisant sa correspondance. En retour,
mieux éclairé maintenant sur ce qu'il pouvait attendre du
« concile universel », il demandait que cette assemblée ne
fût pas convoquée. Consentant aussi à ce qu'on lui désignât
un successeur définitif, il entendait être traité par lui en égal,
non en subordonné, recevoir une pension convenable et avoir
toute liberté pour venir à Moscou y faire ses dévotions et voir
le tsar.

Il n'obtint rien, fit encourir à Ziouzine un long séjour dans
les chambres de torture, suivi d'une condamnation à mort
que la clémence d'Alexis convertit en exil, et, l'emportant
sur toute la ligne, les boïars pressèrent la réunion du tribunal,
dont l'ex-patriarche commençait avec raison à redouter
l'arrêt (1).

IV

LE PROCÈS DU PATRIARCHE

L'histoire n'offre pas, croyons-nous, d'autre exemple de
deux hommes dans une situation analogue, paraissant à la
barre, opposant l'un à l'autre dans leurs personnes deux
mondes d'idées, de sentiments et d'intérêts et plaidant directement leur cause. Car Alexis allait, pour le coup, payer de
sa personne. Abandonnant volontiers la décision aux autres,
il aimait à faire lui-même la besogne décidée, et, puisqu'on
ne était réduit à plaider, il ne voulait pas d'autre avocat.
Nikone réussissait d'ailleurs encore à le piquer au vif : des

(1) *Le procès de Nikone*, édit. de la Comm. arch., p. 168-258 ; PAÏSIUS-LIGARIDE,
Le procès de Nikone, 1ʳᵉ partie, chap. XXI ; *Recueil des Doc. d'État*, t. IV,
nᵒ 38 ; SOUBBOTINE, *Le procès de Nikone*, p. 89 et suiv., et *Annexes*, nᵒ III,
p. 204 ; CHOUCHERINE, *Biogr. de Nikone*, p. 43 et suiv. ; HUBBENET, *Études*,
t. II, p. 138 et suiv. ; SOLOVIOV, *Hist. de Russie*, t. XI, p. 347 et suiv.

messages interceptés le montraient essayant de prévenir en
sa faveur ses futurs juges et le tsar y relevait, à son adresse,
des observations extrêmement blessantes. Alexis remplit les
marges du document d'annotations irritées (1), et prépara
ses répliques.

Les deux patriarches d'Orient arrivèrent à l'automne de
1666. L'un d'eux venait d'être remplacé à Alexandrie, et
Nikone ne manqua pas aussitôt de s'en prévaloir pour décli-
ner sa compétence. Le « concile universel » devenait ainsi
unipersonnel, car l'ex-patriarche continuait de récuser les
simples évêques, « ses subordonnés », disait-il toujours, et
quelques-uns hérétiques, comme ce Lazare Baranovitch,
qui l'avait pourtant défendu, mais avec lequel il s'était
engagé dans une polémique d'ordre dogmatique.

Argumentant ainsi, il ne répondit pas à une première cita-
tion, mais n'osa désobéir à une seconde mise en demeure
plus menaçante. Par contre, malgré la défense qui lui en était
faite, il se donna une suite nombreuse, un diacre, porteur
d'une croix immense, le précédant, comme c'était l'usage
pour les pontifes suprêmes, dans leurs déplacements. C'est
avec cet appareil et tout le cérémonial correspondant que, le
1er décembre, il se présenta à l'audience, obligeant ainsi l'assistance entière, et le tsar lui-même, à se lever. Après quoi,
l'attitude qu'il entendait prendre se trouvant ainsi définie,
il s'inclina trois fois devant le souverain, deux fois devant les
patriarches d'Orient et se redressa avec un air de défi.
Comme Alexis l'invitait à s'asseoir, lui indiquant une place
au banc des évêques, il secoua fièrement la tête :

— Je n'aperçois pas ici de siège qui me convienne, et
comme je n'en ai point apporté, je resterai debout, attendant
qu'on m'ait dit pourquoi j'ai été appelé.

Alexis ne laissa à personne le soin de relever le gant.
S'étant une fois résolu et non sans peine à subir cette épreuve,
il avait hâte d'en profiter, pour vider enfin son cœur de tout

(1) Ces documents ont été publiés dans le 2e volume des *Mémoires de la Société d'archéologie.*

ce que sept années d'inconcevantes et irritantes altercations y avaient amassé de colères et de dégoûts. Quittant aussitôt son trône et se mettant debout devant les patriarches, ainsi qu'un vulgaire plaideur, il parla longuement et sur un ton de grande animation. Nikone répliqua avec non moins de verve et de prolixité, et une controverse confuse s'engagea, portant sur tous les incidents du conflit, depuis son origine, et s'égarant dans les plus insignifiants détails.

Ce premier assaut d'éloquence ne fut pas à l'avantage de l'ex-patriarche. En cherchant notamment à justifier la suppression de l'éparchie de Kolomna, où il avait notoirement fait preuve d'arbitraire, et en se référant pour cela au dossier de l'affaire, il s'attira cette observation que le dossier n'existait pas, parce que la mesure avait précisément été prise en dehors de toute procédure canonique.

Mais à une seconde séance, le lendemain, la discussion prit une autre tournure. Sans que nous sachions au juste comment, car les procès-verbaux officiels sont muets sur ce chapitre, elle se trouva portée sur le terrain où Nikone avait vainement, jusque-là, cherché à se placer. Nous ne nous risquons pas trop sans doute en supposant que la présence des prélats d'Orient et leur parti pris évident d'hostilité à l'égard de l'accusé influèrent sur ce revirement. Soudain, la personnalité de Nikone s'effaçant laissa apparaître le prêtre seul, dans une lutte où le pouvoir laïc faisait appel à des étrangers — ces Grecs, qui visitaient habituellement Moscou en mendiants et qui y venaient maintenant prêter main-forte aux boïars pour étrangler le chef de l'Église nationale !

Avilie par la domination musulmane, l'Église d'Orient inclinait au servage et aux services honteux. Sur sa demande, Alexis venait de recevoir, de cette source, par l'entremise du louche Meletius, une consultation doctement appuyée sur l'article sixième du grand Nomocanon (1), et concluant à la suprématie de l'État. Mais la « troisième Rome » n'en était pas

(1) HUBBENET, *Études*, t. II, p. 671 et suiv. ; KAPTEREV, dans *Messager théol.* avril 1905, p. 678 ; IKONNIKOV, *Études*, p. 504,

encore là, et, s'unissant au sentiment religieux si puissant dans ce pays, l'orgueil national déterminait, dans l'assemblée entière, un mouvement de révolte ou de perplexité. Interdits, déconcertés, les boïars se taisaient. De ceux-là mêmes qui précédemment avaient le plus activement travaillé à la disgrâce de l'ex-patriarche et qui, comme Simon Stréchniév, dressaient irrévérencieusement leurs chiens à imiter ses gestes, aucun ne se souciait plus de porter témoignage contre lui. Tous se dérobaient, jusqu'à arracher à Alexis ce cri de détresse :

— Vous voulez donc me livrer à cet homme! Est-ce que vous avez assez de moi ?

Les évêques, eux, s'agitaient, hésitant encore à manifester leur opinion, mais trahissant leur embarras. Enfin, pressé de s'expliquer, cité à la barre, Lazare Baranovitch laissa tomber ces mots :

— Comment pourrais-je parler contre la vérité ?

Alors, les langues se délièrent. Le métropolite de Kroutitsa, Paul, le premier, s'enhardit à poser franchement la question de la rivalité des deux pouvoirs, et appuyé par l'archevêque de Riazan, Hilarion, l'évêque de Vologda, Siméon, d'autres encore, pour la première et la dernière fois en Russie, jusqu'à nos jours, il réussit à donner à ce débat une ampleur en rapport avec les intérêts en jeu. Un moment même il put se flatter d'avoir fait triompher, selon la formule pittoresque de Nikone, la thèse de l'Église-soleil et de l'État-satellite, simple reflet, celui-ci, d'un rayonnement céleste. Les procès-verbaux sont muets; mais, avocat zélé de la thèse contraire, Païsius Ligaride nous a légué, à cet égard, des aveux expressifs. Grâce à son zèle et surtout à l'ascendant des patriarches d'Orient, Paul et ses soutiens furent battus finalement, encourant même l'exclusion des séances et une interdiction temporaire. Mais la bataille avait été chaude, le pouvoir séculier n'obtenait qu'une demi-victoire par l'adoption d'une solution intermédiaire, qui proclamait l'indépendance égale des deux puissances dans leurs sphères respectives, et il payait

cher cet avantage : le gage le plus sûr qu'il possédât de la
suprématie exercée par lui en fait lui échappait : le « Département des monastères » était condamné à disparaître, et le
clergé moscovite venait de faire solennellement preuve d'un
esprit d'indépendance que les futurs auteurs français de la
déclaration de 1682 ne devaient pas égaler (1).

Triomphe éphémère, à la vérité, car ici Pierre le Grand
allait venir bientôt et détruire l'équilibre ainsi établi, en
jetant dans la balance tout le poids de son absolutisme trans-
cendant. Les revendications courageusement soutenues par
Nikone et ses alliés momentanés n'étaient cependant pas destinées à disparaître sans trace, et bien qu'atténuées elles
ont survécu dans les doctrines ou les tentatives qui, au
cours du siècle suivant encore, se sont fait valoir par l'organe
de l'archevêque de Novgorod, Théodose, d'Arsène Matsiéié-
vitch ou de l'archimandrite Photius.

En 1666, la situation encore assez faible en somme du
pouvoir séculier, représenté par le second Romanov, rendait
d'autant plus forte celle du pouvoir rival ; mais Nikone com-
promettait irrémédiablement l'issue du combat engagé à son
propos par tout ce qu'il y mettait personnellement de prétentions injustifiables et d'antipathiques particularités. Il ne
pouvait vaincre ; mais, pour avoir raison de ce redoutable
adversaire, Alexis eut à déployer un effort considérable et
passer par de cruelles émotions. Au rapport d'un témoin,
épuisé par des discussions de plus en plus orageuses, irrité
par un colloque où, le prenant à partie, Nikone redoublait
de violence, le souverain aurait eu un instant de défaillance.
S'écroulant sur son trône qu'il regagnait précipitamment,
il se cacha la tête dans les mains (2). Mais il se ressaisis-
sait aussitôt et produisait un témoignage accablant : trois
lettres où Nikone se qualifiait lui-même d'ex-patriarche.

Le 5 décembre, la sentence fut rendue, condamnant l'ac-

(1) KAPTEREV, dans *Messager théol.*, août 1892, p. 90 et suiv. ; octobre 1892,
p. 46 et suiv.
(2) CHOUCHERINE, *Biographie*, p. 65.

cusé à la dégradation et à l'internement à vie dans un monastère (1). Huit jours après, dans l'église du couvent des
Miracles, en dehors du Concile auquel ils jugeaient sans doute
à propos d'épargner cette scène, en cachette presque, les
deux prélats d'Orient procédèrent à l'exécution. Nikone refusant de le faire lui-même, le patriarche d'Alexandrie lui
enleva son *klobouque* brodé de perles de grand prix et sa
non moins riche *panagia*.

— Prenez! cria le condamné, partagez-vous mes dépouilles,
esclaves du Turc, qui courez le monde mendiant votre vie et
qui, à cette heure, loin de la *Douma*, du peuple et du souverain, me détroussez comme des voleurs!

On le coiffa d'un bonnet emprunté à un moine, mais par
crainte du peuple, selon les uns, ou sur la demande du tsar,
d'après d'autres témoignages, on lui laissa la mante d'évêque
et la crosse. Le lieu d'exil choisi pour son internement était
le monastère de Thérapontov, à Biéliooziéro, dans le voisinage
de la mer Blanche (2).

(1) Texte officiel dans *Recueil des Doc. d'État*, t. IV, n° 53; rédaction primitive chez HUBBENET, *Études*, t. II. p. 1003.
(2) La source principale pour le procès est dans les documents publiés par
HUBBENET, *Études*, t. II. Les procès-verbaux du Concile, dans *Actes hist.*, t. V,
n° 26, et dans *Bratskoïé Slovo*, 1876, t. II; extrait dans *Recueil des Doc. d'État*,
t. IV, n° 52; voy. aussi : *Actes hist.*, t. IV, n° 191; *Recueil complet des Lois*,
t. I, n°ˢ 412 et 422; *Recueil des Doc. d'État*, t. IV, n°ˢ 27, 34-38, 52, 53; une
note de l'époque dans les Arch. d'État, papiers de Nikone, n° 119. Comp. PAÏSIUS
LIGARIDE, *Hist. du Concile*, t. II, chap. VII-XVI; Siméon POLOTSKI, *Récit sur le
Concile de 1666* ; extraits dans *Anc. Bibl. russe*, t. VI, p. 283-290, dans *Recueil
compl. des Lois*, t. I, n° 397, et dans *Documents pour l'hist. du Raskol*, t. II,
p. 166-178. Comp. CHOUCHERINE, *Biogr.*, p. 52-80. Quelques nouveaux documents dans *Le procès de Nikone*, édit. de la Comm. arch., p. 250 et suiv. — La
meilleure étude sur ce sujet est celle de SOUBBOTINE, *Le procès de Nikone*, bien
que tendancieuses en faveur de l'ex-patriarche. Comp. MACAIRE, *Hist. de l'Église*,
t. XII, 686 et suiv. A consulter aussi l'ouvrage de PALMER.

V

L'EXIL

— Tout cela ne serait pas arrivé si j'avais donné de bons
diners et renoncé à défendre la vérité...

Ainsi pérorait à haute voix Nikone en traversant sous forte
escorte les rues de Moscou et en essayant encore d'ameuter
la foule, qui, en effet, paraissait assez disposée à prendre son
parti. On imposa silence à l'ex-patriarche, mais la *tchern*
protestait. Il y eut de nombreuses arrestations ; on dut finalement cacher encore le condamné et, pour le mettre en
route, dépister ses nombreux partisans. Il refusa la bénédiction que, cette fois aussi, le tsar s'avisa de lui demander ;
n'accepta pas davantage le présent d'argent et la pelisse que
le souverain lui offrait pour le voyage, et, le 21 décembre,
il fut déjà à Thérapontov.

Là, il rendit sans résistance la crosse et la mante d'évêque
qu'on lui réclama, mais eut plus de peine à accepter les consignes sévères qu'on entendait lui imposer. Ordre était donné
de le nourrir convenablement et de le soustraire à toute
insulte, mais aussi de lui interdire toute correspondance et
« d'assurer son repos » dans la cellule, qui devait désormais,
selon un vœu imprudemment exprimé, lui servir de prison.

Eu égard au tempérament du prisonnier et au prestige
qu'il gardait en divers quartiers, l'application de ce régime
n'était guère facile. Pour quelques-uns de ceux-là mêmes qui
le décriaient aux jours de sa toute-puissance, dégradé et
exilé, l'ex-patriarche devenait un martyr.

Des visiteurs de plus en plus nombreux, hommes et
femmes, affluèrent à Thérapontov, prodiguant au « saint
homme » les témoignages de pitié et de vénération, le traitant comme s'il portait encore la mitre blanche. Dès l'année
suivante, un nouveau commissaire, Naoumov, préposé à sa

surveillance, eut charge de renforcer à son égard les
mesures de rigueur et s'y employa non sans quelque excès
de zèle.

Mais, la fièvre du combat le quittant, Alexis ne tarda pas,
d'autre part, à se laisser gagner par des sentiments où la
crainte se mêlait au regret. Il ne se pressait encore pas de
mettre fin à la vacance du siège patriarcal, et, s'y résolvant
enfin, il porta son choix sur un vieillard décrépit et insignifiant, Joasaphe II. Sans doute un dessein politique l'inspirait,
prélude significatif à la suppression prochaine d'une institution qui créait à l'absolutisme laïc une trop dangereuse concurrence. Né d'une fantaisie de ce pouvoir, le patriarcat
était destiné à s'opposer à lui et à succomber dans la lutte,
sans avoir eu le temps de s'implanter dans la vie nationale,
de se souder à elle par un lien organique.

Au sein d'une société qui commençait seulement à se
séculariser, Alexis n'avait pas toutefois la liberté d'esprit qui
rendit facile à son fils l'expédient auquel Pierre s'arrêta.
Après avoir frappé le rebelle, le tsar se trouvait saisi de terreur et d'angoisse devant l' « oint de Dieu » , le prêtre auquel
autrefois il livrait son âme. Peut-être aussi l' « ami particulier » lui tenait-il encore au cœur. Et donc, tout en garnissant
d'épais barreaux de fer la cellule de son prisonnier, Naoumov
dut aussi lui remettre une lettre du souverain : Alexis demandait encore à être béni et pardonné. On devine la réponse.

« Comment te bénirais-je? écrivit Nikone. Jugé contre
toute justice, je t'ai maudit trois fois, plus que Sodome et
Gomorre! Comment te pardonnerais-je? Exilé et emprisonné, j'ai mis sur ta tête mon sang et le crime de tous tes
complices! Délivre-moi, rappelle-moi d'exil et tu auras ce
que tu demandes (1). »

En même temps; se prévalant de cette correspondance
contre ses gardiens, en imposant à l'ihoumène de Thérapontov
comme à Naoumov lui-même et les amenant à l'appeler

(1) Soloviov, *Hist. de Russie*, t. XI, p. 376.

patriarche et à le traiter en conséquence, il s'emparait du gouvernement de ce monastère, où on avait prétendu le tenir au secret. Il alla jusqu'à mettre aussi la main sur l'administration de ses domaines. Aux revenus ainsi obtenus, bientôt il ajoutait ceux de ses anciennes abbayes, d'où moines et paysans venaient prendre ses ordres et lui apporter des provisions et de l'argent.

Joasaphe venait d'être nommé; le nouveau maître de Thérapontov ne s'en embarrassait point : ce n'était qu'un faux patriarche, comme ceux d'Alexandrie et d'Antioche, qui lui avaient infligé la comédie d'un jugement et qu'il aurait pu acheter pour 3,000 roubles ! Le tsar avait reconnu son erreur et les choses seraient bientôt remises en ordre.

Les jours et les mois se passant cependant sans que rien annonçât cet événement, Naoumov commença de s'inquiéter. Assurément, le souverain avait le plus grand désir de réparer le mal fait, mais la façon dont venaient d'être accueillies ses ouvertures n'était pas encourageante. Mieux eût valu y mettre plus de douceur. Nikone suivit le conseil, et en septembre il expédia à l'adresse d'Alexis un nouveau message. Le signant cette fois : « l'humble moine Nikone », il envoyait sa bénédiction et son pardon, en ajoutant toutefois qu'il ne le faisait que dans l'espoir de « voir bientôt les yeux du tsar », après quoi seulement il pourrait lui donner une absolution en règle, par l'imposition des mains, suivant les indications de l'Évangile et des Apôtres.

Le résultat ne fut pas encore celui qu'il attendait : ordre d'enlever les barreaux garnissant les fenêtres de l'ex-patriarche; envoi de diverses friandises, poissons délicats et vins généreux; offre d'une somme de 1,000 roubles, mais rien de plus, et aucun signe indiquant que, dans la voie des réparations, Alexis eût l'intention d'aller au delà de ces gentillesses. Gardant la bénédiction et le pardon, il les payait, au tarif commun du casuel, et, rassuré, voulait s'en tenir là.

Avec son entêtement habituel et son défaut absolu de perspicacité, Nikone s'obstina, écrivit encore, usa d'impudence pour crier misère, comme jadis à la « Nouvelle Jérusalem », se plaignit d'être réduit à un tel dénuement qu'il devait recueillir lui-même le bois de son chauffage, et finalement n'imagina rien de mieux qu'un nouveau complot de son invention qui, cette fois, menaçait la vie du tsar et où, s'attribuant le mérite de l'avoir découvert, il impliquait quelques-uns de ses pires ennemis.

C'était jouer un jeu extrêmement dangereux, la dénonciation entraînant une enquête inévitable, dont les conséquences ne pouvaient, de toute façon, être que des plus désastreuses pour le dénonciateur. Elle prouva d'abord à l'évidence qu'il ne risquait pas de mourir de faim à Thérapontov, puisque des sterlets de belle taille abondaient dans les viviers où s'alimentait sa cuisine, et qu'il avait le moyen de se faire servir des mets de choix dans une vaisselle d'argent marquée au chiffre d'un « patriarche par la grâce de Dieu », qui n'était pas Joasaphe — inscription répétée sur de nombreuses croix qu'il venait de planter aux environs du monastère. Bien plus, les enquêteurs découvrirent la trace de relations extrêmement suspectes, récemment nouées entre l'exilé et les Cosaques du Don, soulevés au même moment sous le commandement de Stenka Razine. Nikone avait failli même être déjà dénoncé lui-même à ce propos par un moine qui, toutefois, au moment de partir pour Moscou, s'était, ayant bu un coup de trop, jeté dans une cuve d'eau bouillante (1).

Encourant, à la suite de ces révélations, une claustration plus sévère, l'ex-patriarche se débattit encore ; il multiplia alternativement les défis hautains et les humbles déprécations, et en 1671 seulement, après avoir essayé une dernière fois d'épouvanter Alexis par le récit de visions miraculeuses dont il recevait la faveur, il adressa à Moscou un acte de soumission et de contrition définitives. Il ne pouvait s'empêcher encore d'y mêler quelque extravagance et beaucoup de fausseté.

(1) CHOUCHERINE, *Biogr.*, p. 89 et suiv. ; SOLOVIOV, *Hist. de Russie*, t. XI, p. 379.

Cherchant à justifier quand même sa conduite, il affirmait
avoir voulu d'abord exaspérer Alexis pour l'obliger à le
délivrer d'une charge trop pesante, puis l'engager à oublier
son ancien ami. Pour l'émouvoir, il se disait malade, près de
mourir et toujours misérable, à ce point qu'il ne pouvait
quitter sa cellule, n'ayant pas de quoi couvrir décemment sa
nudité !

Mais enfin, il reconnaissait ses torts et, à son tour, demandait pardon. Et Alexis fut ému. Il ne parla pas de rappeler
l'exilé ; passant sous silence ses explications trop évidemment
déraisonnables, il lui en réclama d'autres au sujet d'une rencontre projetée avec Stenka Razine ; mais cet interrogatoire
était adressé au « saint et grand père », qui en même temps
recevait des présents magnifiques, et le tsar l'accompagnait
d'un essai d'apologie personnelle : il n'avait pas eu part à la
condamnation de Nikone ; les patriarches d'Orient et le Concile en étaient seuls responsables.

Du coup, le «saint et grand père» pensa au moins obtenir
son transfert au monastère de la Résurrection. A cet égard,
il fut encore déçu, mais sa situation à Thérapontov se trouva
grandement améliorée. Plus que jamais il y agit en maître,
étendant bientôt ses prises jusqu'au couvent proche de Saint-
Cyrille qu'il se mit à rançonner sans merci, tant et si fort que
les moines du lieu écrivaientà ceux de Thérapontov : « Votre
batko nous mange ! » Il ne se défendait même pas de tracasser
le souverain lui-même avec des exigences et des susceptibilités
incessantes, trouvant mauvais que dans tel envoi de comes-
tibles, dû à sa munificence, il ne trouvât pas du raisin ou des
cerises en quantité suffisante. Obtenant du tsar des largesses
considérables et fréquentes à l'occasion des fêtes si nombreuses
dans le calendrier orthodoxe ; disposant de six abbayes qui
pourvoyaient à sa subsistance ; tirant d'elles annuellement
trente-cinq vedros de vins fins, quatre-vingts vedros d'hydromel, trente vedros de vinaigre, cinquante saumons, vingt
bielougi, soixante-dix sterlets, cent cinquante brochets frais,
deux mille deux cent cinquante pièces d'autre poisson, quatre

cents pièces de poisson fumé, trente pouds de caviar, cinquante pouds de beurre frais, cinquante vedros de crème, dix mille œufs et des épices, des citrons, de la farine en quantité ; possédant onze chevaux à l'écurie, trente-six vaches à l'étable et vingt-deux serviteurs (1), il ne cessait de geindre.

Excédé de ces récriminations, Alexis décida que les fournitures en nature dues à l'ex-patriarche seraient converties en argent et qu'il compléterait la somme jusqu'à suffisance entière. Mais le « saint et grand homme » resta à Thérapontov. Le tsar avait à ce moment d'autres soucis plus pressants (2).

---

(1) BRILLIANTOV, *Le monastère de Thérapontov*, p. 172 ; SOLOVIOV, *Hist. de Russie*, t. XI, p. 390, 470 et suiv.

(2) Pour la vie de Nikone en exil, sources dans *Lectures de la Soc. d'hist. et d'ant.*, 1858, t. III, et 1874, t. III et IV ; ouvrage principal , NIKOLAIEVSKI, *Vie du patriarche Nikone en exil*, et BRILLIANTOV, *loc. cit.* ; tous deux dans un sens favorable à l'exilé. Une partie des documents dont s'est servi Nikolaievski a été publiée depuis par la Comm. archéogr. dans l'ouvrage déjà cité : *Le procès de Nikone*. — Pour la biographie générale du patriarche, la source principale dont tous les biographes postérieurs se sont servis est dans le livre de Choucherine. Pour l'enfance et la jeunesse de Nikone ce récit ne repose malheureusement que sur les indications du patriarche lui-même. — Ouvrages à consulter : APOLLOS, *Esquisse biographique* ; *Vie du saint patriarche Nikone*, édit. du Monastère de la Résurrection ; POGODINE, *Observations sur la famille du patriarche Nikone* ; voy. aussi les œuvres citées de Soubbotine, Hubbenet, Macaire, Palmer, et un article du *Moskvitanine*, 1854, n° 19.

CHAPITRE V

LA RÉVOLTE DE STENKA RAZINE

1

LES COSAQUES

Dans l'histoire de Russie, comme dans celle de Pologne,
l'origine des Cosaques constitue un problème des plus obscurs. Sur le Don comme sur le Dniéper, résolument réfractaires à la discipline politique, sociale, économique des États
voisins, dont ils relevaient nominalement, mais soumises à
une organisation autonome assez forte, ces bandes ont passé
quelque temps pour les débris des communautés, plus ou
moins autonomes aussi, de l'ancienne Russie. Voici comment.

Du neuvième au commencement du quatorzième siècle,
dans ce qu'on appelle la Russie des apanages et des comices
populaires *(oudiëlno-viétchévaia)*, les groupements slaves, constitués en unité politique sous l'autorité d'une famille princière,
comportaient trois éléments : la communauté *(obchtchina)*,
les compagnons du prince *(droujina)* et le pouvoir souverain.
La communauté était l'élément local, slave, ayant pour traits
caractéristiques l'égalité de droits entre tous les membres, la
décision en commun de toutes les questions d'ordre intérieur
ou extérieur et l'autonomie administrative et judiciaire. Les
compagnons étaient l'élément étranger, adventice, fondant
ses droits sur la force et tendant à établir un ordre de choses

9

très différent. D'où une lutte incessante, où le troisième élément intervenait, en cherchant à exploiter la division des deux autres au profit de ses intérêts.

La dissolution de l'empire fondé à Kiév, l'annexion, au quatorzième siècle, de la Russie du sud-ouest à la Lithuanie et l'union de celle-ci, au quinzième, avec la Pologne auraient eu pour effet, d'après cette thèse, de bouleverser de fond en comble les relations ainsi établies. Les anciens compagnons se trouvant graduellement fondus dans l'aristocratie russe *(boiarië)*, puis dans la noblesse polonaise *(szlachta)*, les communautés, ravalées simultanément au niveau de la plèbe *(pospolstvo)*, ne gardèrent rien de leurs privilèges. Par endroits pourtant, là où cette noblesse russe ou polonaise tardait à prendre une consistance et une prise sur le sol suffisamment forte pour les dominer, les anciennes *obchtchiny* auraient pu se maintenir, en affectant, sous l'empire de circonstances locales, un caractère militaire.

A la fin du quinzième ou au commencement du seizième siècle, en conflit avec cet élément toujours vivace, les représentants de la nouvelle aristocratie russe ou polonaise auraient dû pactiser avec lui et chercher à se l'attacher par des liens analogues à ceux qui unissaient les anciens compagnons aux anciens ducs russes. Et c'est ainsi que, sur le Dniéper, les premiers *hetmans* cosaques connus furent de grands seigneurs, des Lançkoronski, Vichniéviétski, Roujinski, qui plus tard seulement cédèrent la place à des chefs d'origine plus humble. Mais, au sein des nouvelles formations politiques et sociales ayant pour centre Moscou ou Cracovie, ces débris d'un passé révolu constituaient une anomalie. Ils étaient donc destinés à disparaitre, non sans avoir quelque temps défendu leur existence et leur originalité au milieu de tragiques et sanglants débats.

Très accréditée jadis, cette thèse n'a plus guère aujourd'hui de défenseurs (1). Le mot *cosaque* est certainement

(1) Voy. cependant KAMANINE, *La question du Kozatchestvo*, p. 50 et suiv., reproduisant les vues d'Antonovitch, qui lui-même, dans ses *Monographies*,

d'origine étrangère, bien que les tentatives des étymologistes pour le rattacher à un radical tatar, turc ou persan pèchent par quelque fantaisie. « Cosacorum nomen a Persis seu Turcis oriundum est », disait déjà Heidenstein (1). Dans les dialectes de la Turquie du nord, *kazak* semble avoir toujours désigné un vagabond et par extension un brigand (2). Dès le quinzième siècle, on donnait ce nom aux Tatars nomades vaguant dans la steppe, chassant, péchant, attaquant les caravanes, ou encore allant sur les terres voisines de la Pologne et de la Moscovie, pour recueillir des captifs destinés au marché de Constantinople. Colbert lui-même s'y approvisionna pour équiper les galères du roi. Ce type de brigand se retrouve de nos jours en Mandchourie et sur les rives de l'Amour, parmi les Khoungouzes. Aux Indes, les brigands montés sont même communément appelés *Kazaks* (3).

Mais il y a plus : sur le Don comme sur le Dniéper, les premiers Cosaques semblent bien avoir été des étrangers. Nulle part il n'a été possible de découvrir la moindre trace d'anciens établissements agricoles qui auraient servi de base à ces communautés guerrières des seizième et dix-septième siècles. Comme pour le *mir* russe lui-même (4), l'affiliation directe à l'antique *viétchié* est pour ces formations postérieures un mythe, en désaccord avec des réalités certaines. L'esprit communautaire

t. I, p. 151 et suiv., les a abandonnées en partie (Comp. le même, préface du 1ᵉʳ vol., 3ᵉ partie de *Archives de la Russie du sud-ouest*), et de Koulich, un autre converti de la dernière heure. Voy. cet auteur dans *Archive Russe*, 1877, nᵒˢ 3 et 6. Comp. KOSTOMAROV, *OEuvres*, t. V, p. 620 ; LIOUBANSKI, dans *Revue du Min. de l'Instr. publ.*, juillet 1895, p. 224 et suiv., contre DACHKIÉVITCH, *La terre de Bolokhov*, p. 96-108. et HROUSEVSKYI, *Essai sur l'hist. de la terre de Kiév*, p. 454. Voy. encore JABLONOWSKI, *Sources hist.*, t. XX, p. 161 et suiv., et *Mémoires de la Soc. hist. de Kiév*, t. VI, p. 83 et suiv.

(1) *Rerum Polon.*, p. 326 ; comp. PIASECKI, *Chronica*, p. 53.

(2) MIKLOSICH, *Ueber Fremdewoerter*, *Archiv fur Slavische Philologie*, 1888, t. XI, p. 111 ; JABLONOWSKI, *Sources hist.*, t. XII, p. 395 ; comp. ÉVARNITSKI, *Hist. des Cosaques du Zaporojé*, t. II, p. 5-6 ; FIRSOV, dans *Novosti*, 24 décembre 1893, nᵒ 354 ; KAVELINE, *OEuvres*, t. I, p. 995-996 ; SIESRZENCEWICZ, *Recherches historiques sur l'origine des Sarmates*, t. I, chap. XXIV-XXV ; SCHERER, *Annales de la Petite-Russie*, t. I, p. 67 ; SEKOWSKI, *Collectanea*, t. I, p. 220 ; RADLOV, *Essai d'un dictionnaire des dialectes turcs*, t. VIII, p. 364-365.

(3) ATKINSON, *Soohrab*. Calcutta, 1844, p. 7.

(4) Voy. WALISZEWSKI, *Ivan le Terrible*, p. 61 et suiv.

de l'ancienne Russie a pu survivre dans ces groupements, mais leurs origines étaient ailleurs.

En Grande comme en Petite-Russie, le Cosaque apparaît d'abord à l'état d'immigré, d'aventurier, cherchant à gagner sa vie en dehors des conditions d'existence normale. Il est chasseur, pêcheur, mais surtout bandit, et donc soldat par nécessité de métier. Et il est d'abord essentiellement vagabond. Avec le temps seulement, il se fixe et commence à coloniser la steppe, tout en gardant son organisation primitive, qui est une sorte d'*artel* militarisé. Et alors seulement l'agriculture naît autour des villages et des hameaux *(slobody, khoutory)*, qu'il multiplie. Mais alors encore ce vagabond à demi converti est un assez mauvais colon et un agriculteur plus que médiocre. Au milieu des populations d'origine différente, qui finissent par lui disputer la possession du sol ainsi occupé, il se distingue, d'après une ancienne *douma*, par la rudesse et la sauvagerie de ses mœurs. « Sa maison entre cent se laisse reconnaître en ce qu'elle n'est ni bien couverte de chaume, ni proprement crépie à la chaux, ni confortablement pourvue d'un bûcher. Sa femme ne ressemble pas aux autres femmes du pays : elle marche pieds nus, même en hiver, porte l'eau dans un pot ébréché et donne à boire à ses enfants avec une cuiller en bois... »

En Russie comme en Pologne, le *Kozatchestvo* paraît avoir été, dans des conditions analogues quoique nullement identiques, le produit d'une lutte séculaire entre deux principes opposés : l'esprit d'unité politique et l'esprit d'indépendance individuelle ou collective. Il a eu aussi comme raison déterminante la trop grande compression politique ou économique, exercée sur les ressortissants des deux empires rivaux. Le régime souple et lâche des apanages cédant place en Russie au système autocratique, en Pologne au gouvernement oligarchique de la *szlachta*, les réfractaires de l'une comme de l'autre discipline cherchèrent issue dans les steppes du sud-est, et, y rencontrant d'autres émigrés d'origine tartare ou turque, ils contractèrent leurs mœurs et empruntèrent leur nom de guerre.

En se groupant, ces *out-laws* furent naturellement portés à reproduire, dans leur organisation, les quelques traits des anciennes communautés locales, qui répondaient à leur fantaisie : assemblées et cercles pour la discussion des affaires communes, égalité, gouvernement électif. Mais c'étaient des adaptations plus mécaniques encore que raisonnées, sans qu'aucune notion bien consciente de *self-government* y présidât et offrît, pour le développement de son principe, une promesse d'avenir. Le mode d'existence adopté par ces imitateurs et le contact qu'ils devaient y prendre avec des éléments essentiellement anti-sociaux opposait d'ailleurs par lui-même à une telle évolution un obstacle infranchissable.

Débarrassé des contraintes qui lui étaient insupportables, le Cosaque riverain du Don, du bas Volga ou du Dniéper ne songeait qu'à jouir le plus largement possible de la liberté conquise. La pensée ne lui venait pas d'aménager les espaces occupés, pour les besoins et les agréments d'une vie policée. Et, constitués en campements, ces établissements demeurèrent des repaires. Si quelque idéal traditionnel s'y affirmait, c'était plutôt celui de ces autres immigrés varègues qui, dans la pacifique Slavie, avaient les premiers introduit le virus du banditisme, héroïque mais sauvage. A ce point de vue, le *Kozatchestvo* peut être considéré comme un avatar de la conquête normande, et, en fait, c'est précisément dans le champ où celle-ci a pris son essor en terre slave que, unique dans l'histoire du monde, le phénomène qui nous occupe s'est manifesté. Les premiers Cosaques, en Russie, ont été Rurik, Dir et Oleg, montrant le chemin de Constantinople aux futurs quêteurs de riche butin.

En divers temps et en divers lieux, ce phénomène a affecté d'ailleurs des formes variées. Le flux excentrique, déversant dans la steppe lointaine le contingent annuel des insoumis de toute condition, n'était pas seul en jeu pour l'évoquer. A l'intérieur même des États auxquels il servait d'exutoire, un autre courant se développait, imprimant au *Kozatchestvo* un aspect différent. En Lithuanie, les Tatars-Kiptchaks de la

Horde d'Or introduisaient des Cosaques, à l'état de compagnons libres, qui s'attachaient à la personne des grands seigneurs en surcroît de leur clientèle ordinaire, formée par les boiars de rang inférieur. Ceux-ci consentant plus tard à accepter du service « à la mode cosaque », un type local de cosaques indigènes se constituait, et, au seizième siècle déjà, par un processus dont nous ne saurions suivre le développement, il arrivait à former, dans l'organisme lithuanien, un élément national lithuano-russe (1).

Il est possible que le premier établissement cosaque à Tcherkassy, sur le bas Dniéper (au *Nij)*, ait eu cette origine. En prenant pied dans cette contrée au seizième siècle, le Lithuanien Vitovt et ses successeurs ont dû, en effet, y installer, dans ces conditions, leurs serviteurs tatars. Mais, dans ce milieu, ethniquement et socialement si différent, géographiquement plus voisin des établissements tatars de la Crimée, le type ne tarda pas à se modifier, revenant au modèle originaire. D'autant qu'il y avait là déjà d'autres Cosaques, nullement domestiqués ceux-là.

En Ukraine polonaise, comme groupe social, le Cosaque apparaît plus tard qu'ailleurs, vers la fin seulement du quinzième siècle ; mais, comme élément ethnique et manière de vivre particulière, le *Kozatchestvo* a dû exister sur ces steppes depuis des siècles. L'époque de Rurik l'a légué à l'ère lithuanienne, avec l'aspect d'une population nomade vivant de chasse, de pêche et de brigandage.

En fait, les Cosaques ukrainiens de la fin du quinzième siècle ne sont que la descendance évoluée d'éléments ethniques très anciens, d'origine touranienne vraisemblablement. Attachés par bandes aux châteaux forts de quelques seigneurs, ils affectent le caractère de leurs congénères lithuaniens, mais tendent à s'affranchir de cette dépendance. Dès le commencement du seizième siècle, ils se dégagent de plus en plus entièrement de tout lien juridique et se livrent de

(1) Jablonowski, *Sources,* t. XXII, p. 396.

plus en plus complètement à la maraude. Cette transformation n'est cependant pas encore uniforme sur toute l'étendue
du vaste territoire où elle se produit. Au nord, avec les progrès de la colonisation, le type qu'elle détermine tend à disparaître, graduellement éliminé comme élément anti-social,
ou résorbé. Plus au sud, ces groupements se maintiennent,
tolérés, favorisés même, vaille que vaille, comme élément
colonisateur. Ils se fixent dans cette région et y créent de
vastes établissements sur la base du droit militaire.

Plus au sud encore, sur le cours inférieur du Dniéper, ils
se constituent rapidement en puissance redoutable et guerroyante. Dans l'espace intermédiaire, les autorités polonaises
stimulent leur développement en s'appliquant à se les rendre
dociles ; mais ces tentatives d'assujettissement provoquent un
nouveau courant d'émigration vers le sud, où « l'armée
cosaque du *Nij* » se trouve ainsi renforcée (1).

Une évolution analogue se laisse observer dans l'Ukraine
moscovite.

II

L' « ARMÉE DU DON »

Remontant également par leurs origines à la fin du quinzième siècle, des communautés libres de Cosaques à l'état
organisé couvrent, dès la seconde moitié du dix-septième
siècle, toute l'énorme région du sud-est de l'empire, entre
Biélgorod, Saratov, Tsaritsine, Astrakhan, sur les rives du
Volga, du Don, du Doniéts, du Khoper et de la Miédviéditsa.
Le noyau de ces groupements était certainement constitué
par des émigrés grands-russiens ; un assez fort mélange
d'éléments exotiques de toute provenance s'y ajoutait cependant, et, à ce moment même, le soulèvement des Cosaques

(1) ÉVARNITSKI, *Hist. des Cosaques du Zaporojé*, t. I, p. 182 et suiv. ; SKAL-
KOWSKI, *Hist. de la nouvelle Siétch*, t. I, p. 261.

polonais sous Khmiélnitski y portait un contingent considérable de Petits-Russiens fuyant les représailles de leurs maîtres
et précédant l'afflux prochain des épaves du *Raskol* (1).

Le centre de ces établissements se trouvait sur le Don et
ses affluents, réunissant le plus grand nombre de bourgs et de
villages cosaques *(gorodki, stanitsy)*, et le chef-lieu, Tcherkask,
qui ne doit pas être confondu avec le Tcherkassy de la rive du
Dniéper. La population de cette région n'était pas exclusivement cosaque. Et d'abord, par l'effet d'une sélection obscure,
un certain nombre d'habitants y revendiquaient le monopole
du nom et du mode d'existence qu'il qualifiait, prétendant
réduire au rang d'ouvriers, traités — et exploités — en conséquence, leurs compagnons moins favorisés. Désignés comme
bourlaki, ces ilotes prenaient part cependant aux expéditions
de guerre, et, au milieu d'un monde en agitation et en fermentation perpétuelle, ils constituaient l'élément le plus
remuant.

Mais, parmi les Cosaques en titre eux-mêmes, ceux qui
possédaient une maison *(kourègne)*, quelque bétail, vaches,
bœufs et chevaux, les plus riches simplement, prenaient
valeur d'une aristocratie nettement et dédaigneusement dis-
tinguée de la *golydba (goly : nu), lioudi goloutvienyié*, foule
de va-nu-pieds sans sou ni maille, dont le seul moyen d'existence était la rapine.

Il y avait aussi quelques marchands à Tcherkask, et les
Cosaques s'y livrant volontiers de leur côté, le commerce
prenait un certain développement, dans le voisinage surtout
des villes de l'Ukraine moscovite : Voronèje, Élets, Korotoïak,
d'où les marchands russes portaient sur le Don de l'eau-de-
vie, du miel, des grains, prenant en échange du poisson salé,
produit des pêcheries cosaques, ou des étoffes précieuses,
produit d'incursions fructueuses en terre turque.

Le chiffre global de cette population ne s'est jamais laissé
préciser, et pas même après que Moscou l'eut soumise à une

(1) BAGALIÉÏ, *Esquisses d'une histoire de la colonisation*, t. I, p. 158 ; DROUJI-
NINE, *Le Raskol sur le Don*, p. 5.

espèce de recensement périodique en vue de la distribution
des soldes allouées aux Cosaques enrégimentés. Envoyé à Moscou en 1673, l'*ataman* Alexis Érémiev indiquait, pour ces derniers, le chiffre de 10,000; mais, cinq ans auparavant, ayant
reçu une somme de 3,000 roubles, ses compagnons s'étaient
plaints que la répartition ne donnât que 90 kopecks par tête,
ce qui semble indiquer un effectif bien inférieur (1).

L'autorité à laquelle ils obéissaient était représentée par
un chef militaire, *ataman (hetman* en Ukraine polonaise),
mandataire du cercle *(kroug)* des Cosaques et exécuteur de
ses décisions. Le cercle se réunissait à Tcherkask et tous les
compagnons avaient en principe droit d'y figurer; dans la
pratique, toutefois, ceux des bourgs plus éloignés ne recevaient de convocation que pour les affaires de plus grande
importance. En dehors de cette assemblée, fonctionnait un
conseil des anciens *(starchina)*, dépositaire et interprète res-
pecté des usages et des traditions qui tenaient lieu d'une
législation absente. Il comprenait les officiers supérieurs,
chefs des bourgs, juges, secrétaires, et plus généralement les
vieux Cosaques, parmi lesquels se recrutait d'ailleurs l'état-
major de l' « armée. »

Jusqu'à la fin du seizième siècle, cette vaste organisation
garda une indépendance presque complète. En 1570 seulement, expédiant un ambassadeur en Crimée, Ivan le Terrible
s'avisa de le munir d'une lettre qui engageait les Cosaques à
« servir le tsar » (2). Ce fut le point de départ de relations
assez mal définies où, consentant à surveiller les Tatars au
passage du Don, les Cosaques reçurent en retour de Moscou
quelques provisions de guerre, poudre et salpêtre. Mais, ne
se retenant pas de guerroyer à leur fantaisie en Crimée ou en
Turquie et compromettant ainsi leurs nouveaux protecteurs,
ils les obligeaient à des désaveux embarrassés.

Dans sa prétention de soumettre les parties excentriques de

_____

(1) *Actes de la Russie du Sud-Ouest*, t. VII, n° 9, p. 29; DROUJININE, *loc. cit.*,
p. 13.
(2) SAVÉLIÉV, *Le trois centième anniversaire de l'armée cosaque du Don*, p. 2.

l'empire à une subordination plus effective, Boris Godounov
ne réussit qu'à y provoquer un mécontentement qui se
traduisit par la participation des Cosaques aux entreprises des
faux Dimitri, de leurs alliés polonais, et au soulèvement révolutionnaire simultanément déchaîné.

Au lendemain de cette crise, les rapports antérieurement
établis reprenant cours, les mêmes inconvénients se reprodui-
sirent : les garde-frontières ainsi obtenus coûtaient peu à la
vérité, mais donnaient beaucoup d'ennui et tout en augmentant, en ce qui les concernait, d'égards et de générosité,
le gouvernement moscovite, à l'exemple du gouvernement
polonais, n'hésitait pas occasionnellement à les jeter par-
dessus bord, écrivant au khan de Crimée qu'il pouvait les
exterminer sans qu'on en prît offense au Kreml (1).

La dépendance de fait où, traités avec cette désinvolture,
mais de plus en plus étroitement enserrés par le réseau de la
politique moscovite, tombaient les libres enfants de la steppe,
se trouva accusée bientôt par cette évacuation d'Azov dont il
a été fait mention plus haut ; mais, toujours précaire, elle eut
à se ressentir ultérieurement des guerres difficiles où Alexis
engageait la fortune de son pays. En même temps que la
crise économique ainsi déterminée grossissait sur le Don
l'affluence des quêteurs d'aventure, le souci de ne pas se
mettre trop d'ennemis sur les bras engageait le gouvernement moscovite à tenir la bride plus courte aux aventuriers.
Donc, écluses ouvertes au nord et fermées au sud ; un plus
grand nombre de bouches à nourrir dans les *gorodki* et les
stanitsy, avec des ressources moindres, celle du pillage en
territoire tatar ou turc devenant interdite ; détresse de la
golydba renforcée par le flot de nouveaux immigrants : tel
était l'état de choses créé dans ces parages par le contre-coup
du duel polono-moscovite.

Commençant à tirer sa subsistance de l'agriculture ou du
commerce, inclinant à prendre une humeur plus paisible et

(1) Savéliév, *loc. cit.*, p. 21.

des habitudes plus sédentaires, l'aristocratie cosaque se résignait à l'épreuve et tirant presque seule profit des engagements contractés envers Moscou, elle entendait leur demeurer fidèle. L'élément démocratique, par contre, exaspéré et désespéré, n'attendait qu'un signal et un chef pour se mettre en révolte, non seulement contre le protectorat moscovite, mais contre le gouvernement autonome lui-même du cercle et du conseil des anciens. Et le chef attendu pouvait bien n'être qu'un gueux comme ceux qu'il enrôlerait sous sa bannière. Contrairement à ce qui avait lieu dans l'Ukraine polonaise, on ne voyait guère ici de gentilshommes, encore moins de grands seigneurs venant partager les honneurs et les périls du libre compagnonnage. En rupture de ban, ou en disgrâce, les boïars moscovites préféraient chercher refuge à la cour des rois polonais. Sur le Dniéper, les partisans de Khmiélnitski se plaisaient à attribuer au *hetman* une origine illustre; sur le Don, Stenka Razine devait toujours passer pour ce qu'il fut vraisemblablement : un simple paysan.

III

STENKA RAZINE

Autour de cette figure, de haut relief quand même, prestigieuse et empanachée, une légende s'est créée, pittoresque et colorée, chère aux poètes et aux romanciers. De nos jours encore, elle masque, aux yeux du plus grand nombre, le caractère réel du drame où ce héros a joué sa vie, très vaillamment à coup sûr. Au fond, son épopée n'a été qu'une histoire de brigands.

Dès 1659, les Tatars fermant aux Cosaques l'accès de la mer par Azov, quelques-uns d'entre eux cherchaient une issue par Astrakhan. Entre le Don et le Volga, l'absence d'une communication directe par eau ne constituait pas un obstacle infranchissable pour les légers esquifs de ces pirates.

Les cosaques s'entendaient à les traîner d'une rivière à l'autre. Mais, soucieux de rester en bons termes avec le shah comme avec le sultan et le khan, Moscou faisait bonne garde à l'entrée de la Caspienne. Les gueux remontèrent alors le Volga, recrutèrent des partisans dans les couches inférieures de la population riveraine, se dédommagèrent par le pillage des bateaux marchands et arrivèrent à soutenir un siège en règle dans un petit fort construit sur un affluent du fleuve, la Ilovlia, et appelé « Nouvelle Riga ».

Huit ans plus tard, l'entreprise à laquelle Stenka Razine a attaché son nom n'a été, avec plus d'ampleur, qu'une répétition de cette assez vulgaire équipée.

En 1666, une bande de 500 hommes, sous l'*ataman* Vaska Ous, ravagea les provinces de Voronèje et de Toula, débauchant les paysans et les serfs, massacrant les propriétaires. Sur une interpellation de Moscou, la *starchina* du Don prétendit avoir fait prompte et bonne justice des coupables ; mais déjà, tout en continuant ses exploits, Ous s'éclipsait derrière un chef de plus grande envergure.

De taille moyenne, fortement bâti, vigoureux et hardi, violent et rusé, Étienne Timofiéiévitch Razine, dit Stenka, avait depuis longtemps acquis une certaine réputation parmi ses compagnons. Il devait, à cette époque, approcher de la quarantaine. Envoyé en 1661 auprès des Kalmouks, pour les engager à faire cause commune avec les siens contre les Tatars, il s'était avec succès acquitté de cette mission. A l'automne de la même année, il avait paru à Moscou et fait un pèlerinage au monastère de Solovki.

Ces pratiques dévotes étaient assez communes parmi les Cosaques, en dépit de leur mode d'existence et de leurs mœurs peu châtiées. A Tcherniéiev (gouvernement actuel de Tambov, district de Chatsk), ces mécréants bâtissaient même et entretenaient un couvent où quelques-uns d'entre eux endossaient parfois le froc, quand l'âge, la maladie ou quelque blessure les avait rendus impropres à la vie des camps.

Au rapport des chroniqueurs étrangers, servant un peu plus tard dans le corps d'armée du prince Georges Dolgorouki, un frère d'Étienne Timoñéiévitch aurait été pendu comme déserteur, à la suite d'un refus de congé. Sur quoi, Étienne et un autre de ses frères, Frol, juraient d'en tirer vengeance sur les boïars et les voiévodes (1). Ni les documents que nous possédons, ni la légende locale elle-même ne confirment cette version. Suffisamment préparée par les circonstances indiquées plus haut, la vocation de Stenka n'a vraisemblablement eu pour cause déterminante qu'un tempérament particulièrement incliné à s'en prévaloir.

Prenant le commandement d'un ramassis d'affamés et de bandits qui grossissait autour du noyau formé par Ous, Razine essaya de passer en mer par le Don. Retenu par les Cosaques eux-mêmes, il remonta le fleuve jusqu'à l'endroit où son cours se rapproche le plus du Volga, reçut des habitants de Voronèje une provision de poudre et de plomb et fonda, entre la Ilovlia et la Tichinia, une autre *Riga* plus importante. Bientôt, avec un millier d'hommes, il attaqua une caravane qui descendait le Volga, portant des provisions de blé pour Astrakhan, ainsi qu'un convoi de déportés. Les bateaux furent pillés, les agents accompagnant le transport de blé torturés et pendus. Un des bateaux appartenait au patriarche Joasaphe, récemment promu à la succession de Nikone, et il est possible que cette particularité ait suggéré à Stenka l'idée de lier partie avec l'exilé de Thérapontov et de se constituer son vengeur. C'était le moyen de concilier son exploit avec les pieux souvenirs du pèlerinage de Solovki. Plus tard, la présence de Nikone dans la bande du hardi *ataman* paraît avoir fait l'objet d'une croyance assez largement répandue. Un chroniqueur parle même même d'une sorte de mannequin qui aurait servi à l'accréditer (2).

La caravane possédait une escorte de *striéltsy*, qui ne bou-

---

(1) STRUYS, *Voyages*, t. II, p. 40; *Relation... de la révolte de Stenka Razine*, p. 6-7.

(2) SCHURTZFLEISCH, *Stenka Razine*, lettre K.

gèrent pas (1), et ce trait servit à enflammer l'imagination populaire. L'*ataman* passa pour un sorcier. D'un mot, il arrêtait les bateaux ; d'un regard, il pétrifiait les soldats chargés de les défendre ; son corps était à l'épreuve des balles.

Exalté lui-même par un succès ainsi facilité, Stenka campa quelque temps aux environs de Kamychine, sur des hauteurs qui aujourd'hui encore portent son nom ; puis, descendant le Volga, il passa sous Tsaritsine et la légende voulut encore que les canons de la place refusant service, le voiévode dut exécuter docilement les ordres de l'*ataman*. Cependant, la ville ne fut pas prise ; mais, poussant plus loin avec une troupe qui déjà embarquait 1,500 hommes sur trente-cinq canots, Razine franchit la passe habituellement bien gardée du *Tchernyï Iar* et atteignit la mer.

Le plan qu'il pouvait avoir à ce moment ne se laisse pas deviner. Vraisemblablement, il n'en concevait aucun. Aventurier, il allait à l'aventure. Il côtoya la rive septentrionale de la Caspienne jusqu'à l'embouchure du *Iaïk*, l'Oural d'aujourd'hui, et s'attaqua à la petite ville de ce nom, qui ne fit aucune résistance. Le chef de la petite garnison moscovite qui s'y trouvait, Serge Iatsyne, prétendit ultérieurement avoir été pris au piège qu'il tendait aux agresseurs. Leur ouvrant les portes d'une église, où ils demandaient à faire leurs prières, il comptait les y retenir prisonniers. Ce qu'il y a de certain, c'est qu'après avoir hésité sur le parti à prendre, les uns consentant à joindre les Cosaques, les autres demandant à prendre le chemin d'Astrakhan, les *striéltsy* de la garnison furent presque tous massacrés (2).

La petite ville servit quelque temps au vainqueur de base d'opération pour des expéditions sur terre et sur mer contre les Tatars, vers l'embouchure du Volga[1] et contre les galères musulmanes, le long des côtes du Dagestan. Cependant, n'ayant pas d'abord attribué une grande importance à ce mouvement, on commençait à s'en émouvoir à Moscou et sur le

(1) *Documents pour la révolte de S. R.*, p. 21-22.
(2) *Actes hist.*, t. IV, p. 376 ; KOSTOMAROV, *OEuvres*, t. I, p. 452.

Don même, où des compagnons de plus en plus nombreux par-
laient d'aller combattre avec le glorieux *ataman*. Le chef militaire en fonction, Kornil Iakovlev, voyait son autorité compro-
mise. Sa vie même était menacée et les sages de la *starchina*
ne se faisaient plus écouter.

Des négociations engagées de part et d'autre avec les nouveaux occupants du Iaïk, voire des messages à eux adressés
par le tsar ne donnant aucun résultat, vers la fin de 1667, le
voiévode d'Astrakhan, prince Ivan Prozorovski, eut ordre de
se mettre en campagne. Razine ne fit qu'une bouchée du
détachement qu'il envoya pour le réduire, débauchant une
partie des hommes et tuant le reste. Au printemps de l'année
suivante, ayant reçu un renfort de 700 Cosaques du Don, il
reprit la mer et entama la partie la plus glorieuse de sa carrière.

IV

L'ÉPOPÉE PERSANE

Après avoir ravagé le littoral persan de Derbent à Bakou, il
atteignit Recht. Traitant avec lui et consentant à un échange
d'otages, le gouverneur de la ville, Boudar-Khan, ouvrit la
rade à la flottille cosaque, et, tandis qu'au bruit de cet événement toute la région du Don se mettait en branle, Stenka
rêva d'un établissement en territoire persan et adressa ses
offres de service au shah (1).

Engagée dans cette voie, l'entreprise ouvrait des perspectives, qui, pour Moscou même, pouvaient devenir séduisantes.
Ermak et ses compagnons n'avaient guère préludé d'une autre
façon à la conquête de la Sibérie, — sauf qu'ils n'y rencontraient aucune puissance régulièrement constituée avec
laquelle le gouvernement de leur pays se trouvât en relations.

(1) *Documents pour l'histoire de la révolte de S. R.*, p. 30 et suiv.; *Actes hist.*,
t. IV, p. 340.

Le shah et les ouvertures que Razine lui faisait étaient pour gâter l'affaire. On n'eût cependant pas désespéré, au Kreml, de tourner la difficulté si Stenka et ses compagnons ne s'étaient pas mis délibérément hors de tout compromis possible avec eux et leurs faits et gestes. Ils se conduisirent à Recht de telle façon qu'un soulèvement des habitants les obligea à quitter précipitamment la ville, après y avoir perdu 400 hommes.

Ils prirent une terrible revanche à Farabat, en s'y présentant d'abord avec les dehors les plus pacifiques et sous couleur d'opérations commerciales à engager sur le marché local, puis en assaillant à l'improviste une population sans méfiance. Ils continuèrent au printemps de 1669, en revenant sur la rive orientale de la Caspienne pour piller les *oulous*y turkmènes et s'attaquer ensuite à une flotte persane, à laquelle ils infligèrent un désastre complet. L'amiral persan, Menedi-Khan, n'échappa qu'avec trois galères, laissant aux mains des vainqueurs un fils et une fille, dont Stenka fit sa maitresse.

Le souvenir de cet exploit s'est conservé dans une *douma* cosaque, où Razine a pour compagnon d'armes Ilia de Mourom, le héros épique du mythe national, un contemporain de Vladimir!

Mais déjà l'épopée réelle de l'*ataman* cosaque arrivait à un tournant dangereux. Les pourparlers entamés avec le shah n'avaient pu aboutir, et victorieux mais épuisés par leur effort, incapables de tenir longtemps la mer et de s'y ravitailler, Stenka et ses compagnons ne savaient plus que devenir ni que faire de l'énorme butin dont ils s'étaient chargés. Au fond, en suivant leur penchant, volontiers auraient-ils donné à toute cette aventureuse randonnée le dénouement coutumier et trivial des expéditions cosaques en mer Noire : le retour dans les *stanitsy* du Don avec la dépouille des « païens » égorgés et pillés. Mais ils avaient eu l'imprudence de braver le gouvernement moscovite et le chemin du retour leur était barré. Ayant lui aussi une revanche à prendre et mieux préparé cette fois, le voiévode d'Astrakhan les attendait au passage avec trente-six galères et 4,000 *striéltsy*.

Mal renseigné et toujours téméraire, Stenka se heurta follement à cette force imposante, dut battre en retraite et, poursuivi, négocia une capitulation. Obéissant à ses instructions, Prozorovski se montra accommodant. Les Cosaques offraient de rendre tout ce qu'ils avaient pris ailleurs qu'en territoire musulman et le pillage des côtes de la Caspienne pouvait à la rigueur passer pour acte de représailles légitimes, eu égard aux incursions dont les possessions moscovites du littoral avaient à souffrir périodiquement de la part des sujets ou tributaires persans. On traita sur cette base. Le 25 août 1663, dans l'hôtel de ville d'Astrakhan, Stenka et ses compagnons firent acte de soumission solennelle. L'*ataman* déposa son bâton de commandement, assura par serment l'exécution des engagements pris et envoya à Moscou une députation qui en fut quitte pour une réprimande indulgente.

Il banqueta avec les voiévodes, les gratifia de riches étoffes persanes, offrit généreusement au tsar l'hommage des villes conquises sur le shah et obtint ce qu'il demandait : la permission de regagner le Don avec le reste de son butin (1). Dans cette part, après avoir promis de livrer son artillerie, il gardait une vingtaine de canons, dont il avait un besoin indispensable, affirmait-il, pour traverser la steppe et tenir en respect Tatars et Turcs de Crimée ou d'Azov.

Blâmés plus tard pour n'avoir pas retenu les Cosaques en les incorporant dans les compagnies des *striéltsy*, les voiévodes ne pouvaient même pas songer à une pareille tentative : Stenka et les siens leur imposaient; couverts de soie, les mains pleines d'or, ils évoquaient en eux le souvenir d'Oleg et de ses compagnons éblouissant Kiév avec les richesses conquises en terre grecque. Comme celles du héros légendaire, leurs barques passaient pour gréées avec des cordages et des voiles en soie ! A moitié Cosaques eux-mêmes dans une ville

(1) *Documents pour l'histoire du soulèvement de S. R.*, p. 36; *Le Moskvitanine*, 1841, n° IV, p. 168; *L'Interlocuteur russe*, 1867, n° II, p. 100.

10

où tout respirait encore le même esprit de sauvage indépendance, les *striéltsy*, seule force dont Prozorovski et son adjoint disposassent, n'étaient pas d'une fidélité à toute épreuve. La tentation devenait même grande pour eux de se confondre avec ces hôtes prestigieux, qui couraient les cabarets en caftans de velours et, pour payer leur écot, détachaient négligemment de leurs bonnets quelque perle de prix.

Et tenant dans ses fortes mains tous ces farouches écumeurs de fleuves et de mers, Stenka paraissait si bon, si magnanime, si généreux! Combien différent des voiévodes, si exigeants, eux, et durs au pauvre monde! Il voulait bien qu'on le traitât presque comme un souverain, obligeant ceux qui l'abordaient à se mettre à genoux, front contre terre; mais il laissait tout faire et ne refusait jamais rien.

Arrivant à Astrakhan à ce moment avec le fameux *Orel*, premier échantillon d'une flotte russe en formation, le Hollandais Struys a vu l'ataman et l'a dépeint ainsi :

« Il avait l'air grand, le port noble et la mine fière. Sa taille était avantageuse et son visage un peu gâté par la petite vérole. Il avait le don de se faire craindre et celui de se faire aimer... Nous le trouvâmes dans sa tente avec son confident appelé « Moustaches du diable (1) » et quelques autres officiers... Notre capitaine lui fit présent de deux bouteilles d'eau-de-vie qu'il reçut avec joie, y ayant longtemps qu'il n'en avait bu... Il nous fit signe de nous asseoir et nous porta sa santé... mais ne dit presque rien et ne témoigna nulle envie de savoir ce qui nous amenait précisément dans ce pays-là... Nous retournâmes le voir et le trouvâmes sur la rivière dans une barque peinte et dorée, buvant et se réjouissant avec quelques-uns de ses officiers. Il avait auprès de lui une princesse persane (2)... »

Avec sa beauté que rehaussait l'illustration de son origine, cette maîtresse contribuait elle-même au prestige de Stenka,

(1) C'était sans doute « Ous », ce nom voulant précisément dire « moustache ».

(2) STRUYS, *Voyages*, t. II, p. 49 et suiv.

non sans exciter pourtant quelque jalousie parmi ses compagnons. Et c'est ainsi qu'on peut expliquer le geste imprévu qui, d'après la légende, aurait un jour mis fin à ce roman. Sur la barque luxueuse où il festoyait avec sa compagne, au milieu d'une scène d'ivresse amoureuse, on vit soudain l'*ataman* se pencher vers le fleuve et l'apostropher en des termes empreints d'un lyrisme farouche :

« Petite mère, Volga chérie, tu m'as comblé depuis deux ans ; tu m'as donné de l'or à poignées et toute sorte de richesses. A mon tour, je te dois une offrandre digne de toi. Prends donc ce que j'ai de plus cher et de plus précieux, la meilleure part de mon butin, le joyau inestimable... »

Et saisissant la belle Persane, il la précipita dans les flots.

En rapportant ce trait (1), Struys ne dit pas en avoir été témoin oculaire et sa réalité doit paraître d'autant plus suspecte qu'il se retrouve dans la fable épique de Sadko. Stenka avait évidemment pour toutes choses, en y comprenant la vie humaine, le dédain qui est commun à la plupart des aventuriers de son espèce, et sa carrière n'a été qu'une orgie sanglante. On peut donc admettre qu'il ait tué la fille de Menedi-khan, mais dans des circonstances moins mélodramatiques. En s'exerçant au métier de haut justicier, un autre jour il faisait pendre par les pieds une femme coupable d'adultère et noyer son complice (2).

Les prouesses de cette nature, trop fréquemment renouvelées, imposèrent aux voiévodes d'Astrakhan le soin de se défaire au meilleur compte possible d'un commensal aussi inquiétant et, le 4 septembre, ils eurent la joie de le voir partir. En remontant le Volga, l'*ataman* se signala encore par quelques excès ; au mépris d'une interdiction formelle, il se fit ouvrir les portes de Tsaritsine, gorgea ses hommes d'eau-de-vie aux frais des habitants, rançonna le voiévode du lieu, Grégoire Ounkovski, après lui avoir tiré la barbe, et finit par

(1) Struys, *Voyages*, t. II, p. 49 et suiv
(2) *Ibid.*, t. II, p. 51-52.

prendre le chemin du Don, où déjà arrivaient à sa rencontre les ambassadeurs qu'il avait envoyés à Moscou. Réprimandés mais pardonnés, ceux-ci devaient se rendre à Astrakhan et y travailler à leur réhabilitation par de loyaux services. Ils avaient préféré égorger en route leur escorte et rejoindre leur chef. Avec de tels compagnons, Stenka ne pouvait guère songer lui même à observer les engagements récemment pris et rentrer dans le rang.

Le séjour à Astrakhan venait d'ailleurs de le pénétrer d'un sentiment de son importance et de sa puissance tout à fait incompatible avec un tel parti. Se gardant de renvoyer, ainsi qu'il l'avait promis, les vingt canons dont il demeurait possesseur, il se fortifia entre Kagalnik et Viédiérnikov, fit venir dans cette nouvelle résidence sa femme et son frère Frol et opéra une sorte de partage du terrain cosaque : à Tcherkask, Kornil Iakovlev commandait toujours l'ancienne armée cosaque ; mais sous les ordres de Stenka, couverts de gloire et disposant de ressources autrement considérables, les « conquérants de la Perse » éclipsaient leurs voisins. Parcourant les bourgs, et selon la coutume cosaque invitant les compagnons au partage du butin conquis, leurs émissaires exerçaient une séduction irrésistible. La rumeur publique exagérant encore la richesse de ces trésors, en novembre 1669 le rival de Iakovlev disposa déjà de 2,700 hommes bien équipés. Quelques-uns venaient des rives lointaines du Dniéper. A tous il recommandait de se tenir prêts pour une nouvelle expédition, dont il cachait cependant l'objet. Probablement il l'ignorait encore lui-même.

En attendant, pour se concilier les sympathies de la population locale, il s'abstenait de tout brigandage à ses dépens et respectait même les relations commerciales en développement entre la région du Don et Moscou. Il engageait seulement les marchands moscovites à négliger Tcherkask pour Kagalnik, ce qu'ils faisaient volontiers, y trouvant leur profit. Mais les Cosaques de Tcherkask ne savaient plus à quoi se résoudre en présence de cet établissement concurrent, dont ils hésitaient à reconnaître la supériorité grandissante, et qui cependant les menaçait de ruine.

Au printemps de 1670, Stenka les tira d'embarras. Il arriva à Tcherkask avec une bande d'élite, sa *vataga*, au moment même où Iakovlev et ses compagnons se disposaient à renvoyer en grande cérémonie un courrier du tsar, porteur d'un message bienveillant. Stenka interpella grossièrement le messager, l'accusa de n'être qu'un espion envoyé non par le souverain mais par les boïars et le fit jeter à l'eau avec quelques Cosaques qui protestaient.

V

LA DICTATURE DE STENKA

Intervenant à son tour, Iakovlev n'était pas de taille à se mesurer avec un tel compétiteur, qui eut vite fait de le réduire à l'impuissance. Se substituant à lui, comme à la *starchina*, Stenka exerça une sorte de dictature et s'occupa d'établir sur les lieux un ordre de choses nouveau. S'attaquant plus particulièrement aux popes en qui, non sans quelque raison, il apercevait des agents du gouvernement moscovite, il esquissa une tentative assez curieuse de sécularisation. Plusieurs églises venaient de brûler à Tcherkask. Quelques Cosaques lui demandant de l'argent pour les reconstruire, le nouveau chef s'inspira, pour les éconduire, d'un trait attribué à un des plus anciens héros de la poésie populaire, Dounaï Ivanovitch. — Qu'avez-vous besoin d'églises? A quoi vous servent ces popes? A vous marier? Mettez un homme et une femme sous un arbre, dansez en rond autour d'eux, et vous aurez un couple très suffisamment uni.

Il célébra des mariages d'après ce rite (1), employa quelques

---

(1) *Documents pour l'histoire du soulèvement de S. R.*, p. 122; *Relation*, p. 8.

semaines à organiser ses forces et, en mai, remonta le Don jusqu'à la petite ville de Panchine, où il donnait rendez-vous à Vaska Ous, qui, entre temps, n'était pas resté oisif, s'employant consciencieusement à piller les domaines seigneuriaux de la région de Voronéje et de Toula, où il continuait à opérer. Avec ce renfort, il se trouva à la tête de 7,000 hommes environ, et on sut que son intention était d'aller par terre et par eau à Tsaritsine.

Tel était le fruit de ses longues méditations. En réfléchissant, il s'était convaincu sans doute que l'équipée de la Caspienne ne pouvait plus être recommencée. Prozorovski avait de quoi l'arrêter en route. Mais si, pour braver cet obstacle en vue d'une campagne au dehors, les forces de Stenka demeuraient insuffisantes, il se flattait de pouvoir les augmenter indéfiniment pour une guerre intérieure, en faisant appel aux masses populaires.

Il alla à Tsaritsine et n'eut pas de peine à prendre la ville : les habitants lui ouvrirent les portes. La propagande poursuivie depuis l'année dernière à travers ce pays peuplé d'éléments turbulents avait fait son œuvre et ce n'était plus le Cosaque mais le chef d'une insurrection qu'on accueillait ainsi. Une tour, où le commandant de la ville, Timothée Tourguéniev, s'était enfermé avec quelques hommes, fut prise d'assaut ; le malheureux voiévode y trouva une mort affreuse, traîné la corde au cou jusqu'au Volga où on le noya (1), et Stenka se démasqua entièrement dans son nouveau rôle.

Remonter le fleuve, s'emparer des villes baignées par son cours, y traiter les voiévodes comme venait d'être traité Tourguéniev, soulever les populations avoisinantes et marcher sur Moscou, pour y mettre fin au gouvernement des boïars, ennemis du peuple et du tsar, — tel était le plan grandiose qu'il découvrait à ses compagnons. Il ne faisait d'ailleurs qu'y reproduire le mot d'ordre de la plupart des insurrections populaires en ce pays comme ailleurs. « A bas les gabelous,

(1) *Documents pour l'histoire du soulèvement de S. R.*, p. 14; *Actes hist.*, t. IV, p. 400.

vive le roi ! » ou encore : « A bas les nobles, vive le roi ! »
criaient vers la même époque d'autres révoltés au beau pays
de France (1).

VI

L'INSURRECTION

Mais Stenka s'illusionnait sur ses aptitudes pour jouer le
personnage qu'il voulait bien être maintenant : il n'avait
pour y faire figure aucune des qualités de l'emploi, ni esprit
supérieur, ni talent militaire réel et nulle conscience même
de la tâche qu'il s'imposait. Nourri, grandi dans le brigandage, brigand il devait rester. En mettant au service du
mouvement qu'il provoquait les dons qui lui avaient valu ses
succès antérieurs, courage, audace, promptitude dans l'action et justesse du coup d'œil, il lui imprima bien d'abord
une impulsion redoutable ; il ne sut ni le diriger ni assurer
son développement.

Sur la nouvelle que Prozorovski envoyait un corps de
troupes de Tchernyï Iar, en amont du Volga, cinq mille
striéltsy de Moscou descendant en même temps le fleuve vers
Tsaritsine pour le prendre entre deux feux, il fit preuve
de décision et usa habilement de cette rapidité d'évo-
lutions qui faisait le fond de la tactique cosaque. Se portant
sans perdre une heure au-devant de ceux de ses adversaires
qui venaient du nord, il les atteignit à l'ile de Diéniéjna, à sept
verstes en amont de Tsaritsine, les rejeta sur la ville, où ils
furent reçus à coups de canon, et les anéantit ou les captura.
Le commandant moscovite, Ivan Lopatine, et ses lieutenants
partagèrent le sort de Tourguéniev, et, contraints de ramer sur
les canots du vainqueur, les *striéltsy* épargnés apprirent avec
étonnement qu'ils se trompaient en croyant combattre pour

(1) LAVISSE, *Hist. de France*, t. VII, 1ᵣᵉ partie, p. 357.

le tsar. Stenka se proclamait le champion du souverain contre
une odieuse camarilla, dont il avait charge de les délivrer (1).

Les *striéltsy* d'Astrakhan furent abordés à leur tour et se
rendirent sans résistance. Déjà les émissaires cosaques révo-
lutionnaient la ville. Mais cette seconde victoire eut précisément pour effet de hâter l'orientation décisive du vainqueur
dans la voie où ses instincts devaient l'engager tôt ou tard.
Son premier élan pouvait le porter loin. N'ayant pas prévu ce
soulèvement et se trouvant fort embarrassée pour donner
l'effort qu'exigeait sa répression, à raison de celui que la
guerre polonaise réclamait d'elle au même moment, Moscou
risquait de revoir sous ses murs un autre Zaroutski. Mais
Stenka n'était qu'un brigand, et Astrakhan paraissant à sa
merci, la possibilité de mettre la main sur une aussi belle
proie tendit à cet initiateur improvisé d'une grande entreprise révolutionnaire un piège grossier où il se laissa prendre.
Plutôt que de remonter le Volga, selon son plan primitif, il
descendit le fleuve et tourna le dos à sa fortune. A la vérité,
il lui manquait encore d'avoir développé dans un cadre plus
large la parodie de gouvernement à laquelle il s'était essayé
dans Tcherkask. La métropole commerciale du sud allait la
lui fournir.

VII

LE GOUVERNEMENT COSAQUE

Commandant du détachement que l'*ataman* venait de
débaucher, en réussissant à échapper au désastre, le lieutenant du prince Prozorovski, prince Simon Lvov, lui en avait
porté la nouvelle. Ainsi averti, le premier voiévode s'était
occupé diligemment de fortifier la ville confiée à sa garde,
et avec l'aide de l'Anglais Butler, capitaine du fameux *Orel*

(1) *Documents, loc. cit.,* p. 5-7; *Relation,* p. 36.

toujours ancré dans la rade, il avait obtenu d'imposants résultats. Mais la population se trouvait dans un état alarmant, à moitié soulevée par le contre-coup des événements qui se précipitaient dans le voisinage, énervée aussi par des apparitions, des bruits insolites entendus dans les églises, des tremblements de terre vrais ou imaginaires (1). Portant encore sur son corps la trace des violences que les Cosaques de Zaroutski lui avaient infligées, le métropolite Joseph s'effarait. Les *striéltsy*, de leur côté, prenaient une attitude inquiétante. Le 15 juin ils réclamèrent sur un ton menaçant des arriérés de solde qui leur étaient dus. Avec l'aide du clergé, Prozorovski put leur donner satisfaction; mais les jours suivants les apparitions terrifiantes se renouvelèrent. Malgré la saison, il faisait froid; la grêle alternait avec la pluie. Et le 22, Stenka fut en vue de la ville. Deux jours plus tard, après avoir essayé des pourparlers et tenté la loyauté de Butler, il donna l'assaut.

Astrakhan possédait un mur d'enceinte haut de quatre sagènes (12^m,59), épais d'une sagène et demie, garni de tours où des cloches étaient mises en branle pour relever le courage des combattants, et armé de quatre cent soixante canons. Sur trois faces, des cours ou des nappes d'eau l'enveloppaient entièrement. Comme de raison, Stenka porta l'attaque sur le front sud, accessible par des coteaux en pente douce, garnis de vignes, et, dressant des échelles, ses Cosaques escaladèrent les remparts sans coup férir. Les canons étaient restés silencieux : désigné pour les commander, le lieutenant de Butler, Thomas Boyle, avait été frappé par ses *striéltsy*, parmi lesquels la révolte devenait aussitôt générale.

Bientôt, comme la cathédrale se remplissait de la foule des officiers et fonctionnaires moscovites en fuite devant le carnage qui commençait, Prozorovski lui-même fut apporté là, grièvement blessé d'un coup de lance. Accourant, le métropolitain ne put que donner les derniers soins religieux

(1) *Documents*, p. 243-244.

au vaillant soldat, qui était son ami. On ferma la lourde porte en fer forgé du temple ; mais déjà par les fenêtres les balles pleuvaient, tuant entre autres victimes, dans les bras de sa mère, un enfant en bas âge et trouant l'image de Notre-Dame de Kasan, devant laquelle les réfugiés se disputaient une place. Puis, la porte céda, et, passant sur le corps d'un centenier des *striéltsy*, Frol Doura, qui héroïquement leur barrait passage, les Cosaques se ruèrent à l'intérieur. Prozorovski encore vivant et tous les Moscovites présents furent garrottés, jusqu'au jugement auquel l'*ataman* devait procéder.

La procédure fut brève : Stenka murmura à l'oreille de Prozorovski quelques mots, qui étaient probablement une proposition de grâce conditionnelle ; le voiévode secoua la tête, et, sur un signe de leur chef, les Cosaques transportèrent le moribond au haut du clocher, d'où ils le précipitèrent. Après un simulacre d'interrogatoire et de délibération, les autres prisonniers furent massacrés, pour la plupart, sur le parvis de l'église. Au monastère de la Trinité, où ils devaient être enterrés, un moine compta quatre cent quarante et un cadavres.

Au massacre succéda un pillage général où, avec les offices du gouvernement et les maisons des riches moscovites, les bazars indiens et boukhariens ne furent eux-mêmes pas épargnés (1).

Stenka fit d'Astrakhan une ville cosaque, divisant les habitants en milliers, centaines et dizaines sous des *essaouls*, des centeniers et des dizeniers élus, organisant le « cercle », faisant mine de restaurer le *viétchié* antique. Son génie n'allait pas plus loin et c'en était encore la meilleure part. Un matin, la population entière dut aller en dehors de la ville, sur une grande place, pour jurer fidélité au tsar, à l'*ataman* et à l'armée cosaque, en promettant de dénoncer « les traîtres ». Deux prêtres se refusant à ce serment, Stenka fit noyer l'un

---

(1) *Documents,* p. 251 ; *Relation,* p. 19-20.

et ordonna de couper à l'autre un bras et une jambe. En même temps, il voulait que tous les papiers des archives et des chancelleries fussent brûlés, annonçant qu'il en userait de même à Moscou et jusque dans le palais du souverain. Les Cosaques ne sachant pas lire, ces écritures étaient inutiles.

Ni l'*ataman* ni ses compagnons n'oubliaient pas pour cela les plaisirs, ivres pour la plupart du matin au soir et épuisant toutes les débauches. Le gouvernement cosaque s'organisait essentiellement comme une perpétuelle orgie, noyée dans l'eau-de-vie et dans le sang. Parcourant la ville à cheval, ou s'asseyant à la turque devant le palais métropolitain, Stenka ne cessait de commander des supplices nouveaux. Il avait encore auprès de lui le frère de son ancienne maîtresse et peut-être des projets d'établissement en territoire persan hantaient-ils derechef son cerveau fumeux. Il respectait en effet l'envoyé du shah, qui se trouvait à Astrakhan, et il entamait des pourparlers avec Menedi-khan. Mais, celui-ci repoussant ses ouvertures, il traita son fils à la mode musulmane, en le faisant pendre par une côte à un crochet de fer.

Formant des « cercles », eux aussi, les enfants imitaient l'*ataman* et jouaient aux justiciers. Ils fouettaient des coupables imaginaires ou les pendaient par les pieds. Une de leurs victimes ne put même être détachée à temps et succomba.

Les Moscovites massacrés laissaient des femmes et des filles dans le plus grand dénuement; Stenka prétendit faire preuve de générosité à leur égard en les unissant à ses Cosaques. Il daignait recourir pour cela aux rares prêtres qui survivaient, mais il leur défendait de prendre les ordres du métropolitain.

Le métropolitain laissait faire et, le jour de la fête du tsarevitch Féodor Aléxiéiévitch, il eut même la faiblesse d'inviter à sa table le sinistre bandit avec une centaine de compagnons. Son excuse était que sa maison servait de lieu d'asile. La veuve de Prozorovski, Prascovie Fiodorovna, s'y cachait avec ses deux fils, âgés de seize et huit ans. Stenka finit cepen-

dant par découvrir les malheureux garçons, et, comme ils ne
lui fournissaient pas les indications demandées sur les fonds
dont leur père avait la disposition, l'aîné fut tué après avoir
été atrocement torturé et le cadet rendu à sa mère dans un
triste état (1).

Mais, au milieu de tous ces divertissements, l'*ataman* perdait un temps précieux et se perdait. Quand, à la fin de
juillet, il sentit que cette fête d'Astrakhan n'était que la folie
d'un jour sans lendemain possible; quand il comprit qu'en
demeurant là il ne faisait que donner à Moscou le temps de
se préparer pour un retour offensif et quand, dégrisé, il
songea à reprendre la course si mal à propos interrompue, il
était trop tard.

Laissant dans la ville Vaska Ous en qualité de lieutenant,
il remonta le Volga sur deux cents canots, 2,000 Cosaques à
cheval le suivant par la rive. De Tsaritsine, il envoya sur le
Don la dépouille d'Astrakhan. Il enleva ensuite Saratov et
Samara, en restant partout fidèle à ses habitudes sauvages et
féroces d'homme sans foi ni loi. Puis, au commencement de
septembre, il atteignit Simbirsk — et le terme de ses
triomphes.

VIII

LA DÉFAITE

Il avait là encore la partie belle. Le voiévode du lieu, Ivan
Miloslavski, venait bien de recevoir un renfort arrivant de
Kasan avec le prince Georges Bariatinski; mais à eux deux
ces généraux ne commandaient qu'à un fantôme d'armée. On
leur avait envoyé de l'argent en quantité suffisante pour opérer des levées, mais ils s'étaient entendus pour le mettre dans

(1) *Documents*, p. 251-253; *Actes de la Comm. arch.*, t. IV, p. 229; *Recueil des documents d'État*, t. IV, n° 71; KOSTOMAROV, *OEuvres*, t. I, p. 465-466.

leurs poches, dressant des rôles fictifs, y inscrivant des hommes morts ou n'ayant jamais existé.

Avec plus de courage qu'il n'avait montré d'honnêteté, Bariatinski livra bataille à l'*ataman*, et, cinq ou six fois inférieur en nombre, il lui tint tête toute une journée ; mais, dans la nuit, le fait d'Astrakhan et de Tsaritsine se renouvela : à leur tour, les habitants de Simbirsk livrèrent aux Cosaques le fort principal de la ville, et, sous le feu de ses propres canons, Bariatinski dut battre en retraite. Avec une poignée de soldats, Miloslavski tint bon dans un autre fort, et, faisant preuve d'une maladresse insigne, Stenka essaya en vain, pendant un mois, de l'en déloger. Au bout de ce temps, Bariatinski reparut avec des troupes fraîches, et, déconcerté, l'*ataman* ne sut tirer aucun parti de l'énorme avantage du nombre qu'il conservait. Tout à fait incapable de commander dans une bataille rangée et sans ressource contre des adversaires que la trahison, cette fois, ne désarmait pas, il paya vaillamment de sa personne comme toujours, mais perdit la tête ; deux fois blessé dans la mêlée, mais hors d'état d'y diriger les mouvements de ses hommes, il finit par la plus honteuse désertion. A la faveur d'une nuit sombre, il abandonna le gros de ses forces, simple cohue d'ailleurs de paysans mal armés et se battant médiocrement, et, avec ses seuls Cosaques du Don, descendit le Volga.

Le lendemain, Bariatinski et Miloslavski n'eurent pas de peine à en finir avec ce qui restait devant eux, jetant quelques centaines de « gueux » dans le fleuve et taillant en pièces les autres, ou les conservant pour des potences qui, bientôt, garnirent toutes les rues avoisinantes (1). Et c'était fini aussi de Stenka.

Avant cette défaite, son entreprise avait pris un instant des proportions effrayantes. La retraite de Bariatinski faisant sensation, les Cosaques s'étaient appliqués à en augmenter l'effet par des nouvelles captieuses publiées sur tout le cours du haut

(1) *Recueil des documents d'État*, t. IV, nᵒ 72 ; *Documents pour l'histoire du soulèvement de S. R.*, p. 63-66, 87-90.

Volga. Avec le patriarche Nikone, ils disaient posséder aussi
dans leurs rangs le tsarevitch Alexis, victime comme lui des
boïars qui trompaient le souverain (1). Le tsarevitch Alexis,
héritier du trône, venait de mourir (janvier 1670) et Nikone
demeurait à Thérapontov ; mais, mystificateur plus ingénieux
qu'habile capitaine, Stenka entourait de mystère, dans sa
flottille, deux barques soigneusement gardées, où, sous des
draperies de velours rouge et de velours noir, il était censé
emmener avec lui ses deux augustes protégés.

En des manifestes copieusement répandus, il déclarait une
guerre sans merci aux fonctionnaires de tout rang, annonçait
la fin de toute bureaucratie et de tout pouvoir. Bien qu'il se
défendît d'être insurgé contre le souverain, il donnait cependant à entendre que cette autorité avait aussi vécu. Et il ne
voulait pas lui substituer la sienne. Cosaque il resterait au
milieu des Cosaques, ses frères, qui, dans la nouvelle organisation, copiée sur le modèle de leurs établissements, feraient
prévaloir partout le principe d'une égalité absolue.

Ces insanités trouvèrent bon accueil ; dans tout l'immense
espace entre le Volga et l'Oka, au sud jusqu'aux steppes de
Saratov, et à l'est jusqu'à Riazan et Voronèje, la révolte se
propageait ; les paysans massacraient les seigneurs ou leurs
intendants et se faisaient Cosaques, c'est-à-dire brigands, en
masse. Des bandes s'organisaient partout et, à leur approche,
les villes après les campagnes subissaient la contagion : la
tchern ameutée se jetait sur les voiévodes et leurs subordonnés, les remplaçait par des *atamans* et des *essaouls*, et installait le nouveau régime, non sans avoir préalablement massacré les représentants de l'ancien.

Les choses s'étaient d'ailleurs passées de même dans
l'Ukraine orientale, pendant la crise révolutionnaire du
commencement du siècle, et, plus récemment, dans l'Ukraine
polonaise de l'ouest, au moment du soulèvement de Khmiélnitski. Comme à l'époque des faux Dimitri aussi, les allo-

(1) *Kurze... Erzählung* ; comp. Miédovikov, Aperçu *Hist. du règne d'Alexis*,
p. 103.

gènes du lieu, Mordviens, Tchouvaches, Tchérémisses, s'insurgeaient en même temps. De Simbirsk, avant le retour de
Bariatinski, le mouvement rayonnait, avec une intensité particulière, dans les deux directions de l'ouest, à travers les gouvernements actuels de Simbirsk, de Penza et de Tambov et du
nord-ouest, vers Nijni-Novgorod. Détachée de l'armée de
Stenka, qui follement éparpillait ses forces, une *valaga* prenait le chemin de Tambov, révolutionnant au passage Saraïsk
et Penza; une autre, que le tsarevitch Alexis était censé
commander en personne, poussait vers Alatyr et à Kourmych, puis à Iadryne, se faisait recevoir en grande pompe par
les autorités laïques et ecclésiastiques, bannières et icones en
tête. A Kozmodiémiansk et à Mourachkine, moins empressés
à faire acte d'hommage au prétendu tsarevitch, les voiévodes
étaient égorgés par les habitants. Pour enlever le monastère
de Saint-Macaire, à Jeltovody, le faux Alexis, simple cosaque
s'appelant Maxime Ossipov de son vrai nom, dut livrer assaut.
Il fit un grand carnage de moines, et, après avoir pillé le
vénéré sanctuaire, il pensait déjà atteindre Nijni-Novgorod,
quand la nouvelle de la défaite de Stenka arriva.

Aussitôt, ce fut la débâcle générale. Mais il était grand
temps. A Arzamas, le prince Georges Dolgorouki, soldat
illustre, celui-là même qui passait pour avoir pendu le frère
de Stenka, se trouvait presque cerné avec très peu de monde,
car les détachements qu'il essayait de rallier ne parvenaient
pas à se frayer chemin. Prenant maintenant l'offensive, il ne
tarda pas à se donner de l'air, puis à nettoyer toute la contrée,
au nord jusqu'à Nijni-Novgorod et au sud jusqu'à Temknikov,
où, pénétrant le 31 décembre 1670, il eut la surprise de mettre
la main sur un Cosaque d'une espèce particulière. C'était
une nonne qui commandait une bande formée par elle et
passait pour exercer des sortilèges puissants (1). Elle avait
pour père un paysan des environs d'Arzamas et s'appelait
Hélène.

(1) *Documents pour l'histoire du soulèvement de S. R.*, p. 108; *Relation*,
p. 37.

Dolgorouki fit brûler la sorcière et pendre un pope de sa compagnie. Après quoi, occupant Krasnaïa-Sloboda (Krasnoslobodsk), il pénétra dans la partie nord-ouest du gouvernement actuel de Penza, centre principal de la révolte, et, nommé à ce moment commandant en chef de toutes les troupes mises en campagne contre les insurgés, dès le mois de janvier 1671, il réussit à pacifier entièrement la région.

L'insurrection, c'était Stenka Razine, le prestige attaché à son nom, la renommée de ses victoires, l'écho séducteur de ses ripailles, l'attrait du butin qu'il partageait avec les siens, l'espoir de tout un avenir de bombance perpétuelle en sa compagnie. Tout ce beau rêve s'évanouissait dans la rumeur sinistre du désastre de Simbirsk.

IX

LA FIN DU « BON TEMPS »

De Simbirsk, l'*ataman* avait gagné Samara, expliquant sa fuite par cette raison que ses canons, comme autrefois ceux de Tsaritsine pointés contre lui-même, s'étaient refusés à faire service. Artifice imprudent, mortel pour la légende qui lui valait ses succès. Il n'était donc plus sorcier! Il avait perdu son pouvoir surnaturel! Désenchantés, les habitants de Samara lui fermèrent leurs portes et ceux de Saratov imitèrent l'exemple. A Tcherkask son parti s'était maintenu victorieusement jusque-là. Maintenant, Stenka eut beau y reparaître avec les débris de son armée et user des violences qui avaient fondé son autorité. Se concertant avec Moscou, Kornil Iakovlev fit prévaloir la sienne (1). Il allait disposer d'un corps de 1,000 reitres et dragons dressés à l'européenne, que le gouvernement moscovite lui expédiait en toute hâte sous le com-

(1) *Actes hist.*, suppl., t. VI, p. 71.

mandement de Grégoire Kassogov, un capitaine familier avec les mœurs cosaques, et, jointe à la terreur que répandaient les opérations vigoureuses et les représailles de Dolgorouki, l'annonce de ce renfort intimidait les « compagnons ». Avant qu'il arrivât à destination, le sort de Stenka fut décidé.

Au sujet des circonstances qui déterminèrent ce dénoue- ment, les sources officielles elles-mêmes se contredisent, laissant place à beaucoup d'incertitude. Assiégés et pris dans le petit fort de Kaganlik, trahis et livrés par leurs frères d'armes repentants, ou attirés dans un guet-apens par le vieux Iakovlev, nous ne saurions dire comment au juste Stenka et Frol perdirent leur liberté (1). Conduits à Moscou, ils ne semblent pas avoir fait preuve d'un courage égal, l'*ataman* gardant une impassibilité digne de sa renommée et son frère se répandant au contraire en lamentations et en reproches.

— De quoi te plains-tu? aurait fini par lui dire Stenka impatienté. Nous aurons une réception magnifique; les plus grands seigneurs de la capitale viendront à notre rencontre!

Le 4 juin 1671, tout Moscou fut dehors, en effet, pour assister à l'entrée du légendaire héros; mais l'*ataman* n'avait pu conserver, à son grand regret, les beaux vêtements avec lesquels il comptait paraître devant ces spectateurs. Couvert de haillons sordides et juché sur une *telega*, qui portait éga- lement un gibet, il désappointa les curieuses Moscovites.

D'après la légende, les tortures les plus atroces ne seraient pas parvenues à lui arracher ni un aveu ni une plainte. Mais ce point est douteux : Alexis dans sa correspondance avec Nikone, s'est précisément prévalu des indications fournies par les interrogatoires de Stenka au sujet des relations de l'*ataman* avec l'ex-patriarche. La légende veut que le farouche bandit ait continué à railler la pusillanimité de son frère, qui, aux mains du bourreau, montrait moins d'endurance.

— Quelle femmelette tu fais! Nous avons eu notre bon temps; il faut souffrir un peu maintenant...

(1) *Recueil des documents d'État*, t. IV, n° 75; *Actes de la Comm. arch.*, t. IV, p. 234; *Relation*, p. 25; SAMOVIDIÉTS, *Chronique*, p. 50,

Le mot est bien dans la note du personnage. Se **donner du** bon temps avait été sa grande préoccupation.

Il n'aurait pas faibli davantage, nous raconte-t-on, devant la plus terrible épreuve que les tortionnaires du temps eussent dans leur répertoire : les gouttes d'eau froide versées sur le crâne dénudé du patient. Comme on lui rasait le sommet de la tête, il en plaisanta :

— Eh quoi, pauvre paysan ignorant, je vais être tonsuré comme le plus savant des moines !

Le 6 juin, on le conduisit au *Lobnoïé Miésto*, la grève moscovite. Il écouta sans sourciller l'arrêt qui le condamnait à être écartelé, se tourna dévotement du côté de l'église voisine, s'inclina à quatre reprises devant la foule en demandant pardon, et, toujours calme, s'abandonna aux bourreaux. Mis entre deux planches, il eut d'abord la main droite coupée au-dessus du poignet, puis la jambe gauche au-dessous du genou, et ne laissa toujours pas échapper un cri. On le crut mort ; mais, à la vue du supplice qui l'attendait, lui aussi, Frol se pâmait et finissait par balbutier la formule consacrée — *slovo i dïelo !* — par laquelle, en donnant à entendre qu'ils avaient des révélations importantes à faire, les condamnés réussissaient à obtenir un délai, chèrement payé d'ailleurs dans les chambres de question. Et, soudain, d'entre les bois sanglants où le corps mutilé de Stenka n'avait pas bougé, on entendit sortir ces paroles :

— Tais-toi, chien !

Ce furent les dernières que l'*ataman* prononça. Elles n'appartiennent pas davantage à l'histoire documentaire ; mais les exécutions de l'époque offrent fréquemment et très authentiquement des détails analogues. Ni la mort, ni les plus atroces souffrances n'ébranlaient la résistance physique et morale d'un grand nombre de suppliciés, hommes endurcis par une vie tourmentée ou soutenus par un sentiment religieux très puissant. Et, en ce qui concerne Frol, le fait d'un sursis obtenu par lui est certain. Il paraît avoir signalé un dépôt de papiers importants, ou une cachette renfermant un trésor, et, bien

que les recherches faites d'après ces indications dussent
rester infructueuses, il semble, nous ne savons comment et
pourquoi, s'en être tiré avec un emprisonnement à vie (1).

D'après la tradition, toujours en se préparant à la mort,
Stenka aurait composé un poème, qui s'est conservé dans la
bouche des bardes populaires et où le héros demande à être
enterré au carrefour des trois routes conduisant aux trois
foyers de la terre russe : Moscou, Astrakhan et Kiév. Le prestigieux *ataman* a bien pu être poète à sa façon, puisqu'il en a
inspiré tant d'autres. Dans toute la région qui a été le théâtre
de ses exploits, son souvenir s'est conservé très vivant jusqu'à nos jours.

X

LA LÉGENDE DE STENKA

Les rives du Volga sont semées de tertres *(ourotchichtcha)*
auxquels son nom demeure attaché. Tel monticule est appelé
« table de Stenka », parce que l'*ataman* y aurait festoyé avec
ses compagnons ; tel autre est dit « bonnet de Razine », et la
légende veut qu'il y ait laissé sa coiffure. Une grotte passe
pour avoir servi de prison aux seigneurs qu'il capturait. Au
nord et au sud de Tsaritsine, sur la rive haute du fleuve, une
suite d'autres éminences offre cette particularité que des
dépressions du sol les séparent de la terre ferme et se trouvent
couvertes d'eau au printemps. Il se peut que, suivant la tradition, l'*ataman* ait choisi quelques-unes de ces hauteurs pour
ses campements ; mais, à en croire les habitants de la contrée, on y aurait, récemment encore, aperçu des traces de
retranchements, des caves creusées dans le roc, voire des
portes de fer en fermant l'entrée. D'immenses trésors seraient

(1) REUTENFELS, *De rebus moscoviticis*, p. 149 ; SCHURTZFLEISCH, n° 9 ; *Relation*, p. 48-49 ; KOSTOMAROV, *Hist. russe en biographies*, t. II, p. 343-345.

cachés là, mais, étant ensorcelés, ils se dérobent à **toute** approche.

Entre le Volga et le Don, l'épopée de Stenka a laissé aussi une trace profonde — le sillon du canot de feutre qui lui permettait de se transporter rapidement d'un fleuve à l'autre. Dans ses courses vagabondes comme dans ses fructueuses expéditions, le héros n'avait rien à craindre du tsar, car il n'offensait en rien le souverain; il se contentait de prélever un péage sur les bâtiments descendant ou remontant le Volga, et, le tsar s'étant plaint que ses propres navires fussent assujettis à ce tribut, Stenka s'engagea à respecter désormais ceux qui porteraient les armes du souverain. Malheureusement, rusés et déloyaux, les marchands d'Astrakhan et de Moscou s'avisèrent de faire passer leurs propres cargaisons sous le même pavillon et l'*ataman* dut renoncer à reconnaître les uns des autres. Mais, averti, le tsar n'en conçut aucun déplaisir, et pendant des années et des années Stenka exerça sans encombre le privilège ainsi acquis.

Il guerroya ensuite en Perse et se couvrit de gloire. A son retour, jaloux de ses succès, les boïars l'attaquèrent, mais leurs balles et leurs boulets ne pouvaient le toucher. Une mauvaise fille, Macha, l'attira dans un guet-apens ; mais il en échappa, tira vengeance de l'attentat sur les boïars qui l'avaient inspiré et assiégea Astrakhan, ville peuplée d'infidèles, avec quelques chrétiens seulement, qui se hâtèrent d'ouvrir les portes au héros. Malheureusement encore, il y avait là aussi un métropolitain, qui, maladroitement, voulut catéchiser l'*ataman* et l'engager au repentir pour des fautes bien légères. Et Stenka eut tort aussi de céder à la colère. Faisant mine d'écouter le prêtre, il l'engagea à le suivre au haut d'un clocher, d'où il promettait de faire acte de contrition devant le peuple rassemblé. Sur quoi il précipita dans le vide l'importun confesseur, en disant :

— Voilà comment je me repens !

Pour ce fait, il fut condamné par sept conciles et, frappés de terreur religieuse, ses compagnons l'enchaînèrent et l'en-

voyèrent à Moscou. Mais, en prison, Stenka n'eut qu'à toucher ses chaînes pour qu'elles tombassent. Avec un morceau
de charbon, il dessina sur les murs de son cachot une barque,
des rames, un cours d'eau, — et se retrouva sur le Volga.
Mais la malédiction était sur lui ; il ne pouvait plus continuer
ses exploits ; il ne put davantage mourir. Ni l'eau ni la terre
ne voulaient de lui. Il vit toujours. D'aucuns pensent qu'il
erre dans les faubourgs populeux ou les forêts impénétrables,
portant secours aux prisonniers évadés ou aux voyageurs sans
passeport. D'autres veulent qu'il demeure enfermé dans une
grotte et y expie son crime. Cent ans après sa mort présumée,
s'échappant d'une captivité encourue en terre turkmène, des
matelots russes l'ont reconnu sur la rive de la Caspienne. Il
leur a parlé et leur a annoncé qu'il reviendrait en Russie dans
cent autres années, et recommencerait. Il a tenu parole, et
s'est appelé Éméliane Pougatchov.

Ce n'est qu'une légende assez naïve : elle renferme beaucoup plus de vérité qu'il n'est possible d'en dégager, sur ce
point, de tous les documents historiques. Stenka Razine n'est
pas mort, et il vient encore de remplir la Russie du bruit et
de la terreur de ses nouvelles prouesses. Il a prétendu respecter le souverain et ne s'attaquer qu'à ses fonctionnaires.
Mais, comme autrefois, il ne s'est pas retenu de rançonner et
de massacrer les sujets du tsar. Sous des dehors quelque peu
différents, il est resté parfaitement reconnaissable. Il a changé
ses moyens d'action mais non le fond de son procédé. Plus
souvent que de coups de poing ou de sabre, il use du revolver
ou de la bombe ; mais il est toujours sorcier. Il s'évade des
mains des policiers qui le poursuivent ; il désarme les soldats
qui l'attaquent, et, aussi habile que jadis à manier les instruments perfectionnés d'une propagande révolutionnaire, il
entretient des imprimeries et des dépôts de littérature clandes-
tine jusque dans les prisons ! Un concile se dispose à le condamner, mais il compte des popes et des moines au nombre de ses
partisans, et, maudit, il continuera probablement à vivre et à
troubler son pays, car toujours aussi, il reste, hélas ! populaire !

Pour quelque temps sans doute, un jour prochain, avec son pouvoir magique sur l'imagination des foules, l'ivresse qu'il sait leur communiquer, la séduction des formules libertaires et égalitaires dont il caresse leur fantaisie et son cri de guerre : *Saryn na kitchkou!* (les seigneurs à la potence!), qui flatte en elles d'ataviques désirs de vengeance et de revanche, il devra disparaître encore. Car, en dépit de sa popularité, à la longue, jusque parmi ses plus fanatiques partisans, il ne laisse pas de provoquer un mouvement de lassitude et de dégoût, d'effroi et de repentir. Mais il reviendra ; il est immortel. Avec quelques traits héroïques, qui masquent la grossièreté de ses instincts, à travers quelques élans généreux, qui idéalisent la brutalité réelle de ses aspirations, il représente indestructiblement les basses parties de la nature humaine. Et, hélas! pour cette part d'humanité, périodiquement incarnée et exaltée en ce reprouvé et ce revenant, la Russie demeure un pays d'élection. Condamnée par les vices de son organisation politique et sociale à subir, de siècle en siècle, l'étreinte du décevant et terrible fantôme, elle ne pourra, on doit le craindre, y échapper définitivement qu'après avoir parcouru d'un bout à l'autre le cycle de son aventureuse et démente randonnée.

En juin 1671, Stenka pris et exécuté, quelque chose de lui demeurait sur le sol russe. Il restait des fous dans cette Astrakhan, dont il avait momentanément fait sa capitale. Et la légende du héros s'est inspirée en partie du drame où ils ont prolongé sa carrière.

XI

LA FOLIE D'ASTRAKHAN

Avant de quitter la ville, l'*ataman* avait eu à subir, de la part de la populace ameutée, une de ces mises en demeure qui sont l'écueil habituel des révolutionnaires de son espèce.

Reste de raison et de pudeur, lassitude du carnage ou intérêt quelconque, il laissait en vie et en repos quelques-unes des victimes désignées à ses coups : prêtres, officiers, fonctionnaires moscovites. La *tchern* insistant pour qu'on la débarrassât de tous ces « oppresseurs », il avait usé d'un compromis habituel aussi à ses pareils :

— Quand je serai parti, vous ferez ce qui vous plaira.

Il ajournait le massacre qui, après son départ, ne devait pas en effet manquer de se produire. Deux serviteurs du tsar furent d'abord égorgés et leurs bourreaux en réclamèrent un troisième au métropolitain, qui, refusant de le livrer, pensa être frappé lui-même. La nouvelle de la défaite de Stenka n'eut pas pour effet de calmer cette fureur sanguinaire, — Symbirsk était loin, — et Joseph se trouva désormais en butte à des colères qui s'exaspéraient. En novembre, recevant du souverain un message, qui était pour engager les habitants d'Astrakhan à se soumettre, et s'empressant d'en répandre des copies, il eut maille à partir avec les Cosaques eux-mêmes. Enivrés à leur tour par le pouvoir qu'ils exerçaient au nom de leur *ataman*, ceux-ci ne voulaient plus abandonner la partie. La prise elle-même et l'exécution du grand chef ne devaient pas les déconcerter. Ils croyaient à cette heure être tous des Stenka, et capables de marcher sur ses traces. Héroïquement, ils décidèrent l'envoi d'un détachement qui irait à Simbirsk venger le héros.

Longtemps, Moscou ne put se résoudre à étendre jusquelà, avec des moyens suffisants, son œuvre de répression. En avril 1671, le gouvernement d'Alexis ne fit que les frais d'un nouveau message, que des Tatars se chargèrent de porter à destination. Le métropolite en donnant lecture dans la cathédrale, le document fut déclaré forgé. Il ne portait pas le sceau rouge des communications officielles, et il ordonnait aux habitants d'Astrakhan de mettre la main sur les bandits *(vory)* venant du Don ou d'ailleurs, qui infestaient la ville. Le tsar devait savoir que les Cosaques du Don trahissaient à cette heure leurs frères. Ce n'était qu'une machination du métropolitain.

— Nous sommes tous des *vory !* déclarèrent ses auditeurs.

Et ils n'allaient pas tarder à justifier cet aveu expressif. Joseph aurait été mis en pièces sur place si son apparition en chaire ne s'était produite un vendredi-saint. Le respect conservé pour ces jours solennels et pour les pratiques pieuses, dont ils ordonnaient l'accomplissement, imposa une trêve. Mais aussitôt après, la tuerie fut organisée en grand. Le métropolitain dut encore au prestige de sa fonction sacrée d'y être d'abord épargné. Tout en l'accusant d'être l'auteur responsable des rappels à l'ordre qui, importunant le bon peuple d'Astrakhan, troublaient ses plaisirs, les égorgeurs se contentaient de faire justice de la domesticité du fâcheux prêtre. Mais des avertissements inquiétants continuaient à arriver du dehors, et l'orgie sanglante en demeurait incommodée. Il fallait en finir avec ce trouble-fête, qui, seul évidemment, empêchait une cité douée par Stenka d'une si merveilleuse organisation d'y goûter un bonheur parfait.

Des nouvelles reçues de Fedka Chéloudiak, commandant du détachement envoyé sous Simbirsk, mirent terme aux dernières hésitations. Se rendant compte en route qu'il aurait affaire à forte partie et se préoccupant de conserver en arrière ses lignes de communication, l'*ataman* apprenait que, d'accord avec le métropolitain, le prince Simon Lvov, encore vivant et présent à Astrakhan, ralliait des Cosaques de Tcherkask pour lui couper la retraite. Il devenait nécessaire d'agir sans retard.

Le 21 mai 1671, comme il officiait à la cathédrale, Joseph fut averti que les Cosaques tenaient cercle et l'invitaient à s'y rendre. Il fit sonner les cloches pour réunir son clergé, et, vêtu de ses ornements pontificaux, il répondit à l'appel. Simple d'esprit et tout le contraire d'un diplomate, il se présenta avec des gestes et des discours irrités, traitant les Cosaques de brigands et de parjures. C'était les exciter à l'accomplissement de leur sinistre dessein. Les ornements sacrés de la victime intimidaient cependant encore leur fureur. Des voix s'élevèrent pour qu'on commençât par déshabiller « le traître ». Mais qui s'en chargerait? Ingénument, les bandits réclamèrent les services des prêtres qui assistaient le métropolitain. Lui-même n'avait-il pas aidé à dévêtir Nikone?

Avec la conscience du sacrifice inévitable désormais, Joseph semble en avoir eu, à ce moment, le désir. Il était de la race des martyrs. Il déposa sa mitre et sa mante, disant à son proto-diacre : « Pourquoi ne m'assistes-tu pas? Mon heure est venue. » Épouvanté, l'homme obéit, enlevant l'omophore et le pluvial du métropolitain. Alors, à coups de fouet, les Cosaques l'écartèrent, ainsi que ses compagnons, et conduisirent « le traître » à la poudrière, pour lui donner la question. Interrogé sur ses méfaits supposés et surtout sur les trésors qu'il était censé cacher, brûlé à petit feu, Joseph ne fit aucune réponse, se contentant, entre deux prières, de vouer ses bourreaux à la vengeance divine.

Conduit ensuite au haut d'un escarpement qui faisait face à la cathédrale, il eut encore la force de bénir, en passant, le cadavre d'un Cosaque. Seul parmi les siens, cet homme avait eu, paraît-il, le courage d'élever la voix pour la défense du pontife et venait d'être sabré. Mais, comme on se disposait à précipiter le condamné, la nature l'emportant, il se débattit et faillit entraîner un des exécuteurs.

Parmi ceux-ci, les Cosaques figuraient en petit nombre, et c'étaient les plus mauvais sujets de la bande. Pourtant, au moment de la chute du corps, ils furent saisis de frayeur, crurent entendre un bruit formidable et restèrent quelque temps silencieux, les têtes baissées. Ils retrouvèrent leur audace en torturant et en suppliciant le prince Lvov, puis en imposant aux membres survivants du clergé l'engagement signé de tenir avec eux contre les boïars et les « traîtres » de toute espèce.

Mais, pendant ce temps, Fedka Chéloudiak se faisait battre sous Simbirsk par le prince Pierre Chérémétiev. Rejeté sur Samara, il entamait des négociations avec son vainqueur, puis, revenant à Astrakhan, il y prenait le commandement, en remplacement de Vaska Ous, qui venait de mourir. Ivan Mi-

loslavski l'y suivit avec une flottille et un corps de troupes
enhardies par la victoire. Il dut cependant renoncer à prendre
la ville d'assaut. Retranché dans une forte position, à l'embouchure de la Bolda, il réclama un renfort, qui se fit
attendre, et la république cosaque eut encore quelques
mois d'existence assurée. De longues années devaient être
nécessaires ensuite pour compenser les ruines qu'elle accu-
mula.

Le renfort n'arriva qu'en novembre, et il ne venait pas de
Moscou. Une entente négociée par Miloslavski avec le prince
géorgien Kazboulat-Mourza lui valut l'appoint de quelques
milliers de montagnards, qui prirent la ville à revers, y déterminant une panique et provoquant parmi les assiégés des
querelles non moins fatales pour leur cause. Les moins
résolus ne tardèrent pas à passer dans le camp de Miloslavski,
qui eut soin de faire bon accueil aux déserteurs, les cares-
sant, les gorgeant d'eau-de-vie et augmentant ainsi le nombre
des défections ; Kazboulat, de son côté, réussissait à attirer
dans son camp Fedka Chéloudiak et l'y retenait.

Le 26 novembre 1671, la ville capitula ; mais, après y
avoir fait une entrée solennelle, Miloslavski usa sagement
d'une grande modération. Il proclama une amnistie générale,
laissa en liberté Chéloudiak lui-même ainsi que quelques-uns
de ses officiers et n'inquiéta même pas l'auteur principal de
l'assassinat du métropolite, Alechka Grouzinkine.

Ainsi qu'on l'a vu à Pskov et à Novgorod, la politique
moscovite excellait dans l'application de ces mesures de clémence, toujours provisoires et suivies d'une répression de
plus en plus énergique. L'année suivante, succédant à Miloslavski, le prince Jacques Odoievski s'employa méthodique-
ment à remplir ce programme, et, avec la plupart de ses
sinistres fondateurs, les derniers vestiges du régime cosaque
disparurent à leur tour dans le sang.

Ainsi fut clos ce chapitre de l'histoire du règne d'Alexis,
non sans que, au dedans comme au dehors du pays, la
marche générale des événements, où, l'une après l'autre,

des crises si violentes intervenaient, ne s'en trouvât considérablement influencée et troublée (1).

(1) Outre les sources déjà citées, voy. pour ce chapitre : *Actes hist.*, t. IV,
n° 22 *(Enquête sur la révolte de S. R.)*, n°s 218, 226 *(Enquête sur l'assassinat du
métropolite Joseph)*; *Actes de la Comm. arch.*, t. IV, n°s 177-186; *Recueil complet des Lois*, t. I, n°s 503, 504; *Recueil des documents d'Ltat*, t. IV, n°s 71,
72-87; *Suppl. aux Actes hist.*, t. VI, n° 12; *Ancienne Bibliothèque russe*,
vol. VIII; *Archive Russe*, 1888, n° 1; Khilkov, *Recueil*, n° 87; *Nachricht von
dem Aufruhr* (traduction d'une chronique russe par H. Hase); *Büschings
Magazin*, t. IX. — Le seul ouvrage spécial consacré à cet épisode est celui de
A. Popov, *Le Soulèvement de S. R.*, auteur du *Recueil de documents pour l'histoire du soulèvement*, souvent cité plus haut. — Une étude annoncée il y a
une dizaine d'années par M. Raiévski (voy. à ce sujet : *Archive Russe*, 1873,
t. I, p. 786), n'a pas paru. — M. Martémianov *(Messager hist.*, septembre 1907)
a recueilli quelques-unes des traditions se rapportant à Razine.

CHAPITRE VI

LA POLITIQUE INTÉRIEURE D'ALEXIS

I. Le triomphe du principe autocratique. — II. « Le Département des Affaires secrètes. » — III. Le parlementarisme russe. — IV. La législation. — V. L'organisation administrative. — VI. Le régime fiscal. — VII. L'évolution économique et sociale. — VII. La réforme militaire. — IX. La création d'une flotte.

I

LE TRIOMPHE DU PRINCIPE AUTOCRATIQUE

Au dedans comme au dehors, à travers ces épreuves, le second Romanov poursuivait la double tâche que lui imposaient les traditions auxquelles se rattachait son autorité et les problèmes nouveaux auxquels il avait à faire face. Représentant d'une dynastie issue du suffrage populaire, en dépit de cette origine et par l'effet contraire des institutions, des idées et des habitudes dont il recueillait l'héritage, le père de Pierre le Grand était destiné à faire triompher définitivement, dans le gouvernement intérieur du pays, ce principe du pouvoir personnel et absolu, auquel son fils devait donner la plus haute expression.

Traduction de l'*autocratès* grec, le titre de *samodiérjets,* que les grands-ducs de Moscou se donnaient déjà au siècle précédent, n'avait pas encore à ce moment le sens qui lui a été attribué depuis. Il ne répondait, au début, qu'à une affirmation d'indépendance *extérieure* vis-à-vis des anciens suzerains de la Russie moscovite : les Tatars. Avec le temps, si l'évolution intérieure du pays avait suivi une autre direction, ce titre aurait partagé sans doute la fortune commune des symboles de même genre, vidés de leur valeur primitive par le changement des circonstances, mais subsistant à l'état de souvenir historique. Les tsars auraient continué à s'en parer, comme ils ne cessent aujourd'hui encore de se dire héritiers du trône de Norvège, sans attacher à cette formule protocolaire aucune prétention qui puisse inquiéter le roi Haakon. Mais le sort habituel des mots est de s'adapter successivement, ou même simultanément, à la désignation de choses très différentes. Un jour devait venir en Russie, où l'autocratie des tributaires affranchis de la Horde d'Or tombant, dans le sens originel, au rebut d'un passé révolu, une autre réalité actuelle réclamerait ce verbe sonore sans emploi. Et la substitution s'est opérée progressivement, insensiblement, ainsi qu'il arrive toujours en pareille matière, l'usage attribuant au vocable emprunté de Platon ou de Polybe l'interprétation nouvelle avec laquelle il figure de nos jours dans l'*Almanach de Gotha* et à laquelle ses parents grecs ne songeaient eux-mêmes pas.

Le mot étant étranger, la chose qu'il servit à désigner ici fut tellement russe qu'on n'en trouve l'équivalent dans l'histoire d'aucun pays. Il s'en faut, en effet, que, dans les premiers temps au moins, l'autocratisme des souverains moscovites ait équivalu au despotisme pur et simple que nous connaissons ailleurs. Il s'en distinguait essentiellement : pouvoir personnel, mais cependant partagé ; absolu, mais soumis à l'observation de certaines lois ; mélange paradoxal de principes contraires, et, pour cette raison, condamné assurément à se résoudre, dans la pratique, en arbitraire vulgaire.

Mais l'opération n'est pas encore achevée ; le choc des éléments s'y opposant l'un à l'autre se poursuit toujours, et nous sommes témoins d'un nouvel effort tenté pour réconcilier leur antagonisme irréductible.

Autocrate, Alexis a gouverné de compte à demi avec un conseil de boïars, dont les décisions étaient souveraines elles aussi, et il a légiféré en faisant périodiquement appel à des

assemblées populaires, dont il admettait l'intervention jusque
dans des actes purement administratifs. Son tempérament le
portait en outre à imprimer à ce régime un caractère particulier. Il fut par excellence un souverain patriarcal. En 1654,
recevant en audience de congé des voiévodes envoyés sur la
frontière de Pologne, et leur donnant sa main à baiser, il fait
exception pour le prince A. Troubetzkoï, « à cause de l'abondance de ses cheveux blancs », dit un document officiel; il ne
veut pas que le vieux guerrier lui porte ce témoignage de
respect, et, l'attirant, il le presse affectueusement sur sa
poitrine. Mais, corrigeant de sa main le procès-verbal de la
cérémonie, il a soin de noter qu'ainsi traité, le vieillard a
aussitôt reconnu cet excès d'honneur « en se prosternant
trente fois (1) ».

Il a vingt-cinq ans à ce moment. Profondément religieux,
il conçoit la personne du souverain comme formant un tout
indivisible avec l'État et se subordonnant ensemble au gouvernement divin. La puissance de l'empire et sa prospérité
ont leur source non dans la force ou dans l'habileté des
hommes mais dans la volonté divine. De celle-ci le tsar est
toutefois l'interprète désigné. C'est pourquoi ses sujets et les
boïars en particulier, ses serviteurs de premier rang, doivent
lui être attachés de tout cœur et ne rien attendre que de sa
faveur. Autant Alexis sait apprécier la fidélité, autant il
déteste la tromperie, la duplicité et l'orgueil, et, tout en
renvoyant les coupables au tribunal du juge suprême, sur
le châtiment ainsi ajourné, il ne laisse pas parfois de distribuer, d'une main leste et vigoureuse, des acomptes sérieux.

Au fond, il ne fait déjà qu'idéaliser à sa façon, tout en se
défendant d'y souscrire, la formule de l'absolutisme intégral,
selon la doctrine du droit divin, développée par Bossuet. Et
Louis XIV ne s'éloignait pas beaucoup de cette conception
en écrivant : « La justice est ce précieux dépôt que Dieu a

(1) ZABIÉLINE, *La Vie privée des tsarines*, p. 73.
(2) Voy. GOURLAND, *Le Département des Affaires secrètes*, p. 50 et suiv.

remis entre les mains des rois comme une participation de sa
sagesse et de sa puissance (1). » Mais la *façon* d'Alexis est
tout autre. Produit d'une nature rêveuse et inclinée au mys-
ticisme, son idéalisme apparaît comme entièrement sincère.
Alexis ne voudrait pas être seul à porter la charge écrasante
de cette hypostase divine qu'évoque sa foi. Mais quoi ?
Fourbes, corrompus, portés à tous les abus du pouvoir qu'ils
devraient partager avec lui, ses boïars se montrent indignes
de leur vocation ! Force lui est de passer, parfois, outre à
leurs inspirations funestes, de tenir souvent à l'écart leur
activité malfaisante, et d'être maître unique, au défaut de
bons serviteurs.

Mais il se débat dans ce dilemme qui inquiète sa conscience.
Il en veut à Ordine-Nachtchokine de lui dénoncer en termes
trop vifs les méfaits incessants des fonctionnaires de tout
grade, dont l'incapacité ou la félonie ne lui laissent d'autre
ressource que de faire intervenir partout et toujours sa propre
autorité. Il doit cependant se rendre à l'évidence, et, à son
corps défendant, assumer personnellement toutes les responsabilités (2).

D'autant qu'il est incapable d'imaginer un autre remède
au mal. Une réforme de ce personnel vicieux, ou des services
administratifs eux-mêmes, dont l'incohérence facilite et
encourage ses prévarications, réclamerait une autre envergure d'esprit. Alexis s'irrite, traite les prévaricateurs de « fils
de chien », ou de « fils de p... » ; il leur allonge des soufflets,
les fait « fouetter sans merci » ; enfin, à bout de vaines tentatives pour les ramener ainsi à un meilleur sentiment de leurs
devoirs, il a recours à des palliatifs et des expédients, qui
ne sont qu'un acheminement au pouvoir personnel et
absolu.

L'un d'eux, le premier en date, a pour objet l'élimination
progressive de la *Boïarskaïa Douma*, ce conseil précisément

(1) Voy. LAVISSE, *Histoire de France*, t. VII, 1ʳᵉ partie, p. 289.
(2) Voy. LAMANSKI, *Le Département des Affaires secrètes*, t. II, p. 731, 733 ;
GOURLAND, *loc. cit.*, p. 67-69. Comp. *Actes de l'État moscovite*, t. II, nº 1002.

que la constitution du pays associe à l'exercice de l'autorité suprême. Alexis tend à lui substituer la collaboration d'un groupe plus restreint de collaborateurs attachés à sa personne, et cette « douma de chambre » ou « conseil intime de boïars » *(blijnaïa douma, komnatnyié boïary)* entre imperceptiblement en fonction, sans secousse ni lutte. Se déplaçant fréquemment, le tsar n'est accompagné dans ses voyages que par quelques-uns de ses conseillers qui, par la force des choses, se trouvent alors saisis provisoirement de la plupart des affaires et finissent par les retenir d'une manière permanente, en prenant couleur d'une institution distincte. En même temps apparaît, entre le petit et le grand conseil, un organe intermédiaire, servant d'abord d'agent de transmission, puis s'organisant et se consolidant à son tour en section judiciaire de la Douma (1).

Le second expédient adopté par le jeune tsar eut une portée plus grande, procédant plus directement aussi de la personnalité du souverain et des qualités comme des défauts de son esprit et de son caractère.

II

LE DÉPARTEMENT DES AFFAIRES SECRÈTES

Comme son fils, Alexis fut un touche-à-tout. Une curiosité toujours en éveil et une inlassable activité le poussaient à prendre connaissance de toutes les affaires, petites ou grandes, sans égard pour leur importance, et à réclamer sa part de toutes les besognes. Mais, contrairement à Pierre le Grand, étant doué d'une grande sensibilité et naturellement timide, il redoutait, tout en s'y portant, cette action directe, où l'autre devait exceller et se plaire. Subir certains contacts, affronter certaines difficultés d'exécution lui coûtait un grand effort.

(1) DROUJININE, *Le Département des Affaires secrètes*, p. 326 et suiv.; KLIOUT-CHEVSKI, *Le Conseil des Boïars*, p. 432 et suiv.

Nous l'avons vu dans l'aventure de Nikone. Il eut donc besoin de masquer en quelque sorte et de mettre à couvert cet universel rayonnement de son être, qui répugnait à s'extérioriser ostensiblement.

Après d'assez longs tàtonnements, à une date qui ne se laisse pas déterminer avec précision, il trouva ce qu'il cherchait dans une autre institution assez semblable, et pour cause, à la chancellerie secrète de Louis XV, sauf que sa sphère d'action ne fut pas bornée au seul domaine des relations extérieures.

Comme un lot de conseillers, au cours de ses campagnes et de ses voyages, le souverain emmenait aussi avec lui une équipe de secrétaires et de commis, *diaks* et *sous-diaks*.

Peu à peu, ce bureau ambulant s'érigea à son tour en organisation permanente, dirigée par le tsar, en dehors cette fois de toute autre immixtion. En même temps, la compétence du nouveau « département » s'étendait graduellement aussi, appliquée à des objets de plus en plus divers, dans un cercle d'attributions que les circonstances plus encore que la volonté du maître élargissaient constamment. Création bizarre et protéiforme, où, sans dire le mot, Tatichtchev a vu un office d'inquisition, Leclerc, suivi par Levesque, Coneaux et Chennechot, un « tribunal de sang » et dont des historiens plus modernes n'ont pas mieux réussi à reconnaître le caractère, y découvrant, comme Kostomarov, un embryon de la police secrète des temps futurs, ou, comme Miédovikov et d'autres, un instrument de centralisation.

En réalité, le « département des affaires secrètes » *(Prikaz taïnykh diél)* n'a été rien de tout cela. Son origine se laisse approximativement reporter à l'année 1646. Il a certainement existé avant 1658. Or, on n'aperçoit pas trace de son fonctionnement dans les mesures de police et de répression auxquelles ont donné lieu les émeutes de 1662 ou la révolte de Razine.

Les erreurs d'appréciation dont il a été l'objet s'expliquent autant par les limites extrêmement larges, mobiles et incertaines dans lesquelles il se mouvait que par le mystère dont il resta toujours enveloppé. Alexis a eu là son « secret du tsar ». Il s'est occupé de composer *manu propria* un alphabet cryptographique à l'usage du *prikaz;* mais il semble avoir tardé beaucoup à se faire une idée précise de l'objet de l'institution, et il ne s'est certainement pas douté d'abord de ce qu'il devait arriver à y mettre un jour.

Petit à petit, il y mit beaucoup de choses, mais en y étant porté moins par un système préconçu que par un ensemble très complexe de raisons déterminantes, où, avec son tempérament et sa fantaisie, figurait au premier rang la tendance commune à tous les Moscovites de s'adresser de préférence « au bon Dieu plutôt qu'à ses saints » et au souverain plutôt qu'à ses représentants, si autorisés qu'ils puissent être (1).

C'est ainsi que le prétendu « tribunal de sang » s'est occupé, en divers temps, et de faire venir de l'étranger des plants d'arbres fruitiers, et de donner la réplique aux gazettes publiant des bulletins de victoires polonaises, et de convaincre les sujets du tsar que l'affiliation au *Raskol* était un grand crime, et d'organiser un système d'avertisseurs pour incendies, et de satisfaire la curiosité du souverain en matière d'histoire, et d'acheter des perroquets et des serins pour ses volières, et d'entrer dans le détail de l'administration de son monastère favori (2).

Simultanément, le *prikaz* se mêlait bien aussi de politique intérieure et extérieure, le tsar y rédigeant de sa main des instructions diplomatiques fort étendues; mais dans le même encrier il trempait sa plume pour composer un règlement minutieux applicable à la chasse au faucon.

Ainsi diversifiée, la compétence du département fut double : d'une part, il agissait comme organe indépendant

(1) Voy. à ce sujet des observations très judicieuses de M. Dittiatine, dans la *Pensée russe,* mai 1885, p. 65-66.

(2) Droujinine, *Le Département des Affaires secrètes,* p. 108 et suiv. Pour le monastère de Saint-Sava, fondé en 1377 par un des premiers disciples de saint Serge, voy. Novossiltsov, *Le Monastère de Saint-Sava de Storojé.* Moscou, 1893.

pour des affaires dont seul il avait connaissance ; d'autre part, il intervenait comme organe directeur dans le fonctionnement de tous les bureaux. Au premier chef, il expédiait d'abord la correspondance personnelle du tsar. Besogne considérable. Alexis avait le prurit de la plume, au point de ne jamais laisser passer une pièce sans la bourrer de notes marginales ou de corrections. Et il lui arrivait de copier diligemment le travail de ses secrétaires! De ce côté, la passion du souverain pour les entreprises industrielles et agricoles, son goût pour les constructions et ses convenances personnelles firent dériver au *prikaz* secret un grand nombre d'offices, détachés du « département de la cour » ou des autres chancelleries : administration des domaines; bureau de la pharmacie (à cause d'une fabrique de liqueurs productive de gros revenus, qui en dépendait); direction des menus plaisirs (avec deux sections distinctes pour la vénerie et la fauconnerie) ; agence commerciale pour les opérations personnelles du tsar, etc. (1).

Mais un jour cet encombrement déjà si grand s'accrut encore de la direction de l'artillerie, en même temps que d'un service spécial pour la distribution de livres d'église expurgés, et d'un autre, constitué en bureau de bienfaisance, où Alexis tenait personnellement la comptabilité des aumônes distribuées par ses ordres. Ce n'était pas encore assez. Le département administra la cassette particulière du souverain, s'occupa d'une foule de détails se rapportant aux besoins personnels du tsar ou à la vie de la cour : distribution des gardes, voyages, services religieux. Il dirigea le *Zapissnoï Prikaz*, bureau généalogique et historique, créé par Alexis pour tenir une chronique et préparer une histoire de sa dynastie. Il fit office d'intendance pour un certain nombre de régiments, exerçant en outre dans le domaine de la diplomatie et de la guerre, de la police et des finances, une foule d'autres attributions qui échappent à tout classement. Enfin,

(1) KILBURGER, dans *Büschings Magazin*, t. III, p. 275 ; KORSAKOV, *Le Village de Kolomenskoïé*, p. 11; KOUTIÉPOV, *La Chasse du tsar*, p. 115-116.

en dehors du « bureau des pétitions », qui jouait un rôle si
considérable dans le fonctionnement du régime autocratique,
lui servant de correctif et d'élément de contrôle le plus efficace, il canalisa et absorba une grande partie du courant
d'affaires correspondant. Remettre une supplique même aux
mains propres du tsar ne passa plus, comme autrefois, pour
la meilleure chance qu'on pût avoir. C'était relativement
facile, et de ces mains augustes, le fragile papier risquait de
tomber aux oubliettes du « bureau des pétitions », officine
assez mal famée. Le faire arriver au mystérieux « département des affaires secrètes » fut le rêve du plus grand nombre
des intéressés, convaincus que là rien n'échappait à l'œil du
maître et que sa justice y brillait d'un éclat que rien ne parvenait à obscurcir ni à intercepter.

Ainsi aménagé, le *Prikaz taïnykh diél* ne pouvait évidemment pas laisser échapper, de sa compétence presque universelle, la connaissance et la répression de certains crimes
d'État ; mais ce n'était ni l'objet spécial, ni même, à beaucoup près, l'objet principal de son activité.

Les façons de penser et d'agir particulières à Alexis ont
d'ailleurs à tel point influé sur la création de cet organe et
sur son développement que l'institution ne devait pas survivre à ce souverain. Mais l'extension du pouvoir personnel
et absolu s'en est ressentie d'une manière plus durable, en
s'affirmant notamment dans la destinée des assemblées populaires.

III

LE PARLEMENTARISME RUSSE

Pour cesser de convoquer ces *Sobory,* qui en fait avaient
été le berceau de la nouvelle dynastie, le père de Pierre le
Grand ne put s'inspirer d'aucune des raisons qui, vers la
même époque, engageaient les rois de France à suspendre

les réunions d'États généraux. A l'égard du souverain et de son gouvernement, les parlementaires moscovites du dix-septième siècle ont toujours fait preuve d'un loyalisme parfait. D'autre part, la conciliation des contraires se trouvant à la base du régime dont ces assemblées faisaient partie, la doctrine du pouvoir divin incarné dans la personne du tsar n'opposait pas elle-même à leur intervention un obstacle décisif. La logique des choses a seule ici fait son œuvre. Les *Sobory* ont survécu au règne d'Alexis; mais, de la première, en 1548, à la dernière, en 1693, le nombre des convocations demeure incertain, et cela même est pour attester le peu de place qu'elles tenaient dans la vie politique du pays. Les documents semblent indiquer deux réunions sous Ivan le Terrible, une sous Vassili Chouïski, dix sous Michel et quatre au cours du long règne de son fils. Mais ces chiffres sont discutés (1).

A partir de 1653, Alexis s'abstint de recourir à cette consultation de l'opinion publique, simplement parce qu'il n'en éprouvait pas le besoin. Et, mise ainsi à l'écart, la représentation nationale s'effaça sans résistance comme sans regret apparent, parce qu'elle ne ressentait, de son côté, aucun désir de revendiquer des pouvoirs dont elle avait toujours été embarrassée de faire emploi, leur nature comme leur portée manquant à la fois et de définition précise et même de base juridique.

En faisant appel au peuple, dans des circonstances graves, les tsars moscovites lui reconnaissaient assurément une part d'autorité souveraine; mais ils se gardaient de la déterminer, et le vague des idées, le dédain des formes juridiques qui demeurent parmi les traits caractéristiques de la mentalité russe, leur permettaient de se maintenir, à cet égard, dans un domaine d'apparences, de démonstrations et de fictions, d'où nulle forme organiquement constituée et vivace ne pouvait se dégager.

(1) Voy. Aksakov, dans *L'Interlocuteur russe*, avril 1856; Soloviov, dans Le *Messager russe*, avril 1857; Tchitcherine, *De la Représentation nationale*, p. 370; Serguiéiévitch, *Leçons sur l'histoire du droit russe*, p. 721.

La procédure en usage dans les *Sobory* en témoigne elle-même. Nous n'y voyons pas trace d'un partage de voix fixant les décisions prises. Celles-ci sont toujours censées avoir recueilli l'unanimité, ce qui laisse supposer un vote purement fictif. Le consentement de l'assemblée était bien considéré *comme* indispensable dans certains cas, et pas plus qu'en Occident à cette époque, la conception de « la voix consultative » n'existait ici. Mais, en fait, le souverain restait maître d'obtenir ce consentement quand et comme il lui plaisait. Et, la consultation perdant ainsi tout intérêt, les représentants d'une autorité aussi illusoire ne pouvaient manquer de s'en désintéresser.

Les convocations étaient le plus habituellement faites à l'occasion d'une guerre et en vue des hommes et des subsides à obtenir. En atténuant, sinon 'en supprimant cette nécessité, l'établissement d'une armée permanente et d'une fiscalité régulière tendit à rendre ce recours de plus en plus inutile. Et, pour le reste, la masse des sujets se consola d'autant plus facilement de n'être plus représentée dans les conseils du maître, que, si étrange que cela puisse paraître, le principe lui-même de cette figuration ne fut ici jamais populaire.

Un des chants populaires recueillis par Rybnikov (1) en fait foi. Les Polonais demandent au tsar la restitution de Smolensk et lui offrent en échange — la Chine. Alexis consulte le *Sobor.* Au nom des boïars, le « tsar d'Astrakhan » répond en approuvant la transaction, car, dit-il, Smolensk est ville polonaise. Au nom des marchands, « l'émir de Boukharie » conclut de même. Les soldats seuls, par la voix de Daniel Miloslavski, protestent. Sur quoi, le tsar fait pendre l'un des préopinants et décapiter l'autre, après quoi il donne au vaillant guerrier le commandement en chef de son armée.

Telle était l'idée que les électeurs de ce pays se faisaient du caractère de leurs élus et de l'aptitude qu'ils pouvaient

(1) *Chants populaires,* t. II, p. 237.

avoir à prendre charge des intérêts communs. Mais peut-on seulement, à ce propos, parler de régime électif? En 1651, un voiévode fut blâmé pour avoir envoyé au *Sobor* deux représentants d'un district, arbitrairement choisis par lui-même. Mais le respect ainsi témoigné au droit du corps électoral fut-il toujours observé? En fait, aucune loi organique n'a jamais présidé ni à la convocation, ni au mode de recrutement, ni au fonctionnement de ces assemblées et à leur compétence. Le gouvernement les convoquait quand il le jugeait à propos et les composait comme il lui plaisait. Au *Sobor* de 1648 figurèrent les représentants de la noblesse et de la bourgeoisie, choisis dans cent dix-sept districts; mais au *Sobor* de 1642 nous ne trouvons que des élus de la noblesse seule et seulement de quarante-deux districts. Parfois aussi les représentants de telle ou telle classe présents à Moscou au moment de la convocation prenaient exclusivement place dans l'assemblée.

Au seizième siècle, les *Sobory* ne réunissent guère que les élus ou les représentants des serviteurs de l'État. En 1613, sous la pression des nécessités du moment, dans l'assemblée qui appela au pouvoir une nouvelle dynastie et tendit d'abord à devenir permanente, toutes les classes furent représentées. Mais bientôt après, écartant de la vie publique 85 à 95 pour cent de la population rurale, l'asservissement des paysans mina cette base populaire du parlementarisme naissant; et, écrasées elles-mêmes par le despotisme grandissant de l'État, les classes supérieures ne réussirent ni à développer dans cette sphère le moindre esprit politique ni à y prendre quelque autorité. Opiner du bonnet en réponse aux propositions du gouvernement, tout en formulant à son adresse des critiques parfois très vives, c'est tout ce qu'elles surent faire. Le rôle de leurs représentants ne fut d'ailleurs jamais nettement défini, ni soumis à une réglementation constante, passant de la voix délibérative à la voix purement consultative, selon que le *Sobor* agissait en corps avec la *Douma* ou séparément, ce qui dépendait des circonstances et, encore, du bon plaisir du souverain. Enfin, même mono-polisé au sein de ces classes et à leur profit, le principe élec-tif contrariait et inquiétait leur instinct de subordination hié-rarchique et l'institution ne trouvait ainsi nulle part de point d'appui solide. Édifiée en porte à faux, dans le vide, elle était condamnée au néant (1).

Elle est, en ces derniers temps, devenue l'objet d'appré-ciations plus favorables. Après un examen nouveau du pro-blème, je suis cependant tenté de m'en tenir à l'opinion que j'ai antérieurement exprimée (2), tout en reconnaissant la part part prise, par une au moins des assemblées convoquées sous Alexis, dans l'œuvre législative du règne.

IV

LA LÉGISLATION

Le code de 1648 porte incontestablement la trace d'un travail parlementaire assez considérable ayant contribué à son élaboration. Mais, ainsi que je l'ai marqué, l'*Oulojénié* est loin d'avoir épuisé, à cette époque, une activité législa-tive qui, dans son développement intense et continu, annon-çant et préparant l'œuvre réformatrice de Pierre le Grand, a généralement emprunté d'autres organes (3). Dans une compilation encore incomplète, le *Corpus juris russici*, publié en 1833, Speranski a recueilli pour les années 1649-1675 six cents lois complémentaires *(oukaznyïa stati)*, trois cents

---

(1) Voy. Biélliaiev, *Les Assemblées,* dans les *Bulletins de l'Université de Moscou,* avril 1866-1867 ; comp. Latkine, *Les Assemblées,* p. 287 ; Serguiéiévitch, *Leçons sur l'histoire du droit russe,* p. 750, et le même, dans *Recueil des sciences politiques,* t. II, p. 58-59 ; Tchitcherine, *La Représentation nationale,* p. 560-563 ; Vladimirski-Boudanov, dans *Bulletins de l'Université de Kiév,* octobre 1875, p. 273 ; Zagoskine, *Les Assemblées,* p. 290 ; Klioutchevski, *Cours d'histoire,* t. III, p. 243 et suiv.

(2) Voy. *Ivan le Terrible,* p. 184 et suiv.

(3) Voy. à ce sujet : Zamyslovski, *Introduction aux Leçons d'histoire russe,* dans *Revue du min. de l'Instr. publ.,* décembre 1871, p. 177.

autres pour le règne de Féodor Alexiéiévitch et six cent vingt-cinq encore pour les années 1682-1690, jusqu'au moment où Pierre a mis fin à la régence de Sophie.

Ces dispositions ont, pour la plupart, un caractère spécial. Elles ne sont que des lois de circonstance. Quelques-unes cependant font exception : tels l'*oukase* de 1653 visant l'unification des taxes commerciales (*Recueil complet des lois*, t. I, n° 107) ; le nouveau Code commercial *(Novotorgovyï Oustav)*, publié le 7 mai 1667 (*Ibid.*, t. I, n° 408; comp. *Recueil des doc. d'État*, t. IV, n° 55) ; le complément de 1669 à la législation criminelle, modifiant entièrement les chapitres xxi et xxii de l'*Oulojénié* (*Recueil complet des lois*, t. I, n° 431).

La rédaction du *Novotorgovyï Oustav* a bien été déterminée par une pétition de la classe industrielle et commerçante de Moscou, se plaignant de la concurrence des marchands étrangers et de l'exagération des taxes ; mais ni ce groupe social ni aucun autre n'a participé, cette fois, à l'entreprise ainsi inspirée. Son ouvrier principal fut Ordine-Nachtcho-kine. Il s'est appliqué à y introduire les principes déjà mis en pratique par lui à Pskov, où il venait de faire un stage, comme premier voiévode : commerce de détail réservé aux indigènes ; commerce en gros interdit aux étrangers *entre eux* ; donc recours obligatoire dans les deux cas aux marchands du pays.

La fin du dix-septième siècle fut l'époque d'une lutte acharnée des puissances européennes se disputant le monopole du commerce du nord-est et l'héritage de la Hansa agonisante. A défaut de ports où elle pût soutenir le combat, Moscou y intervenait à coups de mesures prohibitives de cette nature, destinées plus particulièrement à entraver le développement du commerce suédois et à détourner des ports de la Baltique sur Arkhangelsk le trafic européen (1). Il était

(1) Voy. à ce sujet les notes très curieuses de RODES, dans *Evers, Beitraege zur Kentniss Russlands* ; comp. *Magazin des Sciences économiques*, édité par Frolov, t. V, p. 231-255.

réservé à Pierre le Grand de jeter dans la balance le poids d'une armée et d'une flotte victorieuses.

En attendant, le législateur de 1667 ne s'est pas borné à faire droit aux doléances du commerce et de l'industrie indigènes dans cette sphère particulière. Il a embrassé l'ensemble des intérêts correspondants, et, par l'établissement d'un département spécial, il leur a assuré une protection plus efficace.

La réforme de la législation criminelle s'est inspirée, deux années plus tard, de vues humanitaires. L'adoucissement des pénalités a été son objet principal. Pourtant, conformément à son esprit général et à la loi de son évolution, le régime autocratique y a fait prévaloir aussi une tendance contraire, par la réduction sensible des pouvoirs judiciaires attribués aux magistratures élues, dont la suppression complète devait être réalisée en 1702 (1).

Une mention est due aussi aux éditions, multipliées à cette époque, de la *Kormtchaïa Kniga* ou *Nomocanon*, recueil des monuments du droit ecclésiastique grec, dont le rôle important dans la formation de la législation locale a été déjà indiqué plus haut. Datant de 1650, la première édition trouvait déjà en 1653 un correcteur diligent dans la personne de Nikone, qui ne réussissait pas d'ailleurs à tirer de son œuvre le parti espéré. Tout en respectant cette source vénérable du droit commun, Alexis, de son côté, n'a pas hésité de passer outre à son autorité, en poursuivant, à l'exemple de ses prédécesseurs, la sécularisation des biens ecclésiastiques. Successivement, le haut clergé et les monastères eurent défense d'acheter, de prendre en gage ou d'accepter à titre gratuit des domaines allodiaux *(vottchiny)*, comme aussi de posséder des établissements industriels ; les paysans établis sur les domaines monastiques furent assujettis à l'impôt ; les membres du clergé se livrant au commerce furent astreints

(1) LATKINE, *Leçons sur l'histoire extérieure du droit russe*, p. 186-189 ; TCHITCHERINE, *Les Institutions provinciales*, p. 257-258 ; KAVÉLINE, *OEuvres*, t. I, p. 529.

au payement des taxes communes; en 1672, enfin, la suppression complète de tous les privilèges *(tarkhany)* précédemment octroyés pour ces objets enraya d'une manière plus efficace le progrès d'une fortune qui jusque-là n'avait cessé de s'accroître démesurément (1).

Ces mesures se rattachaient à un travail organique où les éléments d'une grande réforme administrative, promise à un avenir prochain, se trouvaient en germe.

V

L'ORGANISATION ADMINISTRATIVE

Alexis n'a pas réussi à sortir, sur ce point, d'un état de gestation chaotique. Au centre d'un appareil singulièrement compliqué, dont il n'essayait pas de modifier l'agencement archaïque, mais qu'il adaptait, tant bien que mal et plutôt mal que bien, à des besoins constamment modifiés et accrus, se trouvait « le département de la cour », organe pléthorique comprenant six administrations ou « cours » *(dvory)* distinctes. La plus importante, celle du trésor *(Kazionnyï dvor)*, réunissait des services extrêmement variés et bizarrement accotés, comme d'habiller une foule de personnes auxquelles le souverain faisait cette gracieuseté, ainsi que le tsar lui-même. Mais cette attribution comportait des lacunes, car la fourniture des bas et des gants destinés au maître et à sa famille était réservée au département des affaires étrangères! Cependant, le trésor délivrait des coupons de drap et de soie non seulement aux boïars de la cour, aux domestiques du palais et aux *striéltsy*, mais encore aux cosaques du Don et à plus de dix-huit mille membres du clergé!

De la « cour des approvisionnements » *(Kormtchyï dvor)*, la table du souverain réclamait trois mille plats par jour et

(1) MILIOUTINE, *La Propriété immobilière du clergé*, p. 483-501.

elle demandait cent viédros d'eau-de-vie à la « cour des boissons *(Sytiéinyï dvor)*. L'argent pour ces dépenses était fourni par le « département de la grande cour » *(Prikaz bolchavo dvortsa)*, un des nombreux bureaux administratifs. Quarante villes, huit faubourgs *(slobody)* de Moscou comprenant la population industrielle de la capitale, les douanes, les domaines, les monopoles affermés, alimentaient cette caisse, en donnant environ 120,000 roubles par an. Du domaine de la cour, la table du souverain tirait en outre des approvisionnements en nature et notamment pour plus de 100,000 roubles de boissons par an. Pour le lait, elle disposait d'une étable entretenue dans un village voisin de la capitale, avec deux cents vaches, payées de 2 à 6 roubles pièce. Pour les fruits, elle utilisait de vastes vergers et pour le raisin ou le vin des vignobles créés aux environs d'Astrakhan par un Français originaire du Poitou.

L'administration du pays était répartie entre les autres *prikazes*, dont le nombre n'a cessé d'augmenter d'un bout du règne à l'autre. Le département des affaires étrangères n'eut longtemps qu'une médiocre importance, simple dépendance de la Douma, à laquelle il servait de chancellerie. A partir de 1669 seulement, après la paix d'Androussov signée avec la Pologne, en prenant la direction de ce *prikaz*, Ordine Nachtchokine y fit figure de ministre autonome, au point de s'être fait décerner depuis le titre de premier chancelier russe. Mais, le chaos l'emportant, le département débordait sa sphère naturelle et s'annexait d'abord l'administration du « quartier de Novgorod » *(Novgorodskaïa Tchetviert)*, c'est-à-dire des vastes provinces de Novgorod, Pskov, Nijni-Novgorod, Arkhangelsk, Vologda, puis celle de la Petite-Russie et enfin celle des provinces de Vladimir et de Galitch.

Dans cet énorme domaine, il dépossédait donc, sans aucune raison valable, les compétences qui auraient dû régulièrement s'y exercer, et en particulier : le *Prikaz pomiéstnyï*, pour l'administration des fiefs *(pomiéstia)* ; le *razriadnyï*, pour la direc-

tion du personnel militaire et civil ; le bureau ou département
du grand trésor *(Prikaz bolchoï kazny),* sorte de ministère provisoire du commerce ; le grand Bureau *(bolchoï Prikaz),*
agence fiscale pour le prélèvement de certains impôts ; le
stchetnyï Prikaz, espèce de cour de comptes ; le *razboïnyï Prikaz,* département général de la justice criminelle, et une foule
d'autres.

La multiplication de ces bureaux, parmi lesquels il en
figurait encore un, spécialement affecté au service des
pompes funèbres *(panafidnyï),* était favorisée et facilitée par
une règle générale gouvernant leur fonctionnement, à savoir
que les administrateurs, quels qu'ils fussent, n'y coûtaient
rien à l'État, tirant leur subsistance des administrés. En
dehors de la cour, l'État n'avait guère à supporter qu'une
seule grosse dépense : pour l'armée, qui, en s'européanisant,
devenait de plus en plus coûteuse.

Donnant lieu, en temps de guerre, à des impositions
extraordinaires, qui prenaient aux contribuables jusqu'au
dixième de leur revenu, cette grande mangeuse réclamait
encore d'eux diverses fournitures en nature : céréales, bis-
cuits, chanvre, etc. En temps de paix, les censitaires *(tiaglyié)*
avaient, en outre, à leur charge la solde des *striéltsy ;* l'entretien des voïévodes, chefs militaires, avec leurs états-majors
de scribes, de gardes, de geôliers, de bourreaux ; la construction des maisons d'habitation pour le même personnel,
des chambres de justice (ces voïévodes étant aussi justiciers),
des geôles... Ils payaient aussi des sommes variables pour les
frais de bureau. Ils payaient pour tout, et même pour le droit
de puiser de l'eau, en hiver, aux trous perforés dans la glace
des rivières ou des étangs (1).

Ils étaient accablés, et, en surcroît de ce fardeau si lourd,
distraits encore de leurs occupations professionnelles par des
devoirs qui, absorbant leur temps, engageaient aussi grave-

(1) *Actes hist.,* t. III, n°ˢ 62, 123 ; t. IV, n°ˢ 146, 216 ; t. V, n°ˢ 39, 49, 77 ;
Actes de la Comm. arch., t. III, n°ˢ 121, 145, 271 ; *Suppl. aux Actes hist.,*
t. II, n°ˢ 50, 75.

ment leur responsabilité : contrôle de la vente des boissons fortes, monopolisée et réformée en 1652, par la suppression des cabarets, d'après des principes assez semblables à ceux que nous voyons appliquer aujourd'hui au même pays ; service de police, etc.

Cependant, dans cette fiscalité si exorbitamment oppressive, le déficit demeurait constant. Dans telle ville, à Novgorod, par exemple, l'entretien des *striéltsy* et des cosaques épuisait à lui seul, et au delà, toutes les recettes. Le désordre administratif rejaillissait sur le désordre financier, et réciproquement. Pour conjurer l'un et l'autre, Alexis a fait un effort méritoire ; il s'est donné pour tâche d'établir sur des bases solides cette organisation du service général, que Pierre le Grand devait porter au maximum de rendement possible. Un de ses oukases de 1652 *(Recueil complet des lois,* I, n° 86), a eu pour objet de soumettre les ressortissants, c'est-à-dire, en dehors des paysans, des marchands et des prêtres, à peu près tout le monde, à un recrutement régulier, générateur de fonctionnaires et de soldats, les mêmes sujets remplissant indifféremment l'un ou l'autre rôle (1).

Tout le monde dans le rang ! C'était l'aboutissement inévitable de ce militarisme constitutionnel, qui a présidé à la formation elle-même de l'État moscovite (2), et qui, même dans le domaine fiscal, ne pouvait manquer de déterminer toute la politique d'Alexis.

VI

LE RÉGIME FISCAL

A travers des combinaisons plus ou moins ingénieuses et en dépit du désir sincère qui s'y accusait d'arriver à une

(1) Voy. ZAGOSKINE, *Études sur l'origine et l'organisation de la classe des hommes de service,* p. 82.

(2) Voy. WALISZEWSKI, *Ivan le Terrible,* p. 16.

répartition plus juste et mieux réglée des charges grevant les contribuables de tout ordre, l'objet essentiel de cette politique a été de nourrir le monstre dévorateur de la guerre et donc, de façon ou d'autre, d'augmenter les ressources tirées de l'impôt direct ou indirect. C'est d'ailleurs, dans tous les temps et dans tous les pays, l'histoire du plus grand nombre des réformes financières.

L'entreprise est inaugurée en pleine paix, dès 1646. Recensement des maisons imposées, revision des impositions ; résultat : un relèvement général des taxes perçues, accompagné la même année d'un impôt sur le sel, nouvellement établi. C'est une mesure de prévoyance en vue du conflit attendu avec la Pologne. On en est à la veillée des armes. Six années plus tard, le conflit ayant éclaté, commence la série des contributions extraordinaires, portées de 1654 à 1680, deux fois au vingtième du revenu *(piataïa diénga)*, cinq fois au dixième, une fois au quinzième et une fois encore, pour les marchands, à un rouble par maison.

En même temps, sous couleur de simplification, le remplacement d'un grand nombre de droits par un impôt unique de 10 pour 100 sur la vente des marchandises de toute nature se traduisait en une élévation sensible du taux réalisé. En 1679, le système fut étendu aux impôts directs. Procédé analogue et même résultat. Généralisation de la taxe d'habitation, convertie simultanément en permanente, de temporaire qu'elle était, et portée à un rouble 30 kopecks par maison, ou *dvor.*

La substitution du *dvor,* à la *sokha,* comme base de l'imposition, constituait une réforme rationnelle. Désignant primitivement une réalité, un ménage de paysans, avec trois ouvriers et trois chevaux, la *sokha* avait fini par prendre le sens d'une unité fiscale absolument fictive. Le terme correspondait à une quantité de terre extrêmement variable, selon la qualité du sol, l'étendue des autres charges grevant le propriétaire, etc. En divers temps et en divers lieux, elle a varié de 12 à 1,200 *tchetviérti* (six à six cents *diéssiatines),* et une seule des taxes l'affectant, l'impôt des postes, passait, **entre** 1616 et 1644, du simple au triple (1).

Le système avait du bon ; tendant à détruire des privilèges injustifiables, à remplacer des contributions accidentelles par une taxation régulière du rendement, plus ou moins bien calculé, du travail national, il réalisait un progrès incontestable. Mais, outre que, par voie d'unification et de simplification, il alourdissait inexorablement, en fait, la charge déjà écrasante des contribuables, son effet n'était pas de conjurer les pires inconvénients du régime ainsi réformé : le désordre y persistait et l'accroissement des impôts n'était pas compensé par une augmentation correspondante des ressources imposées. A l'unité fiscale s'opposait la désunion administrative, maintenue et même aggravée dans ces organisations autonomes de certaines provinces ou groupes de provinces, qui n'avaient même pas le mérite de répondre à une combinaison décentralisatrice, car la direction en restait centralisée à Moscou. Et le progrès de la richesse nationale rencontrait un autre obstacle, plus difficile encore à écarter, dans l'état économique et social du pays, produit de conditions politiques, géographiques et climatériques, qui aujourd'hui encore entravent son développement et dont l'action déprimante était renforcée alors par les conséquences de la crise révolutionnaire. En 1680, le produit normal des impôts et revenus de toute nature ne dépassait pas un million et demi de roubles, et près de la moitié en était employée pour les besoins de la guerre.

(1) Tchetchouline, *Études sur l'histoire des finances russes*, p. 112 ; Milioukov, *Problèmes controversés*, p. 38-39, 48, 91-92 ; le même, *La Politique économique de la Russie*, p. 45, 59, 71, 82, 85 ; Miklachevski, *Contribution à l'hist. de la vie économique*, p. 31 ; Lappo-Danilevski, *L'Organisation de l'impôt direct*, p. 503-504, 506-507, 541.

VII

L'ÉVOLUTION ÉCONOMIQUE ET SOCIALE

Jusqu'en 1616, des bandes de Cosaques et de Polonais n'avaient cessé de marauder au cœur même de ce pays. On en rencontrait aux environs de Vologda et de Souzdal, de Iaroslavl et de Kachine (1). Aussi, à ce moment, les terres en jachère dépassaient-elles de beaucoup les surfaces cultivées. Au delà de la Moskva, dans vingt districts, sur 196,000 diéssiatines faisant partie des domaines de la Troïtsa, le total proportionnel des cultures tombait, entre 1614 et 1616, de 37,3 pour 100 à 1,8 pour 100 seulement, et, entre 1624 et 1640, il ne se relevait qu'à 22,7 pour 100 (2). Le mouvement de la population agricole est représenté, au cours des mêmes périodes, par les chiffres suivants, indiquant les maisons habitée : 3,988 — 623 — 1,536.

Que devenaient les cultivateurs manquant à l'appel? Ils disparaissent, tués, capturés par les Polonais, mais surtout fugitifs, cherchant une retraite sûre dans les steppes du sud. Et l'on imagine le sort des propriétaires des grands domaines ainsi convertis en déserts. En 1643, le titulaire d'un fief voisin de Souzdal présente une supplique au tsar, exposant que, faute d'autre moyen de pourvoir à sa subsistance, il a demandé à entrer au service d'un des monastères de la Troïtsa ; mais le celérier n'a voulu l'accepter qu'en qualité de serf, et, sur son refus, il l'a mis en prison (3) !

Le trait est pour donner l'impression d'une détresse affreuse.

La propriété ecclésiastique bénéficiait, dans une certaine mesure, de la ruine de la propriété laïque. Par contre, si

(1) *Actes hist.*, t. II, n° 66. Comp. GAUTIER, *Le Pays d'au delà la Moskva*, p. 209.
(2) *Ibid.*, p. 213.
(3) *Ibid.*, p. 248.

laborieusement établi au seizième siècle, le régime des alleux
et des fiefs, assujettis à la loi du service, était menacé d'une
désorganisation complète. A coups de confiscations ou d'allocations arbitraires, les divers gouvernements qui s'étaient
succédé à Moscou avaient, dans cette sphère même, introduit
le chaos, et, en outre, le système se trouvait déséquilibré par
l'effet du même phénomène qui, de nos jours, déjouant
l'effort laborieux des réformateurs de 1861, ébranle d'une
façon analogue la constitution de la classe paysanne, c'est-à-
dire que l'accroissement des familles déterminait une insuffisance générale des lots attribués aux *sloujilyië*.

De ce chef, les deux premiers Romanov eurent à faire face
à une tâche dépassant la mesure de toute force humaine.

Le retour de la population aux cultures abandonnées fut
relativement assez prompt, accompagné même d'un mouvement de colonisation fort actif sur des terres non encore
exploitées. Des défrichements s'opèrent ; de nouveaux villages sont fondés ; le gouvernement donne lui-même l'exemple
par une énorme entreprise de ce genre, visant les districts
d'Ouglitch, de Iaroslavl, de Biéjetsk, de Novotorjek ; il va
chercher des colons jusque dans la Carélie suédoise. Dans le
district de Péréiaslavl, les inventaires accusent, en vingt ans,
de 1626 à 1646, le gain de vingt nouveaux domaines laïcs,
fiefs ou alleux, trente-neuf établissements monastiques, cent
quarante-trois *dvory* de paysans possessionnés et trois cents
maisons de *bobyli*, paysans sans terre ou très pauvrement
allotis. Un peu plus tard, entre 1684 et 1686, dans le district de Chouïa, les surfaces non cultivées auront entièrement
disparu et, dans les districts voisins, la proportion des terres
en friche sera tombée à 6 et 7 pour 100. Par contre, dans le
district de Rostov, elle se maintiendra encore à 63 pour 100 (1).

En même temps, les mesures prises pour la consolidation
de la population flottante des campagnes tendaient à y faire
disparaître ces *bobyli*, dont le nombre avait singulièrement

(1) GAUTIER, *Le Pays d'au delà la Moskva,* p. 449.

augmenté au cours de la crise, jusqu'à dépasser du double, par endroits, le chiffre des autres paysans. L'accroissement général de la population censitaire, depuis 1620 jusqu'au recensement de 1678, peut même être considéré comme extraordinairement rapide, eu égard aux circonstances. Dans la région de la Moskva, pour laquelle un travail de statistique très minutieux a été fait, une augmentation quintuple ou sextuple se laisse conjecturer (1). Progrès d'autant plus remarquable que, accéléré par la crise, le courant d'émigration vers le sud-est n'était pas simultanément arrêté et recevait même une impulsion nouvelle du fait de la politique adoptée par les deux premiers Romanov à l'égard des parties excentriques de l'empire (2).

En 1646, précisément, fut inaugurée la construction systématique de villes fortifiées dans les provinces de Biélgorod et de Simbirsk. Au delà de la ligne Kazan-Poutivl, qui à la fin du siècle marquait la limite extrême de son expansion, reculant toujours ses frontières déjà exorbitantes, la Moscovie de la fin du siècle suivant embrassait au sud les gouvernements actuels de Simbirsk, Penza, Tambov, Voronèje, Koursk, Kharkov, et s'étendait à l'est bien au delà de la Kama. Et le peuplement des espaces annexés ne demeurait pas en retard, ainsi que l'indique le tableau dressé pour le district de Biélgorod :

	Établissements.	Possesseurs.
1626....................	23	?
1646....................	35	279
1678....................	63	1312

Dans les quatorze villes du district, le nombre des maisons passe de 7,970 en 1677, à 14,386 en 1686 (3).

(1) GAUTIER, Le Pays d'au delà la Moskva, p. 263. Comp. MILIOUKOV, La Pol. économ., p. 44, 55; le même, Essai sur l'histoire de la culture russe, 3ᵉ édit., t. I, p. 26.

(2) KLIOUTCHEVSKI, Le Conseil des Boïars, p. 323; ROJKOV, L'Agriculture en Russie, p. 300.

(3) MIKLACHEVSKI, Contribution à l'histoire économique, p. 117, 201, 202, 209; BAGALIÉÏ, Essais sur l'histoire de la colonisation, p. 53, 103.

La colonisation gouvernementale avec la colonisation libre comme avant-garde, ne fait pas moins de progrès le long du Volga (1) ; et, bien que moins rapidement, elle se développe aussi en Sibérie, recueillant de part et d'autre un appoint assez considérable d'éléments étrangers, prisonniers de guerre ou immigrants volontaires. Avec deux Allemands, un Français est signalé dans le nombre (2).

Mais en augmentant numériquement, la population appelée à couvrir cet énorme territoire subissait, au point de vue social, des modifications profondes. Atteinte plus que toutes les autres par la ruine générale, la classe des « hommes de service » se disloquait, ouvrant ses rangs dégarnis à l'afflux d'éléments nouveaux et hétérogènes. Dans tel district *(Sou-rojskiï Stane)* de la région de Moscou, sur trente familles de propriétaires allodiaux mentionnées par les inventaires de 1624 et 1625, la « revision » de 1684 et 1685 n'en trouve plus que six. Les autres *vottchinniki* sont de nouveaux venus, étrangers aussi quelques-uns, recrutés parmi les mercenaires des nouvelles formations militaires. Le total s'est accru également. On peut admettre qu'il a triplé au cours du dix-septième siècle, fournissant en 1681 un contingent disponible de 260,000 hommes en état de porter les armes, au lieu des 80,000 mentionnés par Fletcher sous le règne de Boris. Il s'en faut cependant que cette disponibilité soit effective. La qualité du contingent ne répond pas à la quantité, et, dans tel autre district, telle année, sur 555 appelés, près de la moitié, 231, font défaut. On en trouve — jusque dans les branches collatérales de la famille régnante — qui, pour échapper au service de l'État, se vendent ou s'engagent comme esclaves !

Mais la classe des censitaires était également très éprouvée, et le trait saillant de son histoire, au dix-septième siècle, est la déchéance continue de ses membres, passant de l'état de

---

(1) Voy. le livre de M. PERETIATKOVITCH, *Le Bassin du Volga au dix-sep-tième siècle, passim.*

(2) BOUTSINSKI, *Le Peuplement de la Sibérie,* p. 200.

paysans au rang de serfs. De même qu'en Occident, à cette époque, la disparition progressive du servage laissait subsister encore quelques individus assujettis à ce régime, le phénomène contraire comporte ici des exceptions en la personne de quelques paysans conservant leur liberté. Les *Kréstianié* ne deviennent pas tous des *Kholopy*. Mais les cas de vente de paysans sans terre se multiplient ; les nobles ne sont plus seuls à posséder des serfs ; quelques marchands jouissent du même privilège, et l'on aperçoit jusqu'à des serfs appartenant à d'autres serfs, plus favorisés. Sur 888,000 dvory assujettis au cens, le cadastre de 1678 compte :

Dvory appartenant à des paysans ou des bourgeois libres (1)	92,000	10,4 °/₀
A l'Église.........................	118,000	13,3 °/₀
A la Cour.........................	83,000	9,3 °/₀
Aux boïars.......................	88,000	10 °/₀
A la noblesse *(dvorianié)*...........	507,000	57 °/₀
	888,000	100 °/° (2).

En décroissance constante pendant tout le cours du siècle précédent, au double point de vue de l'étendue générale des surfaces cultivées et de la dimension des lots particuliers, l'exploitation indirecte des terres par l'intermédiaire des paysans suit d'abord, après l'avènement des Romanov, une tendance inverse dans les deux sens. Dans la première moitié du dix-septième siècle, le nombre des lots ainsi mis en valeur augmente, et de 6 à 6,1 diéssiatines en moyenne leur contenance passe à 7 et 9,3 par *dvor*. Plus tard, à raison semble-t-il de l'indolence de cette classe de cultivateurs et du défaut d'instruction générale parmi eux, le mouvement s'arrête. Sous la double forme du cens *(obrok)* et de la corvée *(barchtchina)*, qui n'est pas encore le servage, ce système tombe au rebut. Il ne satisfait plus aucune des parties intéressées : les propriétaires ne jugent pas suffisants les résultats ainsi obtenus et les cultivateurs se plaignent — tout

(1) C'est-à-dire assujettis directement à l'État, seul mode de liberté connu alors.
(2) GAUTIER, *loc. cit.*, p. 317 ; KLIOUTCHEVSKI, *Cours d'histoire*, t. III, p. 298 et suiv.

comme les paysans allotis sous le régime actuel — et de la
qualité et de la dimension des lots possédés (1).

Sous l'aspect quelque peu différent qu'il revêt aujourd'hui,
le problème agraire a en Russie des antécédents lointains.

Comme c'est le cas aujourd'hui encore, la difficulté, pour
ne pas dire l'impossibilité de lui trouver une solution satisfaisante tenait en grande partie à l'état même de l'industrie
agricole. Comme aujourd'hui, la culture des céréales en
constituait le fonds. L'élevage n'existait pour ainsi dire pas,
et de culture forestière il n'était pas question. Comme aujour-
d'hui, l'assolement triennal prévalait partout, avec l'emploi,
fort restreint et à peine étendu depuis, de la fumure (2).
Pour la culture maraîchère, nous manquons de renseignements ; nous savons cependant que l'origine des jardins fruitiers, dont s'enorgueillit actuellement le gouvernement de
Vladimir, remonte à cette époque ; mais alors cette exploitation relevait exclusivement du domaine de la couronne.
Elle appartenait au fait du prince.

L'outillage agricole était à l'avenant. Pas de bœufs, sauf
dans quelques grands domaines. De fort mauvais chevaux,
petits, grêles et peu robustes. A peine quelques haras, dont
le principal, à l'Alexandrovskaïa Sloboda, compte 217 pou-
lains ou pouliches de deux à trois ans (3). Progrès de la
technique à peu près nul dans l'ensemble, bien que, ne
dépassant pas 16 et demi pour 100 dans certaines régions,
l'exploitation directe par les propriétaires atteignît dans
certaines autres jusqu'à 90 pour 100, l'emportant de beaucoup dans tous les domaines d'Église.

En somme, la terre est maltraitée. Et cependant, comme au
siècle précédent, elle demeure la ressource à peu près unique
du pays, son seul capital productif. Elle doit aussi suffire à
tout. L'État en détient une grande partie, au titre d'un fonds
de réserve, très analogue à celui dont certains réformateurs

(1) *Recueil complet des Lois*, t. I, n° 592.
(2) Rojkov, *L'agriculture*, p. 111-117.
(3) Gautier, *loc. cit.*, p. 461.

agraires réclament aujourd'hui la constitution. Ce fonds im-
mobilier est moins atteint par la crise du commencement du
siècle que le trésor monnayé du tsar ; mais aussitôt après, une
brèche énorme y est faite par les allocations dont le nombre
augmente en proportion des « hommes de service » à rétri-
buer. Et l'État a plus que jamais besoin d'être servi. De plus,
il prend l'habitude d'ajouter des distributions de faveur à
celles que réclame la solde du personnel qu'il emploie, et, à
la fin du siècle, des intrigues de cour s'en mêlant, précipitant à la curée tout un peuple de parents ou de favoris, le
gaspillage prend des proportions fantastiques.

En dépit du principe de sécularisation, maintenu et développé par le pieux Alexis, les monastères figurent aussi au
partage, et la générosité des particuliers y contribuant, au
mépris de toutes les défenses, la propriété ecclésiastique ne
subit en fait aucune réduction et s'accroît même par endroits.
Dans la première moitié du siècle surtout, elle bénéficie de
l'inclination générale des esprits à apercevoir une punition
du ciel dans les épreuves imposées au pays ; et, même après
1648, la force des habitudes l'emporte, triomphant des inter-
dictions légales. Les donateurs s'ingénient à user de subter-
fuges et, sous couleur d'échange, telle dévote princesse reçoit
moins de « dix quarts » de bonne terre pour douze cents à
douze cent cinquante qu'elle abandonne (1).

Aux mains de l'État, la dépense excessive à laquelle il se
livre est partiellement compensée par le produit des confiscations, assez rares d'ailleurs à cette époque, et celui plus
abondant des retours, dus à l'extinction d'un grand nombre de familles les mieux dotées en fiefs ou alleux : les
Chouïski, Mstislavski, Vorotynski, Pojarski, Morozov. A
l'avènement de Pierre le Grand, après un prélèvement
d'un million et demi à deux millions de diéssiatines, opéré
pendant les deux grandes périodes de prodigalité, de 1612
à 1625 et de 1680 à 1700, l'héritage de la maison de

_____

(1) GAUTIER, loc. cit., p. 363.

Rurik n'en sera pas moins réduit à d'assez maigres débris.

Déjà diminué d'autre part elle-même, au cours du seizième siècle, par l'effet de dévolutions successives au domaine de la cour ou au fonds d'allocations allodiales et fieffales, la propriété censitaire, dite « noire », se sera ressentie de ce mouvement, au point d'avoir disparu presque entièrement dans la région d'au delà la Moskva (1). La propriété allodiale et fieffale s'augmentait d'autant, mais en changeant de caractère. Au cours du siècle précédent, la politique des derniers représentants de la maison de Rurik avait visé, dans ce domaine, à diminuer progressivement le nombre des alleux et à assimiler ceux qui restaient aux fiefs, pour l'étendue et la nature des charges. C'est la tendance contraire qui prévaut au siècle suivant. Les alleux se multipliant, les fiefs affectent de plus en plus les traits distinctifs de la propriété allodiale, et le fait s'explique par les embarras financiers d'un gouvernement aux abois. Ayant des besoins d'argent continuels et pressants, l'État vend des domaines, mais il ne trouve d'acquéreurs que pour ceux qu'il consent à constituer en alleux.

En même temps, toujours sous l'influence de la même cause, l'habitude s'établit de conférer les fiefs aux fils des titulaires, dont le trésor tire à cette occasion quelque aide pécuniaire et l'allocation devient ainsi héréditaire, d'après le principe exceptionnellement adopté en 1550 pour l'élite des 1,000 *pomiéchtchiki*, constituée par le Terrible (2). Puis, on laisse les *pomiéchtchiki* échanger leurs *pomiéstna* entre eux. De là à les céder à titre onéreux ou gratuit il n'y a plus loin. Bientôt le pas est franchi, et simplement tolérée

---

(1) BIÉLIAIEV, *La propriété territoriale*, dans les *Annales de la Société d'hist. de Moscou*, t. XI, p. 4-9 ; TCHITCHERINE, *Essais sur l'hist. du droit russe*, p. 1-58 ; MILIOUKOV, *Problèmes controversés*, p. 3-4 ; ROJKOV, *L'agriculture*, p. 428-431 ; SOKOLOVSKI, *La vie économique*, p. 4-5 ; ROJDESTVIÉNSKI, *La propriété territoriale des hommes de service*, p. 268-269 ; SERGUÉIÉVITCH, *Antiquités du droit russe*, t. III, p. 210 et suiv. ; LAPPO-DANILEVSKI, *Esquisses sur l'histoire de la population des campagnes*, dans *Krestianskiï Stroï*, t. I, p. 16 ; GAUTIER, *loc. cit.*, p. 340.

(2) Voy. WALISZEWSKI, *Ivan le Terrible*, p. 201.

d'abord, la pratique finit par acquérir force de droit.

La condition politique et sociale de la classe des « hommes de service » semble ainsi relevée. Il n'en est rien cependant en réalité, car le « service » la tient, dégradant dans son sein, au rang de fonctionnaire stipendiés, les représentants de la vieille et libre aristocratie. Et le jeu lui-même des allocations, converties en objet de libre échange, tend à enlever aux débris de ce corps, jadis puissant, ce qui constituait sa force : l'assiette territoriale, où il puisait ses ressources matérielles et morales. Les grands domaines, conservés dans les anciennes familles princières, deviennent une rareté. Dépossédés par les confiscations ou seulement appauvris par la guerre ou la révolution et empêchés de se relever de leur ruine par les obligations que l'État met à leur charge, les grands vassaux de la maison de Rurik cèdent la place à des rivaux de moindre envergure : descendants du vieux *boiarstvo* moscovite non titré; collatéraux des maisons anciennement régnantes; représentants des familles apparentées à la nouvelle dynastie, ou parvenus poussés au premier rang par la faveur du souverain. Mais, parmi ces triomphateurs du jour, les uns, comme les Dolgorouki, les Repnine, les Odoiévski, les Galitzine, les Kourakine, les Troubetzkoï, tirant leur origine de Rurik ou de Guédymine, sont eux-mêmes peu fortunés et, par l'effet des mêmes raisons, s'appauvrissent de génération en génération; les autres, comme les Romanov de la branche cadette, disparaissent par voie d'extinction, et les Stréchniév, les Miloslavski, les Matviéiév, ne sont que des météores.

Tous vont d'ailleurs et viennent d'une province à une autre, changeant d'établissement comme de garnison. Seule richesse, ou presque, du pays, la propriété territoriale y participe de la nature des valeurs mobilières : elle se déplace incessamment.

Sa productivité n'en est évidemment pas augmentée. Et, d'autre part, maladroite et ruineuse, l'exploitation du sol s'arrête à la surface. Pour tirer parti des dessous, des tenta-

tives sont bien ébauchées ; inaugurées sous Michel, la recherche de mines et la construction d'usines sont poursuivies sous Alexis, avec le concours de quelques étrangers.
La mise en valeur des trésors de l'Oural reçoit un certain
développement, et, entre 1666 et 1670, les célèbres usines
de Neviansk sont fondées. Des fabriques de verre, de drap,
de soie, recueillies par le second Romanov dans l'héritage
paternel, reçoivent quelque extension (1). Leur produit n'est
guère utilisé pourtant que pour les besoins de la cour, et
l'industrie nationale ne saurait y prendre son essor. J'aurai
à revenir sur ce point.

Le commerce n'est pas mieux partagé. Dans la préface d'une
étude extrêmement curieuse consacrée à cet objet (2), un
économiste distingué de l'époque, Kilburger, exprime cette
pensée qu'il faut que Dieu ait provisoirement enlevé la raison
aux Moscovites pour qu'ils ne profitent pas des immenses
richesses dont ils disposent ; d'autant qu'ils ont du goût pour
le négoce, à tel point qu'on voit plus de boutiques à Moscou
qu'il ne s'en trouve à Amsterdam. Mais, très ingénieusement, le savant allemand s'avise de comparer le commerce à
un oiseau que l'on tient dans la main : on ne doit ni trop le
serrer, de peur de l'étouffer, ni trop lui donner de liberté,
car il s'envolerait. Le gouvernement moscovite serre trop
l'oiseau.

Extérieur et même intérieur, en beaucoup de parties, le
trafic est d'abord, comme l'industrie, objet de monopole. Le
gouvernement reconnaît la légitimité des plaintes auxquelles
donnent lieu les privilèges dont bénéficient à cet égard les
commerçants étrangers. Mais, sous l'empire des nécessités
pressantes d'ordre fiscal par lesquelles il est lui-même gouverné, il défait d'une main ce qu'il a fait de l'autre dans ce
sens. Il n'a pas plus tôt, par le Code de commerce de 1667,
donné satisfaction aux intérêts nationaux, qu'il traite avec

_____

(1) *Recueil des documents d'État*, t. IV, nᵒˢ 55, 56, 81 ; *Actes hist.*, t. IV,
nᵒˢ 7, 63, 138, 221 ; *Suppl. aux Actes hist.*, t. V, nᵒˢ 9, 10, 77, 85.
(2) *Büschings Magazin*, t. III, p. 247 et suiv.

une compagnie arménienne, en lui livrant le commerce de la
soie; puis avec un Hambourgeois, d'origine hollandaise,
Verpoorten, en lui donnant le moyen de concentrer à
Arkhangelsk et d'expédier à Livourne la production entière
du caviar. Sur les quarante bâtiments qui, à cette époque,
visitent annuellement le port du Nord, dix appartiennent à
ce seul armateur auquel sont affermées également les pêcheries de Kola. Un syndicat formé à Amsterdam obtient en
même temps une concession pour l'exploitation des forêts
dans la même région. Entre Arkhangelsk et Moscou, la navigation fluviale est, elle aussi, aux mains des étrangers. Un
marchand moscovite, Laptiev, ose-t-il leur faire concurrence
en portant à Amsterdam une modeste cargaison, aussitôt
c'est un tolle général de la part de ses rivaux exotiques, qui
crient à l'*abus* et qui obtiennent gain de cause (1).

C'est un peu ce que nous voyons encore actuellement au
même lieu. Assez florissants relativement au seizième siècle
et pleins de promesses, l'industrie et le commerce de certains
centres ruraux se ressentent d'autre part désastreusement des
mesures fiscales qui, à leur tour, prétendent monopoliser
cette activité au profit des censitaires *(tiaglétsy)* urbains. Un
oukase du 8 mai 1650 (2) a renvoyé tous les paysans à la
charrue et nous apercevons aujourd'hui les conséquences de
cette prodigieuse aberration qui, dans un pays à sol pauvre
en grande partie et à sous-sol extrêmement riche en diverses
régions, a porté sur l'agriculture l'effort principal des nationaux.

Par endroits, des circonstances particulières, qualité de la
terre par trop ingrate, orientation exceptionnellement favorable des routes commerciales, ont prévalu contre une politique si mal inspirée. Le centre industriel de Bogorodskoié,
dans le voisinage de Moscou, obtenait au dix-septième siècle
déjà une certaine importance, en dépit de son caractère

(1) KILBURGER, *Büschings Magazin,* t. III, p. 248, 253, 322; BRÜCKNER,
Kulturhistorische Studien, p. 5.
(2) *Recueil complet des Lois,* t. I, n° 35.

rural. Sur les rives de la Kliazma, la minoterie; dans les
parties boisées du district de Souzdal, l'industrie du bois, char-
ronnerie et carrosserie, demeuraient acquises aux paysans.
Les peintres d'icones, dans les villages de cette même région,
jouissaient, dès cette époque, d'une grande réputation.
Quelques-uns de ces villages avaient pour propriétaires des
paysans enrichis dont l'opulence exceptionnelle provenait
apparemment de la même source industrielle ou commerciale.

Dans l'ensemble, ces deux éléments de production n'en
souffraient pas moins cruellement d'un régime aussi contraire
à la nature des choses. Ces villages, naturellement industrieux
et commerçants, ne demandaient qu'à se convertir en villes
prospères. L'emportant en étendue et en population sur les
bourgs ou les cités du voisinage, beaucoup constituaient en
fait des agglomérations à caractère plutôt urbain. Hélas! une
loi impitoyable et absurde leur refusait le droit de vivre et de
croître en cette qualité; elle limitait le développement industriel et commercial à des points déterminés presque exclusivement par des convenances stratégiques et où il ne rencontrait aucun aliment. L'appareil de la guerre ne servait pas
ici, comme en Occident, à protéger les œuvres de paix; il
était censé les conditionner et les faire naître! Et au delà des
enceintes fortifiées qui, impuissantes à les stimuler, ne faisaient que les étouffer, le travail des métiers devait cesser, le
mouvement des échanges se réduire à la forme élémentaire
des foires et des marchés périodiques. Encore l'établissement
d'une foire ou d'un marché nouveau exigeait-il l'autorisation
du pouvoir central!

Ainsi, vouée à la seule exploitation de la terre, souvent
inféconde, la masse des ruraux se trouva écrasée par le
double effet des impôts constamment augmentés, sans égard
pour sa misère, et du servage, constamment étendu en surface et en profondeur. Ruinés eux-mêmes, les propriétaires
de fiefs ou d'alleux n'avaient d'autre ressource que de reporter sur les paysans, avec la connivence de l'État, l'excès

du fardeau qui les accablait ; et, en définitive, en même temps qu'au développement de l'esclavage, l'organisation administrative, économique et financière ainsi établie conduisait directement à la constitution de cette bureaucratie à caractère social, nobiliaire, qui allait recevoir son plein épanouissement au dix-huitième et au dix-neuvième siècle.

En Occident, deux siècles plus tôt, la lutte des classes productives avec la classe militaire s'était terminée à l'avantage des premières par l'affranchissement des communes urbaines, préparant l'émancipation progressive des travailleurs ruraux. Les villes avaient vaincu parce qu'elles disposaient du nerf de la guerre. Pauvres ici et ne tirant aucun avantage du privilège constitué arbitrairement en leur faveur, les villes n'étaient capables ni d'assumer le même rôle ni de pourvoir à l'entretien de l'armée et de l'administration. La terre devenait ainsi le facteur principal de l'organisation politique et économique et les situations se trouvaient renversées. Mais, distribuée aux serviteurs de l'État à titre de rémunération, la terre fut un instrument d'asservissement politique, et, livrée à ces stipendiés, pour qu'ils pussent remplir leur office, la main-d'œuvre fut un instrument d'asservissement social ; tandis que, manquant de souffle et de pain, sous la protection illusoire des bastilles qui les emprisonnaient, les habitants des centres urbains en arrivaient à envier le sort de leurs frères ruraux à qui l'esclavage donnait au moins de quoi ne pas mourir de faim !

A ce double point de vue, pour l'édifice politique et social en construction, le grand maçon d'un avenir prochain allait trouver là des matériaux déjà réunis, amenés à pied d'œuvre, mais singulièrement fragiles. A la fin du dix-septième siècle, la prospérité des classes censitaires devait se trouver plutôt réduite qu'augmentée. Au développement de la colonisation intérieure ne correspondait pas un progrès simultané dans l'intensité de la culture. Économiste diligent, dans la sphère de ses intérêts particuliers, s'occupant de soumettre ses vastes domaines à une exploitation intensive et variée : agriculture, élevage et pêcheries, salines et carrières de pierre, fabriques de fer et pausseries (1), Alexis n'apportait pas le même soin à stimuler l'esprit d'entreprise de ses sujets. Or, naturellement très faible, à raison d'un développement intellectuel peu avancé, leur initiative en ce sens était encore paralysée par le système lui-même de différenciation appliqué aux classes censitaires. Réparties en deux compartiments étanches, ni l'industrie ni l'agriculture ne gagnaient à cette séparation, se ressentant en outre d'une foule d'autres obstacles opposés à leur commun essor : insécurité des villes et des campagnes, police administrative absente, communications détestables.

Secrétaire, en 1676, d'une ambassade envoyée par l'empereur à Moscou et auteur d'un rapport assez curieux (2) sur les négociations qui la motivaient, Lyseck relève, pendant neuf semaines de séjour dans la capitale moscovite, six grands incendies y détruisant plus de mille maisons. Vers la même époque, écrivant de Kolomenskoié au *stolnik* Matiouchkine, Alexis disait qu'il avait voyagé sur des routes à se rompre le cou (3). Rien n'était fait pour améliorer cet état de choses. Nul service de voirie n'existait, en un temps où Colbert dépensait des millions en France pour la construction de routes. Il y avait, depuis 1615, un « Département des Postes » *(Iamskiï Prikaz);* mais il ne servait guère qu'à fournir des relais pour les fonctionnaires en déplacement. Officielle ou privée, la correspondance continuait à employer des courriers. A partir de 1665 seulement, une poste aux lettres fut établie, mais dans les deux uniques directions de la Pologne et de la Courlande et pour des raisons purement militaires. Il fallait aussi qu'un étranger, Johann van Sveden, se mêlât de l'organiser. Après la paix d'Androussov, un échange de correspondances entre les deux pays fit l'objet d'une négociation distincte et aboutit à la pre-

(1) DROUJININE, *Le département des Affaires secrètes,* p. 172-173.
(2) *Relatio,* Salzbourg, 1676.
(3) *Actes recueillis dans les Bibliothèques et les Archives,* t. IV, p. 139.

mière convention postale que la Russie ait signée (1).

Le sursaut d'énergies multiples réveillées par la guerre d'indépendance avait permis, dans la première moitié du dix-septième siècle, de faire face aux conséquences immédiates de la crise révolutionnaire. Les conséquences prolongées d'un régime politique, économique et social mal équilibré et surchargé d'entraves; l'énorme dépense de forces employée aux entreprises extérieures; la tension militaire et financière en résultant, eurent vite fait de briser l'élan et de produire cette atonie de fonctions vitales qui aujourd'hui encore demeure la marque caractéristique de ce pays (2).

La loi présidant à sa formation a voulu que le règne d'un des princes les plus pacifiques par inclination naturelle qu'il ait jamais possédés se passât en guerres continuelles, conservant ainsi et accentuant même, à certains égards, le caractère militaire de cet établissement. Alexis n'a pas doté son pays d'une seule institution assurant sa prospérité économique et son bien-être social. Par contre, une de ses plus grandes œuvres a été la création d'une armée et d'une flotte.

VIII

LA RÉFORME MILITAIRE

Après le désastre de Smolensk, les cinq régiments étrangers recrutés pour la campagne de Pologne furent dissous. On ne songea cependant pas à éliminer de l'organisation militaire cet élément exotique qui seul paraissait capable d'y

(1) *Recueil des documents d'État*, t. IV, nᵒˢ 64, 166, 171, 210; *Actes de la Russie du Sud-Ouest*, t. IX, nᵒ 169. Pour les détails, voy. *Revue hist. de la Législat. russe*, t. XXXVI; consultez : FABRICIUS, *La poste en Russie*; KHROUCHTCHOV, *Contribution à l'histoire des postes en Russie*; BRÜCKNER, *Die Europaeisierung Russlands*, p. 69.

(2) Voy. ARISTOV, *L'industrie dans l'ancienne Russie*, p. 1-82; BIÉLIAIEV, *L'agriculture dans l'ancienne Russie*; STROMILOV, *L'élevage dans l'ancienne Russie*, dans *Journal d'Agriculture*, avril 1871.

introduire les principes de l'art moderne. On se proposa seulement de l'utiliser de façon différente. Sans avoir fait preuve
de grande valeur sous le commandant du malheureux Chéïne,
les contingents moscovites dressés à l'européenne et encadrés par des officiers et des sous-officiers étrangers — six
régiments d'infanterie, un régiment de reîtres, un régiment
de dragons (1) — ne s'étaient du moins pas mutinés. On
décida de développer ces formations mixtes. La fin de la
guerre de Trente ans rendait précisément disponibles, en
Pologne, en Allemagne, en Angleterre, des cadres excellents
à profusion. Dans tous les centres européens de recrutement,
des officiers de tous grades, par centaines, guettaient, solli-
citaient, mendiaient un engagement. On n'eut qu'un geste à
faire pour qu'ils se hâtassent d'accourir, avec le prestige de
la science ou de l'expérience acquise et un goût plus certain
encore pour la bataille et l'aventure.

C'est ainsi que Moscou fit l'acquisition de quelques-uns
des futurs lieutenants et favoris de Pierre le Grand, les
Gordon, les Bruce, les Lefort, avec un nombre considérable
de sous-ordres, caporaux instructeurs, maîtres artilleurs,
médecins militaires. On en compta un moment jusqu'à huit
mille (2). Aucune personnalité de premier ordre ne figurait
dans le lot. En 1659, lord Charles Ergart, gouverneur
d'Oxford et chef de toute la cavalerie anglaise, offrit ses services... Mais il était exigeant, ne demandant rien moins que
le grade de généralissime, le droit de nomination à tous les
grades et des pouvoirs juridiques très étendus. Alexis n'en
fut pas retenu d'engager avec cet Anglais hautain des négociations, qui pourtant échouèrent (3).

Parmi les officiers ainsi recrutés, pépinière du personnel
d'origine exotique qui aujourd'hui encore occupe une place
si considérable dans la hiérarchie militaire et administrative
du pays, beaucoup arrivaient avec leurs femmes et leurs en-

(1) *Actes de la Comm. arch.*, t. III, p. 295, 330, 377.
(2) BRIX, *Geschichte der alten russischen Heereseinrichtungen*, p. 277.
(3) OUSTRIALOV, *Hist. de Pierre le Grand*, t. I, p. 182.

fants. D'autres se mariaient en Moscovie, y faisant souche de familles entièrement russifiées dès le siècle suivant. Quelques-uns adoptaient aussi la religion orthodoxe, comme le colonel Alexandre Lesly et le général Cornelius van Buckhoven, beau-père de Gordon.

La législation militaire suivait ce travail de réorganisation. Sous Vassili Chouiski et Michel Féodorovitch avait été publié déjà un premier règlement en 663 articles, empruntés aux meilleurs ouvrages étrangers (1). Alexis en publia, dès 1647, un autre, dont les éléments venaient aussi d'être préparés sous le règne de son père et qui n'était d'ailleurs qu'une adaptation de l'œuvre de Léonard de Fronsberg, dite «Règlement de Charles-Quint ». L'opuscule fut accompagné de cartes *(tchertéjy),* vendues séparément, « pour que chaque soldat pût les acheter et les porter sur lui en campagne. » Ce vœu, quelque peu naïf, a tardé, on le sait, à être réalisé.

Suivit une masse de dispositions complémentaires, concernant les revues militaires, la discipline, les formations nouvelles, etc. Si peu soldat qu'il fût, Alexis assistait volontiers aux exercices de ses troupes, et on le voyait souvent au *Diévitché Polié,* le Champ-de-Mars moscovite.

Cependant, anciennes ou nouvelles, les formations ainsi rapprochées du type européen n'avaient pas encore le caractère d'une armée permanente. Troupes à pied et troupes à cheval du contingent régulier n'étaient en temps de paix convoquées qu'en automne, ou seulement au commencement de l'hiver, après l'achèvement des travaux aux champs. Fourni en partie par les soldats eux-mêmes, leur armement demeurait insuffisant et manquait d'uniformité. Les régiments encadrés et dressés par les étrangers ne constituaient qu'un petit noyau dans la masse des contingents archaïques : *striéltsy,* cosaques, « hommes de service » , multitude confuse qu'augmentaient encore, en temps de guerre, des détachements de Tatars, de Mordviens, de Tchéremisses, de Bachkirs,

(1) Obroutchev, *Aperçu,* p. 19-29.

14

de Kalmouks et autres allogènes. Le désordre naturel à ces bandes réagissait sur les corps réguliers, compromettant leur valeur.

D'autre part, au point de vue technique, en dépit des emprunts faits au personnel ou à la littérature militaire de l'Occident, et bien que, sous le fils d'Alexis, on dût y traduire et répandre le livre de Pluvinel (1), la vieille Moscovie restait toujours en retard de quelques siècles. Remontant à Charles-Quint, ses essais d'européanisation ne tenaient aucun compte des progrès introduits dans l'art de la guerre par Gustave-Adolphe. C'est ainsi qu'avec l'instrument qui à la longue allait lui donner la victoire, Pierre le Grand devait recueillir aussi dans l'héritage paternel la cause de ses premiers échecs; et celui des collaborateurs d'Alexis qui, enclin à se mêler de tout comme son maître, avait sur tout les idées les plus justes, Ordine-Nachtchokine, prévoyait ce résultat (2). Il n'a pas tenu à lui que la Russie ne fût dotée, dès cette époque, d'une armée et même d'une flotte plus en rapport avec sa situation dans le monde.

IX

LA CRÉATION D'UNE FLOTTE

Pierre le Grand passe généralement pour le créateur de la marine russe. Comme dans la plupart des directions où son génie a marqué une trace si profonde, il n'a fait cependant que suivre en ce sens une voie déjà tracée, tout en donnant à un programme antérieurement conçu, et même mis à exécution, des développements imprévus et souvent démesurés. Sa destinée voulait qu'il fût un grand accomplisseur et son tem-

---

(1) *Instruction du Roy en l'exercice de monter à cheval.* Paris, 1629.

(2) Ikonnikov, dans *Antiq. Russe,* 1883, t. XL, p. 32-35. Pour l'ensemble du sujet, voy. Biéliaiev, *De l'armée russe;* le même, *Le service de garde sur les frontières;* Brix, *loc. cit.,* p. 166 et suiv. Voy. aussi le *Journal de Gordon, passim.*

pérament a voulu aussi qu'il apportât dans cette tâche plus
d'emportement irréfléchi que de sage prudence.

Sous le règne d'Alexis, éloignée de la Baltique par la paix
de Stolbovo (1617), réduite au seul littoral glacé des mers
septentrionales, il semblait que la Moscovie dût renoncer sur
ce point à toute ambition. En vertu du caractère paradoxal
de son évolution historique, elle a, d'une façon très inattendue, échappé à cette conséquence et mis en défaut la
perspicacité de Gustave-Adolphe. L'amiral suisse a eu des
ancêtres dans ce pays.

Au cours de nouveaux conflits avec la Suède, les armées
d'Alexis occupant une grande partie de la Livonie, Ordine
Nachtchokine, qui administrait les provinces conquises, eut
l'idée de construire sur la Dvina toute une flottille de bateaux
plats, qui était destinée provisoirement au transport des
renforts et des approvisionnements, qui rendit en effet de
grands services pour cet objet, et qui, après la prise projetée
de Riga, devait fournir la base d'une flotte à créer dans la
Baltique. Mais Riga ne fut pas prise, et, en restituant à la
Suède, contre le vœu de Nachtchokine, tout le littoral voisin,
la paix de Kardis (1661) fit évanouir ce beau rêve.

Alexis ne s'en laissa cependant pas déconcerter. Dans les
vues d'ensemble, sinon dans le détail, il accusait au suprême
degré un trait de tempérament moral que nous avons
reconnu déjà parmi les attributs de sa race, — vertu émi-
nente ou défaut capital, selon l'emploi qu'on en fait : il était
obstiné. L'ayant une fois hanté, l'idée de faire flotter le
pavillon russe sur quelque portion d'eau salée ne pouvait
plus être délogée de son esprit. A défaut d'un port lui appartenant, il essaya d'en utiliser un en territoire étranger, enta-
mant à cette fin des négociations avec le duc de Courlande (1).
Éconduit, il se rabattit sur la Caspienne, méditant de mettre
à flot des bâtiments, qui protégeraient le commerce de ses
sujets avec la Perse et leur ouvriraient ces marchés de l'Asie-

_____

(1) IKONNIKOV, *Antiq. russe*, t. XL, p. 274.

Mineure et des Indes, objet de la convoitise rivale des Anglais et des Hollandais.

La pensée n'était pas entièrement nouvelle. Sous Michel, en 1635, un maître holsteinois employant des charpentiers moscovites avait déjà construit à Nijni-Novgorod un bateau de faible tirant — *le Frédéric* — qui par le Volga gagna la mer du sud, mais sombra aussitôt sur la côte du Dagestan (1). L'expérience n'offrait rien d'encourageant; ce navire malchanceux dut pourtant servir de modèle aux constructions maintenant projetées. Ordine-Nachtchokine eut la direction générale de l'entreprise, avec Polouiékhtov comme directeur technique. Le Holstein ayant mal réussi, on s'adressa à la Hollande, d'où, en 1667, van Sveden ramena une équipe de constructeurs sous le maître van Heldt.

Célèbre par l'excellence de ses charpentiers, le village de Diédinovo, sur l'Oka, dans le voisinage de Kolomna, fut choisi cette fois pour l'établissement d'un chantier; les forêts des districts de Viazma et de Kolomna, les fonderies de Toula furent mises à contribution, et, en septembre 1668, une première escadrille, composée d'un vaisseau, — *l'Aigle*, que nous connaissons déjà, — d'un yacht, de deux chaloupes et d'un canot, fut prête à tenter l'aventure. *L'Aigle (Orel)* mesurait 80 pieds de longueur et 21 de largeur, avec un tirant d'eau de 5 pieds. Il portait 22 canons. Arrivant d'Amsterdam avec 14 hommes d'équipage, le capitaine David Butler prit le commandement en chef.

La mise en route se trouva retardée cependant par toutes sortes de contretemps (2), et, à la fin de juin 1669 seulement, comme aussi au prix d'énormes efforts, « la flotte du tsar » put être amenée au mouillage de la rade d'Astrakhan. Elle avait coûté 9,021 roubles. C'était vraiment pour rien ; mais, hélas ! ayant pour objet la répression des pirates, cette tentative se rencontrait avec l'entrée en scène de Stenka Razine, et, l'année suivante, *l'Aigle* et ses compagnons furent

(1) VIÉSSIÉLAGO, *Hist. de la flotte russe*, t. I, p. 6.
(2) STRUYS, *Voyages*, t. I, p. 424 et suiv.

brûlés par ordre de l'*ataman*. Un souvenir et un exemple, c'est tout ce que, dans ce domaine, Alexis devait léguer à son fils. On sait que ce fut assez; et, bien que si malheureusement contrariée à son début, la tentative seule suffirait à la gloire du second Romanov, si par l'esprit aventureux et chimérique qui a présidé à sa conception, elle n'avait eu pour effet de créer une illusion décevante, sur laquelle la marine russe a fondé en partie son établissement définitif, à peine retardé de quelques années, et sur laquelle elle n'a pas cessé de vivre depuis.

Alexis a cependant laissé dans son héritage d'autres gages d'avenir, moins aléatoires, dont quelques-uns ont été déjà mis en évidence dans ce volume et dont quelques-uns encore se recommanderont plus loin à l'attention des lecteurs (1).

(1) Pour l'histoire de la création de la flotte, voy. *Suppl. aux Actes hist.*, t. V, nᵒˢ 46 et 47; TSVIÉTAIEV, *La création de la flotte russe*. Pour la construction de *l'Aigle*, POPOV, dans l'*Interlocuteur russe*, 1858, nᵒ IV; VISKOVATOV, *Recueil maritime*, 1856, nᵒ 1; SOLOVIOV, *Hist. de Russie*, t. XII, p. **282-286**.

CHAPITRE VII

LA POLITIQUE EXTÉRIEURE

I

LA DIPLOMATIE MOSCOVITE

La politique extérieure des premiers Romanov est encore principalement orientée à l'est, dans un champ d'action où elle affecte un caractère particulier. Les démêlés séculaires où elle se trouve engagée avec les voisins immédiats de l'ouest européen, Pologne et Suède, font exception. Ils prennent, à cette époque, une importance telle qu'il a paru nécessaire de leur consacrer quelques chapitres distincts, dans la seconde partie de ce volume. Réduits à des reconnaissances en terre inconnue, tentatives hasardeuses ou timides tâtonnements, les autres contacts de la Moscovie du dix-septième siècle avec l'Occident ne réclament qu'un aperçu sommaire, auquel ce chapitre-ci suffira.

Depuis le milieu du siècle précédent, les diplomates moscovites ont fait le tour de toutes les capitales du continent occidental, et l'*anglomanie* a joué un rôle considérable jusque dans la vie privée du Terrible. Aucune intimité n'en est cependant résultée. Divers obstacles s'y opposaient, parmi lesquels il convient de mettre en première ligne l'ignorance réciproque à l'égard des situations respectives. Les informations recueillies à Moscou sur les pays étrangers et les événements s'y produisant étaient, à cette époque, consignées dans une espèce de journal qu'on appelait *Kouranty*, d'un nom dérivé du latin *currens*, et commun alors à un grand nombre de gazettes publiées en Allemagne, en Hollande et en Pologne. Mais, rédigé au département des Relations extérieures (*Possolskiï Prikaz*, ou Bureau des ambassadeurs), en une vingtaine de fascicules par an, ce bulletin laissait beaucoup à désirer, autant pour l'exactitude que pour la rapidité de sa documentation (1).

Envoyé en 1656 en Italie, le *stolnik* Tchemodanov apprenait, en arrivant à destination, que « le duc François », auquel ses lettres de créance étaient adressées, avait déjà un troisième successeur ! Dix ans plus tard, partant pour l'Espagne, Patiomkine se verra de même adressé au roi Philippe IV, mort depuis deux ans !

Ces envoyés sont d'ailleurs généralement des novices, nullement mis au courant des usages ou des convenances à observer dans les pays qu'ils visitent, mais, par contre, très disposés à y faire prévaloir le protocole en vigueur au Kreml. Très pointilleux sur le chapitre de l'étiquette, ils y prodiguent des démonstrations de respect, qui paraissent excessives, mais en exigeant une réciprocité qu'ils ont peine à obtenir. A Florence, Tchemodanov et son adjoint, le *diak* Postnikov, se jettent à terre devant le souverain et lui baisent les pieds, après quoi ils se jugent offensés quand, au prononcé du nom du Tsar, le Duc ne répond par aucun geste d'analogue déférence.

Emmenant une suite extrêmement nombreuse, tous se trouvent fort embarrassés pour pourvoir à son entretien. L'usage, en Moscovie, étant de défrayer les ambassades étrangères, à cet égard aussi ils réclament un égal traitement. Obtiennent-ils gain de cause, on ne parvient jamais à les contenter. A Kœnigsberg, en 1656, Nesterov fait mine de

(1) Voy. *Monument des relations diplomatiques*, t. X, p. 990, 1002, 1015 1156, 1169, 1170.

jeter sous la table le service qu'il y aperçoit, parce que la verrerie ne lui paraît pas d'une capacité suffisante (1). Pour leur argent de poche même, ces voyageurs n'emportent aucune provision, mais seulement des marchandises qu'ils doivent vendre pour le compte du tsar, en prenant le néces- saire sur les gains réalisés (2). A Livourne, Tchemodanov se tire d'affaire en plaçant avantageusement soixante jambons! Mais, plus loin, la clientèle se montrant récalcitrante, les Florentins, notamment, ne goûtant pas les façons *« veramente brutissime »* du charcutier exotique, il en est réduit à solliciter du Duc une aumône de 100 ducats, qui lui est accordée, moyennant la promesse qu'il s'abstiendra, en territoire ita- lien, de tout nouvel acte de mendicité (3).

Aucun de ces envoyés n'entend aucune des langues parlées dans les contrées qu'il visite, et, dans la fréquentation de ces messieurs, c'est encore le moindre inconvénient. Magnifique- ment vêtus, couverts de brocarts d'or, ils sont en même temps d'une saleté repoussante. De nos jours, les moujiks russes vont au bain tous les samedis, mais ne changent de chemise qu'une fois par an. Les envoyés d'Alexis observaient la même règle, y ajoutant d'autres pratiques, encore plus offensantes pour la sensibilité déjà passablement raffinée des Italiens de ce temps. A Livourne, après le départ de Tchemo- danov et de ses compagnons, les appartements qu'ils venaient d'occuper dans la maison du gouverneur durent être désin- fectés, et, en dépit de cette précaution, on y conserva long- temps le témoignage mal odorant d'un séjour qui cependant n'avait été que de courte durée. Le gouverneur s'était-il aussi cru obligé d'engager ses hôtes à se présenter à Florence *con manco cattivo odore che sia possibile* (4).

Mais il arrivait à ces visiteurs de laisser derrière eux des souvenirs plus déplaisants. A Kœnigsberg, Nesterov ne se

---

(1) Brückner, *Die Europaeisierung Russlands,* p. 424.
(2) *Monument des relations diplomatiques,* t. X, p. 1567-1571.
(3) Brückner, *Beitraege zur Kulturgeschichte,* p. 128, 129; *Die Europaeisie- rung Russlands,* p. 423.
(4) *Ibid.,* p. 425.

retenait pas d'user de violence en recrutant des filles de pêcheurs pour la danse et d'autres divertissements moins innocents. Quelques juifs étaient chargés de lui procurer des « blanchisseuses », qu'il n'employait assurément pas aux soins d'une buanderie absente. Très attaché à son pays d'adoption et porté à une indulgence en rapport avec ces sentiments, le Croate Krijanics constatait lui-même l'impression déplorable produite à l'étranger par ces tristes diplomates (1).

En 1672 seulement, à Berlin et à Dresde, à Vienne et à Rome, la diplomatie moscovite prend une autre figure, grâce à l'entrée en scène d'un premier représentant de la brillante pléiade où devaient s'illustrer plus tard les Nesselrode et les Capo d'Istria. Pour mettre ce service au niveau européen, le grand empire du Nord a dû recourir à l'expédient qu'une réforme analogue de son armée lui avait déjà imposé. Homme de haute culture et de manières distinguées, parlant couramment le latin et le français, s'habillant à la mode du jour, c'est-à-dire à la française, l'Écossais Paul Menzies de Pitfodels donne enfin aux missions qui lui sont confiées une dignité de ton et une correction de style en rapport avec leur objet (2).

Déjà cependant, au moins pour ses relations avec la Pologne et la Suède, Alexis avait réussi à trouver dans son entourage indigène un homme capable de se mesurer, sans trop d'infériorité, avec les partenaires qu'on lui opposait et de mieux faire encore, en donnant plus d'ouverture et de souplesse à l'appareil lui-même qui jusque-là avait si mal servi au dehors les intérêts de son pays. L'organe était à recréer de toutes pièces. Athanase Léontiévitch Ordine Nachtchokine a eu le mérite d'indiquer au moins le plan de cette reconstruction et d'en fournir les premiers éléments.

(1) Bezsonov, OEuvres inédites de Krijanics, dans Revue orthodoxe, novembre 1870, p. 648-650.
(2) Voy. sur ce diplomate le livre récemment publié de M. Tcharykov, L'ambassade à Rome et le service à Moscou de Paul Menzies; comp. Brückner, Beitraege zur Kulturgeschichte, p. 222 et suiv.; Pierling, La Russie et le Saint-Siège, t. IV, p. 50 et suiv.

II

« LE PREMIER CHANCELIER RUSSE »

Comme tous les *prikazes*, le *possolskiï* était un mécanisme
informe, manquant essentiellement d'unité et de cohésion.
Les fonctions s'y éparpillaient en désordre dans d'innombrables bureaux, peuplés d'innombrables fonctionnaires,
dont le travail n'était gouverné par aucune impulsion directrice. Avant Ordine-Nachtchokine, le poste de directeur
général n'existait pas. Il fut le premier à le remplir, et seulement vers la fin de sa carrière, en prenant alors aussi ce
titre de « gardien du grand sceau », qui, pratiquement,
l'élevait, lui premier encore, au rang de chancelier. Jusque-là,
ce vaste office affectait le caractère *collégial* pour lequel Pierre
le Grand lui-même devait garder une prédilection décidée.
Mais la création du poste fut précédée d'un état de fait où,
grâce simplement à une intelligence et une énergie supérieures, Athanase Léontiévitch sut réunir entre ses mains, ou
du moins soumettre à son contrôle, la plupart des affaires,
démontrant ainsi l'utilité et la possibilité du rouage centralisateur et coordinateur absent.

Ce maître homme était un parvenu. Sa famille passa plus
tard pour originaire d'Italie et on s'est plu à expliquer par là
les qualités de virtuosité diplomatique dont le négociateur
du traité d'Androussov avait donné de nombreuses preuves.
Mais cette généalogie n'est rien moins que certaine. Un
grand nombre de Russes de ce temps se plaisaient à se chercher des ancêtres problématiques au dehors, et jusque dans
l'antiquité fabuleuse des pays lointains. La famille d'Athanase Léontiévitch gardait en tout cas un rang fort modeste.
Le nom était un composé de deux sobriquets, honorablement
mais plutôt obscurément gagnés sur des champs de bataille,
où l'un des ancêtres certains du pseudo-chancelier avait

commandé un corps de Tatars auxiliaires *(orda)* et l'autre
reçu une balafre *(nachtchoka)*.

Simple gentilhomme de Pskov, le futur chef du département des relations extérieures se trouva mêlé en 1650 aux
événements qui troublaient cette ville et réussit à s'y mettre
en évidence d'une manière avantageuse. Employé par le
prince Khovanski à des pourparlers avec les paysans révoltés,
puis nommé, en 1676, voiévode de Kokenhausen, dans la
Livonie voisine, à ce poste de combat, tout en luttant avec
un indomptable courage contre la fortune adverse, il saisis-
sait d'une prise vigoureuse et ferme l'administration de la
province disputée et esquissait en même temps pour son
pays tout un plan de réformes, que Pierre le Grand devait
se piquer un jour d'y réaliser : réorganisation complète de
l'armée et remplacement des milices par des corps réguliers
d'infanterie et de cavalerie ; comme moyen d'obtenir les
ressources nécessaires pour cet objet, développement des
forces productives du pays, agriculture, commerce, industrie ; comme condition enfin de ce progrès, accession des
producteurs à une large autonomie...

C'était un beau rêve et Ordine-Nachtchokine ne put que très
partiellement, comme voiévode de Pskov, lui faire prendre
corps dans le domaine des réalités. Son champ d'action
principal fut la diplomatie. Élevé au rang de boïar et adjoint
au prince Ivan Prozorovski pour des pourparlers à engager
avec les Suédois, il s'empare de la négociation entière, correspond directement avec le tsar et reçoit de lui des instructions secrètes, dont il fait seul emploi. Il tient tête à la fois à
ses adversaires et à ses chefs. Traité de haut par ces derniers
et contrarié dans toutes ses manœuvres, plutôt que de céder,
il demande et obtient son rappel, mais sa fortune est faite.
Il n'a pu empêcher l'issue désastreuse d'une campagne diplomatique où, par haine pour lui, Prozorovski avait fait le jeu
des Suédois et où d'ailleurs ceux-ci portaient l'avantage d'une
situation militaire beaucoup plus forte, mais il a gagné la
confiance du souverain et saura la garder longtemps.

Employé à d'autres missions et éloigné ainsi fréquemment de Moscou, où ses nombreux ennemis mettent son absence à profit, il ne se laisse cependant plus évincer d'une situation qui petit à petit le met hors pair et lui subordonne ses supérieurs nominaux. C'est un passionné et un convaincu, bon moyen et peut-être même condition indispensable pour avoir de l'autorité. C'est aussi un autoritaire résolu. Dans sa correspondance avec Alexis, il multiplie les formules d'humilité ; il signe « Afanachka », d'un diminutif vulgaire par lequel, à l'exemple d'ailleurs d'un grand nombre de ses compatriotes même plus haut placés, il accentue à dessein la bassesse de sa condition ; il se donne l'apparence de n'agir et de ne penser même que d'après les indications du maître ; de n'être que l'instrument docile de sa haute volonté, ou l'interprète fidèle de son infaillible sagesse ; mais, sous le couvert de ces obséquieuses circonlocutions, imperturbablement, obstinément, il poursuit le triomphe d'idées et de desseins absolument personnels.

En s'instituant le défenseur déterminé et ardent du principe autocratique, il cherche et réussit fréquemment à mettre l'autocrate en tutelle. Il se substitue à lui, tout en faisant mine de s'effacer, et ne manque pas de faire sentir durement à ses antagonistes l'influence sans rivale qu'il doit à ce manège. Contre eux, faisant flèche de tout bois, il sait même faire valoir l'obscurité de sa naissance. L'ayant fait ce qu'il est, le souverain ne se doit-il pas de défendre son œuvre ?

Il va ainsi jusqu'à ce traité d'Androussov (1667), qui est son plus beau titre de gloire et qui marque cependant le déclin de sa carrière. Dans une situation rendue difficile par un retour de fortune du côté des armes polonaises, il a réussi à obtenir que, clef des positions disputées en Ukraine, Kiév, bien que restituée aux Polonais, conservât pendant deux ans une garnison moscovite. Il a prévu qu'à l'expiration de ce délai, les circonstances permettraient de ne pas tenir compte de l'engagement pris. Le plan est exécuté ; mais, comme quelques difficultés avec la Pologne en résultent, les adver-

saires de Nachtchokine redoublent d'intrigues. Sentant que
le fil des négociations lui échappe, il demande en 1671 son
congé, et l'année d'après, nous le voyons déjà remplacé au
département des relations extérieures par un nouveau favori
du tsar, Artamon Matviéiev.

Et c'est plus qu'une disgrâce. Athanase Léontiévitch n'est
pas homme à s'accommoder d'une situation diminuée. Écarté
du sommet qu'il avait escaladé, il veut disparaître. Encore
quelques mois et nous le retrouvons à Pskov — sous la robe
noire d'un moine. Fin assez imprévue pour un diplomate du
dix-septième siècle, même en Moscovie. Mais, bien que politiquement très avancé dans les voies du progrès, au moins
par les conceptions et les désirs, moralement ce précurseur
de Pierre le Grand tenait au passé. Il en gardait la foi très
vive et les mœurs (1).

Les influences du dehors ne paraissent pas avoir été étrangères à cette fin prématurée. Ordine-Nachtchokine était partisan des Anglais contre les Hollandais, auxquels l'ami dévoué
de Matviéiev, Bogdan Khitrovo, prêtait l'appui d'une situation
très forte dans l'entourage intime d'Alexis. Commerciale plus
encore que politique, cette rivalité a tenu une grande place
dans l'histoire du règne que nous étudions.

III

LA RIVALITÉ ANGLO-HOLLANDAISE

Dans les rapports de Moscou avec l'Angleterre, la révolution de 1648 et surtout la mort de Charles Ier ne pouvaient
manquer de jeter un froid, dont la Hollande sut tirer habilement parti. Dès 1645, envoyé à Londres avec la notification

---

(1) Pour sa biographie, voy. MALINOVSKI, dans les *Bulletins de la Soc. d'hist.
et d'ant.*, 1833, t. VI; TERECHTCHENKO, *Essai de biographie*, 1re partie; IKON-
NIKOV, dans *Antiq. russe*, octobre-novembre 1883; EINHORN, *La Disgrâce d'O.
N.*; MATVIÉIEV, dans *Archive russe*, 1901, n° II; KLIOUTCHEVSKI, *Cours d'histoire*, p. 432 et suiv.

de l'avènement du nouveau tsar, le courrier Gérassim Dokh-
tourov ne fut pas médiocrement surpris d'apprendre, en arrivant, que le roi ne se trouvait pas dans sa capitale et qu' « on
ne savait pas où il était ». A son retour, la décision fut prise
d'enlever à ces insulaires si mal renseignés la franchise commerciale dont ils jouissaient, et, au cours des années suivantes, une rupture effective de relations en résulta, Moscou
n'en entretenant qu'avec le futur Charles II, auquel elle
accordait quelques secours pécuniaires.

Venant en 1654, de la part de Cromwell, pour annoncer
son accession au pouvoir et solliciter le renouvellement des
anciens privilèges accordés à ses compatriotes, William Prideaux essuya un accueil des plus rébarbatifs et s'entendit
dire que la guerre polonaise ne permettait pas au tsar de
s'occuper des affaires commerciales. L'envoyé sut pourtant
que les Hollandais n'y perdaient rien, et pas davantage
Khitrovo, qui passait pour connaître fort bien le poids des
écus frappés à Amsterdam (1).

A partir de 1660, Moscou posséda même aux Pays-Bas un
résident à demeure, le premier titulaire du poste étant l'Anglais John Hebdon, un partisan zélé de Charles II. L'usage
d'une représentation permanente se généralisait à ce moment
dans les rapports du gouvernement moscovite avec les pays
d'Occident. Avec la Pologne, l'échange d'agents de cette
qualité ne fut inauguré qu'en 1673 ; mais, dès 1655, Paul
d'Alep signale la présence à Moscou de « consuls » d'Angleterre, des Pays-Bas et de Suède (2).

L'intervention de Monk parut d'abord destinée à exercer
jusque dans le lointain Nord une influence restauratrice au
bénéfice des intérêts anglais. Moscou envoyant en hâte com-
plimenter le nouveau roi, son représentant, le prince Pierre
Prozorovski, fut reçu avec les plus grands égards à Londres
et se fit même rembourser sans difficulté les avances qui

(1) GORDON, *Journal*, t. I, p. 365 ; COLLINS, *The present state of Russia*,
p. 37.
(2) *Voyages*, édit. Belfour, t. II, p. 23.

avaient été consenties à Charles II pendant la crise révolutionnaire. Mais il demanda davantage, et pas moins de « dix
mille pouds d'écus », qui, pour le coup, devaient être rem-
boursés en marchandises moscovites. Charles s'excusa sur la
pénurie momentanée de son trésor, promit de partager plus
tard avec le tsar « tout ce qu'il aurait » et, en échange,
réclama de son côté ce que Prideaux n'avait pu obtenir.

On était loin de compte et une tentative faite par Prozorovski auprès des marchands anglais pour négocier un gros
emprunt n'eut pas plus de succès. Sur quoi, en 1664, le
comte Charles Carlisle fut chargé de poursuivre à Moscou
même le rétablissement, ainsi embarrassé, de l'ancienne
« cordiale entente ». Il se mit en frais, emmenant avec lui
sa femme et ses enfants, équipée sans précédent alors, faite
pour impressionner très favorablement les Moscovites, et
assurément héroïque, eu égard aux difficultés, voire aux
périls que les voyageurs d'Occident rencontraient encore sur
la route d'Arkhangelsk à la capitale des tsars (1).

Mais, assistés par Khitrovo, les Hollandais faisaient bonne
garde. Vendant à meilleur compte que les Anglais des produits similaires, versant à la caisse du souverain une taxe de
15 pour 100 sur toutes les marchandises importées ou expor-
tées, mais surtout récompensant généreusement les influences
de cour qui se faisaient valoir à leur profit, ils tenaient le bon
bout. On objecta à Carlisle que la Compagnie anglaise, ci-
devant privilégiée, avait trempé dans la rébellion dont
Charles Ier était devenu victime ; que, par l'intermédiaire
d'un certain Luc Nightingale, le roi avait lui-même exprimé
le désir qu'on la frappât et qu'enfin de refuser aux gens ce
qu'ils demandaient n'était pas le meilleur moyen de se les
rendre complaisants.

Nightingale n'était, selon les apparences, qu'un aventurier
et un imposteur et Carlisle n'eut pas de peine à se convaincre
qu'on s'en doutait au Kreml. « Dix mille pouds d'écus » fai-

(1) Fabricius, dans *Baltische Monatschrift*, août 1865, p. 96 et suiv.

saient une somme qu'on ne pouvait raisonnablement se flatter
d'obtenir d'aucune cour d'Europe, et le noble lord se persuada aisément que ces méchants arguments ne servaient
qu'à masquer les motifs réels des résistances qu'il rencontrait. L'obstacle n'était pas tel qu'il ne pût en avoir raison ;
mais, comme beaucoup de ses compatriotes, cet homme
courageux manquait essentiellement de souplesse ; il le fit
voir, répondit à quelques procédés discourtois par d'autres
encore moins aimables et partit en faisant claquer les
portes (1).

On envoya derrière lui le *stolnik* Dachkov avec des explications, qui furent mal reçues. En 1666, l'Angleterre se trouvant en guerre avec les Pays-Bas, on revint à la charge, en
faisant savoir à Londres que les Hollandais avaient défense
de tirer d'Arkhangelsk des approvisionnements de guerre.
Commençant alors en Moscovie une carrière où il devait
s'illustrer, l'Écossais Gordon se trouva très opportunément
désigné pour remplir cette commission, et, rentrant au service de sa patrie, John Hebdon s'employa de son côté, en
1667, à effacer les mauvais souvenirs laissés par Carlisle.
Enfin, l'avènement officiel de Nachtchokine à la direction
du *Possolskiï Prikaz* sembla faire échec d'une façon plus décisive à l'hégémonie hollandaise et à l'influence de Khitrovo.

Mais Athanase Léontiévitch était hostile au principe même
de tout monopole commercial attribué à des étrangers, quels
qu'ils fussent. Dans l'ordre politique, comme dans l'ordre
économique, il rêvait pour son pays un système général de
combinaisons diplomatiques, qui le ferait entrer de plein
pied dans la communauté européenne. Prenant prétexte du
traité de paix signé avec la Pologne et des notifications dont
cet accommodement devait être l'objet auprès des cours plus
ou moins intéressées dans le conflit ainsi terminé, il songea
à s'évader du cercle anglo-hollandais, et, le 25 août 1647, le
stolnik Pierre Patiomkine, ayant pour adjoint le diak Rou-

(1) CARLISLE, *Relation*, p. 121 et suiv.

miantsov, s'embarqua à Arkhangelsk. Le bâtiment affrété à cette occasion était porteur d'une cargaison de caviar à destination des ports d'Italie ; mais l'ambassade devait visiter l'Espagne et la France, et y négocier des traités de commerce.

IV

LES PREMIÈRES AMBASSADES EN FRANCE

La mission n'atteignit Cadix que dans les premiers jours de décembre et éprouva des déceptions. A Madrid, Patiomkine ne put obtenir que la promesse d'un envoi réciproque d'ambassadeurs, qui ne devaient jamais recevoir leur feuille de route. Arrivant en juin 1668 à la frontière française, les Moscovites mirent les populations en émoi et dans un embarras égal les autorités locales : aucune instruction ne leur était parvenue au sujet de ces visiteurs qui prétendaient être défrayés de tout. A Bayonne, ayant commandé un dîner de neuf plats en rapport avec les habitudes pantagruéliques que nous connaissons, Patiomkine fut indigné qu'on lui réclamât un écot qui était de 50 écus. Sa surprise et sa colère augmentèrent qnand on lui fit connaitre qu'il avait en outre des droits à payer sur les marchandises qui figuraient dans son bagage. La « valise diplomatique » n'était pas encore inventée et, lui assura-t-on, le roi lui-même passant à Bayonne eût été traité de même.

L'ambassadeur devait obtenir plus tard le remboursement des taxes qu'il se décida à acquitter. Pour le reste, trouvant l'hôtellerie ruineuse, il prit le parti de camper en pleins champs, et sa tente en soie brochée, à la mode persane, obtint un vif succès de curiosité. Puis, les ordres du gouvernement français survenant, à Bordeaux, Poitiers, Blois et Orléans, il fut reçu avec les égards dus à son rang. Mais les interprètes qui l'accompagnaient ne sachant pas un mot de français, on dut recourir aux services d'un Polonais,

15

Urbanowski, qui fort à propos se rencontra à Paris et qui avait eu précédemment l'occasion de rencontrer **Patiomkine en Pologne**.

A Paris, l'ambassade fut logée dans la maison affectée aux envoyés extraordinaires, et, le 25 août 1668, elle eut audience solennelle du roi, à Saint-Germain. L'accueil qu'ils éprouvèrent de la part de Sa Majesté dépassa l'attente des Moscovites, et, assistant incognito à la réception avec un grand nombre de ses dames, la reine les frappa d'étonnement, en ce qu'elle se montrait ainsi à des étrangers et ne se dérobait nullement à leurs regards. Après avoir offert à Louis XIV un sabre précieux ainsi qu'un lot de zibelines et d'hermines, toujours par l'intermédiaire de l'indispensable Urbanowski, Patiomkine s'aboucha avec Villeroy, de Lionne et Colbert ; mais il ne se trouva pas en possession de pouvoirs suffisants pour répondre aux propositions qui lui étaient faites.

La France était disposée à traiter sur la base d'une liberté de commerce entière et réciproque, avec acquittement des droits ordinaires ; mais, offrant aux Moscovites le libre exercice de leur culte et même le privilège d'une juridiction autonome, elle réclamait l'accès des marchés de la Perse à travers le territoire moscovite et le bénéfice de la demi-taxe, jadis accordé aux Anglais. Les instructions données par Nachtchokine aux envoyés du tsar ne prévoyant rien de pareil, comme en Espagne, la négociation dut être renvoyée à Moscou, où de même les ambassadeurs du Roi Très Chrétien se firent attendre.

En laissant échapper, à l'exemple de ses collègues, quelques incongruités d'un effet fâcheux, Patiomkine peut bien avoir contribué à ce retard. On avait attaché à sa personne un gentilhomme du nom de Catheux, qui, dans un complément ajouté au journal de l'ambassade a consigné à cet égard des témoignages expressifs. Nous y lisons :

« Le soir du même jour, on ne soupa qu'à demi, parce que l'ambassadeur se mit en colère contre un de ses gentilshommes qui mangeaient avec lui, et, se sentant en humeur de lui donner quelques coups de canne en liberté, il se leva de table, pria tout le monde de sortir de la chambre et en passa son envie (1). »

Patiomkine devait pourtant revenir en France. En 1681, il revit les splendeurs de la cour du grand roi, qui sans doute avaient dû lui paraître fort imposantes, car, cette fois, avant de se rendre à Saint-Germain en compagnie du maréchal d'Estrées, il réclama son chapelain et se mit en prière. Aux abords du château, il éprouva encore le besoin d'invoquer l'assistance des puissances célestes, récitant à haute voix des *Pater* et chantant des psaumes. La courtoisie de Louis XIV ne se démentit pas, sauf que Sa Majesté voulut limiter à quelques personnes seulement l'honneur du baise-main que l'ambassadeur réclamait pour tous les Moscovites de sa suite, toujours très nombreuse. Des zibelines de grand prix figurèrent, comme précédemment, dans l'échange obligatoire de présents, où la magnificence de Louis s'agrémenta de l'offre d'un portrait enfermé dans un coffret garni de diamants et accompagné de deux pièces d'étoffes d'or et de trois tapisseries. Mais l'envoi d'une ambassade à Moscou fut encore différé et une instruction, destinée par Colbert de Croissy à un agent subalterne chargé de la remplacer, traduisit très nettement, bien qu'en fort méchant langage, la pensée intime de son gouvernement, qui n'était pas pour favoriser l'établissement de relations suivies et amicales entre les deux pays.

« Les humeurs et maximes des Français, y était-il dit, sont tant différents de cette nation qu'il n'y a point d'apparence que ces deux nations si contraires s'accommodent long-

---

(1) *Bibliothèque russe*, nouvelle série, t. III, p. 9. Le *Journal de Catheux* a été publié en traduction russe par M. Poloudiénski, dans *Messager russe*, octobre 1863, p. 602-622 ; comp. *Ancienne et nouvelle Russie*, 1875, t. III, p. 203-211. — Pour le *Journal de l'Ambassade*, attribué à Patiomkine, voy. *Ancienne Bibl. russe*, t. IV, et prince GALITZINE, *La Russie du dix-septième siècle*. — Pour l'histoire de l'ambassade, à consulter : IKONNIKOV, dans *Antiquité russe*, 1883, t. XL, p. 277 et suiv. ; A. POPOV, dans l'*Interlocuteur russe*, 1856, t. I, p. 48-79 ; Comp. N. POPOV, dans *Moskovskiia Viédomosti*, 1856, n** 38 et 41.

temps et que par conséquent ledit traité de commerce s'anéan-
tisse de soi-même (1). »

De ce côté, les compatriotes de Patiomkine étaient condamnés, pour un temps encore assez long, au rôle ingrat de
ceux qui frappent et auxquels il n'est point ouvert. Sur
d'autres points de l'horizon européen, ils rencontraient bien,
dès cette époque, des portes en apparence moins rébarbatives.
Survivant dans leurs descendants, le génie entreprenant et
aventurier des grands Italiens du quinzième et du seizième
siècle ménageait aux sujets d'Alexis, sur les rives de la
Méditerranée et de l'Adriatique, des dispositions fort accueil-
lantes, et, aux prises avec les Turcs, Venise en particulier
était portée à chercher dans le lointain nord-est plus encore
que des occasions de trafic fructueux.

V

LES RELATIONS AVEC L'ITALIE

Malheureusement, d'accord de part et d'autre sur le principe d'une entente à la fois commerciale et politique, on ne
s'entendait pas sur les conditions du marché. En 1656,
Venise pensa obtenir contre ses terribles adversaires le concours des Cosaques du Don. En réponse aux ouvertures faites
dans ce sens, le *stolnik* Tchemodanov et le *diak* Postnikov
eurent mission de demander au doge ce secours financier que
leur maître avait vainement sollicité en Angleterre. Ils man-
quèrent de sombrer à la traversée de l'Océan, faillirent être
pris, dans la Méditerranée, par des corsaires turcs et s'en
retournèrent les mains vides. La guerre suffisait assez à vider
les coffres de la Seigneurie ! (2)

(1) *Recueil de la Soc. d'hist.*, t. XXIV, p. 399-401. Voy. *ibid.*, p. 1-10, une
relation de la seconde ambassade de Patiomkine ; Brückner (*Beitraege zur Kulturgeschichte*, p. 174 et suiv.) a trouvé aux Archives de Dresde des détails complémentaires, dus au médecin saxon Laurent Rinhuber, qui se trouvait alors à
Paris et qui a laissé aussi un récit de voyage en Moscovie.

(2) Soloviov, *Hist. de Russie*, t. XII, p. 251-253.

Une tentative renouvelée en 1659 à Ferrare n'eut pas meilleur succès. L'envoyé, Likhatchov, se vanta d'avoir entendu le duc Ferdinand de Médicis déclarer qu'il était « le serf du tsar », mais ne rapporta en espèces sonnantes aucun témoignage d'une disposition d'esprit aussi flatteuse (1).

Alexis ne se décourageait pas. Après avoir vaincu et démembré la Pologne, il affectait à son égard des airs de protecteur ; mais, contre l'invasion musulmane qui la menaçait maintenant, il lui refusait l'assistance de ses propres armées ; il se piquait seulement de lui obtenir celle des autres puissances chrétiennes, et s'adressait à Rome. Le Vatican eut ainsi le spectacle du zélé catholique Paul Menzies y paraissant en représentant d'un souverain schismatique ! Subsidiairement, le tsar comptait obtenir la reconnaissance de son titre, imaginant, non sans quelque naïveté, que son zèle pour les intérêts communs de la chrétienté lui vaudrait cette faveur.

L'habileté de Menzies succomba à cette double épreuve. Les chrétiens d'Occident avaient d'autres soucis que de défendre la Pologne contre le Turc, et, en ce qui concerne la question protocolaire, non moins chimériquement, le Saint-Siège ne désespérait pas encore d'en faire l'objet d'un accommodement d'ordre religieux. Des questions d'étiquette contribuèrent à aggraver le malentendu. Tout catholique qu'il fût, l'envoyé d'Alexis devait obéir à ses instructions, qui lui défendaient de baiser non seulement le pied mais la main elle-même du Pape et de souffrir que celui-ci restât assis en recevant la lettre du tsar. Adoptée, après d'âpres débats, la *combinazione* d'un simulacre de génuflexion se traduisit, dans la pratique, par une contrainte manuelle. Menzies s'en plaignit amèrement au cardinal Altieri et refusa de recevoir la lettre de Clément X, qui, malgré l'avis contraire d'un mémoire rédigé par ordre de Sa Sainteté et attribué à l'abbé Scarlatti, n'accordait pas au « duc de Moscovie » le titre sollicité (2).

(1) Voy. le récit de cette ambassade par Tchertkov, dans *Recueil de la Soc. d'hist. de Moscou*, 1840, t. III.

(2) Tcharykov, *Paul Menzies*, p. 132 et suiv. ; comp. Pierling, *La Russie et*

En somme, même dans cette direction, la diplomatie moscovite aboutissait au néant (1). A travers de dramatiques alternatives de succès et de revers, elle réussissait mieux sur le versant oriental de son champ d'action.

VI

LES PROGRÈS EN ORIENT

Depuis le commencement du siècle, en butte aux entreprises de la Perse, comme aussi à des dissensions intérieures qui paralysaient ses forces de résistance, partagée en des principautés également disposées à provoquer l'une contre l'autre l'intervention de l'étranger, la Géorgie paraissait à Moscou comme une proie tentante. Sous Michel déjà, le tsar de la Kakhétie, Teïmouraz, s'était offert, et, en 1647, il avait même prétendu le faire avec son pays tout entier. Mais, pour cela, il demandait un corps d'armée auxiliaire contre les Persans, une grosse somme d'argent et la main d'une tsarevna pour son petit-fils. Le grand tsar se trouvant fort occupé au dedans de son empire, il fit attendre le petit jusqu'en 1650, et lui ménagea alors une déception, ne lui accordant que quelques zibelines et demandant qu'il commençât par envoyer son petit-fils à Moscou.

— Est-ce pour épouser la tsarevna?

— Je n'en sais rien, répondit le représentant d'Alexis, Nikifor Tolotchanov.

le Saint-Siège, t. IV, p. 58 et suiv.; Monument des relat. dipl., t. IV, p. 1034 et suiv.; Hist. Russiae Monum., t. II, n° 115, p. 223-232; Kapoustine, Les Relations de la Russie avec l'Occident, p. 85-87; le même, dans Revue du min. de l'Instr. publ., février 1847, p. 137. Voy. aussi Savva, Les Tsars de Moscou et les empereurs de Byzance, p. 386-399; Chmourlo, dans Revue du min. de l'Instr. publ., octobre 1900.

(1) Voy. pour ce sujet : Monument des relations dipl., t. I, II et IV; Actes hist., t. IV, n° 138; Theiner, Monuments hist., n°° XLII, XLVI-XLIX; comp. Galitzine, La Russie au dix-septième siècle; Ladyjenski, L'Ambassade en Angleterre; Gourland, John Hebdon; Mayerberg, Relatio (pour les relations avec la Suède); Historische Verhael, Amsterdam, 1677 (relations avec les Pays-Bas).

A son tour, Teïmouraz ne se montra pas pressé ; mais, en 1653, comme son gendre, le tsar d'Imérétie, Alexandre, faisait mine de prendre les devants, il s'exécuta, et quatre années plus tard, comme les Persans le chassaient de son royaume, il suivit son petit-fils, qui attendait toujours l'épouse espérée.

Alexis fit grand accueil au malheureux prince, et, celui-ci s'inclinant pour lui baiser la main, il le retint :

— Étant chrétien comme moi, tu dois me baiser sur la bouche, lui dit-il.

— Je ne suis que votre très humble esclave !

— C'est la volonté de Dieu que tu me sois soumis ; mais, souverain et chrétien, tu dois être traité par moi comme un frère.

Et, « avec une grande peur », au rapport du document officiel relatant l'entrevue, Teïmouraz obéit (1).

Comme le caractère d'Alexis, tout le génie d'une politique appelée à recueillir un jour dans cette sphère de relations les plus brillants triomphes transparaît dans cette scène.

Chargé de s'entendre avec l'illustre exilé, Ivan Khilkov écouta le récit émouvant de ses infortunes. Ayant capturé la mère de Teïmouraz, le shah Abbas avait voulu l'obliger à se faire musulmane, et, sur son refus, l'avait fait périr, les deux seins coupés, dans d'affreux tourments. Le corps de la malheureuse fut rapporté au fils par un négociant français. Prisonniers également du shah, les deux fils de Teïmouraz étaient convertis en eunuques. Le père demandait 30,000 hommes pour venger d'aussi cruelles injures et reprendre possession de son patrimoine. Généreusement, Khilkov lui offrit — 6,000 roubles. Le Géorgien fut atterré.

— Que ferais-je avec cette somme là-bas ? J'aime mieux l'employer ici à faire dire des messes !

Khilkov insistant et assurant que le tsar écrirait au shah

(1) Soloviov, *Hist. de Russie*, t. XII, p. 268-269.

pour qu'il cessât d'inquiéter son voisin, Teïmouraz secoua tristement la tète.

— Le tsar a écrit déjà !

Il partit cependant pour reprendre une lutte désespérée et fut bientôt enlevé à son tour par Abbas (1).

Sincèrement désirée par Moscou, une intervention en Transcaucasie était rendue difficile par les relations amicales qu'elle entretenait avec la Perse et qu'elle désirait ménager. Elle demeurait tributaire de ce pays pour divers produits, pour le salpêtre surtout, dont elle faisait une consommation de plus en plus considérable. La concurrence des compagnies anglaise et arménienne se disputant les marchés persans assurait d'autre part au trésor du tsar des revenus considérables. La solution du problème géorgien demeura ainsi réservée pour un avenir encore lointain.

Mais, plus au nord, à travers les vastes steppes peuplées par les Kalmouks et les Bachkirs, les progrès de l'influence et de la colonisation moscovites rencontraient moins d'obstacles. Au début, les termes de l'accord, souhaité de part et d'autre, donnèrent aussi lieu à quelques disputes. « Protection! » disaient les chefs des tribus sauvages, entendant par là que le « tsar blanc » couvrît de son ombre tutélaire les habitudes de vie nomade et de rapine auxquelles ils ne voulaient pas renoncer. « Soumission ! » répondaient les envoyés du souverain ainsi sollicités. Ils étaient mal reçus, avaient peine souvent à se tirer de leur mission la vie sauve, et, débordant le long du Iaïk (Oural) et de ses affluents, se répandant dans les districts de la province d'Oufa, pénétrant jusque dans le voisinage de Kazan et de Samara, les solliciteurs devenaient un danger même pour les parties excentriques de l'empire, déjà acquises à la culture.

En 1657 pourtant, quatre *taïchy* kalmouks offrirent leurs services contre les Tatars de Crimée et les Bachkirs leurs alliés. On traita, non sans avoir eu de la peine à s'entendre

(1) Soloviov, *Hist. de Russie*, t. XII, p. 272 et suiv.

sur le chapitre de la solde, et, mettant ainsi aux prises, sur le littoral de la mer Noire, les tribus turco-tartares et les nomades de race mongole, Moscou assura momentanément la tranquillité de ses frontières.

Ses nouvelles acquisitions en Sibérie n'étaient pas moins inquiétées. Reculant devant les Mongols et les Kirghizs-Kaïsaks, qui les serraient des deux côtés, Kalmouks et Bachkirs cherchaient refuge sur le cours supérieur de l'Irtich, de l'Ichim et du Tobol, où la conquête moscovite prenait pied en même temps. Soumises, mais supportant impatiemment leurs nouveaux maîtres, les populations locales accueillaient ces immigrants comme des libérateurs, et de 1634 à 1664, au milieu de soulèvements incessants, Tioumen fut assiégée, Tobolsk menacée ; à Poustoziérsk et à Mangazeia, garnisons et collecteurs du *iassak* (impôt) succombaient, victimes d'épouvantables massacres. Les garnisons étaient faibles, et, aux mains des assaillants, des armes à feu achetées à Tomsk faisaient déjà leur apparition.

Vers la fin cependant de cette période, Bachkirs et Kalmouks continuant à s'entre-déchirer et Moscou mettant habilement à profit ces discordes intimes, la cause de la civilisation put marquer un progrès certain (1). Or, en même temps, les conquérants de la Sibérie ne cessaient d'y étendre leur prise.

VII

LA CONQUÊTE DE LA SIBÉRIE

Avec des forces toujours insignifiantes, des poignées de Cosaques jetées sur des espaces immenses, la marche en avant se poursuivait ici sans arrêt, dans les deux directions de l'est

(1) *Actes hist.*, t. IV, nᵒˢ 72, 131 et 252 ; *Suppl. aux Actes hist.*, t. III, nᵒˢ 85 et 90 ; t. IV, nᵒˢ 71, 124, 132 et 145 ; t. V, nᵒˢ 4, 24, 33, 49, 71, 92 ; t. VI, nᵒˢ 9, 84, 93 et 126.

et du nord. Elle est un des prodiges de l'histoire et le signe
certain, chez le peuple qui s'en est montré capable, d'aptitudes très particulières comme de merveilleuses vertus. Dès
la fin du règne de Michel, l'*ataman* Kolesnikov partait
d'Iénisseïsk pour reconnaître le lac Baïkal ; il bâtissait un fort
sur l'Angara, imposait le *iassak* aux Bouriates et aux Toun-
gouzes riverains et apprenait d'eux que les mines d'argent et
d'or qu'il se flattait de découvrir dans ces parages se trouvaient — en Chine !

Iénisseïsk datait seulement de 1619. En 1661, après
Iakoutsk (1632), Irkoutsk fut fondée, et aussitôt, des détachements côtoyant le Baïkal, suivant le cours du Vitim, de
la Chilka, de la Selenga, d'autres s'avançaient jusqu'à la mer
de Glace au nord, l'Amour au sud et Okhotsk à l'est. La
fondation d'Okhotsk remontait d'ailleurs à 1638, les Moscovites atteignant dès lors le Kolyma. En 1648, se lançant en
mer par l'embouchure de ce fleuve, un certain Simon Diéjniév avait été emporté par une tempête et s'était retrouvé
dans le golfe d'Anadyr, c'est-à-dire qu'il avait traversé avant
Behring le détroit qui porte le nom de cet explorateur (1).

La découverte de l'Anadyr fut au surplus précédée par celle
de l'Amour. En 1643, sur la nouvelle que des mines d'argent
se trouvaient dans le bassin de la Chilka, à l'embouchure de
l'Oura, le voiévode d'Iakoutsk, Pierre Golovine, dirigeait de
ce côté cent trente-trois hommes sous Vassili Poïarkov. Un
nom glorieux entre tous ! La petite troupe descendit la Lena,
remonta l'Aldane, gagna la Ziéia par terre, en suivant, à
travers le col de montagnes qu'on appelle aujourd'hui le
Stanovoï Khrebet, un parcours qui n'a jamais été repris depuis,
et atteignit la mer en descendant un fleuve qu'elle croyait
être la Chilka et qui était l'Amour.

A l'embouchure de l'Amour, Poïarkov passa l'hiver. A

(1) Slovtsov (*Aperçu hist. de la Sibérie*, t. I, p. 103) nie cet exploit ; mais Krijanics, qui a pu recueillir sur place des renseignements exacts, affirme que, sous
Alexis Mikhaïlovitch, la jonction de la mer de Glace avec l'océan Pacifique a été
reconnue par les Moscovites.

l'été, voyageur intrépide, il alla par mer jusqu'à l'embouchure de l'Oula, puis par terre jusqu'à la Maïa, affluent de l'Aldane, et, en 1646 seulement, après trois années d'absence, il reparut à Iakoutsk, rapportant un riche butin en zibelines, mais ayant perdu quatre-vingts hommes, dont vingt-cinq tués dans des combats livrés aux riverains de l'Amour, et les autres — morts de faim. Ses compagnons avaient d'ailleurs à se plaindre de leur chef, faisant sur sa cruauté et son avidité des récits presque incroyables. A les entendre, il serait allé jusqu'à détruire une partie de ses approvisionnements, pour vendre plus cher le reste à sa troupe, et il n'aurait pas cessé d'infliger les traitements les plus barbares aux indigènes, qui cependant lui faisaient un très bon accueil.

C'était vraisemblablement un homme rude et violent, comme il en faut d'ailleurs pour des entreprises de ce genre, et, tenant compte des difficultés avec lesquelles ils devaient se mesurer, le gouvernement moscovite lui-même ne se montrait pas très scrupuleux dans le choix des expédients suggérés à de tels chefs d'expédition. Dans les instructions rédigées pour les voiévodes de Sibérie se rencontre fréquemment la recommandation d'attirer par des présents et des faveurs les indigènes les plus influents et de les détruire ensuite. Et ces documents n'étaient même pas secrets (1) !

Poïarkov n'avait cependant rien d'un sauvage. Lettré, il a laissé un récit de son voyage, gravé sur des feuilles d'écorce, ou des tablettes de bois qui, conservées jusqu'à une époque récente à Iakoutsk, ont péri depuis dans un incendie (2). Son exploit fut renouvelé en 1648-1650, par un autre hardi voyageur, Erofeï (Iarko) Khabarov, qui adopta un itinéraire plus court. Avec quelques cosaques, cent soixante-dix volontaires et trois canons, celui-ci occupa Albazine, sur l'Amour, non

(1) *Bibl. hist. russe*, t. II, n° 36; *Actes hist.*, t. IV, n° 25.
(2) Dubiecki, *Études*, t. I, p. 19 et suiv.; comp. Schumacher, dans *Archive Russe*, 1879, t. II, p. 9 et suiv. Voy. aussi *Suppl. aux Actes hist.*, t. III, n° 12, 26, 37, 93, 112, 113.

sans avoir eu à soutenir contre les *Daoury*, anciens occupants
du lieu, un combat sanglant qui lui coûta vingt hommes. Il
pensait s'établir à demeure dans la contrée, quand, en 1652,
il vit paraître une troupe armée comme la sienne de fusils et
de canons, — et c'étaient des soldats mandchouriens, envoyés par un gouverneur chinois! Moscou prenait contact avec
l'énorme empire asiatique, dont elle était devenue la voisine (1).

VIII

LES PREMIERS CONTACTS AVEC LA CHINE

La rencontre tourna d'abord à l'avantage des Européens :
leur artillerie accusa une supériorité écrasante. Peu après,
pourtant, un retour offensif de cet adversaire imprévu
s'annonçant, Khabarov jugea à propos de battre en retraite.
En route, une partie de ses Cosaques se révolta et l'abandonna.
On ne sut jamais ce qu'il advint de ces déserteurs. Avec le
reste de sa troupe, Khabarov remonta l'Amour jusqu'à l'embouchure de la Kamara et bâtit là un fort, qui devait porter
son nom et devenir l'établissement principal des Russes sur
le grand fleuve. Détruit bientôt par les Chinois, reconstruit
par Onoufriï Stépanov, il ne fournit d'abord à la colonisation moscovite qu'un point d'appui assez précaire : en 1658
Stépanov y fut massacré avec deux cent soixante-dix de ses
hommes, deux cent vingt-sept réussissant à se sauver sur un
seul canot. A ce moment, le mot d'ordre envoyé de Moscou
aux colonisateurs était de se fortifier de préférence sur la
Chilka et sur le cours supérieur de l'Amour, où le voiévode
de Ienisseïsk, Athanase Pachkov, s'occupait en effet de res-

(1) Voy. pour cette époque dans l'histoire de la conquête de la Sibérie :
CHTCHOUKINE, dans *Le Fils de la Patrie*, 1848, n° 9; OGLOBLINE, *Simon Diéjniev*;
le même, dans *Revue du min. de l'Instr. publ.*, mai 1903, et quelques documents intéressants dans une étude sur les *Archives du département de la Sibérie*,
publiée par la Société d'hist. et d'antiq., *Lectures*, 1900, n° III.

taurer toute une ligne de places abandonnées par les indigènes : Nertchinsk, au confluent de la Nertcha et de la Chilka, Albazine, et d'autres. En 1685, Albazine partagea le sort de Khabarovsk, et le drapeau russe se trouva éloigné, cette fois, pour quelque temps de toute cette région (1). Mais déjà, le gouvernement moscovite s'occupait de négocier avec la Chine.

Une première tentative, en 1656, s'était heurtée, à Pékin comme à Rome, à des conflits d'étiquette : l'envoyé du tsar, Fédor Baïkov, avait dû remporter ses lettres de créance qu'il refusait de remettre entre d'autres mains que celles du « Bogdykhan » lui-même. Ses successeurs bénéficièrent, dans le troisième quart du dix-septième siècle, des embarras avec lesquels se trouvait aux prises la jeune dynastie mandchourienne, représentée par le célèbre Kan-Khi (1662-1722), et, en 1675, le Grec Nicolas Spafari sut intéresser au succès de sa mission les Jésuites établis à Pékin. Le « Bogdykhan » daigna lui accorder deux audiences, l'interrogeant avec curiosité sur l'âge d'Alexis, sa taille, la durée de son règne, puis passant à des questions personnelles :

— As-tu étudié la philosophie, les mathématiques et la trigonométrie?

Kan-Khi se flattait d'avoir été initié à ces sciences par les Pères, qui assistaient à l'audience humblement agenouillés. Ils avaient non sans peine engagé l'envoyé à les imiter. Satisfait des réponses obtenues, le Fils du Ciel invita Spafari à goûter et le traita magnifiquement, non seulement avec du thé, préparé à la mode tatare au lait et à l'huile, mais avec toutes sortes de friandises, arrosées d'un vin qui, fabriqué également par les Jésuites, rivalisait, paraît-il, avec les meilleurs crus du Rhin.

L'issue de l'ambassade ne répondit pas cependant aux espérances que ces gentillesses laissaient concevoir. Spafari dut

(1) *Actes hist.*, t. IV, n° 31 ; *Suppl. aux Actes hist.*, t. III, n°ˢ 4, 24, 52, 56, 57, 82, 92-98, 118; t. IV, n°ˢ 2, 4-7, 17, 21, 47; *Anc. Bibl. russe*, t. III, p. 185, 188; FISCHER, *Hist. de la Sibérie*, p. 571, 582, 584, 588-589, 623-631; ROMANOV, dans *La Parole russe*, avril 1859; SCHUMACHER, dans *Archive russe*, 1879, t. II, et *Gazette russe*, 1859, n°ˢ 3, 7, 9.

même refuser la réponse de Kan-Khi à la lettre d'Alexis : les
présents du tsar y étaient qualifiés de tribut et le « Bogdykhan »
attribuait à ceux qu'il offrait en échange le caractère d'une
solde ! Rédigé par l'ambassadeur et accompagné de dessins
et de plans fort curieux, un récit de son voyage doit même
être considéré comme le bénéfice le plus clair qui en ait
résulté (1).

Des jalons étaient cependant ainsi posés sur une voie où,
comme dans le sillon sanglant tracé par les Poïarkov et les
Khabarov à travers les landes et les montagnes sibériennes,
en s'obstinant, la Russie se préparait un meilleur et grandiose
avenir. Reclus (2) a marqué en traits éloquents les progrès
qu'elle a accomplis, depuis les commencements, relativement
modestes, de son expansion excentrique au seizième siècle
jusqu'à la fin du règne d'Alexis :

		Superficie.
Fin du règne d'Ivan III (1505)......	40.000	lieues carrées.
Fin du règne d'Ivan IV (1584)......	75.000	—
En 1613	156.000	—
Fin du règne de Michel............	225.000	—
Fin du règne d'Alexis.............	264.000	—

En attendant les 400,000 lieues carrées (22,000,000 kilomètres) de l'époque actuelle.

Le gain du règne d'Alexis occupe à première vue assez peu
de place dans ce bilan ; mais la quantité des acquisitions
y emporte sur la qualité ; et, au total, l'effort développé dans
ce sens semble tenir du miracle, tant il se montre hors de
proportion avec les ressources apparentes qui ont pu y être
employées.

---

(1) Voy. pour cette ambassade : *Actes hist.*, t. IV, n° 251 ; *Suppl. aux Actes
hist.* ; t. VI, n° 54, t. VII, n° 67 ; Syrko, dans *Mémoires de la Soc. d'archéologie, section Orientale*, t. III, p. 3 ; Mikhaïlovski, *Biographie de N. Spafari* ;
Arséniév, *Le Voyage de N. Spafari* ; le même, dans *Lectures de la Soc. d'hist.
et d'ant.*, 1900, n° IV.

(2) *Géographie universelle*, t. VI, p. 579.

IX

LA POLITIQUE D'EXPANSION

Sous Alexis, comme sous ses prédécesseurs immédiats, en continuant à s'étendre excentriquement dans toutes les directions, Moscou était loin encore d'avoir assuré, en Europe même, l'intangibilité des frontières antérieurement acquises. Elle ne parvenait pas à les fortifier convenablement et n'y pouvait même tâcher, les reculant sans cesse, en un mouvement plus rapide ou plus lent, selon les facilités du moment, mais toujours soutenu. Au sud, la ligne dite de Biélgorod, ayant pour point d'appui la ville du même nom sur le Doniéts supérieur, mordait constamment dans la steppe voisine, y essaimant d'autres petits forts d'avant-garde : à l'ouest, Olechna, Volnyï Khotmyïsk, Bolkhov; à l'est Korotcha, Iablonov, Novyï Oskol, Oussiérd, Ostrogojsk, Korotoïak, Voronèje, Orlov, Kozlov...

Au sud-ouest, cette ligne en déplacement continu touchait à l'Ukraine, dite des *Slobody*, ou bourgs autonomes, centre de ralliement pour les émigrés petits-russiens, qui passaient de la domination polonaise à la domination moscovite. Au lendemain de la défaite de Khmiélnitski sous Berestetchko (1651), en s'accélérant, cet exode détermina des établissements importants : la fondation de Kharkov date de cette époque, au milieu de tout un groupe de petites villes rapidement peuplées : Soumy, Akhtyrka, Lebedine, Izioum.

Interrompu un peu plus tard par l'annexion de la Petite-Russie ukrainienne à la Moscovie, le courant d'émigration devait reprendre une intensité égale, à la suite des victoires polonaises et du partage de l'Ukraine qui en fut la conséquence, si bien que la portion de cette province retenue par la Pologne se trouva convertie en désert.

Dans la région de l'est, derrière le Volga et la Kama, des-

tinée à contenir ou à assujettir les Bachkirs et autres allogènes voisins de l'Oural, la ceinture de places fortes créées
sous les règnes précédents se déplaçait aussi sous Alexis :
après Oufa, elle mettait en avant Serguiévsk et Koungour.
Mais partout, le progrès de la culture avait peine à suivre
cette marche envahissante, paralysé qu'il était par les incursions persistantes des bandes pillardes qu'un appareil trop
faible de protection ne suffisait pas à réprimer. Incapable
d'entreprendre une campagne décisive contre les Tatars, le
gouvernement d'Alexis ne réussissait même pas, en dépit de
quelques essais, à leur opposer cet instrument de défense
mobile, qui, de nos jours, est employé par la France avec
tant de succès sur la frontière algérienne et qui, dès lors, se
recommandait au choix des conquérants moscovites. Des
corps de cavalerie légère étaient bien mis sur pied pour cet
objet ; mais aussitôt, réclamant toutes les forces disponibles, la guerre soutenue contre la Pologne pour la reprise de
l'Ukraine et des provinces lithuanniennes désorganisait ces
formations. Et, d'un autre côté, l'Asie demandait aussi sa part.

Dans ces conditions, en restant fidèle au programme dont
elle héritait, la politique d'expansion mise en pratique par
Alexis a pris le caractère d'un véritable paradoxe. Que son
pays ait pu victorieusement tenir cette autre gageure, c'est
là assurément le témoignage d'un fonds extraordinairement
substantiel et résistant. Il n'est pas parvenu à mener de front,
comme il eût assurément convenu, les deux tàches qui s'imposaient à lui, l'une commandant l'autre : l'œuvre de con-
quète et l'œuvre de civilisation. De ce fait, il a donné à
l'édifice de sa puissance une base essentiellement précaire,
avec des éléments de faiblesse et de désordre qui aujour-
d'hui encore en compromettent la sécurité. Il a néanmoins,
héroïquement, fourni un effort gigantesque. Le comparer,
comme le fait M. Klioutchevski (1) à un oiseau qu'un ouragan
emporte dans un vol auquel ses faibles ailes ne peuvent suf-

(1) *Cours d'histoire*, t. III, p. 5.

fire, c'est sacrifier à une belle image la réalité historique. La comparaison suppose l'intervention d'un agent extérieur, qui ne se laisse pas ici découvrir, ni même concevoir. Comme celle de ses prédécesseurs, la politique d'Alexis n'a été, dans cette voie, que l'expression d'une tendance nationale. Les premiers pas dans la conquête de la Sibérie ont été dus à l'initiative particulière. C'est le peuple lui-même des derniers Rurik et des premiers Romanov qui, mesurant « non les entreprises aux forces, mais les forces aux entreprises », selon le conseil téméraire donné par Mickiewicz à ses compatriotes, a conçu, voulu, osé et fait tout cela (1).

Au prix de quels sacrifices, à la faveur aussi de quelles défaillances, désarmant à son profit sa grande rivale de l'ouest slave, c'est ce que les chapitres suivants mettront en lumière.

---

(1) Pour l'histoire de la colonisation dans les steppes du sud-ouest, voy. *Actes de la Comm. arch.*, t. V, n° 16; *Actes hist.*, t. IV, n°⁸ 52, 80, 206, 216 ; *Suppl. aux Actes hist.*, t. III, n° 64, t. IX, n°⁸ 219, 220, 258-303; *Actes de la Russie du Sud-Ouest*, t. VIII, n° 273; *Recueil complet des Lois*, t. I, n°⁸ 48, 49, 479, 518; BAGALIÉÏ, *Documents pour l'Hist. de la colonisation*; le même, *Essais*.

DEUXIÈME PARTIE

LA RÉINTÉGRATION NATIONALE

CHAPITRE VIII

L'UKRAINE POLONO-RUSSE

I

L'UKRAINE

« Ukraine » — *oukraïna, okraïna* — veut dire pays frontière. Aujourd'hui encore les Russes appellent ainsi diverses parties excentriques de leur empire : provinces polonaises, Transcaucasie, provinces de l'Asie centrale. Dans les temps anciens, le nom servait plus particulièrement à désigner le vaste espace aux limites mal définies, qui, déroulant ses plaines continues depuis le cours inférieur du Danube jusqu'au delà du Borysthène et du Don, côtoyant d'une part les Carpathes, longeant de l'autre la mer Noire, constituait à la fois une sorte de terrain neutre entre les pays avoisinants et un lien rattachant l'Europe au plateau de l'Asie centrale.

C'est par cette voie que la vie asiatique pénétrait autrefois dans le monde européen, et c'est là aussi que les deux courants de civilisation ou de barbarie, issus de l'un ou de l'autre continent, se rencontraient et se heurtaient en des chocs formidables. D'Orient, les oiseaux voyageurs, les sauterelles, les tribus nomades, les armées mongoles et la peste prenaient ce chemin pour passer en Occident. D'Occident, pour arrêter les barbares en avant des foyers de culture menacés, les défenseurs de la civilisation descendaient sur ce champ de bataille, où les armées de l'antiquité et des temps modernes, depuis Darius et Cyrus jusqu'aux légions polonaises, n'ont cessé de se donner rendez-vous. Selon la parole d'un poète, « sur cette terre labourée par les pieds des chevaux, engraissée avec des cadavres humains, parsemée d'ossements blanchis, arrosée d'une chaude pluie de sang, croissent les moissons de la tristesse (1) ».

Pays frontière, cette Ukraine a souvent changé de frontières comme de maîtres. Sans possesseurs historiquement connus avant l'établissement des princes varègues à Kiév, englobée plus tard jusqu'aux Carpathes et au Don dans l'empire russe de Vladimir (980-1054), dès la première moitié du quatorzième siècle (1319-1333), elle se dégageait de cette agrégation dissoute et échéait à la Lithuanie. Au siècle suivant, un nouveau retour de fortune l'enlevait à cette destinée, et, jusqu'à la prise de Constantinople par les Turcs leur ouvrant l'accès de la Moldavie, de la Valachie et des rives même du Dniester, tout l'immense territoire, entre ce fleuve, le Dniéper et la mer Noire, augmenta la part de la Pologne dans la fédération polono-lithuanienne que créait l'accession de Jagello à l'héritage des Piasts. Dans la seconde moitié du quinzième siècle, la frontière nord-est des deux pays réunis se trouva à 150 kilomètres de Moscou ! Au sud-est, les villes du littoral, Bialogrod, Otchakov, Kotchoubeï furent des ports polonais.

(1) Voy. MICKIEWICZ, *Cours de littérature slave*, t. I, p. 34.

Expédiant d'énormes transports de blé en Grèce, ils faisaient la fortune d'un grand nombre de familles polonaises, les Buczaçki, les Iazlowieçki, les Sieniawski, possesseurs de vastes domaines voisins.

Dès la seconde moitié cependant du même siècle, la poussée victorieuse et dévastatrice de la puissance ottomane mit fin encore à cette renaissance pleine de promesses. Faisant reculer sans cesse l'occupation polonaise, elle en fixa bientôt les limites extrêmes au sud dans les environ de Kiév, de Bratslav et de Bar. Au delà et jusqu'à la mer, elle ne laissa hors de la prise du sultan qu'une étendue de steppes, désormais incultes, qu'on appela « les champs sauvages » *(dzikié pola)* et où de loin en loin seulement subsistait la trace des anciens établissements humains.

Plus tard encore, dans la seconde moitié du seizième siècle, un retour de la domination et de la culture polonaise se dessina dans les mêmes parages, sans jamais atteindre pourtant l'extension antérieure, et, à ce moment, le nom « d'Ukraine » fut communément appliqué par les Polonais à cette partie de leurs possessions, mais toujours d'une manière assez vague. Officiellement, ce nom apparaît pour la première fois dans une « constitution » de 1530 (*Volumina Legum*, II, 1320) ; mais postérieurement encore on continua à l'employer, de façon très imprécise, en parlant de « l'espace sans fin », comme on disait alors, s'étendant au delà de la Sloutch et de la Mourakhva, dans le bassin du Dniéper et du Boug, jusqu'au partage des eaux avec le Doniéts et « les steppes d'Otchakov (1) ». Les palatinats seuls de Kiév et de Bratslav y mesuraient 2,187 lieues carrées ; mais, avec le duché de Tchernigov, on y comprenait parfois d'autres provinces.

L'origine et le caractère ethnique de la population couvrant ce pays ne se laissent pas plus aisément définir. La légende y découvre des géants, *viéletni, viélinianié (viélikan :*

_____

(1) IABLONOWSKI, *Sources hist.*, t. XX, p. 15; t. XXII, p. 1.

géant en russe ; *wielki :* grand, en polonais) ou encore *obry*
(*olbrzym, obr :* géant en polonais et en tchèque). Szafarzyk
a rattaché à une étymologie analogue le nom d'*Anten,* donné
en Allemagne aux mêmes peuplades.

Dans la partie septentrionale du pays, la moins sauvage,
cette population semble avoir eu de bonne heure des inclinations industrieuses, mais aussi des traits de mollesse et de
sybaritisme très prononcés. Les femmes de Kiév passaient
pour coquettes et lascives, et, visitant la ville en 1076, pour
secourir le grand-duc russe, Izaslav, Boleslas de Pologne
y trouva une Capoue. Sous le règne des premiers princes de
la maison de Rurik, l'existence de cette contrée semble une
fête perpétuelle. Dans les chants épiques qui se rapportent
à cette période il n'est question que de banquets où trône
Vladimir, le « clair soleil », et les héros ou les héroïnes de
l'épopée sont aussi débauchés que braves : tel Tchourilo
Plenkovitch, qui a les allures d'un Don Juan batailleur ; telle
aussi la femme de Dounaï, qui montre en tirant de l'arc une
adresse supérieure, mais s'entend encore à humilier son mari
d'une autre façon. Un esprit profondément démocratique paraît propre à cette société naissante. Opposés aux ducs et aux
rois, les favoris de la légende locale sont toujours d'origine obscure, fils de *moujiks* et pauvres. Le culte qui prévaut d'autre part parmi eux est, jusqu'à l'introduction du
christianisme, celui de la force (1). Plus tard, en s'affrontant,
les deux principes produiront un mélange dont, capitale
éphémère d'un empire fondé sur la violence et foyer d'une
vie religieuse intense, lieu d'élection pour les orgies, où les
cosaques victorieux du dix-septième siècle rivaliseront avec
les conquérents varègues du dixième, et centre de pèlerinage, Kiév reflétera les aspects divers. Mais, avec la conquête normande précédant la conquête polonaise, d'autres
éléments auront pénétré dans ce milieu : Grecs, Suédois,

---

(1) KOSTOMAROV, *Traits de l'histoire nationale dans la Russie du Sud-Ouest,*
OEuvres, t. I, p. 70 ; HRUSEVSKYI, *Geschichte des Ukrainischen Volkes,* t. I,
p. 175 et suiv.

Danois, Polonais, Allemands, Juifs, Bulgares, dont le flot
envahisseur ne devait plus s'arrêter.

Qu'était la population autochtone du lieu, en tant qu'il y
en avait une, et quels rapports s'établissaient entre elle et ces
immigrants?

II

LA MÊLÉE DES RACES

Si attachés qu'ils soient au dogme de l'unité ethnique de
ces provices avec leur patrie, les historiens russes admettent
généralement eux-mêmes l'existence antique d'un peuple
qui y aurait devancé la conquête normande et qui aujour-
d'hui encore se distingue de la communauté par elle créée.
Ce peuple occupe toujours la plus grande partie de l'ancienne
« Ukraine » , une moitié de la Galicie et de la Boukovine, le
gouvernement de Lublin dans le royaume de Pologne, les
gouvernements de Volhynie, de Podolie et de Kiév; une
partie des gouvernements de Kovno et de Minsk, les gouvernements entiers de Tchernigov, de Poltava, de Kharkov,
d'Ekatiérinoslav, et les terres des Cosaques du Don. Il figure
pour une partie importante dans la population des gouvernements de Voronèje, de Koursk, de Kherson. Ses établissements se retrouvent dans les gouvernements de Saratov,
d'Astrakhan, de Samara, d'Orenbourg. Recevant actuellement
les appellations diverses de Petits-Russiens, Ukrainiens, Ruthé-
niens, *Tcherkassy, Khokly Roussiny*, ou simplement Russes,
les représentants de cette race se laisseraient rattacher
aux tribus légendaires du neuvième siècle, les *Viélimanié*
ou *Obry*, dont il a été fait mention plus haut, connus
encore sous le nom de *Douleby* dans la Volhynie occidentale, de *Boujanié* sur les rives du Boug, de *Tivertsy* sur le
Dniéster, ou *Ouletchi, Ouglitchy* en aval du fleuve vers la
mer, *Khorvaty* dans le voisinage de la Galicie, *Drévlianié*

dans la Poléssié actuelle, *Polianié* sur le Dniéper, etc. Et voilà la Russie coupée en deux.

D'après les historiens de l'école de Pogodine, rejetée du sud au nord lointain, vers le lac Ilmen, c'est une de ces peuplades, à la vérité du groupe oriental sans doute, qui aurait fondé Novgorod, tandis que les Polianié bâtissaient Kiév. Avec le temps, toutes les tribus de même origine se seraient fondues en trois autres groupes distincts mais ethniquement identiques : Russes du sud, — Blancs-Russiens, — Grands-Russiens, et l'unité nationale prévaudrait ainsi dans la diversité apparente. Mais rien n'est moins certain que cette genèse.

Le nom de Russe procède sûrement d'un radical normand. Les envoyés d'Oleg à Constantinople, Imegald, Ruald, Farlov, Karn, Frelaw n'étaient certainement pas des Slaves. Normands, les conquérants de Novgorod et de Kiév sont devenus des Russes ici, comme ailleurs ils se faisaient appeler Suédois, Anglais ou Goths, et c'est leur conquête précisément qui seule, au nord comme au sud, a pour un moment unifié, par voie de compression, la poussière des peuples subjugués ; comme plus tard, au douzième siècle, la désagrégation de l'empire de Monamaque les a rendus à leur hétéromorphie primitive.

Ces peuples, auxquels le ciment normand a donné une consistance éphémère, avaient-ils une origine commune et cette communauté était-elle slave? Rien encore de plus problématique. A l'époque précédant la conquête normande, Nestor ne connaît pas de Slaves dans les parages de Kiév. Il les montre resserrés presque entièrement dans la région de la Dvina et du Dniéper supérieur, de l'Ilmen et du Dniéster, et le dernier historien qui se soit occupé de la question, en des études extrêmement minutieuses, M. Hrusevskyï, n'arrive sur ce point à aucune conclusion positive. L'Ukraine était habitée avant que les Normands y pénétrassent, et cette population autochtone appartenait à la race indo-européenne, c'est tout ce qu'il ose affirmer, en admettant comme seulement vraisemblable l'affiliation des mêmes peuples à l'élément slave (1).

Il n'en est pas moins vrai qu'à ses débuts l'individualité historique qui est devenue depuis la Russie de Pierre le Grand a trouvé dans cette contrée un premier centre de rayonnement; qu'elle y a pris corps comme nation; qu'elle y y a laissé de glorieux souvenirs et la marque profonde d'un génie particulier. Ce sont des titres dont la valeur ne peut être contestée. La conquête lithuanienne postérieure, suivie d'un renouveau de culture polonaise, en a créé d'autres, qui ne sont pas méprisables, mais auxquels la consécration du temps a manqué. Histoire ou légende, Kiév ne saurait répudier le passé russe, où les noms de Vladimir, d'Igor et d'Olga ont brillé. L'occupation polonaise n'a fourni aucun équivalent de cette merveilleuse épopée et, tout compte fait, évoquant les antécédents glorieux du dixième siècle, le retour victorieux de la puissance russe dans cet antique foyer a dû au dix-septième siècle prendre le caractère d'une revanche et d'une reprise légitime. Il ne doit pas coûter à la fierté polonaise d'en convenir. Elle peut, même dans cette contrée, réclamer sa part, et elle a de plus justes revendications à faire valoir ailleurs. Quant à la question de savoir à quelle famille au juste appartenaient les aborigènes du lieu, participants ou victimes passives de cette longue bataille de races qui continue sous nos yeux, c'est là un problème destiné probablement à demeurer toujours insoluble et dont l'importance a été d'ailleurs très exagérée. Un savant polonais, professeur à l'Université de Cracovie, ne vient-il pas, sans que ses compatriotes songeassent à le lapider de mettre en avant une hypothèse, d'après laquelle le berceau commun de toutes les races slaves aurait été au centre de la Russie actuelle? Les Polonais riverains de la Vistule ou de la Warta en proviendraient

---

(1) HRUSEVSKYÏ, *Geschichte des Ukr. Volkes*, t. I, p. 53 et suiv., 584 et suiv. (Chap. II du vol. III dans l'original petit-russien; *ibid.*, une bibliographie très complète du sujet.) Comp. GAVRONSKI, *B. Khmiélnitski*, p. 8.

eux-mêmes. Sur les rives du Dniéper, Russes et Petits-Russiens ont lutté pendant des siècles contre les *Lakhy* (Polonais) détestés, en qui ils apercevaient les pires ennemis de leur nationalité. Eh bien, d'après M. Rostafinski, les premiers *Lakhy* connus auraient été des Russes (1).

Au commencement du dix-septième siècle, époque à laquelle il faut arriver pour recueillir, sur ce pays disputé, des données moins conjecturales, la Pologne recommençant à y étendre sa suprématie, la frontière sud-est de ses possessions était marquée par les villes fortifiées : Oster, Kiév, Kaniév, Tcherkassy, Biélaïa-Tserkov, Bratslav et Vinnitsa, ainsi que par des places d'armes, établies à Vassilkov, Korsoun, Péréiaslavl sur d'anciens forts en ruines. Plus au loin, dans la même direction, Bar et Khmiélnik constituaient les avant-postes d'une sphère de recolonisation nouvellement entamée. Au delà encore et jusqu'à la mer Noire, à travers les gouvernements actuels de Poltava, Ekatiérinoslav, Kherson et la partie méridionale des gouvernements de Tchernigov, Kiév et Podolie, c'étaient toujours les « champs sauvages », région entièrement déserte en hiver, ou habitée seulement par les ours *(ursi campestres),* les loutres groupées en de grandes cités, les bisons, les élans, les cerfs, les antilopes, les sangliers, les chevaux sauvages, et les loups, qui, pendant les grands froids, souvent mortels à leurs compagnons, devenaient les rois de cet inculte royaume (2).

A ce moment, nulle part, aucune colonne de fumée s'élevant dans l'air glacé n'indiquait là une habitation humaine, sauf dans l'ancien bailliage de Péréiaslavl et dans quelques clairières et îles perdues au milieu des marécages bordant le cours de la Soula et du Psiol, où subsistaient et se cachaient des débris d'une des anciennes tribus indigènes, les *Sevriouki* (3).

(1) *Bulletins de l'Académie des sciences de Cracovie, section d'histoire et de philosophie,* mars 1908.
(2) Martin BRONIEWSKI (BRONOVIUS), *Tartariæ descriptio,* p. 2.
(3) HERBERSTEIN, *Rerum Moscoviticarum...,* p. 113. Comp. STOROJENKO, *Esquisses de l'ancienne Péréiaslav,* p. 254-310.

Au retour du printemps, le tableau changeait. S'animant, la steppe se couvrait de cette végétation luxuriante que Gogol devait si poétiquement décrire, et des hommes faisaient en même temps leur apparition. Quels hommes? Des Tatars d'abord, grands éleveurs de bétail, qui, en avril, quittaient leurs *ouloussy* de Crimée et emmenaient là d'immenses troupeaux. Des marchands turcs, tatars et surtout arméniens suivaient, voyageant en caravanes avec les produits d'Orient, destinés aux marchés de la Pologne, de la Lithuanie ou de la Moscovie et rencontrant en route des *solniki*, ou marchands de sel, qui se rendaient inversement en Crimée, pour y faire leurs approvisionnements. Ces convois suivaient des routes tracées depuis des temps immémorables et appelées par les Tatars : *chlaki* (1). Derrière eux, enfin, venaient les Cosaques.

III

LES COSAQUES D'UKRAINE

Commun, ainsi que nous l'avons vu (V. plus haut chap. v), à toutes les parties de l'ancienne Pologne et de l'ancienne Russie, cet élément prenait ici des noms divers, empruntés habituellement aux lieux de sa fréquentation ou à ses points d'attache : Cosaques du Dniéper, Cosaques du *Zaporojé*, c'est-à-dire riverains du fleuve par delà les fameux rapides *(porogi)*, qui aujourd'hui encore en interrompent le cours; Cosaques du *Nizovié*, c'est-à-dire habitants des terres basses plus voisines de la mer Noire, ou, plus simplement, Cosaques de Kiév, de Kaniév, de Tcherkassy (2).

La composition de ces bandes était des plus hétérogènes.

(1) *Descriptio veteris et novæ Poloniæ*, aux mots : Bialogrod et Szlak; *Archives de la Russie du Sud*, VIIe partie, 1er vol., p. 82, 83, 96, 112, 595.

(2) WIERZBOWSKI, *Documents*, t. I, p. 305-307; CZUCZYNSKI, *Journal de la Diète de 1585*, p. 9.

Un registre de cinq cents cosaques dressé en 1581 à Tcherkassy indique dans le nombre : vingt Moscovites, quatre Moldaviens, un Serbe, un Allemand et beaucoup de Polonais, dont quelques gentilshommes (1). Les chroniqueurs polonais de l'époque voient, d'autre part, dans ce ramassis cosmopolite, autant d'outlaws poussés par les accidents d'une vie orageuse à quitter leurs patries respectives et réfugiés dans la steppe pour y vivre de brigandage. Quiconque leur offre une bonne prise est leur ennemi ; cependant, comme les chrétiens dominent parmi eux, ils s'attaquent de préférence aux Turcs et aux Tatars. Les rois de Pologne obtiennent d'eux quelques services, en les employant à garder les parties excentriques de leur domaine et à arrêter les incursions des « païens » (2).

Mais, en des temps plus anciens, les Cosaques lithuanorusses introduits dans ces parages s'étaient fréquemment associés aux Tatars pour des entreprises communes ; le mélange subsistait ; il maintenait entre chrétiens et « païens » une intimité qui devait jouer un grand rôle dans l'œuvre future de Khmiélnitski, et, de ce fait, l'utilité que la Pologne pouvait tirer de ces auxiliaires demeurait très précaire. Au seizième siècle, assurément, le contingent tatar se réduisant à peu de chose dans la plupart des bandes, l'élément polonais s'y renforçait ; mais il était d'une qualité peu propre à inspirer confiance. Après avoir fait quelques sottises ou perdu leurs biens, des jeunes gens de bonne famille se portaient de plus en plus fréquemment à chercher d'autres aventures dans la steppe ukrainienne, à moins qu'ils ne préférassent jouer au cosaque, c'est-à-dire exercer le métier de bandit dans leurs propres foyers (3). Sous la plume d'un écrivain polonais du temps nous trouvons cette constatation : « Les nôtres allaient plus souvent « cosaquer » en pays tatar que

(1) IABLONOWSKI, *Sources*, t. XX, p. 154-164 ; GORSKI, *Hist. de l'infanterie polonaise*, p, 243-244.
(2) HEIDENSTEIN, *Rerum Polonarum...*, p. 119 ; BIÉLSKI, dans *Recueil des historiens anciens*, t. I, p. 659.
(3) WERESZCZYNSKI, *Écrits*, p. 14.

les Tatars ne venaient chez nous. » Et des noms suivent appartenant à la plus haute aristocratie (1).

Ce n'est pas que, au début surtout, le brigandage constituât l'unique ou même la principale ressource de cette partie de la population ukrainienne. Les Cosaques ne l'ont longtemps pratiqué qu'accessoirement à des industries plus honnêtes, pêche, chasse, agriculture. Du quinzième au seizième siècle, en déterminant une modification profonde dans le statut politique, social et économique de l'ancien duché de Kiév, en y substituant notamment le système féodal à l'ancien régime communautaire pour la possession des terres, l'annexion à la Lithuanie et ensuite à la Pologne eut pour conséquence un mouvement d'émigration portant dans la steppe voisine non seulement de mauvais sujets mais aussi des laboureurs en quête d'un établissement plus conforme à leurs habitudes bouleversées (2). Le nom d'*ataman* donné par les Cosaques à leurs chefs servait aussi anciennement à désigner les maîtres-pêcheurs (3). A toutes les époques d'ailleurs, obligeant les brigands eux-mêmes à quitter la steppe, où ils n'auraient pu trouver à se nourrir, l'hiver les renvoyait dans les villes ou bourgs les plus proches. Beaucoup y avaient des familles (4).

En se multipliant et en rendant ainsi la steppe à peu près impropre à toute exploitation pacifique, ce sont les incursions des Tatars de Crimée qui ont fait prévaloir plus tard dans ce milieu le type militaire. Mi-artels, industriels, mibandes pillardes, ces groupements ont ainsi évolué, en tendant à prendre l'aspect d'une confrérie *sui generis* de soldatsbrigands ayant son centre dans une des îles du Dniéper, au-dessous des rapides.

(1) LUBIENIEÇKI, *Poloneutichia*, p. 30-31.
(2) STOROJENKO, *Étienne Bathory et les Cosaques*, p. 149. Comp. EVARNITSKI, *Hist. des Cosaques du Zaporojé*, t. II, p. 15-16; LUBANSKI, *Le Régime économique de l'empire lithuanien*, col. 532.
(3) SREZNIÉVSKI, *Éléments d'un dictionnaire...*, p. 231.
(4) *Descriptio veteris et novæ Poloniæ* au mot Czerkasy; *Lettres de Zolkiewski*, p. 81-82; EVARNITSKI, *loc. cit.*, t, I, p. 287 et suiv.

Il est extrêment probable que, rappelant en beaucoup de traits les formes de la chevalerie occidentale, cet établissement a eu pour premiers fondateurs des gentilshommes polonais, de l'espèce de ce fameux Albert Laski, qui, haut dignitaire de la couronne, donnait pour doublure à son manteau deux cent soixante-treize décrets de bannissement et d'infamie par lui encourus, et, pour échapper aux poursuites en résultant, allait guerroyer en Moldavie avec des compagnons de fortune (1). La date de la fondation est inconnue, car sur le Dniéper comme sur le Don, les Cosaques n'aimaient pas les écritures. Les fonctionnaires polonais, starostes et voiévodes des villes frontières l'ont sans doute favorisée, espérant en tirer parti contre les Tatars, et des grands seigneurs polono-russes d'humeur aventureuse tels que le prince Dimitri Vichniéviétski (ou Wisniowiecki, d'après l'orthographe polonaise), le prince Bogdan Rozynski, ou encore les prétendants multiples au trône de Moldavie, paraissant constamment dans ces parages, n'y ont certainement pas été étrangers (2).

Dans la suite, la protection des autorités polonaises fut manifeste, se traduisant, comme dans les relations de Moscou avec les Cosaques du Don, par des fournitures de chevaux, munitions de guerre et provisions. Plus ou moins ouvertement, starostes et voiévodes encourageaient même les expéditions des Cosaques en pays musulmans et, au besoin, leur prêtaient main-forte, sauf à réclamer une part dans le butin recueilli, comme aussi à réquisitionner quelques détachements pour des emplois de toute nature : gardes, escortes, corps auxiliaires pour les campagnes où l'armée polonaise se trouvait engagée. Des Cosaques arrivèrent ainsi à être attachés de façon permanente à la personne d'un certain nombre de roitelets polonais (3). Mais ceux de la confrérie établie sur

(1) Szajnocha, *OEuvres*, t. VIII, p. 159.
(2) Paprocki, *Armorial*, p. 156-167; Xénopol, *Hist. des Roumains*, p. 308-309, Koulich, *Documents*, p. 11.
(3) Padalka, dans *Antiquité de Kiév*, août-septembre 1884.

le cours inférieur du Dniéper eurent bientôt d'autres ambitions.

IV

LES CHEVALIERS DU ZAPOROJÉ

Sous le nom de *Zaporojé* ou *Nij,* on désignait au dix-septième siècle la partie la plus complètement sauvage des *dzikié pola* sur les deux rives du Dniéper, au-dessous des embouchures de l'Orela et de la Tasmina et au delà des rapides (1). D'immenses forêts bordaient là le fleuve, fournissant aux Cosaques des bois pour la construction de leurs flottilles et à l'ingénieur français Beauplan, engagé au service de la Pologne, des matériaux pour les charpentes d'un fort destiné à surveiller et à contenir les trop hardis navigateurs.

L'établissement créé en ce lieu n'engloba pas, à beaucoup près, tous les Cosaques d'Ukraine. Laissant en dehors des groupes nombreux, qui progressivement se soumettaient plus ou moins docilement à la discipline et à la culture polonaise, il s'en détacha dans un isolement farouche. Il se constitua en confrérie militaire indépendante, commandée et administrée par des chefs élus et ayant son siège principal, sa capitale, appelée *Siétch* ou *Koch,* d'un nom dont l'étymologie demeure incertaine, dans une île du Dniéper — cette même *Khortitsa* où, en 1557, Dimitri Wisniowięcki offrait ses services au Terrible, pensait défier les Turcs et rêvait la conquête de la Moldavie (2). Ce chef-lieu ne demeura cependant pas fixe. Les Cosaques avaient l'humeur voyageuse et des querelles éclatant parmi eux déterminèrent la création d'autres *Siétchy*, dont aucune n'eut cependant la même importance.

(1) Pour la description souvent faite de ces rapides, voy. BEAUPLAN, *Descript. de l'Ukraine,* p. 19, et surtout MASZKIEWICZ, dans *Niemcewicz, Recueil de mémoires,* t. V, p. 87-89. Comp. EVARNITSKI, *loc. cit.,* t. I, p. 22 et suiv.

(2) WALISZEWSKI, *Ivan le Terrible,* p. 230; SREZNIÉVSKI, *Hist. de l'Ukraine,* p. 115.

A l'époque la plus brillante de son existence, entre 1600 et 1770, la confrérie, ou *Kravtchina*, comme elle se dénommait elle-même, est arrivée à occuper plus ou moins solidement l'espace compris entre le Boug et le Dniéster. Ce territoire était divisé en *palanki*, cinq au début et huit ensuite, correspondant à des points stratégiques plutôt qu'à des centres d'une organisation à peu près absente. La capitale avait l'aspect d'une petite ville protégée par des fortifications en terre et des palissades. De grandes casernes en bois, sans cheminées, appelées *kouréni*, y servaient d'habitation aux Cosaques. Chacune pouvait contenir jusqu'à cent hommes en une seule salle, simplement garnie de tables disposées le long des murs. Au milieu, les Cosaques couchaient sur la terre dure, un espace de trois archines (2 m. 13) étant réservé à chaque compagnon. En s'y installant, il s'entendait dire : « Voilà où tu vas vivre et, à ta mort, on fera la place plus courte. »

Militaires ou civiles, les fonctions étaient réparties, par voie d'élection, au 1ᵉʳ janvier de chaque année, dans une assemblée générale, où se discutaient aussi les questions les plus importantes. Pour le courant, des assemblées plus restreintes *(skhodki)* réunissaient seuls les hauts magistrats en exercice *(starchina)*, ainsi que quelques vieillards. La police intérieure des *kouréni* et l'administration des *palanki*, en tant qu'il y en avait une, relevaient en outre des conseils régulièrement tenus sur place, et, en temps de campagne, un conseil de guerre concentrait tous les pouvoirs.

Élu comme tous les autres fonctionnaires pour un an seulement, rééligible indéfiniment mais obtenant rarement le renouvellement de son mandat plusieurs années de suite, l'*ataman kochovyï* était le chef civil, militaire et même spirituel de la communauté. Il dirigeait seul les relations extérieures d'ordre diplomatique, confirmait les élections à tous les grades, présidait au partage entre les *kouréni* des terres, des pêcheries, de la solde, des approvisionnements, des revenus de toute nature et du butin de guerre.

La *starchina* ne comprenait que quatre fonctionnaires :

l'*ataman*, le juge *(soudia)*, le chancelier *(pissar)* et le capitaine *(essaoul)*. Chef principal de la justice au civil et au criminel, le juge remplaçait l'*ataman* en cas d'absence et assumait aussi la charge de trésorier. L'*essaoul* faisait office de lieutenant-général de l'*ataman* et de ministre de la police. Envoyé en 1594 par l'Empereur pour engager la *Siétch* à lui prêter main-forte contre les Turcs, Eric Lassota rapporte dans son journal que cette proposition fut discutée successivement dans les deux réunions de la *starchina* et du commun des Cosaques et la décision lui parut dépendre uniquement de la seconde assemblée. Après s'être résolus à accepter les conditions qui leur étaient faites, les compagnons jetèrent leurs bonnets en l'air (1), signe chez eux de contentement et d'accord, comme chez les Grecs d'Homère le bandeau de voyant qu'en pareil cas Calchas mettait sur son casque.

Sauf le cheval, les armes et le butin de guerre, tout, dans la *Siétch,* appartenait à la collectivité. Les repas étaient pris en commun. Les convives puisaient avec des cuillers en bois dans de grandes gamelles remplies de gruau ; ils remplissaient des gobelets également en bois au contenu d'énormes brocs, où l'eau-de-vie alternait avec l'hydromel et le malt trempé *(braga)*. Imposée à la confrérie par la précarité de ses ressources, la pauvreté s'y convertissait en règle, proscrivant en principe tout luxe de nourriture ou de vêtements. Au cours d'une expédition particulièrement fructueuse, il arrivait bien que tel chevalier se parât, comme Razine et ses compagnons, avec la riche défroque d'un Turc ou d'un Polonais ; mais, avant de reparaître au *kouren*, l'usage voulait qu'il se plongeât dans un tonneau de goudron, où pourpoints de velours et vestes de soie, recouvrant d'ailleurs toujours une chemise grossière et sale, dépouillaient toute élégance (2).

(1) *Journal*, p. 9 et suiv.
(2) Gliszczynski, *Le Sens historique du Zaporojé*, p. 237 ; Skalkovski, dans *Revue du min. de l'Instr. publ.*, novembre 1839, p. 176 ; Chevalier, *Hist. de la guerre des Cosaques*, p. 18 et suiv. — Pour l'ensemble des traits pittoresques, voy. *La Russie d'autrefois*, texte russe et français d'Evarnitski, illustrations de Vassilikovski et de Samokich.

17

Dans cette organisation à base démocratique, corporative et collectiviste, quelques historiens ont cru reconnaître les traits des anciens groupements russes de l'époque des *viétchié*, concluant ainsi à une parenté ethnique qui rattacherait les uns à l'autre (1). Mais on observera que des particularités analogues se retrouvent dans la structure de la plupart des confréries de l'Occident, et l'influence polonaise se laisse deviner là avec beaucoup plus de vraisemblance.

Très vantée et donnée comme modèle par certains spécialistes, l'organisation militaire de la *Kravtchina* ne parait pas d'autre part avoir justifié cette admiration. Le mépris de la mort, l'audace alliée à la ruse, une grande résistance à la fatigue et une extrême mobilité, tels semblent avoir été les éléments essentiels des succès obtenus par « l'armée *zaporovienne* ». Après avoir emprunté aux Polonais diverses espèces d'armements, les Cosaques les ont successivement abandonnés, faute de savoir s'en servir, se contentant du sabre et du mousquet, et, en dépit du renom dont elle a bénéficié (2), leur artillerie n'a joué un rôle décisif sur aucun champ de bataille (3). Jusqu'à Khmiélnitski, ils ont combattu le plus souvent de nuit, excellant surtout aux attaques par surprise et employant la journée à des marches forcées, qui les portaient à l'improviste sur des points où ils étaient le moins attendus. Surpris en route à leur tour, ils s'entendaient encore à se couvrir avec des retranchements improvisés, dont leurs chariots, très nombreux habituellement, fournissaient la base. Mais de préférence encore ils allaient en mer, « pour coudre une chemise de feu à Stamboul » (Constantinople), selon l'expression passablement hyperbolique d'ailleurs d'un

(1) EVARNITSKI, *Hist. des Cosaques du Zaporojé*, t. II, p. 17, 78 et suiv. ; le même, *Documents*, p. 26 ; le même, *Les Libertés des Cosaques du Zaporojé*, passim ; ANTONOVITCH, *Hist. des hommes éminents de la Russie du Sud-Ouest*, t. I, p. 2 ; MAKSIMOVITCH, *OEuvres*, t. I, p. 310 ; le même, dans *Antiq. de Kiév*, septembre 1884, p. 587. Comp. les souvenirs de Claude RONDEAU, *ibid.*, novembre 1889, p. 445 et suiv.

(2) STAROWOLSKI, *Inst. rei militari*, liv. III, col. 26 ; KRASINSKI, *Polonia*, p. 73.

(3) Voy. cependant : KOKHOVSKI, *Études sur les guerres de B. Khmiélnitski*, p. 99.

développement de certaines vertus militaires. Il favorisait trop des instincts de débauche grossière. Sous l'influence des idées d' « ordre » monastique qui entraient vaguement dans la constitution de leur confrérie, les Cosaques étaient censés pratiquer le célibat et observer la chasteté. Une autre *douma* les représente comme incapables d'imaginer la distinction des sexes, ou ne sachant pas comment une femme est faite. Apercevant une cigogne, un *ataman* la prend naïvement pour une jeune fille (1). Le Cosaque n'a d'autre compagne que sa pipe, ou encore, la guerre et la mort. L'histoire des expéditions auxquelles participent ces austères « chevaliers » n'en est pas moins constamment entremêlée de scènes d'orgie bestiale. D'un ton plus relevé, avec quelques traits où s'accusent des sentiments plus nobles, — honneur, foi, héroïsme chevaleresque, —l'œuvre poétique des *Kobzary* ukrainiens apparaît, comme celle des bardes rustiques du Don, principalement consacrée à la glorification des plus odieux excès (2).

L'indifférence à l'égard du sexe ne se traduit guère, dans ce milieu, que par l'oblitération du sentiment de famille. Siérko, l'Achille du *Zaporojé*, est bien marié et père de deux filles ; mais les femmes n'étant pas admises dans la *Siétch*, il ne voit la sienne que de loin en loin. Le Cosaque est par vocation un être sans feu ni lieu. « Il va où il veut et personne ne pleure après lui, » dit un poète du cru. Communiste, collectiviste et surtout nihiliste, il demeure, au fond, antisocial. Assez longtemps, bien qu'on y ait contredit, il devait rester absolument étranger aussi à toute idée de morale comme de religion. Si quelques exceptions se laissent découvrir à cet égard, ce n'est que du fait d'individus ayant appartenu à la confrérie mais s'en étant séparés (3). Au dix-septième siècle, il n'existait certainement pas d'église à la *Siétch* et la présence d'aucun prêtre n'y était tolérée. Au dehors même de la cité

---

(1) GLISZCZYNSKI, *loc. cit.*, p. 295.
(2) KOULICH, dans *Archive russe*, 1877, liv. VI, p. 131.
(3) FÉODOSII, *Aperçu historique*, p. 60 ; MAKSIMOVITCH, *OEuvres*, t. II, p. 275, 281.

cosaque, la rencontre d'un pope passait pour de mauvais augure, bien que, fort irrévérencieusement, telle *douma* donnàt la *Zaporojets* pour également inhabile à distinguer un prêtre d'un bouc et une église d'une meule. Au milieu d'une tempête mettant en péril l'équipage d'une *tchaïka*, le héros d'une ballade interpelle ainsi ses hommes : « Confessez-vous au Dieu miséricordieux, à la mer et à votre *ataman* (1). »

Les pratiques cultuelles n'ont fait leur apparition au sein de la confrérie qu'à une époque postérieure et sous l'influence de considérations d'ordre politique plutôt que moral. Au dix-septième siècle, zélé défenseur de l'orthodoxie, le métropolite de Kiév, Pierre Mogila, traitait publiquement les *Zaporojtsy* de mécréants, et leur plus éloquent apologiste dans le camp polonais, Adam Kisiel, avouait qu'on devait les regarder comme *religionis nullius*. Même note à Moscou, où, en conférence avec Éric Lassota, les *diaks* du département des relations extérieures disaient : « Ces hommes n'ont aucune crainte de Dieu (2). » C'est un fait, enfin, que, dans leurs actes de brigandage, les Cosaques n'épargnaient pas plus les *tserkvi* orthodoxes que les églises catholiques (3), et, d'autre part, au cours d'un apostolat où il confondait la cause de la foi orthodoxe avec celle de l'indépendance cosaque, Job Boretski n'a pu seulement obtenir des « chevaliers » du *Zaporojé* de quoi construire un clocher au monastère de Saint-Michel, sa résidence (4).

Ainsi faite, dans l'entreprise de colonisation et de civilisation, poursuivie par la Pologne en cette partie de ses vastes domaines, la *Kravtchina* constituait un facteur ne se laissant pas mettre hors de compte et pourtant singulièrement embarrassant.

---

(1) *Recueil archéographique,* t. I, p. 265; MULLER, *OEuvres historiques,* p. 43. Comp. EVARNITSKI, *Hist. des Cosaques du Zaporojé,* t. I, p. 316.

(2) *Lectures de la Soc. d'hist. de Moscou,* 1873, n° II; Comp. KOULICH, dans *Revue du min. de l'Instr. publ.,* mars 1878, p. 6.

(3) KOULICH, *ibid.,* p. 201, et *Messager de l'Europe,* 1874, n° IV, p. 543; KLIOUTCHEVSKI, *Cours d'histoire,* t. III, p. 141.

(4) Voy. son testament dans le *Bulletin de l'éparchie de Kiév,* 1863, n° 21.

V

LA CULTURE POLONAISE

La tâche se compliquait de toute sorte d'incidences, dues tant à la composition ethnique de la population locale qu'à la diversité de souvenirs historiques et d'affinités nationales ou religieuses s'y rattachant. La colonisation avait pour instrument principal des concessions de terres, que le gouvernement polonais attribuait, par dizaines de lieues carrées, à des serviteurs ou à des favoris, à charge de les peupler et de les mettre en valeur. Le recrutement des colons était assuré par tout un système de privilèges : franchise entière des lots accordée pour une période de vingt ou même de trente ans; redevances ultérieures très modérées; immunité à l'égard des responsabilités judiciaires encourues au pays d'origine, etc. En Pologne, la remise des taxes n'étant communément consentie, même sur les espaces à défricher, que pour un temps de moitié moins long, la corvée s'y substituant presque partout aux redevances en nature ou en argent et le sol n'ayant pas à beaucoup près la même fertilité, l'affluence des immigrants était grande. Beauplan s'est certainement laissé prendre à un mirage en parlant, à ce propos, d'une multiplication féerique de villages et de villes au sein du désert. Il constatait les résultats d'un travail déjà séculaire. Les écrivains polonais du dix-septième siècle ont subi la même illusion en rapportant des traits d'une richesse fabuleuse qui aurait été créée dans ces établissements : dîme de dix mille têtes de bétail fournie annuellement par un seul domaine; ours se gavant à en crever avec le miel des ruches répandues à profusion. D'immenses fortunes n'en prenaient pas moins naissance à cette source. En 1620, à la mort du prince Janus Ostrogski, on trouvait dans son héritage : 600,000 ducats, 400,000 écus et 29,000,000 de florins en argent comptant, vingt tonneaux d'argent en barres. C'était l'épargne d'un majorat ukrainien comprenant quatre-vingts villes et deux mille sept cent soixante villages ! (1) »

Mais, comme cet opulent *magnat*, la plupart des gros concessionnaires au même lieu étaient d'origine russe ou russolithuanienne, et, se mêlant aux débris de la population autochtone, les colons qu'ils attiraient, vinssent-ils de la Pologne, n'appartenaient pas davantage, le plus fréquemment, à la nationalité polonaise. C'étaient, pour la plupart aussi, des « Ruthènes », c'est-à-dire d'autres représentants du fonds ethnique, où ils rentraient ainsi après une longue randonnée. Ils appartenaient à cette antique population ukrainienne que la conquête normande avait russifiée, que l'invasion tatare suivie de l'invasion turque dispersait depuis des siècles à travers la Slavie du nord et de l'ouest, et qu'un reflux des destinées historiques ramenait aux lieux de son habitat primitif. Sur les rives de la Vistule ou du Niémen, ces déracinés avaient conservé la marque de leur origine. En 1491, on imprimait encore à Cracovie des livres en slavon russe ; le musée Roumiantsov de Moscou conserve un évangéliaire manuscrit du quinzième siècle portant la signature d'un bourgeois de la ville très polonaise de Kazimierz, qui s'appelait Ivan Chapnik Leontiévitch, d'un nom très russe et par qui ce livre fut offert à l'église orthodoxe du lieu.

Jusqu'à la réception, d'ailleurs, par Miécislas Ier, en 968, d'un évêque latin, la Pologne chrétienne a relevé de l'archevêché morave de Méthode et donc du rite grec (2) ; au dix-septième siècle, en dehors de l'Ukraine, elle réunissait sous sa domination d'autres parties de l'ancien empire de Vladimir, avec une population de même origine ; sur la rive gauche du Dniéper ses entreprises de colonisation attiraient jusqu'à un certain nombre de sujets moscovites, frayant dans le bassin de la Vorskla, de la Soula et de l'Oudaï avec les

(1) SZANOCHA, *OEuvres*, t. VIII, p. 147.
(2) MACIEJOWSKI, *Mémoires sur l'Hist. de la littérature et de la législation*, t. I, p. 144.

farouches Sevriouki, dont il a été fait mention plus haut (1)
et qui n'avaient certes rien de polonais. L'élément touranien
intervenait aussi dans ce mélange, et bien qu'assez faiblement représenté à ce moment, il accusait la part plus anciennement prise dans le peuplement de la contrée par les noms
tatars d'un grand nombre de localités : Balakleï, Baladyn,
Berchada, etc. Quelques Valaques, enfin, et un nombre considérable de Juifs et d'Arméniens complétaient le fonds humain
disponible pour l'œuvre des civilisateurs polonais.

Toute exagération mise à part, les résultats qu'ils surent
obtenir jusque vers le milieu du dix-septième siècle témoignent d'un effort digne d'éloges et se montrent remarquables,
surtout dans la partie occidentale de la Volhynie, où précisément le prince Ostrogski avait ses possessions. Plus à l'est,
les progrès accomplis étaient beaucoup plus lents, et en 1625,
sur 2,812 lieues carrées dans les palatinats de Kiév et de Bratslav, les inventaires ne relevaient encore que 1,400 villages
avec 545,280 habitants (2). La différence s'explique non
seulement par l'éloignement plus grand du foyer de culture,
mais encore, et surtout, par la présence, dans cette portion
du domaine à civiliser, de cet élément réfractaire qui, du
fond de la *Sïetch*, étendait sur toute la contrée voisine l'ombre
de son irréductible sauvagerie. Entre les fondateurs des villages et des villes et les organisateurs de bandes armées se
concentrant dans la steppe, la Pologne devait ainsi, au triple
point de vue politique, social et économique, trouver devant
elle un problème dont la solution dépassait ses forces.

(1) Voy. VLADIMIRSKI-BOUDANOV, dans *Archives de la Russie du Sud-Ouest*,
VIIᵉ partie, deuxième volume, Préface, p. 134, 172. Comp. LAZAREVSKI, *Esquisses*, t. III, p. 101 ; MILIOUKOV, dans *Mir Bojïï*, 1895, n° 4, p. 52 et suiv.
(2) IABLONOWSKI, *Sources*, t. XX, p. 86-87, t. XXII, p. 221. Comp. KOULICH,
dans *Messager d'Europe*, 1874, liv. IV.

VI

LE PROBLÈME UKRAINIEN

Tout comme le gouvernement moscovite dans ses relations avec les Cosaques du Don, après avoir aperçu dans le *Zaporojé* et les autres groupements cosaques d'Ukraine une ressource précieuse à utiliser contre les Turcs et les Tatars, ainsi qu'un réservoir commode d'auxiliaires militaires, le gouvernement polonais ne tarda pas à y découvrir une source de gros soucis. En 1578, désirant se mettre en bons termes avec la Porte, à raison de la prise d'armes méditée contre Moscou, Bathory parla de détruire ces « repaires de brigands » (1). C'était plus facile à dire qu'à faire, et, en définitive, le roi s'arrêta à un expédient, où on a voulu apercevoir tout un plan grandiose d'organisation et dont l'objet précis n'était que d'atténuer la turbulence des milices ukrainiennes, en y puisant les éléments d'un corps régulier, pris à la solde de la République. Encore la mesure n'était-elle que temporaire. Au moment de se mesurer avec le Terrible, et pour la campagne en perspective seulement, Bathory voulait ajouter à ses effectifs une élite de 500 Cosaques, auxquels, en sus de la solde promise, il attribuait son domaine ukrainien de Trakhtemirov, où un hospice devait être établi à leur intention et où on s'est plu encore à découvrir l'embryon d'une nouvelle capitale cosaque.

C'était tout (2) ; l'idée elle-même n'était pas neuve ; les fermiers des domaines royaux en Ukraine en avaient depuis

(1) Bibl. Krasinski, ms. A. I, nᵒ 4, l. 54 ; *Éditions de la Bibl. Krasinski*, t. VI, p. 35 ; *Actes hist.*, t. XI, p. 113 ; BIÉLSKI, *Recueil des hist. anciens*, t. I, p. 673 ; PAWINSKI, *Sources*, t. IV, p. 67-70 ; EVARNITSKI, *Le Zaporojé*, p. 129-130 ; BRUN, *Recueil*, p. 179-180.

(2) *Actes hist.*, t. XI, p. 144 et suiv. ; IABLONOWSKI, *Sources*, t. XX, p. 154 et suiv. ; Bibl. Krasinski, ms. fol. A, I, 4, l. 104-105 ; *Éditions de la même Bibl.*, t. VI, p. 336 et suiv.

le commencement du siècle tenté l'application à plusieurs
reprises (1), et ce nouvel essai ne fut pas des plus heureux.
A s'en rapporter au journal d'un secrétaire de Bathory, les
Cosaques que le roi emmena en Moscovie ne s'y illustrèrent
que par une tentative de viol qui troubla le sommeil du
souverain (2). Cette poignée de réguliers laissait d'ailleurs
hors de toute discipline, un effectif beaucoup plus nombreux
de « brigands », et, bien que le roi donnât ultérieurement à
la combinaison un caractère permanent et une plus grande
extension (3), le problème ukrainien ne s'en trouva pas
sérieusement affecté. Au cours des années suivantes, l'illustre
banni polonais, Samuel Zborowski, s'en mêlant (4), Tatars
et Turcs firent entendre à Varsovie des plaintes et des menaces
de représailles si inquiétantes, que des actes de répression
parurent nécessaires, et, en 1584, après que Zborowski eut
été décapité à Cracovie, le sang de plus de trente Cosaques
suppliciés à Lemberg en présence d'un *tchaouch* dut servir à
apaiser la Porte (5).

Mais ce n'était encore qu'un expédient. Pour mieux faire,
pour policer la steppe, avec tout ce qu'elle contenait d'éléments réfractaires à l'œuvre d'ordre et de paix qu'on y entreprenait, il eût fallu la mettre sous le couvert d'une ligne de
forts pourvus de garnisons imposantes. Il eût été indispensable aussi de supprimer, dans la Crimée voisine, ce foyer
de brigandage organisé, où les Cosaques portaient parfois la
guerre, mais où plus souvent ils puisaient leurs plus fâcheuses

(1) Kamanine, dans *Lectures de la Soc. hist. de Nestor*, 1894, VIII, p. 81 ;
Gorski, *Hist. de l'infanterie pol.*, p. 242.

(2) Abbé Piotrowski, *Journal*, édit. Czuczynski, p. 100.

(3) Broel-Platter, *Recueil de mémoires*, t. IV, p. 114.

(4) Pour Zborowski, dont le séjour au *Nij* a laissé une trace profonde dans la
poésie populaire, voy. Paprocki, *Armorial*, p. 103-112 ; Zegota Pauli, *Mémoires*,
p. 19.

(5) Pour cette phase dans l'histoire des Cosaques d'Ukraine, voy. Iablonowski,
dans *Ateneum*, 1896, t. VIII, p. 246-270, et surtout Storojenko, *Étienne Bathory et les Cosaques*, *passim*, et en particulier p. 141 et 156. Comp. Kostomarov, *Bogdan Khmiélnitski*, t. I, p. 19, 21 ; Padalka, dans *Antiq. de Kiév*,
1884, t. X, p. 42-52 ; Evarnitski, *Hist. des Cosaques du Zaporojé*, t. II, p. 56,
65 ; Karpov, *Aperçu critique*, p. 44-45.

inspirations. De cet effort-là, affaiblie par ses désordres intérieurs, la Pologne n'était pas capable, et il convient d'ajouter
que Pierre le Grand lui-même ne devait pas s'y essayer,
léguant la tâche à la grande Catherine. La République se
trouvait réduite aux expédients et elle y montrait encore un
défaut d'esprit de suite lamentable. Aux « enregistrés »,
comme on appelait les Cosaques qu'elle enrôlait, elle ne paya
pas toujours la solde promise, et, en prétendant interdire aux
autres les incursions en pays voisins et la rapine, elle ne faisait que les exaspérer sans pouvoir se faire obéir. Également
mécontents et nullement matés, les uns et les autres réagis-
saient d'une façon désastreuse sur la partie pacifique de la
population, qu'ils prétendirent du reste assez tôt soumettre à
leur propre autorité, bravant celle des magistrats polonais et
disputant aux concessionnaires du gouvernement la possession de certaines terres.

La République s'avisa alors de séparer le bon grain qu'elle
semait dans la steppe de l'ivraie qui y poussait spontanément
et elle s'appliqua à réduire la part de la seconde. A partir de
la fin du seizième siècle, une série d'ordonnances eut pour
objet d'interdire aux Cosaques l'accès des bourgs et des villages, de les empêcher même de s'y ravitailler; réciproquement les habitants des bourgs et des villages devaient rester
enfermés dans la zone de leurs établissements. C'était vouloir
l'impossible et jeter simplement dans ce milieu déjà profondément troublé une nouvelle cause d'irritation. La population laborieuse du lieu s'en trouva elle-même portée à la
révolte.

En principe et au début, le sort qui lui était fait ici avait
de quoi la satisfaire. Aux yeux des paysans corvéables de
Pologne, l'Ukraine, à cette époque, passait pour un Eldorado,
et non sans quelque raison. Les franchises à long terme et les
autres avantages, communément stipulés dans les contrats de
colonisation, laissaient aux bénéficiaires une grande liberté
et une marge de profits très large. Les obligations mises à la
charge des colons se réduisaient à quelques redevances en

nature ou en argent et à quelques services d'ordre militaire.
La corvée n'existait pas, ou se trouvait extrêmement réduite :
dans tel inventaire, mention est faite de trois journées de travail *par an* à fournir par les paysans ; dans tel autre, dix-huit
hameaux sont indiqués comme « ne payant rien et ne servant
pas non plus » .

Général au seizième siècle, cet état de choses ne paraît pas
s'être sensiblement modifié au siècle suivant dans les domaines
affermés de la couronne, les *starosties*. Pour ce qui est de la
propriété privée, il ne s'est maintenu intégralement que dans
la région du sud, plus difficile à exploiter. Au nord-ouest,
par contre, l'affluence des colons rendant les ménagements
moins nécessaires, dès l'année 1620, dans les domaines
volhyniens du prince Ostrogski, nous voyons des paysans
astreints à trois ou même cinq jours de travail *par semaine* en
sus de diverses redevances en nature (1). Et, se développant
rapidement, le système arrive, ici comme en Pologne, au
même luxe monstrueux de taxes et de prestations mises à la
charge des cultivateurs écrasés : mesures de blé *(osyp)* et
paires de chapons à fournir trois fois par an ; taxes frappant
les ruches possédées *(oczkowe)*, les bêtes à cornes *(rogate)*, la
pêche *(stawszczyna)*, le pâturage *(spasne)*, la récolte des glands
(zolendne), la chasse *(dziesiecina)*, la mouture des grains *(sucho-
mielszczyna)*, le tout en sus des « jours » dus au propriétaire et ne laissant au paysan que des heures parcimonieuse-
ment comptées, non pour le repos mais pour les soins à
donner à son propre champ (2).

D'autre part, les disponibilités diminuant avec le progrès
de la colonisation, de nouvelles concessions empiètent sur
des terres déjà attribuées en franchise et y étendent le régime

(1) IAHLONOWSKI, *Sources*, t. XXII, p. 285 et suiv.

(2) *Mémoires sur les guerres cosaques*, p. 56 ; *Monuments édités par la Commission de Kiév*, t. II, 2ᵉ partie, p. 22-38, 52-56, 129-130, 154, 155 ; t. III,
2ᵉ partie, p. 16-44, 3ᵉ partie, p. 34-35 ; Comp. KRASINSKI, *Geschichtliche Darstellung*, t. I, p. 80 et suiv., 146 et suiv. ; BOBRZYNSKI, *Bulletins de l'Acad. des sciences
de Cracovie*, 1891-1892, p. 163-173 ; MORDOVTSEV, dans *Archive des sciences
hist. et juridiques*, t. III, 3ᵉ partie, p. 34-35.

de la corvée. Les premiers bénéficiaires invoquent-ils le *jus primi possidentis,* on leur oppose l'absence de documents constatant leurs titres. Vainement ils font état d'une « constitution » qui en 1569 a dispensé les possesseurs héréditaires de cette justification : dès la même année tel favori de cour, le palatin de Bratslav, Jean Potocki, a obtenu à titre de privilège le droit de réclamer des *Kaduki,* c'est-à-dire toutes possessions tombées en caducité, faute de documents. Et il en use (1).

Ayant un sabre en main et d'autres sabres derrière eux, les Cosaques résistent dans la plupart des cas à ces revendications (2) ; un nouveau grief n'en est pas moins ajouté de leur fait aux doléances communes. Mais la grande plaie de la colonisation polonaise, *last but not least,* reste encore à indiquer : c'est l'exploitation du plus grand nombre des domaines par des intermédiaires, généralement Juifs. Insoucieux ou incapables de faire valoir directement leurs immenses *latifundia,* les grands propriétaires de l'Ukraine recouraient communément à un système de fermages généraux ou partiels et l'on devine ce que devenaient, dans un tel milieu, des fermiers d'origine israélite.

Le nombre de Juifs établis à cette époque sur les deux rives du Dniéper ne se laisse pas évaluer, même approximativement. Nous sommes réduits à des indices qui, cependant, attestent l'accroissement extrêmement rapide de ce contingent : à Vinnitsa, par exemple, en Podolie, les inventaires relèvent quinze *sujets* de cette catégorie en 1569 et soixante-six *familles* en 1604 (3). Vers le milieu du dix-septième siècle, première victime des insurrections cosaques, Israël semble pulluler partout.

Partout, il se fait aussi détester. Cabaretier, usurier, trafiquant, le Juif exploite sans merci et exaspère sans mesure

(1) POWIDAJ, *Les Cosaques du Zaporojé,* p. 13.
(2) IABLONOWSKI, *Les Inventaires des domaines royaux,* p. XXXVIII; Comp. GAVRONSKI, *Bogdan Khmiélnitski,* p. 68-69.
(3) IABLONOWSKI, *Sources,* t. XXII, p. 380,

la population indigène. Mais c'est comme fermier surtout qu'il se rend odieux. En cette qualité, il se montre substitué au propriétaire pour l'exercice de tous ses droits. Dans tel contrat, il est stipulé que « l'illustre seigneur Abraham Chmoïlovitch *(sic)* et sa femme Rykla, fille de Judas », auront pouvoir d'agir en toute circonstance *loco domini* (1). Or, les droits ainsi dévolus comprennent en fait la juridiction sans appel, au civil comme au criminel. Dérivant du statut lithuanien, le *jus vitae et necis* n'a jamais été, il est vrai, légalement reconnu en Pologne au bénéfice des maîtres, mais il s'est trouvé consacré par la coutume. Une loi de 1768 en fournit la preuve, ayant précisément eu pour objet de mettre fin à cet abus (2).

Prudence ou répugnance instinctive, le « seigneur Abraham Chmoïlovitch » et ses congénères ne semblent pas avoir usé fréquemment du glaive. Ils se rattrapaient largement sur le reste, arrivant à des excès qui seraient invraisemblables, s'ils n'étaient attestés par de nombreux témoignages documentaires. Parlant des « églises affermées dans toute l'Ukraine à des Juifs », une *douma* ne fait elle-même qu'interpréter des pratiques avérées. Il faut entendre par là que les fermiers juifs s'avisaient de frapper d'une taxe jusqu'aux mariages et aux baptêmes de leurs assujettis, et, pour assurer le prélèvement de ce droit, appelé *dudek* ou *pojemszczyzna*, ils retenaient les clefs des églises!

L'horreur du régime qu'ils imposaient aux corvéables et justiciables de leur ressort s'accuse en des traits hideux jusque dans les sources d'origine polonaise et ce n'est pas en Ukraine, où on ne parlait guère le latin, qu'ont été, à la même époque, composés ces vers :

(1) *Monuments édités par la Comm. de Kiev*, t. III, 1re partie, p. 79-80; Comp. KOULICH, *Mémoires pour l'hist. de la Russie du Sud*, p. 101-102.

(2) KORZON, *Hist. intérieure de la Pologne*, t. I, p. 357; KRASINSKI, *loc. cit.*, t. I, p. 166; HÜPPE, *Verfassung der Republik Pol.*, p. 62; LEUTHONEN, *Die Polnischen Provinzen Russlands*, p. 56 et suiv.

(3) ANTONOVITCH et DRAGOMANOV, *Chants hist. du peuple petit-russien*, t. II, p. 20 et suiv.

> *Clarum regnum Polonorum*
> *Est cœlum Nobiliorum,*
> *Paradisum Judeorum,*
> *Et infernum Rusticorum* (1).

La colonisation polonaise garde, sur ce point, de lourdes responsabilités. Elle a trouvé des apologistes, même en Petite-Russie. On a observé que Pierre le Grand lui-même n'a pu ramener l'ordre et la prospérité dans ce pays qu'en y rétablissant l'autorité des seigneurs polonais. La férocité imputée à ces maîtres n'aurait été dans l'imagination du peuple ukrainien qu'un reflet de sa propre barbarie, comme ses tentatives insurrectionnelles n'étaient que l'effet d'un esprit anarchique, provoquant et justifiant des rigueurs indispensables. En fait, la Pologne serait devenue au contraire victime d'un excès de douceur et de tolérance poussées jusqu'à la naïveté (2).

Ces allégations contiennent une part de vérité. Si misérable et douloureuse qu'elle fût, la condition des paysans d'Ukraine restait dans l'ensemble, au dix-septième siècle, plus supportable que celle de leurs compagnons d'infortune dans les autres pays, aux époques où le servage s'y est trouvé en vigueur. Les Cosaques, d'autre part, jouissaient au même lieu d'une situation tout à fait privilégiée ; or, comme les plaintes les plus violentes, les mouvements insurrectionnels ont toujours procédé de leur sein. Dans le domaine public enfin, comme dans le domaine privé, à travers des abus accidentels et des écarts individuels, le tempérament polonais ne s'est jamais prêté au déploiement d'une grande

---

(1) Woycicki, *Mémoires pour le règne de Sigismond III*, t. I, p. 245, 255 ; *Monuments édités par la Commission de Kiév*, t. I, 2ᵉ partie, p. 96 ; *Actes de la Russie du Sud-Ouest*, t. III, p. 278 ; Grondski, *Hist. Belli Cos. Pol.*, p. 32 ; Kwiatkowski, *Histoire de Ladislas IV*, p. 172-173 ; Paul d'Alep, édit. Mourkos, t. II, p. 3, édit. Belfour, t. I, p. 171 ; Maksimovitch, *OEuvres*, t. II, p. 366 ; Koulich, dans *Messager d'Europe*, 1874, liv. III, p. 13 et suiv.

(2) Koulich, dans *Archive russe*, 1877, liv. III et VI ; le même, *La Séparation de la Petite-Russie d'avec la Pologne*, t. I, p. 10-12. Voy. dans le même sens, Bobrzynski, *Une Page d'hist.*, p. 109, et Krasinski, *loc. cit.*, p. 189. Se rencontrant en 1877 avec ces deux derniers historiens polonais, Koulich a abjuré d'anciennes opinions, entièrement contraires.

sévérité, ni davantage à l'application systématique d'un régime quelconque.

Incontestablement, la crise politique et sociale, où dès le commencement du dix-septième siècle l'Ukraine s'est trouvée précipitée et où la domination polonaise devait sombrer, a eu pour cause le ferment cosaque. Or, dans toutes les régions et sous tous les régimes, cet élément s'est montré également indocile à toute discipline. Nulle part il n'a pu être adapté à une organisation policée. Partout, pour faire triompher la cause de l'ordre et de la paix, il a fallu l'éliminer ou le réduire par des procédés également violents, et, en somme le plus grand reproche encouru par la Pologne, dans cette partie de sa carrière historique, est encore de n'avoir pas su devancer sa rivale du nord dans l'emploi des contraintes nécessaires.

L'application à ce pays des règles communes est un contresens. Par sa situation géographique et sa formation historique, il se trouvait en dehors de toute règle, et des traits de caractère et de mœurs tout à fait particuliers en résultaient au sein de l'amalgame confus d'individualités ethniques, jetées là comme un amas de pierres à bâtir. A une mélancolie profonde, dont sa poésie porte l'expression, et à une tendance générale aux entreprises téméraires, désespérées, s'unissaient des explosions de gaieté folle où, voué aux alarmes perpétuelles, ce peuple en devenir semblait chercher l'oubli des tristesses vécues et des périls à prévoir. Sur le fond sombre d'une destinée douloureusement éprouvée et constamment menacée, la fantaisie cosaque jetait sa broderie colorée. Entre deux invasions turques ou tartares, suivies de combats journaliers et d'alertes incessantes, aux cris de douleur ou d'angoisse succédaient les éclats d'une verve joyeuse et bruyante. La misère habituelle des villages et des bourgs faisait soudain place à une débauche de luxe barbare, fruit de quelque récolte miraculeuse ou de quelque expédition exceptionnellement lucrative. Au bras des « chevaliers », hier vêtus de haillons, aujourd'hui couverts de soie, des

18

femmes, épouses ou maîtresses, apparaissaient dans les rues, pieds nus encore, mais portant aux oreilles des boucles en or, enlevées en un harem turc.

Tout cela créait un milieu constitutionnellement désordonné, fantastique, extravagant, où l'introduction d'un ordre de choses quelconque, simplement normal, prenait l'apparence d'un paradoxe, et, contrariant un ensemble d'instincts, de goûts, d'habitudes et de passions, devait se heurter à des résistances obstinées. Il n'est nullement nécessaire de mettre en cause à ce propos, comme d'aucuns l'ont fait (1), un antagonisme imaginaire d'institutions, opposant l'individualisme polonais au communisme indigène. La formule collectiviste n'a jamais eu en Ukraine qu'une application très restreinte, dans la *Siétch*, où, ainsi qu'il a été montré plus haut, elle procédait d'influences étrangères. Quant au radicalisme républicain des masses populaires sur les rives du Dniéper, il a dû coûter un grand effort d'imagination aux historiens qui en ont fait la découverte. Entre ce monde chaotique et tout gouvernement essayant de le soumettre à sa loi, quelle qu'elle fût, un conflit était inévitable ; mais ni la question nationale ni la question religieuse n'ont longtemps joué aucun rôle dans ce débat, et, quand elles y ont été mêlées, elles n'ont guère fait que masquer le jeu d'autres intérêts, ambitions et passions, y intervenant d'une façon bien plus réelle. Elles n'ont pas manqué, certes, de compliquer le problème et, pour cette raison, la place qu'elles y ont tenue doit être mise en évidence.

VII

LA QUESTION NATIONALE ET LA QUESTION RELIGIEUSE

Staroste de Kaniov et de Tcherkassy, dans la première moitié du seizième siècle, et un des plus vaillants cham-

(1) Voy. KOULICH, *Histoire de la réunion de la Petite-Russie*, t. I, p. 173.

pions de la colonisation polonaise en ces marches orientales, Ostap Dachkovitch, originaire d'Ovroutch en Volhynie, était orthodoxe et correspondait en russe avec le roi Sigismond Iᵉʳ. Le gouvernement polonais et la société polonaise du temps s'accommodaient sans répugnance de ces relations. Arrivant en Ukraine, les *szlachcicy* polonais souffraient volontiers que leur langue polonaise se fondît dans le parler populaire du lieu. Par contre, même pour les défenseurs les plus résolus de l'indépendance locale ou de l'union avec la grande Russie, le polonais devait garder longtemps le privilège exclusif de langue littéraire. Ils s'en servaient de préférence jusque dans les pamphlets dirigés contre la domination polonaise (1). Jusque vers le milieu du siècle suivant, la possibilité d'un antagonisme national entre Russes et Polonais paraissait exclue par le fait même de la composition de l'empire polonais, où les deux éléments se trouvaient accouplés en vertu d'un accord librement consenti. L'ennemi, pour ce conglomérat à base fédérative, c'était le Moscovite, prétendant inquiétant à la portion russe de la communauté ainsi constituée, mais rival disqualifié, pensait-on, à raison du caractère excentrique de son développement historique, en dehors du monde slave. Néanmoins, entre Varsovie même et Moscou la religion seule faisait obstacle à un rapprochement d'où un nouveau lien fédératif aurait pu sortir, et mes lecteurs ont vu (2) qu'au prix d'une messe orthodoxe un roi de Pologne moins scrupuleux que Sigismond III se serait sans grande difficulté installé au Kreml.

En Ukraine, la majorité des colons appartenait au rite grec ; mais, rejaillissant sur l'ensemble de la population, l'indifférence en matière religieuse, ou pour mieux dire, l'hostilité des Cosaques écartait cette pierre d'achoppement ou en ren-

---

(1) Pᴇʀᴠᴏʟꜰ, dans *Revue du min. de l'Instr. publ.*, avril 1894, p. 159 et suiv. ; A. Bʀᴜ̈ᴄᴋɴᴇʀ, dans *Revue historique trimestrielle*, 1896, t. X, p. 627 ; Wɪsᴢɴɪᴇᴡsᴋɪ, *Hist. de la littérature pol.*, t. VIII, p. 233 ; Iᴀʙʟᴏɴᴏᴡsᴋɪ, *L'Académie de Kiév*, p. 110 ; Gᴏʟᴏᴜʙɪᴇᴠ, *Pierre Mogila*, t. I ; *Suppl.*, n° 40 ; Kᴏᴜ-ʟɪɢʜ, *Hist. de la réunion de la Petite-Russie*, t. III, p. 173-176.

(2) Wᴀʟɪsᴢᴇᴡsᴋɪ, *La Crise révolutionnaire*, p. 357 et suiv,

dait l'embarras presque insignifiant. En jouant plus tard de
cet instrument, il arriva que Kmiélnitski lui-même trahit le
fond de sa pensée dans la chaleur communicative des banquets, déclarant que, pour lui, pape ou prêtre catholique ne
faisaient qu'un, les deux ne valant pas la corde pour les
pendre (1). Sans grande vitalité à ce moment même dans
son foyer moscovite, il était inévitable que l'Église orthodoxe
se ressentît en Pologne du voisinage d'une autre religion,
dominante et devant à cette situation des privilèges naturels.
Jusque vers la fin du seizième siècle tout au moins, elle y
bénéficia cependant d'une très large tolérance. En 1584,
Bathory autorisait ses sujets orthodoxes à suivre le vieux calendrier ; en 1589, Sigismond III lui-même invitait le patriarche de Constantinople, Jérémie, à exercer sur eux ses droits
de juridiction (2). Retenu par le roi, le droit de nomination
aux évêchés infligeait bien au clergé orthodoxe et à la communauté religieuse qui en relevait un état de dépendance
avilissante ; ni l'un ni l'autre ne s'en montraient très affectés.
Inculte et grossier, débauché et sordide, au témoignage
propre de ses membres les plus éminents (3), ce clergé abdi-
quait, dans l'ordre moral, toute préoccupation et ses ouailles
se ressentaient de sa bassesse et de son indifférence. La vie
religieuse ne conservait de ce côté quelque énergie qu'au sein
d'un certain nombre de confréries *(bratstva)*, dont l'origine,
à Lemberg, remontait au treizième siècle, mais dont le développement, sur la base du principe corporatif, était encore
un fait de la culture polonaise, dû en grande partie à l'influence de la loi de Magdebourg qu'elle introduisait dans le
régime des municipalités. Car l'affiliation aux formations
communautaires de l'ancienne Russie ne se laisse pas plus
établir pour ces groupements que pour les confréries militaires du Zaporojé (4). Longtemps aussi, le gouvernement

(1) *Monuments édités par la Commission de Kiév*, t. I, p. 314.
(2) *Actes de la Russie du Sud-Ouest*, t. II, p. 179, 187.
(3) Voy. les écrits de Jean de Vichnia, de Smotrytski et de Filippovitch.
(4) VLADIMIRSKI-BOUDANOV, dans *Revue du min. de l'Instr. publ.*, avril 1874,
p. 249 ; FLEROV, *Les Confréries orthodoxes, passim*.

polonais respecta ces institutions, qui pourtant, s'attribuant une très large autonomie judiciaire et administrative, visaient à affirmer leur autorité contre celle même des évêques par lui institués. Il ne s'en inquiétait pas, pensant avec raison que le temps et les circonstances travaillaient plus efficacement encore à son avantage.

Très vraisemblablement, les couches inférieures de la population auraient en effet suivi, tôt ou tard, le mouvement qui ralliait les classes supérieures à la culture polonaise et, par voie de conséquence naturelle, à la religion catholique (1). Mais c'était une œuvre de longue haleine, et malheureusement, dès la fin du seizième siècle, des catholiques trop pressés voulurent la précipiter. A la faveur de l'esprit libéral et aussi, pour tout dire, de la nonchalance propre au tempérament national, la crise du protestantisme elle-même n'étant pas arrivée, en Pologne, à donner une grande âpreté au conflit confessionnel, ces zélateurs intempestifs devaient réussir à porter la bataille sur un autre terrain.

C'étaient, on l'a deviné, des Jésuites. A partir de 1570, prenant pour base d'opération les maisons des grands seigneurs ukrainiens, polonais ou polonisés, où ses affidés ont accès comme percepteurs, secrétaires, intendants (2), la milice de Loyola entre en lice et aussitôt la situation change d'aspect. En 1582, le clergé catholique et le peuple de Lemberg sont ameutés contre le clergé orthodoxe, à l'occasion de l'introduction du calendrier grégorien. En 1588, l'ordre parvient à installer à Kiév un archevêque orthodoxe de son choix, Michel Rahoza, un élève, un protégé et un instrument docile. Et un nouveau programme est mis en exécution, celui-là même dont le père Skarga, le Bossuet polonais, indiquait la formule dès 1577, en publiant son livre célèbre sur l'Unité de l'Église et en y préconisant ouvertement l'emploi des

---

(1) Voy. dans ce sens CHLIAPKINE, dans *Revue du min. de l'Instr. publ.*, octobre 1885, p. 210.

(2) Voy. TCHISTOVITCH, *Essai sur l'hist. de l'Église russe dans les provinces du Sud*, t. I, p. 88 et suiv.; t. II, p. 1 et suiv.

moyens coercitifs, l'application énergique du *compelle intrare*.

L'assaut est donné sur toute la ligne, et, réveillant l'activité assoupie des confréries orthodoxes, il provoque de leur part une résistance inattendue. A Kiév, à Vilna, dans d'autres villes encore, des associations du même type prennent naissance. Réorganisée en 1586, celle de Lemberg reçoit du patriarche de Constantinople, Jérémie, de nouveaux pouvoirs extrêmement étendus, avec un droit de contrôle sur toutes les éparchies, allant jusqu'à la mise en accusation ou en interdiction de tous les membres du clergé, curés ou évêques (1). Refusant de reconnaître cette juridiction, l'évêque orthodoxe de Lemberg, Gédéon Balaban, engage une querelle violente avec son collègue de Loutsk, Cyrille Terletski, que la rumeur publique accuse d'ailleurs de toute sorte de méfaits, rapts, viols et fabrication de fausse monnaie (2).

C'est la lutte, âpre, passionnée, aveugle, et de son sein se dégagent bientôt deux idées, qui domineront le débat ainsi soulevé, en l'orientant vers un dénouement fatal. Clergé et population, les fidèles de l'Église orthodoxe seront portés à chercher un point d'appui, une espérance de secours là où ils devront naturellement se flatter de les trouver, en dehors de la dominatior polonaise, inféodée maintenant aux Jésuites, et donc ils porteront leurs yeux du côté de Moscou. En même temps, suspects comme créatures du gouvernement polonais, harcelés pour cette raison par les confréries militantes, abandonnés et livrés à ces justiciers par le patriarcat d'Orient, quelques évêques orthodoxes n'apercevront plus la possibilité de maintenir leur autorité et de défendre leurs privilèges au sein de l'Église grecque, et donc ils seront amenés à se retourner du côté de Rome.

Décidée dès 1591, sous l'influence de la société de Jésus (3), l'Union avec Rome fut consommée en 1595; c'est-

(1) *Actes de la Russie de l'Ouest*, t. IV, n° 6.
(2) *Actes de la Russie du Sud-Ouest*, t. I, p. 223, 239, 394, 426.
(3) Voy. une chronique galicienne publiée dans *Revue du min. de l'Instr.*

à-dire que, l'archevêque Rahoza se tenant à l'écart parce que plus suspect que tous les autres, l'évêque de Przemysl, Michel Kopystynski, et celui même de Lemberg, Balaban, en dépit de ses démêlés avec les confréries, protestant après avoir donné d'abord leur adhésion, deux autres, Cyrille Terletski de Loutsk et le nouvel évêque de Vladimir, Hippace Pociej, ancien converti au catholicisme, allèrent à Rome, avec l'assentiment de quelques collègues et y portèrent leur soumission (1).

De la part du gouvernement polonais, qui favorisa ce mouvement, de la part des Jésuites eux-mêmes, ses principaux initiateurs, ce fut une lourde faute. Les intentions étaient assurément bonnes et la présence seule de Skarga parmi les premiers ouvriers de l'œuvre suffirait à cautionner la noblesse de sentiments dont elle s'inspirait. Les résultats ne pouvaient être que néfastes. D'après le projet élaboré par Skarga, il ne s'agissait pas d'une fusion complète des deux Églises. Mais précisément, en prétendant respecter l'autonomie organique et rituelle de la communauté annexée, on créait un corps hybride, qui n'avait aucun principe de vie et de développement possible. En s'interposant avant terme entre les deux éléments qui d'eux-mêmes inclinaient à se rapprocher, ce néo-organisme ne devait servir qu'à empêcher la lente absorption de l'un par l'autre, en même temps qu'il introduisait dans un milieu déjà saturé à cet égard un antagonisme en plus d'idées et d'intérêts contraires.

Sous l'empire de préoccupations en grande partie personnelles, les grands seigneurs du lieu, d'origine russe et de religion orthodoxe, mais ralliés à la Pologne, les Wisniowieçki, Sanguszko, Sapieha, Oginski, Chodkiewicz, Paç, Chreptowicz, Wollowicz, Korsak, avec en tête le grand chef de cette

---

publ., 1838, p. 3. Tenu quelque temps secret, l'acte de 1591 a été plusieurs fois publié depuis, notamment dans l'*Antirrchesis* de Pierre Arcudius. Pour le rôle des Jésuites, voy. Demianovitch, même *Recueil*, septembre 1871, p. 22 et suiv.

(1) *Actes de la Russie de l'Ouest*, t. IV, n°ˢ 78-79; Harasiewicz, *Annales*, p. 173, 193 et suiv.; Theiner, *Monum. Poloniae*, p. 237; Tchistovitch,) *loc. cit.*, t. II, p. 8 et suiv.

aristocratie locale, Constantin Ostrogski, se montrèrent eux-
mêmes récalcitrants (1). L'union leur enlevait le droit, qu'ils
tenaient de l'usage plutôt que de la loi, d'intervenir dans les
affaires ecclésiastiques. A près de quatre-vingt-dix ans d'âge,
le « duc d'Ostrog » était un représentant typique du groupe.
Dans l'aspect qu'elle prenait maintenant, la « Kozaczyzna »
ukrainienne avait grandi avec lui et cosaque il restait, lui
aussi, de la tête aux pieds. Plus jeune, il avait un jour pénétré
de force dans le château d'Ostrog, où vivait la veuve de son
frère Ilia, pour enlever sa fille et la donner à un ami, Dimitri
Sanguszko. La princesse protestant, il la jeta par terre, contraignit un prêtre à célébrer le mariage séance tenante, prononça pour sa nièce les paroles sacramentelles et l'obligea à
assister à un banquet, après lequel le mariage fut consommé
— avec l'aide brutale des serviteurs de Sanguszko, qui eurent
raison des résistances de la mariée.

En 1569, cet homme violent n'avait pas fait opposition au
pacte qui unissait les provinces russes de l'ancien empire
lithuanien à la Pologne ; il s'était montré depuis à sa façon
sujet fidèle de la République ; mais il ne payait pas les impôts
qu'il devait à son trésor ; comme la plupart des gentilshommes,
mais plus insolemment, il méprisait ses lois ; il disait de gros
mots au souverain, et, avec un million de ducats de revenu,
il laissait en ruine ce château d'Ostrog dont il avait hérité et
ne se souciait pas davantage d'aider à l'entretien ou à la restauration des églises de Kiév.

La religion orthodoxe n'avait pas grand secours à attendre
d'un tel défenseur. Elle en trouva d'autres. Du mont Athos,
la voix du moine galicien Jean de Vichnia se fit entendre,
provoquant à Vilna un écho retentissant dans la parole et les
écrits d'Étienne Zizanii, soulevant d'ardentes polémiques,
suscitant dans les masses populaires des sentiments nouveaux.
Même parmi les Cosaques, l'indifférence que nous connaissons fit place à d'autres dispositions, où la cause religieuse se

_____

(1) HARASIEWICZ, *Annales*, p. 128 et suiv. Pour les noms de ces familles polo-
nisées, j'adopte l'orthographe polonaise qu'elles ont conservée jusqu'à nos jours.

rattacha inopinément à une cause nationale, jusque-là inexistante (1). Menacé en Pologne, le rite grec devait invinciblement être porté à évoquer l'idéal d'une autre Russie, où il n'encourrait pas les mêmes disgrâces.

En 1622 déjà, nous trouvons trace de voyages à Moscou entrepris par des prélats orthodoxes de Pologne, officiellement pour demander des aumônes, mais en réalité pour solliciter la protection du tsar contre « l'ennemi commun » (2).

Or, quelques soins que les Jésuites et le gouvernement polonais lui-même secondant leurs efforts apportassent à en assurer le développement, les progrès de l'*Union* étaient lents, et d'autre part les déclarations de tolérance religieuse multipliées par les diètes polonaises ne répondaient pas à la réalité. Garantissant le libre exercice de la religion grecque, elles n'étaient guère respectées par le clergé catholique et elles ne s'appliquaient en outre qu'à la noblesse. C'est-à-dire que les nobles orthodoxes restaient maîtres de pratiquer le culte grec ; mais les nobles catholiques n'étaient pas empêchés de faire violence, sur ce point, aux paysans orthodoxes de leurs domaines.

En fait, ce fut un régime d'arbitraire, où la persécution l'emportait, bien qu'une certaine école d'historiens soit tombée à cet égard dans de singulières exagérations (3) ; où la Pologne sacrifiait à une pure chimère des réalités précieuses obtenues par une politique plus sage ; où un problème déjà extrêmement ardu se compliquait d'un facteur particulièrement dangereux et où l'ingérence de Rome ouvrait la

(1) GOLOUBIÉV, *Documents*, n° LXV, p. 370. Voy. aussi dans *Actes de la Russie du Sud-Ouest*, t. II, p. 205, 222, 227, 284, quatre écrits de Jean de Vichnia se rapportant à cet objet.

(2) KOULICH, *Documents*, n° XV, p. 127 ; le même, *Hist. de la Réunion*, t. II, p. 23 ; *Archives de la Russie du Sud-Ouest*, t. III, n° 33-34. — Comp. KOULICH, *La Séparation de la Petite-Russie d'avec la Pologne*, dans *Lectures de la Soc. d'hist. de Moscou*, 1888, liv. II, p. 179.

(3) Voy. dans BANTICH-KAMIÉNSKI, *Histoire de l'Union*, p. 71, l'exemple curieux d'un document (*Monuments édités par la Commission de Kiév*, t. I, n° XIX, p. 62) entièrement travesti, faits et personnages, l'auteur mettant notamment en cause des Jésuites, dont il n'est aucunement question dans ce document.

voie à une autre intervention extérieure, que les [circons-
tances allaient rendre bien plus efficace et finalement déci-
sive(1).

(1) Voy. pour tout cet épisode : *Actes de la Russie de l'Ouest*, vol. IV;
Actes de la Russie du Sud-Ouest, 3ᵉ partie, vol. I; *Monuments édités par la
Comm. de Kiév*, vol. I; Jean DE VICHNIA, *OEuvres;* Bibl. publ. de Saint-Pétersbourg, mss. slaves, n° 243; Constantin OSTROGSKI, *Correspondance, ibid.*, mss.
polonais, n° 223; Paul D'ALEP, *Journal*, édit. Mourkos, t. II, 3; édit. Belfour,
t. I, p. 165; KOIALOVITCH, *Hist. de l'Union*, t. II, p. 50 et suiv. Et les écrits
déjà cités de Skarga et d'Arcudius.

CHAPITRE IX

LE CONFLIT

I

LES TRIOMPHES DE LA CHARRUE
ET LES REVANCHES DU SABRE

Ainsi s'accumulaient les causes d'une crise formidable, qui devait donner un corps et une physionomie à cette réunion ukrainienne d'éléments disparates et inconsistants, et, dans un enfantement douloureux, mettre au jour un empire éphémère d'abord, puis, s'en dégageant, cette personnalité historique dont la destinée définitive demeure aujourd'hui encore à l'état d'énigme inquiétante : « la Petite Russie. » Séparée de la Pologne, englobée, après un essai de vie indépendante, dans une autre agglomération politique, elle n'en conserve pas moins des traits d'originalité persistants et des vues d'avenir parfois très ambitieuses. Originairement, le nom de « Petite-Russie » était particulier à la Volhynie et à la terre de Halitch ; de nos jours, il se trouve des Petits-Russiens pour dresser des cartes où les frontières géographiques d'un État plus ou moins autonome, objet de leurs rêves peut-être chimériques, mais qui sait? s'étendent du Don à la Vistule !

Cette transformation du problème ukrainien a été, au dix-septième siècle, l'œuvre des insurrections cosaques. Au début, celles-ci n'ont pourtant répondu à aucune revendication d'ordre national ou religieux. La première, en 1591, sous le commandement de Cristophe Kosinski, gentilhomme polonais, semble-t-il, originaire de la Podlachie, n'a été qu'une campagne de vulgaire brigandage, poursuivie à travers les domaines du duc d'Ostrog, et donc au détriment d'un homme qui, mieux que tout autre à ce moment, personnifiait précisément les intérêts nationaux et religieux en cause dans ce pays. Réduit à capituler après un combat malheureux, où les lourds escadrons polonais avaient passé comme un ouragan sur sa cavalerie plus légère dont les montures enfonçaient jusqu'au ventre dans la neige fraîchement tombée, tué bientôt après dans une rixe de cabaret (1), le triste héros de cette équipée ne fit que céder la place à un champion plus brillant, sinon plus digne, — « l'Alcibiade de la République cosaque, » comme l'a appelé un historien (2), — Sémérine Nalivaïko.

Celui-là était d'origine plus humble, fils d'un fourreur de Houssiatyne, petite ville ukrainienne, et il avait commencé par combattre son devancier en servant dans les milices du duc d'Ostrog. Nous ne connaissons pas son vrai nom, Nalivaïko n'étant qu'un sobriquet (de *nalivat* — verser à boire). La plupart des Cosaques en portaient d'aussi imagés. Rallié à la *Siètch*, à la suite d'une dispute engagée pour la possession d'un terrain, ce qui devait être aussi le cas du grand Khmiélnitski, « Alcibiade » y trouva Périclès, dans la personne de l'*ataman* Grégoire Loboda. Il paraît avoir débuté, sous les ordres de ce chef, en pillant sans merci la Hongrie, que, sur l'invitation de l'empereur Rodolphe II, les « chevaliers du *Zaporojé* » s'étaient engagés à défendre contre les Turcs. Il visita ensuite la Moldavie, en bandit toujours, mais refusa un peu plus tard d'y suivre une armée polonaise opérant contre les Turcs et les Tatars. Un historien s'est trouvé encore

(1) Voy. pour l'histoire de cette insurrection, *Archives de la Russie du Sud-Ouest,* t. I, 3ᵉ partie, nᵒˢ 32, 34, 36, 39, 47-52, 55, 57-62; HEIDENSTEIN, *Rerum Polonorum,* p. 298, 302; MARKIÉVITCH, *Hist. de la Petite-Russie,* t. I, 75-76; NIKOLAÏTCHYK, dans *Antiquité de Kiév,* 1884, liv. III, p. 432 et suiv.

(2) KOULICH.

pour louer cette preuve « d'esprit pratique (1) » . Il semble
pourtant que le mérite doive en être rapporté à « Périclès » ,
lequel venait de rencontrer son Aspasie, dans la personne
d'une jeune fille de noble famille polonaise, Mlle Oborska,
enlevée aux environs de Bar et épousée par violence. L'aventure brouillait l'*ataman* avec la Pologne.

Mais « Alcibiade » vola bientôt de ses propres ailes. Ayant
assailli à l'improviste les villes de Loutsk et de Pinsk et mis à
sac, dans l'une d'elles, la maison de l'évêque Terletski, qui
se trouvait à Rome pour les affaires de l'*Union* (janvier 1596),
du coup il parut érigé en défenseur de la religion orthodoxe (2). La République dut mettre en campagne son plus
grand homme de guerre, Zolkiewski, contre cet apôtre
improvisé, et, cernée sur les rives de la Soula, en juin 1596,
la bande de Nalivaïko capitula à son tour, non sans avoir justifié le proverbe ukrainien disant qu'il fallait tuer un Cosaque
trois fois pour que son âme se décidât à sortir du corps. Livré
par ses compagnons, Nalivaïko fut conduit à Varsovie et passa
pour y avoir été brûlé à petit feu dans le taureau d'airain de
Phalaris. Nous savons de science certaine qu'il fut simplement décapité ; mais l'Ukraine était par excellence le pays des
légendes, et l'on y parlait aussi d'un « sac de pierre » , colonne
creuse, où Kosinski aurait expié ses exploits (3) .

La répression porta ses fruits ; rassurés et raffermis, les
Polonais développèrent aussitôt un grand effort de colonisa-
tion, créant en quelques années les grands domaines de
Romanov, Khvastov, Haïssyn, Houman, Gostomla, Skvira,
Tabarovka, Lissianka, ajoutant onze villages au domaine de
Vassilkov, trente-cinq à la starostie de Biélaïa Tserkov. Mais

(1) Le même, *Hist. de la Réunion*, t. II, p. 101.
(2) *Archives de la Russie du Sud-Ouest*, t. I, 3ᵉ partie, p. 133.
(3) Voy. pour cette insurrection, HEIDENSTEIN, *Rerum Polon.*, p. 334-336 ;
GRABIANKA, *Journal*, p. 25 ; SAMOVIDIÉTS, *Journal*, p. 3, 215, 370 ; RIEGELMAN,
Chroniques, t. I, p. 29 ; MARKIÉVITCH, *Hist. de la Petite-Russie*, t. I, p. 91 ;
BANTICH-KAMIENSKI, *Hist. de la Petite-Russie*, liv. I, p. 157 et suiv. ; NIKO-
LAÏTCHYK, dans *Antiquité de Kiév*, 1884, liv. IV, p. 654 et suiv. ; EVLACHEVSKI,
même *Recueil*, 1886, t. I, p. 153 et suiv. ; EVARNITSKI, *Hist. des Cosaques*, t. II,
p. 150 ; KOSTOMAROV, *Bogdan Khmiélnitski*, p. 35 et suiv.

dans ces mêmes établissements, se fortifiant sur le terrain religieux, se dessinant vaguement sur le terrain national, le courant de résistance subsistait. Convertissant le mont Athos en mont Sinaï, Jean de Vichnia (1) ne cessait de tonner contre les oppresseurs de la vraie foi, et sa parole ardente électrisait des groupes de plus en plus nombreux, popes, moines, bourgeois, confondus dans un sentiment commun d'indignation et de sourde colère. Au choc des bandes armées succédait une autre lutte, moins sanglante, mais tout aussi passionnée.

Puis encore, dans les premières années du dix-septième siècle, les armes l'emportèrent. En ouvrant aux Cosaques un champ d'action nouveau, la crise déterminée dans le grand empire voisin par la fin de la dynastie de Rurik devait amener les confréries militaires d'Ukraine à une période de très grand épanouissement. Après avoir suivi la fortune des faux Dimitri, ou s'être enrôlés dans les armées polonaises qui marchaient à la conquête de l'héritage vacant, aguerris, exaltés par la victoire, enrichis par le pillage des provinces moscovites, les « chevaliers du *Zaporojé* » montrent une ardeur, une vigueur et une audace qu'on ne leur connaissait encore pas. La mer Noire les attire plus que jamais et le Dniéper, dont ils font un personnage vivant, comme le Boïane de la chanson d'Igor donnant le Doniéts pour confident à son héros et avant lui Homère convertissant le Scamandre en un Dieu terrible et miséricordieux, le *Dniéper-Slavouta*, comme ils l'appellent, devient capable dans leur imagination de les porter à la conquête du monde. Ils ne vont pas si loin, mais en 1614 ils menacent Sinope et en 1616 ils brûlent Kaffa (2). Une guerre avec la Perse, où elle se trouve engagée, désarme momentanément la Porte, et la Pologne d'autre part est, momentanément aussi, en situation de se faire respecter en Ukraine. Grâce à l'énergie

(1) Voy. FRANKO, *Jan de Vichnia et ses œuvres.*
(2) SENKOWSKI, *Collectanea,* t. I, p. 126; NIEMCEWICZ, *Recueil de Mémoires,* t. VI, p. 93, 107. Pour Kaffa, KOSTOMAROV (*Bogd. Khmiélnitski,* t. I, p. LV) indique faussement la date de 1613. Voy. SAKOWICZ, *Poème sur la mort de Konachevicz,* Kiév, 1622.

inlassable et à l'habileté de Zolkiewski, elle arrive même, en 1617, à imposer aux Cosaques un traité, signé à la pointe du sabre, sur la Ros aux environs d'Olchanka, et nominalement cette convention réduit leurs effectifs à un millier d'hommes, pris à la solde de la République (1).

Mais ce n'est qu'une trêve, due en grande partie aussi à l'autorité du seul chef de réelle valeur que la confrérie du *Zaporojé* ait possédé à cette époque, l'*ataman* Pierre Konaché-vitch, dit Sakhaïdatchny. Né aux environs de Sambor dans cette Russie Rouge ou Russie de Halitch (partie orientale de la Galicie actuelle), qui en ce même temps produisait Jean de Vichnia et Job Boretski, gentilhomme, s'il faut en croire les armes, de gueules au fer à cheval sommé d'une croix, dont Sakovitch a illustré son panégyrique, cet homme fut un des derniers Ukrainiens sincèrement ralliés à la Pologne et au programme par elle poursuivi dans ces parages; orthodoxe zélé pourtant, partisan ardent d'une certaine autonomie locale et cosaque dans l'âme à sa façon (2).

Sa façon était sans doute la meilleure; mais l'idéal auquel elle correspondait demeurait irréalisable. Pour soumettre à une plus forte discipline les troupes qu'il commandait, Konachévitch concevait la nécessité de les rattacher d'une manière plus effective à l'organisation militaire de la République, comme aussi d'en éliminer les éléments par trop turbulents et incoercibles. Mais, périodiquement à bout de souffle et à court de ressources, le gouvernement de la République défaisait lui-même d'une main ce qu'il faisait de l'autre. Deux ans après le traité d'Olchanka, pour secourir le prince royal périlleusement engagé au cœur de la Moscovie, il réclamait lui-même en Ukraine une levée en masse!

Soldat vaillant et habile mais fort simple d'esprit, Konachévitch n'entendait d'autre part rien aux avantages et aux séductions de la culture polonaise, qui à ce moment s'im-

(1) *Archives de la Russie du Sud-Ouest*, t. I, 1re partie, n° LXI.
(2) Voy. pour sa biographie, *la Chronique galicienne* publiée dans *Revue du minist. de l'Instr. publ.*, avril 1838, p. 7-8.

prégnait de tous les raffinements de la renaissance italienne.
A cet égard, il faisait partie du bloc irréductible que la sauvagerie cosaque opposait à cette influence civilisatrice. Un
Zamoyski venait de fonder en terre russe, à Zamosc, une
académie et une belle bibliothèque. Nommé palatin de Kiév,
son fils avait beau convertir en cour galante le château du
lieu magnifiquement restauré et y traiter *humanissime* les
« chevaliers du *Zaporojé* » : ses convives préféraient les joies
grossières des *kouréni* et des cabarets.

Le problème devenait de plus en plus insoluble. La Pologne
ne pouvait vivre avec les Cosaques, et cependant elle ne parvenait pas davantage à se passer d'eux. En 1620, ayant réussi
encore à licencier les bandes tumultueuses de Konachévitch,
Zolkiewski refusa de les appeler sous les armes pour une campagne désespérée qu'il entreprenait en Moldavie avec une
poignée d'hommes. Enveloppé à Cecora par une grande armée
turque, il succomba, et les Cosaques se plurent à voir dans
cet événement une punition du ciel. Quelques-uns d'entre
eux, du contingent enrôlé au service de la République,
avaient figuré dans cette bataille, et dans le nombre un
centenier de Tchiguirine, Michel Khmiélnitski, qui fut tué.
Son fils, Zénobie-Bogdan, l'accompagnait et eut la vie sauve.

C'était le futur maître de l'Ukraine.

Après ce désastre, qui désarmait la Pologne, l'Ukraine se
trouva pendant quelque temps abandonnée à elle-même. Or,
à ce moment, concurremment avec les conflits d'ordre social
et économique qui y maintenaient une agitation continuelle,
la guerre religieuse s'avivait dans le pays. Aux prises avec
l'*Union*, l'orthodoxie essayait de porter la lutte sur un
terrain où elle n'avait fait preuve jusque-là d'aucune vitalité.
L'effort civilisateur des Polonais arrivait à évoquer contre
eux une autre culture.

II

LES DEUX ÉGLISES ET LES DEUX CULTURES

De certaine manière et dans un sens au moins, la propagande catholique n'avait pas laissé de faire quelques progrès dans ce milieu. Les grands seigneurs notamment quittaient l'orthodoxie l'un après l'autre, ou n'y restaient attachés que par le souci de conserver leur droit à la distribution des bénéfices ecclésiastiques. Or, la conversion volontaire des maîtres entraînait très habituellement la conversion forcée de leurs sujets. Les prêtres catholiques obtenaient ainsi licence pour s'emparer des églises orthodoxes et des biens affectés à leur entretien et ne se retenaient pas d'user des pires violences (1).

Ces attentats n'allaient pas cependant sans provoquer de vives résistances. Les boursiers des écoles orthodoxes *(bourssaki)* et les serviteurs des monastères engageaient, pour la défense des temples menacés, plus d'un combat sanglant. Sur leurs immenses domaines, d'où souvent une incursion de Tatars ou des Turcs chassait leurs intendants, l'autorité des maîtres avait peine à se faire valoir. L'Ukraine était grande et les fidèles du culte persécuté gardaient la possibilité de lui trouver des asiles inviolables. Les Cosaques eux-mêmes leur en offraient, quelques-uns d'entre eux arrivant déjà à devenir, eux aussi, de grands propriétaires. Rédigé en 1600, le testament de Tychko Volevatch, « citoyen et cosaque de Tchiguirine », dispose d'une fortune territoriale qui occupait une bonne part du district actuel d'Alexandrie dans le gouverne-

---

(1) Ces faits ont été reconnus depuis par le roi Jean-Casimir lui-même, dans un manifeste célèbre (28 août 1657). Voy. HARASIEWICZ, *Annales*, p. 32-33, 36; GRONDSKI, p. 31-33; POWIDAJ, *Les Cosaques du Zaporojé*, p. 34; Comp. LOUKACHEVITCH, *Hist. des Églises*, dans *Lectures de la Soc. d'hist.*, 1847, liv. VIII; STRADOMSKI, dans *Revue du min. de l'Instr. publ.*, 1852, vol. LXXV, p. 3-4; MOURAVIOV, *Hist. de l'Église russe*, p. 181.

ment de Kherson, sur une étendue de plusieurs lieues carrées (1). Or, possédés au titre militaire ou convertis en pro-
priétés nobiliaires, les domaines de cette nature échappaient
à la juridiction des starostes polonais ; ils ne relevaient que
d'un *self-government* cosaque dont, quelque effort en sens
contraire que fit le gouvernement polonais, l'ébauche ne cessait de se développer. Malgré son dévouement à la république, Konachevitch lui-même favorisait sur ce point les tendances autonomistes de ses compagnons d'armes, comme il
s'appliquait aussi à maintenir intacts les cadres de leur organisation militaire.

L'orthodoxie trouvait là un point d'appui de plus en plus
solide, les Cosaques se portant de plus en plus délibérément
à solidariser leur cause avec la sienne. En 1618 déjà, ils massacraient le vicaire général du métropolite de Kiév, Antoine
Grekovitch, pour fait de conversion à l'*Union* (2). Deux années
plus tard, le patriarche de Jérusalem, Théophane, venant à
Kiév, ils protégèrent en armes une assemblée où fut décidée
une sorte de coup d'État : le rétablissement de la hiérarchie
orthodoxe brisée par l'*Union*. Dans la grande église du monastère des Cryptes, au mépris des lois polonaises, le patriarche
consacra un métropolite et six évêques (3).

Le projet était de soulever le peuple, de chasser les
évêques uniates, de reprendre les églises enlevées au culte
grec, et d'imposer ensuite au gouvernement polonais la
reconnaissance du fait accompli. L'attribution de la métropolie de Kiév à l'archimandrite des Cryptes, Job Boretski,
homme déjà signalé par son zèle pour la défense de la « vraie
foi », et l'accession de Konachevitch avec ses compagnons à
la confrérie orthodoxe du lieu, donnaient à l'événement une
portée redoutable. Le moine ascète aux élans mystiques et le

---

(1) *Lectures de la Soc. d'hist. de Nestor,* 1894, liv. VIII. Comp. SOBIESKI,
Commentarium, p. 44.

(2) MARKIÉVITCH, *Hist. de la Petite-Russie,* t. I, p. 120 ; Dom GUÉPIN, *Saint
Josaphat,* t. I, p. 308.

(3) TCHISTOVITCH, *Essais,* t. II, p. 24 ; KOULICH, *Hist. de la Réunion,* t. II,
p. 380 et suiv.

rude soldat communiaient là dans une pensée purement religieuse et où leurs aspirations politiques ne se rencontraient
pas. Boretski était en effet résolument hostile à la Pologne et
déjà entièrement acquis à l'idée d'une entente avec sa rivale
du nord.

Ce désaccord et la faiblesse du gouvernement polonais
concoururent à enlever au conflit ainsi provoqué le caractère
aigu qu'il semblait devoir prendre. La Diète polonaise déclara,
comme de raison, nulles et non avenues les investitures arbitrairement promulguées de prélats orthodoxes; mais elle
n'eut pas le pouvoir de donner une sanction pratique à son
vote, et, en 1621, Konachevitch sut obtenir la promesse
que le décret serait revisé. A ce prix, il participa avec
30,000 hommes à une nouvelle campagne contre les Turcs,
terminée par la retraite de l'armée ottomane (1). Les choses
restèrent donc en l'état, l'Église orthodoxe comprenant maintenant deux hiérarchies distinctes, l'une officielle et soumise,
l'autre révolutionnaire et militaire. Mais la crise fut ajournée,
Konachévitch mourant bientôt après et, en l'absence d'un
chef capable de le remplacer, les Cosaques retournant à leur
désordre habituel, partiellement aussi à leur indifférence en
matière de foi.

A Kiév pourtant subsista un foyer d'agitation anti-unioniste
et anti-polonaise, qui ne devait plus s'éteindre. La confrérie
du lieu, l'école qui s'y trouvait annexée, Boretski et quelques
moines auxquels il communiquait son ardeur, se piquèrent de
tenir tête, même dans le domaine littéraire et scientifique, à
leurs adversaires catholiques, les Jésuites et les Dominicains.
Leur tâche était difficile. Dans le corps enseignant, dont ils
disposaient, les sujets instruits et non adonnés à l'ivrognerie
demeuraient rares, « plus rares que l'or et le diamant »,
constatait mélancoliquement Boretski lui-même (2). Cette

(1) Jacques Sobieski, *Journal de campagne,* p. 19, 20, 21; Samovidiéts, *Chronique,* p. 4; Grabianka, *Chronique,* p. 26; Viélitchko, *Chronique,* t. I;
Suppl., p. 6.
(2) *Recueil archéogr.,* t. VII, p. 82.

contre-propagande avait le nombre pour elle. En dehors de
la sphère aristocratique, la culture polonaise et l'Église latine
restaient également sans prise morale sur la masse de la population, paysans et bourgeois, parmi lesquels l'*Union* provoquait au contraire un courant de fanatisme réactionnaire.
Mais c'était là un élément dont on ne pouvait guère tirer
parti pour une rivalité intellectuelle. L'*Union* elle-même, de
son côté, institution hybride et promptement avilie, abandonnée par les classes supérieures qui se ralliaient de préférence au catholicisme, n'était pas beaucoup mieux partagée
à cet égard (1). Et, de cette façon, par la force des choses,
les combattants se trouvaient irrémédiablement rejetés au
champ clos des polémiques du caractère le plus grossier et
des violences matérielles. Témoin l'apostolat du célèbre
archevêque uniate de Polotsk, Josaphat Kountsevitch, lut-
teur plus énergique que sage, dont les circonstances ont fait
un martyr, dont Rome a fait un saint, mais dont on ne saurait dire qu'il n'ait pas provoqué l'attentat qui lui a coûté la
vie par d'autres très condamnables excès.

C'était un homme plein de vertus héroïques mais entièrement dépourvu de mansuétude. Moine, il repoussait à coups
de bâton les tentations qui venaient l'assaillir dans sa cellule (2) ; évêque, pour purifier les abords des églises enlevées au schisme, il alla jusqu'à la violation des sépultures
orthodoxes, fait non contesté par ses apologistes et assez
maladroitement justifié par une légende puérile d'apparitions qui auraient rendu nécessaire cette mesure (3). Le
12 novembre 1623, son auteur fut massacré au milieu d'une
émeute, et, tout aussi injustifiable assurément, cet assassinat
eut sur la marche ultérieure des événements une influence
considérable et néfaste (4). Dans ce débat ainsi ensanglanté il
consacrait le triomphe des procédés violents.

(1) IABLONOWSKI, *L'Académie de Kiév*, p. 26. Comp. BRÜCKNER, dans *Revue
hist. trimestrielle*, 1896, t. X, p. 643 ; LEVITSKI, *OEuvres*, p. 13.
(2) Dom GUÉPIN, t. I, p. 26.
(3) *Id.*, t. I, p. 153.
(4) Voy. pour cet épisode, Dom GUÉPIN, t. II, p. 32 et suiv. ; MARKIÉVITCH, *Hist.*

Pour combattre Kountsevitch avec de tout autres armes, Boretski avait envoyé à Vitebsk, comme métropolite, le meilleur de ses lieutenants, Mélétius Smotrytski, un élève des Jésuites et des universités étrangères, le premier docteur en médecine que le monde russe ait produit et l'auteur d'une grammaire slavone très appréciée en son temps. Instruit et intelligent, actif et habile, ce champion faisait merveille, quand l'événement du 12 novembre arrêta et ruina son œuvre. Des représailles inévitables coupèrent court d'abord au mouvement qu'elle avait créé, et bientôt, après un séjour mystérieux en Orient, Smotrytski lui-même se ralliait à l'*Union*, justifiant cette conversion sensationnelle par la misère intellectuelle et morale de l'Église qu'il quittait (1). A travers quelques hésitations et quelques équivoques, récompensé par un bénéfice fructueux et par le titre d'archevêque *in partibus* d'Hiérapolis, jusqu'à sa mort en 1633, il devait rester fidèle, cette fois, à la cause adoptée et mériter, en la défendant, le nom de « Cicéron polonais ».

Ce fut, pour ses anciens coreligionnaires, une perte irréparable. Ils trouvaient bien à ce moment un autre défenseur, non moins vigoureux et plus prestigieux, mais qui s'inspirait d'idées et de tendances très différentes. Au monastère des Cryptes d'abord, puis, en 1632, à la métropolie de Kiév, Boretski cédait la place à Pierre Mogila. Fils de Siméon, palatin de Moldavie, celui-ci avait eu pour premiers maîtres les moines de la confrérie de Lemberg et ensuite les docteurs de l'Université de Paris. Réduit à l'exil par des querelles qui mettaient aux prises les membres de sa famille, recueilli dans

de la Petite-Russie, t. I, p. 120; Susza, *Cursus vitae*, p. 32 et suiv. — Comp. Demianovitch, dans *Revue du min. de l'Instr. publ.*, novembre 1891, p. 200 et suiv.; Bantich-Kamiénski, *Données hist. sur l'Union*, p. 70-79; Tchistovitch, *Essais*, p. 30; Koialovitch, *Leçons*, p. 268; Powidaj, *Les Cosaques du Zaporojé*, p. 47; Koulich, *Hist. de l'Union*, t. III, p. 64. — Un témoignage décisif contre Kountsevitch se trouve dans une lettre du grand-chancelier de Lithuanie, Sapieha, lui reprochant son intolérance. Voy. Toumanski, *Magazin russe*, 1793, t. III, et Bantich-Kamiénski, *Données hist.*, p. 75-84.

(1) Goloubiév, *Pierre Mogila*, t. I, p. 97, 109, 195 et suiv.; Dom Guépin, t. II, p. 174.

la maison de Zolkiewski qu'il accompagnait dans quelques-
unes de ses campagnes, on ne sait quels motifs l'engagèrent
à s'établir en Ukraine, puis à y prendre l'habit en 1628, à
l'âge de vingt-huit ans.

Un type curieux s'était ainsi formé de moine et de prétendant, d'orthodoxe intransigeant et d'Occidental convaincu,
apportant une passion égale en des tendances contradictoires. Très Ukrainien, il déteste cependant les Cosaques, et
ennemi décidé de Rome, il n'aime pas davantage Moscou.
Au fond, intellectuellement, il est le fils adoptif de la
Pologne et l'activité qu'il déploie dans sa patrie d'adoption
apparaît comme le fruit arrivant à maturité de la culture
polonaise appliquée à ce pays. Archimandrite des Cryptes,
tout à fait dans l'esprit polonais, Mogila commence par
envoyer à l'étranger, pour y achever leurs études, plusieurs
élèves de son école, dont Innocent Guizel, destiné plus tard à
une grande célébrité ; puis, contre le vœu de Boretski, il
entreprend la création d'un collège, qui deviendra une Académie, et où les méthodes d'enseignement sont copiées sur
les modèles polonais. Le latin y obtient une place de faveur,
l'étude des belles-lettres alterne avec la théologie et la théologie relève plus de saint Thomas que des Pères grecs (1).

Cette institution était destinée à jouer un rôle considérable dans le développement général de l'intellectualité
orthodoxe, au sein même, et surtout, de la Slavie du nord.
Toutes les fondations ultérieures d'établissements d'éducation scientifique ou religieuse devaient y être inspirées par
elle et subir ainsi l'influence du courant polonais, au détriment certain des éléments locaux d'originalité, qui s'en
trouvaient étouffés. La Pologne eut là un beau rayonne-

(1) *Recueil archéologique de l'arrondissement scolaire de Vilno*, t. II, p. 48 ;
Monuments édités par la Comm. de Kiev, t. II, p. 385, 391, 395, 397, 401,
402, 404, 412, 418 ; Goloubiév, *Hist. de l'Acad. de Kiev*, t. I, p. 225-226 ;
Iablonowski, *L'Académie de Kiev*, p. 81 ; Boulkhakov, *Hist. de l'Académie de
Kiev, passim* ; Askontchevski, *Kiev et sa plus ancienne école, passim* ; Piétrov,
L'Académie de Kiev, passim ; Serebrnikov, *L'Académie de Kiev, passim* ;
Soumtsov, *Hist. de la littérat. de la Russie du Sud, passim* ; Wiszniewski, *Hist.
de la littérat. polonaise*, vol. VIII, chap. xvi.

ment de soleil couchant. Mais l'évolution politique et sociale
de l'Ukraine n'en fut pas affectée. Elle était irrévocablement
orientée dans une autre voie. Les couches supérieures et
moyennes de la population se laissèrent assurément conquérir; la masse, paysans et Cosaques, demeura réfractaire, comme par le passé, et la lugubre série des insurrections, périodiquement réprimées, mais toujours renaissantes,
ne s'en trouva pas interrompue.

En 1625, les Cosaques se mêlant de prêter main-forte au
prince Alexandre Akhiïa, fils présumé de Mahomet III et
prétendant au trône de Turquie, devant la menace d'une
invasion ottomane, le gouvernement polonais eut la main
forcée pour une nouvelle tentative de répression. Des ordonnances sévères, appuyées par un déploiement de troupes
imposant, prescrivirent l'application stricte des règlements
antérieurement établis, mais non exécutés. Les Cosaques
« enregistrés », au nombre de six mille maintenant, furent
invités à exclure de leur compagnie tous les sujets non
portés sur les rôles et à se soumettre avec une docilité
entière aux autorités civiles et militaires de la république.
Eu égard aux circonstances, la réponse que feraient les intéressés à cette mise en demeure se laissait aisément prévoir :
l'esprit de Job Boretski était avec eux.

III

L'APPEL A MOSCOU

En 1622 déjà, après la mort de Konachevitch, l'archimandrite des Cryptes alors en fonction, Isaïe Kopinski, avait
envoyé à Poutivl, ville de la frontière moscovite, un pope
chargé de s'aboucher avec les voiévodes du lieu. Le messager
devait solliciter le secours du tsar contre les Polonais, persécuteurs de la « vraie foi », et demander aussi asile pour cent
cinquante moines d'Ukraine, qui seraient suivis par un grand

nombre de Cosaques. Cette démarche étant restée sans effet, ses initiateurs pensèrent quelque temps à se retourner du côté de la Turquie, préludant ainsi à la politique dont Khmiélnitski devait plus tard jouer en virtuose (1); puis, en 1625, le métropolite de Kiev lui-même, Job Boretski, s'occupa d'organiser trois ambassades, qui, au nom de « l'armée cosaque », des évêques orthodoxes d'Ukraine et du prince Alexandre, eurent mandat de renouveler à Moscou les ouvertures précédemment négligées. Nous ne possédons sur cette mission que des renseignements assez confus (2); mais il semble qu'elle ait poursuivi le double but d'engager le tsar à prendre l'Ukraine sous sa protection et à favoriser le retour de Constantinople dans le giron de la chrétienté, par l'intermédiaire du prétendant, déjà converti à la religion orthodoxe. D'une extravagance notoire dans une de ses parties, ce dessein était dans l'autre encore prématuré. Michel Féodorovitch éconduisit les ambassadeurs avec de bonnes paroles et quelques zibelines, le prince Alexandre fut peu après reconnu pour un imposteur, et, écrasée aux *Miédviéjiié Lozy*, sous Krémiéntchoug, l'armée cosaque fut contrainte de se soumettre (3). Mais des jalons étaient posés sur une voie qu'elle ne devait plus perdre de vue.

Elle ne resta pas soumise longtemps. Le secret des négociations entamées à Moscou transpirant et une « commission militaire » s'occupant en Ukraine de rechercher les responsabilités et les complicités qui s'y trouvaient engagées, la Pologne eut à combattre un nouveau soulèvement, dirigé par le chef des Cosaques non enregistrés ou exclus du rôle, les *vypistchyki*, comme on les appelait. Connu sous le nom de Taras, cet *ataman* n'était d'ailleurs que l'instrument de

(1) Koulich, *Hist. de la Réunion*, t. III, p. 196.
(2) *Ibid.*, t. III, p. 200.
(3) *Archives de la Russie du Sud-Ouest*, t. I, p. 284 (texte du traité imposé aux Cosaques); Niemcewicz, *Recueil*, t. VI, p. 143 et suiv., 177 et suiv., 230 et suiv.; Kostomarov, *Bogdan Khmiélnitski*, p. 56-57; le même, dans *Annales de la Patrie*, t. CX, p. 203; Makouchev, dans *Revue du min. de l'Instr. publ.*, octobre 1872.

Boretski encore vivant à ce moment. Un des fils de l'archimandrite, Étienne, figurait dans sa bande (1).

L'insurrection fut réprimée comme les précédentes, Moscou ne songeant pas davantage à y intervenir; mais les Cosaques restaient attachés à l'idée de ce secours extérieur, au sujet duquel une légende de promesses flatteuses se créait déjà. Et ils y puisaient une audace nouvelle. En 1632, envoyant des députés à Varsovie, où Sigismond III venait de mourir, ils parlèrent sur un ton qui jusque-là ne leur avait pas été habituel. Ils prétendaient participer à l'élection d'un nouveau roi, faisaient mine d'entrer en pourparlers directs avec le prince royal, candidat désigné, et appuyaient leurs revendications par des menaces hautaines. Ne faisaient-ils pas partie du corps de la république au même titre que la *szlachta?* Les représentants de la *szlachta* en furent grandement offusqués. « Ces gens-là font partie du corps de la république, dit l'un d'eux, oui, comme les cheveux et les ongles, qu'il faut rogner quand ils deviennent trop longs. » Mais les ciseaux de la république étaient déjà fort ébréchés, et, d'autre part, appelé à succéder à son père, le prince royal ne laissait pas d'être flatté par la confiance que les « chevaliers du *Zaporojé* » affectaient de lui témoigner. Il le leur fit voir et augmenta leur hardiesse.

Ainsi se préparait l'entrée en scène de l'homme prédestiné qui, produit direct des forces volcaniques en activité au lieu de sa naissance, allait surgir à l'heure marquée par le progrès de leur travail, non pour leur imprimer une direction, ce qui eût dépassé la mesure de tout génie humain, mais simplement, grâce à une personnalité exceptionnellement forte ainsi qu'à un réel talent d'organisateur, pour présider à leur inévitable et formidable explosion.

(1) Woyciçki, *Mémoires*, t. I, p. 154; *Chronique galicienne,* dans *Revue du minist. de l'Instr. publ.*, avril 1838, p. 14-15. Rapport du commandant polonais, Konieçpolski, Bibl. Imp. de Saint-Pétersbourg, ms. polonais, n° 241.

IV

KHMIÉLNITSKI

Le fils du centenier tué à Cecora n'annonçait encore en rien à ce moment le personnage d'un grand rôle historique. Cosaque « enregistré » comme son père, comme lui il occupait dans la hiérarchie militaire un rang inférieur. Les origines de cette famille sont obscures et les généalogies, qui plus tard ont attribué au « duc d'Ukraine » des ascendances plus ou moins illustres, appartiennent au domaine de la fantaisie. On doit en dire autant des fables recueillies par quelques historiens sur les commencements également mal connus de cette carrière extraordinaire (1). Deux Khmiélnitski, ou Chmielnięki, d'après l'orthographe polonaise, l'un de basse condition, l'autre noble mais tout aussi pauvre, « non possessionné », se laissent découvrir, en 1637, dans le palatinat de Volhynie (2); mais ils paraissent y être nouvellement installés, venant peut-être de Mazovie, où il semble qu'une famille de petits gentilshommes porteurs du même nom ait existé. Le radical de ce nom, *Khmiél* en russe, *chmiel* en polonais, ne donne aucune indication, ayant le même sens dans les deux langues : « houblon » et par extension « ivresse », en russe.

Bogdan Khmiélnitski ou Chmielnięki a lui-même fait plusieurs fois allusion à l'humilité de sa condition première. Il a commencé par s'en vanter (3). Ayant à son service le beau-

(1) Voy. VIÉLITCHKO, *Chronique*, t. I, p. 11; MARKIÉVITCH, *Hist. de la Petite-Russie*, t. I, p. 150-153. Comp. MACIEJOWSKI. *Mémoires hist.*, t. I, p. 304; Markiévitch a utilisé des chroniques manuscrites et des ouvrages inédits, dont quelques-uns ont été publiés depuis, comme la *Chronique de Maxime Pliska*, dite *de Frol*, et l'*Histoire des Russes* attribuée à Koniski.

(2) *Archives de la Russie du Sud-Ouest*, t. I, nᵒˢ 100 et 109.

(3) *Monuments publiés par la Comm. de Kiév*, t. I, p. 277, 320. Comp. GAVRONSKI, *Bogdan Khmiélnitski*, p. 27; RUDAWSKI, *Hist. Pol.*, t. I, p. 11; KOCHOWSKI, t. I, p. 19.

frère du futur duc, Adam Kisiel le traitait de « simple paysan (1) ». Plus tard, le maître de l'Ukraine s'attribua successivement les armes de diverses familles polonaises. La preuve qu'il n'appartenait à aucune d'elles semble cependant résulter de ce fait qu'en 1661 un de ses descendants s'est trouvé réduit à solliciter du gouvernement polonais des lettres d'anoblissement (2). Marié à la fille du hospodar de Moldavie, le propre fils de Bogdan, Georges, s'est bien réclamé d'une parenté avec des Wezyk-Chmielniçki ; mais l'existence elle-même d'une telle famille de gentilshommes polonais reste hypothétique, et, à l'occasion précisément de ce mariage, une demande d'admission à l'*indigénat* polonais a été introduite auprès du gouvernement de la république par le hospodar, en faveur de son gendre, ce qui est pour exclure toute présomption d'affiliation à l'aristocratie de ce pays (3). Si, enfin, à l'époque de ses triomphes, Bogdan eût possédé des parents nobles en Pologne, comment comprendre qu'aucun n'ait songé à se prévaloir de tels liens? Le petit commis de chancellerie Bühren, devenu le favori tout-puissant de l'impératrice Anne, ne devait-il pas trouver un « cousin » empressé à le reconnaître jusque parmi les Biron de France !

Une indication très différente nous est donnée par un écrivain ukrainien, Thomas Padourra (4), qui a eu son heure de célébrité. D'une note provenant des archives de la famille Chérémétiev et confirmée par d'autres documents, il résulterait que le « duc d'Ukraine » aurait eu pour père un boucher juif de la ville de Khmiélnik, en Podolie, Berko, baptisé sous le nom de Michel. Établi au village de Soubotov et y tenant un cabaret, ce converti se serait rendu tellement odieux aux habitants, que ceux-ci auraient engagé les Tatars

(1) *Actes de la Russie du Sud-Ouest*, t. II, p. 166, 184.
(2) *Vol. legum*, t. IV, p. 303 ; Niesiecki. *Armorial*, t. III, p. 41.
(3) Maciejowski, *Mémoires hist.*, t. I, p. 294 ; Markiévitch, *Hist. de la Petite-Russie*, t. I, p. 41, 45, 150 ; Viélitchko, *Chronique*, t. I, p. 15 ; Radziwill, *Mémoires*, t. II, p. 247. — Voy. sur cette question : Gavronski, *Bogdan Khmiélnitski*, p. 27 et suiv. ; comp. Kamanine, dans *Lectures de la Soc. hist. de Nestor*, 1898.
(4) *OEuvres*, p. 283 et suiv., 406.

à l'enlever avec son fils. D'où le séjour en Crimée qui semble acquis à la biographie de Bogdan et cette intimité avec le monde musulman qui a joué un si grand rôle dans sa carrière. La version n'a d'ailleurs de valeur que comme indice de la diversité des conjectures auxquelles s'est prêtée l'origine du personnage. Ni dans son apparence physique, pour autant que des effigies d'authenticité assez problématique peuvent nous en donner l'idée, ni dans son tempérament moral, Kkmiélnitski ne parait avoir eu rien d'un sémite.

Plus concluantes pour la solution de cette énigme sont les circonstances elles-mêmes qui pour la première fois ont mis en vue le futur héros. A Soubotov, village situé sur la rive gauche de la Tasmina, il possédait une *sloboda*, petit domaine dépendant de la starostie de Tchiguirine. Se fondant sur une loi qui défendait aux cosaques d'*origine plébéienne* de créer des établissements de ce genre, l'intendant du staroste, Czaplinski, prétendit l'en expulser. D'où un procès où l'*ignobilitas* du possesseur de la *sloboda* fut victorieusement invoquée contre lui (1).

Jusqu'à cet incident, tout est obscurité dans la vie de Bogdan. Seules, sa présence à Cecora et une captivité chez les Tatars encourue à ce moment sont à peu près certaines. Il semble avoir servi ensuite à Brody, chez un Potoçki. Comme beaucoup de ses pareils, il a sans doute quitté la maison du magnat polonais pour brigander quelque temps avec les cosaques du *Zaporojé*, ramasser un pécule et s'établir aux environs de Tchiguirine. Il avait une certaine instruction, due à un séjour dans l'école des Jésuites de Lemberg (2) ; mais il paraît s'y être tenu aux classes inférieures, et si Kochowski le fait parler en latin, c'est — Kostomarov et d'autres historiens à sa suite n'y ont pas pris garde — parce qu'il écrit lui-même dans cette langue. Au milieu de ses compagnons illettrés, l'élève des Jésuites passait assurément pour savant, ce qui lui valut de faire partie, à plusieurs reprises, de dépu-

(1) Voy. Korzon, *Revue hist. trimestrielle,* 1892, t. VI, p. 53 et suiv.
(2) Pastorius, *Bellum,* p. 5 ; Chevalier, *Hist. des Cosaques,* p. 3.

tations envoyées à Varsovie, à raison de nouvelles altercations
auxquelles donnait lieu, depuis 1635, la construction, déjà
mentionnée, de la forteresse du Kodak. Deux autres insurrections en résultèrent, au cours desquelles la forteresse fut
prise et la garnison, commandée par le Français Marion,
massacrée. Les chefs de la révolte, Soulima et Pavliouk,
subissant à leur tour le sort de Nalivaïko, en 1637, sous Kou-
meïki, un nouveau traité de soumission désarma provisoirement les Cosaques. Khmiélnitski y figura comme chancelier
(pissar) de l'armée *zaporovienne* (1).

Il n'exerça pas longtemps cette fonction. L'encre du traité
était à peine séchée que les signataires recommençaient la
lutte, sous le commandement d'Ostranine, ou Ostranitsa,
Cosaque originaire probablement de la ville d'Oster sur la
frontière moscovite, et, cette fois, les « chevaliers du *Zaporojé* » y perdaient le droit de nommer leurs *atamans* et autres
hauts officiers ou fonctionnaires, dont le choix, réservé au
gouvernement de la république, ne devait désormais porter
que sur des sujets appartenant à la noblesse. Qu'il en fût
exclu pour cette raison ou pour une autre, Khmiélnitski n'est
plus mentionné, à cette occasion, que comme simple « centenier de Tchiguirine (2). »

Le nouvel ordre de choses ainsi créé était dur pour les
vaincus, les soumettant sans réserve à l'autorité d'un « commissaire » polonais et s'accompagnant de représailles, dont
les chroniques locales ont sans doute exagéré la férocité, mais
dont les historiens polonais reconnaissent eux-mêmes l'excessive rigueur (3). Ladislas IV régnant maintenant, le gouvernement polonais n'y avait aussi recours qu'à regret, et faute
d'autre moyen dont il sût s'aviser pour couper court à ces
soulèvements, dont la fréquence et la violence, de plus en
plus grandes, annonçaient une crise redoutable. Personnelle-

(1) OKOLSKI, *Journal*, p. 51; KWIATKOWSKI, *Hist. de Ladislas IV*, p. 177;
KOSTOMAROV, *Bogdan Khmiélnitski*, p. 90-94.
(2) OKOLSKI, *Journal*, p. 94; KOSTOMAROV, *Bogdan Khmiélnitski*, p. 155.
(3) SZAJNOCHA, *OEuvres*, t. VIII, p. 221; SAMOVIDIÈTS, p. 5.

ment, le roi inclinait à la modération et même, en ce qu
concernait les Cosaques, à une bienveillance que beaucoup de
ses sujets jugeaient déplacée. Un de ses premiers actes avait
été la publication d'un édit de tolérance religieuse, qui allait
jusqu'à reconnaître la hiérarchie orthodoxe instituée par le
patriarche Théophane et qui, provoquant sur le moment une
protestation du Saint-Siège, n'a cessé depuis d'inspirer aux
écrivains catholiques les plus amères réflexions (1). Prenant
exemple sur le souverain, les autorités polonaises d'Ukraine
s'employaient de leur côté à restreindre les abus de pouvoir,
inévitables dans les conditions que nous connaissons. En
1647, malgré la disgrâce qu'il avait encourue, Khmiélnitski
se plut à le reconnaître, portant plainte au grand-général de
la couronne Nicolas Potoçki à raison d'une injustice dont il se
croyait victime et invoquant d'autres cas où celui auquel il
s'adressait s'était fait un devoir d'intervenir en faveur du
bon droit (2). Déjà, cependant, l'ex-*pissar* s'était flatté de
mieux réussir encore en faisant appel au roi lui-même.

C'était l'affaire de la *sloboda* de Soubotov qui s'engageait.

Un chroniqueur israélite de l'époque, Nathan Hanno-
ver (3), s'est dénoncé lui-même comme ayant désigné
Khmiélnitski à l'avidité du staroste de Tchiguirine, Konieçpolski, en signalant l'opulence de l'ancien chancelier cosaque.
Et, avec une variante, le détail reçoit confirmation d'une
autre source (4). D'après une autre version, la querelle de
Khmiélnitski avec l'intendant du staroste, Czaplinski, aurait
eu pour cause une rivalité d'amour. Le fait certain est que le
possesseur de la *sloboda* fut dépouillé, son fils subissant en
outre de mauvais traitements, que le père paraît avoir exagérés (5).

(1) *Vol. legum*, t. III, p. 371-373; THEINER, *Monum. Pol.*, t. III, p. 405;
Dom GUÉPIN, *Saint Josaphat*, t. II, p. 251 et suiv.
(2) *Monuments édités par la Comm. de Kiév*, t. I, p. 195.
(3) *Journal* publié par Mandelkorn, p. 18.
(4) MESSOULA, *Quatre années de guerre*, traduction de l'hébreu, par Lévy,
p. 9.
(5) *Monuments publiés par la Comm. de Kiév*, t. I, 3ᵉ partie, p. 195;
KOCHOWSKI, *Annales*, t. I, p. 128; ENGEL, *Geschichte der Ukraine*, p. 137-138.

Des disputes de même genre se produisaient journellement dans ce pays. Avant que Khmiélnitski ne s'y installât, le terrain objet de la querelle n'appartenait vraisemblablement à personne. Il faisait cependant partie, selon les apparences, des lots à défricher que les lois en vigueur réservaient aux colons d'origine noble, en ce sens du moins que ceux-là seuls pouvaient, en s'y établissant, invoquer le *jus primi occupantis*. Khmiélnitski produisait bien un acte de concession par lui obtenu ; mais n'ayant pas été enregistré, ce document n'avait aucune valeur juridique. Renvoyé des fins de sa plainte par les tribunaux, le dépossédé alla à Varsovie et reçut du roi une charte lui accordant la propriété héréditaire du domaine (1). Contre un grand seigneur polonais et contre la loi, le souverain prenait parti pour un Cosaque !

Khmiélnitski revenait triomphant, quand il apprit qu'en son absence, Czaplinski avait non seulement repris possession du domaine disputé, mais encore enlevé l'autre objet de leur querelle : la femme que tous deux aimaient et que l'intendant se hâtait d'épouser régulièrement et catholiquement (2). Doublement évincé, le centenier rebroussa chemin, pour se pourvoir devant la Diète, où il essuya un nouvel échec. On devine le retentissement de cet étrange procès, qui mettait en conflit non seulement un Cosaque et un Polonais, mais les deux moitiés du gouvernement de la république : l'assemblée de la noblesse et le roi !

L'attitude de Ladislas IV dans cette affaire s'expliquait d'ailleurs par des vues personnelles et des desseins particuliers, qui devenaient en même temps l'objet d'une légende pleine d'inventions extravagantes, mais qui ne laissaient pas d'être passablement aventureux.

(1) *Actes de la Russie du Sud-Ouest*, t. X, p. 466-467.
(2) *Ibid.*, t. III, n°ˢ 238 et 243 ; t. X, n° 8 ; *Actes de l'État de Moscou*, t. II, n°ˢ 324, 322, 357 ; GRONDSKI, p. 46.

V

Soldat vaillant et prince épris de gloire, le fils de Sigismond ne se consolait pas des déceptions qu'il avait éprouvées en essayant de conquérir le trône de Moscou. Depuis longtemps aussi, ses ardeurs belliqueuses inassouvies et ses ambitions en quête de revanche se portaient vers ces marches du sud-ouest, où le sang de Zolkiewski criait encore vengeance. Sur la tombe du glorieux vaincu de Cecora on gravait précisément l'inscription évocatrice :

Exoriare aliquis nostris ex ossibus ultor.

Et donc, une fois de plus, la chimère d'une croisade hantait l'esprit de cet héritier d'une héroïque tradition. En 1645, l'arrivée à Varsovie de l'envoyé de Venise, Tiepolo, donna corps à son rêve. Cet ambassadeur ne venait pas précisément en Pologne pour y chercher une alliance contre le Turc. Au lendemain de l'apparition des Ottomans sous les murs de Candie, la Signoria ne désirait plus qu'une paix qui ne fût pas trop désastreuse. Elle pensait avec raison qu'en divisant les forces de son adversaire, elle le rendrait plus traitable, et c'est seulement une diversion momentanée qu'elle se proposait d'obtenir en se montrant disposée, malgré l'épuisement de ses finances, à la payer de quelques sacrifices d'argent.

Ladislas ne pénétrait pas ces intentions secrètes, ou ne se souciait pas de percer à jour les paroles grandiloquentes dont on les enveloppait. Poursuivant son propre dessein, dans les propositions qui lui étaient faites, il ne voulait voir que le moyen de se procurer ce qui lui manquait pour le réaliser : le nerf de la guerre. On agita, sans trop y insister de part et d'autre, le problème d'une ligue antiottomane ; on disputa

plus sérieusement sur le chiffre des subsides à fournir et on
finit par s'entendre. Mais, souverain aussi peu absolu que
possible, Ladislas n'était pas maître d'engager dans une
entreprise de ce genre l'État républicain aux destinées duquel
il présidait, ou du moins il ne pouvait y réussir qu'en recourant à des moyens détournés. Pour cela, l'aide des Cosaques
lui était nécessaire. En jetant sur les Turcs, ou même seulement sur les Tatars, cette meute toujours prête à mordre, il
avait toutes les chances possibles d'arriver à ses fins.

De la sorte, Tiépolo y poussant, le roi fut amené non pas
seulement à caresser ces auxiliaires indispensables, mais
encore à favoriser sous main la reconstitution de leur puissance militaire, que le gouvernement de la République s'était
si longtemps efforcé de briser. En janvier 1646, il fut même
décidé que les *Zaporojtsy* iraient en mer avec quarante canots, l'envoyé de Venise s'engageant, sur cette promesse, à
fournir en deux ans une somme de 600,000 écus (1).

C'était tout ; mais, sur cette trame, l'imagination populaire
broda des arabesques fantastiques. On parla en Ukraine d'une
charte que le roi aurait donnée aux Cosaques et par laquelle
ils étaient remis en jouissance de leurs anciens privilèges.
Ivan Barabach, simple colonel, transformé pour les besoins
de la cause en *hetman*, passa pour être le détenteur de ce document, dont Khmiélnitski devait faire état plus tard, sans
jamais le produire pourtant. Vraisemblablement, cette fable
se rapportait à une lettre du roi qui autorisait simplement les
Cosaques à construire des canots.

De la même manière, on s'entretenait en Europe d'une
armée de toutes les puissances chrétiennes coalisées, qui allait
entrer en campagne contre le Turc et dont on désignait déjà
le commandant en chef, dans la personne du marquis de
Louis de Sévérac, futur duc d'Arpajon et alors ambassadeur

---

(1) LINAGE, *L'Origine véritable du soulèvement des Cosaques*, p. 17-21 ;
KWIATKOWSKI, *Hist. de Ladislas IV*, p. 329 ; OSWIECIM, *Journal*, Bibl. Osso-
linski, ms. n° 224 ; JERLICZ, *Chronique*, t. I, p. 52 ; JEMIOLOWSKI, *Journal*, p. 2 ;
KUBALA, *Georges Ossolinski*, t. II, p. 14 et suiv. ; CZERMAK, *Les Projets de
Ladislas IV*, passim.

de France en Pologne. On voulut même plus tard que Khmiélnitski eût passé à ce moment en France, pour concerter les dispositions à prendre et on expliqua ainsi la présence de deux milliers de Cosaques sous les murs de Dunkerque que le duc d'Enghien enlevait en 1646 aux Espagnols. Il ne s'est trouvé aucun Cosaque là ni ailleurs en terre française, à cette époque, et cette autre invention (1) a pris sans doute source dans les négociations qui avaient été antérieurement engagées à Varsovie par le marquis de Brégy, prédécesseur de Sévérac, pour des recrutements à opérer en Pologne, et qui n'avaient pas abouti (2).

Sans souci de l'émoi qu'il soulevait en Ukraine ou en d'autres contrées, Ladislas ne perdit pas un instant pour mettre son grand projet en voie d'exécution. Ayant mis dans la confidence quelques personnages influents et s'étant assuré le concours du grand-général de la couronne, Konieçpolski, père du staroste de Tchiguirine, il opéra des levées considérables, s'occupa de réunir les approvisionnements nécessaires. Il croyait toucher au but. Hélas! en mars 1646, la mort de Konieçpolski, qui à plus de soixante ans venait d'épouser une jeune beauté, bouleversa tous les plans conçus en commun. A ce moment, soulevant sur tout le continent européen une rumeur grandissante (3), ces préparatifs provoquaient déjà en Pologne d'assez vives protestations. Les hauts fonctionnaires non admis au secret excitaient la *szlachta*. L'autorité du grand-général cessant de couvrir les agissements du roi, ces souffles de résistance se changèrent en tempête. Armements opérés en catimini et encouragements donnés aux Cosaques prirent, dans les esprits excités, l'apparence d'un complot visant non la défaite du Turc, mais la ruine des libertés républicaines et l'établissement du pouvoir absolu (4).

(1) Kostomarov (*Bogdan Khmiélnitski*, p. 124) l'a recueillie.
(2) Radziwill, *Mémoires*, t. II, p. 195.
(3) *Gazette de France*, 1646, p. 481, 525, 557, 593.
(4) Lobczynski, *Epitome*, p. 92; Jerlicz, *Chronique*, t. I, p. 53; Kemeny *Autobiogr.*, dans *Monum. Ungar.*, t. III, p. 244.

Se réunissant en novembre 1646, la Diète éclata en récriminations violentes et finit par imposer au roi le licenciement des troupes recrutées, le maintien de la paix avec la Turquie et le renouvellement des anciennes ordonnances interdisant aux Cosaques les excursions en mer (1). C'était l'effondrement de son œuvre entière et Ladislas parut s'y résigner. Mais il devait à ses origines suédoises une ténacité qui, unie à la fantaisie slave, l'empêchait de tenir un compte suffisant des obstacles. Il ne savait d'ailleurs comment se défaire des engagements pris envers les Cosaques et sentait qu'en revenant sur ce qui avait été fait, il risquait de provoquer quelque nouveau soulèvement, pour lequel il aurait lui-même fourni des armes. Il s'entêta donc, en donnant à l'entreprise avortée un caractère de plus en plus chimérique et dangereux. Par une distribution de charges, dont la mort de Koniecpolski lui fournissait l'occasion, il chercha à s'assurer l'appui de quelques familles puissantes et fut ainsi porté à attribuer les deux plus hauts commandements de l'armée à des nullités notoires. En même temps, il attirait à Varsovie quelques Cosaques de marque, dont Khmiélnitski mis en renom par son fameux procès, et entrait avec eux dans des conciliabules nocturnes, source de nouvelles légendes. Le bruit se propagea d'une seconde charte, qui portait le chiffre des « enregistrés » à 20,000 et faisait défense aux troupes polonaises de dépasser la ligne de Biélaïa-Tserkov. On raconta aussi que, Khmiélnitski l'interpellant au sujet de sa *sloboda,* le roi lui avait offert son propre sabre et l'avait engagé à s'en servir contre tous les ennemis que les Cosaques rencontraient en Ukraine (2).

Les « chevaliers du *Zaporojé* » n'étaient pas sans savoir que les pouvoirs du souverain n'allaient pas jusqu'à infirmer les décisions du corps législatif de la République et le docu-

(1) Tiepolo, *Journal,* dans Niemcewicz, *Mémoires,* t. V, p. 1-34 ; Podgorski, *Mémoires,* t. I, p. 94 et suiv. ; Radziwill, *Mémoires,* t. II, p. 198-245.
(2) Oswiécim, *Journal,* Bibl. Ossolinski, ms. n° 224, p. 868 ; Michalowski, *Mémoires,* p. 299 ; Kubala, *Georges Ossolinski,* t. II, p. 24 et 345.

ment où il aurait si étrangement dépassé les limites de son autorité n'a pas davantage été produit. Quant à l'histoire du sabre, l'agent moscovite alors en séjour à Varsovie, Kounakov, y fait allusion dans un rapport; mais, diversement défiguré, le propos attribué au roi n'offre, dans aucune version, un sens acceptable. Ladislas est représenté, dans ce rapport, dessinant un sabre et donnant à Khmiélnitski cette image en signe de reconnaissance : travestissement vraisemblable de quelque incident insignifiant (1).

D'une manière plus sérieuse, bien que fort téméraire, le roi s'engageait une seconde fois à fond dans cette redoutable aventure. En mars 1646, une ambassade moscovite lui avait fait entendre des propositions qui concordaient assez avec son projet : jonction des Cosaques du Dniéper avec ceux du Don pour envahir la Crimée et coopération des armées des deux pays au cas d'une guerre qui en résulterait. La négociation était restée en suspens, Ladislas pensant alors pouvoir se passer de ce concours. Maintenant, en juin 1647, il autorisait son propre envoyé à Moscou, Adam Kisiel, à signer une alliance formelle avec le tsar (2). Se réservant la guerre en Turquie, il comptait sur les Moscovites pour faire échec à la Crimée. Énervé par les difficultés qu'il rencontrait, miné par une maladie qui allait le terrasser bientôt, il cédait à de véritables hallucinations, escomptant de même l'intervention du pape, de l'empereur, des princes italiens et allemands, de la France, de l'Espagne et de la Suède ; se fiant aux étoiles, qui par l'organe d'un astrologue appointé lui promettaient la victoire, et à la bonne fortune de sa femme, Marie de Gonzague, à qui des devins avaient promis l'héritage des Paléologues. Il continuait à marcher dans son rêve.

La réalité, — c'était le terrible contre-coup que tous ces événements produisaient en Ukraine, où, entre les espérances

---

(1) *Actes de la Russie du Sud-Ouest*, t. III, p. 278 et suiv. (daté de mars 1649, le rapport de Kounakov est faussement attribué ici à l'année 1648). Version plus correcte chez SOLOVIOV, t. X, p. 218. Comp. GAVRONSKI, *Bogdan Khmiélnitski*, p. 134 ; CZERMAK, *Les Plans de Ladislas IV*, p. 307.

(2) *Actes de la Russie du Sud-Ouest*, t. III, n° 133.

dont le suzerain les avait flattés et le supplément de traitements rigoureux que leur valaient les récentes décisions de
la Diète, les Cosaques arrivaient à un paroxysme d'agitation
et de colère. Se rendant dans ce pays en août 1647, le grand
chancelier de Pologne, Georges Ossolinski, eut beau s'employer à calmer les esprits. Le bruit se répandait aussitôt qu'il
venait pour engager les « chevaliers du *Zaporojé* » à attaquer
les Turcs, avec une grande armée dont il conférait le commandement à Khmiélnitski !

L'objet véritable de ce voyage du chancelier et le rôle qu'il
y a joué restent assez énigmatiques. Vraisemblablement,
dévoué à Ladislas, Ossolinski s'est contenté de donner aux
Cosaques l'assurance que le roi n'abandonnait pas son projet, ce qui était vrai. La mort d'un fils unique, survenue à ce
moment, ne faisait en effet qu'augmenter l'ardeur belli-
queuse du malheureux monarque. « Si Dieu me l'avait pris
plus tôt, l'entendait-on dire, je n'aurais pas cédé à la Diète ! »
Ne pouvant plus faire de levées, il tâchait d'obtenir quelques
troupes de la France ou de la Suède et renonçait, pour
cela, à intervenir au traité de paix de Westphalie. Il entamait des pourparlers avec des émissaires venant de Grèce et
de Bulgarie, voire avec un envoyé marocain (1) ! Mais on
ignorait tout cela en Ukraine et l'on voulait par contre savoir
que, en conflit ouvert avec la noblesse polonaise, le roi prétendait appeler sous les armes jusqu'à cent mille Cosaques —
on arrivait déjà à ce chiffre ! — tandis que la *szlachta* ne songeait qu'à les convertir tous en paysans soumis à la corvée.
Et donc, l'intention du souverain était que ses fidèles sujets
d'Ukraine lui prêtassent assistance contre les rebelles de
Pologne, qui contrariaient ses magnanimes inspirations et
ses grands desseins. C'est pour cela qu'il avait fait choix de
Khmiélnitski, qui, victime de la plus cruelle injustice, saurait, en la vengeant, défendre la cause commune.

Avec ses compagnons, le centenier de Tchiguirine a sans

(1) *Hist. des Traités*, t. II, p. 545; *Archiv für OEsterreichische Geschichte*,
t. LIX, p. 496; Bibl. Ossolinski, ms. n° 231, p. 155.

doute subi l'enivrement de ces séditieuses imaginations, tout à fait analogues à celles qui en Moscovie servaient de point de départ à certains mouvements populaires, et il s'en est trouvé désigné pour prendre le commandement non d'une grande armée qui n'existait pas, mais d'une bande de révoltés toujours facile à réunir sur les rives du Dniéper. L'exemple peu encourageant des dernières insurrections l'eût cependant retenu peut-être si, le frappant encore, une mesure de répression provoquée par ces mêmes rumeurs mensongères ne l'eût mis mal à propos dans le cas de choisir entre sa perte certaine et la hasardeuse tentative où il allait se précipiter avec tous les siens.

Sur une dénonciation recueillie par le nouveau général de la couronne, le colonel de Péréiaslavl, Jean Kretchovski, eut ordre d'arrêter le possesseur évincé de la *sloboda* de Soubotov et de le passer par les armes. Accident ou trahison, l'officier cosaque laissa échapper son prisonnier et Khmiélnitski s'en fut à la *Siétch* (1). L'explosion allait se produire.

VI

LA CATASTROPHE

En dépit de la popularité déjà acquise, le fugitif trouva d'abord au sein de la confrérie un accueil assez froid. Son intimité avec Barabach, dont on connaissait les inclinations polonaises, le rendait suspect. Après avoir triomphé de cette première impression, il ne semble pas s'être porté de suite à la détermination qui devait le mener si loin. A travers les falsifications dont elle a été l'objet, sa correspondance avec divers hauts personnages de la République le montre d'abord soucieux de se ménager une rentrée en grâce. Il se défend de toute intention malveillante, réclamant seulement pour lui

(1) KOCHOWSKI, *Annales*, t. I, p. 175; VIÉLITCHKO, *Chronique*, t. I, p. 28; JERLICZ, *Chronique*, p. 100.

et ses compagnons le bénéfice de la « charte royale remise
à Barabach (1). » Cette prétendue charte n'était, doit-on
croire, que la lettre de Ladislas autorisant les Cosaques à
construire des canots, et Khmiélnitski s'en trouvait possesseur à la suite d'un vol, qui a été diversement raconté (2).
Ayant affaire sur le bas Dniéper à des gens qui ne savaient
pas lire, il put interpréter à sa guise le texte de ce document
et lui donner une importance telle que le fugitif passa bientôt
pour le dépositaire d'un trésor sans pareil. Le prestige qu'il
en tirait et l'habileté qu'il mit à s'en prévaloir firent qu'il finit
par être proclamé *hetman* de l'armée *zaporovienne*.

Il ne songea pas pour cela encore à lever l'étendard de la
révolte. Outre que la saison ne s'y prêtait pas, le nouveau
chef estimait à leur juste valeur les ressources qu'il pouvait
trouver sur place pour une telle entreprise. Depuis vingt ans,
réduits à leurs propres moyens, les Cosaques avaient amplement donné la mesure de leur impuissance. Qu'il soit allé en
Crimée à ce moment, d'après une croyance assez générale (3),
rien n'est moins prouvé ; mais il a certainement employé plusieurs mois d'hiver à de laborieuses négociations, dont l'objet
était d'obtenir le concours des Tatars. La Porte demeurant
en paix avec la Pologne, le Khan dut refuser, non sans
regret, l'entrée en campagne de son armée ; mais quelques
seigneurs polonais d'Ukraine venaient d'opérer une incursion
sur ses domaines et d'y razzier de nombreux troupeaux ; à
titre de représailles, il pensa pouvoir offrir aux Cosaques
quelques milliers de ses cavaliers sans le mourza de Perekop,
Toukhaï-Bey. C'était tout ce que Khmiélnitski demandait.
Plus que du nombre de ces auxiliaires, il comptait tirer parti
de l'effet moral que leur seule présence à ses côtés produirait

(1) *Monuments publiés par la Comm. de Kiev*, t. I, 3° partie, p. 195, 198.
Comp. ViÉLITCHKO, *Chronique*, t. I, p. 34.
(2) VIÉLITCHKO, t. I, 28. Comp. *Actes de la Russie de l'Ouest*, t. V, p. 82-83 ;
Actes de la Russie du Sud-Ouest, t. III, p. 216 ; SREZNIÉVSKI, *Les Affaires
d'Ukraine*, p. 149.
(3) Voy. dans ILOVAÏSKI, *Hist. de Russie*, t. V, p. 584, la critique des indications dont nous disposons à ce sujet.

et parmi les siens et dans les rangs de ses adversaires. Il ne
devait pas être déçu à cet égard, et à lui seul ce calcul suffirait à indiquer en lui un homme admirablement doué pour
la guerre, bien que sans grande expérience du métier et sans
aucun savoir.

Il accuse aussi une absence de scrupules qui ne s'est que
trop affirmée depuis dans la carrière ainsi inaugurée du héros
ukrainien. Mais à cet égard Khmiélnitski pouvait invoquer
l'exemple de plus d'un prince chrétien, et, en fait, cette
alliance compromettante a seule différencié son entreprise
de celles où les Nalivaïko et les Pavliouk avaient succombé,
et lui a assuré un tout autre succès. Elle n'a pas été sans
inquiéter la conscience de ceux qui en bénéficiaient. Une
légende ukrainienne nous montre un Tatar frappant de son
sabre, dans une église profanée, l'image de la Vierge, d'où
le sang coule aussitôt à flots (1). Mais, comme les premiers
triomphes de l'insurrection, toutes ses péripéties ultérieures
ont invariablement dépendu de ce concours. Au début, sa
fortune s'est ressentie aussi, il est vrai, de l'invraisemblable
impéritie du haut commandement, représenté à ce moment
critique, dans l'armée polonaise, par les deux nouveaux
généraux, Nicolas Potoçki et Martin Kalinowski.

Se trouvant sur place, Potoçki était certainement averti de
ce qui se préparait. Contrairement à Khmiélnitski, il avait
un long passé militaire. En 1611, âgé de seize ans seulement,
il commandait déjà un escadron sous les murs de Smolensk et,
depuis, il n'avait cessé de prendre part, contre les Moscovites et les Suédois, les Turcs et les Cosaques, à toutes les
campagnes où l'armée polonaise s'était trouvée engagée (2).
Mais, avec un esprit borné, des mœurs dissolues et des habitudes d'ivrognerie, il ne tirait de cette école qu'une très
grande présomption. Pour obéir aux recommandations pressantes du roi, qui de son côté commençait à prendre

---

(1) Stradomski, dans *Revue du min. de l'Instr. publ.*, 1852, t. LXXV,
p. 31-32.

(2) Zegota-Pauli, *Vies des généraux polonais*, p. 63-64.

l'alarme, il aurait dû autoriser les Cosaques, les pousser même s'il était nécessaire, à prendre la mer. Beaucoup se seraient laissés tenter par cette expédition et les Tatars n'auraient plus osé se joindre aux autres. On peut l'excuser de s'être refusé à cet expédient. Il était opposé à une guerre avec la Turquie, ne voyant pas qu'on eût de quoi la soutenir; avec les 15,000 hommes dont il disposait, il se croyait, par contre, en mesure d'écraser toute tentative insurrectionnelle, en se portant rapidement sur le bas Dniéper (1).

C'était assurément le parti le plus sage. Les révoltes cosaques ne devenaient dangereuses qu'autant qu'elles parvenaient à se propager au cœur de l'Ukraine, où elles ralliaient alors les masses populaires. L'exécution du plan ainsi conçu fut un chef-d'œuvre d'ineptie. Au lieu de concentrer ses forces, Potoçki les divisa en petits paquets. Poussant en avant, sans garder aucun lien avec elle, une avant-garde de 6,000 hommes, qu'il confiait à son fils Étienne, un tout jeune homme, il voulut encore qu'elle marchât en deux colonnes séparées, l'une embarquée sur le fleuve, l'autre suivant par voie de terre. Suprême imprudence, il composait ce corps pour plus des deux tiers avec des Cosaques « enregistrés », ou des dragons d'origine petite-russienne, sous les ordres de ce même Kretchovski, qui avait laissé échapper Khmiélnitski!

Dans les armées polonaises combattant en Ukraine ces formations hétérogènes étaient d'usage courant; mais on avait toujours soin d'y encadrer convenablement les éléments suspects. Le défaut de cette précaution élémentaire eut cette fois les conséquences qui étaient aisées à prévoir : au premier contact avec les bandes de Khmiélnitski, Cosaques « enregistrés » et dragons de même nationalité passèrent à l'ennemi. Ne gardant que quelques escadrons, parmi lesquels les cris rauques des Tatars : « Alla! alla! » jetaient la panique, le jeune Potoçki fut cerné le 5 mai 1648, sur les bords d'un affluent

(1) *Monuments publiés par la Comm. de Kiév*, t. I, 3e partie, p. 197-199. (Rapport de Potoçki au roi.)

du Dniéper, le *Jelty-Vody* (Eaux-Jaunes), et anéanti. Il trouva
la mort dans le combat (1).

A la nouvelle de ce désastre, campés sous Tcherkassy, avec
le reste de leurs troupes, les généraux polonais se querel-
lèrent. Habilement exploité par Khmiélnitski, l'épouvantail
tatar fit prévaloir l'idée d'une retraite précipitée sur Korsoun.
Avec son camp immense, encombré de chariots, où des chefs
d'escadron traînaient derrière eux des fortunes en vaisselle
d'or et d'argent et meubles précieux, Potoçki se laissa sur-
prendre, au cours de cette opération, dans un véritable
coupe-gorge, où il avait un ravin dans le dos et une mon-
tagne devant lui. A l'apparition des Cosaques, trois mille de
ses dragons imitèrent l'exemple de leurs frères d'armes, et
le 16 mai, au lieu de mémoire à jamais sinistre dans les
annales polonaises dit *Kroutaïa Balka*, sans avoir même
combattu, les deux généraux se trouvèrent prisonniers avec
leur armée décimée (2).

Jamais encore leur pays n'avait subi pareille humiliation,
ni reçu un coup qui le frappât aussi cruellement. A Cecora,
Zolkiewski était tombé luttant un contre dix, et ceux qui
avaient eu raison de sa valeur devenaient, à ce moment, la
terreur de l'Europe. Rien dans le passé d'une nation encore
fière et glorieuse ne ressemblait à cette retraite convertie en
fuite devant un ramassis de Cosaques et de Tatars et suivie
d'une défaite sans bataille, qui livrait aux vainqueurs tout
l'état-major de la République. Avec lui son prestige entier
croulait aux pieds d'une bande de manants et de brigands!

(1) Kochowski, *Annales*, t. I, p. 30 et suiv.; Samovidiéts, p. 9-11; Gra-
bianka, p. 42-48; Viélitchko, t. I, p. 62; Ierlicz, t. I, p. 62-63; Pastorius,
p. 12; *Monuments publiés par la Comm. de Kiév*, t. I, 3ᵉ partie, p. 176-177;
Actes de la Russie du Sud-Ouest, t. II, p. 281, t. III, p. 185, 207, 216, 218;
Actes de l'État de Moscou, t. II, p. 341, 350; Grondski, p. 58 et suiv.; Mychetski,
Hist. des Cosaques, p. 7; Evarntski, *Hist. des Cosaques*, t. II, p. 238 et suiv.;
Ilovaïski, *Hist. de Russie*, t. V, p. 52-53.

(2) Viélitchko, t. I, p. 67 et suiv.; Samovidiéts, p. 10; *Maszkiéwicz chez
Niemcewicz, Mémoires*, t. V, p. 94; Kochowski, t. I, p. 36; Michalowski, *Mé-
moires*, p. 23; *Hist. Russiæ Mon., Suppl.*, p. 176-179; Gavronski, *Bogdan
Khmiélnitski*, p. 203.

Et ce n'était pas tout! La République saurait retrouver d'autres armées et, à mieux remplacer les généraux qu'elle perdait, elle n'aurait pas de peine. La catastrophe terrible, irréparable, était dans la physionomie nouvelle que l'événement des 4 et 16 mai allait donner à la lutte qui venait de commencer et à l'homme qui y avait débuté par ce triomphe sans précédent. Jusque-là Khmiélnitski n'était qu'un autre Nalivaïko, un autre Pavliouk, gibier de potence promis aux bourreaux de Varsovie. Il grandissait soudain ; il devenait un être extraordinaire, marqué par le destin, sacré par la victoire pour un rôle éclatant. Et derrière lui, frémissante depuis longtemps, contenue au prix d'incessants efforts, l'Ukraine tout entière ne devait-elle pas inévitablement apparaître transfigurée et exaltée, elle aussi, en une poussée formidable de ses éléments révolutionnaires, qu'aucune force humaine ne serait plus capable de maîtriser ?

Ce n'était pas tout encore. Comme si tant d'infortune ne suffisait pas à l'accabler, il fallait en outre qu'à ce moment, devant cette épouvantable épreuve, la malheureuse Pologne se trouvât sans chef. Malade déjà, mais atteint au cœur par la nouvelle du désastre de *Jelty-Vody*, Ladislas mourait le 20 mai. Un interrègne s'annonçait, avec tout ce que ces crises périodiques introduisaient de trouble et de désordre complémentaire dans le gouvernement chaotique du pays.

Survivant à la catastrophe, peut-être le roi eût-il été capable d'en conjurer les pires effets. Il était le roi et ce titre imposait encore quelque respect, même en Ukraine. Khmiélnitski, d'autre part, devait avoir quelque difficulté à se hausser au niveau de son étonnante fortune. Il commença par en paraître comme accablé lui-même. Il alla à Biélaïa-Tserkov et y publia un manifeste, dont le texte original n'a pas été retrouvé, mais dont le fond, tel qu'il se laisse dégager des transcriptions plus ou moins infidèles, a mis en défaut l'ingéniosité des apologistes les plus résolus. En conviant tout le peuple ukrainien à le rejoindre dans son camp, contre toute évidence, l'auteur fait reproche aux Polonais de convertir en

désert le pays qu'ils colonisaient précisément, on sait avec
quel succès; faisant étalage d'érudition, il les déclare issus
d'une souche russe, dont leur méchanceté les a séparés; il
parle de Russes établis à l'ile de Ruggen et conquérants de
Rome en 470, sous le commandement d'un chef non moins
imaginaire du nom d'Odonatser : précédent qui doit engager les Cosaques à s'emparer au moins de Varsovie !

Le vainqueur de *Jelty-Vody* et de *Kroutaïa-Balka* n'a sans
doute pas fait personnellement les frais de cette sotte élucu-
bration. On y peut deviner le travail de quelque scribe ignorant et stupide de son entourage. En se l'appropriant, Khmiélnitski n'a pas moins trahi l'embarras d'une pensée que ses
autres actes montraient en même temps également indigente
et incohérente. Écrivant, le 13 et le 14, au palatin de Bratslav, Kisiél, et au prince Dominique Zaslawski, un des grands
seigneurs de la région, il se disait navré de ce qui était
arrivé, se déclarant innocent du sang versé et en rendant responsable le grand-général de Pologne, qui avait attaqué les
Cosaques. Mais un peu plus tard, il entrait aussi en correspondance avec le commandant allemand de la garnison polonaise de Zamosc, Weiher, qu'il engageait à livrer la forteresse
confiée à sa gardé; et, dès le 4 juin, il avait écrit à Alexis, lui
faisant part de ses victoires, disant en termes ambigus que
les Cosaques souhaitaient d'être gouvernés par un souverain tel que lui et l'invitant à attaquer aussi la Pologne (1).

Tel il devait rester toujours, incertain de la voie à suivre,
incapable de concevoir un programme d'action nettement
défini, ni d'imposer un idéal quelconque au peuple que la
victoire livrait à sa discrétion, mais subissant la contrainte
brutale des forces élémentaires qu'elle déchainait, ouvrier
inconscient d'une œuvre qui échappait à sa volonté hésitante
comme à son intelligence insuffisamment éclairée.

(1) *Hist. Russiæ Monum., Suppl.*, p. 178, 179, 183, *Actes de la Russie du
Sud-Ouest*, t. III, p. 207; *Monuments publiés par la Comm. de Kiév*, t. I,
3ᵉ partie, p. 219.

CHAPITRE X

L'INTERVENTION DE MOSCOU

I

L'ANNÉE TERRIBLE

Quel effet Khmiélnitski se promettait-il de son manifeste? L'histoire, qu'il connaissait bien sans doute, des appels aux armes multipliés dans ce pays depuis le commencement du siècle, ne pouvait guère le laisser dans l'incertitude sur l'effroyable déchaînement de passions sauvages qu'il devait immanquablement y déterminer. Depuis le commencement de l'année, les nouvelles de Pologne mettaient l'Europe entière dans l'attente d'événements sensationnels qui semblaient à la veille de s'y produire. « A Thorn..., il se vit en l'air une représentation de deux grosses armées », lisons-nous dans la *Gazette de France*, à la date du 10 février 1648. Mais c'est le choc d'une partie de la chrétienté et du monde musulman que l'imagination populaire évoquait ainsi. En répondant à la voix de son nouveau maître, l'Ukraine allait substituer à cette vision chimérique la réalité d'un tout autre et bien plus terrifiant spectacle.

Les insurrections cosaques s'accompagnaient habituellement de jacqueries, qui cependant restaient locales; cette fois, d'un bout à l'autre du pays, paysans et gueux de toute espèce se soulevèrent en masse, ainsi qu'une vague énorme, où les

« chevaliers du *Zaporoje* » et leur chef se trouvèrent eux-
mêmes comme noyés. Déjà, partout les colons polonais
fuyaient devant la tempête « avec leurs âmes seules », selon
l'expression d'un contemporain. Mais, même en ce simple
équipage, la fuite n'était pas toujours possible. Chaque village devenait un traquenard; pas de sentier creux qui ne
cachât un guet-apens. Abandonnant leurs demeures, aussitôt
mises à sac et incendiées, les petits gentilshommes cherchaient
un refuge dans les châteaux forts des grands seigneurs; mais
la révolte gagnait promptement ces mêmes enceintes. D'origine ruthène pour la plupart, les serviteurs portaient la main
sur leurs maîtres, et la tuerie commençait, avec des raffinements d'atroce cruauté. On sciait les malheureux entre
deux planches; on leur crevait les yeux avec des vrilles; on
violait les femmes et les filles devant les époux et les pères
réservés à d'autres tortures. L'orgie succédait au massacre,
mêlant le vin et l'eau-de-vie au sang répandu, l'ivresse de
hideuses étreintes à l'agonie des victimes. Après avoir égorgé
le prince Janus Czetwertynski, l'un des rares magnats du pays
restés fidèles à l'Église orthodoxe, un chef de bande, Ostap
Pavliouk, épousait solennellement la princesse, qu'il contrai-
gnait ensuite à vaquer aux soins de son rustique ménage.

Des campagnes l'ouragan passait aux villes, à leur tour
envahies, et, bien que ruthène en grande partie et orthodoxe,
la bourgeoisie n'y était pas davantage épargnée. Le costume
polonais, adopté par la plupart des artisans, suffisait à les
désigner aux coups. Le bas clergé orthodoxe n'intervenait
que pour applaudir ou même aider les « justiciers » ainsi mis
à l'œuvre, non sans exciter de préférence leur fureur contre
les églises catholiques, où ils travaillaient volontiers, pillant
les vases et les ornements sacrés, égorgeant les prêtres, souil-
lant les nonnes aux pieds des autels (1). Les plus visés étaient

(1) Viélitchko, t. I, p. 93; Jerlicz, p. 68; Samovidiéts, p. 11, 16; Jemiolowski, p. 4; *Mémoires sur les guerres cosaques*, p. 10; Rudawski, chap. v,
p. 22; *Monuments publiés par la Commission de Kiév*, t. I, 3ᵉ partie, p. 190,
270, 276; Michalowski, *Mémoires*, p. 93, 157.

encore les Juifs. L'opuscule contemporain de l'israélite Mas-
soula (1) contient à cet égard des détails dont l'horreur
presque invraisemblable est confirmée par d'autres témoignages des moins suspects. On écorchait vifs les fils d'Israël
détestés et on donnait les corps sanglants en pâture aux chiens.
On les saignait à blanc et on les enterrait respirant encore. On
éventrait des femmes enceintes, pour jeter dans des lieux
immondes le fruit de leurs entrailles; ou bien, dans leur
ventre ouvert, on introduisait des chats et, la peau recousue,
si les infortunées cherchaient à défaire l'horrible ligature
pour mettre terme à leurs souffrances, on leur coupait les
mains.

Au milieu de l'effarement universel, l'insurrection s'étendant jusqu'à Brest d'un côté et jusqu'à Lemberg de l'autre, et
à Varsovie même de grands seigneurs s'embarquant sur la
Vistule pour gagner Danzic avec leurs richesses (2), un seul
des colonisateurs marquants d'Ukraine, possesseur d'immenses domaines sur les deux rives du Dniéper, le prince
Janus Wisniowięcki (3), jeune homme de vingt-trois ans, osa
tenir tête à l'ouragan. Ralliant quelques autres gentilshommes
qui, d'ailleurs le secondaient assez mollement, il ne pouvait
cependant songer à s'attaquer à Khmiélnitski, et, aux prises
avec des chefs de bandes isolées, parmi lesquels *Krivonos* (nez
de travers) se distinguait par sa vigueur et sa férocité,
déployant des prodiges de valeur, il ne parvenait qu'à s'épuiser en d'inutiles représailles (4).

Khmiélnitski, lui, ne savait toujours pas à quoi se résoudre
et déjà il commençait à perdre pied dans ce flot tumultueux

(1) Traduction de Lévy, p. 14-15. Comp. Samovidiéts, p. 12; *Monuments publiés par la Commission de Kiév*, t. I, 3ᵉ partie; p. 39, 79, 89; voy. aussi Han-
nover, p. 8. Comp. Kostomarov, *Bogdan Khmiélnitski*, p. 184.

(2) Radziwill, *Mémoires*, t. II, p. 292.

(3) Pour cette famille et l'histoire de ses établissements en Ukraine, voy.
Lazarevski, *Esquisses*, t. III, p. 89 et suiv.

(4) La cruauté de ces représailles peut bien avoir été exagérée par les chroni-
ques locales. Voy. Maszkiewicz (un compagnon d'armes de Wisniowięcki) dans
Niemcewicz, *Mémoires*, t. V, p. 117. Comp. cependant Gavronski, *Bogdan
Khmiélnitski*, p. 265, 268. Comp. Bibl. Czartoryski, ms. nᵒ 379.

qu'il avait suscité. Sa situation devenait embarrassante de toute façon. Les Tatars, d'abord, menaçaient de lui fausser compagnie. La diplomatie polonaise faisant de meilleure besogne que son armée, Constantinople obligeait le Khan à rappeler le corps de Toukhay-Bey (1). Khmiélnitski se flatta quelque temps de le remplacer par un contingent moscovite. Mais Moscou se trouvait liée par le traité d'alliance signé l'année précédente avec la Pologne. En vain, à la vérité, s'en prévalant dans sa correspondance avec les voiévodes de la frontière, le palatin de Bratslav, Kisiél, réclamait d'eux un secours contre les Cosaques. On lui répondait que le traité ne portait que sur l'éventualité d'une guerre avec la Turquie ou la Crimée (2). Les Cosaques n'en restaient pas moins seuls en face de la Pologne, qui assurément n'avait pas dit son dernier mot.

La force armée de la République consistait essentiellement dans ses milices nombreuses et aguerries, organisation archaïque et vicieuse certes, mais qui, telle quelle, s'était montrée fréquemment capable de résister victorieusement à de plus dangereuses épreuves. On avait d'abord perdu la tête à Varsovie, au point de faire appel à l'assistance non seulement de la France, qui ne pouvait guère offrir que des condoléances et des conseils, mais à l'électeur de Brandebourg, qui, vassal de la République, était bien tenu de l'aider plus efficacement, mais que l'on aurait pu deviner très différemment impressionné par cette crise et se demandant, notamment, comment il pourrait en tirer parti pour se défaire d'une sujétion déplaisante, ou arrondir son territoire (3). Le premier moment d'affolement passé, la Pologne arriva cependant à se ressaisir. En province surtout, un retour d'énergie se manifesta en de viriles résolutions : votes de levées considérables, offres généreuses de subsides. En quelques mois, la République était

(1) Szajnocha, *OEuvres*, t. IX, p. 211-216; Gavronski, *loc. cit.*, p. 250.
(2) *Actes de la Russie du Sud-Ouest*, t. III, p. 108, 112, 117, 119, 123, 127.
(3) *Actenstücke zur Geschichte des Kurfürsten Fr. Wilhelm*, t. I, p. 251, 255, 272, 286.

capable, elle devait le prouver plus tard, de mettre sur pied
près de cent mille hommes de bonnes troupes. Qu'aurait
Khmiélnitski à leur opposer?

Il ne commandait toujours qu'à une poignée de Cosaques,
seuls capables d'un effort militaire sérieux. Quant aux masses
populaires mises en rut de carnage et de pillage, elles ne lui
donnaient pas une armée. Rebelles à toute discipline, elles ne
songeaient qu'à satisfaire leurs appétits de vengeance cruelle,
de gain facile et de jouissance grossière. Déjà même, ayant
ramassé dans les camps polonais de quoi compenser avec usure
la perte de sa *sloboda*, le vainqueur de *Kroutaïa Balka* surpre-
nait des regards avides et jaloux se portant sur les trésors par
lui amassés. Sur le sommet vertigineux où un coup de fortune
prodigieux venait de le porter, il vit à ses pieds l'abîme où
tant de ses devanciers avaient sombré. Et, brusquement, il
changea de ton.

Écrivant au tsar au lendemain de sa victoire, il avait tran-
ché du souverain; il prit un tout autre air maintenant et un
langage très différent pour s'adresser — au roi de Pologne (1). Il n'ignorait pas que Ladislas était mort et qu'on
ne lui avait pas encore donné de successeur; mais sa prétention étant de séparer le souverain du corps de la République,
qui seul donnait aux Cosaques des motifs de plainte, il prenait
ce détour pour faire connaître ses sentiments. Et il les rendait
très humbles, implorant le pardon du souverain, protestant
de son invariable fidélité et s'intitulant seulement « chef provisoire » de l'armée *zaporovienne*. En même temps, il expédiait
à Varsovie une députation, chargée de présenter des demandes
fort modérées : augmentation à 12,000 du chiffre des « enregistrés » ; payement des arriérés de solde; restitution aux
Cosaques du droit d'élire leurs chefs (2). Il cherchait à ménager un bon accueil à ces envoyés, en adressant à plusieurs
seigneurs polonais des messages suppliants. Il revenait enfin
de Biélaïa-Tserkov à Tchiguirine, s'occupait de s'assurer une

(1) *Monuments publiés par la Comm. de Kiév*, t. I, p. 241.
(2) *Ibid.*, t. I, p. 243.

retraite vers le bas Dniéper et parlait même de gagner le Don (1).

Ce revirement devait, hélas, être plus fatal à la Pologne que dix autres défaites que ses armées eussent subies. A ce moment critique de son évolution historique, la République mourait de parlementarisme extravagant. A ce foyer, où sa vie publique se concentrait de plus en plus exclusivement, elle tendait à ramener les contingences les moins susceptibles d'y converger. Grisée par l'abus de l'éloquence au sein des diètes et des diétines incessantes, la *szlachta* arrivait à se persuader que tous les problèmes pouvaient être solutionnés avec des paroles. Khmiélnitski paraissant entrer dans cette voie, elle n'eut pas de peine à se laisser convaincre que le recours aux armes n'avait plus de raison d'être. Avec l'autorité que lui donnaient le poste qu'il occupait dans un des palatinats ukrainiens, son origine et sa religion, Kisiél, homme peu belliqueux et disert, se trouva à point pour la fortifier dans ce sentiment. Ouvrant de son propre mouvement des négociations avec les rebelles par l'intermédiaire d'un moine vagabond (2), il passa pour un ange de paix, et son pacifisme larmoyant se répandit en douches émollientes sur l'âme de ses concitoyens.

A Varsovie, la Diète vota bien la mise sur pied d'une grande armée, mais elle institua en même temps une commission pour poursuivre les pourparlers entamés, et elle parlementarisa le commandement lui-même des troupes à réunir, au moyen d'une autre commission de trente-cinq membres, chargée d'en diriger les mouvements, par l'organe de trois délégués. L'un d'eux était un vieillard décrépit, le second un éphèbe et le troisième un linguiste savant. Les Cosaques s'en esclaffèrent, les appelant *piérina*, *diétina* et *latina* (lit de plumes, enfant et latin).

On devine aisément l'issue de la double campagne diplomatique et militaire ainsi projetée. Arrêtés en route par les

(1) MICHALOWSKI, *Mémoires*, p. 38, 93.
(2) *Monuments publiés par la Comm. de Kiév*, t. I, 3ᵉ partie, p. 224-231.

bandes insurrectionnelles, les négociateurs ne purent même pas arriver au rendez-vous désigné, et, tandis qu'ils parlementaient toujours pour obtenir passage, Khmiélnitski, rassuré, révélait ses talents d'organisateur, groupant ses Cosaques en régiments régionaux, destinés à encadrer les bandes de paysans recrutés aux mêmes lieux. Il mettait aussi à profit une autre circonstance favorable : une révolution de palais survenue à Constantinople lui rendait ses Tatars (1) et, avec leur aide, lui permettait de prendre plus vigoureusement en main les éléments ainsi constitués de sa puissance militaire.

Quant aux « délégués à la guerre » polonais, ils emmenaient en Ukraine un peuple de gentilshommes qui, de mieux en mieux convaincus qu'on ne se battrait point, allaient là comme à une fête, dans un déploiement de luxe et de débauche joyeuse, « portant plus d'or que de plomb avec eux », dit un contemporain. A la première alerte, tous décampèrent, abandonnant aux Cosaques, aux Tatars et aux paysans un butin immense et leur livrant, sans défense possible, quelques milliers de réguliers (2).

Après cette autre journée (20 septembre 1648, sous Pilavtsy), où l'humiliation de la Pologne était comblée, Khmiélnitski prit figure d'un demi-dieu, et on attendit de lui, en Ukraine, des miracles. Mais que pouvait-il faire? Sur les lieux, il n'y avait plus rien à prendre et presque personne à tuer encore. Dans son manifeste de Biélaïa-Tserkov, le *hetman* avait parlé d'aller à Varsovie; comme son entourage le prenait au mot, il fit mine de se rendre à ses instances. Au passage, il assiégea Lemberg; mais, bien qu'il n'y trouvât ni fortifications solides ni garnison importante, il dut se contenter de lever une contribution, dont les Tatars revendiquèrent la meilleure part (3). Il remonta ensuite au nord, se piqua

(1) RUDAWSKI, t. I, p. 36.
(2) GRABIANKA, p. 56; Maszkiewicz, dans NIEMCEWICZ, *Mémoires*, t. II, p. 12; IÉMIOLOWSKI, p. 7; RADZIWILL, *Mémoires*, t. II, p. 320; *Monuments publiés par la Comm. de Kiév.*, t. I, 3ᵉ partie, p. 303-305.
(3) Relation contemporaine du siège, dans *Revue hist. trimestrielle*, 1892, t. VI, p. 457 et suiv.; IOZEFOWICZ, *Chronique*, p. 111 et suiv.; ZUBRZYCKI, *Chro-*

d'enlever Zamosc, et, cette fois, essuya un échec complet (1).
Là-dessus arrive l'élection, au trône vacant, de Jean-Casimir,
frère du souverain défunt, et Khmiélnitski en 'profita pour
rentrer en pourparlers avec le nouveau roi.

Il commençait à se rendre compte que, si brillantes qu'elles
fussent, ses victoires ne le menaient à rien. L'idée d'une principauté à réclamer pour lui en Ukraine poignait déjà dans son
esprit ; mais elle s'unissait au sentiment vaguement conçu que,
provisoirement au moins, livré à lui-même, ce pays était
ingouvernable. Parmi les prisonniers recueillis à *Jelty-Vody,*
le vainqueur avait distingué et enlevé aux Tatars, en l'échangeant contre un cheval, un gentilhomme d'origine ruthène et
de religion orthodoxe, Jean Vykhovski, dont il faisait son conseiller et qui inclinait dans ce sens ses résolutions indécises.
Pour commencer, l'Ukraine affranchie devait rester rattachée
à une organisation politique plus ancienne, où elle puiserait
les éléments d'ordre nécessaires à son existence. Donc, le
nouveau roi réclamant une suspension d'hostilités, en vue
d'un essai d'accommodement, Cosaques, Tatars et paysans
n'allèrent pas à Varsovie.

Au fait, ils auraient eu quelque peine à y arriver. L'événement de Lemberg et de Zamosc le prouve suffisamment. Le
nombre seul rendait redoutable cette cohue armée ; or, en
parlant de vingt-deux régiments cosaques, à 20,000 hommes
chacun, que Khmiélnitski aurait eu à ce moment sous ses
drapeaux, les chroniqueurs ukrainiens ou polonais ont vu plus
que double. En juillet 1648, un rapport des commissaires
polonais n'indiquait que 20,000 hommes en tout en état de
porter les armes dans l'armée insurrectionnelle (2). Quant
aux Tatars, Khmiélnitski ne disposait toujours que du corps de
Toukhay-Bey, à l'effectif de quelques milliers de chevaux.

Il rebroussa chemin, et, à titre de compensation, se donna

nique, p. 311 et suiv. ; GRONDSKI, p. 81 ; KUBALA, *Esquisses hist.,* t. I, p. 89 et
suiv. ; GAVRONSKI, *Bogdan Khmiélnitski,* p. 325 et suiv.
(1) GRONDSKI, p. 91-93 ; KOCHOWSKI, t. I, p. 92.
(2) *Monuments publiés par la Commission de Kiév,* t. I, 3ᵉ partie, p. 254.

la joie d'une entrée triomphale à Kiév. Mais là, d'autres impressions devaient orienter différemment encore sa pensée mobile et inquiète.

Les habitants, avec le métropolitain Kossov en tête, lui firent une réception enthousiaste. Se trouvant là de passage, sur la route de Moscou, le patriarche de Jérusalem, Païsius, lui prodigua les démonstrations les plus flatteuses, et, suprême revanche, le maria avec son ancienne maîtresse, devenue la femme de Czaplinski. Magnifiquement vêtue, Mme Khmiélnitska distribua de l'eau-de-vie aux Cosaques dans des gobelets d'or, et s'enivra avec eux (1).

Pour la nature grossière du *hetman*, c'étaient là assurément des plaisirs savoureux ; mais, au milieu de ces ripailles, la majesté du lieu et l'accueil qu'il y rencontrait ne laissèrent pas aussi de le frapper fortement. Il se trouvait à Kiév, antique berceau de la puissance russe, premier foyer en terre russe du christianisme orthodoxe, et dans cette capitale de sainte Olga et de saint Vladimir, il se voyait traité en souverain ! Courtisan dressé aux hyperboles orientales, en le haranguant, Païsius le comparait à Constantin le Grand et l'appelait « Duc de Russie ».

Duc de Russie ? Pourquoi pas ? Avec Kiév, ne tenait-il pas dans les mains la capitale de l'ancien empire de Monomaque. Mais assurément aussi la Pologne ne consentirait pas à un tel retour des destinées historiques sans une lutte d'où, par ses propres moyens, Khmiélnitski ne pouvait se flatter de sortir victorieusement. Nul doute qu'il n'ait confié à Païsius les perplexités que cette certitude devait éveiller dans son esprit, et, « prélat à double face, esclave à Constantinople, mendiant à Moscou », comme l'a appelé Koulich, à ce carrefour du monde oriental, où s'égarait en de laborieux compromis sa propre besogneuse destinée, le patriarche de Jérusalem était un guide plus qualifié que Vykhovski. Pologne ? Moscou ? Turquie ? Jusqu'à la fin, Khmiélnitski allait alternativement ou même simul-

(1) KUBALA, dans les *Annuaires de l'Acad. des sciences de Cracovie*, 1901, p. 116.

tanément, porter ses regards troubles vers ces trois points de l'horizon ukrainien, sans jamais arriver à fixer son choix.

II

L'ÉBAUCHE D'UN EMPIRE

Jusque-là, les intérêts religieux n'avaient tenu aucune place dans le mouvement insurrectionnel. Les réclamations présentées récemment à Varsovie par les députés cosaques visaient bien, en un des articles, la restitution des églises enlevées, en Ukraine, au culte orthodoxe, mais personnellement Khmiélnitski avait paru se désintéresser de cette question. A Kiév et au lendemain de longs entretiens avec Païsius, « le duc de Russie « n'est plus le même homme ». Il se pose emphatiquement en défenseur de la « vraie foi » ; il entend lui assurer sur les rives du Dniéper les privilèges les plus étendus, et donc, il tourne le dos à la catholique Pologne. Arrivant à Péréiaslavl en 1649, les négociateurs polonais ne tardent pas à s'apercevoir du changement. Ils pensaient avoir affaire au rebelle repentant qui naguère, sur le chemin de Varsovie, s'était « incliné devant la majesté du roi nouvellement élu », comme se plaisait à le répéter la szlachta; ils se trouvent devant un autre souverain, qui les traite du haut de sa puissance, tout en restant un Cosaque quand même, sauvage, brutal — et presque constamment ivre.

Le palatin de Bratslav, l'inévitable Kisiél, qui est encore là, ne parvient même pas à entrer en matière avec ce farouche potentat. Tel jour, l'audience qu'il s'attendait à avoir lieu est refusée au dernier moment : le hetman est occupé ; il reçoit d'autres ambassadeurs étrangers. Le lendemain, Kisiél force la consigne et se voit accueilli par une bordée d'injures :

. — Demain ! Revenez demain ! Aujourd'hui, j'ai trop bu ! D'ailleurs, cette négociation n'aboutira pas... Dans trois ou quatre semaines, je rentrerai en campagne et je vous mettrai

tous les jambes en l'air! Je vous écraserai et je finirai sans
doute par vous livrer au sultan!... Le roi? Que m'importe le
roi? Je suis plus que lui, car je n'ai pas de *szlachta* qui m'impose ses volontés. Je suis souverain russe et autocrate... Vous
imaginez m'effrayer avec les Suédois? Je leur taillerai également des croupières! Fussent-ils 500,000, ils ne tiendront
pas devant mes Cosaques et mes Tatars... Il n'est plus
temps de traiter. Ayant fait ce que je ne pensais pas, je dois
faire ce que j'ai pensé. Je dois délivrer tout le peuple russe
de l'esclavage polonais... J'ai levé le sabre pour venger une
injure personnelle; je ne le remettrai au fourreau qu'après
avoir vengé la foi orthodoxe... La *tchern* m'aidera à atteindre
Cracovie, et Toukhay-Bey, mon frère, mon âme, mon faucon
sans pareil, ne m'abandonnera pas... Je n'irai pas faire la
guerre à l'étranger; j'aurai assez de l'Ukraine, de la Podolie
et de la Volhynie; je serai assez riche et assez fort dans mon
duché, dont j'étendrai la frontière jusqu'à Khelm, Lemberg
et Halitch... et, campé sur la Vistule, je dirai aux Polonais :
« Tenez-vous tranquilles, *Lakhy !* Taisez-vous, *Lakhy !* (1)... »

Avec un homme capable de tels écarts de pensée et de langage, nulle discussion n'était possible. Même à jeun, Khmiélnitski ne parvenait généralement pas à donner à ses nouvelles
ambitions une forme raisonnable. L'empire qu'il prétendait
introduire dans la communauté des États européens, il ne le
concevait au fond que comme une suite de combats heureux,
de fructueux pillages et de plantureuses ripailles. Aucune
idée d'existence policée ne se dégageait nettement, dans son
esprit, de cette orgie guerrière, qu'il allait en effet perpétuer,
y résumant son activité. Pour tout le reste, l'Ukraine demeura

---

(1) *Lakh* ou *Lach,* un des noms donnés aux Polonais, dans un sens généralement méprisant. Les propos de Khmiéniltski sont rapportés dans le *Journal de
Miaskowski,* voy. Niemcewicz, *Mémoires,* t. IV, p. 352 et suiv. ; *Monuments
publiés par la Commission de Kiév,* t. I, 3e partie, p. 314 et suiv., et Grabowski et Przezdzięcki, *Sources,* t. I, p. 3 et suiv. (cette version est la meilleure). Comp. Kochowski, t. I, p. 107-109; Kounakov, dans *Actes de la Russie
du Sud-Ouest,* t. III, n° 243 ; Novitski, dans *Antiquités de Kiév,* novembre 1888 ;
Kubala, *Georges Ossolinski,* t. II, p. 277 et suiv.; Markiévitch, *Hist. de la
Petite-Russie,* t. V. p. 42.

réduite aux débris de la culture polonaise que cette tourmente épargnait, un abîme se creusant entre les masses populaires entraînées par le courant révolutionnaire et les couches supérieures d'autant plus portées à subir l'attraction du foyer polonais.

Sous la pression des circonstances, le *hetman* devait revenir à la pensée d'un accommodement avec la Pologne; en ce moment, l'influence de Païsius l'emportant sur celle de Vykhovski, il suivait une autre direction. Il finit par entrer en conversation avec Kisiél et lui faire connaître ses conditions, jugeant sans doute qu'elles paraîtraient inacceptables. Il demandait, notamment, la suppression de l'*Union*, voulait que tous les sujets polonais fussent exclus des fonctions à exercer en Ukraine et réclamait pour le métropolitain de Kiév, dans le Sénat polonais, la seconde place, après l'archevêque de Gniezno, primat du royaume. Mais, Jean-Casimir se hâtant de souscrire à ces exigences, il déclara avoir changé d'intention. Quelques jours après, avec ses Cosaques et les Tatars, plus nombreux maintenant sous le commandement du Khan Islam-Ghireï en personne, il entourait et assiégeait, dans la petite ville de Zbaraj, une poignée de gentilshommes et de soldats polonais, groupés autour du vaillant chef que nous connaissons déjà et qui allait trouver là une consécration de sa gloire naissante, Jérôme Wisniowiecki.

Un romancier, Sienkiewicz, a prêté récemment la magie de son talent à l'évocation de cet épisode qui, historiquement même, abondant en traits épiques d'héroïsme presque surhumain, montre quel trésor de nobles vertus la Pologne déclinante gardait encore dans son sein (1). Pendant six semaines, du 9 juillet au 15 août 1649, s'épuisant en vains efforts pour enlever cette bicoque, Khmiélnitski fit voir, de son côté, une

_____

(1) Il existe deux journaux de ce siège publiés l'un dans le recueil de MICHA-LOWSKI, *Memoires*, n° 150, l'autre en une rédaction plus courte dans les *Essais hist.* de KUBALA, t. I, p. 179 et suiv. Voy. aussi : KOCHOWSKI, t. I, p. 115 et suiv.; ROUBAN, *Chronique*, p. 22-23; *Actes de la Russie du Sud-Ouest*, t. III, p. 345, 348 et suiv., 393; *Monuments publiés par la Commission de Kiév*, t. I, 3ᵉ partie, p. 356. Le héros de Sienkiewicz, Skrzetuski, est un personnage historique.

fois de plus, que l'art de Poliorcète lui était étranger. Le roi
de Pologne arrivant là-dessus avec des forces que la démora-
lisation de la *szlachta* rendait toujours ridiculement insuffisantes, 25,000 hommes à peine, le *hetman* mit en œuvre les
ressources réelles de son génie militaire : sans débloquer
Zbaraj, ni laisser même soupçonner aux assiégés que son
étreinte se relâchait, il décampa, emmenant ses meilleures
troupes, ainsi que le gros des Tatars, et, sous Zborov, il enve-
loppa l'armée royale elle-même dans un filet à mailles serrées.
Après les généraux de la Pologne, il allait tenir son souverain !
Vain espoir ! C'était compter sans les alliés qu'il s'était donnés.
Les Tatars de ce temps n'aimaient guère que les victoires
faciles, où il y avait plus de butin à ramasser que de coups à
recevoir. Après une journée de sanglant combat, les Polonais
ne s'étant pas laissé entourer, dans la nuit Islam Ghirei
prêta l'oreille aux propositions du chancelier Ossolinski, et
Khmiélnitski se trouva lui-même prisonnier de la redoutable
puissance qu'il avait associée à sa fortune. Furieux, mais contraint d'en passer par là, il dut souscrire à un traité qui, très
favorable aux Tatars, ne lui accordait que d'assez médiocres
et problématiques avantages : augmentation du chiffre des
« enregistrés » à 40,000 ; défense aux armées royales de
prendre leurs quartiers dans une partie de l'Ukraine. Du
« duché de Russie », il n'était pas question. L' « autocrate »,
si fier quelques semaines auparavant, n'obtenait pour lui que
l'*hetmanat* à vie, et, trahi par les Tatars, il trahissait à son
tour cette *tchern* qui avait épousé sa cause. Pour elle, il ne
stipulait rien ! En dehors des Cosaques pris à la solde de la
République, le traité ne reconnaissait que des paysans qui
devaient être rendus à leur ancien sort. La religion orthodoxe n'était pas mieux partagée. A son égard, les contractants
se référaient aux décisions à prendre ultérieurement par la
Diète, qui restitua au culte grec quelques églises et quelques
monastères, mais ne supprima pas l'*Union* et refusa au métropolite de Kiév tout siège dans le Sénat.

La convention portait un titre qui à lui seul contredisait

d'une façon singulièrement expressive les prétentions naguère
manifestées par un de ses signataires : « Déclaration de la
grâce de Sa Majesté en réponse aux articles de la supplique
des Cosaques (1). » Les Cosaques et leur chef avaient encore
cependant le moins à se plaindre, en regard de la lamentable
déconvenue préparée à cette foule de gueux qu'ils jetaient si
lestement par-dessus bord. Khmiélnitski ne s'en embarrassa
point. S'appropriant aussitôt, dans les territoires abandonnés
à ses compagnons d'armes, de vastes domaines où il exerça
tous les droits acquis aux anciens seigneurs polonais, il parut
appliqué à reconstituer avec d'autres éléments cette aristocratie locale contre laquelle il s'était insurgé. Après s'être le
plus amplement pourvu, il distribua à son entourage, en propriété héréditaire, d'autres terres peuplées de serfs, sous la
seule obligation du service militaire. Incapable d'un essai
d'organisation originale, inconscient des problèmes religieux,
sociaux, économiques, cause réelle de la crise à laquelle il
devait ses succès, il s'en tenait à un simple déplacement de
privilèges. Bientôt aussi, se pénétrant de cet idéal aristocratique, il arrivait même à perdre de vue le principe de l'application qu'il voulait lui donner ici, et, non content de tolérer,
dans les limites qui lui étaient assignées, la présence de quel-

(1) Publiée avec ce titre par JERLICZ, *Chronique*, p. 105. Comp. *Volum. Legum*,
t. IV, fol. 285; SCHENER, *Pièces justificatives*, p. 236; PASTORIUS, t. II, p. 107;
GRONDSKI, p. 109; *Actes de la Russie du Sud-Ouest*, t. III, n° 303. Nous ne
possédons d'ailleurs pas un texte authentique de cet instrument, où les territoires
réservés aux Cosaques en Ukraine ne semblent cependant pas avoir été indiqués
d'une façon très précise. Voy. SREZNIÉVSKI, *Aff. d'Ukraine*, p. 127. — Pour la
campagne de Zborov, voy. Bibl. Ossolinski, ms. n° 225. Comp. *ibid.*, ms.
n° 189, et le rapport de HUWALD, général prussien au service de la Pologne,
dans *Urkunden und Actenstücke zur Geschichte des Kurfürsten Fr. Wilhelm*,
t. I, p. 358 et suiv.; voy. encore : KOCHOWSKI, t. I, p. 128 et suiv.; ZIÉLINSKI,
Mémoires, p. 40 et suiv.; IÉMIOLOWSKI, *Journal*, p. 13 et suiv.: PASTORIUS, p. 36
et suiv.; GRONDSKI, p. 107 et suiv.; PODGORSKI, *Monuments*, t. I, p. 140 et suiv.;
Actes de la Russie du Sud-Ouest, t. III, p. 304-313; *Monuments publiés par la
Comm. de Kiev*, t. I, 3ᵉ partie, p. 326 et suiv. Comp. KUBALA, *Georges Ossolinski*, t. II, p. 299 et suiv.; BOUTSINSKI, *Bogdan Khmiélnitski*, p. 65; KOSTO-
MAROV, *Bogdan Khmiélnitski*, p. 310. — Pour les conséquences du traité : *Ar-
chives de la Russie du Sud-Ouest*, t. I, 2ᵉ partie, n° 32; *Hist. Russiæ Mon.*,
Suppl., n° LXXIV; *Actes de la Russie du Sud-Ouest*, t. III, nᵒˢ 272-279,
301, 303.

ques représentants de l'ancien régime, seigneurs polonais
échappant au désastre commun, il mettait ses Cosaques à
leur disposition pour ramener à l'obéissance leurs paysans
révoltés (1). Par contre, non moins oublieux des conditions
personnellement acceptées sous Zborov, se donnant une
garde nombreuse, faisant battre à Tchiguirine des monnaies
à son effigie, il continuait à jouer au souverain, « duc » pour
les courtisans dont il remplissait ses antichambres et « autocrate » comme par devant (2).

Le résultat fut qu'une reprise d'hostilités avec la Pologne
paraissant avant peu inévitable, le signataire du traité de
Zborov eut à son tour à faire face à un soulèvement populaire
qu'inspirait et dirigeait un de ses propres subordonnés, le
colonel de Bratslav, Niétchaï. Khmiélnitski ne s'en laissa pas
persuader qu'il faisait fausse route. Contre la Pologne et
contre l'Ukraine elle-même, si elle ne lui restait pas soumise,
il pensait ne pas être pris au dépourvu. Au lendemain de son
arrivée à Kiév, Païsius se mettant en route pour Moscou, il lui
avait adjoint un de ses officiers, Moujilovski, avec quelques
Cosaques, chargés de solliciter un secours du tsar (3). Éconduit comme précédemment, il était revenu à la charge, en
mai 1649, avec une offre formelle de soumission envoyée par
le colonel de Tchiguirine, Fédor Viéchniak (4). La réponse
d'Alexis ne se montra pas encore satisfaisante. En des termes
volontairement vagues, le tsar consentait à prendre les Cosaques sous sa protection, mais à la condition que la Pologne
les rendît préalablement libres de s'y soumettre. Corrigée
par le souverain, la minute du document porte la trace de
ses hésitations et le témoignage des réserves prudentes dont

(1) Srezniévski, *Aff. d'Ukraine*, p. 128 ; *Monuments publiés par la Comm.
de Kiév*, t. II, p. 569, 573, 580 ; *Documents pour l'hist. de la Petite-Russie*,
p. 26.
(2) *Monuments publiés par la Comm. de Kiév*, t. I, 3ᵉ partie, p. 320 ; *Actes
de la Russie du Sud-Ouest*, t. III, p. 408.
(3) *Actes de l'État de Moscou*, t. II, nᵒ 250 ; Vostokov, dans *Antiquité de
Kiév*, août 1887.
(4) *Actes de la Russie du Sud-Ouest*, t. III, nᵒˢ 245 et 246.

il jugeait à propos d'entourer sa décision. Les mots « recevoir comme sujets » y ont été remplacés par « prendre sous la main (1). »

Là-dessus, Khmiélnitski se fàcha, annonça à un émissaire moscovite qu'il marcherait sur Moscou (2), et entra en pourparlers avec la Porte. Il venait de traiter avec Venise pour une expédition contre la Turquie, et, en mai 1650 encore, il fit grand accueil à un envoyé de la *Signoria,* Michel Bianci, prêtre vénitien réfugié en Pologne et plus connu sous le nom d'Albert Vimina (3). Mais à ce moment, son propre représentant, le colonel de Kiév, Antoine Jdanovitch, se trouvait déjà à Constantinople, porteur d'une proposition d'alliance et d'ouvertures permettant de supposer que le « duc de Russie » accepterait le protectorat ottoman. La Porte ne demandait pas mieux et, à l'automne, des envoyés du grand-général, Nicolas Potocki, rendu à la liberté, se rencontrèrent à Tchiguirine avec un tchaouch turc, Osman Aga, de qui Khmiélnitski avait reçu et accepté en secret de magnifiques présents, un étendard surmonté du croissant et l'offre du « duché d'Ukraine », érigé en principauté héréditaire sous la suzeraineté du sultan. Les envoyés polonais s'en montrant instruits, Khmiélnitski, toujours ivre, répliqua à sa façon :

— Je servirai qui il me plaira ! Le sultan et le tsar m'aideront tous les deux, si je veux ! Je prendrai et je donnerai à qui je voudrai non seulement la Pologne, mais l'empire romain !

Il finit par avouer formellement ce qu'il venait de faire ; puis, s'apercevant qu'il avait trop dit, il ordonna de pendre les envoyés, but encore et s'endormit. Le lendemain, Vykhovski ayant empêché l'exécution de l'ordre, il s'excusa, rétracta ses paroles, les mettant sans vergogne sur le compte

(1) *Actes de la Russie du Sud-Ouest,* t. III, p. 308, 309, 320.
(2) *Ibid.,* t. III, p. 353.
(3) Vimina, *Istorie delle guerre civili,* Venise, 1671. Voy. Pierling, dans *Antiquité russe,* janvier 1902, p. 62 et suiv.

des fumées de l'ivresse, mais n'en écrivit pas moins à Sa Hautesse une lettre où il se donnait ouvertement pour son vassal (1). A ce prix, il se promettait de ressaisir les Tatars, qui trahiraient la Pologne comme ils l'avaient trahi, et il ne renonçait pas pour cela de négocier avec Moscou. En octobre 1650, un envoyé du tsar, Ounkovski, se présentant à Tchiguirine, il le caressa de son mieux et l'assura effrontément que ses relations avec la Porte n'avaient d'autre objet que le maintien de la paix. Par malheur, Ounkovski sut se procurer une copie de la lettre que le nouveau vassal du sultan avait envoyée à Constantinople (2).

Khmiélnitski ne s'en laissa pas déconcerter. Le mois suivant, s'entretenant avec Arsène Soukhanov, qui, chargé d'une mission religieuse en Orient, traversait l'Ukraine, il lui demanda de transmettre au tsar une nouvelle offre de soumission, rédigée en des termes extrêmement humbles. Il ajoutait, à la vérité, que si elle n'était pas mieux accueillie que les précédentes, il lierait partie avec les Turcs, les Tatars, les Valaques, les Moldaviens et les Hongrois, pour marcher sur Moscou (3).

En attendant, pour distraire ses Cosaques, se défaire des embarras que lui donnaient quelques-uns des paysans ukrainiens rejetés à la misère du servage et consolider ses ambitions naissantes de fondateur de dynastie, il organisait une expédition en Moldavie, où il comptait marier son fils, Timothée. Le hospodar Loupoul passait pour posséder des trésors immenses et la beauté de ses filles était réputée. L'aînée ayant épousé un Radziwill, leur père destinait la cadette à un autre grand seigneur polonais, Dimitri Wisniowieçki, et ne

---

(1) *Actes de la Russie du Sud-Ouest*, t. XIV, n° 41; *Monuments publiés par la Comm. de Kiév*, t. II, p. 585; Kochowski, t. I, p. 188-189; Woycicki, *Mémoires*, t. II, p. 130-132; Albertrandi, *Hist. de Jean-Casimir*, t. I, p. 118-119; Kostomarov, *Bogdan Khmiélnitski*, p. 363-385; le même, *OEuvres*, t. V, p. 605.

(2) *Actes de la Russie du Sud-Ouest*, t. III, n° 305-312; t. VIII, *Suppl.*, n° 33, p. 344 et suiv. — Ce supplément contient des documents qui tendent à réhabiliter Khmiélnitski et qui ont été exploités dans ce sens par le rédacteur du recueil, Karpov. Mais dans *Revue historique trimestrielle*, 1892, p. 35, Korzon a montré que les témoignages ainsi invoqués ont été falsifiés.

(3) Biélokourov, *Arsène Soukhanov*, t. I, p. 233.

songeait aucunement la donner à un Cosaque. Khmiélnitski avait donc essuyé un refus. Il répondit en annonçant à Loupoul l'envoi de toute une armée de *svaty* (paranymphes). Il tint parole, et après avoir, de concert avec les Tatars, ravagé affreusement le pays moldavien et brûlé Iassy, Timothée se fit agréer comme fiancé (1).

C'était un nouveau et éclatant triomphe ; mais en même temps, la Pologne parvenait lentement à reprendre conscience de la situation et à redresser ses énergies énervées. A la faveur des embarras intérieurs qui empêchaient Alexis d'intervenir en Ukraine, elle s'assurait de sa neutralité. Elle réussissait à mettre en campagne des forces autrement imposantes que celles avec lesquelles Khmiélnitski s'était mesuré jusque-là, et l'héritier de Monomaque allait prendre la mesure de sa véritable grandeur.

III

LA DÉFAITE DES COSAQUES

Les motifs d'une reprise d'hostilités abondaient. Fort habilement cependant, Khmiélnitski s'attacha à mettre en avant la question religieuse. En refusant de supprimer l'*Union* et de donner au métropolite de Kiév une place dans son Sénat, le gouvernement polonais prêtait à cette illusion une apparence de réalité et l'on arriva de part et d'autre à s'en inspirer. Le pape envoyant au roi une épée et à la reine une rose bénies par lui, le métropolite de Corinthe, Joasaphe, se trouva à propos en Ukraine pour ceindre Khmiélnitski avec un glaive « consacré sur le tombeau du Seigneur ». De Cromwell lui-même, le « duc de Russie » passa pour avoir reçu, à ce moment, un message l'encourageant « à détruire la noblesse polonaise, le clergé romain, l'idolâtrie et les

(1) KOCHOWSKI, t. I, p. 95 ; SAMOVIDIÉTS, p. 23 ; WOYCIÇKI, *Mémoires*, t. II, p. 138.

Juifs ». Mais le document est certainement apocryphe (1).

Prompt habituellement à l'action, Khmiélnitski perdit cette fois un temps précieux. Il attendait les Tatars, qui, mobilisant toute leur cavalerie, tardaient au rendez-vous. Ses propres troupes étaient fort réduites. Désenchantée, la *tcherи* ne répondait que mollement à l'appel du chef et beaucoup de Cosaques préféraient battre le pays avec des bandes indépendantes. Quelques-uns s'enrôlaient même sous les drapeaux polonais (2). Les évaluant à 100,000 hommes, les chroniqueurs ukrainiens ont encore doublé probablement le chiffre des effectifs qu'il put réunir et dont la valeur était très inégale (3). Islam Ghireï en amena de plus considérables et mieux disciplinés, supériorité qui allait être moins utile que fatale à son allié.

Jean-Casimir avait à leur opposer 36,000 hommes de troupes régulières, 6,000 mercenaires, vétérans de la guerre de Trente ans, et autant ou plus de cavaliers fournis par les milices (4). Concentrée à la fin de mai 1650 à Sokal, en Volhynie, cette armée se porta rapidement sur le Styr qu'elle franchit à la mi-juin, sous Beresteczko, et s'y trouva assez embarrassée. Elle manquait en effet de renseignements sur l'ennemi. Khmiélnitski était maître dans l'art de dissimuler ses mouvements, et il aurait pu cette fois encore se donner l'avantage d'une de ces offensives brusquées où ses Cosaques excellaient. Mais après la lenteur des Tatars, d'autres soucis le paralysaient. Sombre, abattu et buvant plus que d'habitude, il noyait dans l'eau-de-vie un cruel chagrin domestique. Madame Khmiélnitska venait de le tromper avec un vulgaire horloger qu'il faisait pendre en compagnie de sa complice, ordonnant que les coupables fussent attachés ensemble *sicut erant in actione adulterii* (5).

(1) Le chef des « côtes de fer » y prend trop tôt le titre de Lord Protecteur. Voy. *Antiquité de Kiév*, janvier 1882, p. 212.

(2) Groundski, p. 138.

(3) Voy. *Actes de la Russie du Sud-Ouest*, t. III, p. 147.

(4) Kubala, *Esquisses*, t. I, p. 251.

(5) Oswiecim, *Journal*, dans *Antiquité de Kiév*, mai 1872, p. 270; Radziwill, *Mémoires*, t. II, p. 437.

La campagne aboutit ainsi, le 28 juin, à une rencontre où vainqueurs et vaincus devaient l'être sur leur mérite, et où, en trois journée de mêlée furieuse, les formations savantes « en échiquier » enseignées à l'armée polonaise par le général prussien Huwald, son artillerie dirigée par un élève des écoles occidentales, Przyjemski, et l'impétuosité méthodique de ses escadrons, à la tête desquels Jérôme Wisnowiecki chargeait tête nue, eurent raison du nombre et de la valeur des adversaires. Le troisième jour, plutôt que de soutenir les Tatars engagés seuls contre l'ensemble des forces ennemies, Khmiélnitski médita trop tard et mal à propos une « surprise » à la cosaque, une attaque de flanc, masquée par un bois épais et combinée en guet-apens. Erreur d'un brillant partisan, qui montrait ainsi qu'il n'entendait rien à la grande guerre. L'heure n'était pas aux embuscades ; le sort de la lutte se décidait au même moment sur le front de bataille, où se voyant débordé, se jugeant trahi à son tour, Islam Ghireï prenait la fuite. Khmiélnitski accourant pour le retenir, le Tatar fit empoigner le Cosaque et l'emmena avec lui.

L'armée ukrainienne, ainsi privée de son chef, se défendit encore quelques jours sous le commandement d'*atamans* improvisés. Canonnée sans relâche et coupée de sa ligne de retraite, elle essaya en vain d'obtenir les conditions de Zborov. Quelques bandes réussissant à s'échapper, le reste fut sabré ou pris par les Polonais (1). De la puissance militaire du « duc de Russie », il ne restait rien, et peu après, ayant réprimé un soulèvement en Russie Blanche, le corps lithuanien des troupes polonaises, sous Janus Radziwill, l'époux irrité d'une des filles de Loupoul, pénétrait de son côté en Ukraine et s'avançait jusqu'à Kiév.

(1) Kochowski, t. I, p. 253-255 ; Rudawski, p. 77 ; Pastorius, p. 193 ; Oswiecim, dans *Antiquité de Kiév*, 1882, p. 340 ; Grondski, p. 141-148 ; Iémiolowski, p. 24 ; Twardowski, *La Guerre civile*, t. II, p. 28-32 ; *Actes de la Russie du Sud-Ouest*, t. III, n° 328, p. 466 ; M. Grabowski, *Antiquités*, t. I, p. 273 ; A. Grabowski, *Souvenirs*, p. 80 ; Kubala, *Esquisses*, t. I, p. 251 et suiv. ; Gonski, dans *Bibliothèque de Varsovie*, 1887, t. III, p. 26 ; Liske, dans *Bibl. Ossolinski*, 1868, t. XI, p. 31 ; Wierzbowski, *Chronique*, p. 83 ; Ilovaïski, *Hist. de Russie*, t. V, p. 590.

Relâché par le Khan, moyennant une forte rançon, s'il faut en croire les sources polonaises (1), Khmiélnitski se retrouva à Korsoun avec un seul régiment réduit à 3,000 hommes, et un agent moscovite, Georges Bogdanov, chargé d'entretenir des relations dont Alexis pensait tirer parti plus tard. Le vaincu de Beresteczko eut le mérite de ne pas se montrer trop déconfit. Il parla même de tirer vengeance du tsar qui ne l'avait pas secouru et de ravager la Moscovie de façon à lui faire envier le sort de la Pologne (2). Il lança des appels aux armes retentissants, prodigua aux Cosaques épargnés par le désastre des encouragements et des largesses, et, pour mieux se les concilier, il se remaria avec la sœur de l'un d'eux, Zolotarenko, nommé bientôt après colonel de Korsoun (3). Mais, Radziwill opérant sa jonction avec Potoçki sous Kiév, il se décida à son tour à capituler, se jeta en pleurant aux pieds du grand général, son ancien prisonnier, et demanda grâce (4).

Le 26 septembre (n. s.) 1651, sous Biélaïa Tserkov, après des débats orageux, où la *tchern* intervint avec des protestations bruyantes, voire des essais de résistance à main armée, un nouveau traité fut dressé. La Pologne n'y retirait pas de sa victoire tout le bénéfice qu'elle semblait pouvoir s'en promettre ; elle ne faisait pas voir qu'elle eût les Cosaques à sa discrétion. Mais, en fait, il n'en était pas tout à fait ainsi, car pour cela un effort prolongé eût été nécessaire, qui dépassait la mesure des ressources morales, sinon matérielles, dont disposait la République. Cependant, elle marquait un gain sérieux sur les conditions qu'elle avait acceptées à Zborov. Le chiffre des « enregistrés » se trouvait ramené à 20,000 ; conservant le titre de *hetman*, Khmiélnitski se soumettait entièrement à l'autorité du grand général et s'engageait à rompre avec les Tatars ; les Juifs recouvraient le droit de prendre à ferme, en Ukraine, domaines royaux et domaines privés ;

(1) Woyciçki, *Mémoires*, t. II, p. 198.
(2) *Actes de la Russie du Sud-Ouest*, t. III, p. 461-476.
(3) Grondski, p. 248 ; Rudawski, p. 80.
(4) *Monuments publiés par la Comm. de Kiév*, t. II, p. 591-594 ; Koulich, *La Séparation de la Petite-Russie d'avec la Pologne*, t. III, p. 324.

22

enfin, la zone des établissements cosaques était réduite au seul palatinat de Kiév (1).

La *tchern* demeurait sacrifiée et, de ce côté, le traité eut pour effet un double courant d'émigration, se portant à l'est sur la rive gauche du Dniéper et au nord sur le territoire moscovite. Dès le lendemain de l'événement, un millier de Cosaques même, du régiment d'Ostrog, sollicita du tsar la permission de s'établir aux environs de Poutivl et de Biélgorod. Se préoccupant à ce moment de peupler les rives en partie désertes du Don, de la Sosna et de l'Oskol, Alexis voulut d'abord diriger sur ces points l'affluence de colons qui s'offraient ainsi ; plus tard cependant, il toléra plus à l'ouest ou plus au sud la fondation de nombreuses *slobody*, dont quelques-unes se convertissaient bientôt en bourgs et villes populeux.

Khmiélnitski, lui, divaguait à son ordinaire, parlant de passer aussi en Moscovie avec tous les siens, mais écrivant en même temps à Potoçki pour protester de son dévouement, au Sultan pour affirmer sa fidélité et n'abandonnant pas sa chimère de duché héréditaire, ni ses projets moldaviens (2). Les Cosaques continuant à se mutiner, il se décida encore à les occuper en Moldavie, où Loupoul tardait à faire honneur à ses engagements. Une seconde fois, Timothée prit le chemin de Iassy en nombreuse compagnie et Kalinowski, l'autre vaincu de *Kroutaïa Balka*, lui barrant le chemin avec un petit corps d'armée, il n'hésita pas à passer sur le ventre des Polonais (3). Moyennant quoi, il put épouser la belle « domna Rosanda », mais obligea son père à de nouvelles palinodies. Khmiélnitski fit mine d'avoir été étranger à l'événement, en-

---

(1) Texte du traité dans *Monuments publiés par la Comm. de Kiév*, t. II, p. 598, et *Recueil des documents d'État*, t. III, nº 143. Voy. Oswiécim, *Antiquité de Kiév*, décembre 1882, p. 548 et suiv. ; Grondski, p. 204 et suiv. ; Rudawski, p. 87 et suiv.; Ierlicz, p. 130 et suiv. ; Pastorius, t. II, 275 ; Kochowski, t. I, p. 294; Samovidiéts, p. 24-28 ; Harasiewicz, *Annales*, p. 331, 345; Kostomarov, *Bogdan Khmiélnitski*, p. 465 et suiv.

(2) *Monuments publiés par la Comm. de Kiév*, t. II, p. 605 ; t. III, p. 180.

(3) A Batoh, févr.-mai 1652 ; voy. Viélitchko, t. I, p. 107-112 ; Rudawski, p. 103-104; Twardowski, III, p. 69-74; Kochowski, t. I, p. 321-330 ; Ierlicz, t. I, p. 136-138 ; Iemiolowski, p. 34.

voya une lettre d'explications au roi et s'occupa de racheter aux Tatars les prisonniers polonais qu'ils venaient de faire en concourant à la défaite de Kalinowski (1). L'armée de Beresteczko se trouvant déjà licenciée, une rupture avec la Suède menaçant la Pologne, le roi dut se résigner à envoyer en Ukraine non des troupes qui pussent venger ce nouvel affront mais des commissaires qui devaient se contenter de recevoir les excuses du *hetman*. Or, ils n'eurent même pas cette satisfaction : avant qu'ils arrivassent, le *hetman* avait encore changé d'idée. Les Polonais parlant de clémence, il leur mit son sabre nu sous le nez : — « Votre clémence? Mais c'est moi qui en ai fait preuve à votre égard, car j'aurais pu vous chasser au delà de Rome (2)! » A ce moment (décembre 1652), une députation cosaque, avec le juge militaire Samuel Bogdanov en tête, se trouvait déjà à Moscou, avec des propositions qui, cette fois, avaient chance d'être mieux accueillies. Échappant à ses préoccupations d'ordre intérieur, Alexis était en mesure de braver la Pologne.

IV

LA SOUMISSION A MOSCOU

Khmiélnitski ne s'arrêtait pas encore, il est vrai, à l'idée d'une soumission pure et simple, seul expédient qu'on voulût envisager au Kreml, et, pour cette raison, les négociations traînèrent encore. Mais les événements devaient bientôt avoir raison des dernières résistances du *hetman*. Marié à Domna Rosanda, son fils se mettait en tête de conquérir la Valachie. Au printemps de 1653, le *hetman* lui prêta main-forte. Mais le hospodar de Valachie, Mathieu Bassaraba, obtenant un secours du prince de Transylvanie, Rakoczy, l'entreprise tourna

(1) *Monuments publiés par la Comm. de Kiév*, t. III, p. 169.
(2) Kochowski, t. I, p. 122-123 ; Viélitchko, t. I, p. 122-123 ; Rudawski, p. 122.

mal. Timothée dut se sauver en Ukraine, après avoir subi une défaite complète. En même temps, 15,000 Polonais sous le commandement d'un grand homme de guerre, qui se révélait, Étienne Czarneçki, survenaient, précédant le roi, auquel des offres d'assistance arrivaient de toutes parts : la Moldavie, la Valachie, la Transylvanie, la Turquie et les Tatars eux-mêmes voulaient concourir maintenant à l'écrasement de l'inlassable batailleur, qui, dans un milieu mal connu de lui, se heurtait à une extrême complicité d'intérêts soudainement solidarisés contre son pays (1).

Se voyant perdu, en août 1653, Khmiélnitski adressa au tsar, par l'intermédiaire du patriarche Nikone, une requête suppliante. Il se rendait à peu près à discrétion. Oubliant ses sympathies polonaises et d'ailleurs travaillé depuis longtemps en ce sens par les agents moscovites, Vykhovski lui-même appuyait la demande de son chef (2). Dès le mois de janvier 1653, la question avait été soumise à un *ziémskï Sobor* (3) et, depuis, secondé par d'autres prélats d'Orient, le patriarche de Jérusalem, Païsius, s'était constamment employé à lui assurer une solution conforme aux vœux communs de l'Orient orthodoxe. Se rencontrant avec les victoires de Khmiélnitski, des revers essuyés par les Turcs dans leur guerre avec Venise, faisaient naître là-bas l'espoir d'un affranchissement général des peuples chrétiens assujettis par l'Islam (4). L'épuisement où Cosaques et Polonais semblaient arriver, la perspective d'un conflit avec la Suède, qui promettait de diviser les forces de la République, et la réorganisation achevée de l'armée moscovite créaient maintenant un ensemble de circonstances également favorables pour l'intervention si longtemps différée.

(1) *Monuments publiés par la Comm. de Kiév*, t. III, p. 168, 196 ; Viéljtchko, t. I, p. 134.

(2) *Monuments publiés par la Comm. de Kiév*, t. III, p. 182-184; Soloviov, *Hist. de Russie*, t. X, p. 315.

(3) Ditiatine dans *Pensée russe*, décembre 1883 ; Latkine, *Les Assemblées*, p. 231.

(4) Kapterev, *Les relations de la Russie avec l'Orient orthodoxe*, p. 253 et suiv.

La diplomatie moscovite avait eu soin d'autre part de se ménager des motifs de rupture avec la Pologne, ne cessant de multiplier des plaintes, d'un caractère assez puéril d'ailleurs, au sujet de pamphlets injurieux publiés à Varsovie ou de manquements au protocole en usage dans les relations des deux pays. Dès le commencement de cette année 1653, le principe de l'intervention était adopté dans les conseils du tsar (1) ; pour la forme seulement, un nouveau *ziémskiï Sobor* fut convoqué en octobre, et, sans attendre ses décisions, en septembre, Alexis envoyait auprès de Khmiélnitski le *stolnik* Strechniev et le diak Beredkine, avec l'acceptation des offres de soumission présentées par les Cosaques et un acompte sur la solde qu'ils devaient désormais recevoir (2).

Khmiélnitski répondit par des remerciements et des effusions. Il était loin cependant encore d'attribuer au lien ainsi créé entre l'Ukraine et la Moscovie la signification qu'on lui donnait à Moscou même. Il se proposait de traiter le tsar comme il avait traité jusque-là ses deux autres suzerains nominaux, les opposant l'un à l'autre et se jouant de tous les trois. Il ne voulait pas aussi lâcher la Moldavie. Mais l'heure de ses triomphes avait passé. Marchant sur Sotchava avec ses Cosaques et les Tatars, qu'il avait encore réussi à débaucher, mais qui se jouant de lui, eux aussi, traitaient sous main avec les Polonais, il rencontra en route le cadavre de son fils Timothée, qui venait de mourir des suites d'une blessure. Poursuivant sa course, en octobre 1653, il se heurta sous Zvaniéts (aux environs de Kamiéniéts) à une armée de Polonais, de Valaques et de Hongrois, commandée par le roi de Pologne en personne, fut une fois de plus lâché par le Khan (3),

---

(1) Matviéiev dans *Archive russe*, 1901, t. I, p. 220.

(2) *Recueil des documents d'État*, t. III, nᵒˢ 156, 159 ; *Actes de la Russie du Sud-Ouest*, t. III, nᵒˢ 334, 335, 337, t. X, nᵒˢ 1, 3 ; *Lectures de la Soc. d'hist. de Moscou*, 1848, t. VIII, 4ᵉ partie, p. 53-54 ; *Messager Russe*, avril 1857 ; K. Aksakov, *OEuvres*, t. I, 207.

(3) Les relations sur cette campagne sont très confuses. Voy. Kochowski, t. I, p. 104 ; Viélitchko, p. 154-158 ; Samovidiéts, p. 172 ; Iémiolovski, p. 42-43 ; Grondski, p. 223 ; comp. Kubala, *Esquisses*, t. II, p. 245 et suiv.

et en décembre se retrouva à Tchiguirine en présence des envoyés d'Alexis, Boutourline, Alfériev et Lapoukhine, qui venaient non pour traiter avec lui, comme il l'imaginait naïvement, mais pour prendre possession de l'Ukraine (1).

Il fit mine d'être toujours maître de ses résolutions, convoqua des conseils, organisa une sorte de plébiscite sur la question de savoir à quel maître, entre le roi de Pologne, le sultan, le khan de Crimée et le tsar, les Cosaques devaient accorder la préférence et il donna même lecture « au peuple » d'un projet de traité à conclure avec le Moscovite pour la sauvegarde des libertés communes. Mais déjà les envoyés d'Alexis s'occupaient de recueillir des serments de fidélité sans réserve au tsar autocrate, qui, alléguaient-ils, n'avait pas à prendre modèle sur un roi de Pologne pour négocier avec ses sujets (2). Samuel Bogdanov et le colonel de Péréiaslavl, Tetera, allèrent à Moscou et durent, en mars 1654, se contenter de l'octroi d'une charte, qui, eu égard aux circonstances, se montra d'ailleurs fort libérale. L'original de ce document semble perdu ; mais les procès-verbaux des débats qui en ont précédé la rédaction et une charte postérieure, qui, en 1659, parait en avoir reproduit la substance, nous permettent d'en prendre une idée suffisante (3). Avant d'en avoir fini avec les Polonais, Alexis jugeait à propos de ménager les Cosaques ; il leur accordait — au moins sur le papier — la confirmation de leurs anciens droits et libertés, en y comprenant l'autonomie judiciaire, la faculté de se choisir un *hetman* après la mort de Khmiélnitski et une solde annuelle de 1,800,000 florins à partager entre les « enregistrés » , dont il consentait à porter le chiffre à 60,000.

---

(1) *Recueil complet des lois*, t. I. nº 104 ; *Recueil des documents d'Etat*, t. VIII, nᵒˢ 159-168, 171-174 ; *Actes de la Russie du Sud-Ouest*, t. X, nº 25.

(2) *Actes de la Russie du Sud-Ouest*, t. X, p. 243, 246.

(3) Les textes publiés dans *Actes de la Russie du Sud-Ouest*, t. IV, nº 115 ; *Recueil complet des lois*, t. I, 322-327 ; *Recueil des documents d'Etat*, t. III, nᵘ 168, sont suspects ou appartiennent à une époque postérieure. Voy. BOUT-. SINSKI, *Bogdan Khmiélnitski*, p. 154 et suiv. ; EINHOPRN, *Esquisses*, p. 66 et suiv Comp. *Actes de la Russie du Sud-Ouest*, t. X, p. 556-557.

C'était beaucoup, au regard de ce que la Pologne offrait en dernier lieu aux vaincus de Berestetchko. C'était peu pour le « duc de Russie », qui, avec une pension, recevait des terres considérables dans les environs de Hadiatch, mais se voyait interdire toutes relations directes avec les puissances étrangères. Et c'était toujours rien pour la masse des nouveaux sujets du tsar, qui simplement devaient subir le droit commun, c'est-à-dire, paysans, se trouver assujettis aux charges grevant leurs congénères en Moscovie (1). De ce côté, le nouvel ordre des choses menaçait de soulever de vives réclamations, et Khmiélnitski se garda-t-il aussi de donner à l'événement la moindre publicité.

Il avait pour cela une autre raison encore. Le clergé ukrainien ne paraissait pas devoir être mieux satisfait. La soumission à Moscou, c'était aussi l'assujettissement au patriarcat moscovite, c'est-à-dire une dépendance bien autrement effective que celle qui rattachait l'Eglise d'Ukraine aux éparchies d'Orient. Cette Église y répugnait fort et se prenait en même temps à redouter, à un autre point de vue, un tel bouleversement de ses habitudes séculaires. Quatre siècles d'existence quasi indépendante mais rapprochée du foyer de civilisation latine créait dans son sein un ensemble d'idées et de traditions particulières. Son rituel lui-même se ressentait de l'influence occidentale, et Pierre Mogila venait de porter ses établissements d'éducation religieuse et scientifique à une hauteur telle qu'une subordination à la barbarie moscovite semblait, pour cette communauté, un arrêt de déchéance (2).

Mogila n'était plus ; mais son successeur à la métropolie de Kiév, Silvestre Kossov, se piquait de marcher sur ses traces. Gentilhomme du palatinat polonais de Vitebsk, élève des écoles polonaises et écrivain polonais distingué, il s'était bien accommodé de Khmiélnitski tout-puissant, alors que celui-ci

(1) Voy. Karpov dans *Revue du min. de l'Instr. publ.*, décembre 1871, p. 250, 262.
(2) Voy. *Lectures de la Soc. d'hist. de Moscou*, 1861, l. III, Comp. *Revue orthodoxe*, août 1871, 187.

semblait destiné à assurer à l'Ukraine un régime de liberté
sous le protectorat polonais. De devenir avec lui sujet du tsar
lui souriait beaucoup moins, et il le montra. Boutourline et
ses compagnons arrivant à Kiév, il parut décidé d'abord à
refuser en compagnie de ses ouailles le serment qui leur était
demandé ; il épuisa ensuite toutes les échappatoires, et,
dompté mais non concilié, se renfrogna dans sa cité épisco-
pale, cherchant querelle aux voiévodes moscovites, qui suivaient les envoyés et prétendaient bâtir une citadelle dans le
voisinage de l'église de Sainte-Sophie (1).

Mais, précisément, en dehors des illusions auxquelles le
contenu de la charte octroyée aux Cosaques pouvait prêter,
la réalité du nouveau régime c'était l'apparition en Ukraine
d'une équipe de voiévodes et de fonctionnaires convenablement accompagnés et s'occupant de prendre en main le pays
à la façon moscovite, militairement, bureaucratiquement,
despotiquement. La Pologne n'avait jamais songé à faire cela ;
en faisant cela, moyennant quelques concessions de forme et
quelques compromis transitoires, la Moscovie devait à la
longue avoir raison de toutes les résistances.

Khmiélnitski, lui, s'attachait encore à sauver les apparences, n'abandonnant pas sa correspondance avec le khan et
le sultan, y traitant de mensongers les rapports qui le représentaient comme sujet du tsar, déclinant obstinément l'honneur d'être présenté personnellement à son nouveau souverain et traitant fréquemment ses représentants comme il avait
pris l'habitude de traiter ceux du roi de Pologne (2). Ces incartades étaient assez inoffensives et Alexis ne montrait pas qu'il
en prît offense. L'issue de l'entreprise dépendant du duel à
reprendre avec la Pologne, pour cette lutte décisive, il lui
convenait, à tout prix, de garder les Cosaques de son côté.

(1) Voy. Kubala dans *Annuaire de l'Acad. des sciences de Cracovie*, 1900-
1901, p. 119 et suiv. Comp. *Actes de la Russie du Sud-Ouest*, t. X, p. 251 et suiv.
(*Rapport de Boutourline*), 293, 387-391 ; Karpov dans *Revue du min. de l'Instr.
publ.*,n ov.-déc. 1871 ; Macaire, *Hist. de l'Église russe*, t. XII, p. 59, 68 et suiv.
(2) *Actes de la Russie du Sud-Ouest*, t. III, p. 549 ; t. VIII, p. 89 ; t. X, p. 541 ;
t. XI, supplément, p. 743, 746, 750, 760 ; t. VIII, *Suppl.*, p. 388.

Ainsi qu'il l'avait pourtant prévu, au moment où il se décidait à lui jeter le gant, la Pologne allait se trouver à peu près hors de combat.

V

LA DÉBACLE POLONAISE

Dès le mois de novembre 1653, le tsar avait fait officiellement part de ses intentions aux diverses cours européennes, avec lesquelles il entretenait des rapports plus ou moins suivis. Les griefs qu'il invoquait contre ses voisins de l'ouest étaient, nous le savons, peu sérieux. Ainsi, dans le message envoyé par courrier spécial à Saint-Germain, il se plaignait que les Polonais désignassent son père comme Michel *Philaretovitch* et non *Mikhaïlovitch!* La réponse se fit attendre. On connaît les liens qui, à cette époque, unissaient la Pologne à la France. Remariée à Jean-Casimir, la veuve de Ladislas IV, Marie de Gonzague, les rendait encore plus intimes. Mazarin, cependant, ne songeait pas à prendre activement parti dans le conflit qui s'annonçait et, après un an de silence, en novembre 1654, il ne répliqua qu'en blâmant, pour des motifs religieux, la querelle des deux puissances chrétiennes et en offrant sa médiation (1).

Pour se prononcer, à cette occasion, l'électeur de Brandebourg avait des motifs plus pressants. Suivant avec un intérêt passionné les événements d'Ukraine, il ne s'était même pas entièrement refusé à ses devoirs de vassal; il avait engagé divers princes allemands à secourir son suzerain. Mais il ne se pressait pas de leur donner l'exemple. Maintenant, il se contenta d'une déclaration de neutralité, non sans s'offrir également comme médiateur (2). En fait, la Pologne restait isolée. Or,

---

(1) Bibl. nationale, fonds français, nᵒˢ 20, 161, p. 324 et 330.
(2) *Urkunden und Actenstücke zur Geschichte des Kurfürsten Fr. Wilhelm,* t. VI, p. 47, 119, 182, 250, 254, 703 et suiv. Comp. PHILIPPSON, *Der grosse*

la possession de l'Ukraine ne devait pas être le seul enjeu de la partie qui s'engageait. Alexis entendait pousser la lutte à fond, et c'est sur la Lithuanie, héritage contesté de Guédy- mine et de Vitovt, qu'il porta d'abord son effort.

En février 1654, on avait réuni à Viazma une nombreuse artillerie; en mai on y envoya la Vierge miraculeuse du Mont Athos, dite de Géorgie, sur laquelle le pieux souverain comp- tait davantage, et aussitôt après le tsar se mit en campagne. Du côté polonais, la frontière était presque entièrement dégarnie. L'Ukraine dévorait tout. Dorokhobouje se rendit sans combat; Nevel et Biélaïa résistèrent à peine et, le 23 sep- tembre, après un siège laborieux, Smolensk capitula à son tour, la garnison polonaise, réduite à quelques centaines d'hommes, déposant ses drapeaux aux pieds du vainqueur, comme en 1634 avait fait, au même lieu, l'armée vaincue de Chéïne (1).

A ce moment, un allié sur lequel ils ne comptaient pas vint en aide aux Polonais. En juillet déjà, sur le conseil de Nikone, la tsarine avait quitté la capitale, — fuyant la peste, qui venait d'y éclater. Le patriarche la suivit bientôt, cherchant refuge avec elle au monastère de Kaliazine. Pour protéger le tsar et ses troupes, de fortes barrières furent établies sur les routes conduisant à Smolensk. A Moscou, on mura les portes et les fenêtres du Kreml; dans les maisons où le fléau faisait son apparition on enferma les habitants et partout on brûla des sorcières qui se laissaient soupçonner d'avoir « lâché la mort » — et qui avouaient leur crime. C'étaient les seuls moyens de prophylaxie connus dans le pays. Leur efficacité tarda cepen- dant à se manifester jusqu'à l'hiver, saison qui habituelle-

Kurfürst., t. I, p. 193 ; HAUMANT, *La guerre du Nord*, p. 71 et suiv.; HIRSCH, *Anknüpfungen*, t. I, p. 11 et suiv. ; HEDENSTRÖM. BEZIEHUNGEN, p. 14-15; MAR- TENS, *Recueil de traités et conventions*, t. V, p. 2 (avec une erreur de date),

(1) Voy., pour cette campagne, GRABOWSKI, *Mémoires*, t. I, p. 108 ; ALBERTRANDI, *Hist. de Jean-Casimir*, t. I, p. 190 et suiv. Les sources russes font à peu près défaut. Voy. cependant *Actes de la Comm. arch.*, t. IV, n°ˢ 80, 87, 89, *Suppl. aux actes hist.*, t. III, n° 120 ; t. IV, n° 16, et surtout la correspondance d'Alexis, dans Lettres des souverains moscovites, t. V, p. 1-66.

ment marquait un arrêt dans les progrès de ces épidémies, et les ravages causés par celle-ci étaient effroyables : aux endroits où elle avait sévi les renseignements recueillis indiquaient une mortalité variant de 85 à 97 pour 100 (1) !

Sinon la puissance militaire d'Alexis, l'élan qu'il avait su lui donner ne laissa pas d'être affaibli par ce désastre, et une autre chance arrivait encore à ses adversaires. En juillet 1654 la mort d'Islam-Ghireï déterminait en Crimée un revirement à leur avantage. Le nouveau khan, Makhmet-Guireï, détestait Khmiélnitski. Il se prêta à la conclusion d'une alliance contre les Cosaques et les Moscovites, et, en janvier 1655, le *hetman* opérant aux environs de Bielaïa Tserkov de concert avec le voiévode moscovite Chérémetiev, ils furent entourés sous Okhmatov, échappèrent grâce à l'inconsistance habituelle des Criméens, mais essuyèrent de grosses pertes (2).

Khmiélnitski en resta complètement découragé. Retournant à Tchiguirine, il ne bougea plus, paralysa, plutôt que de l'appuyer, l'action ultérieure des troupes moscovites, auxquelles Alexis envoyait du renfort, et engagea des négociations équivoques avec les Suédois, les Transylvains et les Polonais eux-mêmes (3).

Pour ceux-ci, cependant, la fortune avait déjà épuisé ses sourires. La reine de Suède, Christine, venait d'abdiquer en faveur de son cousin germain, Charles-Gustave, couronné sous le nom de Charles X, et Jean-Casimir avait jugé à propos de faire valoir pour la forme, à cette occasion, ses propres droits au trône suédois. Le nouveau roi eut hâte de mettre à profit ce prétexte pour une agression depuis longtemps méditée. Brouillé depuis 1650 avec la cour de Varsovie et réfugié à

(1) *Actes hist.*, t. III, n° 119 ; RICHTER, *Geschichte der Medizin, Annexes*, p. 76 et 77 ; SOLOVIOV, *Hist. de Russie*, t. X, p. 371, 372 ; BRÜCKNER, *Beiträge zur Kulturgeschichte*, p. 50 et suiv. ; voy. des détails affreux dans Paul D'ALEP, édit. Mourkos, t. II, p. 169 et suiv. ; édit. Belfour, t. I, p. 328-331 ; comp. VYSOTSKI, dans *Mémoires scientifiques de l'Univ. de Kazan*, 1879, n°s 3-4, p. 55-75 ; CHPILEVSKI, *ibid.*, 1879, n°s 3-4, p. 76-78.

(2) IÉMIOLOWSKI, p. 52 ; SREZNIÉVSKI, *Affaires d'Ukraine*, p. 97 ; ALBERTRANDI, *Hist. de Jean-Casimir*, t. I, p. 206-209.

(3) *Monuments publiés par la Comm. de Kiév*, t. III, 3e partie, n°s 21-23.

Stockholm, un ancien confident de Ladislas IV, devenu vice-chancelier, Radziejowski, y poussait, nouant des relations avec Rakoczy et avec Khmiélnitski. Les succès d'Alexis renforçaient l'effet de ses manœuvres, et, en juin 1655, le feld-maréchal suédois Wittemberg passa de Poméranie en Grande Pologne (1).

Obéissant aux conseils du traître, les milices de la province réunies par le palatin, Christophe Opalinski, capitulèrent, ouvrant à Charles X, qui suivait son lieutenant, le chemin de Varsovie et de Cracovie. Et ce fut la débâcle. Rappelée d'Ukraine, une partie de l'armée polonaise, sous le vaillant Czarnecki, ne put couvrir les deux capitales et, en septembre, la Pologne presque tout entière se trouva aux mains des nouveaux envahisseurs. En même temps, rentrant en campagne et ne trouvant plus personne devant lui, Alexis occupait avec Vilna, Kovno et Grodno, toute la Lithuanie septentrionale. Les Suédois y parurent à leur tour, sous le commandement de Magnus de La Gardie et, pressé de choisir entre les deux conquérants, n'ayant que cinq mille hommes avec lui, le grand général du duché, Janus Radziwill, se décida pour Charles X, signant le 18 août, à Kiéydany, un traité de soumission.

Jean-Casimir garda, à la vérité, dans cette partie de ses domaines, quelques fidèles qui, sous le palatin de Vitebsk, Paul Sapieha, assiégèrent Radziwill à Tykocin, où sur le point d'être pris le grand général mourut, frappé d'une attaque d'apoplexie. Sapieha contre Radziwill, ces deux illustres familles étaient en perpétuelle rivalité. Mais les affaires du malheureux roi de Pologne n'en allèrent pas mieux. A la même heure, Lemberg était aussi assiégé par les Moscovites et les Cosaques, Khmiélnitski ayant consenti à accompagner Boutourline de ce côté. Toute la Russie Rouge allait encore être perdue pour la Pologne, sans qu'on pût deviner d'ailleurs qui en deviendrait le maître. Après avoir en effet

_____

(1) Pour l'origine de cette guerre, voy. GEIJER-CARLSON, *Geschichte Schwedens*, t. IV, p. 27 et suiv. Pour le détail des négociations et des opérations militaires, HAUMANT, *La guerre du Nord, passim*.

réclamé à la ville une autre contribution, le *hetman* décampa, obligeant le général moscovite à en faire autant et prenant une attitude extrêmement équivoque. Il continuait ses pourparlers mystérieux avec les Polonais, et, par l'intermédiaire de Vykhovski ou de Tetera, engageait les Lembergeois, s'ils ne voulaient pas se rendre aux Cosaques, à résister également aux Moscovites. C'est du moins ce que les assiégés crurent comprendre (1), et avec d'autant plus de vraisemblance qu'au même moment, en Russie Blanche, le colonel cosaque Ivan Niétchaï et d'autres chefs ukrainiens agissaient de même par ordre de Khmiélnitski, allant jusqu'à chasser les troupes du tsar des villes par elles occupées (2) !

La manœuvre menaçait de s'étendre à l'Ukraine et l'intervention des Suédois en Lithuanie désorientant également les plans d'Alexis, il s'engagea fort gauchement dans une campagne diplomatique qui, dans la situation désespérée où elle se trouvait, fut pour la Pologne le point de départ d'un revirement inattendu.

VI

UN RETOUR DE FORTUNE

Après l'occupation de Vilna, le tsar avait été pressé par Nikone de prendre le titre de roi de Pologne (3). Il jugea à propos d'abord de se contenter de la Lithuanie ; mais, les Suédois lui disputant cette prise, il pensa ne pouvoir mieux faire que de chercher une entente avec les Polonais. Pour se tirer du gouffre où ils sombraient, ceux-ci étaient naturellement disposés à tous les accommodements. Sans avoir le moins du monde qualité pour cela, le palatin de Vitebsk,

(1) Voy. Jozefowicz, *Chronique*, p. 174 et suiv. ; autre version dans *Hist. Russiae Monum.*, suppl., p. 193 ; comp. Grondski, p. 239 et suiv. ; Rudawski, p. 203 et suiv. ; *Actes de la Russie du Sud-Ouest*, t. III, p. 576.
(2) *Actes de la Russie du Sud-Ouest*, t. III, p. 519, 522, 527, 528, 549.
(3) Matviéiév, dans *Archive russe*, 1901, t. I, p. 223.

d'abord, négocia une trève, moyennant l'abandon de la
Russie Blanche et de l'Ukraine. Puis, n'étant pas mieux
autorisés pour prendre de tels engagements, par un traité
formel signé à Vilna en octobre 1656, des représentants de
Jean-Casimir lui-même acceptèrent des conditions de paix
définitives assurant au tsar — la succession du trône de
Pologne après la mort du roi actuellement régnant (1). Eu
égard aux lois constitutionnelles de la République, sans l'assentiment de la Diète, cette promesse ne valait absolument
rien ; or, en échange, Alexis abandonnait toutes ses conquêtes et s'obligeait à faire cause commune avec la Pologne
contre les Suédois !

Ce pas de clerc était l'œuvre de la cour de Vienne, qui, sollicitée par Jean-Casimir, à défaut d'autres secours, avait mis
en campagne deux de ses meilleurs diplomates, Allegretti et
Lorbach, occupés depuis l'année précédente à égarer sur de
fausses pistes le·tsar et ses conseillers (2). Les relations suspectes entretenues par les Cosaques avec les Suédois n'étaient
pas à la vérité étrangères à l'événement, mais on imagine
aisément l'effet qu'il dut produire sur Khmiélnitski et ses
compagnons. Vainement le *hetman* avait réclamé une part
dans les négociations (3). A la nouvelle de leur issue, l'opinion fut générale en Ukraine que le tsar livrait ce pays aux
Polonais. Or, l'Empereur de son côté paraissait disposé maintenant à les aider, même militairement, pour y restaurer leur

(1) *Recueil complet des lois*, t. I, p. 405-411 ; *Recueil des documents d'Etat*,
t. IV, nᵒˢ 1 à 6 et 8 ; ILOVAÏSKI, *Hist. de Russie*, t. V, p. 181 et suiv.
(2) Voy. leurs rapports dans THEINER, *Monuments historiques de Russie*,
nᵒ IV, p. 6 et suiv. Comp. *Monuments des relations diplomatiques*, t. III,
p. 244-328 ; PUFFENDORF, *De rebus gestis a Carolo-Gustavo*, liv. I, p. 113 et
suiv. ; le même, RERUM BRANDEBURG, liv. V, p. 24 ; SOLOVIOV, *Hist. de Russie*,
t. X, p. 393 et suiv. ; MIÉDOVIKOV, *Aperçu hist. du règne d'Alexis*, p. 121-122 ;
PRIBRAM, dans *Archiv fur Oesterreichische Geschichte*, t. LXXV, p. 422 et suiv.
Le récit de l'ambassade d'Allegretti, rédigé en italien par Francisque Gudulic,
fils du poète doubrovien, a été retrouvé en 1867 et publié en traduction serbe,
à Dubrovnik, et en traduction russe, par MAKOUCHEV dans *Messager russe*, 1869,
nᵒ IX. Voy. à ce sujet KOZOUBSKI, dans *Revue du min. de l'Instr. publ.*,
mai 1878, p. 15-16.
(3) *Actes de la Russie du Sud-Ouest*, t. III, 3ᵉ partie, p. 556.

autorité. Le Khan envoyait de son côté à Tchiguirine une sommation dans le même sens, menaçant d'intervenir pour le rétablissement de l'ancien ordre de choses. C'est à ce moment que, d'après la légende, Khmiélnitski aurait composé un poème où, sous la figure d'une mouette aux prises avec deux oiseaux de proie, il représentait la cruelle destinée de sa patrie. Malade, épuisé par une vie d'activité fiévreuse et de débauche, à moitié délirant déjà, le *hetman* employait cependant de toute autre façon les dernières ressources de son esprit.

En novembre 1656, il répliqua à la convention de Vilna en traitant, définitivement lui aussi, avec la Suède et avec Georges Rakoczy. Vassal de la Turquie, souverain au sens oriental plutôt qu'au sens européen d'un État composite où, entre la Theiss et les Alpes de Transylvanie, se coudoyaient et se querellaient vingt peuples divers, Madjars, Allemands, Roumains, Slaves ; ennemi perpétuel de l'Autriche, maîtresse des portions occidentales de la Hongrie ; allié de la Suède, depuis la guerre de Trente ans, où il avait figuré dans le parti protestant, Rakoczy était poète lui aussi à sa façon. La fortune et la gloire de Bathory hantaient son cerveau plein d'imagination et le trône de Pologne devenait l'objet de son ambition chimérique.

Pour y arriver, il souscrivait à un démembrement des États de la république. Dans le nord-est européen, l'idée d'un partage de la Pologne était depuis longtemps en suspens, à l'état de projets plus ou moins concrets mis en avant, de part et d'autre, à chaque occasion favorable. Et les occasions se multipliaient. Donc, cette fois, Charles X se réservant la Grande-Pologne, la Poméranie avec Danzic et la Livonie, Rakoczy recevait la Petite-Pologne, la Mazovie et la Lithuanie, avec le titre de roi. Les Cosaques gardaient l'Ukraine. La Podlachie, enfin, érigée en principauté héréditaire, était attribuée à un des Radziwill, Boguslaw, en retour de l'appui promis par lui et les siens à cette transaction (1).

(1) *Actes de la Russie du Sud-Ouest,* t. III, 3ᵉ partie, p. 597 ; t. XIII,

L'Électeur de Brandebourg passa ultérieurement pour y
avoir accédé, et, bien que les documents que nous possédons
n'en fournisent aucune preuve, c'est bien possible. L'histoire
de ce temps nous le montre aux aguets, également alerte et
souple, dépourvu de scrupules et prompt à s'accommoder de
toutes les circonstances offrant quelque chance à ses ambitions,
qui étaient grandes. Mais il n'avait pas attendu cette chance-là
pour se mêler au jeu et essayer d'en tirer la meilleure part.
L'épisode vaut qu'on s'y arrête : c'est le tournant décisif d'où
devait sortir la puissance qui domine aujourd'hui l'Europe.
Le rôle de la Prusse n'y paraît pas militairement glorieux, ni
même diplomatiquement fort brillant. Quant au point de vue
moral, il convient sans doute d'imiter les héros de ce chapitre
d'histoire, en en faisant abstraction. La maison de Hohenzol-
lern n'y a montré qu'un élément de supériorité, celui-là sans
doute qui a fait sa fortune : un esprit pratique à toute épreuve.

La conception du but à poursuivre, en cette occurrence, et
des moyens à employer fut entièrement personnelle à Frédéric-Guillaume, ou du moins inspirée à lui par un seul de ses
conseillers, le comte de Waldeck. Les autres se prononçaient
à l'unanimité pour le respect des obligations qui unissaient le
sort de leur pays à la Pologne. L'Électeur semble au contraire
avoir manœuvré d'abord de façon à ce qu'il parût qu'il subissait, pour les répudier, une contrainte de la part des Suédois.
Réunissant une armée de 15,000 hommes, après une campagne qui, au témoignage des historiens allemands, ne fut
que « pure comédie », il réussit, mais un peu trop à son gré.
En janvier 1656, sur son propre territoire, à Kœnigsberg, il
était obligé d'accepter un traité, qui à la vérité l'affranchis-
sait de la suzeraineté polonaise, mais lui imposait en retour
celle de la Suède, sans aucune compensation. Quelques mois
plus tard, Charles X se trouvant en difficulté au milieu de ses
triomphes, qui se mêlaient de quelques revers, son nouveau
vassal eut hâte d'en profiter, et le 25 juin 1656, à Marien-

p. 549, 554, 561 ; Grondski, p. 267, 282, 358. Ayant abandonné Jean-Casimir
pour Charles X, Grondski fut le négociateur par lui employé pour cet objet.

bourg, il se fit donner la promesse de quatre palatinats dans la dépouille de ses anciens maîtres. Mais il restait toujours tributaire comme devant, et à cet égard il perdait plutôt au change. L'œuvre de partage consommée en 1771 a eu cependant là un premier et significatif commencement (1). Mais, pour le moment, les copartageants vendaient la peau de l'ours avant de l'avoir tué, et Frédéric-Guillaume n'était pas au bout de ses peines.

En liant sa cause à celle de Charles X, il risquait d'abord d'entrer en conflit avec la Moscovie. En mai, le prince Mychetski était venu précisément, de la part d'Alexis, le menacer d'une armée de 700,000 hommes prête à envahir son territoire, s'il ne voulait prendre parti pour le tsar (2). L'Électeur ne croyait assurément pas aux 700,000 hommes; mais, pour n'avoir pas à les compter, éconduisant adroitement Mychetski, pauvre diplomate, il envoyait de son côté le comte d'Eulenbourg, avec des protestations d'amitié et des explications au sujet des nécessités inexorables auxquelles il obéissait en subissant l'alliance suédoise. En même temps, dans le traité de Marienbourg, prudemment il introduisait une clause qui excluait des opérations où il pourrait être engagé la Lithuanie et les provinces de l'Est, seuls points de contact possibles pour lui avec le voisin moscovite (3).

Eulenbourg eut fort à faire. Khmiélnitski et Rakoczy exécutant le pacte conclu, les Cosaques se joignant aux troupes de Charles X, Alexis, de son côté, faisait honneur aux engagements pris à Vilna, et, après avoir envoyé au roi de Suède par le stolnik Alfimov quelque chose comme une déclaration de guerre, il entrait en Livonie, occupait Dunabourg et Kokenhausen et adressait à l'Électeur un nouvel envoyé, Georges Bogdanov, avec une mission, qui longtemps a mis les historiens en perplexité, tant l'objet leur en a paru invraisemblable.

(1) *Urkunden und Actenstücke zur Geschichte des Kurfürsten, Fr. Wilhelm*, t. VII, p. 516 et suiv. ; p. 543 et suiv. ; PHILIPPSON, *Der grosse Kurfürst*, t. I, p. 218 et suiv. ; MOERNER, *Staatsvertraege*, p. 201 et suiv.

(2) HEDENSTROEM, *Beziehungen*, p. 18 et suiv.

(3) *Ibid.*, et HIRSCH, *Anknüpfungen*, t. I, p. 16.

Déployant une arrogance folle, prétendant obliger Frédéric-Guillaume à se lever pour le recevoir et à se découvrir, l'interpellant grossièrement sur son refus et se couvrant lui-même, ce très extraordinaire ambassadeur mettait l'Électeur en demeure de changer une fois de plus de suzerain, en devenant le vassal du tsar (1)!

On a supposé que Bogdanov outrepassait ses instructions. Mais celles-ci, datées du 16 août 1656, au camp de Dubena, entre Dunabourg et Kokenhausen, sont aujourd'hui acquises à l'histoire et absolvent l'ambassadeur d'un tel soupçon (2). L'Électeur se tira d'embarras en invoquant le besoin d'en appeler au Landtag et les vicissitudes ultérieures de la campagne de Livonie, où le tsar essuyait un échec devant Riga, l'attitude des Pays-Bas promettant leur assistance à la Prusse, permirent à Eulenbourg d'obtenir, en novembre 1656, un simple traité de neutralité et d'amitié. Alexis refusait toutefois d'accepter la médiation de Frédéric-Guillaume entre lui et la Suède. C'est le premier acte diplomatique où les deux puissances du Nord-Est aient échangé leurs signatures (3).

Le siège de Riga dut être levé et, en 1657, une nouvelle série de revers persuada Alexis que la succession de Jean-Casimir, telle qu'elle lui avait été offerte, ne valait pas le prix dont il l'avait payée. Déjà, les Suédois pénétraient jusqu'aux environs de Pskov, y pillant le monastère des Cryptes. En avril 1658, il engagea des pourparlers avec ces adversaires témérairement défiés, et, adjoint au prince Prozorovski, Nachtchokine recevait de lui des instructions secrètes pour corrompre les plénipotentiaires de Charles X et obtenir d'eux au moins un point sur le littoral de la Baltique, celui-là même où Pierre le Grand devait plus tard bâtir Saint-Pétersbourg. Très laborieuses, les négociations n'aboutirent, en décembre 1658, qu'à la signature d'une trêve de trois ans, qui ne réa-

(1) *Actes hist.*, t. VI, *Suppl.*, p. 449 et suiv. ; Hedenstroem, p. 26.
(2) Elles sont aux archives de Moscou, où M. Hedenstroem (*ibid.*, p. 32 t suiv.) les a découvertes il y a quelques années.
(3) Urkunden, t. VIII, p. 5 et suiv. ; Martens, t. V, p. 7 et suiv. ; Moerner, Staatsvertraege, p. 209 ; Philippson, t. I, p. 208 ; Hedenstroem, p. 30 et suiv.

lisait pas le vœu du tsar, mais, au delà des espérances qu'il pouvait raisonnablement entretenir, lui assurait toutes les conquêtes opérées en Livonie (1).

C'était encore une conséquence des événements qui, en Pologne, continuaient à affaiblir la situation des Suédois. Dès le mois de décembre 1655, la défense victorieuse du monastère de Czestochowa, lieu célèbre de pèlerinage assiégé par eux, avait ranimé les Polonais, les portant à se grouper autour de leur souverain pour la libération du sol national. Conformément à l'usage du pays, une « confédération » fut formée à Tyszowce, dans le palatinat de Lublin, et elle fit surgir des forces, des ressources insoupçonnées. A la fin de 1657, l'empereur Ferdinand se préta à la conclusion d'une alliance défensive que l'énergique Marie de Gonzague réclamait de lui depuis longtemps, et, lui succédant peu après, Léopold la contresigna, en chassant les Suédois de Cracovie. En même temps, prompt à se retourner, l'électeur de Brandebourg offrait aussi ses services. En novembre 1656, profitant des embarras de Charles X, il s'était déjà défait de son vasselage en réduisant à la Varmie seule la part qu'il prétendait obtenir dans le partage des territoires polonais (2). Puis, les affaires de la Suède périclitant de plus en plus, par deux traités négociés en septembre 1657 à Wehlau et au mois de novembre suivant à Bromberg, moyennant la renonciation de la Pologne à ses propres droits de suzeraineté et l'abandon consenti par elle de quelques places, Elbing, Lauenbourg et Butow, il renonça, à l'alliance suédoise (3). Et en fin de compte, la morale toujours mise hors de cause, ce n'était pas trop mal joué.

A tout prendre, la Pologne devait elle-même se féliciter du marché. Ainsi soulagée d'un côté, secourue de l'autre, elle ne tarda pas à être débarrassée de Rakoczy, auquel les

(1) SOLOVIOV, *Hist. de Russie*, t. XI, p. 91.

(2) MOERNER, *Staatsvertraege*, p. 2117; URKUNDEN, t. VIII, p. 36; HIRSCH, t. I, p. 31 *(Traité de Labiau)*.

(3) MOERNER, p. 220; PHILIPPSON, t. I, p. 253, 279; HAUMANT, p. 189 et suiv.

Cosaques faussaient compagnie, rappelés en Ukraine par les désordres qu'y suscitait la politique de plus en plus incohérente de Khmiélnitski (1). Peu après, le soulèvement en masse de la *szlachta*, et par endroits des paysans eux-mêmes, commença à entamer les troupes de Charles X. Si solides qu'elles fussent, elles ne pouvaient supporter indéfiniment l'assaut de tout un peuple en armes. Et les coups qui les faisaient fléchir et se disloquer furent comme un glas de mort pour leur allié ukrainien. Sans idée et sans ressource désormais, au milieu d'influences diverses qui se disputaient sa volonté agonisante et où prévalait cependant par son propre fait un courant hostile à Moscou (2), c'est-à-dire à la seule puissance dont il pût encore espérer quelque chose, il n'était plus qu'une épave. Le 27 juillet 1656 (v. s.), il expira (3).

La légende voulut qu'il fût empoisonné par un gentilhomme polonais, venu à Tchiguirine sous le prétexte de solliciter la main d'une de ses filles. Les deux filles du *hetman* étaient mariées. Si quelque poison a abrégé en effet ses jours, il lui aura été versé par les dures réalités qui se substituaient à ses rêves ambitieux. Mais, en prétendant se rendre docile l'instrument qui se brisait ainsi entre ses mains, Moscou avait rêvé aussi dans une certaine mesure et anticipé sur la marche naturelle des choses. Le réveil allait maintenant venir pour tous les figurants de ce drame historique et à l'Ukraine en particulier il réservait de cruels désenchantements.

---

(1) *Monuments publiés par la Comm. de Kiév,* t. III, nᵒˢ 32 et 33 ; Comp. *Matériaux pour l'hist. de la Petite-Russie,* t. II, p. 58 et suiv. ; Boutsinski, *Bogdan Khmiélnitski,* p. 222 et suiv.

(2) Boutsinski, p. 240.

(3) Indiquée par Vykhovski, cette date paraît la plus exacte. Voy. Boutsinski, p. 235-236. Comp. *Antiquité russe,* t. XXXIX, p. 294 ; Karpov, *Aperçu critique,* p. 15.

CHAPITRE XI

LE PARTAGE

I

L'HÉRITAGE DE KHMIÉLNITSKI

Au risque d'une épreuve peut-être trop pénible pour quelques-uns de mes lecteurs, j'ai dû, dans les pages précédentes, entrer dans des détails quelque peu arides, mais indispensables, je pense, à l'intelligence d'un problème qui, à beaucoup d'égards, demeure d'une vivante actualité. En abrégeant désormais mon récit, je ne me flatte cependant pas encore de le soustraire à une impression pénible, qui se dégage inévitablement des événements sur lesquels il portera. Elle en traduit en effet la physionomie. L'histoire de l'Ukraine dans le dernier quart du dix-septième siècle est l'image du chaos. Un choc incessant de forces aveugles en constitue le fond. Au prix d'un grand effort, Moscou a réussi à en faire sortir partiellement le triomphe de son programme de réintégration nationale ; elle n'a pu avoir raison du chaos que par le néant, c'est-à-dire sur certains points, par un parti pris de destruction systématique et, sur d'autres, par l'ajournement indéfini des plus essentielles solutions. Les difficultés qu'elle rencontre aujourd'hui encore dans cette partie de son domaine procèdent de cette cause lointaine.

En y accumulant toutes les horreurs de la guerre et de la

jacquerie, la crise des années 1648-1658 n'avait fait en
somme que rendre ce pays à sa destinée première de champ
de bataille et de charnier humain. Elle ne créait rien qui eût
la moindre possibilité de durée. La tombe elle-même de
Khmiélnitski, pour laquelle il avait choisi un emplacement
dans son cher Soubotov, ne devait pas y être longtemps res-
pectée.

Le *hetman* ne laissait qu'un fils, Georges, âgé de seize ans
à peine, infirme de corps et d'esprit. Un chroniqueur veut
qu'il ait été « eunuque de nature » (1). Le père semble avoir
assuré sa lourde succession à ce triste héritier. Vykhovski
s'imposa toutefois comme adjoint du nouveau chef, avec une
sorte de droit de tutelle, dont il ne tarda pas à abuser pour
évincer son pupille, le renvoyant à l'école et s'emparant des
trésors enterrés par le défunt à Hadiatch (2). Arrivant en
Ukraine au cours de l'hiver suivant, le représentant d'Alexis,
Bogdan Khitrovo, dut s'incliner devant le fait accompli. Il
avait assez à faire pour remplir sa mission, qui était d'établir
des garnisons moscovites dans les principales villes et d'enlever aux Cosaques l'administration des revenus du pays. Il
ne put même empêcher l'usurpateur de suivre les errements
de son devancier, en obtenant un renfort de Tatars pour la
répression d'un nouveau mouvement insurrectionnel, sous le
commandement du colonel de Poltava, Pouchkar (3).

Cependant, l'accession de Vykhovski au *hetmanat* avait
pour Moscou un sens fort menaçant. Avec lui, du vivant
encore de Bogdan Khmiélnitski, les plus influents des chefs
cosaques, élevés pour la plupart en Pologne et y ayant con-
tracté les idées politiques de la *szlachta*, s'étaient laissé séduire
par le projet d'un compromis dont l'histoire de la République
fournissait des modèles attrayants. Le « duché de Russie »
ne pouvait-il suivre la destinée du duché de Lithuanie, en se

---

(1) Viélitchko, t. I, p. 14.
(2) *Actes de la Russie du Sud-Ouest,* t. IV, p. 11; Samovidiéts, p. 54.
(3) *Actes de la Russie du Sud-Ouest,* t. IV, p. 102, 112; Viélitchko, t. I,
p. 327-333; Ierlicz, t. II, p. 9; Samovidiéts, p. 30.

rattachant à la Pologne par le même lien fédératif, en obtenant la même égalité de privilèges et de libertés? L'expérience, si courte qu'elle fût encore, du régime moscovite et de ses dures servitudes augmentait le charme de cet idéal. Moins débonnaires et plus grossiers, les fonctionnaires et les généraux du tsar faisaient regretter les anciens maîtres polonais (1). Le haut clergé, pour les raisons que nous connaissons déjà, la bourgeoisie des villes, par attachement pour ses franchises municipales, inclinaient dans le même sens. Espérant encore obtenir auprès du tsar un recours contre les maîtres polonais ou cosaques, les paysans seuls demeuraient en grande partie acquis au nouvel ordre de choses (2).

Dès le 1er janvier 1658, écrivant de Tchiguirine au roi de Pologne et au primat, Vykhovski avait fait des ouvertures significatives. « L'entente était plus facile entre hommes libres », disait-il (3). L'activité trop entreprenante de Khitrovo, le remplacement, à Kiév, de Boutourline par Vassili Chérémétiev, homme violent et brutal, précipitèrent l'éclosion des velléités ainsi accusées, et le 16 septembre (n. s.) 1658, sous Hadiatch, elles prirent corps dans un traité que les Cosaques signèrent avec les envoyés de Jean-Casimir, Bieniewski et Iewlaszewski, et que les nationalistes ukrainiens se plaisent à évoquer aujourd'hui encore. Le tiers environ du pays, notamment les palatinats de Kiév, de Tchernigov et de Bratslav (soit les gouvernements actuels de Poltava, de Tchernigov et de Kiév), la partie orientale du palatinat de Volhynie et la partie méridionale du palatinat de Podolie étaient érigés en « grand-duché de Russie », précisément d'après le modèle lithuanien, et devaient, sur le même pied, entrer dans la composition de la République. Égalité de droits à la Diète et au Sénat; hiérarchie distincte et identique de toutes les fonctions et dignités; attribution des unes

---

(1) *Actes de la Russie du Sud-Ouest,* t. III, p. 540, 541; BOUTSINSKI, *Bogdan Khmiélnitski,* p. 240.
(2) *Actes de la Russie du Sud-Ouest,* t. IV, p. 70-71.
(3) *Matériaux pour l'hist. de la Petite-Russie,* t. II, p. 70, 91.

et des autres en Ukraine aux indigènes seuls ; autonomie judiciaire ; monnaie également distincte ; suppression de l'*Union* ; liberté religieuse assurée à l'Église orthodoxe, sans aucune ingérence des autorités polonaises ; création de deux Académies, sur le modèle de celle de Cracovie, et liberté illimitée pour l'établissement d'écoles et de typographies ; dans le statut des paysans, aucun changement, mais promesse d'une accession progressive de tous les Cosaques aux privilèges de la *szlachta* polonaise et anoblissement immédiat de cent sujets par régiment ; amnistie complète : telle était la base de cet accord, qui renchérissait d'une façon imprévue sur les concessions du gouvernement moscovite et qui, en dépit de très vives répugnances se manifestant dans son sein, fut ratifié par la diète de Varsovie (1).

On peut y voir le testament politique de la Pologne du dix-septième siècle pour cette partie de son héritage historique et on doit y reconnaître un beau monument de son esprit généreux, mais hélas ! aussi une pure chimère. Pour l'application d'un tel programme, des difficultés énormes devaient, dans chaque détail, défier la bonne volonté des parties contractantes. Tel article (le 17e) visait les domaines privés et les fonds ecclésiastiques, une masse de terres et de bénéfices qui, au cours de la crise, avaient passé aux mains des Cosaques. Il en stipulait le retour aux anciens propriétaires et l'on devine qu'en acceptant cette condition dans un beau mouvement de probité, qui est aussi à leur honneur, les héritiers de la tradition révolutionnaire de Khmiélnitski promettaient plus qu'ils ne pouvaient tenir. Mais le fond lui-même de l'accommodement était irréalisable. Polonais et Cosaques n'y prenaient d'abord aucun souci des droits plus ou moins légitimes déjà acquis, dans le pays, à l'état moscovite. Le traité de Vilna avait bien remis la Pologne en pos-

(1) *Actes de la Russie du Sud-Ouest*, t. IV, nos 77, 113 et 114 ; t. VII, n° 85 (rédaction définitive). Voy. aussi *Vol. legum*, t. IV, p. 297-301 ; comp. Kochowski, t. II, p. 316-317 ; Krajewski, t. I, p. 100 et suiv. ; Albertrandi, t. I, p. 361-365 ; Rudawski, p. 419 ; Viélitchko, t. I, p. 335-337 ; Ierlicz, t. II, p. 19-31 ; Iémiolowski, p. 135.

session de tous les territoires que la conquête moscovite lui enlevait; mais, à cette heure, cette convention se trouvait déjà frappée de caducité. La diète s'était refusée à la reconnaître, et, pour obtenir le secours de l'empereur, Jean-Casimir lui-même n'avait pas hésité à lui offrir, avec une désinvolture égale, cette succession dont il venait de gratifier Alexis et dont il ne disposait pas. Au nord, les hostilités étaient réouvertes et on devait s'attendre à ce que l'événement de Hadiatch les fît reprendre aussi au sud.

Mais encore, et surtout, la situation générale de l'Ukraine ne se prêtait aucunement à un pareil arrangement. Ni politiquement, ni socialement, ce pays ne pouvait y trouver les gages d'une existence possible. Des architectes noblement inspirés, mais absolument inconscients des réalités sur lesquelles portait leur œuvre, dressaient là un édifice somptueux sans autres matériaux qu'un sable mouvant, prêt à se résoudre en poussière au premier coup de vent. Et les souffles contraires n'allaient pas manquer.

Commandant déjà un corps moscovite important sur la frontière ukrainienne, Romodanovski reçut en effet des renforts, avec l'ordre de pénétrer dans le pays et d'y provoquer un soulèvement contre Vykhovski (1). Interrompus par l'hiver, les succès de ses opérations furent compromis l'année suivante par un cruel désastre. Entrant à son tour en campagne avec l'élite de la cavalerie moscovite, vétérans des guerres de Pologne, le meilleur général d'Alexis, Troubetzkoï, se laissa envelopper le 4 juillet 1659, sous Konotop, par les forces coalisées des Cosaques, des Polonais et des Tatars et subit une défaite complète. Un de ses lieutenants, le prince Pojarski, fut pris et se fit tuer en insultant grossièrement le khan dans un langage impossible à reproduire. D'une armée qui, d'après les rapports assurément exagérés des chroniqueurs ukrainiens et polonais, comptait 150,000 hommes, Troubetzkoï ne ramena à Poutivl que quelques éclopés.

(1) *Recueil des documents d'État*, t. IV, n° 13; VIÉLITCHKO, t. I, p. 379.

Mais peu après, les vaincus de cette journée trouvaient l'occasion d'une éclatante revanche dans ce mouvement insurrectionnel que Romodanovski devait préparer et qui ne manqua pas, en effet, de soulever les Cosaques eux-mêmes contre leur propre œuvre (1). Tour à tour, le colonel de Péréiaslavl, Tsioutsioura, et le colonel de Niéjine, Zolotarenko, levaient l'étendard de la révolte, et, déposé, Vykhovski céda la place à Georges Khmiélnitski (2). Les Polonais n'avaient figuré qu'en petit nombre à Konotop et se trouvèrent dans une situation si critique que leur chef, André Potoçki, s'avisait d'un expédient désespéré. Dans les rapports adressés au roi, il conseillait d'abandonner à Moscou la rive gauche du Dniéper et de convertir la rive droite en désert. « La Pologne doit détruire l'Ukraine, écrivait-il, si elle ne veut être détruite par elle (3). » Voilà à quoi aboutissait le traité de Hadiatch, et, ainsi qu'on le verra, l'expédient devait être définitivement adopté.

II

LES DEUX RIVES DU DNIÉPER

Le vent tournait. Revenant en septembre 1659 avec des forces nouvelles, Troubetzkoï était reçu sur la rive gauche comme un libérateur : sonneries de cloches et processions enthousiastes partout. Sur la rive droite, la *starchina* cosaque en tenait encore pour l'autonomie fédérative, mais prétendait maintenant réaliser cet idéal en compagnie de Moscou. Troubetzkoï ne la laissa pas longtemps à cette autre illusion ; le 17 octobre déjà, il faisait accepter à Georges Khmiélnitski

(1) Viélitchko, t. I, p. 372-375; Samovidiéts, p. 32; Kochowski, t. II, p. 380-381; Albertrandi, II, p. 24; Kraiewski, t. I, p. 143-145.

(2) *Monuments publiés par la Comm. de Kiév*, t. III, 3ᵉ partie, p. 370-376; *Matériaux pour l'hist. de la Petite-Russie*, t. II, p. 156.

(3) *Monuments publiés par la Comm. de Kiév*, t. III, 2ᵉ partie, p. 386; *Matériaux*, t. II, p. 101, 123.

une charte nouvelle, qui maintenait les deux traits fondamentaux du régime précédemment établi : occupation militaire et sujétion administrative. Elle mettait en outre à la
charge du pays les frais de l'une et de l'autre (1).

Les Cosaques, comme de raison, ne furent pas soustraits
pour cela à leurs agitations, et comme avec leur mobilité
habituelle ils se retournaient du côté de la Pologne, celle-ci
se trouva à même d'en profiter. En mai 1660, signé à Oliwa
grâce aux bons offices de la France, un traité de paix avec la
Suède lui rendit, pour la guerre d'Ukraine, des troupes exercées et exaltées par la victoire (2).

Ordine-Nachtchokine avait tout fait pour empêcher cet
événement. Originaire de Pskov, où la haine du Suédois
s'avivait par des querelles de frontière incessantes, et précurseur de Pierre le Grand, il considérait comme essentielle la
conquête du littoral de la Baltique. Dans une alliance étroite
avec la Pologne contre la Suède il apercevait, d'autre part,
le point de départ d'une fédération générale des peuples
slaves, — le rêve de Krijanics — et, pour cet objet, il était disposé à sacrifier non pas seulement Kiév au sud, mais Polotsk et
Vitebsk au nord (3). Alexis et ses autres conseillers gardaient
sur les intérêts nationaux en jeu dans ces deux régions une
vue plus courte mais plus pratique. Ayant repris pied dans
l'ancien domaine des premiers princes russes, dont elle
revendiquait l'héritage, Moscou ne pouvait plus reculer. Mais
elle allait subir encore un rude assaut.

Au moment où, en Moscovie comme en Ukraine, on se
plaisait à répéter que la Pologne était ouverte à tout venant,
y entrait qui voulait « sans qu'un chien osât aboyer », ce
pays se montra soudain capable d'un effort prodigieux. Sous
le commandement de Czarnecki et de Paul Sapieha, à
Lakhovitsy, à Slonim, à Polonka, en Russie Blanche, ses

(1) *Recueil des documents d'État*, t. IV, n° 13-15.
(2) Böhm, *Acta Pacis Oliviensis*; Mörner, *Staatsversträge*, p. **250** et suiv.;
Haumont, *La Guerre du Nord*, p. 265 et suiv.
(3) Voy. Ikonnikov, dans *Antiquité russe*, 1883, t. XL, p. 43-45.

troupes remportèrent une série de brillantes victoires sur celles de Khovanski, un chef pourtant réputé, de Dolgorouki, de Zolotarenko. Y'ayant participé, le merveilleux chroniqueur polonais de cette campagne, Pasek, dit (1) que jamais de mémoire d'homme ses compatriotes ne s'étaient battus ainsi. En même temps, Chérémétiev et Georges Khmiélnitski se heurtaient en octobre 1660, sous Tchoudnov, en Volhynie, à une autre coalition de Polonais, de Tatars et de Cosaques ralliés par Vykhovski et la catastrophe de Konotop recommençait, plus terrible. Le général moscovite capitulait et restait prisonnier des Tatars. Avec son meilleur capitaine, Moscou perdait, cette fois, l'élite de son armée réorganisée. Les troupes de 'nouvelle formation, équipées et dressées à l'européenne, sous des officiers d'origine étrangère, Gordon, van Haden, van Hoven, Crawford, figuraient dans la défaite (2). L'effet chez les vaincus fut tel qu'on projeta, au Kreml, le départ du tsar pour Iaroslavl, où il serait plus en sûreté (3).

Alexis et sa capitale ne se trouvèrent pas menacés ; mais, après un nouvel et sanglant échec infligé en Lithuanie à Khovanski, Jean-Casimir n'eut pas de peine. l'année suivante, à reprendre Vilna, où le prince Mychetski ne gardait plus que soixante-dix-huit hommes sous ses ordres (4). En Ukraine, Georges Khmiélnitski livra la rive droite du Dniéper aux Polonais, qui s'y faisaient acclamer à leur tour. Sur la rive gauche, Moscou gardait ses partisans groupés autour d'un *hetman* provisoire *(nakaznyï)*, Samko. Le partage de l'Ukraine, recommandé par Potoçki, s'opérait ainsi et devait durer jus-

---

(1) *Mémoires,* p. 94 et suiv.

(2) *Actes de la Russie du Sud-Ouest,* t. V, n° 21 ; THEINER, *Mon. hist.,* n° 18, p. 39 et suiv. ; KOCHOWSKI, t. II, p. 486 et suiv. ; ZIELENIEWIÇKI, p. 108, 160 ; VIÉLITCHKO, t. II, p. 14: *Acta hist. res gestas Poloniae illustrantia,* t. II, l^re partie, p. 164 ; SWIRSKI, *passim* ; ROUBAN, p. 73 ; A. GRABOWSKI, t. I, p. 163 ; ALBERTRANDI, t. II, p. 106 et suiv. ; PODGORSKI, t. I, p. 144 ; IEMIOLOWSKI, p. 152 et suiv. ; BARSSOUKOV, *La Famille Chérémétiév,* t. V, p. 293 ; VOLK-KARATCHEWSKI, p. 68 et suiv. ; GORDON, *Tagebuch,* t. I, p. 249-251.

(3) SOLOVIOV, *Hist. de Russie,* t. XI, p. 122.

(4) *Id., ibid..,* p. 161-162.

qu'à la disparition des derniers vertiges d'autonomie politique dans les deux moitiés du pays. Mais la Pologne provisoirement y obtenait le meilleur lot. Elle ne devait pas tirer
longtemps avantage de tous ces triomphes.

Les compatriotes de Pasek se battaient bien; notant ses
impressions avec une rude franchise de soldat, le chroniqueur
déclarait pourtant tel jour « qu'à garder des cochons il aurait
plus d'agrément qu'à faire campagne en pareille compagnie ».
Après une dernière victoire, sous Gloukhoïé, Czarnecki se
trouva aux prises avec ses propres troupes, qui, se mutinant,
massacraient bientôt et le chef d'une « confédération »
militaire par elles organisée, Zéromski, et le petit général de
Lithuanie Gosiewski, qui essayait de les rappeler au devoir.
Elles faisaient du parlementarisme à leur façon.

Moscou eut ainsi du répit et en profita pour négocier à son
tour avec la Suède, à Cardis, en juin 1661, un traité de paix
éternelle. Contre le vœu de Nachtchokine, qui ne figura pas
à la signature, remplacé par les princes Prozorovski et Bariatinski, Alexis y abandonnait toutes ses conquêtes de Livonie (1); mais il obtenait la possibilité de concentrer toutes ses
forces contre son autre adversaire. Des deux côtés, il est vrai,
l'épuisement était presque égal. Mal payées en monnaie de
cuivre ou point payées du tout, les troupes du tsar n'observaient pas non plus une discipline exemplaire. A Vilna,
Mychetski avait été livré aux Polonais par ses soldats (2).
Partout, les armées en présence avaient peine à se nourrir, à
la suite de destructions systématiques dont chacune, voulant
affamer l'ennemi, devenait elle-même la victime. En Ukraine
divisés maintenant en deux camps, les Cosaques s'entre-
dévoraient. La supériorité de la forte organisation que Moscou
pouvait y faire valoir ne tarda pourtant pas à se manifester.

En janvier 1663, après des alternatives de succès et de
revers, ayant passé et repassé le Dniéper en luttant avec

(1) Soloviov, *Hist. de Russie*, t. XI, p. 102.
(2) *Id., ibid.*, p. 161-164.

Romodanovski et attendu en vain d'être secouru par les Polonais, Georges Khmiélnitski déposa le bâton de commandement et prit l'habit sous le nom de Gédéon. Marié à une fille
de Bogdan Khmiélnitski, Paul Tetéra, originaire de Péréiaslavl et fils d'un simple Cosaque, lui succéda et son court passage au pouvoir correspondit à un dernier essai de conciliation entre le monde cosaque et la Pologne. En octobre de la
même année, arrivant en Ukraine avec ses meilleurs généraux, Jean-Casimir présida à la dernière tentative que les
Polonais dussent faire pour reprendre pied sur la rive gauche
du Dniéper, où Samko avait déjà cédé la place à un *hetman*
plus docile aux Moscovites, Ivan Brioukhoviétski, comblé
d'honneurs et de faveurs, bien que simple Cosaque lui aussi,
élevé au rang de boïar et marié à une Dolgorouki (1). Les
Cosaques étaient très sensibles à ces procédés, ou, bien que
républicaine, la Pologne ne savait pas imiter sa rivale, et une
insurrection éclatant sur la rive droite obligea le roi à
rebrousser chemin (2).

Vykhovski fut soupçonné de participer à ce mouvement,
et, l'attirant dans un guet-apens, un colonel polonais le fit
passer par les armes (3). Condamné à être pendu, un de ses
complices présumés, Noujnyï, demanda à être empalé, —
pour mourir comme était mort son père (4) !

L'Ukraine faisait une terrible consommation d'hommes et
de choses. Après avoir pris Soubotov, où la légende veut
qu'il ait détruit la tombe de Bogdan Khmiélnitski et jeté
dehors les restes du héros (5) ; après avoir brûlé Stavichtche,

---

(1) *Actes de la Russie du Sud-Ouest*, t. V, n° 70 ; *Monuments publiés par la
Comm. de Kiév*, t. IV, 3ᵉ partie, n° 72 ; *Recueil des documents d'État*, t. IV,
n° 36.

(2) *Monuments publiés par la Comm. de Kiév*, t. IV, 3ᵉ partie, n° 93, p. 425-
429 ; VIÉLITCHKO, t. II, p. 80-83 ; BROEL-PLATER, *Recueil*, t. IV, p. 137 et suiv. ;
ALBERTRANDI, t. II, p. 250 et suiv.

(3) *Monuments*, t. IV, 3ᵉ partie, nᵒˢ 88-91 ; KOCHOWSKI, t. III, p. 116-118 ;
KRAJEWSKI, t. II, p. 18-21 ; ZIELÉNIÉWIÇKI, p. 140-146 ; IERLICZ, p. 89 ; IÉMIO-
LOWSKI, p. 187 ; ALBERTRANDI, t. II, p. 275-276 ; VOLK-KARATCHEVSKI, p. 122-123.

(4) ALBERTRANDI, t. II, p. 301.

(5) GRABIANKA, p. 186.

aux environs de Biélaïa-Tserkov, et passé au fil de l'épée les
habitants pour punir une récidive insurrectionnelle, le glorieux Czarneçki succombait aux épreuves de cette lutte
désespérée, et, sa mort ravivant les résistances un instant
domptées par son énergie, Tetera dut se sauver en Pologne,
où il disparut sans trace.

En 1665, la malheureuse Pologne fut de nouveau désarmée.
La guerre civile y éclatait maintenant, obligeant le roi à
recueillir toutes ses troupes contre l'un des héros des campagnes victorieuses des années précédentes, Georges Lubomirski, qui sollicitait l'appui de Moscou! L'Ukraine de la
rive droite en fut livrée pour quelque temps à elle-même et
ce ne pouvait être pour son bien. Des bandes de Cosaques
s'en disputant la possession sous des chefs de leur choix, l'un
d'eux, Pierre Dorochenko, se piqua de marcher sur les traces
du grand Bogdan. Avec des talents inférieurs, mais le même
esprit d'intrigue fiévreuse, de ruse grossière et de versatilité
incessante, s'offrant en même temps à la Pologne et à la
Moscovie, essayant de gagner les Tartares, se livrant au sultan
et bientôt nouant des relations avec Stenka Razine lui-
même (1), il se crut en mesure d'étendre sa domination à
la rive gauche, où la brutalité de Brioukhoviétski et des voiévodes moscovites provoquait des mécontentements (2).

A la fin de 1666, il parut avoir définitivement opté pour le
protectorat ottoman contre la Pologne; mais cette attitude
n'eut pour effet que de rendre faveur, en Moscovie, à la politique de Nachtchokine, invariablement attachée à un rapprochement avec la Pologne contre la Turquie et les Cosaques.

(1) MAKSIMOVITCH, dans *Antiquité russe*, août 1903, p. 685.
(2) SAMOVIDIÉTS, p. 90; *Recueil de Chroniques*, 1888, p. 24; GRABIANKA,
p. 190.

III

LE PARTAGE

Depuis 1661, tout en continuant à se battre, les deux pays ne cessaient non plus de mettre à l'ouvrage leur diplomatie. La révolte de Lubomirski rendant la Pologne plus conciliante, le 30 janvier 1667, au village d'Androussov (gouvernement actuel de Smolensk), elle accepta une trêve de treize années et six mois. Elle obtenait en Lithuanie Vitebsk, Polotsk et Dunabourg et gardait ses droits sur la Livonie; elle cédait par contre Smolensk avec toute la province de Siéviérie, et, sur la frontière livonienne, six places, Dorokhobouje, Biélaïa, Nevel, Siebièje, Krasnoïé, Viélije, conquises autrefois par Bathory. En Ukraine, elle abandonnait à Moscou la rive gauche du Dniéper, gardant la rive droite, avec Kiév, qui cependant ne devait être évacué par les Moscovites qu'au bout de deux années (1).

Il n'est pas probable que les négociateurs polonais se soient fait illusion sur la valeur de cette dernière clause. Nachtchokine imaginait certainement qu'elle ne serait jamais exécutée. Pour l'introduire dans le traité, il avait usé avec succès, paraît-il, de moyens de corruption (2); mais l'Ukraine de la rive droite, toujours en insurrection avec Dorochenko et ses protecteurs, ajoutait du poids aux ducats d'or discrètement distribués. Au cours des pourparlers, le plénipotentiaire moscovite ne s'était pas fait faute non plus de mettre en avant son idée favorite de l'union des deux pays, vantant non sans quelque effronterie ingénue la « liberté » dont jouissaient les sujets du tsar et appuyant sur ce trait que l'héritier d'Alexis parlait couramment le polonais. Mais ses ouvertures furent

---

(1) *Recueil des documents d'État,* t. IV, n° 54.
(2) Soloviov, *Hist. de Russie,* t. XI, p. 249; Kostomarov, *OEuvres,* t. XI, p. 249.

poliment déclinées (1). La Pologne n'acceptait qu'une trêve.

Plus ou moins inconsciemment, elle souscrivait cependant à une œuvre définitive. De l'édifice ébranlé par Bogdan Khmiélnitski et redressé sur une autre base par l'acte de Hadiatch, il ne restait maintenant rien. La communauté ukrainienne se trouvait coupée en deux et l'abandon présumé de Kiév à la Pologne menaçait de créer pour la partie orientale une situation particulièrement disgraciée au double point de vue de la religion et de la culture. Plus tard, les circonstances permettant à la Moscovie, comme Nachtchokine s'en flattait, de ne pas tenir sur ce point les engagements pris, l'éventualité se trouva simplement retournée. Séparée de l'antique capitale, la partie occidentale fut un corps sans âme et tendit à se disloquer, en même temps qu'entraîné dans l'orbite moscovite le foyer kiévien perdait toute possibilité de développement original. C'était une première ruine que d'autres allaient suivre.

En attendant, comme le *hetmanat* sur les deux rives du Dniéper, la métropolie de Kiév devenait l'objet d'incessantes compétitions. Y succédant à Kossov, ni Balaban en 1658, ni Toukalski en 1663 ne parvenaient à se faire reconnaître par le gouvernement moscovite. N'osant pas encore rompre en visière au patriarcat de Constantinople par la nomination d'un métropolite de son choix, celui-ci recourait à l'expédient d'une administration provisoire ; mais les administrateurs ainsi opposés aux métropolites élus avaient encore à lutter, comme leurs compétiteurs, avec des évêques soutenus par la Pologne ou par les Cosaques à elle ralliés. Aux prises avec l'archimandrite des Cryptes, Ghizel, qui insistait à Moscou pour la nomination d'un métropolite, espérant sans doute se faire agréer pour ce poste, Toukalski obtenait de Constantinople, par l'intermédiaire de Dorochenko, sa propre confirmation au siège disputé (2).

Fort habilement, Moscou sut mettre toutes ces brigues au

---

(1) Boutourline, *Les Documents des Archives de Florence*, p. 420-427.
(2) Stradomski, dans *Revue du minist. de l'Instr. publ.*, 1852, t. LXXV, p. 45-51.

service de l'intérêt le plus essentiel que, pour le moment, elle eût dans ces parages. Réussissant avec l'aide des Tatars et des Turcs à débaucher quelques régiments cosaques sur la rive droite, Dorochenko lui fournissait un prétexte pour ajourner l'évacuation de Kiév. Le partage accepté à Androussov ne recevait pas ainsi, alléguait-elle, une entière exécution. Besogneux et se disputant son appui les uns contre les autres, les prélats ukrainiens et les simples popes eux-mêmes, engagés dans la lutte à leur suite, l'aidaient à faire la police du pays. Y subordonnant toutes les fonctions au principe de l'éligibilité, l'antique organisation du clergé orthodoxe le mettait, beaucoup plus que dans l'Église latine, en communication directe avec les fidèles, et, tout en s'employant ailleurs à faire disparaître ce régime démocratique, le gouvernement moscovite le respectait ici provisoirement et en tirait parti dans le sens indiqué. Nommé en 1661 administrateur de la métropolie de Kiév sous le nom de Méthode, un ancien protopope de Niéjine, Maxime Filimonovitch, s'occupait diligemment de surveiller Brioukhoviétski et d'ameuter contre lui les masses populaires, quand le *hetman* manquait de docilité. Écarté pour défaut de zèle, le prédécesseur de Méthode, Lazare Baranovitch, se montrait repentant, obtenait l'érection de son siège épiscopal de Tchernigov au rang d'archevêché et y acceptant une demi-sujétion au patriarcat de Moscou faisait preuve d'une serviabilité à toute épreuve. L'archimandrite des Cryptes lui-même, Ghizel, s'entremettait pour rallier Dorochenko à la domination moscovite (1).

Baranovitch, Ghizel, — c'étaient des anciens élèves du collège de Mogila! Et ils ne répudiaient pas ce passé. Imprégnée de latinisme et de polonisme, l'*Alma Mater Kioviensis* leur restait chère. Ils refusaient leurs presses aux publications moscovites (2)! Mais, suspecte à leurs yeux au point de vue

(1) LAZAREVSKI, dans *Archive russe*, 1871, fol. 1884; LEVITSKI, dans *Antiquité de Kiév*, août 1884, p. 629; EINHORN, *Esquisses*, p. 161, 367; *Actes de la Russie du Sud-Ouest*, t. VI, p. 242 et suiv.; t. VII, n° 60.

(2) *Actes de la Russie du Sud-Ouest*, t. IX, p. 155; IABLONOWSKI, *L'Académie de Kiév*, p. 137.

religieux et barbare, au point de vue intellectuel, politiquement Moscou exerçait sur eux une attraction irrésistible : elle
savait mieux payer les services qu'on lui rendait. En proie à
de nouveaux orages intérieurs, à la suite de l'abdication de
Jean-Casimir (1668) et de l'élection de l'insignifiant Michel
Wisniowiecki, la Pologne était de moins en moins en état de
se faire aimer ou craindre. Les derniers fidèles de l'idéal
libéral, qu'elle avait un instant représenté dans ce pays, en
étaient réduits à reporter encore sur un compromis entre
Moscou et les Cosaques de Dorochenko ce qui leur restait de
foi — et d'attachement — à cette noble cause.

Mais les Cosaques cédaient de toute part au vertige qui les
poussait vers d'autres destinées. En faisant mine d'accueillir
les ouvertures de Dorochenko, Moscou ne songeait qu'à
entretenir sur la rive droite du Dniéper un état de trouble
qui favorisait ses vues sur Kiév. Le *hetman* de la rive droite
finit par le deviner, et, prompt à se retourner comme Bogdan
Khmiélnitski, il traita avec Brioukhoviétski, son rival de la rive
gauche, qui, ne comprenant rien, lui, à la manœuvre de ses
protecteurs, se voyait à la veille d'être évincé. Le résultat de
cette entente fut un massacre général des garnisons moscovites, accompagné des atrocités usuelles en ce pays. La femme
du voiévode de Hadiatch, Ogarev, fut promenée dans les
rues à demi dévêtue, après quoi on lui coupa un sein. Brioukhoviétski lui-même ne tarda pas à être égorgé par ordre de
son complice (1). Et c'était le moment de l'insurrection de
Razine au nord et de la révolte de Solovki au sud !

Moscou eut raison encore de cette tourmente. L'administrateur de la métropole de Kiév, Méthode, paraissant y jouer
un rôle suspect, l'archevêque de Tchernigov, Baranovitch,
qui le jalousait, en profita pour se pousser en avant comme
pacificateur. Rappelé sur la rive droite par un soulèvement des
Cosaques du *Zaporojé* sous Soukhovieï, — et aussi, toujours
comme Bogdan Khmiélnitski, par l'infidélité de sa femme, —

(1) *Actes de la Russie du Sud-Ouest*, t. VII, p. 92; Viélitchko; t. II, p. 163;
Soloviov, *Hist. de Russie*, t. XII, p. 30, 36; Einhorn, *Esquisses*, p. 440 et suiv.

Dorochenko laissa sur la rive gauche un lieutenant, Démiane Mnogogriéchnyï, qui, abandonné à ses propres forces, ne tarda pas à se soumettre à Romodanovski (1). Avec ce nouveau venu ou avec Dorochenko, Baranovitch se flattait bien toujours de faire triompher son programme autonomiste et d'en étendre l'application aux deux rives; mais, au même moment, un autre représentant du clergé ukrainien, le nouveau protopope de Niéjine, Siméon Adamovitch, se faisait au Kreml l'interprète de vues tout à fait différentes, qui, comme de raison, obtenaient meilleur accueil.

Dans cette question, le haut et le bas clergé se séparaient, le premier partageant le goût des chefs cosaques pour l'indépendance et le second faisant cause commune avec les masses populaires, qui préféraient encore la rudesse des voiévodes moscovites à la fantaisie sauvage des Brioukhoviétski et des Dorochenko (2).

Romodanovski se prêta à un simulacre d'élection qui fit de Mnogogriéchnyï un *hetman* en titre; un conseil de Cosaques réuni à Gloukhov se prononça docilement pour le maintien des voiévodes, et, rétabli à l'administration de la métropole de Kiév, en remplacement de Méthode qui encourait l'internement dans un monastère, Baranovitch se montra satisfait et disposé à de nouveaux témoignages de dévouement. Il eut bientôt l'occasion d'en fournir. Bien que surveillé de près par Adamovitch, Mnogogriéchnyï à son tour prêta l'oreille aux propositions de Dorochenko et de Toukalski. Son entourage se refusant à le suivre, dans la nuit du 13 mars 1692, un coup d'État renvoya le *hetman* enchaîné à Moscou et de là en Sibérie (3). Il céda la place à une autre créature moscovite, Ivan Samoïlovitch, dont les pouvoirs furent considérablement réduits (4).

(1) *Actes de la Russie du Sud-Ouest*, t. VII, p. 94.
(2) Einhorn, *Esquisses*, p. 552-566; Matviéiév, dans *Archive russe*, 1901, t. I, p. 241.
(3) *Actes de la Russie du Sud-Ouest*, t. IX, p. 759-814; Einhorn, *Esquisses*, p. 837; Soloviov, *Hist. de Russie*, t. XII, p. 110; Matviéiév, dans *Antiquité russe*, août 1903, p. 685 et suiv.
(4) *Actes de la Russie du Sud-Ouest*, t. IX, n°⁵ 167, 170, 174-179.

C'était à proprement parler la fin du *hetmanat* dans le sens que Bogdan Khmiélnitski avait donné à cette charge, et Baranovitch eut tant de peine à s'y résigner qu'il ne résista pas à la tentation de rentrer en matière avec Dorochenko, Moscou n'y objectant d'ailleurs pas, toujours pour mieux tenir la Pologne en échec. Dans ces négociations, l'administrateur de la métropolie de Kiév et le gouvernement qu'il prétendait servir poursuivaient ainsi des objets très différents. Dorochenko, lui, se montrait disposé à traiter, parce que Moscou l'évinçant définitivement de la rive gauche, la Pologne lui opposait sur la rive droite un compétiteur, Khanenko, — « pour ressaisir l'Ukraine ne fût-ce que par la queue », selon l'expression pittoresque d'un chroniqueur (1). Il réclamait cependant les conditions de Hadiatch, ce qui excluait toute possibilité d'entente, et la Pologne se trouvant à ce moment envahie par une énorme armée turque, grâce aux manœuvres du même Dorochenko, Romodanovski fit prévaloir le dessein de réunir les deux rives sous la domination moscovite. Le traité d'Androussov obligeait la Moscovie à secourir la Pologne contre les Turcs. Eh bien, elle remplirait cet engagement en occupant, pour les Polonais, la moitié de l'Ukraine qu'ils étaient incapables de défendre eux-mêmes !

En avril 1674, ce fut fait. Secouru par les Turcs et les Tatars, Dorochenko seul se défendit quelque temps à Tchiguirine ; mais, en octobre 1676, sur la nouvelle d'ailleurs fausse d'une entente entre Moscovites et Polonais, il prit le parti de se soumettre au plus fort, déposant les insignes de son commandement et prêtant serment au fils d'Alexis, Féodor, qui venait (10 février 1676) de succéder à son père. Conduit à Moscou, il reçut le domaine de Iaropoltcha, dans le district de Volkolamsk (gouvernement de Moscou), et y vécut obscurément jusqu'en 1698 (2).

Adamovitch et Baranovitch restèrent étrangers à cet événe-

(1) VIÉLITCHKO, t. II, p. 238.
(2) *Actes de la Russie du Sud-Ouest*, t. XI, n° 118 ; t. XII, n°ˢ 201, 204; SAMOVIDIÉTS, p. 129, 130 ; GRABIANKA, p. 221 ; VIÉLITCHKO, t. II, 39

ment. Le nouveau « *hetman* des deux rives » , Samoïlovitch, était hostile à l'ingérence du clergé dans la politique. Il réussit à écarter le prélat en le rendant suspect, fit envoyer le pope en Sibérie, en jetant un vilain jour sur ses intrigues, et s'employa à préparer cette soumission de la métropolie de Kiév au patriarcat de Moscou, que les partisans les plus déterminés du gouvernement moscovite dans ce pays redoutaient tant et qui fut néanmoins consommée en 1685 (1). Ainsi l'union religieuse de « toutes les Russies » se réalisait, et, en occupant fortement la rive gauche du Dniéper, Moscou faisait un grand pas dans la voie de l'unification politique. Mais la manœuvre employée pour l'atteindre risquait de compromettre ce résultat. En favorisant les entreprises de la Turquie contre la Pologne, elle permettait à l'ennemi commun de prendre pied en Ukraine, qui, malgré le titre pompeux attribué maintenant à Samoïlovitch, demeurait en fait coupée en deux. De plus, Turcs, Polonais, Cosaques et Moscovites continuant à se la disputer, la partie occidentale du pays était provisoirement sacrifiée, livrée entièrement à l'action des forces destructives qui longtemps encore allaient y poursuivre leur œuvre de mort. A cette période de l'histoire ukrainienne la tradition a donné un nom lugubre, qui doit servir d'épigraphe à la conclusion de mon récit.

IV

LA RUINE

Bogdan Khmiélnitski avait pu impunément faire intervenir ses protecteurs ottomans dans le jeu compliqué de sa diplomatie. Occupée par la guerre vénitienne, la Porte se contentait

(1) *Archives de la Russie du Sud-Ouest,* 1ʳᵉ partie, t. V, nº 12, p. 58 ; GAVRILOV, dans *Strannik,* juillet 1873 ; BIÉLOV, dans *Revue du min. de l'Instr. publ.,* janvier 1887, p. 106.

de lâcher les Tatars sur la proie qui lui était ainsi offerte. En poursuivant cette tactique, Dorochenko ne tenait pas compte d'une situation tout à fait nouvelle. Depuis la prise de Candie (6 septembre 1669), la puissance ottomane devenait maîtresse de donner à son intervention un caractère autrement sérieux et au même moment l'état de la Pologne ouvrait de ce côté à ses ambitions une perspective séduisante. Jean-Casimir venait d'abdiquer, abandonnant le trône à un successeur sans autre prestige qu'un nom illustré dans les guerres d'Ukraine. Mais le fils de Jérôme Wisniowiecki ne ressemblait en rien à son père. Pressé d'abandonner Khanenko, Michel ne répondit à l'ultimatum reçu de Constantinople que par d'humiliantes déprécations, et, en août 1772, le sultan occupait la Podolie avec une énorme armée. Bientôt, dans Kamieniéts emporté d'assaut, il fit une entrée solennelle sur un tapis d'images saintes et de bannières, dépouille des églises enlevées au culte chrétien (1). En septembre, Lemberg fut assiégée à son tour, et, pour arrêter l'invasion, traitant à Boutchatch, la Pologne dut céder la Podolie entière aux vainqueurs et abandonner l'Ukraine aux Cosaques de Dorochenko, sujets du sultan (2).

En dépit du traité d'Androussov, Moscou n'avait pas bougé. Elle prit l'alarme maintenant; mais, toujours décidée à ne pas secourir sa voisine de l'ouest, pour conjurer l'orage qui la menaçait elle-même, elle pensa pouvoir faire appel aux autres puissances européennes. Vers la fin de 1672, ses envoyés visitèrent Paris, Londres, Copenhague, Stockholm, La Haye, Berlin, Dresde, Venise et Rome (3). Un curieux

(1) *Suppl. aux Actes hist.*, t. VI, n° 64; *Actes de la Russie du Sud-Ouest*, t. IX, n°⁸ 1-6; t. XI, n°⁸ 63-74; Kochowski, t. IV, p. 190; Grabowski, *Mémoires*, t. II, p. 168-175; Samovidiéts, p. 114-115; Viélitchko, t. II, p. 330-331; Sekowski, t. II, p. 21-67.

(2) Zimorowicz, *Hist. de Lemberg*; Iozefowicz, *Chronique*, p. 319 et suiv.; Zubrzyçki, *Chronique*, p. 422; Sekowski, t. II, p. 67-68; Kochowski, t. IV, p. 217 et suiv; Grabowski, *Mémoires*, t. II, p. 179-181.

(3) *Monuments des relations diplomatiques*, t. IV, col. 851; Bantisch-Kamiénski, *Aperçu des relations diplomatiques*, t. II, p. 327; Tcharykov, *L'Ambassade à Rome*, p. 1, 8 et suiv.; Pierling, *La Russie et le Saint-Siège*, t. I p. 67.

renversement de courant se produisait dans les relations du grand empire du Nord avec l'Occident. Pour la première fois, l'appel à une croisade venait de ce Kreml muet et sourd, où tant de fois déjà la Papauté et d'autres puissances chrétiennes avaient vainement essayé d'éveiller un écho de sympathie et de solidarité pour la cause commune. Mais à son tour l'Occident ne répondit pas. Moscovites et Polonais furent laissés seuls aux prises avec le Croissant victorieux. Un brillant succès remporté par Sobieski sous Chocim, le 11 novembre 1673, demeura stérile. A la même heure, Michel mourait et la Pologne ne s'occupa plus que de porter au trône le vaillant soldat à qui elle devait ce triomphe. Soutenu par le parti lithuanien, Féodor lui disputa vainement la préférence (1).

Élu (mai 1674), Sobieski justifia la confiance de ses concitoyens ; mais des prodiges d'héroïsme ne lui permirent que d'obtenir une trêve de courte durée, et, en sus de la Podolie, il abandonnait encore à la Turquie un bon tiers de l'Ukraine, de la rive droite jusqu'à Biélaïa-Tserkov (2). A ce prix, il est vrai, ne sacrifiant que ce qui en fait avait cessé de lui appartenir, la Pologne rejetait sur Moscou l'invasion dont elle arrêtait du moins de son côté les progrès irrésistibles. Et Moscou était bel et bien engagée dans le conflit. En assiégeant à Tchiguirine le vassal de la Porte, Dorochenko, puis en acceptant la soumission du *hetman,* elle avait fait acte d'hostilité. La Turquie y répliqua en créant, elle aussi, un *hetman* et en ressuscitant pour ce poste Georges Khmiélnitski, qui, déjà défroqué, s'était vaguement mêlé aux intrigues et aux luttes des années précédentes, mais n'avait réussi qu'à se faire jeter dans un cachot à Constantinople. Délivré, il fut en outre nommé « duc d'Ukraine » comme son père et en 1677 et 1678, avec une puissante armée turco-tatare, il assiégea deux fois à son tour, dans Tchiguirine, une forte garnison moscovite sous le commandement d'Ivan Rjevski, que l'Écossais Gordon

(1) Soloviov, *Hist. de Russie,* t. XII, p. 206 et suiv.
(2) *Actes de la Russie du Sud-Ouest,* t. XII, n° 209 ; Szujski, *Hist. de Pologne,* t. IV, p. 66.

assistait de son expérience. La ville fut prise après une vaillante résistance, et, ayant vainement essayé de lui porter secours, Romodanovski et Samoïlovitch durent battre en retraite sur la rive gauche, où ils eurent peine à se maintenir, abondonnant toute idée de repasser le Dniéper (1).

Se fortifiant de son côté à Niémirov, établissant ses partisans à Korsoun et à Kalnik, faisant même des incursions fréquentes sur la rive gauche, pour ramener les émigrants qui, en haine de l'esclavage musulman, se portaient en foule de ce côté, le « nouveau duc d'Ukraine » put soutenir sa fortune imprévue jusqu'en 1681, époque à laquelle il disparaît de l'histoire, supplicié, croit-on, par les Turcs eux-mêmes, à cause de trop nombreux actes de cruauté (2). Et, à ce moment, le pays où ce revenant avait ainsi évoqué l'empire éphémère de Bogdan, l'Ukraine occidentale n'était plus qu'un désert. Khmiélnitski et Samoïlovitch se disputaient, à coups de razzias, les rares habitants qui y demeuraient. Tchiguirine se trouvait convertie en un monceau de décombres et Tcherkasy, la ville cosaque par excellence, si populeuse et animée autrefois, ne gardait elle-même rien de ce passé évanoui (3).

En 1671, mettant fin à la guerre turco-moscovite, un traité signé à Baktchissaraï et ratifié deux années après seulement à Constantinople, stipula expressément que tout l'espace situé entre le Don et le Dniéster demeurerait vide, c'est-à-dire serait rendu à l'état où s'il s'était trouvé auprès l'invasion tatare de 1233. Entre Kiév et le bas Dniéper, aucune ville ni aucun village ne pouvaient non plus être bâtis ni sur l'une ni sur l'autre rive du fleuve, et, en 1686 (4), un traité définitif de paix entre la Moscovie et la Pologne devait comprendre une clause semblable (5).

(1) *Actes de la Russie du Sud-Ouest*, t. XIII, nᵒˢ 150, 156; VIÉLITCHKO, t. II, p. 456-463; GRABIANKA, p. 226-228; SAMOVIDIÉTS, p. 144-145.
(2) VIÉLITCHKO, t. II, p. 506-547; M. GRABOWSKI, *Antiquités hist.*, t. II, p. 258.
(3) KOSTOMAROV, *OEuvres*, t. IV, p. 318 et suiv.
(4) *Recueil complet des Lois*, t. II, p. 389.
(5) *Recueil complet des Lois*, t. II, p. 776; *Vol. Legum*, t. VI, p. 76-77.

C'était la fin de l'Iliade cosaque. Sur la rive gauche, sous l'œil sévère des commandants d'armée et des fonctionnaires moscovites, Samoïlovitch et, lui succédant en juillet 1687, Mazepa lui-même se voyaient réduits à couvrir avec l'ombre d'une autorité illusoire le néant de leur pouvoir effectif et la réalité de l'œuvre d'assujettissement à laquelle ils participaient. Sur la rive droite, les essais de Sobieski pour restaurer l'organisation militaire de la confrérie cosaque sur le plan adopté par Bathory n'aboutissaient qu'à de nouvelles explosions de jacquerie, où le fameux Paliï préludait aux exploits ultérieurs des *haïdamaki,* ces houliganes akrainiens du dix-huitième siècle (1).

La biographie et la légende de ce personnage (2) appartiennent déjà à l'histoire de Pierre le Grand, et si ses apologistes lui ont attribué le mérite d'avoir présidé à un renouveau de colonisation dans les environs de Biélaïa-Tserkov, où il eut ses quartiers, leurs assertions sont en contradiction formelle sur ce point avec le témoignage unanime des voyageurs qui ont visité la contrée vers la fin du dix-septième et au commencement du dix-huitième siècle et qui n'y ont vu toujours qu'un désert (3). Un retour de vie ne s'y est accusé qu'après le traité de Karlowitz (1699), qui, restituant aux Polonais la Podolie, supprima aussi les clauses mortelles des traités de 1680 et 1686, dictés par la Turquie.

Mais antérieurement, le 3 mai 1686, subissant l'influence de l'Autriche, qui prétendait enchaîner au service de ses intérêts les libérateurs de Vienne, la Pologne avait été amenée à abandonner définitivement ses prétentions sur Kiév, et, pour l'avenir de l'Ukraine comme aussi pour le développement ultérieur de la puissance qui y restait maîtresse, c'était assu-

(1) *Archives de la Russie du Sud-Ouest*, t. II, 3ᵉ partie, nº XXV, p. 122, 148-158, 212, 213, 217, 220, 223-226, 272, 302-307, 315-317, 319, 322; Zaluski, *Epistolæ*, t, I, p. 569.

(2) Antonovitch, *Les derniers temps du Kozatchestvo*, p. 62 et suiv.; Koulich, *Mémoires sur la Russie du Sud*, t. I, p. 126; *Antiquité de Kiév*, février 1888, p. 47 et suiv.

(3) Viélitchiko, t. I, p. 4-5; *Archive russe*, 1863, p. 47.

rément un fait capital. Moscou l'emportait décidément. Pour une promesse vague de secours contre les Tatars et une indemnité d'un million et demi d'écus, sa rivale vendait son droit d'aînesse. La querelle séculaire où, avec l'Ukraine, l'hégémonie du monde slave figurait comme enjeu entre les deux empires, était vidée ; et, si en poursuivant d'autres objectifs, Pierre le Grand et ses héritiers immédiats devaient tarder à recueillir le bénéfice de ce triomphe, ses conséquences devenaient dès à présent inévitables. Incapable de défendre l'héritage des princes lithuaniens, ainsi que le programme d'expansion à l'est qu'il lui imposait, écartée d'autre part, grâce à cette orientation, des bases occidentales de son ancienne puissance, qu'elle avait livrées au germanisme victorieux, la Pologne était condamnée à disparaître, tandis que, sur ces mêmes rives du Dniéper à moitié abandonnées par elle, avec la meilleure part du patrimoine de Rurik, Moscou recueillait le gage sûr de la merveilleuse destinée que ses patients « rassembleurs de terre russe » lui avaient préparée dès le quinzième siècle.

Mais, dans l'avenir qui s'annonçait ainsi, reconquis à la civilisation par cette même Pologne maintenant défaillante, porté par elle à un niveau de culture sans équivalent dans tout le monde russe, le « Paris russe » de Mogila et de ses élèves devait encore jouer un rôle, dont l'étude du développement intellectuel au sein de la Moscovie du dix-septième siècle fera ressortir l'importance.

TROISIÈME PARTIE

L'ÉVOLUTION INTELLECTUELLE

CHAPITRE XII

LA CRISE RELIGIEUSE

I. La troisième Rome. — II. Le clergé grec en Moscovie. — III. La science et la tradition. — IV. La réforme. — V. La révolte. — VI. Le baptême de sang.

I

« LA TROISIÈME ROME »

Nous avons vu que, aux prises avec ses voisins de l'Ouest européen, Moscou n'hésitait plus, dès le milieu du dix-septième siècle, à solliciter d'autres puissances étrangères et occidentales, non seulement pour demander leur assistance, mais encore pour leur emprunter quelques éléments d'une supériorité reconnue : méthodes savantes de combat et armes perfectionnées, officiers instruits et soldats exercés. Cette évolution était inévitable. Si, en effet, de cruelles épreuves avaient porté un instant ce peuple à se replier sur lui-même, dans l'unique souci de défendre les sanctuaires violés de sa vie nationale, cet isolement farouche, ce *noli me tangere*, opposé aux choses et aux idées du dehors, ne pouvait demeurer absolu, ni se prolonger indéfiniment. En poussant hors de leurs foyers les victimes meurtries et apeurées du *Smout-noïé Vrémia*, en leur imposant de multiples contacts avec leurs voisins, la loi supérieure de leur destinée, l'irrésistible courant d'expansion, eut vite fait de les arracher à cette solitude.

Le mouvement fut lent, timide, hésitant, et le choix de ceux qu'il entraînait se porta tout d'abord sur la partie maté-rielle, technique, d'une civilisation dont le sens intime leur échappait. On commença par n'apercevoir de ce côté qu'un magasin d'outils, qu'il était possible, et suffisant, de se pro-curer par voie d'achat, en y mettant le prix. Bientôt cepen-dant encore, dans le commerce ainsi établi, l'esprit tendit à se dégager de la matière. L'impossibilité s'accusa d'utiliser convenablement les ressources obtenues, en dehors d'une assi-milation simultanée du fonds intellectuel lui-même, dont elles procédaient. Alors, aux yeux tout au moins d'une élite plus intelligente, le *magasin* prit le sens d'une *école,* où il conve-nait de puiser mieux que des objets d'utilité ou d'agrément : la science de s'en servir, l'aptitude à en trouver l'équivalent dans son propre fonds, enfin, et surtout, de nouvelles façons de vivre et de penser.

Si la Moscovie du dix-septième siècle avait été un pays entièrement sauvage, cette accession à un monde nouveau d'idées directrices aurait pu s'opérer sans souffrance et sans lutte. Mais les influences occidentales rencontraient ici une autre culture, d'origine également étrangère. L'orient byzan-tin avait devancé l'occident. D'où un conflit inévitable, qui plus tard devait prendre un aspect dramatique dans les ré-sistances opposées aux réformes de Pierre le Grand et se per-pétuer jusqu'à nos jours dans la lutte des *occidentalistes* et des *slavophiles,* mais qui, dès ce moment, ne laissait pas de sus-citer des froissements et des révoltes violentes.

Cette culture byzantine avait un caractère particulier : très superficielle à beaucoup d'égards, elle pénétrait sur d'autres points très profondément dans la conscience natio-nale. Elle gouvernait principalement la vie religieuse et nomi-nalement la vie morale du peuple moscovite ; elle embellis-

sait et soutenait l'appareil indigène de la puissance gouvernementale ; mais, selon l'expression pittoresque et très juste
de M. Klioutchevski (1), son action s'arrêtait à la célébration
de la messe et se montrait nulle dans le domaine de l'organisation politique. Elle introduisait quelques principes dans le
droit civil, au point de vue surtout des relations de famille,
mais s'accusait faiblement dans les mœurs, plus faiblement
encore dans la vie économique de la nation. Elle réglait son
existence aux jours de fêtes et sa façon d'employer ses loi-
sirs ; elle n'augmentait pas la somme de ses connaissances
pratiques, ne laissait pas d'empreinte perceptible sur ses manières usuelles d'être et de penser, et, dans ce domaine, donnait libre carrière à son originalité créatrice, comme aussi à
son ignorance primitive. Telle quelle pourtant, par l'effet de
la prédominance qu'y obtenaient les intérêts religieux, elle
embrassait de haut en bas toute cette société et lui donnait
une apparence de forte unité.

C'est dans cette sphère aussi des intérêts religieux que le
conflit s'accusa d'abord. L'esprit occidental y introduisait
avec lui le principe essentiel de son activité moderne : cette
puissance de critique à laquelle il devait tous ses progrès. Or
un trouble profond ne pouvait manquer d'en résulter. Brusquement, la vieille Moscovie dut s'apercevoir que, jusque dans
ce *sanctum sanctorum* où elle concentrait ses plus orgueil-
leuses fiertés, son indigence demeurait extrême, l'exposant
aux plus pitoyables défaillances et aux plus grossières erreurs.
Et la découverte lui fut d'autant plus pénible qu'elle décon-
certait de plus grandes ambitions.

Mes lecteurs connaissent déjà (2) la thèse superbe de la
troisième Rome, rattachée à la conversion du grand-duché
de Moscou en tsarat, héritier de l'empire romain, et à l'établissement du patriarcat. Politiquement et religieusement
exaltée de la sorte, visant à déposséder Constantinople de
ses antiques privilèges, la nouvelle capitale du monde ortho-

(1) KLIOUTCHEWSKI, *Cours d'hist.*, p. 334.
(2) *La Crise révolutionnaire*, p. 32.

doxe sentait la nécessité de se mettre intellectuellement au niveau d'une aussi brillante destinée. Elle imagina quelque temps y pourvoir par des expédients analogues à ceux qui étaient censés mettre ses armées sur le pied européen. Elle ne songea qu'à se procurer les accessoires du rôle qu'elle prétendait jouer. Une des constantes préoccupations d'Alexis, après Michel, fut le transfert à Moscou de certaines reliques précieuses, dérobées aux sanctuaires d'Orient. Si économe qu'il fût, le fils de Philarète se montra disposé à de grands sacrifices d'argent pour obtenir « la croix de saint Constantin », copie du modèle divin, aperçu dans le ciel entr'ouvert par le vainqueur de Maxence. Après de laborieuses négociations, se contentant d'une possession provisoire, qu'il comptait bien rendre définitive comme celle de Kiév, pour 20,000 roubles, Alexis eut, en outre, au début de ses guerres de Pologne, le chef de saint Chrysostome. Il garda l'un et l'autre trésor, offrant en échange une rente annuelle de 500 roubles, que ses successeurs réduisirent de moitié. Mais, peu satisfaits du marché, les moines du Mont-Athos se vengèrent en affirmant que les objets étaient faux. Et ils montraient les vrais aux pèlerins perplexes !

Ni eux ni leurs confrères des autres monastères n'en furent d'ailleurs pas dégoûtés d'un commerce fructueux, qui continua de se développer en gros et en détail, en ossements de bienheureux, dents de sainte Anastasie et doigts de saint Basile, monnayés couramment. Seulement, l'abondance des offres fit que les prix allèrent en s'avilissant, au point qu'en 1641 déjà, d'un fragment de la vraie croix les courtiers grecs ne parvenaient à obtenir que quelques dizaines de roubles (1) !

Mais les richesses ainsi acquises parurent un jour insuffisantes à la splendeur et à l'autorité de « la troisième Rome ». L'Orient conservait une supériorité que moins que jamais Moscou était en mesure de lui contester. Au point de vue intellectuel, depuis le seizième siècle, elle marquait un recul

(1) Kapterev, *Les Relations avec l'Orient orthodoxe,* p. 63 et suiv.

plutôt qu'un progrès. Le fameux concile de 1551 avait signalé déjà la disparition d'un certain nombre d'écoles, dont l'existence au siècle précédent est attestée par de nombreux documents. Il dénonçait en même temps l'abaissement sensible du niveau intellectuel au sein du clergé et le développement de la superstition dans les milieux populaires. Une des conséquences de cet état de choses était la diffusion des textes apocryphes ou corrompus. Copistes maladroits et traducteurs imbéciles rivalisaient de zèle, multipliant les versions les plus incorrectes et les plus fantaisistes interpolations, arrivant à coups de bévues jusqu'à discréditer les originaux eux-mêmes sur lesquels s'exerçait leur ineptie (1). Et les conséquences de cette défaveur prenaient ici une exceptionnelle gravité.

Un des traits les plus anciens et les plus consistants de l'esprit russe est la tendance à attribuer une importance énorme au côté extérieur des choses. En devenant chrétiens, Vladimir et ses compagnons n'avaient été que trop portés à résumer l'essence de la religion qu'ils adoptaient dans le détail du rituel et des pratiques pieuses s'y rapportant. Les livres sacrés les intéressaient d'autant moins, qu'ils ne savaient pas lire. Au seizième siècle, du fait de la régression intellectuelle indiquée plus haut, ce désintéressement s'accentua au point que la lecture des mêmes textes passa pour impropre au commun des fidèles et même condamnable. Le clergé n'objectait pas à cette façon de penser et pour cause. Incapables pour la plupart eux-mêmes d'épeler le psautier, les popes réduisaient volontiers la dévotion à une arithmétique de *paters* et de génuflexions, et embarrassés souvent de dire combien il y avait eu d'évangélistes ou d'apôtres, les plus diserts discutaient doctement sur la question de savoir à quelle essence appartenait l'arbre auquel Judas s'était pendu.

L'orientation des processions « avec le soleil » ou en sens contraire, la double ou triple récitation de l'alléluia, le signe de la croix bi ou tridigital prirent, jusque dans les milieux

(1) MACAIRE, *Hist. du Raskol*, p. 21-22; SMIRNOV, *Hist. du Raskol*, p. 23.

relativement les plus éclairés, figure de problèmes dogmatiques. La forme de la croix donna lieu à des controverses passionnées et d'autant plus confuses qu'en l'absence de documents ou de traditions certaines, toute base de discussion sérieuse faisait défaut. Le schisme futur devait trouver là un de ses postulats confessionnels le plus âprement défendus.

Cependant, le rituel subissait lui aussi des altérations fâcheuses. Vidées d'un sentiment religieux dont elles sont l'expression, les formes extérieures du culte ne résistaient pas mieux à l'action des influences corruptrices. Le néant de l'inspiration religieuse se masquait par l'extension démésurée des offices; mais, leur longueur mettant à une trop rude épreuve la patience des officiants, l'usage s'établissait de les célébrer en partition; c'est-à-dire que, se distribuant les parties du rituel, lecteurs et chanteurs s'appliquaient à les expédier simultanément. Tous lisant et chantant à la fois des versets différents, la rapidité du débit, l'aptitude à le prolonger sans reprise d'haleine passaient pour un mérite. La cacaphonie en résultant était aggravée encore par l'habitude que prenaient les virtuoses de cet art spécial de traîner sur certaines syllabes et d'ajouter des voyelles à certaines finales. Cela s'appelait le *khomovoïé piénié*, de la terminaison *khom* convertie en *khomo*. On chantait de même *Khristoso*, au lieu de *Khristos*, *Spaso* (sauveur), au lieu de *Spas*.

Le système excluait, pour les assistants, toute possibilité de participation aux rites ainsi célébrés et même de recueillement. Mais il n'en était pas question. A la mélopée discordante des prières et des répons correspondait, au saint lieu, le brouhaha général des conversations qui s'y poursuivaient simultanément. D'autres bruits s'y mêlaient : enfants courant à travers l'église et jouant sans nulle gêne ; quêteurs circulant avec leurs sébiles ; idiots faisant des contorsions accompagnées de cris perçants ; mendiants s'invectivant; dévots « aux cheveux longs et aux pieds nus » soupirant avec affectation. Des propos indécents s'échangeaient à haute voix, provoquant des rires sonores; des rixes éclataient (1).

Visiteurs fréquents à Moscou, les moines et les prélats d'Orient prenaient offense de ces incongruités. Jusque vers le milieu du dix-septième siècle cependant, leurs observations furent mal accueillies. Elles manquaient d'autorité pour d'autres raisons.

II

LE CLERGÉ GREC EN MOSCOVIE

Invariablement presque, ces étrangers se présentaient en quémandeurs. Chassés de leurs siéges épiscopaux ou de leurs abbayes par les Turcs, ils prétendaient retrouver ici l'équivalent des honneurs et des bénéfices perdus. Ils se rendaient d'ailleurs suspects, en portant aussi leurs critiques sur les habitudes d'ascétisme par lesquelles « la troisième Rome » impressionnait plus désagréablement encore leur mollesse orientale. Bien que de mœurs exceptionnellement pures, peut-on croire, Paul d'Alep lui-même imitait ses compatriotes à cet égard. Autant que de la rigueur des jeûnes partagés avec ses hôtes moscovites, il s'irritait de la contrainte qu'il devait s'imposer au milieu d'eux en s'abstenant de fumer et de prendre de l'opium. Mais le caractère de la plupart des siens était plus fait encore pour les discréditer.

Arrivant à Moscou en 1649 avec Païsius, le patriarche de Jérusalem que nous connaissons, un moine, docteur en théologie, Arsène, fut reçu à bras ouverts. Il avait étudié la philosophie et la médecine dans les écoles de l'Occident, à Rome, à Venise et à Padoue, et avantage plus rare, il savait le slavon. On le garda comme professeur de rhétorique. Mais s'en retournant à Jérusalem, Païsius n'avait pas plus tôt passé

(1) Smirnov, *Les Questions intérieures au sein du Raskol*, p. 208-209; Macaire, *Hist. de l'Église*, t. XII, p. 113; Razoumowski, *Le Chant d'église en Russie*, t. I, p. 58 et suiv.; Rouchtchinski, *La Vie religieuse des Russes*, p. 41; I. Chtchoukine, *Le Suicide collectif*, p. 18.

la frontière qu'il envoyait une dénonciation contre son compagnon : Arsène n'était qu'un vil et un double renégat, circoncis à Constantinople et adepte de l'*Union* à Rome. On se hâta de le renvoyer, chargé de chaînes, à Solovki.

L'adversaire de Nikone, Ligaride, se fit reconnaître un jour pour un compère de même acabit. Prêtre relaps et concussionnaire avéré, déposé de son siège métropolitain de Gaza et mis en interdit, il fut dénoncé aussi comme tel, non sans avoir profité de la situation obtenue antérieurement à Moscou pour se livrer à des trafics qui frisaient l'escroquerie (1). Mais, en se faisant les accusateurs de ces mauvais sujets, les patriarches de Jérusalem eux-mêmes se recommandaient médiocrement à l'estime de leurs coreligionnaires moscovites. Ceux-ci n'ignoraient pas de quelles brigues les sièges d'Orient étaient l'objet, entre concurrents se disputant la faveur des vizirs à coups de largesses et de basses intrigues, n'hésitant souvent pas à recourir au crime pour évincer un rival, et, vainqueurs, se dédommageant de leurs dépenses et de leurs peines par le commerce des charges ecclésiastiques mises à l'encan.

La science de ces étrangers était aussi sujette à caution. A quelle source pouvaient-ils la puiser maintenant? Dépossédés par la domination turque de la plupart de leurs anciennes écoles, ils se trouvaient réduits à utiliser celles de l'Occident, et si même, comme Arsène ou Ligaride, ils n'y laissaient pas fléchir leur foi en de coupables compromissions avec le latinisme ou le protestantisme, pouvaient-ils faire qu'elle ne subît quelques atteintes à travers ces contacts impurs? Que valait d'autre part le trésor de littérature sacrée dont ils se targuaient? Leurs manuscrits anciens? Ils avaient été détruits pour la plupart à la prise de Constantinople! Leurs nouvelles publications? Elles sortaient des presses vénitiennes ou romaines contrôlées par les Jésuites! « La troisième Rome » n'était-elle pas précisément désignée pour, en regard de toutes ces causes d'erreur et de dépravation, garder intact le dépôt des saintes

_____

(1) Kapterev, *loc. cit.*, p. 184 et suiv.; Nikolaïevski, dans *Lectures chrétiennes*, 1882, n°ˢ 1, 2, 5,6.

vérités, l'intégrité des doctrines et la rectitude des pratiques?

L'orgueil national s'arrêta quelque temps complaisamment à ces conjectures, où l'instinct conservateur, si puissant dans les milieux peu développés, trouvait aussi son compte.

Les influences du dehors agissaient pourtant. Éveillé par elles, l'esprit critique faisait son œuvre. Dans la pureté ainsi idéalisée des traditions locales, il mettait en évidence des tares incontestables, des scories ne se laissant pas méconnaître. Il rendait certaine et pressante la nécessité d'un ensemble de corrections, de redressements, de réformes, portant sur des détails assez insignifiants en eux-mêmes, mais qui ici ne paraissaient pas tels. On avait fait fausse route. Il fallait rentrer dans le droit chemin. Mais comment? Par quelle voie? Dès le milieu du seizième siècle (I), sans plan arrêté et assez au hasard, des tentatives étaient faites dans ce sens. Au siècle suivant, elles continuent, avec ces mêmes Grecs comme guides, faute de mieux. Tout en les tenant en suspicion, on a recours à leurs lumières et l'on va à l'aventure. Le concile de 1618 condamne et prétend défaire une œuvre qui sera reconnue irréprochable l'année d'après, en attendant qu'un nouveau revirement d'opinion la rejette au rebut. Puis, dans les milieux mêmes où ces préoccupations sont les plus vives, deux tendances s'accusent : le mot d'ordre commun étant en faveur du retour à la lettre des plus anciennes écritures et à l'observation des plus anciens usages, la rupture se fait sur l'interprétation de cette formule.

III

LA SCIENCE ET LA TRADITION

Vers le milieu du dix-septième siècle, sous le patriarcat de Joseph, un conservateur rigide et intransigeant, le mouve-

(1) WALISZEWSKI, *Ivan le Terrible*, p. 208,

ment réformateur se concentre dans un cercle dont les inspirateurs sont des moines d'Ukraine, appelés à Moscou par Rtichtchev (1). Employés avec le plus instruit d'entre eux, Épiphane Slavénitski, à la correction des livres saints, le confesseur du tsar, Étienne Bonifatiév, et le protopope de la cathédrale de Kazan, Ivan Néronov, en font partie, ainsi que le futur patriarche et ouvrier de la grande réforme Nikone, et l'un des futurs chefs du *Raskol*, le pope Avvakoum. Alexis est acquis aux mêmes tendances (2). La réforme s'élaborait là, sans que, eu égard à la diversité d'idées et de sentiments bientôt accusée parmi les membres du groupe, il soit possible de supposer qu'une conception d'ensemble bien nette présidât à son incubation (3).

Le cénacle fut d'accord, au début, pour apercevoir en Orient la source irrécusable des vérités éternelles, comme aussi des disciplines connexes. En fait, croyances et rites, Moscou avait tout reçu de ce réservoir, où elle continuait à puiser. Malheureusement, le canon grec n'étant ni immuable ni uniforme, des difficultés d'application et des divergences embarrassantes en résultaient. Sur tel point, on suivait une piste isolée, sur tel autre on se trouvait en retard par rapport à l'évolution générale des communautés orientales. Là-bas comme ici, par exemple, la récitation de l'alléluia comportait deux formes, double ou triple à volonté, la seconde tendant à prévaloir parmi les Grecs. Par contre, unifié chez eux sous la forme tridigitale, le signe de la croix continuait, dans la pratique moscovite, à affecter les deux modalités (4). L'une et l'autre étaient d'origine grecque, mais on n'y prenait pas garde. Sur les usages le plus anciennement

---

(1) Kozlovski, *Biographie de Rtichtchev*, p. 73; Rotar, dans *Antiquité de Kiév*, 1900, p. 376.

(2) Soubbotine, *Matériaux pour l'hist. du Raskol*, t. I, p. 272 ; Obolenski, *L'État de Moscou sous Alexis*, p. 119; Kapterev, dans *Messager théologique*, décembre 1906, p. 649.

(3) Dans un ouvrage en préparation, M. Kapterev se propose de développer la thèse contraire.

(4) Goloubinski, dans *Messager théologique*, janvier 1892, p. 47-48.

adoptés, le temps effaçait la marque de leur provenance. Ils passaient pour nationaux.

Au prix de quelques sacrifices réciproques et moyennant certains ménagements. Épiphane Slavénitski et ses compagnons se flattèrent de rétablir entre les deux Églises l'unité désirable. Vain espoir! Envoyé au mont Athos, pour l'usage des nombreux moines slaves qui s'y trouvaient, le fruit de leur travail encourut une condamnation sévère. Les corrections proposées furent jugées inacceptables par un Concile réuni au saint lieu et les livres sortant de la typographie moscovite avec ces leçons encoururent un arrêt les condamnant à la destruction (1).

Du coup, une scission se déclara dans le cénacle, dont les moines d'Ukraine étaient l'âme. Nikone s'inclina; Bonifatiév et Néronov se montrèrent hésitants et Avvakoum éclata en protestations indignées. La science grecque faisait décidément preuve d'un orgueil excessif et la tradition nationale méritait d'autres égards! Fort peu instruits, les hommes figurant dans ce débat avaient peine à le maintenir dans le domaine archéologique, où ils n'entendaient rien. Invinciblement, ils le portaient sur le terrain du dogme, et le dogme pour eux c'était ce qu'ils avaient cru et pratiqué jusque-là. Sans approfondir le sens des mots, ni interpréter la valeur symbolique des rites, sans attacher même un grand prix à l'un ou à l'autre, ils y apercevaient autant de réceptacles de la grâce divine, auxquels on ne pouvait toucher qu'en commettant un attentat contre le Saint-Esprit (2).

La querelle s'avivant, le parti de la résistance l'emporta. Joseph venant à mourir (1652), le groupe à moitié disloqué déjà désigna Bonifatiév pour lui succéder, de préférence à Nikone, qui, précédemment, réunissait tous les suffrages (3). Comme Alexis ne se laissait pas détourner de son choix, Boni-

---

(1) KAPTEREV, *Les Relations*, p. 321.
(2) Comp. GILAREV-PLATONOV, *OEuvres*, t. II, p. 275 et suiv.
(3) SOUBBOTINE, *Matériaux*, t. V, p. 17.

fatiév et Néronov s'y rallièrent au dernier moment, espérant
encore garder la direction du mouvement réformateur, où,
absorbé par d'autres besognes, le nouveau patriarche n'avait
joué qu'un rôle assez effacé. Ils persistaient à vouloir la
réforme, mais à leur façon. C'était compter sans le caractère
impérieux et le tempérament dominateur du maître qu'ils
venaient d'accepter.

Nikone commença par écarter ses amis de la correction des
livres. Pour disputer avec des Grecs sur des textes grecs,
Bonifatiév et Néronov manquaient, observait-il avec raison,
d'une qualité indispensable : ni l'un ni l'autre ne savaient un
mot de la langue de saint Chrysostome (1)! Le nouveau patriarche rappela de Solovki le Grec Arsène (2). A Novgorod,
il avait déjà, nous le savons, rétabli le chant *unisono* tel qu'il
était pratiqué en Orient, et introduit dans le rituel diverses
modifications indiquées en 1649 par Païsius. Il s'appliqua,
non sans quelque rudesse et quelque excès, à généraliser et
à étendre l'application de ces principes. Son naturel se prêtait mal aux demi-mesures. Tout, dans le service divin,
devait maintenant devenir grec, depuis la forme et le rythme
des cérémonies jusqu'au costume des officiants. Ambons et
crosses, mantes et bonnets, architecture et iconographie,
rien n'échappa à la nouvelle discipline (3).

Un recours restait à ceux des anciens collaborateurs du
patriarche que blessait cette œuvre révolutionnaire. Ils comptaient sur le résultat d'une mission confiée en 1649 au supérieur du monastère de l'Épiphanie, Soukhanov. Ce moine
avait eu ordre de suivre Païsius en Orient et d'y vérifier ses
allégations. Type accompli du vieux lettré moscovite, on le
savait partisan de la tradition nationale (4). Revenant en
1653, il ne trompa pas les espérances fondées sur lui. Consi-

(1) KLIPOUNOVSKI, dans *Bulletins de l'Université de Kiév*, juillet 1886.
(2) Voy. *L'Interlocuteur théologique*, 1858, n° III ; KAPTEREV, dans *Lectures
de la Soc. des Amis de la science théolog.*, 1881, n° VII.
(3) MIÉLNIKOV, *Esquisses*, p. 13-14 ; KNIAZKOV, *L'Origine du Raskol*, p. 53.
(4) BIÉLOKOUROV, dans *Messager théologique*, mars 1892, p. 528 ; le même,
Arsène Soukhanov, t. I, p. 183.

gnées dans deux ouvrages (1), ses impressions de voyage eurent un retentissement énorme et elles n'étaient pas favorables à l'Église orientale. Ne tenant peut-être pas suffisamment compte des difficultés au milieu desquelles elle maintenait son existence précaire, l'auteur n'avait vu dans sa vie religieuse qu'indécence et corruption. Il apportait aux adversaires de la réforme des arguments puissants et les premiers *raskolniks* devaient en faire abondamment usage (2).

Nikone ne s'en laissa cependant pas ébranler. Chez les écrivains moscovites de l'époque, la pensée n'obtenait pas une précision si grande qu'elle ne pût facilement se prêter aux interprétations les plus diverses. Le patriarche trouva ou prétendit trouver dans les rapports de Soukhanov tout le contraire de ce que les adversaires de la réforme y découvraient, et, renvoyant l'auteur au mont Athos, il le chargea de recueillir des documents qui assureraient le triomphe de la doctrine grecque.

Devenu ainsi malgré lui collaborateur d'une œuvre qu'il répudiait, le voyageur rapporta en 1655 cinq cents manuscrits, dont l'un passait pour remonter à plus de mille ans et dont l'ensemble prit figure d'un formidable arsenal de guerre contre les nationalistes et traditionalistes déconcertés. En fait, pour la bataille engagée, la doctrine grecque n'en recevait aucun renfort sérieux, d'autant qu'elle n'était pas seule représentée dans cet apport. Avec les œuvres d'Homère, Sophocle, Démosthène, Théocrite, la littérature profane figurait dans le lot pour une bonne part, et c'était plutôt l'hellénisme classique qui pénétrait ainsi en triomphateur dans la vieille Moscovie. Mais à ce moment, il n'y avait pas de place pour un inventaire discriminant de ces richesses.

(1) *Prénia o Viérié* (discussions sur la foi) et *Proskvitarii*. L'attribution de ces ouvrages à Soukhanov a été longtemps l'objet de doutes aujourd'hui dissipés.
(2) Biélokounov, *Arsène Soukhanov*, t. I, p. 319 et suiv. Comp. Macaire, *Hist. du Raskol*, p. 156; Philarète, *Hist. de l'Église*, p. 222, 226-228; le même, *Aperçu de la Litt. eccl.*, p. 324-326; Mikhaïlovski, *Biogr. de Nikone*, p. 70; Miélnikow, *Esquisses*, p. 17 et suiv.; Mouraviov, *Le Raskol*, p. 49; le même, *Le Pèlerinage*, p. li-lxv; Pypine, dans *Messager de l'Europe*, septembre 1894, p. 305; *Recueil orthodoxe*, 1889, t. VII, 3ᵉ partie, p. 328, 343.

Ainsi qu'il arrive toujours dans les débats de ce genre, déjà à l'escrime réfléchie des arguments succédait le choc aveugle des passions, et, ainsi transformée, la lutte venait de prendre une tournure décisive.

IV

LA RÉFORME

Le concile moscovite de 1649 s'était prononcé, et très énergiquement, contre les modifications du rituel proposées par les hellénisants et en particulier contre le chant *unisono*. Sur ce dernier point seulement, Alexis avait fait prévaloir une autre décision au *Sobor* de 1651 (1). Mais c'était avant l'avènement de Nikone. En février 1653, ne tenant aucun compte de ces faits, le nouveau patriarche fit paraître une édition amendée du psautier et l'envoya à tous les desservants, avec des indications d'un caractère impératif. Aussitôt le cénacle s'agita. Néronov eut une vision l'avertissant que le temps était venu de souffrir pour la vraie foi. Avvakoum en reçut la confidence et s'enflamma. Une protestation fut présentée au tsar (2).

Alexis montra de l'embarras. En portant Nikone au pontificat, il se promettait sans doute, lui aussi, de trouver dans cette créature de ses mains un instrument docile, et il s'inquiétait de le voir donnant une direction si personnelle à l'œuvre préparée en commun. Mais il subissait l'ascendant du terrible despote. Il refusa de frapper les auteurs de la protestation, mais ne leur donna pas davantage raison, et, en juillet, sans qu'il osât encore l'empêcher, Nikone se fit justice lui-même : arrêté et fouetté cruellement, Neronov disparut dans

(1) BiÉLOKOUROV, *La Vie religieuse*, p. 29 et suiv. ; RAZOUMOVSKI, *Le Chant d'église*, t. I, p. 78 ; *Actes de la Comm. archéogr.*, t. IV, n° 327.
(2) SOUBBOTINE, *Matériaux*, t. V, p. 18.

un monastère lointain. Prenant fait et cause pour son ami, Avvakoum partagea son sort (1).

A la fin de l'année ou au commencement de 1654, un acte plus grave suivit cette exécution. Réunissant un concile et lui signalant des erreurs de transcription jusque dans le symbole de la foi, le patriarche obtint un vote qui, à l'unanimité, ordonnait de nouvelles corrections et chargeait Slavénitski et Arsène le Grec de les opérer. En même temps, le signe de croix bidigital était condamné, avec le double alléluia et d'autres pratiques au sujet desquelles les discussions remontaient au commencement du quinzième siècle (2).

Nous avons peine aujourd'hui à comprendre l'intérêt passionné qui s'attachait alors à ces débats, simples querelles de lutrin serions-nous tentés de penser. Les Moscovites de ce temps-là en jugeaient autrement. Les novateurs les plus hardis, les *occidentalistes* les plus résolus de l'entourage d'Alexis éprouvaient sur ce point des scrupules persistants. A monter dans des carrosses français, à revêtir des vêtements de coupe allemande ou anglaise, à étudier même les sciences libres dans des livres fleurant l'impiété, ils ne se dépouillaient pas de certaines conceptions qui, par exemple, leur faisaient cracher avec terreur une goutte de lait absorbée par inadvertance un jour de jeûne.

D'autre part, les bases scientifiques de la réforme imposée par Nikone demeuraient toujours, on doit en convenir, assez fragiles. Au moment où le concile de 1654 tranchait ainsi dans le vif des problèmes mis à l'ordre du jour, Soukhanov n'était même pas revenu de son second voyage d'exploration, et les textes incriminés par Nikone ne pouvaient donc être collationnés avec des originaux dont on ne disposait pas ! En réalité, le patriarche était réduit à faire état d'un livre publié en 1603 à Venise (3) ! Et c'est sur l'autorité d'une telle source que Moscou devait renier tout son passé religieux ; recon-

---

(1) SOUBBOTINE, *Matériaux*, t. 1, p. 24, 25, 41-51, 134, 234-237 ; t. V, p. 19.
(2) MACAIRE, *Hist. du Raskol*, p. 7 et suiv., 157 et suiv.
(3) MILIOUKOV, *Essais sur l'hist. de la culture*, t. II, p. 42.

naître que l'indépendance dont elle avait joui dans ce domaine depuis la chute de Constantinople la condamnait à l'erreur; se déclarer à nouveau mineure et sujette à tutelle; renoncer enfin aux idées et aux ambitions d'après lesquelles elle construisait son présent et son avenir, sa vie intime et sa situation dans le monde !

C'était trop lui demander, et, s'associant aux instincts de misonéisme également atteints par ces innovations, les répugnances plus légitimes du sentiment national, les révoltes naturelles de la conscience religieuse allaient grouper dans une résistance commune de formidables éléments de réaction.

V

LA RÉVOLTE

Le concile de 1654 avait rendu un vote unanime. Nous savons déjà que cette formule ne répondait habituellement pas à la réalité. Le bruit se répandait, en effet, que quelques membres de l'assemblée s'étaient refusés à en signer le procès-verbal. L'évêque de Kolomna, Paul, passa même pour y avoir introduit une protestation. Le document a été publié depuis, et la signature du prélat y figure, suivie simplement d'une réserve relative au nombre admis de certaines révérences *(poklony)* en usage dans le rituel. Des motifs personnels pouvaient en outre avoir inspiré l'attitude du prélat. Il était proche parent d'un des concurrents de Nikone au siège patriarcal (1). On voulut savoir néanmoins qu'il avait énergiquement défendu des opinions contraires aux résolutions adoptées, et, peu après, Nikone donna créance à cette version en dépouillant l'évêque de son siège et en l'internant dans un monastère, où il disparut sans trace.

(1) MACAIRE, *Hist. de l'Église*, t. XII, p. 144-145; le même, *Hist. du Raskol*, p. 178,

La cause des protestataires eut ainsi un premier martyr, et
Néronov ne tarda pas à ajouter un second nom marquant à la
liste. Du fond de son exil, il se démena, adressa au tsar et à
la tsarine des épîtres où déjà transparaissaient quelques-unes
des idées maîtresses du schisme en préparation, la thèse
notamment de la venue prochaine de l'Antéchrist, annoncée
par les agissements de Nikone. Il prêcha même dans ce sens
à l'église de Sainte-Sophie de Vologda (1). Transféré dans un
monastère plus éloigné et tenu cette fois à l'étroit, il s'évada,
et après un séjour de quelques mois à Solovki, qui devenait à
ce moment un centre d'agitation mi-politique, mi-religieuse,
il regagna secrètement Moscou et trouva asile chez Bonifatiév.
Toujours aimé d'Alexis dont il restait le confesseur, gardant
des relations courtoises avec Nikone, celui-ci jouait double
jeu. Mais le tsar lui-même se fit son complice en cette occasion : instruit de la présence du proscrit, il garda le secret
devant le patriarche. L'influence de la tsarine y était pour
beaucoup. Époux tendre, Alexis respectait les convictions et
les goûts de sa femme. Absorbé en ce moment par la guerre
de Pologne, il ne pouvait accorder en outre qu'une attention
distraite au gouvernement de son intérieur domestique. Or,
la pieuse Marie Ilinitchna s'en mêlant, un autre foyer d'ardente opposition s'y constituait. Le vieux Procope Sokovnine,
conseiller le plus intime de la souveraine, administrateur de
sa fortune privée; le fils de ce boïar très influent lui-même;
ses deux filles, amies intimes, compagnes d'éducation de la
tsarine, mariées l'une à l'éducateur d'Alexis, Morozov, l'autre
à un prince Ouroussov; toute la parenté, enfin, de Marie Ilinitchna, les Miloslavski, les Khovanski, épousaient les mêmes
sentiments.

De l'auguste *terem*, où il trouvait ainsi un appui puissant,
le mouvement se répandit dans la haute société, entraînant les
familles haut placées des Bariatinski, Mychetski, Plechtchéiev,
Lvov (2). Rtichtchev observant une attitude neutre, sa maison

(1) SOUBBOTINE, *Matériaux*, t. I, p. 78; HEYDEN, *L'Origine du Raskol*, p. 40.
(2) ANDRÉIÉV, *Le Raskol*, p. 310.

devint un champ-clos, où partisans et adversaires des nouveautés se livraient de furieux assauts (1). Puis, l'agitation
gagna la rue. Elle se propagea au dehors de la capitale, dans
les villes de province et les campagnes. Sous la rude main de
Nikone, le clergé resta quelque temps réfractaire à ses sollicitations, au moins en apparence. Le sort de l'évêque de
Kolomna effrayait ceux qui auraient eu envie de l'imiter.
Dans les églises et les monastères, les répugnances à l'égard
du nouveau rituel ne se traduisaient que par des réticences
sournoises. Acceptés docilement, les livres de rituel du nouveau style étaient déposés ostensiblement à côté des anciens,
et restaient fermés. Bientôt cependant, la propagande antiréformatrice gagnant du terrain, des popes et protopopes de
plus en plus nombreux, Nikita à Souzdal, Lazare à Romanov,
Daniel à Kostroma, Logguine à Mourom, Nikifor à Simbirsk,
André à Kolomna, Sérapion à Smolensk, Varlaam à Pskov,
se signalèrent par des manifestations moins équivoques. Dans
la région septentrionale, où le *Raskol* devait rencontrer des
conditions particulièrement favorables à son développement,
quelques évêques même, Macaire de Novgorod, Alexandre de
Viatka et le successeur de Paul à Kolomna, Marcel, parurent
revenir sur l'adhésion donnée aux décisions du dernier Concile (2).

Or, ces actes de rébellion ne rencontraient pas la répression qu'ils auraient dû provoquer. Après avoir fait preuve de
rigueur excessive au début, Nikone à son tour se montrait
hésitant. Il ne se sentait plus soutenu. Alexis lui échappait,
et le conflit politique qui s'annonçait ainsi entre le tsar et le
patriarche allait avoir pour la crise religieuse simultanément
suscitée des conséquences faciles à prévoir.

Dans le domaine du dogme et de la discipline ecclésiastique, Moscou avait connu déjà de nombreuses dissidences.
Plus d'une secte, de celles-là même qui, comme la *Khlys-*

---

(1) Tikhonravov, *OEuvres*, t. II, p. 21.
(2) Miélnikov; *Essais*, p. 23 ; Filippov, *Hist. de l'Ermitage de Vyg-Oziéro*,
p. 80 ; Andréiév, *Le Raskol*, p. 61.

tovchtchina (secte des flagellants), ou la *bezpopovchtchina* (secte des sans-prêtres), devaient figurer au premier rang dans le futur schisme, était née au sein de l'Église nationale (1). Toujours ces désordres avaient été conjurés par l'emploi alternatif d'une sévérité relativement bénigne ou d'une large tolérance. Le tempérament de Nikone, joint à la situation épineuse où il se trouvait personnellement engagé, voulut que cette fois aucun de ces expédients ne fût adopté. Entre ses inclinations, qui le rendaient rebelle aux compromis, et la pression des circonstances, qui lui en faisait sentir la nécessité, le patriarche alla à la dérive. En mai 1656, Néronov ayant pris l'habit sur le conseil de Bonifatièv, Nikone le traduisit devant un concile et obtint un jugement qui le séparait de l'Église; mais, au mois d'avril de l'année suivante, il le faisait gracier et l'invitait même à sa table (2)! En même temps, jusque dans l'enceinte du Kreml, des dérogations au rituel officiel étaient souffertes; mais à la même heure, le bruit se répandait de la fin tragique de l'ex-évêque de Kolomna, mort d'un accès de folie à la suite d'un châtiment corporel, disaient les uns, dévoré par des bêtes de proie ou brûlé vif, d'après d'autres versions (3). On devine aisément l'effet de ces incohérences sur les esprits en fermentation. Irrité à la fois et enhardi, le parti de la résistance y puisait une nouvelle force.

En août 1657, un lot considérable de livres corrigés fut envoyé à Solovki pour être, par les soins de la communauté, distribué aux églises du voisinage. Lieu d'exil et lieu d'asile à la fois pour des condamnés et des réfugiés de toute espèce, ce monastère n'avait rien de la quiétude d'une thébaïde. Un vent de fronde y soufflait constamment. Nikone venait d'y reléguer le prince Michel Lvov, ancien chef de l'imprimerie

(1) MIÉLNIKOV, *Écrits sur le Raskol,* p. 57.
(2) SOUBBOTINE, *Matériaux,* t. I, p. 154; HEYDEN, *Le Raskol,* p. 49 et suiv. ; BOROZDINE, *Le Protopope Avvakoum,* p. 92.
(3) MACAIRE, *Hist. de l'Église,* t. XII, p. 146 et suiv.; BABANOVITCH, *Écrits,* lettre XXXVIII; SOUBBOTINE, *Matériaux,* t. V, p. 18; *Recueil de documents d'État,* t. IV, n° 153, p. 184.

. moscovite sous le patriarche Joseph et l'un des chefs actuels du mouvement réactionnaire. Les moines de Solovki gardaient en outre à l'égard du patriarche de vieilles rancunes datant de l'époque où, métropolite de Novgorod, il avait eu le monastère dans sa dépendance. Ne s'était-il pas mêlé de vérifier la qualité des *prosfory* (hosties) qu'on y fabriquait en grande quantité et où la farine de froment se trouvait, paraît-il, souvent absente (1)?

Personnellement pris à partie plus récemment pour avoir accueilli Néronov, l'archimandrite Ilia convoqua une assemblée de moines et de prêtres, dite concile *noir* ou populaire, et y fit décider qu'on s'en tiendrait aux anciens livres et qu'une supplique dans ce sens serait envoyée au tsar. Quand elle arriva à Moscou, Nikone n'était plus là pour lui faire donner la réponse qu'elle méritait. A son tour, il apprenait à connaître les amertumes de la disgrâce et de l'exil. L'affaire resta ainsi en suspens, et, paraissant l'emporter, le célèbre monastère s'érigea de plus en plus en foyer d'agitation et de propagande antiréformatrice.

De 1657 à 1666, les autorités civiles et ecclésiastiques eurent encore l'imprudence d'accumuler, au même lieu, les matières incendiaires par de nouveaux et nombreux ordres d'exil, dirigeant de ce côté jusqu'à cent cinquante personnes. En 1660, l'archimandrite du monastère de Saint-Sava, — l'ermitage favori d'Alexis, — Nikanor, figura dans le nombre, après avoir imprudemment ambitionné la succession de Nikone, et la révolte eut le chef qui lui manquait.

En 1666, fut convoqué le concile qui devait juger Nikone et décider en même temps du sort de sa réforme. A ce moment, longtemps partagé entre des impulsions et des influences contraires, Alexis avait pris un parti. Pour se défaire de l'ex-patriarche et de la crise où cet autre frondeur jetait l'Église et l'État, le tsar croyait avoir besoin des patriarches d'Orient. Mais, l'appel à leur autorité disciplinaire entraînait l'accep-

(1) Syrtsov, *La Révolte des moines de Solovki*, p. 11 et suiv.

tation de leur autorité canonique. Et donc, en ce qui concernait Nikone, l'homme devait être séparé de l'œuvre, celle-ci recevant une consécration définitive, celui-là subissant le châtiment qu'il méritait pour d'autres causes. C'est le fond de la pensée qui a présidé à la réunion de la grande assemblée de 1666-1667, et c'est l'histoire d'un grand nombre d'entreprises humaines (1).

Mais, pour le débat religieux où Alexis la faisait intervenir, cette combinaison comportait une aggravation d'éléments irritants. Elle accentuait le caractère exotique de la Réforme et donc renforçait contre elle la révolte du sentiment national. Elle était faite, en outre, pour introduire dans la lutte des violences qui jusque-là y avaient été à peu près épargnées. La tradition du pays inclinait aux ménagements et aux compromis; l'Orient invoqué comme arbitre devait apporter avec lui d'autres inspirations (2).

Prolongées jusqu'en 1667, les délibérations du *Sobor* se laissent diviser en deux parties, nettement séparées par l'entrée en séance des patriarches étrangers. Jusqu'à leur arrivée, l'assemblée adopte vis-à-vis de l'opposition anti-réformatrice une attitude conciliante. Elle s'efforce de ramener les dissidents à l'obéissance et y réussit en partie. Tour à tour, l'évêque de Viatka, Alexandre, l'archimandrite du monastère du Saint-Sauveur de Mourom, Antoine, l'ihoumène du monastère de Saint-Jean Chrysostome, Théoktiste, et Ivan Néronov lui-même apportent leur soumission. Les réfractaires qui restent sont séparés de l'Église; mais le concile ne désespère pas de leur conversion ultérieure et au pope Lazare, entre autres, il accorde plusieurs mois de réflexion. Il ne prononce aucun anathème, ni contre les hommes, ni contre les choses; il ne prend aucune mesure irrévocable, sauf contre quelques individus, coupables d'injures directes à son égard, et il ne leur applique que des peines ecclésiastiques (3).

(1) Voy. KAPTEREV, dans *Messager théologique*, décembre 1906, p. 652; comp. SOUBBOTINE, *Matériaux*, t. II, p. 35.
(2) HEYDEN, *L'Origine du Raskol*, p. 63 et suiv.
(3) SOUBBOTINE, *Matériaux*, t. II, p. 28.

Avec l'apparition du patriarche d'Alexandrie, Païsius, et du patriarche d'Antioche, Macaire, la scène change. L'Assemblée frappe à coups redoublés, et ces coups portent autrement loin : arrêt de malédiction éternelle, sans jugement ni appel, contre tous les insoumis présents ou futurs; résolution armant, pour les punir, non plus seulement le pouvoir divin avec ses foudres spirituelles, mais aussi le bras séculier (1).

Quand ces décisions auront reçu un commencement d'exécution, le *Raskol* naîtra définitivement, dans un baptème de sang, à la vie intense qui, de nos jours, continue encore à l'animer.

VI

LE BAPTÈME DE SANG

Les adversaires de la Réforme tombaient désormais sous l'application des articles du Code de 1649 prononçant la peine de mort — par le feu — contre toute infraction à la loi divine ou à la loi ecclésiastique. Ni les autorités ecclésiastiques ni les autorités laïques ne se montrèrent disposées d'abord à prendre au pied de la lettre cette conséquence des mesures adoptées. Avvakoum s'en tira avec l'exil en Sibérie. De même le diacre Fédor et le pope Lazare, qui cependant subirent en plus l'ablation de la langue. On ne brûla personne, et on sembla compter davantage sur l'effet d'un livre publié à ce moment, en faveur de la Réforme, par un moine originaire de la Russie Blanche, Siméon, dit *Polotski* (de Polotsk), qui débutait dans une carrière destinée à un brillant avenir. Pour justifier la confiance qu'il inspirait, il avait pris beaucoup de peine, mais bien mal calculé son effort.

---

(1) *Suppl. aux Actes hist.*, t. V, n° 102, p. 472, 486, 487; *Recueil complet des Lois*, t. I, n° 413, p. 706. — Pour l'histoire de ce concile, voy. Bogoslovski, dans *Revue orthodoxe* 1871, n°ˢ 2, 3, 6, 7.

Œuvre de polémique savante, où la scholastique, la dialectique, la rhétorique et la poétique en honneur alors dans les écoles polonaises luttaient à coups de syllogismes subtils et de prosopopées alambiquées, ce « Sceptre du gouvernement » *(Jezl pravliénia),* comme il appelait son laborieux traité, n'était pas fait pour gouverner les esprits auxquels il s'adressait. On lui fit crédit pourtant, et, retournant à Antioche, le patriarche Macaire eut à se plaindre de l'indulgence dont on usait envers les dissidents, qui augmentaient en nombre (1).

La tsarine Marie Ilinitchna y était encore pour quelque chose, et jusqu'à sa mort, survenue en 1669, les choses restèrent en cet état, bien qu'une légende, postérieurement créée au sein du *Raskol,* ait multiplié le nombre des victimes qui dès cette époque se seraient ajoutées au martyrologe de « l'ancienne foi ». Mais la disparition de la première femme d'Alexis et l'entrée en faveur du père adoptif de la nouvelle tsarine, Matviéiév, occidentaliste et réformateur résolu, amenèrent un revirement fatal aux non-conformistes. Comme, d'autre part, le schisme prenait des proportions inquiétantes, Alexis lâcha la main aux partisans de la répression, qui tiraient argument de ce fait, et les supplices commencèrent (1).

En même temps, toujours en cours et bientôt en complicité ouverte avec le soulèvement de Stenka Razine, la révolte de Solovki se précipitait à un dénouement tragique. De ce côté, les moyens pacifiques avaient été épuisés. Aux admonestations qu'on leur prodiguait les moines ne répondaient que par des diatribes de plus en plus audacieuses. L'une d'elles devait obtenir une place d'honneur dans la littérature du *Raskol* (3). Comme motif principal de leur opposition à la Réforme, les auteurs de ce factum indiquent l'addition d'une lettre dans le nom de Jésus, prétendant qu'il s'écrivît *Issous* et nom *Iissous,* selon la nouvelle leçon. Et aux griefs ainsi

(1) SOLOVIOV, *Hist. de Russie,* t. XI, p. 395.
(2) NILSKI, *Hist. du Raskol,* p. 9.
(3) SOUBBOTINE, *Matériaux,* t. V, p. 213.

invoqués s'ajoutaient des défis : « Ordonne, tsar, d'envoyer contre nous ton glaive déjà trempé de sang ; de ce séjour de misère, avec joie nous nous transporterons au lieu de paix éternelle... »

En 1668, le gant fut relevé ; mais le petit corps de troupes envoyé par Alexis contre les rebelles dut battre en retraite. Le monastère possédait une forte garnison, une nombreuse artillerie, et, en 1854 encore, ses murs épais devaient résister au feu des canons anglais. Un siège en règle s'imposa et dura jusqu'en janvier 1676 (1). A ce moment, une trahison ouvrit les portes de la forteresse si longtemps défendue aux soldats du tsar, et pour le coup le *Raskol* compta des martyrs authentiques en quantité. Le fer et le feu n'épargnèrent personne.

Quelques-uns des assiégés avaient cependant réussi à s'échapper avant la catastrophe. Ils allèrent prêcher la bonne parole sur les rives de l'Onéga et furent les fondateurs du fameux Ermitage, — la *Vygovskaïa Poustynia*, à l'embouchure du Vyg dans le golfe d'Onéga, — qui pendant deux cents ans allait servir de métropole à la nouvelle religion, définitivement fondée elle aussi par ce sanglant holocauste.

(1) *Actes de la Comm. archéogr.*, t. IV, nᵒˢ 160, 168, 171, 191, 197, 203, 215 ; *Suppl. aux Actes hist.*, t. V, nᵒ 67 ; *Actes hist.*, t. IV, nᵒ 248 ; Soubbotine, *Matériaux*, t. III, p. 242 et suiv. ; Macaire, dans *Lectures de la Soc. d'hist. de Moscou*, 1846, liv. III, 1ʳᵉ partie, p. 34-39 (récit du successeur d'Ilia au poste d'archimandrite) ; Denissov, *ibid.* ; Barsov, *Documents*, même *Recueil*, 1883, liv. IV ; Syrtsov, *La Révolte de Solovki*, p. 217 et suiv. ; *Documents*, dans *Bratskoié Slovo*, 1876, liv. IV ; Macaire, *Hist. du Raskol*, p. 216 et suiv. ; le même, *Hist. de l'Église*, t. XII, p. 630-638, 672-679.

CHAPITRE XIII

LE « RASKOL »

I

LES ORIGINES ET LES CAUSES

Raskol veut dire schisme. Les dissidents du dix-septième siècle n'acceptaient pas eux-mêmes ce vocable que l'Église officielle a imposé à l'ensemble de leurs sectes et que l'usage a consacré. Ils se désignaient et leurs successeurs actuels se désignent encore comme *staroviéry* ou *staroobriadtsy*, adeptes de la vieille foi ou du vieux rite. Prenant naissance dans un milieu d'hommes pour la plupart ignorants et bornés, ce mouvement semble à première vue tellement pauvre d'idées que son développement en devient incompréhensible. En Occident, les grands conflits religieux ont généralement opposé l'une à l'autre des conceptions, des thèses portant sur quelques points importants de dogme ou de discipline : la Trinité, la divinité du Christ, l'autorité du pape. Ici, on allait se battre et mourir pour des mots, des lettres, de simples gestes !

A y regarder de près, cependant, le phénomène change d'aspect. Des causes de dissentiment plus sérieuses, plus profondes, se laissent découvrir sous cette apparence triviale, et la crise religieuse, ainsi amplifiée dans un cadre restreint, se

rattache aux grands problèmes d'ordre politique, social et
intellectuel, que cette époque a simultanément mis à l'ordre
du jour.

Depuis les commencements de son existence historique, le
monde slave a invariablement oscillé entre deux courants
contraires, l'un d'anarchie et de force centrifuge, l'autre de
discipline et de forte concentration. La lutte se poursuit sous
nos yeux. Héritière des traditions élaborées par la dynastie de
Rurik, la politique d'Alexis a été une grande entreprise d'unification, administrative, politique et religieuse. Elle armait
par là contre elle tous les éléments de désordre et de désunion. Dans les tentatives de réforme ecclésiastique, inaugurées bien avant Nikone, la correction du rituel et des livres
saints n'était qu'un détail. L'organisation entière du culte
réclamait des retouches nombreuses. Mauvaise distribution
des éparchies ; insuffisance des temples ; ignorance et immo-
ralité des desservants ; monastères convertis en lieu de
débauche : tout l'édifice criait misère. Les chroniques du
temps révèlent de toutes parts des faits scandaleux. Dans les
provinces, les évêques paraissent entourés d'une cour de
fonctionnaires laïcs et ecclésiastiques, qui ressemble à celle
du roi Pétaud, sauf qu'elle est moins gaie. Un trésorier, un
clerc, deux secrétaires, six greffiers, un officier de chancellerie, un maître d'hôtel, un économe, un dépensier, un
sacristain, un sommelier, un menuisier, un aumônier et son
diacre, un garde de la chancellerie, un portier, un protopope
et son chapitre, des bedeaux, des frères servants, des sonneurs par douzaines : tel est le personnel dont s'entoure le
moindre de ces prélats. Ajoutez-y encore quelques femmes
figurant officiellement sur la liste sans qu'il soit possible de
déterminer leurs fonctions. Tout ce monde pratique la
simonie en grand, et se dispute, s'entre-dévore, tout en ran-
çonnant impitoyablement les fidèles. Il donne l'exemple de
tous les vices. Dans la capitale même, les officiers de la
maison du patriarche sont des concussionnaires avérés. Aux
portes du Kreml, des popes ivres se querellent et échangent

des propos orduriers ou des coups de poing. Ils courent les
rues débauchant des filles, roulent sous les tables des cabarets,
quand ils ne se mêlent pas aux bandes des voleurs et des brigands. Au lendemain d'ignobles orgies, ils disent la messe
à moitié gris encore et prononcent des obscénités devant
l'autel (1).

Constamment agrandie par des procédés souvent iniques,
la richesse de certaines églises et de quelques communautés
laisse le plus grand nombre des prêtres dans une détresse
extrême, sans ressources avouables. Beaucoup se livrent en
cachette au commerce des boissons ou à d'autres industries
encore plus répréhensibles. Ils n'encourent aucun blâme, car
à Novgorod tel métropolite augmente ses revenus en préle-
vant une taxe sur les enfants nés hors mariage (2).

Le prestige de ce clergé est en rapport avec sa conduite, et
la loi consacre elle-même son avilissement : insulté, un pope
a droit à la même indemnité qu'un allogène, *tcheremiss* ou
mordvien, et, pour cinq roubles, on peut le battre à satiété, à
la seule condition de ne pas le tuer.

L'insuffisance des temples et l'ignominie des desservants
font que, bien avant d'en être séparés par le schisme, une
quantité énorme d'orthodoxes se trouvent exclus en fait de
la communauté officielle, n'entendant jamais la messe, mourant fréquemment sans confession (3).

C'est à cet ensemble de désordres et d'abus criants que
s'attaquait l'essai réformateur. Vers 1654, Nikone publia
et envoya dans les éparchies une instruction ayant pour objet
de soumettre le recrutement du clergé à un choix plus sévère (4). En ouvrant les riches bibliothèques de quelques
églises et de quelques monastères; en s'appliquant à réveiller

(1) *Recueil complet des Lois*, t. I, p. 776; *Actes de la Comm. archéogr.*, t. III,
n° 264; Soloviov, *Hist. de Russie*, t. XI, p. 290, 291 ; t. XIII, p. 153-155;
Chtchoukine, *Le Suicide collectif*, p. 34.

(2) *Actes hist.*, t. V, p. 298.

(3) *Recueil complet des Lois*, t. I, p. 246; *Actes de la Comm. arch.*, t. IV,
n°ˢ 188, 321, 324.

(4) *Actes de la Comm. arch.*, t. IV, n° 331.

aux mêmes lieux l'activité intellectuelle assoupie depuis le seizième siècle ; en donnant une impulsion nouvelle à l'école du couvent des Miracles, fondée depuis 1633 ; en subventionnant l'école de Saint-André, plus récemment créée par Rtichtchev ; en améliorant et multipliant les typographies, il espérait obtenir un progrès réel dans cette voie. Nous avons vu aussi avec quelle vigueur il réprimait les défaillances de ses subordonnés.

Malheureusement, l'autorité de l'exemple personnel lui faisait défaut dans ce rôle de justicier, et, d'autre part, dans la réorganisation de l'Église ainsi ébauchée, la réorganisation de l'État, concurremment poursuivie, intervenait d'une façon à certains égards discordante. L'évolution politique du dix-septième siècle tendait, nous le savons, à fondre les deux puissances dans une seule hiérarchie où, se subordonnant naturellement à l'autorité laïque, l'autorité ecclésiastique apparaissait en déchéance. En même temps, le courant centralisateur aboutissait, sur ce point, à un bouleversement complet du régime des paroisses. Organismes autonomes jusque-là, fondés sur le principe de l'élection des desservants par les fidèles, du partage des pouvoirs administratifs et judiciaires exercés en commun, elles tombaient au rang de simples circonscriptions, assujetties avec les éparchies dont elles dépendaient à la suprématie absorbante du pouvoir laïc. Une conséquence logique de ce nouvel ordre de choses aurait dû être au moins que, convertissant les membres du clergé, à tous les degrés, en fonctionnaires mis à sa discrétion, l'État prît leur entretien à sa charge. Il n'en fit rien ; d'où, entre ces paroissiens dépouillés du droit de choisir leurs curés et ces curés, qu'ils devaient pourtant continuer à nourrir, une cause de dissentiment profond, dont l'effet s'est perpétué jusqu'à l'heure présente. D'où aussi une autre raison du discrédit qui pèse toujours si lourdement sur les malheureux desservants des campagnes, doublement humiliés entre la main qui les gouverne et la main dont ils ont à attendre leur pain.

D'ailleurs, il faut le dire encore, l'État moscovite du dix-septième siècle n'était pas lui-même à la hauteur du rôle qu'il assumait. Dans l'ordre ecclésiastique comme dans l'ordre politique, en visant à la répression du désordre, il ne faisait guère que remplacer l'abus de la liberté par l'abus du pouvoir. Et il manquait, lui aussi, d'autorité. Dans la nouvelle hiérarchie, pouvoir ecclésiastique et pouvoir laïc étaient représentés par deux individualités — la dynastie des Romanov et le Patriarcat — également nées d'hier et cherchant ensemble leur chemin à travers des tâtonnements pénibles. Alexis venait de partager ses prérogatives souveraines avec Nikone, de telle façon que souvent on avait pu être embarrassé pour reconnaître lequel des deux prenait le pas sur l'autre. Le Concile de 1666 venait de condamner en termes extrêmement violents les décisions du Concile de 1651, taxant leurs auteurs d'ignorance et de folie. Tout cela n'était pas pour imposer le respect et l'obéissance.

Et voici enfin que, gauchement accouplés dans une œuvre commune d'accaparement et de despotisme, pour mieux asservir les volontés et les consciences révoltées, cet État et cette Église faisaient ensemble appel à l'étranger! Après la foule des Allemands, des Hollandais, des Anglais, pris à la solde pour tourmenter l'esprit et le corps du pauvre peuple moscovite, il leur fallait encore une équipe de moines grecs ou ukrainiens pour régenter sa foi! Ceci à un moment où, suivant de près les brèches faites dans les frontières du pays par l'invasion polonaise, l'*Union* romaine entamait à son tour le patrimoine religieux de saint Vladimir.

Devant ce double assaut, l'esprit de désordre, l'instinct de conservation et le sentiment national communièrent au sein des masses populaires, et le *Raskol* doit être considéré comme procédant essentiellement de cet accord. Après s'être, au cours des siècles, affirmés successivement dans l'organisation anarchique des *viétchié*, dans le régime orageux des apanages et dans le phénomène antipolitique et antisocial des bandes et confréries cosaques, l'humeur indépendante, le particularisme ombrageux et la turbulence inhérents au génie slave réapparaissaient sous cette autre forme. La mentalité particulière aux hommes de ce pays voulait cependant que le mouvement affectât, surtout au début, un caractère prééminemment religieux. A Moscou, tout se faisait sous le couvert de la religion ; tout y était ramené. Et d'ailleurs, déterminé par un ensemble très complexe de causes connexes, souvenirs historiques confus, impressions mal contrôlées, conceptions hâtives, préjugés et scrupules, un paroxysme aigu de latinophobie à base religieuse a certainement tenu une place considérable dans la crise.

Discipline politique et discipline morale étaient confondues dans une même réprobation. D'origine exotique, comme l'autocratie des tsars, la science des maîtres étrangers ne semblait qu'une consigne de plus, destinée à augmenter le poids de l'universel esclavage. Par endroits, le *Raskol* devait même mettre au jour des tendances séparatistes, ainsi qu'en témoigne un des plus curieux monuments de sa littérature, le « Récit sur le bonnet blanc » *(Poviést o biélom kloboukié)*. Ce « bonnet blanc » est l'emblème de l'indépendance de Novgorod (1).

La plupart des dissidents n'obéissaient à la vérité que très inconsciemment à ces impulsions maîtresses. Ils se donnaient et invoquaient vis-à-vis de leurs adversaires d'autres raisons qui, sans doute, ne furent pas étrangères à la formation du schisme, mais n'y eurent, en réalité, qu'une part secondaire. Dans leur esprit et aux yeux des contemporains, le *Raskol* a pris communément le sens d'une protestation soit contre les nouveautés introduites dans ce que les dissidents appelaient « leur foi », ou encore contre les mœurs dissolues de l'Église officielle. Nous ne risquons pas aujourd'hui de nous y tromper en étudiant les faits de près. Lazare réprouvait certes les correcteurs téméraires des livres sacrés, mais plus généralement il prenait à partie les « philosophes » de l'entourage du tsar,

(1) BOUSLAIÉV, *Esquisses hist.*, t. II, p. 274 ; KOJANTCHIKOV, Préface à l'édition de la *Poviést*, p. VI-VII.

hommes sacrilèges « qui prétendaient mesurer avec une archine la queue des étoiles ». Il donnait la préférence aux savants indigènes qui, comme tel apôtre futur du schisme, opérant sur les grandes routes, guérissaient les malades en leur faisant avaler une poudre préparée avec le cœur desséché d'un enfant nouveau-né. Néronov dénonçait en termes indignés la corruption du clergé, mais à la même heure, correspondant avec Bonifatiév, il se plaignait naïvement que son fils fût poursuivi pour un vol d'objets précieux dans la cathédrale de Kasan! En fait aussi, le refus de se soumettre à la discipline de l'Église débauchée et corrompue qu'ils abandonnaient devait, chez un grand nombre de *raskolniks,* aboutir à d'autres et pires écarts. Avvakoum le premier, si pur qu'il fût personnellement, se fera l'avocat de l'union libre, qualifiée d'« amour dans le Christ;» diverses sectes la pratiqueront sans vergogne, et la célèbre fondatrice d'une des communautés dissidentes les plus réputées, Akoulina, ne sera au fond qu'une entremetteuse (1).

D'une manière générale, la genèse du *Raskol* se laisse encore rattacher à cet autre mouvement particulariste qui, sur toute l'étendue du continent européen, a suscité les fondations monastiques du moyen âge. Au milieu du désarroi universel, conséquence du *Smoutnoié Vremia,* l'instinct de dissociation, si fortement accusé dans le tempérament slave, ne pouvait manquer de suivre aussi cette pente. Et, en effet, nous voyons que cette façon de s'isoler, de s'évader de la vie commune dans un essai d'existence indépendante, est en sensible progrès au cours du dix-septième siècle. Contre quatre-vingt-dix monastères créés dans ce pays du onzième au quatorzième siècle et une centaine seulement s'y ajoutant au quinzième, l'époque des premiers Romanov compte jusqu'à deux cent cinquante nouvelles fondations. Elles naissent ici et se développent de la façon la plus sommaire. Les voisins ou les passants apprennent l'existence d'un ermite; ils vont le

(1) CHTCHAPOV, *Le Raskol,* p. 161, 185 et suiv.

rejoindre ; ils construisent des huttes entourant la sienne ; ils
bâtissent une église, consacrée à la Vierge ou à quelque
saint en renom ; un abbé de rencontre donne au fondateur de
l'ermitage la tonsure monacale ; l'évêque le plus rapproché
lui accorde la consécration sacerdotale, et voilà un couvent
de plus.

Mais plus fréquemment encore, ces colonies d'ermites
manquaient de moyens ou de volonté pour se faire reconnaître officiellement. Il n'importait. L'habit faisait le moine ;
réunissant autour de lui une vingtaine de disciples, le premier
venu, un vieillard habituellement, les initiait, comme il l'entendait, à la vraie piété et à l'interprétation correcte des
textes saints ; sans être prêtre, il lisait les offices dans la chapelle qu'il avait construite, parlait avec amertume des autorités ecclésiastiques du lieu, avec douleur de l'Église orthodoxe en général, ainsi que de la société, et, de cette manière,
bien avant Nikone, le *Raskol* s'ébauchait dans l'ombre des
forêts épaisses, dans l'intimité des villages perdus, dans le
lointain des clairières désertes du nord-est, sous la forme
d'une protestation discrète contre tout ce qui se faisait
ailleurs, au sein de ce monde de dépravation dont on cessait
de faire partie.

Dans la province de Vladimir, près du bourg de Viazniki,
au cœur des bois profonds bordant la Kliazma, le moine
Kapitone s'installait ainsi vers 1650. Il était très vieux déjà,
presque centenaire, croit-on. Il avait mené toujours une
existence errante, sans arriver à se fixer nulle part. Plusieurs
fois il avait été interné dans des couvents réguliers pour y
faire pénitence ; toujours il était parvenu à s'échapper, grâce
à quelque éloquence sans doute, ainsi qu'au prestige que lui
valait une grande austérité pratiquée avec ostentation. Il
avait la réputation d'un saint et d'un défenseur éminent de la
foi. Sa doctrine se bornait d'ailleurs à l'observation des règles
de l'ascétisme le plus sévère et à la répudiation de toute hiérarchie ecclésiastique.

La *bezpopovchtchina* a pris là son essor, en même temps

que, diversement interprétées, les idées de Kapitone donnaient
naissance à une foule d'autres sectes. Avec les nombreux
adeptes qu'il garde aujourd'hui encore en Russie, le christianisme spirituel procède de la même source, et le fondateur
de la secte des flagellants *(khlysty)*, Daniel Filippov, originaire de Kostroma, y a puisé ses inspirations.

Ces traits sont communs à l'histoire de la plupart des évo-
lutions religieuses. Par d'autres particularités pourtant, le
Raskol prend une physionomie distincte et tout à fait originale.

II

LES TRAITS CARACTÉRISTIQUES

Au cours de son développement, ce schisme accentue
d'abord d'une façon insolite son misonéisme congénital. Il
arrive à ériger en dogme le respect absolu de tout ce qui est
ancien. En outre, il entend soumettre au canon ainsi établi
tous les éléments de la vie commune : État, société et famille.
La répudiation de tout progrès en résulte comme une conséquence naturelle. Rien ne doit plus bouger. Le type définitif
de l'existence nationale est déclaré constitué *ne varietur* une
fois pour toutes. Il concorde d'ailleurs avec l'image de la
Moscovie, telle qu'elle s'est fixée dans les esprits au cours du
seizième et dans la première moitié du dix-septième siècle.
Un tsar pieux, barbu, vêtu de brocart d'or et couvert de
pierres précieuses, selon l'aspect donné par les artistes du
temps à Fédor Ivanovitch, le fils du « Terrible » . Il va d'une
église à une autre, pour y prier longuement, et n'a pas d'autre
souci, ni d'autre fonction. Barbus également et « ne fumant
pas » , des boïars l'accompagnent, « en le soutenant sous les
bras » , et c'est tout leur emploi. Dans les *prikazes*, d'autres
boïars, également barbus et austères, expédient les affaires,
rendent la justice selon les canons, mais ne négligent pas pour

cela les offices. Ils observent scrupuleusement les jeûnes, vont au bain le samedi, se joignent le dimanche aux processions, accomplissent des pèlerinages fréquents et ont pour devoir principal d'interdire au peuple les jeux et les divertissements diaboliques, de détruire les théâtres, de défendre les danses, les musiques et les mascarades, et surtout de s'opposer à la diffusion des sciences étrangères, qui répugnent à l'esprit du peuple russe et à l'enseignement des saints Pères. Voilà l'idéal à perpétuer.

Les « nouveautés » ne sont pas condamnées parce que mauvaises en elles-mêmes, mais parce que nouvelles. Trois siècles plus tard, à l'hôpital de la communauté *raskolienne* de Rogoj, les lits en fer seront proscrits pour cette raison (1) ! Les seuls livres sacrés admissibles sont ceux qui ont été imprimés à Moscou sous les cinq premiers patriarches : Job, Hermogène, Philarète, Joasaphe et Joseph. Dans ces textes, chaque mot, chaque lettre ont la valeur d'un dogme. Ils en contiennent un ! Les points de doctrine les plus importants sont l'orthographe *Issous ;* le mot *istinnyï* (véritable), supprimé par Nikone dans le symbole de la foi ; le double alléluia ; la célébration de l'office avec sept hosties ; la croix à huit branches ; la marche des processions dans le sens du soleil et le signe de la croix bidigital (2).

Les anciens usages de caractère purement local se trouvent ainsi consacrés comme interprétation uniquement exacte des vérités éternelles, et le *Raskol* leur attribue en outre une force de salvation propre, indépendante de la valeur morale ou de la puissance du sentiment religieux qui peuvent se rencontrer chez ceux qui les observent. C'est la doctrine du salut non plus par la foi mais par le rite (3). C'est aussi la négation du sens intime, primitivement attaché à ces formes de la vie religieuse, où se traduisait et se solidifiait un ensemble d'éléments moraux, susceptibles, pensait-on, de provoquer chez les

(1) ANDRÉIÉV, *Le Raskol*, p. 83.
(2) SMIRNOV, *Hist. du Raskol,* p. 3-4.
(3) KLIOUTCHEVSKI, *L'Influence occidentale,* p. 771.

hommes de bonnes actions et où l'Église apercevait le moyen
de faire revivre, pour l'édification des fidèles, tel ou tel autre
moment auguste de l'existence ancestrale. En perdant de vue
cette origine, le *Raskol* se condamnait à refaire, à rebours, le
travail des anciennes communautés chrétiennes, pour remplir
le vase vide, vivifier la lettre morte, par des interprétations
nécessairement arbitraires. Et, engagé dans cette voie, il
devait en venir avec le temps à reconstruire, par des déductions hasardées, toute l'histoire sacrée, à imaginer des symboles plus nouveaux et plus audacieusement conçus que toutes
les nouveautés qu'il répudiait. Telle la glose inventée par les
exégètes du schisme pour la résurrection de Lazare. Lazare
n'a jamais existé. Sa mort représente les péchés; ses sœurs
personnifient la chair et l'âme; son tombeau est la sépulture
des préoccupations profanes; sa résurrection enfin symbolise
le repentir (1).

Les idées rationalistes ou protestantes n'ont pas été étrangères à cette évolution. Dans leur lutte avec le catholicisme,
les théologiens orthodoxes des provinces polonaises recouraient volontiers à la littérature des églises réformées,
empruntant notamment à Luther sa thèse sur la Rome papale
confondue avec la Babylone apocalyptique et en déduisant
l'identification de l'Antéchrist avec le Pape, ou plutôt avec
un principe représenté par la papauté (2). Plus ou moins
directement, le *Raskol* s'en est ressenti, remplaçant une
hypostase par une autre, le Pape par le Patriarche.

En même temps et d'après le même système, transportant
sa doctrine fondamentale sur le terrain politique et social, il
se montrait également réfractaire à des usages et à des disciplines où la religion n'était pas intéressée mais où il la
faisait intervenir à coups de subtilités. Pas de recensements,
parce que Dieu s'est fâché contre David quand celui-ci a
envoyé Jacob pour dénombrer Israël. Pas de capitation, ou
impôt par âme *(podouchnyï)*, selon la terminologie du lieu,

(1) KELSIÉV, *Recueil*, t. I, p. xiv.
(2) GILAROV-PLATONOV, *OEuvres*, t. II, p. 226-227.

parce que l'âme est à l'image de Dieu. Pas de service militaire plus tard, à cause des armes à feu, inconnues de l'Écriture sainte, ou encore parce que le mot *soldat* offre une consonance répugnante avec le nom de *Satan*. Dans les Prophètes ou les Actes des Apôtres, les *raskolniks* allaient trouver des arguments contre l'emploi du rasoir et le port de la cravate leur fut en abomination (1)!

Arrivé à ce point, le schisme prend l'aspect d'un fragment pétrifié de la vieille Moscovie. Une vie intense y palpite cependant et se montre capable d'une force de résistance et de propagande, d'une puissance de développement indépendant, dont deux siècles de persécution ne parviendront pas à avoir raison. En durant et en s'élargissant, le *Raskol* évoluera lui aussi, en dépit du principe initial, qui semblait lui imposer l'immobilité; il se diversifiera à l'infini; des organismes robustes naîtront dans son sein et chercheront à réaliser des façons multiples d'être, en harmonie avec des manières variées de croire. Un jour viendra aussi, où des révolutionnaires libres de toute préoccupation confessionnelle mais en même temps des réactionnaires, également indifférents aux controverses dogmatiques, se disputeront cet allié problématique, y apercevant qui un instrument d'agitation socialiste et même antireligieuse, qui un élément de régénération politique et sociale. Et c'est ainsi que quelques historiens, dont Kostomarov et plus récemment Milioukov, ont pu reconnaître dans les adeptes d'un misonéisme farouche des ouvriers d'un certain progrès. En vouant la société de leur temps à l'immuabilité éternelle, les Lazare et les Avvakoum n'y introduisaient pas moins, inconsciemment toujours, les principes les plus contraires à ce postulat. Stationnaires ou rétrogrades par rapport à l'acheminement intellectuel de leur pays dans les voies de la civilisation, ils participaient néanmoins à ce mouvement, en ajoutant au réveil de la pensée le réveil de la conscience religieuse.

(1) SMIRNOV, *loc. cit.*, p. 5-6.

L'assujettissement de l'Église officielle à l'État n'a été rendu possible, à cette époque, que par l'indifférence générale des intéressés. En attirant à lui les croyants relativement le plus jaloux des libertés ainsi violées, le *Raskol* facilita encore cette manœuvre; mais il donnait en même temps à l'esprit d'indépendance un asile destiné à en assurer la conservation et à en développer l'énergie.

Sous tous ces aspects, le grand schisme du dix-septième siècle s'est résumé en quelque sorte dans la personne et la carrière du plus actif et du plus populaire de ses chefs, dont, pour cette raison, il convient ici de mettre en relief la très expressive et très attrayante physionomie.

III

L'APOSTOLAT D'AVVAKOUM

Nous nous trouvons là en présence d'un des derniers représentants de cette lignée épique de héros qui, depuis les compagnons légendaires de Vladimir, n'ont cessé de dépenser avec violence et non sans excès, au service des causes les plus diverses et souvent peu dignes d'un tel effort, le trop-plein d'un tempérament où débordaient des forces ingouvernables. Autour du nouveau *bogatyr,* comme dans l'épopée de Kiév, des comparses nombreux se groupent, mais d'un genre différent cette fois. Ce sont des ascètes et des hallucinés, des *iourodivyié,* comme on les appelle ici. A leur façon, ils renouvellent les exploits d'Ilia de Mourom et de Dobrynia, bravant pieds nus et vêtus d'une seule chemise les froids les plus rigoureux ou pénétrant sans en être incommodés dans les fours à pain embrasés. Prédicateurs, visionnaires et thaumaturges, ils se frayent passage à travers les triples haies de soldats et interpellent audacieusement le souverain, qu'ils subjuguent par la vigueur de leur verbe ou l'éclat de leurs miracles. Parfois cependant, ils n'arrivent pas à se faire

27

écouter et s'attirent momentanément de cruelles épreuves. Exilés en Sibérie, ils s'y heurtent à d'autres héros, les explorateurs et conquérants des déserts septentrionaux, Cortès et Pizarro moscovites qui, dans ce pays de bêtes féroces et d'hommes sauvages, luttent avec les uns et les autres de férocité et de sauvagerie. Des chocs formidables en résultent, où les témoins interviennent avec non moins de violence et de passion.

Né vers 1620, dans la province de Novgorod (1), fils, d'après son propre témoignage, d'un pope ivrogne et d'une mère adonnée aux pratiques de l'ascétisme le plus rigoureux, Avvakoum a ainsi subi, dès son berceau, l'empreinte des deux types moraux qui se partageaient alors la plupart des familles moscovites. A vingt-trois ans, il épouse la fille d'un forgeron de son village, Nastasie Markovna, et aussitôt après obtient une modeste cure. Il indispose bientôt ses paroissiens par son zèle inquiet et sa dévotion exigeante ; il entre en querelle avec les autorités du lieu, fonctionnaires rébarbatifs, qui à ses invectives ripostent par des coups. A moitié assommé un jour dans son église, traîné le lendemain par les cheveux sans égard pour les vêtements sacerdotaux dont il est revêtu, mutilé la semaine d'après par un énergumène qui lui arrache un doigt avec ses dents (2), il se sauve à Moscou, y trouve des protecteurs, se fait renvoyer dans sa paroisse et recommence.

Il s'en prend à des montreurs d'ours, qu'il chasse, tuant l'un des animaux par eux exhibés, mettant l'autre en liberté, et mécontentant fort les spectateurs. Il offense un puissant voiévode, Vassili Chérémétiev, en refusant sa bénédiction au fils du potentat provincial, parce que ce jeune homme s'est fait couper la barbe. Le père fait jeter dans le Volga le pope insolent. Échappant on ne sait comment à la noyade, Avva-

(1) Borozdine, *Le Protopope Avvakoum*, p. 1. Comp. Smirnov, dans *Revue du min. de l'Instr. publ.*, janvier 1899, p. 254.
(2) Borozdine, *ibid.*, p. 4; Miakotine, *Contribution à l'hist. de la Société russe*, p. 18.

koum obtient d'être transféré à Iouriéviets, où, montant en grade, il prend rang de protopope. Mais, au bout de deux mois, il a de nouveau ameuté contre lui tout le monde, peuple et clergé, hommes et femmes. Une foule surexcitée donne l'assaut à la maison du patriarche, où les devoirs de son ministère l'ont appelé. Traîné au dehors, fouetté, foulé aux pieds, laissé pour mort sur place, il ne réussit à regagner sa maison que pour y être assiégé encore, aux cris de : « A mort le fils de p...! Nous jetterons son cadavre aux chiens! » que des prêtres et des femmes poussent à l'unisson (1).

Abandonnant sa femme et ses enfants, il trouve le moyen de s'embarquer sur le Volga dans un canot et arrive à Kostroma. Mais là, les habitants ont également chassé leur protopope, Daniel, auquel ils reprochent de participer à la correction des livres saints et des rites, et, suspect de partager les mêmes inclinations, Avvakoum est mal accueilli.

Ces événements ont lieu en 1651, et à ce moment, on s'en souvient, les futurs *raskolniks* sont encore du côté de la réforme.

Avvakoum retourne à Moscou et entre dans l'intimité de Bonifatiév et de Néronov. Il ne prend pas part comme on l'a supposé à leurs travaux. Il a trop peu de savoir. Mais, à défaut d'autre emploi, il est vraisemblablement occupé à la surveillance de l'imprimerie.

Brouillé bientôt avec Nikone, dans les circonstances que l'on connaît, il change de camp et s'érige en défenseur intransigeant de l'ancien rituel. Arrêté en 1653, frappé encore et traîné par les cheveux, mis à la chaîne, il passe trois jours dans un cachot obscur sans boire ni manger. On veut lui faire prendre l'habit, mais le tsar intervient en sa faveur et on l'envoie en Sibérie avec sa femme et ses enfants.

Le voyage qu'il doit faire par terre et par eau dure treize semaines et Nastasie Markovna accouche en route. A Tobolsk l'exilé est d'abord bien reçu par l'archevêque Siméon, secrè-

_____

(1) Soubbotine, *Matériaux*, t. V, p. 123.

tement acquis à la cause du schisme naissant, et par le voiévode, prince Vassili Khilkov. Mais l'archevêque s'absentant,
son protégé a des démêlés violents avec un diacre, Ivan
Strouna, qu'il s'avise de fouetter rudement avec sa ceinture
de cuir. Il risque encore d'être écharpé ou jeté à l'eau. Pour
le sauver, la femme du voiévode pense à le cacher, comme
un autre Falstaf, dans un grand coffre (1). Devant cette explosion de colère, il se calme quelque temps, atténue l'intransigeance de ses opinions et l'intempérance de son zèle. Mais
une vision lui fait regretter cette demi-capitulation, et la
propagande qu'il reprend avec une ardeur nouvelle devenant
inquiétante, il se fait expédier plus loin, à Iénisseisk. Le voilà
attaché, comme aumônier, au corps de troupes d'Athanase
Pachkov, qui s'occupe « de conquérir pour le tsar de nouvelles terres et de nouveaux sujets ».

Pachkov ne ressemble pas au voiévode débonnaire de Tobolsk. Avvakoum a cette fois affaire à un autre *bogatyr*, et
entre ces deux hommes, également actifs et entreprenants,
mais dans des sphères tout à fait différentes, l'entente est
difficile. L'explorateur se trouvait obligé d'imposer à ses
hommes une discipline de fer, et, en essayant d'en atténuer
la sévérité, Avvakoum manquait lui-même de douceur et de
modération. Il manquait aussi d'autorité, devant passer aux
yeux du conquistador sibérien pour un criminel et presque un
relaps. Assurément d'ailleurs, dans l'accomplissement de sa
mission, Pachkov faisait preuve d'une brutalité déplaisante,
comme aussi de cet esprit de fantaisie extravagante propre
aux hommes de son pays et qu'ils appellent *samodourstvo*.

La première querelle eut pour cause, d'après le récit d'Avvakoum, deux femmes, l'une âgée de soixante ans, l'autre plus
vieille encore, qui se trouvèrent dans un groupe de Cosaques
rencontré par le corps expéditionnaire et qui, veuves, cherchaient un monastère où elles pussent prendre le voile, selon

---

(1) SOUBBOTINE, *Matériaux*, t. V, p. 22 (biographie anonyme); BOROZDINE, *Le
Protopope Avvakoum*, p. 62; Récit autobiographique, dans *Lectures chrétiennes*,
1888, t. II, p. 582.

la coutume du temps. Pachkov s'avisa de les marier et Avvakoum y mit opposition. On descendait à ce moment la Toungouzka. Le voiévode ordonna de débarquer l'aumônier, lui enjoignant de suivre à pied. Protestation du prêtre, coup de poing le jetant à terre, et le reste. Dépouillé de ses vêtements, longuement fouetté, Avvakoum fut laissé toute la nuit sous une pluie froide.

Quelques jours après, le bateau qui portait Pachkov s'échoua. Le fils du voiévode, Jérémie, avait déjà plaidé en faveur de l'aumônier. Il vit maintenant dans l'accident une punition du ciel. Rugissant comme une bête fauve, dit Avvakoum, Pachkov saisit un mousquet et à trois reprises le déchargea sur l'insolent. Trois fois l'arme rata. Le fait, s'il a été exactement rapporté, est pour donner une mauvaise opinion du matériel employé par les conquérants de la Sibérie. On devine toutefois qu'il fut autrement interprété par Avvakoum. A l'en croire, le miracle aurait même provoqué chez le voiévode un mouvement de repentir, qui ne l'empêcha d'ailleurs pas d'exercer contre le thaumaturge d'autres et cruels sévices. Précipité dans un cachot souterrain, l'aumônier faillit y être dévoré par les rats et n'eut pas tous les jours à manger. Tenu au froid pendant l'hiver, il fut transporté au printemps dans une pièce surchauffée, où il pensa étouffer. Il ne put donner des soins à deux de ses enfants malades, qui succombèrent, et, l'expédition se remettant en route, il dut encore l'accompagner à pied, dans des sentiers abrupts, où la pauvre Nastasie Markovna tombait souvent (1).

A travers des contradictions multiples, une part assez forte d'imagination se laisse aisément reconnaître dans le récit de ces épreuves, fait par la principale victime. « Pendant dix ans, Pachkov me tourmenta ou fut tourmenté par moi, je ne sais », dit ingénument l'auteur. Chacun y a mis du sien, assurément, et les « dix ans » indiquent chez l'un des tourmenteurs un parti pris décidé d'exagération. L'exil d'Avvakoum en Sibérie

(1) Soubbotine, *Matériaux*, t. V, p. 26-30; récit autobiographique, dans *Lectures chrétiennes*, 1888, t. II, p. 600-601.

date de 1653, et en 1661 déjà le protopope fut rappelé à
Moscou. Nikone était tombé, et, préoccupé d'assurer la disgrâce de l'ex-patriarche, les boïars jugeaient utile de faire
revenir un de ses adversaires les plus vigoureux, pour lequel
Alexis gardait une assez vive sympathie.

Au témoignage des historiens du *Raskol* (1), Avvakoum
aurait été accueilli dans la capitale comme un « messager du
ciel ». Un prince Khovanski, — Ivan Nikititch, peut-être,
celui-là même qui ne pouvait pardonner à Nikone de lui avoir
fait observer le jeûne pendant le voyage de Solovki, en 1652,
— offrit à l'apôtre l'hospitalité de sa maison (2), et nous avons
vu qu'à ce moment le schisme gagnait en effet des adeptes
dans une partie de l'aristocratie locale. Il s'en est fallu pourtant de beaucoup que, comme il l'imaginait sans doute lui-
même, Avvakoum rentrât à Moscou en triomphateur. Entravé
par diverses péripéties, son voyage de retour avait duré près
de trois ans, et entre temps les circonstances s'étaient modi-
fiées. Nikone ne paraissait plus à craindre, la cause de la Réforme l'emportait dans les sphères officielles. Le revenant de
Sibérie devenait ainsi un embarras, et il n'était pas l'homme
des accommodements.

A Tobolsk, il avait entrevu un autre exilé illustre, Krijanics,
et donné à cette occasion la mesure de l'extrême étroitesse
de ses idées. Krijanics a noté ainsi qu'il suit les détails de
cette brève rencontre. Engagé à rendre visite au protopope,
il fut arrêté par lui sur l'escalier.

— N'avance pas ! Reste où tu es ! Dis quelle religion tu
professes.

— Bénissez-moi, mon père...

— Je ne donne pas ma bénédiction sans connaissance de
cause. Confesse d'abord ta foi !

— Révérend père, je crois à toutes les vérités enseignées
par la sainte Église apostolique ; je reçois comme un honneur
la bénédiction de tout prêtre et c'est à ce titre que j'ai sollicité

(1) DENISSOV, *La Vigne russe*, I. 50-55; CHTCHAPOV, *Le Raskol*, p. 342.
(2) MATVIÉIÉV, *Mémoires*, p. 38.

la vôtre. Quant à la foi, je suis prêt à m'en expliquer avec un évêque, mais non avec un voyageur devenu suspect lui-même en cette matière. Si vous ne voulez pas me bénir, Dieu y pourvoira (1).

Entre l'abbé catholique — Krijanics en était un — dressé aux compromis et le rigide pontife du *Raskol*, on voit la différence.

Les déceptions qui attendaient Avvakoum furent telles que, de son propre aveu, la tentation le prit d'abandonner la lutte. Quelques boïars le cajolèrent ; Alexis lui-même lui accorda une audience et lui fit attribuer un logement dans un des monastères du Kreml. Ainsi rapprochés, le tsar et l'apôtre se virent souvent, le souverain ne manquant jamais de saluer bas au passage l'ancien exilé et de demander sa bénédiction. Avvakoum l'affirme du moins. A l'entendre, on lui aurait offert le choix de n'importe quel emploi à sa convenance, fût-ce celui de confesseur du souverain, à la seule condition qu'il renonçât au schisme. Mais, sur son refus, Strechniév fut chargé de lui donner un avertissement significatif : respectant ses convictions, on le laisserait prier comme il voudrait, mais il devait se taire.

Il promit de garder le silence. En Sibérie, un jour, s'affaissant, épuisée, sur une piste rocailleuse, sa femme lui avait demandé :

— Souffrirons-nous longtemps ainsi ?

— Jusqu'à la mort, Markovna ! avait-il répondu durement.

Il tremblait maintenant, non pour lui, certes, mais pour les siens, au souvenir de ce douloureux calvaire. Il le laisse supposer dans ses confidences et on peut l'en croire. Sous sa rude écorce de batailleur éternel, il avait le cœur sensible et pitoyable.

— Toi et nos enfants me liez la langue ! dit-il à sa compagne.

Mais la vaillante femme se récria.

— Comment peux-tu parler ainsi, Petrovitch ? Va à l'église et dénonce l'erreur hérétique !

_____

(1) GORSKI et NIÉOUSTROIEV, *Description de la Bibl. synodale,* n° 283.

Il tarda à lui obéir, un peu lassé lui-même sans doute. Ménagé, il s'essaya aux ménagements, s'effaça, se mit à l'ombre des cloîtres discrets et des cercles intimes. Mais les circonstances le poussaient au premier plan. Bonifatiév était mort ; Néronov avait fait sa paix avec l'Église officielle. Avvakoum passait au rang de chef. Lui faisant une auréole de martyr, les femmes le mettaient en évidence par leurs démonstrations. Tout en se prêtant au rôle qu'elles lui donnaient et en cédant de plus en plus à son penchant naturel, il put quelque temps encore éviter un trop grand éclat. Il agita les *terems ;* il révolutionna les nonnes du couvent de l'Ascension, et, soumise à son influence, la maîtresse du chœur, Hélène Khrouchtchov, y contraignit ses compagnes à répudier la liturgie officielle (1). Dans l'attente du Concile qui devait régler définitivement la question de la Réforme, et au milieu des soucis créés par les incartades de Nikone, les dissidents jouissaient provisoirement d'une assez grande liberté. En diverses maisons particulières, ils organisaient impunément des réunions souvent fort animées. Avvakoum les présidait habituellement, non sans que l'ardeur de son tempérament y trouvât de dangereux stimulants.

Revenant un jour de chez Rtichtchev, après d'orageuses disputes, où il avait eu peine à se dominer, il passa les colères qui s'amassaient en lui sur la protopopesse et sur une veuve, Photinia, à laquelle il donnait asile. Les deux femmes s'étaient prises de querelle, elles aussi. Il les frappa à tour de bras ; mais comme il s'approchait ensuite d'un épileptique, Philippe, autre hôte de sa maison, qu'il jugeait possédé du diable et tenait enchaîné, en attendant qu'il réussît à l'exorciser, cet homme, habituellement doux, l'accueillit cette fois avec d'horribles injures et des coups, essaya de l'étrangler et lui cria :

— Je ne te crains pas !

Avvakoum comprit, dit-il, que la grâce divine l'avait aban-

(1) Soubbotine, *Matériaux,* t. I, p. 481; t. V, p. 66-67.

donné, à cause de l'emportement auquel il venait de céder, et aussitôt, réunissant ses domestiques, il voulut que chacun — et on en comptait une vingtaine ! — lui appliquât cinq coups de fouet sur le dos mis à nu. Sa femme, à laquelle il avait préalablement demandé pardon, et ses enfants durent aussi prendre part à la correction, pleurant mais frappant, ainsi qu'il ordonnait. Et là-dessus, le démon quitta Philippe (1).

Au bout de six mois ainsi employés, l'apôtre n'y tint plus. « Il gronda de nouveau », selon son expression. Il adressa au tsar une supplique, dont nous ne possédons pas le texte, mais dont le sens est établi par des indications assez précises. Avvakoum y parlait en maître, désignant des candidats de son choix pour divers sièges épiscopaux, fulminant contre les nouveaux guides spirituels et intellectuels que la Moscovie se donnait et les traitant de « fils de chien » (2). Le résultat fut celui qu'il pouvait attendre : un nouvel ordre d'exil le renvoyant, le 29 août 1664, à Poustoziérsk, coin le plus affreux de cette Sibérie qu'il avait redouté de revoir.

Il n'y alla pas de suite. La mesure semble avoir provoqué des protestations jusque dans l'entourage d'Alexis et donné lieu à des altercations pénibles entre lui et sa femme (3). Eu égard à tout ce que nous savons de Marie Ilinitchna, le témoignage d'Avvakoum se laisse accepter sur ce point. Jusqu'en 1667, on le traîna de monastère en monastère, le mettant en jugement, mais retardant l'arrêt, ne sachant visiblement que faire de l'encombrant personnage. Enfin, son procès se confondant avec celui de ses coréligionnaires, traduits devant le Concile à ce moment, et son attitude devant l'auguste assemblée aggravant son cas, il fut mis en route pour Poustoziérsk, après avoir été dépouillé de la prêtrise et maudit (4).

(1) Autobiographie, dans Borozdine, *Le Protopope Avvakoum,* p. 108.

(3) Autobiographie, dans Borozdine, *Le Protopope Avvakoum,* p. 129; Soubbotine, *Matériaux,* t. V, p. 136.

(3) *Ibid.,* t. V, p. 69-71.

(4) Autobiographie, dans Borozdine, *Le Protopope Avvakoum,* t. V, p. 78 et suiv.; Soloviov, *Hist. de Russie,* t. XIII, p. 207-217.

Il partagea là-bas la captivité de Lazare et de quelques autres *raskolniks* de marque ; il participa avec eux, ainsi que nous le verrons, à l'élaboration d'un corps de doctrines qui demeurent aujourd'hui encore à la base du schisme et, avec eux, il subit en 1681 le supplice du feu, définitivement consacré ainsi comme confesseur et martyr de l'Église nouvelle,

Avvakoum est un élève du *Domostroï*. En liberté même, sa vie se passe en privations et mortifications de toute sorte. Il ne dort presque pas, occupant ses nuits à prier. Le soir, après avoir expédié son bréviaire, les feux éteints, il se prosterne encore cinq cents fois dans l'obscurité, devant les saintes images, récite six cents *Pater* et cent *Ave Maria* (1). Comme il ramène la piété à l'observation stricte des anciens rites, il fait tenir la morale dans le détachement aussi complet que possible du monde, le renoncement à toute jouissance profane. Il n'entend pas seulement que, dans le domaine religieux, le respect du dogme absorbe entièrement l'esprit des croyants ; en dehors même de cette sphère, il refuse à leur activité intellectuelle tout autre objet. « Un rhéteur ou un philosophe ne peuvent être des chrétiens », déclare-t-il péremptoirement.

Dur pour les autres, quand la religion ou la morale, comme il les comprend, sont en cause, il ne l'est pas moins pour lui-même. A la campagne, dans sa jeunesse, il lui est arrivé de se sentir troublé par la beauté d'une jeune femme dont il recevait la confession. Immédiatement, allumant trois flambeaux, il étendait une de ses mains au-dessus de la flamme, « jusqu'à ce que le désir impur se fût éteint en lui ». Plus tard encore, il sera sujet à des tentations analogues. A Tobolsk, une fille de sa domesticité l'abordant de près, il passe vivement derrière une table et se met en prière, « craignant une entreprise du démon » (2).

L'instinct démocratique, si profond dans les masses populaires de son pays, le pousse bien plus que tout autre mo-

(1) Soubbotine, *Matériaux,* t. VIII, p. 90-92.
(2) *Autobiographie,* édit. Borozdine, p. 110.

bile, à prendre, dès que l'occasion s'en présente, la défense
des faibles et des opprimés, et la façon dont il intervient dans
ces cas est, nous l'avons vu, dépourvue de mansuétude. Le
Domostroï a un fond beaucoup plus païen que chrétien, et, à
y regarder de près, le *Raskol* procède de la même inspiration. Tous les chefs du schisme sont des violents. Dépouillé
de la prêtrise avant Avvakoum, Logguine crache sur Nikone
et lui jette ses vêtements à la figure, en présence de la tsarine. A l'ermitage célèbre de Nil, un officiant se servant de
cinq hosties, le bedeau, acquis au schisme, le frappe à la tête
avec un encensoir rempli de charbons ardents et une bataille
générale s'ensuit (1). Recevant un jour la visite d'un moine
et s'apercevant qu'il est ivre, Avvakoum l'interpelle vivement :
— Que veux-tu ?
— Le royaume du ciel... et de suite !
— Ami, tu me parais avoir vidé depuis ce matin plus d'un
verre ; es-tu cependant capable de faire honneur encore à la
boisson que je t'offrirai ?
— Certes !
Saisissant alors son hôte, l'apôtre l'étend sur un banc, l'y
attache solidement et se munit d'un fouet épais. Il récite les
prières des agonisants, ordonne au moine de faire ses adieux
aux assistants et lui porte un coup terrible sur la nuque. Le
patient est instantanément dégrisé, mais son bourreau ne le
tient pas quitte pour si peu. Lui mettant un rosaire dans les
mains, il l'oblige à faire cinq cents génuflexions ; après quoi il
ordonne qu'on le déshabille, ne lui laissant que sa chemise,
et se met en prière auprès de lui, en compagnie d'un bedeau
qui doit ponctuer chaque *Pater* et chaque *Ave* d'un coup de
fouet. Le moine finit par se sauver, pantelant et à moitié
nu (2).
Une autre fois, Avvakoum devient accidentellement témoin
d'un flagrant délit de fornication. La scène nous est contée
par lui avec un luxe de détails d'un réalisme extrême. Sur-

(1) ANDRÉIEV, *Le Raskol,* p. 67.
(2) SOUBBOTINE, *Matériaux,* t. V, p. 200.

pris, l'homme se redresse en balbutiant des excuses. Plus
hardie, tout en rajustant son pantalon, la femme nie impu-
demment la faute commise. « Les femmes de cette espèce portent des pantalons, » observe Avvakoum, ce qui nous initie
fortuitement aux secrets de la toilette féminine de l'époque.
L'incident a lieu en Sibérie et la coupable est livrée au
prêtre, en vue d'une correction appropriée. Avvakoum l'enferme dans une cave et l'y tient dans l'obscurité et le froid
pendant trois fois vingt-quatre heures, sans lui donner à
manger. Comme elle crie la nuit, le troublant dans ses dévotions, il la fait sortir de sa prison et lui dit :

— Veux-tu de l'eau-de-vie et de la bière ?

En tremblant, elle répond :

— Je n'ai que faire de ces boissons. Pour l'amour de
Dieu, donnez-moi un morceau de pain !

Imperturbablement, il s'occupe non de la nourrir mais de
l'édifier.

— Comprends, mon enfant, le fond des choses. Le désir
est l'aliment de la débauche et le désir naît de l'intempérance, du défaut d'intelligence et de l'indifférence envers
Dieu. Ayant mangé et bu outre mesure, tu prends tes ébats;
ainsi qu'une génisse, tu convoites les taureaux vigoureux ;
ainsi qu'une chatte, tu guettes les chats en folie d'amour et
tu oublies la mort !...

« Après cela, continue Avvakoum, je lui ai mis un rosaire
entre les mains et lui ai ordonné de faire des *poklony* devant
Dieu. A force de se prosterner, se trouvant dans un état de
grande faiblesse, elle est tombée. J'ai ordonné alors au
bedeau de lui appliquer le fouet. Je pleurais devant le Seigneur et je la tourmentais (1)... »

Cet inexorable catéchiste est pourtant foncièrement bon,
capable de faire preuve d'une douceur infinie, voire d'une
exquise sensibilité. Mais dès que la religion, ou ce qu'il croit
être la religion, se trouve en cause, il devient féroce. Pour

(1) Soubbotine, *Matériaux*, t. V, p. 254-255.

les défaillances où la morale seule lui paraît intéressée, parfois il incline encore à l'indulgence, à l'égard des femmes surtout, avec lesquelles ses rapports ont pu prêter à la malignité. Très innocents, ils affectent cependant un caractère sentimental où l'instinct sexuel ne laisse sans doute pas d'avoir sa part. Imposant une pénitence à la nonne Hélène, Avvakoum lui adresse des paroles où la compassion se nuance d'une pointe de tendresse presque équivoque. S'agit-il, par contre, de ce que, à son point de vue, il considère comme une hérésie, son verbe se fait invariablement implacable et haineux. Avec le répertoire des malédictions ecclésiastiques, il épuise à l'égard des coupables le vocabulaire populaire des plus grossières injures. Si, en parlant des Nikoniens, l'apôtre a toujours à la bouche des mots tels que « voleurs, bandits, chiens », sans parler d'autres épithètes impossibles à reproduire, il ne traite pas mieux ses propres compagnons dès qu'il se trouve avec eux dans la moindre contradiction. « Repens-toi, serpent à trois têtes, confesse ton erreur, chien puant, fils de p... » ! Voilà son style habituel.

Et il ne s'en tient pas, nous l'avons vu, à l'évocation seule des châtiments éternels promis aux coupables. Les ménagements dont on use à l'égard de Nikone le mettent en fureur. « Un bon tsar aurait vite fait de le pendre haut et court, » écrit-il. Le bon tsar auquel il en appelle ainsi, c'est, on le devine, le « Terrible ». Avvakoum ne lui ressemble pourtant d'aucune façon. Sa haine ne correspond à aucun instinct de cruauté. Elle n'est ni aveugle ni absolue. Dans ceux qu'elle vise, elle distingue l'hérétique digne des plus affreux supplices et l'homme commandant la pitié et l'amour. Aussi, sans tomber cette fois dans une contradiction que quelques-uns de ses biographes lui ont imputée, Avvakoum ne cesse de plaindre et d'aimer les objets de ses plus virulentes imprécations. Il prie et veut que les siens prient pour tous les égarés. Il ne désespère pas de leur conversion (1).

(1) Soubbotine, *Matériaux*, t. VIII, p. 60; t. V, p. 241. Comp. Borozdine, *Le*

Mais on peut s'y tromper aisément. En Sibérie, envoyant en reconnaissance un petit détachement de Cosaques, Pachkov s'avise de consulter un sorcier du pays, un *chamane*. Le sort leur sera-t-il favorable? Comme de raison, l'homme promet un succès complet. Aussitôt, dans l'étable à porcs qui lui sert de logis, Avvakoum tombe à genoux. Il demande à Dieu que le détachement soit exterminé. Que pas un ne revienne ! Et il ne doute pas qu'il ne doive être exaucé. Très sincèrement, il se croit en communication constante avec le divin Maître et en mesure de se faire écouter de lui. Tout en faisant profession d'une grande humilité, comme des visions célestes dont il ne cesse d'obtenir la faveur, il parle sans vergogne des miracles qu'il prodigue autour de lui. A l'exemple du Christ, il guérit les malades, chasse les démons, obtient des pêches miraculeuses (1).

Les démentis qu'il rencontre n'y font rien. A la veille de son second départ pour la Sibérie, il se targue d'avoir reçu du ciel la promesse qu'il ne serait pas inquiété. Et, en effet, le diak Bachmakov vient lui dire de la part du souverain : « Ne crains rien, aie confiance en moi (2). » L'événement contraire ne le déconcerte pas. Dans une de ses épîtres il dit avoir prédit à Pachkov que celui-ci lui demanderait un jour d'endosser le froc, « ce qui est arrivé ». En 1682, l'auteur de la prédiction étant déjà mort, Pachkov demeurait voiévode à Nertchinsk (3) ; mais le prophète avait expiré, sans que la foi qu'il gardait en son pouvoir surnaturel en fût ébranlée. « Le Saint-Esprit parle ainsi par moi, pauvre pécheur... Le Saint-Esprit et moi nous jugeons... » répétat-il, jusqu'à son dernier souffle (4).

Protopope Avvakoum, p. 321; Smirnov, dans *Revue du min. de l'Instr. publ.*, 1893, janvier, p. 274.

(1) Soubbotine, *Matériaux*, t. V, p. 72, 74, 114, 153-154; *Autobiogr.*, édit. Borozdine, p. 110, 113, 114.

(2) Autobiographie, dite de Kazan, dans *Lectures chrétiennes*, 1888, liv. II, p. 588.

(3) Borozdine, *Le Protopope Avvakoum*, p. 165; *Suppl. aux Actes hist.*, t. VIII, p. 346.

(4) Soubbotine, *Matériaux*, t. VIII, p. 45, 69, 73, 75, 95, 97, 99.

Prophète et thaumaturge, dans ce double rôle l'étroitesse de son esprit et l'insuffisance de son instruction lui ont fait multiplier les bévues. Il a eu beaucoup de lecture dans le cercle restreint d'une certaine littérature ecclésiastique. Une mémoire abondante, quoique peu sûre, lui a permis de jouer avec les textes de manière à dérouter des adversaires moins bien armés. Comme polémiste, il fut redoutable, avec des dons naturels très remarquables : de la verve, de l'originalité, le sens du pittoresque, un trésor de comparaisons saisissantes, de locutions imagées, de proverbes savoureux, une langue à lui enfin, chaude, colorée, vibrante, simple toujours, souvent étincelante d'humour, tour à tour tendre et suave, ou concise et énergique, toujours facilement intelligible, sans le moindre apprêt, sans trace de rhétorique, sans nul souci de dialectique, sans aucun effort de subtilité, la langue même du peuple, maniée par un virtuose du verbe.

Comme écrivain dogmatique, il a marché dans les sentiers battus, ne faisant que reproduire les tournures usuelles de la littérature slavonne ; mais, partout où il a touché à la vie réelle, racontant sa destinée, conversant avec ses amis, il a puisé directement aux sources du parler national. Il peut blesser le lecteur moderne par la crudité de certaines expressions. Il est fréquemment trivial, volontiers cynique, et il appelle toujours un chat un chat. Mais il a le don de la vie et une rare puissance d'émotion.

La nonne Hélène a péché, en jetant le trouble dans un ménage. Avvakoum engage ses compagnes à la fuir comme une pestiférée. Elle doit les éviter elle-même, étant souillée. Mais entre elle et lui, rien ne sera changé, car il est aussi contaminé. A-t-il été touché par ses charmes ? Lui a-t-elle fait éprouver, sinon une défaillance, du moins un de ces frissons du désir éveillé qu'il redoute tant et qu'il sait réprimer si durement ? On ne sait. Peut-être, par un raffinement de sensibilité et d'humilité, fait-il seulement état des propos malveillants auxquels leur commerce innocent aura donné lieu. Il lui écrit : « Je n'ai pas à craindre les boutons pestilentiels qui rongent ton corps, car j'en suis couvert moi-même. Envoie-moi des framboises : je puis en manger, car si tu es dénoncée, je le suis aussi ; nos relations ne feront pas scandale : nous nous valons ! »

Hors de la théologie, en histoire, géographie, sciences naturelles, son ignorance est grossière, et même sur son terrain d'élection il est sujet à de nombreuses erreurs, faute de comprendre soit la terminologie dont il se sert, ou même les points essentiels du dogme sur lesquels porte son enseignement. C'est ainsi que, dans une polémique avec le diacre Fédor, emporté par sa verve en des gloses et des thèses absolument saugrenues, il encourt le désaveu de ses propres coréligionnaires. Il ne s'en met pas davantage en peine. Après les épreuves auxquelles son corps a été soumis, c'est au tour de son âme à souffrir. Il n'y objecte pas. Un fleuron manquait à sa couronne de martyr : il l'accueille avec joie et n'a peur de rien. S'en tenant au Christ, il ne craint ni le tsar, ni aucun prince, ni les riches, ni les puissants, ni Satan lui-même (1) !

Il est toujours d'une bonne foi absolue. Mélange des plus hautes inspirations religieuses et des plus vulgaires superstitions, des sentiments les plus délicats et des trivialités les plus ordurières, d'une large compréhension de certaines vérités chrétiennes et d'un bon nombre de niaiseries, son autobiographie en porte le témoignage d'un bout à l'autre.

Comme corps de doctrine, ses écrits ne supportent pas la critique. Il passe pour avoir élaboré théoriquement le principe de la *bezpopovchtchina,* et, dans l'ensemble, son enseignement est en effet systématiquement dirigé contre la hiérarchie officielle, conséquemment contre toute hiérarchie, le *Raskol* se trouvant incapable d'en tirer une de son propre sein. Avvakoum n'admet même pas qu'on vénère l'image du Christ dans une église nikonienne. Si par contrainte on se trouve introduit en un tel lieu, on doit prier, mais en s'appliquant à ne pas suivre l'office. S'il reçoit la visite d'un prêtre

(1) SOUBBOTINE, *Matériaux,* t. VIII, p. 84-85 ; SMIRNOV, *Les Questions intérieures dans le Raskol,* p. 235.

nikonien, le maître de la maison ordonnera aux enfants de se
cacher derrière le poêle ; il esquivera la bénédiction du sup-
pôt de Satan en se déclarant en état d'impureté et il tâchera
de se défaire de lui en lui offrant de l'eau-de-vie et de l'argent. Sa femme fera de même, en disant à l'importun :
« Père, quel homme es-tu ? Ne peux-tu comprendre, d'après
ta popadia, que ce n'est pas le moment pour moi de te recevoir ? » Tous deux enfin, après le départ du visiteur, auront
soin de bien balayer le logis (1).

Voilà qui semble net. Cependant, dans certaines de ses
épîtres, l'apôtre exprime l'idée qu'on ne peut se passer de
prêtres et qu'un pope faisant profession de maudire les nikoniens et d'aimer le passé ne saurait, bien qu'ordonné par
l'Église officielle, être méprisé (2). Ailleurs, contre l'opinion
d'un de ses compagnons d'exil à Poustoziérsk, le Fédor que
nous connaissons déjà, il va jusqu'à déclarer valable le mariage célébré par un prêtre nikonien (3).

A vrai dire, dans son héritage littéraire, les textes de cette
nature ont été contestés, déclarés apocryphes (4). Mais cette
admission paraît arbitraire et Avvakoum ne s'est pas montré
plus conséquent avec lui-même sur beaucoup d'autres points.
Vouant à la potence Nikone et ses adhérents, n'a-t-il pas imaginé d'invoquer en même temps contre eux le principe de la
tolérance ! « Quoi ? pour faire triompher votre foi, vous pré-
tendez avoir recours au fer et au feu, à la corde et au knout !
Quel apôtre vous a donné cet enseignement? Où avez-vous
vu que le Christ ait recommandé de convertir les gens de
cette façon ? »

L'histoire entière du *Raskol* devait se ressentir de ces hésitations d'une pensée incohérente (5). Les hommes du temps

(1) *Description des écrits raskoliens*, t. II, p. 19-20.
(2) Soubbotine, *Matériaux*, t. V, p. 221.
(3) *Ibid.*, t. VI, p. 60-79, t. VIII, p. 103-104; Smirnov, *Questions*, p. 137.
(4) Nilski, *Leçons*, p. 10-11.
(5) Outre les sources déjà citées, voy. l'article de Miakotine sur Avvakoum,
dans le *Dict. biogr.* de Vengerov, t. I, p. 24 et suiv.; les indications bibliogra-
phiques de Prougavine, dans son livre sur le *Raskol* ; la biographie d'Avvakoum,

n'avaient pas de peine à s'en accommoder et la très grande
part de l'élément féminin dans le développement du schisme
a tendu à y faire prévaloir la passion au détriment du raison-
nement.

IV

L'ÉLÉMENT FÉMININ DANS LE « RASKOL »

Avvakoum parle souvent d'une « Trinité », qui n'est pas
celle du *Credo*. Il appelle ainsi un trio de femmes qui ont
joué un rôle important au sein de la communauté naissante.
Il les désigne encore comme « sainte, bienheureuse et martyre », ou bien il les symbolise sous l'espèce de trois pierres
précieuses, la jacinthe, l'émeraude et le jaspe. Ce sont :
Fédosia Morozov, née Sokovnine ; sa sœur, la princesse
Eudoxie Ouroussov, et la femme d'un colonel de *striéltsy*,
Marie Danilov. Toutes trois subissaient l'influence d'une certaine Mélanie, nonne de ce couvent de l'Ascension, ou Avvakoum eut un moment ses quartiers, personne mystérieuse sur
laquelle nous manquons de renseignements précis.

Mariée à dix-sept ans, veuve à trente, Mme Morozov
connut Avvakoum deux ans plus tard, à son retour de Sibérie,
et, déjà vouée à des pratiques de haute dévotion, accompagnées d'une exaltation religieuse grandissante, elle figura de
suite au premier rang parmi les adeptes enthousiastes de

par Miélnikov, dans le *Dict. encycl.*, t. I, p. 149-190 ; Avvakoum et ses opinions, dans *l'Interlocuteur orthodoxe*, 1868, t. II, p. 18-61, 135-155 ; le protopope Avvakoum en Sibérie, dans *Bulletins de l'Éparchie de Tobolsk*, 1855,
n°s 15 et suiv. ; B. (BROVKOVITCH), *Description de quelques récits raskoliens*, t. I,
p. 3-18, t. II, p. 3-44 ; ESSIPOV, *Les Procès du Raskol*, t. I ; MAKSIMOV, *Récits
sur l'hist. du Raskol*, p. 70-106 ; les articles d'un anonyme dans le *Vrémia*,
1862, n°s 1 et 12 ; de BARIATINSKI, dans *Messager ecclésiastique*, 1863 ; de
IVANOVSKI, dans *l'Interlocuteur orthodoxe*, 1869, t. II, liv. 5 et 6 ; de IEJELENKO,
dans *le Voyageur*, 1883, n°s 3, 4, 8, 9 et 10 ; de KARPOV, dans *le Bibliographe*,
1884, n° 1 ; quelques documents dans BARSOV, *Nouveaux matériaux pour l'hist.
du Raskol* et dans *Suppl. aux Actes hist.*, t. V, p. 448.

l' « apôtre » Les Morozov touchaient de près au trône. Beau-
frère du tsar, le frère du mari de Fédosia Prokopiévna,
Boris Ivanovitch, couvrait toute la famille du lustre de cette
alliance et du prestige d'une situation hors pair. Rang élevé
à la cour, fortune considérable, ses parents réunissaient les
faveurs du sort les plus enviables. Fédosia Prokopiévna
n'en tira de bonne heure aucun avantage.

Éloignée de la vie sociale, en dehors de la religion et de la
morale, la femme moscovite n'avait pas d'autre sphère où
elle pût évoluer, déployer une activité quelconque. Le *Domostroï* la confinait dans ce cercle d'où, brisant le moule des
vieilles traditions, le courant renovateur du dix-septième
siècle devait seul la faire sortir. Mais il était inévitable qu'elle
s'effarât sur le seuil du monde nouveau qui l'appelait et que
l'œuvre émancipatrice effarouchât d'abord et armât contre
elle les tristes recluses des sombres gynécées.

Fédosia Prokopiévna était une sectatrice convaincue et
fervente de l'austère ménagier. Après les prières et les lectures pieuses de la première heure, elle consacrait de longs
moments à l'accomplissement ponctuel de ses devoirs de
maîtresse de maison. Attentive aux besoins comme aux méfaits de sa nombreuse domesticité ou de ses paysans, elle
exerçait ses droits de juridiction patriarcale, « punissant les
uns du bâton, au témoignage d'Avvakoum, excitant les
autres par la bonté et l'amour à l'accomplissement de la loi
du Seigneur » . Le reste de son temps appartenait à des occupations charitables. Elle filait, tissait de la toile et cousait des
chemises qu'elle allait distribuer aux mendiants dans les rues
de Moscou. En secret, accompagnée d'une servante fidèle,
elle visitait nuitamment les prisons et les hospices, distribuant des secours en nature et en argent (1).

Une grande partie de ses biens se trouva bientôt absorbée
par ces aumônes. Elle partagea le reste avec une foule gros-
sissante d'hôtes des deux sexes qu'elle recueillait dans son

---

(1) Soubbotine, *Matériaux*, t. VIII, p. 148, 184, 189.

palais, malades, estropiés, idiots, parmi lesquels figuraient deux *iourodivyié*, Fédor et Cyprien, destinés à une grande célébrité dans l'histoire du *Raskol*. Fédosia Prokopiévna mangeait avec eux dans le même plat. Elle donnait ses soins à tous, lavant elle-même les plaies de quelques-uns et les nourrissant de sa main.

Elle portait un cilice, passait une partie de la nuit en prière et s'abstenait même de mêler de l'hydromel à son *kvass*. Pendant son séjour à Moscou et plus tard, en correspondant avec elle de Poustoziérsk, Avvakoum s'appliqua à stimuler dans ce sens les inclinations spontanées de la jeune femme. « Nous manquons d'eau parfois ici et nous vivons cependant, lui écrivait-il; en quoi êtes-vous meilleure que nous, bien que *boiarinia*? Dieu a étendu le même ciel sur nos têtes. » Cela ne l'empêchait pas d'être sensible aux largesses pécuniaires que la *boiarinia* accordait à sa famille (1). Tout en glorifiant à ce propos la générosité de la bienfaitrice, il ne se retenait pas de rudoyer la pénitente, lui rappelant à l'occasion que la « femme a les cheveux longs mais l'esprit court ». C'était à sa façon un courtisan habile.

A ce régime, Fédosia Prokopiévna fut amenée à rompre peu à peu tous ses autres liens d'amitié ou même de parenté. La princesse Ouroussov n'échappa à cette disgrâce qu'en suivant l'exemple de sa sœur; mais celle-ci ne pardonna pas à un cousin, Michel Rtichtchev, d'avoir parlé avec indulgence de Nikone. Pour la détourner de la voie où elle s'engageait, il eut beau invoquer les intérêts d'un fils unique dont elle risquait de compromettre la carrière.

— J'aime mieux le Christ que mon fils! répondit-elle.

Ce fils ayant grandi, en 1671 la mère prit secrètement le voile, sous le nom de Fédora, et abandonna le gouvernement de sa maison. Le secret ne put être gardé longtemps. L'année d'après, Alexis célébrant son mariage avec Nathalie Narychkine, Mme Morozov refusa de prendre part aux fêtes

(1) SOUBBOTINE, *Matériaux*, t. V, p. 194.

et l'attention du souverain fut portée sur le petit groupe féminin où la profession et la propagande du schisme s'étaient jusque-là exercées librement. L'orage longtemps retardé éclata. Ignorant qu'elle fît partie elle-même de la communauté qu'il menaçait, le prince Pierre Ouroussov avertit sa femme que Fédosia Prokopiévna allait être arrêtée. La princesse demanda la permission d'aller faire ses adieux à sa sœur et ne la quitta plus. On les arrêta toutes deux la nuit ; on les conduisit dans un cachot souterrain, puis on les sépara. En allant d'une prison à l'autre, comme elle passait devant le palais du tsar, pensant qu'Alexis la regardait, Fédosia Prokopiévna leva avec effort sa main droite chargée de chaînes et se signa — bidigitalement.

Les deux sœurs vécurent près d'un an, enfermées dans deux monastères distincts, étroitement surveillées et trouvant cependant le moyen de se voir. Plus ou moins gagnés au *Raskol*, gardes et nonnes s'ingéniaient à déjouer les consignes. Quelques prêtres de leur bord visitaient aussi les prisonnières et une légende veut qu'Alexis lui-même soit allé souvent au monastère qui servait de prison à la princesse Ouroussov. Faisant de longues stations sous les fenêtres de sa cellule, il la plaignait, tout en disant qu'il ne savait pas si elle souffrait pour la vérité.

De ses richesses, Mme Morozov ne gardait plus rien. Tout était confisqué. Son fils mourut de chagrin. Elle ne faiblissait pas. Élevé récemment au patriarcat, le métropolite de Novgorod, Pitirim, intercéda en sa faveur, se flatta de la ramener dans le bon chemin.

— Vous ne savez pas ce que c'est que cette femme, lui dit Alexis. Essayez !

Le patriarche se mit en frais d'éloquence avec Fédosia, l'engageant doucement à se confesser et à communier.

— Je n'ai pas à qui me confesser ni de qui recevoir la communion.

— Les prêtres ne manquent pas à Moscou !

— Pas un qui soit bon !

— Je vous confesserai moi-même...

— Vous ressemblez aux autres : vous portez la tiare du pape romain !

Revêtant ses ornements sacerdotaux, Pitirim ordonna d'apporter les saintes huiles. On s'en servait pour guérir les personnes atteintes de folie. Mme Morozov avait dû être portée dans la chambre du patriarche. Elle disait ne pouvoir se tenir sur ses jambes. Mais c'était pour ne pas rester debout devant les nikoniens. En 1667, à la barre du concile qui devait le juger, Avvakoum avait fait mine de se coucher. Soudain, comme assistant le patriarche, le métropolite de Kroutitsa s'approchait d'elle avec le bâton trempé dans le chrême sacré et essayait de la décoiffer, Fédosia Prokopiévna bondit.

— Ne me touchez pas ! Ne perdez pas une pauvre pécheresse !

Elle se débattait si fort que, donnant raison au tsar et cédant à la colère, Pitirim fit jeter dehors « l'enragée ». Au dire d'Avvakoum, exécutant l'ordre, les *striéltsy* qui gardaient la malheureuse l'auraient traînée jusque dans la cour, en tirant la chaîne qui lui serrait le cou, « de façon qu'elle compta avec la tête toutes les marches de l'escalier ».

A son tour, la princesse Ouroussov fut l'objet de la même tentative ; mais, arrachant le voile qui couvrait sa tête, ce qui passait alors pour un geste d'impudeur, elle cria :

— Que faites vous, hommes éhontés ! Ne voyez-vous pas que je suis une femme !

La nuit suivante, les deux sœurs, ainsi que Marie Danilov, furent soumises à la question, en présence des princes Ivan Vorotynski et Jacques Odoiévski et du *diak* de la Douma, Hilarion Ivanov. Dépouillées jusqu'à la ceinture, elles subirent l'estrapade et l'épreuve du feu sans broncher. Les bras disloqués, le dos couvert d'affreuses brûlures, elles demeurèrent trois heures sur la neige, au témoignage d'Avvakoum, sans laisser entendre une plainte.

Alexis fut embarrassé. Le patriarche se prononçait pour

l'application de la loi et la nonne Mélanie annonça à ses co-religionnaires qu'elles seraient brûlées incessamment. Mais c'était affaire grave que d'infliger pareil supplice à une Morozov! Les boïars s'agitaient et le monastère des Cryptes, où Fédosia Prokopiévna était enfermée, devenait l'objet de manifestations inquiétantes. Des rassemblements tumultueux se produisaient journellement devant les portes. La plus tendrement aimée des sœurs du tsar, Irène, lui reprochait sa cruauté, lui rappelait les services de Boris Morozov, en qui il reconnaissait un second père. D'après la légende, Alexis aurait été amené à essayer encore de la persuasion. Un capitaine de *striéltsy* eut ordre d'engager Fédosia à seulement lever la main avec les trois doigts réunis, moyennant quoi le tsar lui enverrait son propre carosse attelé de chevaux superbes pour la ramener à sa maison où les boïars lui feraient escorte.

— J'ai eu des équipages magnifiques, répliqua-t-elle, et je ne les regrette point. Faites-moi brûler... c'est le seul honneur dont je n'ai pas goûté et que je saurai apprécier.

L'épisode paraît douteux, au moins pour les détails. Le souverain se serait sans doute servi d'un intermédiaire mieux qualifié. Mais Fédosia ne fut pas brûlée. Avec ses deux compagnes on l'envoya à Borovsk. Les trois femmes y vécurent isolées dans des cachots creusés en pleine terre, des *ziémlianki*, et, comme elles persistaient dans leur obstination, on leur donna de moins en moins à manger. Leurs souffrances éveillèrent une sympathie presque générale, et, au sein du *Raskol*, Avvakoum s'employa activement à glorifier leur mérite. Les comparant maintenant à des « chérubins aux cent yeux, » des « séraphins aux six ailes », ou encore à Athanase d'Alexandrie, à saint Jean Chrysostome, à Basile le Grand et à saint Grégoire, il arrivait presque à les diviniser. Fédosia, en particulier, excitait son admiration et sa verve. Lui faisant une place à part dans « l'unité de la triple divinité », après l'avoir appelée bénie entre toutes les femmes, il la confondait avec le Christ, non sans mêler à ces extrava-

gantes hyperboles des accents plus simples, qui venaient des
profondeurs de son cœur !

« Chère amie, respirez-vous encore, ou vous a-t-on brûlée,
ou vous a-t-on étranglée?... Je ne sais rien, je n'entends
rien !... Est-elle vivante? Est-elle morte (1) ?... »

Il se reprenait parfois encore à la malmener, quand elle
lui paraissait descendre des hauteurs sublimes où il la voulait
maintenir. Ne devait-elle pas être parfaite entre toutes? Mais
en même temps, il écrivait à ses compagnes : « Elle est un
ange et vous n'êtes que des *baby* (vieilles femmes) (2). »

Eudoxie Ouroussov mourut en octobre 1675 et sa sœur le
mois d'après. Un contemporain a décrit d'une façon émou-
vante les derniers moments de la « sainte », en recueillant la
prière suprême qu'elle aurait adressée à ses gardiens, pour
qu'ils enlevassent secrètement et lavassent l'unique chemise
qu'elle portait et qu'elle voulait revêtir propre avant de
paraître devant le Seigneur (3).

De tels exemples, avec tout ce que la légende y ajoutait de
traits touchants et passionnants, donnèrent au *Raskol* une
impulsion qu'aucune mesure de rigueur ne pouvait plus
arrêter. Les premiers siècles du christianisme semblaient
revivre dans l'histoire des nouveaux confesseurs de la vraie
foi. La révolte de quelques ritualistes fanatiques prenait le
caractère d'un grand mouvement populaire, destiné en effet
à s'étendre dans une poussée irrésistible.

(1) SOUBBOTINE, *Matériaux*, t. V, p. 191.
(2) *Ibid.*, t. V, p. 179.
(3) Le récit se trouve dans une biographie de Fédosia Prokopiévna, qui a été
faussement attribuée à Avvakoum. Elle est postérieure à 1681, date de la mort de
l'apôtre, qui est déjà traité de « martyr » dans cet écrit; elle a été publiée dans
le huitième volume des *Matériaux*, édités par Soubbotine, p. 137-203. Voy.
aussi TIKHONRAVOV, *OEuvres*, t. II, p. 12 et suiv. ; ZABIÉLINE, *La Vie domestique
des tsarines*, p. 107 et suiv.

V

LE DÉVELOPPEMENT DU SCHISME

Dans l'exil lointain de Poustoziérsk, Avvakoum et ses compagnons ne restaient pas inactifs, pas plus qu'ils ne cessaient d'attirer l'attention de leurs coreligionnaires. Tenus dans des cachots obscurs et ne recevant qu'une livre et demie de mauvais pain par jour avec un peu de *kvass*, leur énergie ne se démentait pas. Avvakoum et Lazare envoyaient au tsar des épîtres, qui restaient sans réponse, mais obtenaient une énorme publicité. En même temps, le bruit se répandait à Moscou que, coupées par le bourreau, les langues de Lazare et d'Épiphane avaient miraculeusement repoussé, en sorte que les mutilés pouvaient parler. Nous devons à Avvakoum lui-même l'explication naturelle du prodige : gagné peut-être à la cause des victimes, le bourreau n'avait fait qu'un simulacre d'exécution. Mais, s'il faut en croire l'apôtre, à Poustoziérsk l'ablation aurait été ultérieurement complétée — avec le même résultat : au bout de trois jours, les langues reprenaient leur ancienne forme. Lazare eut aussi la main droite coupée, et en tombant à terre, les doigts se joignirent pour le signe de croix bidigital (1).

Les traits de biographie de Jean Damascène et de Maxime le confesseur n'ont évidemment pas été étrangers à l'élaboration de ces fables. La vérité est que l'agitation propagée par les exilés augmentant, en 1670 un capitaine de *striéltsy* fut envoyé à Poustoziérsk et y présida à de nouveaux supplices (2), dont l'effet resta cependant nul, en ce sens que leurs langues étant entièrement arrachées maintenant, La-

---

(1) Autobiographie d'Avvakoum, dite de Kazan, dans Borozdine, *Le Protopope Avvakoum*, p. 104 ; *Lectures chrétiennes*, 1888, t. II, p. 593 ; Soubbotine, *Matériaux*, t. V, p. 85, 86.

(2) Soubbotine, *Matériaux*, t. V, p. 82-87 ; *Lectures chrétiennes*, 1888, t. II, p. 592-594, 1889, t. I, p. 230, 234.

zare, Épiphane et Féodor n'en demeurèrent pas moins iné-
branlables dans les convictions qu'ils professaient.

Avvakoum fut épargné par les bourreaux, mais partagea les
rigueurs renforcées de la captivité commune, en les aggravant
encore par des mortifications volontaires. Renonçant à tout
vêtement, même en hiver, s'abstenant de toute nourriture
pendant des semaines entières, il s'affaiblissait au point de
ne pouvoir plus prier à haute voix. Alors, il tombait en
extase, se sentait grandir démesurément, imaginait que Dieu
« mettait en lui la terre, le ciel et toute créature, » et il écrivait à Alexis : « Vivant en liberté, tu ne possèdes que la seule
Russie ; à moi captif, le Christ a donné le ciel et la terre entière. »

Grâce aux complicités qu'ils trouvaient aussi autour d'eux,
les prisonniers pouvaient écrire et communiquer presque
librement avec le dehors. Avvakoum entretenait une correspondance suivie avec Moscou, Mezen, où vivait sa famille, et Borovsk, où agonisait la pauvre Morozov. Sur des bouts de papier,
soigneusement recueillis par les partisans du *Raskol*, il rédigeait aussi le produit de ses méditations. Parmi ses écrits,
une autobiographie en deux rédactions de sa main, un certain
nombre de commentaires sur les psaumes, divers ouvrages
de théologie ou de polémique et quelques dizaines d'épîtres
datent de cette époque. Ses compagnons l'imitaient, discutant avec lui divers problèmes de doctrine ou de discipline
et publiant également de nombreux messages où ils expo-
saient leurs opinions. De cette manière, Poustoziérsk devenait un centre d'enseignement religieux, foyer ardent propageant au loin son rayonnement.

Les premiers prédicateurs du schisme, les plus instruits relativement, il faut le dire, et les mieux doués, Théoktiste, Néronov,
Nikita Poustosviat, avaient quitté la scène, morts ou réduits
au silence par l'épouvante. Quelques-uns devaient plus tard
retrouver la voix ; mais, en attendant, « les Pères de Poustoziérsk », comme on les appelait, faisaient seuls autorité. On
recueillait leurs paroles comme des oracles ; on s'adressait à
eux pour toutes les difficultés.

Une des plus épineuses et des plus pressantes était imposée au schisme par la question de la prêtrise. Nous avons vu les incertitudes où s'égarait Avvakoum à ce sujet. Les oracles émanant de Poustoziérsk tendaient à établir une distinction entre les membres du clergé, selon qu'ils avaient été ordonnés avant ou après l'avènement de Nikone. Aux premiers seulement on pouvait avoir recours pour les besoins religieux, bien qu'avec précaution et en cas de nécessité absolue. Avvakoum et ses compagnons ne s'inquiétèrent pas, à ce moment, des conséquences futures du principe ainsi posé. A l'exemple des premiers chrétiens, ils ne regardaient pas à l'avenir, parce qu'ils n'en admettaient aucun. Ils croyaient à la fin prochaine du monde. Nous aurons à revenir sur ce point.

L'arrêt prononcé par eux en la matière s'est conservé dans trois rédactions (1), qui ne présentent que des différences de détails. Il devait servir de base à la doctrine des *bezpopovtsy* prêchant la fin de toute hiérarchie, la nécessité d'un second baptême et la substitution de la « communion spirituelle » au sacrement de l'Eucharistie. Personnellement, toutefois, Avvakoum n'adoptait pas ces idées et fut amené ultérieurement à les réprouver d'une façon très énergique (2) ; mais, bien qu'habituellement prépondérante, sa voix n'était pas toujours décisive. Ses compagnons de captivité concouraient à la constitution du credo schismatique et, entre eux et lui, le désaccord s'étendait jusqu'à des points essentiels de la dogmatique chrétienne, tout en portant le plus souvent sur des objets d'une bien moins grande importance.

Au sujet de la Trinité notamment, non pas celle où figurait la jacinthe, l'émeraude et le jaspe, mais l'autre, Avvakoum alla jusqu'à traiter Fédor de « jeune chien » et à le maudire (3). Une autre fois, il lui reprocha d'avoir avancé cette

(1) SOUBBOTINE, *Matériaux*, t. V, p. 224, 230 ; t. VI, p. 60-79, 310-312.
(2) SMIRNOV, *Les Questions intérieures*, p. 41, 42, 43, 137-142, 166-169 ; le même, dans *Revue du min. de l'Instr. publ.*, janvier 1899, p. 271.
(3) SOUBBOTINE, *Matériaux*, t. V, p. 175-176.

proposition insoutenable que le Christ était entré dans la Vierge par l'oreille, et sorti par le côté, un texte d'Ézéchiel (XLIV, 2) établissant, au contraire, hors de tout doute possible, qu'il avait emprunté la voie naturelle, « en rescellant le passage à chaque fois (1) ». En réalité, Fédor n'avait dit rien de pareil. Très correctement, il se contentait d'admettre l'incarnation matérielle, alors qu'Avvakoum imaginait une simple infusion de la grâce divine, le Fils demeurant substantiellement inséparable du Père : thèse opposée à la doctrine commune de toutes les Églises chrétiennes et qui fut cependant le plus généralement adoptée au sein du *Raskol* (2).

En matière de polémique, la loyauté était le moindre souci de l'apôtre, et la majorité de ses disciples n'en avaient cure non plus. Ayant deux fois raison contre son contradicteur dans l'espèce et beaucoup plus de savoir, Fédor n'en fut pas moins blâmé par la majorité de ses coreligionnaires et exclu du nombre des « Pères ». Pour se justifier, il écrivit un petit livre; mais Avvakoum réussit à s'en emparer, en détacha et publia quelques fragments, qui ainsi isolés, devenaient compromettants. Il détruisit le reste et s'arrangea encore pour faire encourir au malheureux diacre une correction cruelle, dont il se donna le spectacle (3).

Pour assurer le triomphe de ses idées, dans la conviction absolue qui l'animait toujours, il ne regardait pas aux moyens et pas davantage aux choix des arguments. Il puisait largement dans la littérature apocryphe, comme aussi dans sa propre imagination, en faisant preuve d'une fantaisie très originale, mais parfois extrêmement grossière (4). Une altération progressive de ses facultés mentales y contribuait. Moins robuste que son tempérament physique, son tempérament moral ne résistait pas au régime que nous connaissons.

(1) SOUBBOTINE, *Matériaux*, t. V, p. 349-350.
(2) *Ibid.*, p. 101. Comp. SMIRNOV, *loc. cit.*, p. 216-237.
(3) SOUBBOTINE, *Matériaux*, t. VI, p. 132-133.
(4) Voy. BOROZDINE, *Le Protopope Avvakoum*, p. 207.

Adressant en 1669 à Alexis une supplique qu'il disait être la dernière et qui fut suivie pourtant de plusieurs autres, jusque dans les emportements d'un lyrisme non dépourvu d'éloquence, il observait encore quelque mesure et usait de diplomatie :

« Aujourd'hui, écrivait-il, de mon cachot, ainsi que d'une tombe, en pleurant je t'adresse cette invocation suprême... Aie pitié, non de moi, mais de ton âme!... Bientôt, ne nous ayant pas accordé ici-bas un jugement honnête avec les apostats, tu auras à paraître là-haut en notre compagnie devant le juge souverain. Là, ce sera à ton tour d'avoir le cœur serré d'angoisse, mais nous ne pourrons plus rien pour toi! Tu nous as refusé une sépulture auprès des saintes églises: sois-en loué! Les saints martyrs n'ont pas été mieux partagés... Plus tu nous insultes et tourmentes et fais languir, plus nous t'aimons, ô souverain! décidés à prier pour toi jusqu'à la mort... Mais là-haut, nous ne pourrons plus t'aider, puisque tu auras refusé ton salut. En quittant ton empire éphémère, pour gagner la demeure éternelle, tu n'emporteras que ton cercueil et ton suaire... Je me serai passé, moi, et de l'un et de l'autre. Mon corps aura été déchiré par les chiens et les oiseaux de proie. Qu'importe!... Je me plairai à dormir sur la terre nue, avec la lumière pour vêtement et le ciel pour couverture. Et bien que, ô maître, tu aies voulu qu'il en fût ainsi, je te bénis encore une fois avec ma dernière bénédiction. »

Mais en 1681, le tsarevitch Fédor ayant succédé à son père, Avvakoum crut pouvoir changer de ton et, cette fois, le trouble de son esprit s'accusa d'une manière très apparente. Faisant appel du père au fils, il disait avoir eu nouvelle d'en haut que le défunt souverain expiait dans d'affreux tourments les crimes auxquels les nikoniens l'avaient porté, et, en termes ingénieux, il réclamait sa liberté pour, à l'exemple d'Élie, exterminer tous les suppôts de Satan (1).

(1) Soubbotine, *Matériaux*, t. V, p. 157.

La réponse fut un arrêt condamnant au bûcher l'auteur de
ce message, avec trois de ses compagnons, Lazare, Épiphane
et Nikifor. La date de l'exécution (10 avril 1681) est contestée (1) et les détails, qui ne nous sont parvenus qu'à travers
la littérature du *Raskol*, en deviennent suspects. Avvakoum
aurait prévu sa fin, disposé du peu de bien qui lui restait et
partagé ses livres. Sur le bûcher, il harangua les assistants,
levant les deux doigts et disant : « Priez et signez-vous ainsi
et la grâce divine sera avec vous; sinon, le sable couvrira les
lieux que vous habitez et la fin du monde arrivera. » Comme
les flammes l'enveloppaient avec ses compagnons, l'un d'eux
poussant des cris, il se pencha sur lui pour le consoler.

Le certain est que l'événement eut un retentissement
énorme et que, loin d'arrêter le mouvement dont les victimes
étaient l'âme, il lui donna une plus grande ampleur. L'auto-
da-fé faisait d'ailleurs partie d'un ensemble de mesures ré-
pressives décidées au concile de 1681 : création de nouvelles éparchies, pour renforcer l'influence du clergé officiel;
constitution d'une police spéciale; interdiction faite à tous les
sujets du tsar de donner l'hospitalité aux dissidents; destruction des ermitages et des chapelles appartenant au *Raskol;*
application vigoureuse des lois ecclésiastiques et civiles visant
le schisme (2). En frappant les chefs d'un côté, on prétendait
de l'autre rendre la vie impossible aux disciples. Traqués partout par une nuée d'agents, poursuivis de village en village,
dépistés jusque dans les forêts où ils cherchaient refuge, on
s'attendait à ce qu'ils disparussent.

Ils se multiplièrent. Les sévices avaient le premier tort d'arriver trop tard. Ainsi que le concile de 1681 le constatait, ils
succédaient à un régime de tolérance qui à Moscou même
avait permis le libre exercice d'une propagande active, la
vente publique des écrits développant l'enseignement schismatique (3). En outre, l'efficacité des moyens de répression

(1) Smirnov, *Questions intérieures*, p. viii, note 10.
(2) *Actes hist.*, t. V, n° 75, p. 108-118.
(3) Nilski, *La Vie domestique*, t. I, p. 50.

nouvellement adoptés fut paralysée par l'indocilité des instruments employés. En fait, dans un grand nombre de cas, cette prise d'armes ne devait aboutir qu'à l'exploitation éhontée des persécutés par les persécuteurs. Dans tel village, les dissidents en étaient quittes pour payer les dettes de jeu d'un staroste. Ailleurs, un manteau de fourrures, offert à la femme d'un voiévode, servait de rançon à plusieurs communautés proscrites. Au premier moment, des *raskolniks* passèrent en foule la frontière, trouvant asile en Suède, en Crimée, au Caucase, en Sibérie surtout, ou même encore en Turquie, en Moldavie, en Prusse et en Autriche. Mais les disparus ne tardèrent pas à être remplacés par des prosélytes nouveaux, et, en définitive, par l'effet précisément des persécutions, le schisme se développa non plus de jour en jour, mais d'heure en heure, selon l'expression d'un historien (1).

L'état politique, social et moral du pays, sa configuration géographique elle-même s'y prêtaient, déconcertant les plus énergiques efforts. Une fois de plus, après la mort de Féodor, la Moscovie se trouva précipitée dans une crise mettant en cause l'existence elle-même de l'empire. En mai 1682, éclate la fameuse révolte des *striéltsy* et le *Raskol* y joue un rôle considérable. Les dissidents apparaissent en masses compactes dans les rues de la capitale, prenant fait et cause pour les insurgés. Plusieurs fois condamné et gracié, réconcilié en apparence avec l'Église officielle mais n'attendant qu'une occasion de rupture, l'ex-pope de Souzdal, Nikita Poustosviat, figure à leur tête. Un moment, lui et ses collègues sont maîtres de la ville. Disposant leurs pupitres et leurs livres sur la Place Rouge, allumant des cierges, ils prêchent leur foi, puis processionnellement entrent au Kreml et y engagent des colloques orageux. En présence du patriarche et de la tsarevna régente, Nikita frappe au visage l'archevêque de Kholmogory, Athanase (2).

Ramenés à l'obéissance par la persuation et les largesses de

(1) Nilski, *Leçons*, p. 39.
(2) Nilski, *De l'Antéchrist*, p. xxii; Macaire, *Hist. du Raskol*, p. 244 et suiv.

Sophie, les *striéltsy* lâchent leurs alliés et le 21 juillet 1682 Nikita Poustosviat a la tête tranchée (1). Mais le *Raskol* est déjà partout.

Depuis 1667, les disciples de Kapitone le prêchaient à leur façon dans le district de Kostroma; l'ancien typographe Ivan l'enseignait dans le district de Vladimir; Éphrème Patiomkine et le moine-prêtre Abraham faisaient des prosélytes aux environs de Nijni-Novgorod, de Viétlouga et de Balakhna. A Smolensk, le protopope Sérapion; plus au nord des pères du monastère de Saint-Cyrille; plus au sud, sur le Don, les moines Dosiphée et Kornili organisaient d'autres centres de propagande. Partout surgissaient des saints, des ermites, des prédicateurs errants, des jeûneurs, des visionnaires annonçant à l'unisson le règne de l'Antéchrist et la fin du monde.

Sur le vaste littoral du nord, en particulier, dans la région d'Olonets et de Kargopol, au milieu d'immenses forêts et de landes désertes, de lacs et de marécages inaccessibles, le *Raskol* trouvait une forteresse inexpugnable. De même et pour des raisons analogues, aux environs de Vologda, de Vladimir, de Iaroslavl. A Vologda, la propagande du schisme obtenait dans la foire annuelle un merveilleux terrain d'action; dans les steppes de Saratov, le long de la petite rivière Koumychanka reliant le Don au Volga, si prompts à accueillir tous les mots d'ordre révolutionnaires, les Cosaques lui ouvraient un large accès. Le *Raskol* entrait par là en contact à l'est avec le pays de Voronèje, où Moscou n'avait pas encore pris pied solidement, et à l'ouest avec l'Ukraine polonaise, où les autorités de la République lui accordaient de discrètes complaisances. Sur les rives du Dniéper, la population locale était bien retenue à l'écart du mouvement par sa subordination aux patriarches d'Orient,

(1) Voy. pour cet épisode : NILSKI, *La Vie domestique*, t. I, p. 50; Savva Romanov, dans TIKHONVAVOV, *Chroniques*, t. V; POGODINE, *Les Dix-sept premières années de la vie de Pierre le Grand*, p. 64 et suiv.; Matviéiév, dans TOUMANSKI, *Recueil*, t. VI, p. 31 et suiv., et dans SAKHAROV, *Recueil*, p. 38 et suiv.; Miédviédiév, dans TOUMANSKI, *ibid.*, t. V, p. 135 et suiv.; OUSTRIALOV, *Hist. de Pierre le Grand*, t. I, p. 69 et suiv.

mais par contre, les immigrants grands-russiens, très nombreux déjà dans ces parages, s'y ralliaient avec empressement (1), et, sur le Don, lieu d'asile traditionnel pour tous les révoltés, les dissidents rencontraient une seconde patrie.

Nos renseignements sur les premiers prédicateurs du schisme dans le bassin du grand fleuve, Kornilii et Dosiphée, sont à peu près nuls. De ce côté, le *Raskol* n'entre dans l'histoire qu'avec Job Timofiéiév, fils d'un gentilhomme lithuanien, ancien domestique de Philarète pendant la captivité du futur patriarche en Pologne et fondateur, vers 1672, d'un monastère riverain du Tchir, à 50 verstes de son confluent avec le Don. Très âgé déjà, — il meurt en 1680 presque centenaire, — Job ne paraît d'ailleurs pas s'être occupé de prosélytisme en cet asile où il ne cherchait que la solitude et la paix personnelle. Mais en 1685, arrivant sur le Tchir, un second Dosiphée, ihoumène celui-ci, d'un monastère brulé par le métropolite de Nijni-Novgorod, Pitirim, attira les Cosaques en grand nombre (2). D'autres ermitages apparurent sur les cours voisins du Khoper et de la Miédviéditsa ; des sectes nouvelles pullulèrent. Un certain Théodose s'occupait de rebaptiser ses adeptes ; se basant sur un texte attribué à Esdras, le fameux pope Samoïla prêchait à Tcherkask la fin prochaine du monde et, sur la même base de croyances eschatologiques, Kouzma Larionov, dit Kossoï (le Louche), gagnait jusqu'à deux mille disciples (3).

Dans ce milieu, l'élément politique ne tarda pas à prévaloir sur l'élément religieux. Provoquée par la révolte des *striéltsy*, entretenue par les troubles incessants qui lui succédaient à Moscou pendant la régence de Sophie, une violente agitation aboutit en 1688 à un soulèvement général (4). L'unité religieuse du schisme n'y gagna pas.

(1) MIÉLNIKOV, *Esquisses historiques*, p. 3.
(2) DROUJININE, *Le Raskol sur le Don*; p. 71, 99 ; SMIRNOV, *Questions intérieures*, p. XXII et suiv. ; ÉSSIPOV, *Les Procès du Raskol*, t. II, p. 184 ; TIKHONRAVOV, *Les Chroniques de la litt. russe*, t. V, p. 54.
(3) *Suppl. aux Actes hist.*, t. XII, n° 17, p. 180.
(4) DROUJININE, *loc. cit.*, p. 110 et suiv.

Le *Raskol* était partout, mais à l'état de petites communautés, isolées, fréquemment dispersées, sans autre lien qu'une doctrine passablement confuse, pleine d'incertitudes, voire de contradictions, sans aucun foyer central, depuis la disparition des « Pères de Poustoziérsk ». Éparpillement matériel à travers un immense territoire et émiettement moral dans la masse de néo-organismes confessionnels improvisés d'un jour à l'autre, plus encore que le protestantisme occidental, le schisme russe devait subir l'action de ces forces dissolvantes.

VI

LES SECTES

Entre le centre de l'empire et les Ukraines du sud d'une part, le littoral septentrional et la Sibérie de l'autre, une première rupture s'accusa bientôt, — sur la question épineuse de la hiérarchie ecclésiastique. Depuis la mort, en 1656, de Paul de Kolomna, seul prélat qui lui fût resté fidèle jusqu'à la fin, le *Raskol* ne possédait plus d'évêque. Ordonnés avant la réforme de Nikone et seuls acceptables d'après la thèse adoptée par Avvakoum, les prêtres ne tardèrent pas à lui faire défaut aussi et le problème apparut dans toute son acuité. Il reçut des solutions qui non seulement différèrent d'une communauté à une autre, mais encore donnèrent lieu à des disputes violentes au sein de chacune d'elles. Les unes affirmaient la possibilité du salut en dehors de tout recours à une autorité religieuse régulièrement constituée, les autres voulaient qu'une inéluctable nécessité obligeât les fidèles à s'accommoder des prêtres même entachés de nikonianisme par le fait de leur ordination, mais ayant rompu depuis avec l'Église officielle.

La première doctrine prévalut au nord et en Sibérie, contrées où l'insuffisance de l'organisation ecclésiastique avait depuis longtemps habitué une grande partie des habitants à se passer des offices et des sacrements. Tout en gagnant quelques adeptes au centre et au sud et bien que son point de départ doive être historiquement rattaché à l'enseignement de Kapitone dans les environs de Kostroma et de Viazniki c'est dans la région moins peuplée du nord-est que la *bezpopovchtchina* était appelée à obtenir son plus grand développement. L'influence du protestantisme y eut une certaine part, bien qu'en fait encore, les *bezpopovtsy* dussent remplacer simplement une hiérarchie par une autre, en témoignant un respect extrême aux chefs spirituels qu'ils se donnaient eux-mêmes (1).

Avvakoum ayant un jour qualifié d'adultère le mariage non célébré par un prêtre régulièrement ordonné, les « sans prêtres » décidèrent qu'à part le baptême et la confession, qui d'après certains textes arbitrairement interprétés pouvaient être administrés par des laïcs, aucun sacrement ne serait valablement conféré. D'où le postulat du célibat général, générateur à la longue des pires désordres. Les chefs étaient sincères. L'un d'eux, Simon Denissov, poussait les scrupules dont il voulait donner l'exemple à cet égard jusqu'à s'interdire personnellement un entretien en tête à tête avec sa propre sœur, Salomé, abbesse d'un monastère (2). Mais l'exemple ne fut guère suivi ; s'appuyant sur l'autorité d'Avvakoum, la doctrine et la pratique de l'union libre eut des adhérents beaucoup plus nombreux. Dans la secte du diacre Étienne, la *Stéphanovchtchina,* moines et nonnes partagèrent les mêmes cellules, — ce qui était « mettre du feu à côté du bois » , selon l'expression de saint Dimitri de Rostov. Des rites nouveaux s'organisèrent, où à défaut de prêtres des prêtresses figuraient comme officiantes (3).

Dans le sud, au prix de quelques inconséquences, la *popov-*

(1) Chtchapov, *Le Raskol,* p. 170-177; Nilski, *Leçons,* p. 68; Ivanovski, *Examen critique,* p. 58 et suiv.

(2) Nilski, *La Vie domestique,* t. I, p. 30.

(3) *Ibid.,* t. I, p. 31 ; Macaire, *Hist. du Raskol,* p. 268.

chtchina échappa à ces égarements, mais elle se trouva en contradiction formelle avec le point de vue général qu'elle acceptait sur la situation de l'Église, la venue de l'Antéchrist et la fin du monde. Il s'en faut d'ailleurs qu'au sein de l'un ou de l'autre de ces groupements un accord complet ait jamais été réalisé, même sur ce point qui les divisait en organisations distinctes. En principe, l'une d'elles rebaptisant ses adeptes, l'autre déclarait cette cérémonie superflue ; par endroits, pourtant, le second baptême fut pratiqué par les *popovtsy ;* de même qu'il arrivait que les *bezpopovtsy* se donnassent des prêtres (1), et, en 1709, on compta jusqu'à vingt sectes appliquant les deux systèmes, chacune à sa façon (2). Avec le temps, la *popovchtchina* devait aboutir pratiquement à la constitution d'une hiérarchie autonome, rivale de la hiérarchie officielle. Théoriquement, elle resta cependant longtemps fidèle aux croyances eschatologiques, qui excluaient cette organisation et qui vers la fin du dix-septième siècle constituaient et le trait le plus saillant du schisme et le seul point de doctrine, ou à peu près, unifiant les groupes dissidents.

VII

« LA FIN DU MONDE »

Ces croyances se rattachaient, nous le savons déjà, à la thèse de « la troisième Rome ». Il fut entendu qu'en héritant de Constantinople, l'orthodoxe Moscou était devenue, au sein de la chrétienté, l'unique asile de la vraie foi et que, seule aussi, elle retardait l'apparition de l'Antéchrist. Donc, du fait

---

(1) SMIRNOV, *Questions intérieures,* p. 132.
(2) MIÉLNIKOV, *Écrits sur le Raskol,* p. 60 et suiv. — Sur l'origine de la *popovchtchina* et de la *bezpopovchtchina,* outre les sources déjà citées, voy. IOANNOV, *Essai hist. sur les raskolniks,* p. 109 et suiv ; MARKOV, dans *Revue orthodoxe,* 1884, t. II, p. 239-281 ; BOROZDINE, *Le Protopope Avvakoum,* p. 348 et suiv. ; SMIRNOV, dans *Revue du min. de l'Instr. publ.,* janvier 1899, p. 257.

de Nikone et de sa réforme, l'Église russe ayant failli à cette mission sublime, l'Antéchrist devait venir. Il était venu. En 1596 déjà, sous l'impression de l'*Union* de Brest, Étienne Zizanii, avait, dans un commentaire sur le quinzième chapitre de saint Cyrille de Jérusalem, fixé cet événement à la huit millième année après la création du monde. En 1648, un autre ouvrage, publié à Moscou sous le titre de *Livre de la foi*, et très accrédité, reproduisit la même idée. On se rappela que, d'après l'Apocalypse, Satan avait été, par la venue du Christ, enchaîné pour mille ans et on voulut que la chute morale de Rome eût coïncidé avec cette échéance. Après quoi, d'autres manifestations plus décisives de la puissance triomphante du maudit étaient à prévoir. Au moyen de calculs fantaisistes, on arriva à faire concorder la date plus anciennement adoptée pour l'apparition de l'Antéchrist avec la réunion du concile de 1666, où la Réforme avait été définitivement consommée. Certaines données apocalyptiques et le chiffre de la Bête, se laissèrent interpréter dans ce sens. Avvakoum prétendit avoir vu le monstre et il en donna des descriptions . son aspect était épouvantable; son corps répandait une odeur fétide; par le nez et les oreilles, il émettait des flammes pestilentielles.

La plupart des *raskolniks* l'identifièrent d'abord avec Nikone s'ingéniant à appliquer à l'ex-patriarche les textes de l'Écriture, lui donnant des parents païens, entourant tous les événements de sa vie de démons et de serpents (1). Mais, Nikone venant à mourir sans qu'il eût obtenu l'empire du monde, les gloses s'embrouillèrent. Les uns s'obstinèrent à soutenir qu'il continuait à vivre, caché à Pskov; les autres supposaient qu'il ressusciterait (2). Avvakoum finit par admettre que l'ex-patriarche n'avait été qu'un précurseur. Mais, du coup, les calculs relatifs à la fin du monde durent aussi être revisés. Procédant des croyances communes aux premiers chrétiens

(1) *Récit sur Nikone*, Bibl. publ. de Saint-Pétersbourg, ms. Q, I, 1058, l. 46, 47, 51, 70; *Vie de Kornilii, ibid.*, ms. Q, I, 401, l. 176.
(2) Smirnov, *Questions intérieures*, p. 28-29; Nilski, *Leçons*, p. 53 et suiv.

et des croyances millénaires du moyen âge, ils limitaient à deux années et demie le règne de l'Antéchrist et la destruction de toutes choses était annoncée pour l'instant suivant. On s'y préparait depuis longtemps en divers milieux. En 1644, l'aumônier protestant du prince danois Valdemar, Felhaber, reprochant aux moscovites leur ignorance, le vieux sacristain de la cathédrale de l'Assomption, Ivan Nassiédka, lui avait répondu que la fin prochaine du monde rendait inutile toute fondation d'écoles (1). En 1668, beaucoup de paysans renoncèrent à ensemencer leurs champs. L'année d'après ils abandonnèrent leurs maisons. Se réunissant par bandes, ils priaient, jeûnaient, se confessaient les uns aux autres, communiaient avec des hosties consacrées avant les nouveautés nikoniennes et attendaient la trompette de l'archange.

D'après une tradition ancienne, l'événement devait arriver à minuit, instant tragique où, la lune s'éteignant, les étoiles tomberaient du ciel comme une pluie d'orage. Dès la chute du jour, les expectants revêtaient donc des suaires, se couchaient dans des cercueils et récitaient pour eux-mêmes les prières des agonisants, auxquelles, comme un écho lugubre, répondaient les mugissements plaintifs du bétail errant sans pâture (2).

Mais l'année 1669 s'écoula encore sans que les étoiles eussent abandonné leur place habituelle. On en fut quitte pour un nouveau redressement des évaluations précédemment établies. L'arrivée de l'Antéchrist avec ses conséquences passa maintenant pour différée de toute la longueur de la vie du Sauveur, qui, on ne s'en était pas avisé plus tôt, avait dû par sa naissance seule interrompre l'œuvre satanique. Mais Nikone paraissant décidément mort, le travail des imaginations en quête d'une hypostase nouvelle pour le monstre aperçu par Avvakoum se porta sur d'autres objets. Tour à tour Alexis, ou

(1) Klioutchewski, *L'Influence occidentale*, p. 155.
(2) Miélnikow, *Esquisses hist.*, p. 31; Nilski, *La Vie domestique*, p. 41; Smirnov, *Les Questions intérieures*, p. 45 et suiv.; Iakovlev, *Récit*, dans *Bratskoïé Slovo*, 1888, n°. I, p. 238.

l'autocratie en général, et, plus tard, à l'exclusion du doux et inoffensif Féodor Alexiéiévitch, Pierre le Grand remplacèrent l'ex-patriarche.

Cependant, ainsi que certaines communautés israélites le font aujourd'hui à l'égard du Messie, les *raskolniks* les plus intelligents finirent par spiritualiser cette conception. Le règne de l'Antéchrist n'eut plus à leurs yeux le sens d'une prise matérielle de possession. Ils l'imaginèrent seulement comme un état de choses absolument incompatible avec le gouvernement de Dieu et l'existence des bons chrétiens sur la terre. Et les bons chrétiens n'avaient plus à attendre cette catastrophe. *Elle était réalisée* et ne leur laissait plus qu'une ressource, qui était de s'y soustraire dans le seul refuge qui leur restât : la mort.

VIII

LE SUICIDE COLLECTIF

Pour le développement de cette idée, le terrain était préparé depuis longtemps aussi. La pratique du suicide collectif semble avoir pris naissance dans la *Volossatovchtchina,* une des sectes émanant de l'enseignement de Kapitone. Simple paysan sans instruction aucune, originaire de la petite bourgade de Sokolsk, dans le gouvernement actuel de Vladimir, le fondateur de cette communauté, Basile Volossatyï (1), ne fit d'abord que renforcer les formes usuelles de l'ascétisme en honneur dans les ermitages. Il s'abstenait de couper et de peigner ses cheveux, d'où son surnom (*Volossatyi* : le chevelu). Mais, en poussant à ses conséquences extrêmes, avec une logique implacable, la doctrine du maître, il arriva à remplacer la mortification de la chair par la destruction.

Le mode d'autodestruction le plus généralement adopté par

(1) Voy. pour sa biographie, FLEROV, dans *Bratskoié Slovo,* 1894, n° I, p. 479.

les disciples de ce « législateur du suicide », comme l'ont appelé les écrivains du *Raskol*, fut le jeûne jusqu'à la mort, et les premiers cas connus de cette espèce se sont produits vers 1660. Nous ignorons les détails des sacrifices collectifs organisés sur cette base par Volossatyï à Viazniki ; mais nous savons que plus tard, à Viétlouga et à Vyg-Oziéro, un vieillard fonda pour cet objet un établissement spécial, qui fonctionna régulièrement. Les jeûneurs volontaires étaient introduits par le toit dans un édifice sans portes ni fenêtres. On en compta par centaines. Le sinistre ordonnateur du sacrifice fermait l'ouverture après que la dernière victime y avait passé et, pour plus de sûreté, il plaçait le long des murs cinq ou six gardiens munis de gourdins. Au bout de deux jours passés en prière, les prisonniers demandaient généralement à manger. En vain ! Prières, supplications, cris de détresse et d'agonie laissaient le vieillard sourd. La plupart des enfermés mouraient entre le troisième et le sixième jour ; mais quelques-uns résistaient plus longtemps.

Un jour, deux sœurs se trouvant réunies dans cette tour d'Ugolin, à laquelle on ne saurait penser sans frémir, une troisième réussit à les faire délivrer, en ameutant la population des villages voisins, et le sacrificateur faillit subir lui-même le supplice auquel il condamnait tant d'égarés. Il sut cependant échapper à la colère des paysans et trouva des imitateurs parmi lesquels figura une femme.

Dans la suite, se propageant, cette folie affecta les aspects les plus divers : suicide par la noyade, le fer, l'enterrement en vie et enfin le feu. Ce dernier procédé l'emporta à la longue, et les exécutions de même genre consommées à Poustoziérsk y aidèrent. Les bûchers dressés là pour des condamnés allumèrent les auto-da-fé volontaires. En dépit pourtant d'une propagande extrêmement active et d'une organisation très habile, l'épidémie du suicide, car c'en fut une, ne s'étendit pas à tout le pays. Sévissant avec une grande intensité dans le nord et le nord-est, sur le haut Volga jusqu'à Nijni, et encore dans les environs de Novgorod, dans la région de l'Onéga, sur tout le littoral septentrional et en Sibérie, elle épargna presque les provinces du centre, où triomphait la *popovchtchina*.

Son foyer principal demeura au lieu de son origine, dans les gouvernements actuels de Vladimir, de Kostroma et de Iaroslavl, à Viazniki notamment, à Pochékhonié et à Romanov. Berceau de l'État moscovite, siège de sa vie industrielle et commerciale la plus active, cette région était génératrice aussi de la plupart des fermentations politiques, sociales et morales. Mais en partant de là, le mouvement rayonna principalement vers les contrées excentriques.

La première idée du suicide par le feu appartient aussi à Volossatyï; ses disciples préférèrent toutefois invoquer l'autorité d'Avvakoum, qui, dans certains de ses écrits, avait en effet paru approuver cette pratique. Ainsi, dans la première (ou la troisième d'après certains critiques) de ses épîtres à Siméon, à propos d'un auto-da-fé qui en 1672 fit époque à Nijni-Novgorod (1). Mais « l'apôtre » semble, à cette occasion, avoir été induit en erreur : Siméon lui faisait croire que les *raskolniks* de Nijni s'étaient donné la mort pour échapper à une contrainte matérielle menaçant leur foi, tandis qu'ils avaient obéi seulement à un accès d'exaltation religieuse (2).

La pensée d'Avvakoum est, à cet égard, difficile à saisir, d'autant que les apologistes du suicide ont compliqué le problème en répandant sous la signature de l'« apôtre » des écrits qu'ils composaient eux-mêmes. Désapprouvant parfois l'autodestruction comme instrument de salut spirituel et la recommandant seulement comme un expédient suprême pour conserver la pureté de la foi, il en parle à d'autres moments comme d'un moyen choisi par les vrais croyants « pour sauver leur âme ». Toujours aussi il se sert de termes peut-être volontairement imprécis (3). Il n'admettait pourtant pas l'impossibilité de lutter avec le gouvernement de

---

(1) SOUBBOTINE, *Matériaux*, t. VIII, p. 67-81.
(2) BOROZDINE, *Le Protopope Avvakoum*, p. 312.
(3) SOUBBOTINE, *ibid.*, t. V, p. 264-265.

Satan, ni par conséquent la nécessité de se soustraire à son pouvoir par la mort. L'Antéchrist lui-même lui avait fait l'aveu de son impuissance à subjuguer les volontés énergiques. Mais le suicide était populaire et l' « apôtre » n'osa d'abord se prononcer nettement contre lui. C'est le cas d'un grand nombre de ses pareils. Puis, il paraît s'être laissé gagner par l'entraînement commun et, vers la fin de sa carrière, sans aucune équivoque, pour le coup, il s'est arrêté à l'idée du martyre volontaire, justifiant cette thèse par des exemples historiques (1). « Que devenir? écrivit-il alors; il n'y a pas de tombe pour les vivants (2) ! » Et il prit la résolution de se laisser lui-même mourir de faim, mais s'en laissa dissuader (3).

Comme lui, les apologistes et les organisateurs du suicide prêchaient rarement d'exemple. En 1687, un des plus énergiques, Ignace, n'y fut amené que par la force (4). En invoquant la vertu du « feu purificateur » , d'autres commençaient par abuser des jeunes filles qu'ils vouaient à la mort. A Romanov, un des plus illustres émules de Volossatyï passait pour sodomite. D'autres paraissent avoir été inspirés par le plus odieux intérêt personnel, s'appropriant éhontément la dépouille de leurs victimes (5).

L'auto-da-fé de 1672, à Nijni-Novgorod est le premier cas connu de suicide collectif de ce genre. L'apparition dans les déserts et les marais du voisinage d'un prophète, Éphrème Patiomkine, annonçant la venue de l'Antéchrist; une grande famine qui au même moment désolait la contrée; la création d'une nouvelle éparchie, destinée à combattre le *Raskol* et enfin le supplice d'un *raskolnik*, brûlé par ordre du nouveau métropolite, furent les raisons déterminantes de l'événement.

L'Antéchrist passait pour devoir corrompre non seulement

(1) SOUBBOTINE, *Le protopope Avvakoum*, t. V, p. 165, 197, 204, 221, 363 ; t. VIII, p. 75-77.
(2) SOUBROTINE, *ibid.*, t. V, p. 237.
(3) SOUBBOTINE, *ibid.*, t. V, p. 85.
(4) SMIRNOV, *Questions intérieures*, p. 57.
(5) CUTCHOUKINE, *Le Suicide collectif*, p. 71-72.

l'Église, l'État et la Société, mais les éléments eux-mêmes, l'eau, l'air, la terre. Il fallait donc bien mourir, puisque la vie allait devenir impossible (1) ! L'idée évolua ensuite. Deux courants se dessinèrent, procédant l'un de la doctrine générale des vieux croyants, l'autre de l'enseignement particulier de Volossatyï : acte de piété ici, remplaçant les autres pratiques religieuses qu'on ne pouvait plus accomplir faute de prêtres, second baptême, comme on l'appelait, le suicide collectif fut au contraire envisagé là comme le moyen de mourir sans avoir manqué aux devoirs religieux et de « ne pas renoncer à la sanctification de l'ondoiement ». Et, donnant satisfaction aux sentiments les plus divers par ces subtiles distinctions, l'horrible rite put se propager dans les milieux les plus variés en finissant cependant par prendre son développement définitif sur une nouvelle base : la croyance à la fin prochaine du monde.

De 1672 à 1691, on en compta trente-sept applications collectives, le nombre des victimes dépassant 20,000 (2). Les propagateurs semblent s'être servis des moyens les plus criminels. Souvent, ils inventaient des persécutions pour affoler les populations. Ils employaient des narcotiques, usaient de violences odieuses. De jeunes hommes recouraient à cet expédient pour se débarrasser de leurs femmes. Les chroniques du temps rapportent des détails d'une invraisemblable atrocité. Un bûcher flambe dans un clos. Déjà saisi par les flammes, un vieillard essaye de franchir la palissade ; ses propres fils lui tranchent les mains à coups de hache et il retombe dans la fournaise. Un enfant de dix ans appelle sa mère, qui a réussi à échapper au « tombeau » ; le père le retient de force. Venue pour assister au spectacle, une femme accouche sur le lieu ; un sacristain, qui joue le rôle de surveillant, jette au feu l'accouchée d'abord, puis baptise l'enfant et l'envoie rejoindre la mère dans les flammes (3).

(1) NILSKI, Leçons, p. 33.
(2) CHTCHOUKINE, loc. cit., p. 102.
(3) CHTCHOUKINE, loc. cit., p. 109. — Voy. pour l'ensemble du sujet : MIÉLNIKOV, articles dans l'Abeille du Nord, 1860, n° 170 ; DOBROTVORSKI, dans l'Interlocuteur orthodoxe, n° I, p. 421-443 ; ESSIPOV, Hist. de l'Ermitage de Vyz-Oziéro,

Ces égarements sont probablement inséparables de tous les mouvements où les passions humaines entrent en jeu. Dans tous les pays et à toutes les époques le fanatisme religieux en a suscité d'analogues. En survivant à de telles folies, le *Raskol* russe a prouvé la vitalité puissante qui l'animait. Mais c'était, c'est encore aujourd'hui une force dissolvante, et, dans la crise générale où la Moscovie se trouvait précipitée en cette fin de siècle, qui était bien pour elle, quoique dans un autre sens, la fin d'un monde, ce pays s'en est ressenti douloureureusement. L'impossibilité bientôt accusée de dégager de son passé un ordre de choses nouveau qui donnât satisfaction aux aspirations légitimes de tous ses habitants, l'obligation de léguer à un avenir lointain tant de problèmes inquiétants ont eu en grande partie pour cause le déchirement intime ainsi déterminé, si cruel que, pendant quelques années au moins, un effroyable appel au néant en résulta.

p. 5-7; le même, dans *Annales de la Patrie*, 1863, n° 2; Nilski, dans *Lectures chrétiennes*, 1862, t. II, p. 99-100; Éléonski, *L'état du Raskol sous Pierre le Grand*, p. 82-99; Addréiev, *Le Raskol*, p. 263-265, 377-379; Kostomarov, *Monogr. hist.*, t. XII, p. 377-379; Pypine, *Recueil de nécrologes*, p. 47; Proucavine, dans *La Pensée russe*, 1885, n° 2; Loparev, *La Réplique d'Evfrosinov*, 03-06; Klioutchevski, dans *Messager théologique*, 1896, n° III, p. 490-499; Sikorski, *L'Épidémie du suicide*; Bekhterev, *Le Rôle de la suggestion*; Stern, *Geschichte der oeffentl. Sittlichkeit*, p. 168 et suiv.

CHAPITRE XIV

LA CRISE MORALE

LES MŒURS

Dans l'évolution des sociétés, les mœurs sont habituellement le point où les tendances novatrices et misonéistes, les aspirations au progrès et les instincts de conservation entrent en lutte avec le plus de vivacité. C'est là aussi qu'à cette époque, contre tous les assauts qu'il avait à subir, la résistance du vieil esprit moscovite s'est montrée la plus forte. Sur la façon de croire, la réforme religieuse a partagé le pays en deux camps et, en somme, les partisans du *statu quo* ne se sont pas trouvés en majorité. Sur la manière de vivre, jusqu'à l'avènement de Pierre le Grand, à quelques exceptions près, l'unanimité devait demeurer, sinon en principe du moins en fait, acquise à la tradition. Au fond même, si la crise religieuse a pris ici une telle intensité, c'est parce que la religion faisait partie des mœurs et parce que, plus encore qu'à des éléments de foi, la réforme s'attaquait à des modes d'existence.

En rapprochant les observations de deux voyageurs recueillies sur ce point, les unes dans la première moitié du dix-septième siècle, les autres vers la fin, nous obtenons l'impression que le modèle n'a pas bougé.

« La mauvaise éducation qu'on leur donne (aux Moscovites), lorsqu'ils sont encore jeunes..., fait qu'ils suivent

aveuglement ce que l'on appelle aux bêtes l'instinct, de sorte
que, la nature étant par elle-même dépravée et corrompue,
leur vie ne peut être qu'un débordement et aveuglement con-
tinuel. Je ne parle point des fantaisies des grands seigneurs,
mais des écots (*sic*) bien ordinaires..., où l'on n'entend parler
que des choses abominables qu'ils ont faites eux-mêmes, ou
qu'ils ont vu faire à d'autres, osant bien se vanter de crimes que
l'on expierait ici par le feu... De plus, comme ils s'adon-
nent à toutes les dissolutions et même à des péchés contre
nature..., celui qui en sait faire le plus de contes... passe
parmi eux pour le plus habile homme. Les vielleurs en font
des chansons et leurs charlatans et leurs saltimbanques les
représentent publiquement et ne craignent pas de se découvrir le derrière et quelquefois tout ce qu'ils portent, devant
tout le monde. Les meneurs d'ours, qui se font accompagner
de joueurs de gobelets et de marionnettes, dressent leur
théâtre en un moment par le moyen d'une couverture de lit ; y
font paraître leurs poupées et y représentent leurs brutalités et
leurs sodomies, donnant ce vilain divertissement aux enfants. »

Ceci est d'Olearius (Oelschlaeger), qui visita la Moscovie en
1634 (1). Struys lui succéda en 1669, et voici quelques-unes
de ses notes :

« Ils (les Moscovites) ont l'air grossier et brutal, et, s'ils
sont tous forts et robustes, ils n'en ressemblent que mieux
aux bêtes, auxquelles ils ont beaucoup de rapport. Le peuple
y est né pour l'esclavage et si accoutumé à la fatigue et au
travail que leur lit ordinaire est un banc ou une table et leur
duvet la paille. Leur façon de vivre est comme le reste purement naturelle, et vous voyez père, mère, enfants, valets,
servantes pêle-mêle dans un même poêle, où chacun fait son
tripotage, sans s'informer des règles de la bienséance... Ils
sont naturellement si paresseux qu'ils ne travaillent jamais si
une extrême nécessité ou la violence ne les y contraignent.
Comme ce sont des âmes de boue, ils n'aiment que la servi-

(1) *Voyages*, p. 209-213.

tude et lorsque, par la mort ou la bonté de leurs maîtres, ils
sont devenus libres, leur premier soin est de se vendre et de
s'engager comme auparavant... Avec toute la peine qu'ils
ont, ils sont nourris si maigrement qu'ils se procurent comme
ils peuvent ce qui leur manque. Aussi, ils ne sont pas scrupuleux de voler tout ce qu'ils rencontrent, ni même de tuer
ceux qui s'opposent à leur dessein... Outre cela, ils sont inci-
vils, farouches et ignorants ; ils sont traîtres, défiants, cruels,
et si brutaux dans leurs passions que la sodomie ne leur
semble pas le plus grand des crimes, joint qu'ils n'en font
pas de secret. La tromperie dans les marchandises passe chez
eux pour un tour d'adresse et d'esprit (1). »

Les deux images se superposent exactement, et les autres
visiteurs étrangers les reproduisent encore trait pour trait.
En 1696, Perry (2) veut, en commettant d'ailleurs à cet égard
une erreur matérielle, que les Russes n'aient même pas un
mot pour traduire l'idée de l'honneur. « Les étrangers, écrit-
il, ont coutume de dire que, pour savoir si un Russe est honnête, il faut regarder s'il a du poil à la paume de la main.
S'il n'en a pas, c'est un coquin... Ils n'ont aucune pudeur à
l'égard des plus infâmes actions commises par eux... »

Le journal de Gordon est à peu près de même date et il
constitue comme un répertoire d'abominations : vols, concus-
sions, dilapidations, faux en écritures. Hommes de tout rang,
fonctionnaires de tout grade y rivalisent d'infamie, et l'auteur
du journal finit par les imiter, ce qui semble un gage de sincérité. Mayerberg (3), Neugebauer (4), Tectander (5), Petrejus (6), Collins (7), La Neuville (8), Avril (9), Korb (10), Car-

---

(1) *Voyages*, t. I, p. 355.
(2) *The state of Russia*, p. 217.
(3) *Voyage en Moscovie*, édit. Galitzine, t. I, p. 38, 42, 49.
(4) *Moscovia*, p. 76.
(5) *Iter persicum*, p. 32.
(6) *Historien*, p. 136, 636, 637.
(7) *The present state of Russia*, t. I, p. 17.
(8) *Relation*, p. 181.
(9) *Voyages*, p. 319-320.
(10) *Diarium*, p. 114.

lisle (1), renchérissent dans le même sens. Petrejus parle de gentilshommes pauvres qui dans les rues racolent des clients pour leurs femmes...

Ce sont des étrangers suspects de malveillance. Soit. Mais voici Kotochikhine, un Moscovite, nous disant (2) que c'est un malheur d'assister aux obsèques d'un tsar, car on y risque d'être volé ou tué. Bien que d'origine étrangère, Krijanics est un témoin mieux qu'impartial, porté à l'enthousiasme en ce qui concerne sa patrie d'adoption, et il donne à peu près la même note (3). Comme traits saillants des mœurs locales, il indique l'universelle tromperie, grossièreté et sauvagerie des habitants, avec le développement effrayant de l'ivrognerie et de la sodomie, *qui habetur pro joco*. On se vante publiquement de ce vice, on s'y incite devant témoins.

Sur ce point particulier, nous possédons d'ailleurs des documents. Sous le patriarcat de Nikone une enquête a mis en évidence un acte de sodomie, consommé par un archimandrite sur un sous-diacre, dans une église et au cours d'un office (4)! Les moines révoltés de Solovki portaient contre leur abbé, Bartholomé, des accusations de même genre (5).

Pour la disposition générale à la malhonnêteté un témoignage singulièrement expressif nous est fourni, on s'en souvient, par Alexis lui-même, à l'occasion de la mort du patriarche Joseph (6).

Le défunt avait été de son côté un assez triste personnage, et, d'aucune façon, l'Église ne donnait le meilleur exemple. En 1642, le protopope de la cathédrale de Vologda, Fédor, fut poursuivi pour participation à une bande de brigands (7). Dans une lettre adressée en 1632 à l'archevêque de Sibérie, le patriarche Philarète dénonce la complicité d'un grand

---

(1) *Relation*, p. 309.
(2) *De la Russie*, p. 17, 42.
(3) *De l'Empire russe*, t. I, p. 161, 170, 176.
(4) SOUBBOTINE, *Matériaux*, t. V, p. 136, et t. VI, p. 246.
(5) *Ibid.*, t. III, p. 57.
(6) Voy. plus haut, p. 79.
(7) *Bibl. hist. russe*, t. II, p. 749.

nombre de prêtres dans les plus odieux méfaits : incestes, viols (1).

L'ivrognerie était commune à toutes les classes. « L'eau-de-vie fait les délices des deux sexes, de quelque condition qu'ils soient », écrit Olearius ; à toute heure et en tout temps, les enfants même en boivent, de non poivrée et même de poivrée, sans faire la moindre grimace. Enfin, ils y sont si accoutumés qu'à mesure que le froid augmente, les hommes engagent tout leur vaillant et aiment mieux aller tout nus que d'en manquer. Les femmes n'ont pas plus de retenue, et, s'il ne tient qu'à se prostituer pour en avoir, elles le font même en public. »

Secrétaire de l'ambassade envoyée à Moscou par l'empereur en 1676, Lyseck est un témoin exceptionnel. Contre le sentiment de tous les autres étrangers, il n'a que des paroles flatteuses pour le monde officiel et les autres sphères de la capitale : princes, boïars, fonctionnaires, tous sont intelligents et instruits, braves et pieux, comme le souverain lui-même. Les hommes du peuple lui ont laissé de tout autres souvenirs ; ils les a vus grossiers et cruels ; adroits et malins dans le commerce, mais de mauvaise foi ; hostiles aux étrangers, jusqu'à rendre toute relation avec eux extrêmement pénible, et adonnés à l'ivrognerie, jusqu'à en perdre la raison. » Tous les jours, lisons-nous dans son rapport (2), nous avons vu en voiture trois ou quatre ivres-morts. Souvent aussi, nous avons vu, les maris étant couchés sans connaissance, leurs femmes se mettant auprès d'eux et enlevant un à un leurs vêtements, les donner pour de l'eau-de-vie, jusqu'au moment où elles tombaient nues à côté de leurs époux. »

Alors comme aujourd'hui ce vice était la grande plaie du pays et, comme aujourd'hui, pour les mêmes raisons, tout en faisant mine de le combattre, ni les autorités ecclésiastiques ni les autorités laïques n'usaient d'aucun moyen de répression sérieux. Des circulaires étaient envoyées dans les monastères

(1) *Recueil des doc. d'État*, t. III, n° 60.
(2) *Relatio*, Salzburg, 1676.

pour y interdire l'usage des boissons fortes (1), mais les
évêques possédaient des caves bien garnies et le réformateur
Nikone lui-même buvait sec. Personnellement sobre, Alexis
se plaisait parfois à enivrer les boïars de son entourage. Les
mœurs résistaient, d'une part, et, de l'autre, le gouvernement
ne pouvait se résoudre à restreindre la consommation de
l'alcool par des mesures efficaces, parce qu'il en tirait un
gros revenu. Donc, les joueurs d'échecs étaient punis du fouet,
mais les buveurs d'eau-de-vie jouissaient en fait d'une très
large tolérance. Des règlements strictement mis en vigueur
astreignaient les employés de toutes les chancelleries à jeûner
la semaine sainte et à aller à l'église tous les jours de
carême (2). L'observation du repos dominical ne souffrait
aucune dérogation, le travail devant cesser dès le samedi
soir, à partir de l'heure des vêpres, et, tous les jours de
l'année, il était défendu de se divertir avec les bateleurs et
les devins, de jouer avec les chiens, de monter à l'escarpo-
lette, comme aussi de regarder la lune au commencement
du premier quartier ou de se baigner quand il tonnait (3).
Mais, les dimanches comme les autres jours, on n'encourait
aucune punition en s'enivrant, et pas davantage en se lutinant
entre hommes et femmes dans les étuves publiques, ou
en échangeant des propos orduriers ponctués de gestes obs-
cènes, à la sortie. Pas plus qu'aujourd'hui la suppression des
cabarets, promptement remplacés par des débits clandestins,
ne diminuait le nombre des buveurs.

La cruauté des mœurs égalait leur dissolution. Un indice
éloquent en est fourni par le nombre des femmes prenant le
voile pour échapper aux mauvais traitements que leur infligeaient des maris inhumains, capables de les atteler à la
charrue, ou, après les avoir fouettées jusqu'au sang, de frotter
leurs plaies avec du sel !... Et ces actes de barbarie n'étaient
pas encore ce que les malheureuses pouvaient attendre de

(1) *Actes de la Comm. arch.*, t. IV, nᵒˢ 37, 188, 322, 325, 328.
(2) *Ibid.*, t. IV, p. 115-121.
(3) *Ibid.*, t. IV, nᵒˢ 6 et 35.

pire. L'assassinat du mari par la femme entraînant pour la coupable un châtiment terrible, l'enterrement en vie, la loi n'en prévoyait aucun pour le cas inverse. La jurisprudence y suppléait parfois, à la vérité, et, en 1644, nous trouvons le cas d'un mari puni du knout pour avoir tué sa femme, bien que celle-ci fût convaincue d'adultère. Mais le fait paraît exceptionnel (1).

La violence régnait partout. Pendant tout le règne d'Alexis, la capitale elle-même demeure un coupe-gorge. Les hôtels des plus grands seigneurs ressemblent à des repaires de bandits, car, mal nourrie, mal vêtue, peu ou point payée, une nombreuse domesticité n'y a d'autre ressource pour vivre que le brigandage. Tout un quartier, celui de la Dmitrovka, est à peu près inaccessible, à cause des gens de Rodion Strechniév, d'un prince Galitzine et d'un prince Tatiév, qui y opèrent à main armée de jour et de nuit (2).

Des traits de férocité se laissent découvrir jusque chez les meilleurs parmi les hommes du temps, les plus cultivés et les plus doux. A la nouvelle que le fils d'Ordine-Nachtchokine a passé la frontière sans permission, Alexis adresse au père une instruction lui prescrivant de dépenser jusqu'à 10,000 roubles pour ramener le fugitif, ou, si on n'y peut réussir, — le tuer (3). La vie humaine compte pour extrêmement peu et ce mépris est commun à ceux qui tuent comme à ceux mêmes qui sont tués. Assistant en 1684 à une exécution capitale, un Allemand, Rinhuber (4), est stupéfait de la façon simple dont on expédie la chose, « ohne viele Compliments zu machen. » Les supplices sont atroces. On continue à interroger les condamnés jusque sur l'échafaud ; on les enlève de la roue, les membres déjà brisés, pour les ramener à la chambre de question, et cela n'émeut personne, pas même le supplicié (5).

La subordination absolue de l'individu à l'État, un des

(1) Soloviov, *Hist. de Russie*, t. XIII, p. 164-165.
(2) Krijanics, *De l'Empire russe*, t. I, p. 162.
(3) Soloviov, *Hist. de Russie*, t. XI, p. 96.
(4) *Wahrhaftige Relation*.
(5) Serouléiévski, *Les Pénalités*, p. 74.

traits caractéristiques de l'époque, explique en partie ce phénomène. L'individu se révolte souvent ; il engage une lutte
avec la puissance dominatrice ; mais, vaincu, il se soumet à
sa destinée et n'a plus qu'un souci, qui est de mourir convenablement, correctement, comme il aurait fait dans son *isba*.
Souvent les condamnés vont à l'échafaud sans être liés ; ils
saluent tranquillement les assistants, en répétant : « Par-
donnez, frères ! » Ils aident le bourreau. Enterrées vives, les
femmes adultères remercient d'un signe de tête les personnes
charitables qui, dans le tronc disposé à cet effet, jettent des
pièces de monnaie destinées à leur enterrement.

Grossière aussi et barbare est l'existence matérielle des
masses populaires et même des classes plus élevées, sans trace
d'élégance ou de confort le plus élémentaire, même dans les
demeures seigneuriales. Les paysans et les ouvriers logent
comme des animaux et ne mangent guère mieux. « Leur bat-
terie de cuisine, rapporte Struys, est de quelques pots et plats
de terre ou de bois qu'ils lavent une fois la semaine, d'une
écuelle d'étain où ils boivent leur eau-de-vie et d'un gobelet
de bois pour leur hydromel, qu'ils ne rincent presque jamais. »
Mais, dans l'ordinaire de la vie, les grands seigneurs eux-
mêmes n'en usent guère autrement. Krijanics observe bien
que leurs maisons de bois commencent à être remplacées par
des constructions en pierres ou briques ; mais l'intérieur y
reste privé de tout raffinement ; la vaisselle d'argent y est
réduite à quelques coupes ; les pots de terre et les plats de bois
figurent exclusivement sur toutes les tables et sont rarement
nettoyés. Nulle part Krijanics n'a retrouvé fût-ce l'étalage
d'étain brillant, si commun à cette époque en Allemagne,
même dans les maisons bourgeoises. Il n'a vu sur les murs
d'autres tentures que — les toiles d'araignée. Pas de plumes
dans les lits, mais de la laine seulement ou de la paille ; les
vêtements du jour convertis en draps et couvertures pour la
nuit ; nulle délicatesse dans le manger ; le gruau, les choux,
les concombres, le poisson salé — pourri souvent — comme
menu habituel ; comme assaisonnement, l'oignon et l'ail, dont

l'odeur remplit le palais même du tsar. Krijanics y a assisté à un banquet d'apparat et a cru s'apercevoir que la vaisselle n'avait pas non plus été récurée depuis au moins un an !

Dans les festins de ce genre, la ripaille est énorme, la profusion des mets et des boissons prodigieuse; mais Mayerberg n'en a eu que le cœur levé :

« L'ivresse seule met des bornes à leur manière de boire et personne ne quitte la table si on ne l'emporte. Pendant le repas, les rots qui leur sortent de la bouche, avec l'odeur de l'eau-de-vie, de l'ail, de l'oignon et des raves, jointe aux vents du bas-ventre, dont ils ne sont point scrupuleux, exhalent une corruption capable de faire crever ceux qui sont auprès d'eux. Ils ne portent point leurs mouchoirs dans leurs poches mais dans leurs bonnets, et, comme ils ont toujours la tête nue lorsqu'ils sont à table, s'ils ont besoin de se moucher, ils se servent de leurs doigts, qu'ils essuyent ensuite et leur nez à la nappe (1). »

Un tableau assurément fort déplaisant ressort de tous ces témoignages, dont la parfaite concordance est pour exclure toute chance d'erreur. Observateur pénétrant et porté à l'impartialité autant par le penchant naturel de son esprit que par les douloureuses épreuves rencontrées dans cette patrie d'adoption, Krijanics ne s'est cependant pas arrêté aux seules couleurs sombres dont il chargeait lui-même sa palette. Et nous devons sans doute l'imiter. Sur ce peuple de sauvages, de paresseux et d'ivrognes, il a d'abord constaté l'effet avantageux d'une sévère discipline politique. Elle lui a paru éminemment propre à développer dans toutes les classes le sentiment du devoir. Il a remarqué que, naturellement inclinés en campagne à piller plutôt qu'à se battre, les soldats de ce pays ne lâchaient cependant jamais pied quand ils étaient bien commandés, et, employés à la défense des forteresses, se laissaient mourir de faim plutôt que de se rendre. Il lui a paru aussi qu'en imposant aux mêmes hommes d'autres con-

(1) *Voyages*, t. I, p. 59.

traintes rigoureuses, la discipline morale du *Domostroï* les préservait d'un sybaritisme où la vie plus libre et plus luxueuse des peuples occidentaux trouvait le plus dangereux écueil. Ayant beaucoup voyagé, Krijanics ne pouvait d'autre part trop s'effaroucher de certains traits de licence au moins, observés dans les mœurs de ce pays, ni y apercevoir un fait d'exceptionnelle dépravation. Les autres contrées ne lui laissaient pas, à cet égard, des souvenirs beaucoup plus édifiants. Visité en 1684 par Rinhuber, le quartier européen de Moscou ne prenait pas davantage aux yeux de cet Allemand l'aspect d'une oasis de vertu. Ajoutons que Paris même n'était pas à cette époque une ville très bien policée, Boileau y écrivant en 1660 ces vers :

> Le bois le plus funeste et le moins fréquenté
> Est auprès de Paris un lieu de sûreté.

En Moscovie, l'écrivain croate est plus péniblement impressionné par d'autres particularités qui font obstacle au développement de ce peuple et qui ont pour cause, croit-il, les contradictions intimes où se débat sa conscience. A une grande simplicité d'esprit et de cœur, la plupart des Moscovites joignent paradoxalement un orgueil national démesuré. Ils méprisent tous les étrangers et se mettent cependant humblement et docilement sous leur férule. La xénophobie et la xénomanie les portent alternativement à des excès également fâcheux. Ils n'ont le sens de la mesure en rien et c'est ce qui les empêche aussi de trouver un juste milieu entre l'anarchie la plus dévergondée et le despotisme le plus absolu (1).

Avec d'autres étrangers, Krijanics a constaté en outre une différence de niveau, peu apparente au point de vue matériel, mais très sensible au point de vue intellectuel, entre les masses populaires, abandonnées à l'influence dégradante et dépravante de l'ignorance, de la superstition et de l'esclavage, et la classe aristocratique déjà pénétrée en partie par les courants libérateurs de la civilisation. Alexis lui-même et, dans

(1) *De l'Empire russe*, t. I, p. 162, 179, 189, 231, 236-237.

son entourage, des hommes comme F. M. Rtichtchev ne pouvaient, au jugement d'aucun Européen, passer pour des barbares. Les Mayerberg et les Carlisle eussent été embarrassés
pour indiquer, sur un trône quelconque d'Occident, un souverain égalant le second Romanov en élévation ou en pureté
morale. Quant à Rtichtchev, en même temps qu'un homme
d'État de réelle valeur, ce collaborateur inséparable du tsar (1)
fut aussi un saint. L'hyperbolisme constitutionnel, relevé par
Krijanics dans le tempérament de sa race, trouvait là une
éclatante confirmation.

A lui seul, ce juste eût suffi à fournir la rançon de plusieurs
Sodomes et plusieurs Gomorrhes. Dans la vie publique
comme dans la vie privée, à travers quelques erreurs de jugement, c'est un chrétien qui dépasse l'idéal évangélique, car,
poussé jusqu'à la plus complète abnégation de soi-même, son
amour du prochain est en même temps actif et créateur.
Accompagnant le souverain à la guerre, Rtichtchev ne se
contente pas d'abandonner sa voiture aux blessés et aux
malades, bien que, souffrant lui-même, il ait peine à se tenir
à cheval ; il improvise des hôpitaux de campagne ; se tordant
de douleur, il préside à leur organisation, surveille leur fonctionnement, arrive on ne sait comment à recruter des médecins et des chirurgiens et y dépense une partie de sa fortune.
En pleine Moscovie du dix-septième siècle, il fonde la Croix-
Rouge ! Puis, comme suite à l'initiative ainsi prise, il fait
adopter un système de rachat de prisonniers, avec une caisse
alimentée par un impôt spécial ; il crée un hospice pour les
mendiants et les estropiés. La famine éclatant au pays de
Vologda, il vend jusqu'à ses vêtements pour distribuer des
secours ! Dans son testament, il recommande à ses héritiers
de bien traiter les paysans qu'il leur laisse « parce que ce sont
nos frères », et, sur son lit de mort, en 1673, il réclame,

(1) Né quatre années avant Alexis (1625), il ne l'a précédé dans la tombe que
de trois ans (1673), remplissant tour à tour les fonctions de premier chambellan
(postiélnitchyï), de majordome *(dvoretskiï)* et de précepteur du tsarevitch Alexis,
mais s'occupant d'une masse d'autres besognes, d'ordre politique, économique
ou scientifique.

comme dernière joie, le privilège de distribuer de ses mains quelques aumônes encore ! Il meurt âgé de quarante-sept ans seulement et à peu près ruiné par ses bonnes œuvres. Aussi la meilleure part de son héritage se trouve dans les mesures législatives qui, procédant de son inspiration, préluderont, après qu'il aura disparu, à une organisation systématique de la bienfaisance, à un moment où l'Occident commence seulement à entrer dans cette voie (1).

Or, à cet égard aussi, la Moscovie du dix-septième siècle reste fidèle à elle-même. La biographie de Rtichtchev est presque une réplique de celle où la piété d'un contemporain nous a retracé, au commencement de cette époque, la vie héroïquement bienfaisante d'une grande dame, Julienne Ossorine, née Lazarevski. Vaquant le jour aux soins de sa maison, s'ingéniant à suppléer ses domestiques dans les plus durs travaux, ne consentant à recevoir leurs services que devant les étrangers, on nous la montre occupée pendant la nuit à des travaux de couture qu'elle vend et dont elle emploie le produit en aumônes (2).

Assurément, au début du siècle, — Julienne est morte, très âgée, en 1604 — commé à la fin, ces hautes vertus ne hantent que les sommets. En bas, corvéable et serve, misérable et abrutie, la masse ne sait que subir passivement l'implacable tyrannie des forces réelles ou imaginaires qui pèsent sur sa destinée. Entre les violences et les exactions dont ses maîtres la rendent victime et les maléfices qu'elle impute à de prétendus sorciers, son existence est une terreur perpétuelle. En Occident, les procès de sorcellerie demeuraient encore fréquents à cette époque ; mais, dès 1670, un arrêt de mort, prononcé par le Parlement de Rouen pour faits de cette espèce, était cassé par ordre du roi (3). Ici, quatre années plus tard, on brûlait encore bel et bien une sorcière à Totma

(1) KLIOUTCHEVSKI, *Les Hommes de bien de l'ancienne Russie*, p. 88 et suiv. ; KOZLOVSKI, *F.-M. Rtichtchev*, p. 122 et suiv.

(2) BOUSLAÏÉV, *Esquisses*, t. II, p. 254-263 ; KLIOUTCHEVSKI, dans *Messager théologique*, 1892, n° I.

(3) LAVISSE, *Hist. de France*, t. VII, 1re partie, p. 300.

et des accusations de même genre n'épargnaient pas des personnages même très haut placés. L'éducateur de la mère de Pierre le Grand en fut victime (1), et la superstition populaire découvrait le diable dans un bocal où un fonctionnaire du Département des Affaires étrangères, Ivanov, avait l'imprudence de recueillir une seiche (2).

Le sublime Rtichtchev voulait qu'on traitât bien ses paysans; mais, quoique partisan du développement de l'instruction, il ne songeait pas à leur apprendre à lire. Avec lui, les Moscovites les plus dévoués à la cause du progrès jugeaient que, pour le commun, ce luxe était superflu. L'aristocratie elle-même ne se l'appropriait d'ailleurs que dans une mesure assez restreinte.

II

L'INSTRUCTION

Comme l'ivrognerie, l'ignorance resta générale dans toutes les classes jusqu'à la fin du siècle, bien que se creusât déjà, en ce pays, l'abîme qui aujourd'hui y sépare une petite élite du plus grand nombre. Mais alors, entre cette élite elle-même et la culture européenne, la distance demeurait grande. Les observateurs étrangers expliquaient diversement ce phénomène, accusant d'un parti pris d'obscurantisme intéressé le clergé, le gouvernement ou les boïars. A l'exception de Paul d'Alep, tous étaient d'accord pour constater l'universelle absence de connaissances élémentaires, même en matière de religion. Faisant partie, en 1661-1664, de l'ambassade du baron de Mayerberg, Glavinics s'est aperçu que, pour la plupart, les hommes du peuple ne savaient pas réciter les prières les plus simples, se contentant de répéter deux cents fois par jour : « Seigneur, pardonnez-nous nos péchés (3). » Inter-

---

(1) SOLOVIOV, *Hist. de Russie*, t. XIII, p. 167, 170, 238 et suiv.
(2) MATVIÉIEV, *Mémoires*, p. 24.
(3) WICHMANN, *Sammlung*, p. 349. — Voy. d'autres témoignages dans le même sens chez ROUCHTCHINSKI, *La Vie religieuse des Russes*, p. 169.

rogés à ce sujet, ils déclaraient bravement que le *Pater* et l'*Ave* faisaient partie d'une haute science, réservée au tsar, au patriarche et aux grands seigneurs. Dans une réunion nombreuse, Reutenfels ne trouvait qu'un Moscovite qui sût ce qu'était Judas (1).

La disparition, au dix-septième siècle, des rudiments d'organisation scolaire antérieurement constitués est certaine, si étrange que le fait doive paraître (2). Dans les établissements ainsi abandonnés, l'enseignement semble, à la vérité, avoir été fort indigent. On n'y apprenait même pas le catéchisme, faute de tout ouvrage pouvant être utilisé pour cet objet. Les élèves de ces écoles recevaient cependant quelques notions d'histoire universelle, ceux qui se destinaient à la prêtrise étudiant en outre le Nouveau Testament et les Pères de l'Église, saint Jean Chrysostome en particulier. Mais le nombre des uns et des autres doit avoir été extrêmement restreint, car, même au seizième siècle, d'après tous les témoignages, sur 1,000 Moscovites, c'est tout au plus si on en trouvait un sachant lire.

Ces écoles étaient l'œuvre du clergé paroissial et elles se trouvèrent englobées au dix-septième siècle dans la ruine des organismes autonomes qui les avaient fait naître. Quelques historiens ont supposé que leur mission éducatrice a été recueillie, à cette époque, par les confréries religieuses. Mais ces confréries n'ont eu quelque vitalité que dans les provinces russes faisant partie alors du domaine polonais. A Moscou, en fait d'établissements scientifiques procédant de cette initiative, nous ne trouvons que l'école de Saint-Jean le Théologien dont l'existence, assez problématique, n'a été en tout cas que très éphémère, et l'école du monastère de Saint-André, créée par Rtichtchev, avec le concours de moines appelés de Pologne (3).

(1) *De Rebus Moscoviticis,* p. 175.
(2) Voy. PETREJUS, *Historien,* p. 421 et suiv.
(3) VLADIMIRSKI-BOUDANOV, dans *Revue du min. de l'Instr. publ.,* avril 1874, p. 247 et suiv.

Ce n'étaient d'ailleurs pas des écoles primaires. Avec l'enseignement de la rhétorique et de la philosophie, elles adoptaient le programme de l'école du monastère des Miracles, qui, fondée sous Michel Féodorovitch, devait les absorber un jour et servir de pépinière à la future *Académie slavo-gréco-latine*, où, par un renversement bizarre de l'ordre naturel des choses, l'organisation définitive de l'enseignement à tous les degrés allait trouver son point de départ véritable vers la fin du siècle.

En Russie, il est rare que l'on commence quoi que ce soit par le commencement. Au cours de ce siècle, nous y voyons les mathématiques réduites, même pour les plus savants, aux premiers éléments. Emprunté à Byzance, l'emploi des lettres de l'alphabet pour la notation des chiffres en rend la pratique singulièrement difficile. Dans l'usage courant, on s'en tient le plus communément à l'addition et à la soustraction, et Krijanics aperçoit là avec raison une cause d'infériorité au point de vue commercial. Comprise dans quelques manuels d'arithmétique, la règle de trois, appelée ici « ligne d'or », passe pour le dernier mot de la science. Jusqu'à l'avènement de Pierre le Grand, un seul ouvrage de mathématiques élémentaires aura été publié à Moscou, et, en fait de géométrie, reconquis en Occident dès le commencement du douzième siècle, les éléments d'Euclide resteront tout aussi longtemps un mystère pour les Russes (1).

Par géométrie, on entendait ici, simplement et au pied de la lettre, la mensuration de la terre. Élaboré expérimentalement pour cet objet, d'après les principes les plus élémentaires de la géométrie linéaire, le procédé en usage donnait lieu aux plus grossières erreurs. Confondant les surfaces les plus diverses, les géomètres du temps résolvaient à leur façon la quadrature du cercle.

En fait d'astronomie, on ne connaissait que le calendrier. Pour la cosmographie, on gardait comme oracle Cosmas Indi-

(1) Piékarski, *La Science sous Pierre le Grand*, t. I, p. 263.

copleustes, le moine égyptien du sixième siècle, qui démontrait la forme quadrangulaire de la terre par celle du tabernacle de Moïse. Maxime le Grec était son disciple fervent. Sous le règne d'Alexis, les moines de Kiév arrivèrent bien à faire échec à ce savoir, mais ce fut pour lui substituer les théories astrologiques du moyen âge, qui se trouvèrent ainsi accréditées dans le milieu le plus éclairé de Moscou au moment où, en Occident, Newton donnait à l'œuvre de Kopernik, de Kepler et de Galilée le développement que nous savons.

Karamzin (1) dit avoir eu entre les mains un manuscrit moscovite de la seconde moitié du dix-septième siècle, portant ce titre : *Géométrie ou mensuration de la terre ;* mais il ne donne aucune indication au sujet de son contenu. Olearius (2) fait mention, de son côté, d'un certain Savitch Romantchikov qui, s'adonnant à l'étude des mathématiques, se servait de l'astrolabe. Mais nous ne possédons aucun autre renseignement sur les travaux de ce savant, qui eut une fin prématurée et tragique. Encourant le mécontentement du tsar au retour d'un voyage en Perse, il s'empoisonna.

Dans le domaine des sciences naturelles, ses émules ukrainiens eurent fort à faire pour combattre d'autres notions d'origine byzantine, remontant au troisième siècle et portant notamment sur la physiologie de l' « unicorne » ; mais ils n'avaient à leur opposer qu'un bagage scientifique recueilli dans les encyclopédies des treizième et quinzième siècles.

Exercée presque exclusivement par des étrangers, la médecine demeurait au même niveau. Dans la seconde moitié du dix-septième siècle, établies dans la capitale par les mêmes praticiens, quelques pharmacies firent des élèves russes et constituèrent des foyers d'étude et de libre pensée. Maîtres et disciples ne paraissent cependant y avoir connu que de très loin les éléments d'anatomie et de physiologie acquis à

---

(1) *Hist. de Russie*, t. X, chap. IV, note 436. Voy. à ce sujet : PYPINE, dans *Messager d'Europe*, février 1894, p. 791.
(2) Pages 469, 470, 1092.

la science occidentale depuis Vesale et Harvey. Le livre de
Vesale fut bien traduit, en 1650, par Épiphane Slavénitski,
mais pour l'usage du tsar seul, et l'unique exemplaire de ce
travail ne semble pas être sorti des mains du souverain. Le
public était réduit à un manuel dont l'original latin, imprimé
au quinzième siècle et de composition probablement plus
ancienne, lui transmettait ces indications sur la vertu
curative des pierres précieuses, dont Ivan le Terrible tirait
parti.

En 1647, s'apercevant que l'eau de leurs puits est devenue
malsaine, les habitants de Karpov n'imaginent qu'un moyen
de conjurer cette catastrophe, qui est d'obtenir du tsar une
croix avec des reliques, et, peu après, les habitants de
Koursk adressent à Alexis une requête pour le même
objet (1).

L'histoire n'était guère plus avancée, ayant toujours pour
source les vieux chronographes du quinzième siècle, plusieurs
fois remaniés d'après le « Lucidaire » et les apocryphes. Les
moines de Kiév intervenaient là encore avec des compilations
relativement plus modernes mais toujours pénétrées des idées
du moyen âge. Dans cet esprit, ils abordaient l'étude des
plus anciennes époques de l'histoire nationale, s'appliquant à
en glorifier les fastes à un point de vue exclusivement religieux. Composé et imprimé en 1674, le plus ancien manuel
d'histoire russe, intitulé *Synopsis*, procède de cette inspiration.
La tendance ainsi accusée se rencontrait avec une autre,
parallèlement développée depuis le seizième siècle, sous l'influence de quelques savants serbes, et ayant pour objet la
dénaturation systématique des faits dans un but politique. Au
héros de la légende chrétienne, saint Vladimir, celle-ci accou-
plait, en une apothéose également fantaisiste, le héros de la
légende impériale, Vladimir le Grand, héritier de Byzance.
Au Département des Relations extérieures on s'occupait en
même temps de composer des extraits d'ouvrages étrangers

(1) KLIOUTCHEVSKI, *La Vie domestique des tsarines,* p. 236.

en donnant la première place à la généalogie et à la diplomatie. L'application de cette méthode à l'histoire nationale a fourni ultérieurement un Livre d'État *(Gossoudarstviénnaïa Kniga)*, avec la biographie des grands-ducs et tsars de Moscou, illustré par le peintre d'icones Ivan Maksimov, et le recueil où, vers 1663, le diak Griboiédov s'est employé à établir la parenté des Romanov avec la maison régnante de Prusse, issue elle-même des césars romains.

Pour trouver un ouvrage dégagé de ces travestissements ineptes, il faut aller jusqu'à l'*Histoire de Russie,* rédigée en 1727 par le prince Kourakine. C'est presque du Saint-Simon, mais le saut reste isolé.

L'objet principal d'étude scientifique au dix-septième siècle et le sujet du plus grand nombre de publications, c'est la grammaire. Les rigoristes orthodoxes n'en admettent presque pas d'autre. De 1648 à 1651, un abécédaire obtient quatre éditions. C'est le grand et même le seul succès de librairie à cette époque. En 1648, l'imprimerie de Moscou publie la grammaire de Smotrytski, d'après l'original imprimé à Vilna en 1619; mais cette édition reste unique jusqu'en 1721. Quant aux deux autres parties du *trivium* de l'école latine, dialectique et rhétorique, il n'en est pas question.

Arrivant de Grèce en 1685, les frères Likhoud, Ioanikius et Sophronius, sont les premiers à initier les Moscovites à l'intelligence des objets purement philosophiques. Ils professent la logique et la physique d'après Aristote; mais leur enseignement paraît bientôt trop téméraire et entraîne la disgrâce des maîtres. Les bons Moscovites estiment toujours que se livrer à de telles spéculations c'est « mesurer avec une archine la queue des étoiles ».

Un certain développement est donné, sous les premiers Romanov, aux anciens « abécédaires » *(azboukovniki)*, qui, de simples lexiques, deviennent des dictionnaires encyclopédiques et finissent par négliger entièrement Cosmas Indicopleustes ainsi que les écrivains byzantins, en butinant de préférence dans la littérature latine ou polonaise, en mettant à contribution les autorités de l'antiquité et du moyen âge toujours, Pline et Albert le Grand (1).

Avec le secours des foyers intellectuels du Mont Athos ou de Kiév, c'est tout ce que la vieille Moscovie parvient à tirer de ce qu'elle considère comme son fonds propre. Ce trésor vient en réalité de Byzance pour une part et de l'Europe médiévale pour l'autre, mais elle y retrouve en effet les sources primitives de sa civilisation, et jusqu'à Pierre le Grand elle s'obstinera à y puiser, en hésitant seulement, au gré d'influences successivement victorieuses, entre ces deux pôles, oriental et occidental, de son évolution.

III

LES DEUX ÉCOLES

Le triomphe de la Réforme ecclésiastique et l'appel contre Nikone à la juridiction des patriarches d'Orient semblèrent destinés d'abord à assurer la suprématie de l'hellénisme. Elle prévalut en effet longtemps dans le domaine religieux. Mais, démoralisés et abrutis par l'esclavage, les Grecs de ce temps n'étaient pas capables de devenir les ouvriers d'une renaissance morale et intellectuelle, dont la Réforme elle-même et le schisme par elle suscité faisaient ici sentir le besoin impérieux. La science et la discipline des docteurs de l'espèce de Maxime ou d'Arsène se bornaient à des subtilités de texte et de forme, dont l'abus donnait précisément naissance au *Raskol*. Les maîtres de cette provenance avaient en outre pour

(1) Voy. MILIOUKOV, *Essais sur l'hist. de la culture russe*, t. II, p. 250-275; le même, *Les Courants principaux de la pensée russe, passim*; PYPINE, *Hist. de la littér. russe*, t. I, chap. II et VIII; BOBYNINE, *Essais sur l'hist. du développement des sciences en Russie, passim*; MORDOVTSEV, dans *Lectures de la Soc. d'hist. et d'ant.*, 1861, n° IV. — La thèse paradoxale du degré élevé de l'instruction dans l'ancienne Moscovie a des partisans. Voy. LAVROVSKI, *Les anciennes écoles russes*; SOBOLEVSKI, *L'Éducation dans la Russie du quinzième au dix-septième siècle*; VLADIMIRSKI-BOUDANOV, dans *Revue du min. de l'Inst. publ.*, oct.-nov. 1873; comp. IKONNIKOV, dans *Bull. de l'Univ. de Kiév*, 1874.

principal souci, nous l'avons vu, de vendre le plus cher possible les services ou les complaisances qu'on réclamait d'eux.

Avec un savoir plus moderne, les moines kiéviens montraient plus d'honnêteté, et, dès la première moitié du dix-septième siècle, ils commencèrent aussi d'être recherchés à Moscou, y transplantant les rudiments de culture dont les Galiatovski, les Radivilovski et les Baranovitch faisaient à ce moment valoir, dans leur pays, la supériorité incontestable (1). Culture essentiellement polonaise, depuis surtout l'intervention de Mogila, et frayant la voie à l'assimilation plus directe encore du fonds occidental dont elle procédait. Alexis et son entourage en subissent bientôt l'influence grandissante. Le confesseur du tsar, André Savinov, copie la cosmographie du Polonais Biélski. Nikone lui-même a des Polonais dans sa domesticité, Nicolas Olszewski entre autres (2). Entre 1668 et 1670, les travaux de sculpture, de peinture et de dorure au palais du souverain sont exécutés par des Polonais. Un peu plus tard, l'hôtel somptueux de Vassili Galitzine sera construit et décoré par des artistes de même origine. Par le pinceau et le burin, l'art polonais s'introduit jusque dans l'iconographie moscovite (3). Dans les grandes maisons moscovites, chez Ordine-Nachtchokine, chez Matviéiev, l'éducation des enfants est aux mêmes mains. Le courant polonais se laisse reconnaître, à cette époque, jusque dans la poésie populaire (4).

A partir de 1649 aussi, l'école du Grec Arsène trouve une concurrence redoutable au monastère de la Transfiguration, dit de Saint-André, où Épiphane Slavénitski et d'autres Petits-Russiens recrutés par Rtichtchev attirent des élèves plus nom-

---

(1) Voy. KAPTEREV, *Les Relations de la Russie avec l'Orient orthodoxe*, p. 358; SOUMTSOV. *Contribution à l'hist. de la littérature russe du Sud*, t. I.

(2) IABLONOVSKI, *L'Académie de Kiév*, p. 263.

(3) BOUSLAIEV, *Esquisses hist.*, p. 389; ZABIÉLINE, *Matériaux pour l'hist. de Moscou*, t. I, p. 934; MACAIRE, *Hist. de l'Église*, t. XII, p. 322; EINHORN, *Esquisses*, p. 369.

(4) PYPINE, dans *Annales de la Patrie*, CXVI, t. I, p. 316-318; CHLIAPKINE, *Saint Dimitri de Rostov*, t. II, p. 52-108.

breux. Gardant un caractère essentiellement ecclésiastique, ni l'un ni l'autre de ces établissements ne répondait encore aux exigences d'une société en voie de laïcisation. Mais, vers 1665, le transfuge blanc-russien Siméon Polotski fonde l'école de Saint-Sauveur, et là les jeunes commis du département des Relations extérieures s'initient aux connaissances profanes que réclame leur métier, en recevant une instruction secondaire et même supérieure pour certaines matières (1).

Vers 1672, Polotski devenant précepteur du tsarevitch, cette école disparaît, et, à ce moment, des essais de solution transactionnelle se traduisent par le projet qui doit un jour prendre corps dans l'Académie slavo-gréco-latine et qui peut-être a eu un commencement de réalisation dans la paroisse de Saint-Jean le Théologien (2).

Il ne fut pas donné à Alexis d'arriver à une création durable dans ce sens. Les circonstances s'y prêtaient mal. Le parti conservateur gardait encore une situation très forte, maintenant la thèse future des slavophiles élaborée dès le commencement du siècle par Jean de Vichnia, et, sur ce principe, proscrivant toute science profane comme propre à compromettre l'existence elle-même du pays. La science ne produit que l'orgueil, par quoi la première Rome a été perdue ; la troisième doit s'en tenir à la foi seule.

Le fils aîné du second Romanov, Féodor, ne sera guère plus heureux. En 1679, son règne marque un recul plutôt qu'un progrès par la fondation d'une nouvelle typographie, qui semble avoir été l'embryon de l'Académie toujours en devenir, mais où l'influence grecque prend une revanche certaine. Jusque dans les milieux intellectuels, les représentants les plus sérieux de l'esprit scientifique, les maîtres petits-russiens ou blancs-russiens, sont maintenant l'objet

(1) ZABIÉLINE, *Essais sur l'antiquité russe*, t. I, p. 196 ; MIRKOVITCH, dans *Revue du min. de l'Instr. publ.*, juillet 1878, p. 12.
(2) KAPTEREV, *Les Écoles gréco-latines au dix-septième siècle; Suppl. aux Archives des Saints Pères*, 1845, t. III, p. 168, 171.

d'une vive hostilité. On s'est aperçu qu'ils ne possèdent rien de cette tradition livresque qui a fait si longtemps l'orgueil des lettrés moscovites. On taxe Siméon Polotski d'ignorant, parce qu'il n'a avec la littérature et la langue des Pères grecs qu'une médiocre familiarité (1). Lui et ses compatriotes prétendent d'ailleurs à des critiques plus justifiées. Ils ne sont, nous le savons déjà, que les truchements archaïques d'une culture périmée ; ils s'attardent dans les errements scolastiques ; ils demeurent à peu près inaccessibles aux nouveaux courants qui, depuis la Réforme protestante, ont transformé l'esprit européen. Ils n'ont même pas une langue qui leur soit propre. Ils écrivent en slavon d'Église, en latin ou en polonais. Pour leur documentation, ils restent tributaires de la littérature polonaise.

Dans ses œuvres théologiques et ses sermons, comme dans ses essais profanes, prose et vers, Polotski ne choque pas les vieux Moscovites seuls par l'emploi de formes et l'utilisation de sources étrangères à leur horizon intellectuel : évocations de la mythologie classique, citations de saint Augustin ou de Bellarmin ; il n'inquiète pas seulement leur foi par des tendances catholiques fréquemment accusées. Même au point de vue occidental, ce langage et cette érudition paraissent démodés (2). Fortement organisé avec l'assistance de la confrérie du monastère des Miracles, où il est arrivé à constituer un centre de vie intellectuelle, le groupe petit-russien n'est d'ailleurs pas homogène. Polotski y représente l'Académie de Kiév, avec le caractère qui a été imprimé à cette institution par Mogila, c'est-à-dire avec une orientation prééminemment sinon exclusivement polonaise et latine. Son élève, Silvestre Miédviédiev, se tient dans la même voie. Épiphane Slavénitski,

(1) PYPINE, dans *Messager d'Europe*, octobre 1894, p. 763 ; LIOUBIMOV, dans *Revue du min. de l'Instr. publ.*, août 1875, p. 133-134.

(2) KAPTEREV, *Les Relations du patriarche de Jérusalem, Dosiphée, avec le gouv. russe*, p. 127. — Pour Polotski, Siméon Emélianovitch, Petrovski-Sitianovitch de son vrai nom, voy. MAÏKOV, *Essais sur l'hist. de la litt. russe*, p. 1 et suiv. ; TATARSKI, SIMÉON POLOTSKI, VLADIMOROV, dans *Revue du min. de l'Instr. publ.*, avril 1887 ; BRAÏLOVSKI, dans *Mémoires de philologie*, 1887, n°s III et IV.

par contre, demeure rattaché aux plus anciennes traditions de cette même Académie, helléniques celles-ci et plus rigoureusement orthodoxes. Dans ce sens, il développe une grande activité, traduisant en slavon non seulement des fragments de l'Écriture sainte, mais quelques ouvrages profanes du fonds grec, traités de géographie et d'histoire, de politique et de pédagogie. N'oubliant pas la philologie, il publie un lexique gréco-latino-slave, un autre de littérature comparée. Il est certainement plus savant que son rival et quelques-uns de ses écrits personnels, un traité de la charité, notamment, avec un projet très remarquable d'organisation de l'assistance publique, témoignent d'un esprit généreux et d'une grande sagacité (1).

Après sa mort, son disciple, le moine Evfime, suit la même direction et il en accentue encore la tendance orientale. Polotski, lui, s'en éloigne au contraire davantage. Précepteur des enfants du tsar, poète et dramaturge de cour, appliqué à introduire jusque dans la liturgie des éléments poétiques et dramatiques, prédicateur enfin enflé de rhétorique, il se dépense dans des occupations qui, comparativement, doivent paraître frivoles. Il y sème d'excellentes pensées, prêchant la nécessité de l'instruction, comme instrument par excellence de régénération morale ; dénonçant l'ignorance, comme cause principale du *Raskol ;* s'attaquant au *Domostroï* lui-même, dans ce que ce code de la vie domestique a de trop dur, pour la femme surtout. Bien que prêtre, il travaille en fait à la laïcisation de la science et de la littérature. Mais à ce grain fécond et qui germera, il mêle des matières bien stériles et déplaisantes, des discussions sur la question de savoir si le Christ

(1) Piévnitski, dans *Travaux de l'Acad. eccl. de Kiév*, 1861, n° VIII, p. 430 et suiv., n° X, p. 163-175 ; Evgenii, *Dictionnaire*, t. I, p. 181 ; Philarète, *Aperçu de la litt. eccl.*, t. I, p. 337. — Pour Miédviédiév, voy. Oundolski, dans *Lect. de la Soc. d'hist. et d'ant.*, 1846, n° III ; Maïkov, *Essais sur l'hist. de la litt. russe*, p. 50 ; Kozlovski, *Essais sur l'hist. de l'éducation en Russie*, p. 89 et suiv. ; Sixovski, dans *Revue du min. de l'Instr. publ.*, août 1895, p. 347 ; — Pour la lutte des deux éléments, voy. Lioubimov, dans *Revue du min. de l'Instr. publ.*, août 1875 ; Braïlovski, dans *Messager philol. russe*, 1889, n° III, p. 262 et suiv.

pouvait parler aussitôt après sa naissance, ou pourquoi il a été attaché à la croix avec trois clous et non quatre. Il parle de trois sphères célestes, dont une en cristal. Il se demande si, au jugement dernier, nous renaîtrons avec des ongles et il conclut à l'affirmative ; mais les ongles seront taillés (1).

Dans tout cela, il n'y avait rien d'assez séduisant, d'assez prenant pour triompher des résistances que cette propagande, d'origine latine et polonaise, donc doublement suspecte, devait rencontrer dans les milieux orthodoxes et conservateurs. Le patriarche Joachim ne tolérait Polotski qu'à raison de la faveur dont cet étranger jouissait auprès du souverain. En 1673, la mort de l'ukraïnophile Rtichtchev, et en 1675 celle du métropolite de Kroutitsa, Paul, que Polotski aidait pour la composition de ses sermons, enlevèrent au groupe petit-russien des protecteurs puissants, et le parti grec prit nettement le dessus. Polotski se trouva réduit à fonder au Kreml une typographie particulière, où ses publications échappaient à la censure patriarcale (2). Les Petits-Russiens continuèrent à être appréciés comme chanteurs d'église ; mais quand, en 1681, le fameux projet d'académie se rapprocha d'une réalisation définitive, Miédviédiev pensa ne pas trouver de place dans cet établissement et imagina d'en créer un autre, où il pût appliquer le programme recueilli dans l'héritage de son maître.

Bientôt cependant les deux partis se trouvèrent en présence d'un adversaire commun. Le professeur de philosophie et de théologie, Jean Biélobrodski, réunissait maintenant autour de lui des nationalistes irréductibles, ennemis décidés de toute influence étrangère. Une transaction s'imposa alors, et l'Académie slavo-gréco-latine, enfin constituée, en fut le produit. Les Grecs y eurent la haute main et jusque dans les statuts de l'établissement figura une désapprobation formelle

_____

(1) Popov, *S. Polotski comme prédicateur, passim* ; Sokolov, dans *Lectures de la Soc. des Amis de l'instr. relig.*, 1886, juin ; Piévnitski, dans *Revue orthodoxe*, 1860, n° III.

(2) Einhorn, *Esquisses*, p. 1019.

de Polotski déjà mort († 1680) et de Miédviédiév. lui-même.
Néanmoins, le programme des études projetées se trouva
élargi dans le sens des idées ukrainiennes et à Miédviédiev
échut, en 1685, l'honneur de présenter ces statuts à l'approbation de la tsarevna Sophie. Par contre, le choix des profes-
seurs était réservé au patriarche de Constantinople, Dosiphée,
qui recommanda les frères Likhoud (1).

Ainsi Moscou semblait revenir aux traditions du neuvième
siècle, revivre les jours lointains où un autre patriarche de
Jérusalem lui avait envoyé les deux « frères de Thessalo-
nique » pour l'initier aux vérités de la foi. Et, en somme, le
parti grec triomphait dans cette institution dotée de privilèges
énormes et d'un droit de censure, notamment, fort étendu.
L'autorisation de l'Académie devenait indispensable pour
avoir, même dans sa maison, des précepteurs enseignant les
langues étrangères. L'étude de toutes les sciences libres était
soumise à sa surveillance et à sa juridiction, qui comprenait
le pouvoir de condamner les justiciables à l'exil en Sibérie, ou
même au bûcher ! Cette école se convertissait en tribunal
d'inquisition, et, venant à Moscou en 1689, un disciple de
Jacob Boehm, Kalmann, s'en aperçut. Ayant recruté quelques
adeptes au faubourg allemand, il fut jugé académiquement
et brûlé (2).

Au point de vue scientifique, l'établissement végéta. Dans
une vieille maison délabrée, les frères Likhoud ne recueillirent
que sept élèves en tout et, bien qu'ils s'efforçassent d'accommoder Aristote d'après les principes de l'orthodoxie la plus
pure, les soupçons d'hérésie ne les épargnèrent pas. C'étaient
d'ailleurs d'assez médiocres savants et, comme la plupart de
leurs compatriotes, principalement des coureurs de for-

---

(1) Charte de l'Académie, dans *Ancienne Bibl. russe*, t. VI, p. 397-420.
Voy. KAPTEREV, *Les Relations du patr. de Const. avec Moscou*, p. 133-136;
BIÉLOV, dans *Revue du min. de l'Instr. publ.*, janvier 1887, p. 100-101; LAVROVSKI,
dans *Lectures de la Soc. d'hist. et d'antiq.*, 1861, n° III; VLADIMIRSKI-BOUDANOV,
dans *Revue du min. de l'Instr. publ.*, octobre 1873; SMIRNOV, *Hist. de l'Académie slavo-gréco-latine.*

(2) MILIOUKOV, *Essais sur l'hist. de la culture russe*, t. II, p. 103 et 247.

tune (1). Comme ils avaient étudié à Padoue, s'insinuant dans leurs leçons, quelque soin qu'ils prissent pour le tenir à distance, un latinisme inconscient armait contre eux des défiances légitimes. Un programme purement grec d'enseignement supérieur était d'ailleurs, à cette époque, une chimère irréalisable. Dans son animosité contre ces rivaux, Miédviédiev faisait lui-même, à leur détriment, le jeu du vieux parti moscovite. En 1694 enfin, le patriarche de Constantinople désavoua les maîtres de son choix. Ils furent renvoyés et, abandonnée à deux de leurs élèves, Nicolas Siémionov et Fédor Polikarpov, qui n'avaient même pas achevé leurs études, réduite à l'enseignement de la grammaire seule, l'Académie chôma pendant quelques années presque entièrement.

Ainsi encore, l'intransigeance des défenseurs de l'ancien régime aboutissait au néant et préparait l'œuvre radicale de Pierre le Grand (2).

D'origine grecque ou latine, petite-russienne ou polonaise, les éléments de science et de culture offerts à ce pays dans de telles conditions ne répondaient toujours pas à ses besoins les plus pressants. Il ne s'agissait présentement pas de choisir entre Aristote et saint Jean Chrysostome, ou Pline et Bellarmin, mais bien d'avoir une armée, une flotte, une diplomatie, tout l'appareil d'une puissance européenne ; des manufactures, des usines, des ateliers, tout l'outillage productif de l'Occident ; et des maisons d'habitation commodément ou artistiquement aménagées, comme là-bas ; et des spectacles instructifs ou divertissants, comme ceux des théâtres allemands,

(1) Chliapkine, *Saint-Dimitri de Rostov*, p. 222; Obraztsov, dans *Revue du min. de l'Instr. publ.*, 1867, septembre.

(2) Outre les sources déjà citées, voy. Smirnov, *Hist. de l'Académie slavo-gréco-latine de Moscou* ; Lavrovski, *Les anciennes écoles russes* ; Kouprinov, dans *Nouvelles de Saint-Pétersbourg*, 1862, n° 163; Roudniév, dans *Bibl. de lecture*, 1855; n° VIII; Zabiéline, dans *Annales de la Patrie*, 1856, n° III; Mordovtsov, *Les Livres d'école russe*. — Pour l'influence petite-russienne en Moscovie : Flérov, *Les Confréries religieuses* ; Piékarski, dans *Annales de la Patrie*, 1862, n° II-IV; Macaire, *Hist. de l'Acad. de Kiév*; Obraztsov, dans *L'Époque*, 1862, n° II ; Goloubiév, dans *Revue orthodoxe*, 1874, n° IV-V; Soumtsov, *Contribution à l'hist. de la litt. russe du Sud*.

français ou italiens, tout le confort et le luxe des peuples civilisés. Si nationaliste qu'il fût à sa façon, Krijanics lui-même en venait à vanter les avantages du costume occidental, au point de vue de la légèreté, de la commodité et de l'économie (1).

Il devenait clair aussi que, dans le champ clos où ils se livraient de si âpres combats, sectateurs de Polotski ou de Slavénitski, latinisants ou hellénisants, seraient, un jour prochain, départagés par ces Occidentaux d'un nouveau type, officiers, ingénieurs, industriels, commerçants, dont Alexis commençait à s'entourer déjà et qui allaient devenir les véritables éducateurs de sa patrie.

IV

L'INITIATION A LA VIE EUROPÉENNE

L'apprentissage de la vie européenne devait se faire ici par leur intermédiaire, et se faire mal, gauchement et de travers, pour cette raison que la vieille Moscovie ne pouvait trouver en eux que des maîtres non seulement assez médiocres aussi dans leur genre, mais encore fort peu recommandables à beaucoup d'autres égards. Tels qu'on les voit ici à l'ouvrage, ce sont les derniers condottieri d'Europe, hommes entreprenants, actifs, très doués parfois, mais de moralité plus que douteuse toujours. L'Écossais Patrick Gordon est un des meilleurs du lot et on peut juger par lui du reste. Cadet de la branche cadette de sa famille, élève du collège des Jésuites de Braunsberg, il est entré en 1655 au service de Charles X de Suède et a fait campagne en Pologne. Prisonnier des Polonais, il s'est laissé enrôler par eux, et, les Suédois le capturant à leur tour, il n'a pas éprouvé plus d'embarras à reprendre place dans leurs rangs. Il doit être indifférent au choix et prompt à livrer son

(1) *De l'Empire russe*, t. I, p. 129 et suiv.

épée, car en 1658 nous le retrouvons dans le camp polonais,
et, deux années après, il se laisse embaucher par les Moscovites comme major. A peine arrivé, il réclame son congé,
parce que, selon l'usage du pays, le commis chargé de lui
délivrer une avance sur sa solde prétend en retenir une part.
On explique au nouveau-venu qu'en partant, il risque de
tourner le dos à la Pologne comme à la Suède et d'obtenir un
passe-port — pour la Sibérie. Il se résigne alors à rester et, en
fait de pots-de-vin ou de coups de canne, distribués à ses supérieurs ou à ses subordonnés, il ne tarde pas à renchérir sur
les pratiques du lieu. Dans cette voie, c'est lui-même qui
prend figure d'initié, et, à son exemple, ses congénères aggra-
vent pour la plupart, plutôt que de l'atténuer, la corruption
des mœurs indigènes.

A d'autres points de vue, ceux qui lui font ainsi la leçon
ont assez peu à apprendre de cet étranger. Il a vu la guerre,
et, avec les Suédois au moins, il a été à bonne école ; ni l'expérience acquise, toutefois, ni ses capacités naturelles ne lui
donnent l'étoffe d'un maître dans cet art. Et d'ailleurs, incapables de discerner les talents qu'il peut avoir, ses nouveaux
employeurs lui en réclament d'autres où il ne saurait exceller,
et par exemple de faire le métier de caporal instructeur, en
enseignant à un peloton de soldats le maniement de la lance
et du mousquet !

Les résultats obtenus avec le concours des manufacturiers
recrutés à l'étranger ne sont guère meilleurs, à peu près nuls
en ce qui concerne l'éducation nationale, pour des raisons
différentes mais également décisives. L'affluence de ces
autres initiateurs s'accroît. Dans le voisinage d'Olonets, un
Hollandais, Denis Jovis, inaugure l'exploitation d'une mine
de cuivre. Deux entreprises du même genre sont confiées au
très industrieux et très opulent Pierre Marselis, d'origine danoise, qui possède également des forges de fer aux environs
de Toula, concurrencées par celles qu'un Allemand, Tilmann
Ackema, établit dans le voisinage de Kalouga. Des fabriques de
poudre et de salpêtre, des verreries sont créées de même façon.

Le Français Mignot dirige une fabrique de glaces pour le compte personnel du souverain. Un Allemand encore, Hans Falck, de Nuremberg, organise à Moscou une fonderie de canons et de cloches (1). Mais le personnel technique qu'ils emploient est exclusivement exotique comme eux-mêmes. S'ils utilisent quelques ouvriers indigènes, ils ont soin de leur dérober le secret des procédés de fabrication employés. Et, assez longtemps, ils y arrivent sans beaucoup de peine. Krijanics fait en effet cette observation que, doués d'une grande facilité de compréhension et d'une égale aptitude à tout apprendre promptement, les Russes sont partagés, dans leurs rapports avec les étrangers, entre une déférence presque superstitieuse pour le savoir de ces maîtres et une défiance égale, qui les porte à s'en garer. Il les regardent comme des sorciers et inclinent le plus communément à penser qu'on a plus à perdre qu'à gagner en se mettant à leur école. On y risque d'abord de compromettre cette pureté de la foi dont Moscou est devenue la gardienne responsable (2), et, aux yeux du diacre Fédor, les différentes tentatives de l'Occident pour prendre contact avec la troisième Rome correspondent en effet avec autant d'entreprises du mauvais esprit essayant d'établir son règne au foyer des vraies croyances chrétiennes (3).

Assez largement répandus à cette époque, certains produits de la littérature occidentale contribuent eux-mêmes à propager ces idées. Par la lecture de telle « cosmographie », traduite à leur usage, les Moscovites apprennent par exemple que, dans la troisième partie du monde, attribuée au fils de Noé, Japhet, appelé ici *Afet,* des hommes très savants et très habiles en diverses espèces d'industries ont établi de nombreuses écoles, dont la plus considérable se trouve au pays des Gaules, en une ville appelée Paris. On y a longtemps en-

(1) KILBURGER, dans *Büschings Magazin,* t. III, p. 323; GORDON, *Tagebuch,* t. III, p. 9, 90; FECHNER, *Chronique,* t. I, p. 402.
(2) *De l'Empire russe,* t. I, p. 164.
(3) SOUBBOTINE, *Matériaux,* t. VI, p. 282-283; NILSKI, *Leçons,* p. 46; KLIOUT-CHEVSKI, *L'Influence occidentale en Russie,* p. 795 et suiv.

seigné toutes les sciences, la grammaire, la philosophie et
l'astronomie. Mais un jour, quatre-vingt mille étudiants
s'étant révoltés contre le souverain, à l'instigation du pape,
tous furent tués en une heure. Et, en même temps, fidèle autrefois à la vraie foi orthodoxe, ce pays s'est trouvé envahi
par toutes sortes d'hérésies, celle de *Colvin (sic)* entre autres
et celle de *Melentov* (Melanchton) (1).

Les procédés employés pour le recrutement des éducateurs
exotiques contribuent à la propagation de cet état d'esprit.
Aucune méthode ne les gouverne et les préoccupations sérieuses s'y mêlent aux inspirations les plus frivoles. Envoyé
en 1675 à l'étranger avec une mission de ce genre, le Hollandais
van Staden a charge d'embaucher des ouvriers mineurs, des
sonneurs de trompette et des comédiens (2). En fait, c'est
par les arts d'agrément, d'abord et surtout, que la civilisation
occidentale devait s'introduire et s'implanter au cœur de la
vieille Moscovie. Si Pierre le Grand a pu se vanter plus tard
d'y avoir ouvert une fenêtre sur l'Europe à coups de hache,
une lucarne y était pratiquée déjà de ce côté avant qu'il vînt,
et le *théâtre* européen avait passé par là. Par cette première
brèche, brisant les barrages sévères du *Domostroï*, idées et
mœurs nouvelles ont pénétré jusque dans l'enceinte inviolable
des *terem,* comme un flot d'air et de lumière vivifiante et
évocatrice. Dans la courbe paradoxale que l'évolution intellectuelle suivait ici, l'Académie slavo-gréco-latine a devancé
l'établissement des écoles primaires, mais les comédiens ont
précédé même les académiciens!

Ils sont venus, eux aussi, du dehors. Sous un régime ayant
pour base la négation impitoyable de toute indépendance
dans le domaine de l'art comme dans le domaine de la pensée,
Tabarin lui-même ne pouvait trouver dans ce pays du bois
pour ses tréteaux. Les bouffonneries des *skomorokhi*, les farces
burlesques des montreurs d'ours ambulants recélaient bien
quelques éléments de comédie nationale; interdites en prin-

(1) KLIOUTCHEVSKI, *loc. cit.*, p. 551.
(2) FECHNER, *Chronique,* t. I, p. 351.

cipe, souvent persécutées, étroitement surveillées toujours, elles ne fournissaient pas la matière d'un art original, suscep- tible de développement.

V

L'ÉVOLUTION LITTÉRAIRE

Dès 1660, Alexis fut vivement intéressé par les récits que, revenant d'Italie et de Pologne, son envoyé, Likhatchov, lui faisait sur les spectacles auxquels il venait d'assister dans les cours par lui visitées. S'appliquant peu après, et sous l'in- fluence probable d'autres impressions recueillies de cette même source, à embellir sa résidence de Kolomenskoié, le souverain semble avoir été tenté d'y reproduire les féeries scéniques de Florence et de Varsovie. La présence à ses côtés de la très aus- tère Marie Ilinitchna faisait obstacle cependant à la réalisa- tion de ces velléités. Mais, en 1668, Patiomkine rapporta, de France cette fois, des sensations encore plus affriolantes. Il avait vu jouer *les Coups de l'amour et de la fortune*, avec des changements de décors prestigieux et un ballet éblouis- sant. Il avait assisté à une représentation de *l'Amphitrion*, donnée par Molière et sa troupe et en était tombé dans le ravissement, — grâce surtout, peut-on croire, à certains inter- mèdes, dont la *Gazette rimée* faisait mention en ces termes :

> La troupe où préside Molière
> Par une chère toute entière,
> Leur donna son Amphitrion
> Avec ample collation,
> Pas de ballet et symphonie,
> Sans aucune cacophonie.

L'Amphitrion eut bientôt les honneurs d'une traduction russe, et bien que, dans son rapport, Likhatchov ne fît pru- demment aucune mention ni de Molière ni de son chef- d'œuvre — tout en s'étendant longuement sur des exercices de voltige, exécutés en sa présence au parc de Saint-Germain (1), — le moment était proche où son maître allait pouvoir donner librement cours à des désirs déjà anciens. En janvier 1672, la joyeuse et sémillante Nathalie Narychkine faisait son entrée au Kreml, et dès la fin de cette année, quelques mois avant la naissance de Pierre le Grand, des comédiens allemands se trouvaient établis à Moscou.

On suppose que l'éducateur de Nathalie, Matviéiev, les avait fait venir, mais il n'aurait osé le faire sans l'agrément du tsar, et, après les avoir vus à l'œuvre dans la maison du favori, Alexis les invita à se produire à sa cour. Ils se présentaient d'ailleurs sous un aspect fort rassurant : le chef de la troupe, Jean-Gotfried Gregory, allait cumuler ces fonctions avec celles de pasteur luthérien au faubourg européen! Le souverain n'en gardait pas moins encore quelques scrupules.

La comédie, soit, mais la musique! L'Église tenait violons et flûtes en particulière abomination, les taxant d'invention diabolique. La comédie? Gregory n'osait encore probablement mettre en scène les pièces tirées de l'Histoire sainte qu'il jouait en Allemagne. L'Église eût crié au sacrilège! Pour commencer, il n'avait au programme que des divertissements, parmi lesquels figurait un Orphée chantant et dansant entre deux pyramides mouvantes. Et comment danser ou chanter sans musique? Alexis finit par céder, et Nathalie y fut sans doute pour quelque chose. Elle assista au spectacle dans une loge grillée, et c'était déjà toute une révolution (2).

L'événement ne manqua aussi pas de faire scandale, et peu après le grand carême coupa court à tous les plaisirs profanes. Ce début ne promettait guère. Il allait cependant avoir un lendemain bien difficile à prévoir. En juin 1673, réjoui par la naissance d'un fils, le tsar ordonna la construction d'une salle spéciale, où il fut convenu qu'on donnerait une *Esther* devançant celle de Racine. Le sujet offrait quelque analogie avec l'intrigue romanesque, qui venait de porter sur le trône la fille de Cyrille Narychkine; il est vraisemblable que

(1) Piékarski, *La Science et la Litt. en Russie*, t. I, p. 388.
(2) Zabiéline, *Vie domestique des tsarines*, p. 478-479.

ce rapprochement n'était pas étranger au choix, ou même à la composition de la pièce, dont Polotski peut bien avoir été l'auteur, et l'on voit quels horizons découvrait, pour l'avenir de l'art naissant, une aussi audacieuse incursion dans le domaine des actualités. Ce pays a toujours été la patrie des hyperboles.

Prudemment, la nouvelle salle fut reléguée au village de Préobrajenskoié, berceau futur de toutes les réformes de Pierre le Grand; mais, l'année suivante, une seconde salle se dressa au Kreml même, et désormais les spectacles se succédèrent dans l'une ou dans l'autre, selon les saisons, à des intervalles réguliers. On transportait de l'une à l'autre les décors, peints par Engels; Gregory formait des élèves, recrutés d'abord parmi ses paroissiens du faubourg; il ne craignait plus de produire son répertoire habituel, popularisé depuis longtemps en Pologne; Tobie suivait sur la scène Esther et Judith; les révoltes du sentiment national ou religieux s'apaisaient. Le théàtre avait cause gagnée.

En Pologne, bravant victorieusement l'opposition du clergé, les représentations de ce genre remontaient au douzième siècle. A une époque plus récente, elles avaient pris la forme de « scènes dialoguées », conçues sur le modèle des anciens mystères allemands, avec la même prédominance de l'élément comique. Les Jésuites adaptant ce répertoire pour leurs collèges, il s'était glissé par ce canal dans l'Académie kiévienne de Mogila et il était donc familier à Polotski et à ses confrères d'Ukraine. A Préobrajenskoié ou au Kreml, il garda le même cachet médiéval, mais en accentuant la note comique de son affabulation, au gré de spectateurs qu'un style plus grave eût déconcertés. Comisme passablement grossier comme de raison : devant le cadavre d'Holopherne, une servante discourait sur la perplexité où allait se trouver à son réveil le général assyrien, en s'apercevant que Judith avait emporté sa tête. Frappé à la nuque avec une queue de renard, comme le moine ivre catéchisé par Avvakoum, un soldat imaginait qu'il était décapité et se démenait en conséquence. La langue employée à interpréter ces turlupinades les égalait en trivialité, invariablement obscure en outre jusqu'à en devenir parfois incompréhensible.

Ni dans la forme, d'autre part, ni dans le fond, ce répertoire ne procédait ici de l'esprit national; il ne se laissait même pas rattacher aux évocations symboliques de l'Histoire sainte que l'Église nationale introduisait parfois dans ses offices, les accompagnant de dialogues et de chants appropriés. Offrant quelque ressemblance avec les mystères d'Occident, ces drames sacrés en différaient cependant et par l'inspiration et par la facture, affectant toujours un caractère rituel. Dans les conditions où il s'implantait sur les rives de la Moskva, le théâtre n'avait rien de populaire et ne s'adressait pas aussi au peuple. Il ne fut à ses débuts qu'un amusement de cour, réservé au tsar, à sa famille et à son entourage. L'imitation des modèles étrangers s'y montrait absolument servile, trahissant à peine par quelques traits l'influence du milieu ambiant. Mais cela ne devait pas durer. Bientôt, très vite, si l'on tient compte des troubles qui après la mort d'Alexis allaient détourner de cette sphère l'intérêt graduellement éveillé du public moscovite, le génie national y revendiqua sa part. Dès la fin du siècle, dans les compositions dramatiques de saint Dimitri de Rostov, des types empruntés à la vie locale se laissent reconnaître, et, quelques années plus tard, une tragédie à sujet puisé dans l'histoire du pays fera son apparition (1).

A un certain degré de développement intellectuel, les peuples sont comme les petits enfants : on n'a chance de les intéresser, de les instruire et de stimuler le travail de leur esprit qu'en leur montrant des images. Le théâtre de Préo-

(1) Voy. *Les Registres de cour*, t. III, p. 1081, 1152, 1226; *Archive du Nord*, 1822, t. IV, p. 179; A. S..., *Le Théâtre à la cour russe*, dans *Nouvelles de Moscou*, 1857, n° 133, p. 591; VIÉSSIÉLOVSKI, *L'Influence allemande sur le théâtre russe*; OPOTCHNINE, *Le Théâtre russe*; TIKHONRAROV, *Les Commencements du théâtre russe*; MOROZOV, *Essais sur l'hist, du drame russe* (comp. VIÉSSIOLOVSKI, dans *Revue du min. de l'Instr. publ.*, décembre 1888); SOBOLEVSKI, *Notes sur l'hist. du théâtre dans les écoles*, dans *Messager philologique*, 1889, n° I; PIÉKARSKI, *La Science et la Litt. russe*, t. I. p. 387 et suiv.

brajenskoïé et du Kreml fut un livre d'images, ouvert d'abord devant un cercle restreint d'élus, mais ne tardant pas à étendre son influence évocatrice et éducatrice. La littérature du pays et la poésie populaire elle-même en témoignent à cette époque.

Au dix-septième siècle, la poésie populaire tient encore dans la vie russe une place considérable. Elle comprend deux répertoires, l'un profane, qui se rattache au cycle épique de Kiév et qui est colporté par les bateleurs ambulants, les *skomorokhy*, l'autre religieux, qui puise dans les légendes chrétiennes à base apocryphe, importées dans des traductions serbes ou bulgares et dont les interprètes attitrés sont des mendiants, des aveugles, des estropiés, les *kaliki*, comme on les appelle ici. L'Église les persécute également, et, comme elle arrive vers la fin du siècle à faire disparaître presque entièrement les bardes du premier type, leurs émules tendent à confondre les deux répertoires, faisant d'Ilia de Mourom un saint et de Salomon un héros de byline.

Le compagnon de Vladimir garde cependant la faveur du public et de plus en plus il prend figure de *cosaque*. Fréquemment il est qualifié ainsi, et, sans égard pour la chronologie, expressément désigné comme « cosaque du Don ». Il revêt aussi les traits caractéristiques du personnage : irrité de n'avoir pas été invité à un banquet, Ilia décharge son mousquet sur des icones miraculeuses; il veut tuer Vladimir et sa femme, et toujours il demeure le champion de la lutte séculaire engagée par la population nomade et guerroyante de la steppe contre la population stable et laborieuse des campagnes cultivées et des villes. Il change de nom sans changer de caractère, et, Ermak passant pour un neveu de Vladimir, Ilia est censé combattre comme *essaoul* dans la bande de Stenka Razine (1).

Voici cependant qu'à travers la littérature polonaise d'autres figures héroïques s'imposent à l'imagination populaire. L'histoire de Troie, de Guido de Messine, apparaît dans une tra-

(1) RYBNIKOV, *Les Chants populaires*, t. I, p. 114; t. II, p. 140; KIRIÉIÉVSKI, *Les Chants populaires*, t. I, p. 61.

duction russe; démodé en Occident, le roman de chevalerie devient un objet de lecture courante dans les hautes sphères de Moscou, et, sous le nom de *Korolevitch Bova*, Buovo d'Antona y trouve des admirateurs passionnés. En dépit de la prédominance de l'élément byzantin, l'influence romane s'est toujours fait sentir dans la littérature du pays; mais elle arrive maintenant à prévaloir. Le fonds poétique indigène s'en trouve déprécié, en même temps que l'effort développé contre la superstition dans la lutte soutenue contre le *Raskol* fait brèche dans l'épopée à base miraculeuse des poètes nationaux. Un besoin de vérité historique se fait sentir; un courant de réalisme s'insinue dans les esprits; la poésie s'efface devant la prose, et le roman va succéder au théâtre.

Quelques écrivains du cru s'y étaient essayés déjà. Dès la seconde moitié de ce siècle ont circulé des récits anecdotiques, évoquant d'une manière bien fantaisiste encore des faits et des personnages plus voisins de la réalité vécue. Sans égaler le modèle, ces contes ne laissent pas de rappeler ceux du Décaméron. Ivan le Terrible y est mis en scène le plus souvent. Parcourant son empire sous un déguisement, comme un autre Haroun-al-Raschid, il reçoit d'un paysan qui ne le reconnaît pas une paire de chaussures grossières et un navet. Le tsar use les chaussures, et, obligeant tous ses boïars à en porter de semblables, il enrichit le donateur. Là-dessus un de ces boïars imagine de gratifier le souverain d'un magnifique cheval, espérant être récompensé en proportion du cadeau; mais le tsar se contente de lui offrir en retour le navet qu'il a gardé. Une autre fois, nous le voyons en compagnie de brigands qu'il engage à piller une des caisses d'État, comme s'il avait affaire à des « expropriateurs » de notre temps. Ceux du dix-septième siècle se montrent plus scrupuleux. L'un d'eux frappe le tsar au visage, disant qu'il serait malhonnête de voler un souverain dont les pauvres gens n'ont qu'à se louer. Autre chose est de s'attaquer aux boïars qui s'enrichissent eux-mêmes avec les dépouilles de leur maître.

Tout à fait étrangère au Décaméron, la tendance moralisa-

trice ainsi accusée rattache ces productions à la poésie populaire du lieu, où elle a toujours figuré. On en voit un exemple
dans le fameux « Chant de la misère » *(Poviést o gorié zlotchastié)*, découvert en 1856 par Pypine et plusieurs fois publié
depuis. Bien qu'il commence avec la création du monde, ce
poème n'est qu'une adaptation de la fable de l'enfant prodigue, accommodée au goût local par le rôle symbolique du
gorié zlotchastié, personnification de l'esprit du mal, mauvais
ange ou démon. Trait typique : la déchéance morale et la
détresse matérielle, où le héros du récit est précipité par les
suggestions de ce néfaste compagnon, ont pour source — la
boisson. C'est ici le *mal* par excellence, et, dans ses essais
d'exégèse, Avvakoum identifiait le péché originel lui-même
avec l'ivrognerie. Ne portant aucune indication de date ni de
lieu, par la langue et le tour de la narration, le poème semble
appartenir à la seconde moitié du dix-septième siècle.

Pas plus que les contes en prose de la même époque, il ne
donne encore aucune place à l'amour. Le *Domostroï* ignorait
ce condiment. Selon les conceptions dont il s'inspirait, la
femme était un être inférieur à tous égards et essentiellement
pervers. Insérée dans un des recueils du temps, *l'Abeille*,
telle dissertation sur ce sujet se bornait au choix à faire entre
le désagrément de vivre avec une mauvaise compagne et la
difficulté de s'en débarrasser. L'auteur ne paraissait pas
admettre qu'on pût en rencontrer une qui fût bonne et plaisante. Et par quoi d'ailleurs la femme pouvait-elle plaire?
Selon l'esprit du *Domostroï*, sa beauté elle-même, si elle en
avait, devenait son principal défaut. Laide, elle était moins
séduisante, donc préférable. C'est une des raisons pour lesquelles, artistiquement affiné en Occident par Boccace, Cer-
vantès et Shakespeare, le roman de chevalerie ne parvenait
ici que sous sa forme la plus primitive et la plus grossière.

Ainsi que le font supposer certains détails de composition,
préambule sur Adam et Ève, prière finale, le *Gorié zlotchastié*
faisait partie, lui aussi, du répertoire des *kaliki*. Une certaine
parenté s'y laisse d'autre part reconnaître avec le *Meier Helm-*

brecht de Wernher le Jardinier (Wernher der Gaertner),
pastorale du dix-huitième siècle; de même que, dans la figure
de l'être malfaisant qui pèse sur la destinée du héros, transpa-
raissent les théories démonologiques du moyen âge occidental.
Copie maladroite et singulièrement surannée; mais un peu plus
tard le même fonds littéraire nous offre « l'histoire de Sava
Groudtsine », et, du coup, nous nous trouvons en présence
d'une œuvre, sinon tout à fait originale, du moins développée
très librement sur un canevas d'emprunt et presque entièrement dégagée des formules traditionnelles. Sava n'est plus ni
un mythe ni un héros exotique. Il a poussé en plein terrain
moscovite et, nouveauté capitale, il est amoureux! Amant de
la femme d'un ami de son père, il l'abandonne et en est puni.
La belle lui verse d'abord un philtre qui rallume sa flamme et
elle le dénonce ensuite à l'époux trompé, en sorte qu'il est à
la fois plus épris que jamais et séparé de l'objet de sa tendresse.
Pour ravoir ce qu'il a perdu, il s'offre au diable et, prenant la
figure d'un parent, Satan consent à le servir, en retour d'un
billet par lequel l'amoureux croit promettre le payement
d'une somme importante et livre en réalité son âme. En
vrai Moscovite qu'il est, Sava ne sait pas lire. Malgré les simi-
litudes de situation qu'on n'a pas manqué de reconnaître, il
n'a rien de commun avec le docteur wurtembergeois de
la légende allemande. Il est fils de marchand et soldat.
Accompagné de son Méphistophélès, qui a tenu parole en
remettant dans ses bras celle qu'il aime, il fait la guerre
aux Polonais et se couvre de gloire sous les murs de Smolensk.
Les balles ne peuvent l'atteindre et les eaux du Dniéper
s'ouvrent pour lui livrer passage. Mais, reconnu, il est renvoyé dans ses foyers, à Viélikiï Oustioug, par un général qui
n'admet pas que le fils d'un riche marchand cueille des lau-
riers réservés à de plus pauvres. Curieuse illustration des
idées démocratiques qui se font jour ici dans certains milieux.
Ainsi éconduit, Sava tombe malade de chagrin et appelle un
prêtre. Mais aussitôt la chambre où il agonise se remplit de
démons et, parmi eux, Méphistophélès se démasque en pré-

sentant au moribond le document que l'imprudent a signé d'une croix. Sava tombe dans le délire et aperçoit la Vierge, qui lui promet le pardon à la condition qu'il se fasse moine. Revenant à lui, il obéit et trouve le salut avec la paix de l'âme.

La tradition revendique ses droits dans ce dénouement, mais c'est une dernière victoire. On n'en voit plus de trace dans les aventures narrées, vers 1680, du gentilhomme russe Frol Skobéiev et d'Annette, fille du *stolnik* (dapifer) Nardine. Nardine, c'est Ordine-Nachtchokine, et nous avons donc affaire à un roman à clef, sans nulle part en outre d'influence ascétique ou d'intention didactique. Ce récit est plutôt immoral, ou, pour mieux dire, amoral. Un jeune gentilhomme de Novgorod, doté pour toute fortune d'un grand talent d'intrigue, jette les yeux sur la fille de l'opulent *stolnik*. Ne parvenant pas à se faire agréer, il corrompt la nourrice d'Annette, enlève l'héritière et l'épouse. Pour désarmer la colère du père, il enjôle un de ses amis et réussit si bien que, tout en le traitant de coquin fieffé, le *stolnik* l'accueille dans sa maison, lui abandonne une de ses terres et finit par lui léguer tous ses biens.

Nous voilà loin du *Domostroï*. Racontée avec verve, cette aventure galante et picaresque s'en éloigne de cent lieues. Le principe ascétique du renoncement y fait place à la joie de vivre, au goût de la jouissance matérielle, à l'esprit pratique d'un arriviste. Et certes cet autre idéal n'est pas d'un ordre très relevé. En vertu toujours de l'hyperbolisme constitutionnel, qui dans ce pays gouverne tous les phénomènes, nous tombons là d'un sommet vertigineux dans un bas-fond. Chez Frol Skobéiev, comme chez Sava Groudtsine, l'amour lui-même, purement sensuel, ne s'ennoblit d'aucune pointe de sentiment et la belle Annette n'est qu'une échappée du *terem*, esclave ou odalisque. Mais, à tout prendre, cette trivialité excessive vaut encore mieux que l'excès contraire, car, plus proche de la nature humaine, elle doit-être plus féconde. Et, en effet, le premier quart du siècle suivant ne s'écoulera

pas sans que, de ce naturalisme grossier, une floraison plus
délicate ne se soit dégagée et sans que, annoncée en Occident
par Dante, réalisée par Pétrarque, l'introduction dans la littérature de l'élément lyrique et sentimental ne soit devenue ici
même un fait accompli.

Sous l'enveloppe fruste ou sordide dont ils sont revêtus,
Sava Groudtsyne et Frol Skobéiev annoncent déjà et préparent
cette éclosion, car, dans la façon dont ils sont présentés au
public russe, en même temps qu'une poussée de sève vigoureuse, s'accuse une note d'art jusque-là inconnue. Ces récits
sont vivants et ingénieusement composés. Le reste viendra à
son heure (1).

VI

L'ART

Sous toutes les formes, dans toutes les directions, l'art
occidental arrive maintenant à germer dans ce sol que la
culture byzantine a si longtemps stérilisé. Bien qu'Avvakoum
l'accusât de favoriser la peinture étrangère « criminellement
semblable à la nature », Nikone blâmait encore avec la dernière énergie les tendances novatrices qui s'insinuaient jusque
dans l'iconographie sacrée, et le Concile de 1667 renchérissait sur les anathèmes du patriarche. En vain ! Les préférences
du public l'emportaient sur les consignes de l'Église, et, pour
donner satisfaction à leur clientèle, les artistes en renom, tel
le célèbre Simon Ouchakov, en étaient réduits à partager leurs

(1) Voy. pour ce paragraphe : MILIOUKOV, *Essais sur l'hist. de la culture russe,*
t. II, p. 175 et suiv. Dans les deux premiers volumes de son *Hist. de la Litt.
russe,* Pypine a condensé les résultats des recherches les plus récentes sur les
origines de la littérature nationale. — Pour le répertoire des *Kaliki,* voy. VIÉS-
SIÉLOVSKI, dans *Messager de l'Europe,* avril 1872 ; pour la poésie épique russe,
MILLER, *Essais sur la littérature populaire* ; pour l'attitude de l'Église vis-à-vis
de la poésie nationale, JAGIC, *La Poésie nationale des Slaves* ; pour *Sava Groudtsine, Chroniques de la Litt. russe,* 1859, liv. IV ; pour *Frol Skobéiév, Le Moscovite,* 1853, n° I.

coups de pinceau entre les canons orthodoxes et les modèles italiens. Michel Féodorowitch avait déjà recueilli à sa cour des Allemands et des Polonais, peintres de tableaux profanes et de portraits. Son fils régnant, ils eurent des élèves russes, qui plus hardiment s'attaquèrent à l'inviolabilité hiératique des types byzantins. Dans l'atelier de Simon Ouchakov, des disputes éclatent au sujet d'une *Madeleine repentante*, dont les charmes indécents font cracher de dégoût l'archidiacre serbe, Jean Pleskovic. L'esprit critique s'éveille au sein de ces controverses, et le sentiment religieux lui-même s'en trouve renouvelé. Les novateurs s'égarent encore en des subtilités, où, répudié par eux, l'esprit byzantin se fait valoir sans qu'ils y prennent garde. Dans la figuration traditionnelle de la naissance du Christ, la Vierge est au lit. N'est-ce pas à tort, se demandent-ils, puisque l'accouchement de la divine Mère a dû être affranchi de toute souffrance ? Mais un des amis et rivaux d'Ouchakow, Joseph Vladimirovitch, lui adresse une épitre où, en faisant l'apologie de la nouvelle esthétique, il ose taxer de barbarie le canon pictural du « Concile aux cent chapitres » *(Stoglav)*. Jusque dans un *Livre des Sybilles*, préparé pour l'impression en 1672 par ordre d'Alexis, sous la direction du Grec Nicolas Spafari, l'école italienne obtient une place d'honneur [1]. Les âmes les plus attachées au culte du passé se laissent émouvoir par ces révélations.

Comme les spectacles auxquels ils assistaient dans les cours étrangères, la splendeur entrevue des palais occidentaux a ébloui et charmé les envoyés moscovites. Et voici que, originaire d'Italie, développé en France, un autre art réclame sa part dans la transformation de la vieille Moscovie. Ne se contentant pas de décorer et de meubler leurs demeures à la mode européenne, Alexis et les grands seigneurs de son entourage se préoccupent de les encadrer de parterres fleuris. Ils recrutent des jardiniers à l'étranger ; ils font venir à grands frais des plantes délicates.

[1] Bouslaiev, *Essais*, t. II, p. 364, 398.

Tout ce mouvement n'entraîne à la vérité qu'une élite assez restreinte, et, autour d'elle, la gangue des habitudes et des préjugés invétérés demeure toujours impénétrable. Pour la briser, comme il avait fait en Occident, du treizième au quatorzième siècle, le sentiment religieux lui-même manque ici de force suffisante, n'accusant une grande intensité qu'au sein de ce *Raskol*, où toute idée d'art se trouve proscrite. Retenus dans l'ancien moule par des attaches intimes, les partisans du progrès ne parviennent eux-mêmes pas, on l'a vu, à s'en libérer entièrement. Après le *Livre des Sybilles*, Alexis commande en 1676 une nouvelle traduction du *Grand Miroir*, compilation de matériaux empruntés aux treizième et quatorzième siècles avec une tendance résolument ascétique.

Exotique dans ses origines, aristocratique dans ses premières manifestations, isolé au milieu d'une société inculte à tous les autres égards, cet épanouissement artistique a l'apparence d'un fruit de serre chaude, et il ne fait que rendre plus sensible la barbarie générale du milieu où il se produit. On a un théâtre; on commence à écrire des romans; on se donne des galeries de tableaux et cependant on reste comme devant séparé à tous autres égards de la civilisation à laquelle on doit tout ce luxe d'emprunt. Le désir d'un rapprochement plus complet s'en augmente, sans qu'on aperçoive encore le moyen d'y parvenir, et une impression de détresse en résulte.

Elle s'aggrave au moment de la mort d'Alexis, devant l'évidence du néant économique et moral que masquaient les dehors d'un règne prestigieux. Il faut s'arracher plus entièrement de l'ornière séculaire. Mais comment? On ne sait. Pour prendre une initiative dans ce sens, les classes sociales sont trop faibles; trop étrangères aussi l'une à l'autre, trop divisées en outre par un antagonisme radical d'idées, d'instincts, d'intérêts. Le gouvernement n'est pas moins embarrassé. Incapable de choisir une voie ou de s'y tenir, il fait mine de demander aux masses populaires l'inspiration directrice qu'elles attendent de lui. Il écoute tous les vœux, accueille toutes les pétitions, se montre disposé à prendre toutes les mesures recommandées, mais n'arrive qu'à provoquer un choc chaotique d'opinions contraires. Il convoque des assemblées, mais ne parvient pas à y dégager une majorité quelconque, acquise à un programme défini.

Un état de choses se trouve ainsi créé dont, à une époque beaucoup plus récente, nous avons vu la reproduction presque identique et qui est proprement le besoin impérieux d'une révolution, joint à l'impossibilité radicale de la réaliser.

VII

L'ESPRIT RÉVOLUTIONNAIRE

Russe par adoption et admirateur convaincu, enthousiaste, de sa nouvelle patrie, Krijanics peut servir d'illustration à cette crise douloureuse. Né vers 1618, d'une noble mais très pauvre famille croate, victime des disgrâces infligées à son pays d'origine par la domination étrangère, il a été amené, ainsi que le sont aujourd'hui encore quelques-uns de ses frères de race, à concevoir la nécessité d'une union de tous les Slaves contre l'ennemi commun, qui reste toujours le même, et, comme centre de ralliement commun, le grand empire du Nord lui a paru indiqué. Premier apôtre du panslavisme, après avoir, en 1647 et 1650, visité Moscou comme attaché d'ambassade, il y revient en 1659 pour travailler à cette œuvre.

La subordonnait-il, comme on l'a supposé (1), à un but supérieur d'ordre religieux? Il paraît assez téméraire de l'affirmer. Les détails rapportés par lui de sa rencontre avec Avvakoum ne le montrent pas animé d'un zèle de prosélytisme catholique bien ardent. « Dilettante de génie », comme

(1) Voy. PIERLING, *La Russie et le Saint-Siège*, t. IV, p. 4.

l'a appelé un de ses biographes, théologien et controversiste, mais aussi et surtout grammairien, linguiste, historien, géographe, ethnographe, sociologue, économiste, financier, musicien, philosophe, il s'est occupé de trop de choses et de choses principalement profanes, pour qu'une préoccupation maîtresse de ce genre ait pu guider sa pensée.

Après un plus long séjour à Moscou, il devait d'ailleurs s'apercevoir que le crédit qu'il faisait à ce pays, même pour la défense de la cause slave seule, était au moins prématuré. Il devait se persuader qu'avant de présider à une confédération antigermanique, la Russie avait à parcourir une étape préparatoire dans la voie révolutionnaire précisément, dans le sens d'un ensemble de réformes radicales, portant sur les idées et les mœurs, l'organisation politique, sociale et économique.

Il ne cacha pas sa conviction, et cette candeur lui valut un ordre d'exil en Sibérie. La plupart de ses ouvrages ont été composés à Tobolsk où il vécut quinze ans. Dans ce nombre, ses *Pensées politiques,* qui, avec un programme d'avenir assurément impraticable, contiennent, pour le présent, — un bilan de banqueroute. L'actif y est soigneusement mis en évidence ; mais, en dépit d'un effort d'apologie dont nous avons déjà pris une idée, le passif l'emporte en une constatation d'effroyable misère.

Comment ne serions-*nous* pas misérables, écrit Krijanics, en s'identifiant bravement avec ses nouveaux compatriotes, quand notre langue elle-même ne suffit pas à traduire les idées du monde civilisé ? Nous parlons comme nous pensons, pauvrement, et nous sentons de même. Nous n'avons ni courage naturel, ni légitime fierté, ni élan généreux, ni conscience de notre dignité. Nos mœurs font de nous la honte de l'Europe, nous montrant inclinés au vol, au meurtre, à la malhonnêteté dans tous nos rapports, à la licence dans toutes nos actions. Cet aveu lamentable fait, Krijanics arrive à rechercher la raison d'un tel état de choses et il la découvre — dans le défaut de toute liberté. Il aperçoit de tous côtés

des soldats, des policiers, des délateurs, des gabelous, toute
une armée, qui n'a d'autre emploi que d'empêcher les gens
de faire ce qu'ils veulent. Par suite, tous ont pris l'habitude de
vivre en cachette, de dérober aux regards leurs moindres
actions et ni la morale, ni l'honneur n'y gagnant, la société y
perd toute utilisation possible de ses plus nobles énergies.
Insuffisamment rétribués d'ailleurs, les agents du pouvoir
n'ont d'autre ressource pour vivre que de participer aux
méfaits qu'ils sont chargés de réprimer et de voler les
voleurs. Cette organisation n'est qu'un pacte mutuel de brigandage.

Et le remède? Il faut reconstruire de fond en comble l'édifice politique et social. Mais qui s'en chargera? Bon prophète
en ce qui concerne le dix-septième siècle, — et peut-être
même des temps beaucoup plus rapprochés de nous, — Krijanics ne compte pas, pour cette besogne, sur les Moscovites
eux-mêmes. « Ils ne voudront pas se faire du bien, si on ne
les y contraint. » Par bonheur pour eux, ils possèdent l'instrument providentiel des réformes nécessaires, et c'est l'autocratie. Sans elle, en dehors d'elle, point de salut.

Mais quelles sont les réformes nécessaires? Le programme
de Krijanics comprend quatre mesures principales, qui, s'accordant assez mal entre elles, contredisent en outre assez
étrangement son idée maîtresse de panslavisme antigermanique. Il veut le développement de l'instruction; mais, écrivain, il professe un mépris singulier pour « la lettre morte des
livres ». Il préconise l'assimilation d'une large éducation
technique, et, ennemi des Allemands, il ne voit qu'eux, leurs
ingénieurs et leurs artisans, pour servir de maîtres à ses compatriotes adoptifs, comme il compte sur leurs capitaux pour
stimuler l'industrie et le commerce en pays moscovite. Il se
déclare partisan de la liberté politique, de l'autonomie administrative des classes; mais en même temps il aperçoit dans le
souverain et dans son pouvoir absolu la source et la condition nécessaire de tout progrès, dans une réglementation
minutieuse le seul moyen de le réaliser, enfin dans l'exten-

sion du droit de pétition, du recours direct à ce même souverain, l'unique ressource contre tous les abus.

Et, dans l'inspiration générale, sinon dans les détails de
l'application pratique, c'est à peu près le programme d'un
autre panslaviste — Ordine-Nachtchokine, — c'est-à-dire
celui-là même que Pierre le Grand va mettre en œuvre avec
son idéologie paradoxale et ses antinomies intimes. Mais, sauf
un trait où s'accuse l'épuisement définitif des forces sociales,
c'est aussi le programme de tous les insurgés que ce pays a
connus depuis un siècle : la révolution pour le tsar, mais
cette fois aussi *par* le tsar, contre tous les participants de son
autorité.

Et Krijanics n'est pas seul, tant s'en faut, à penser cela, si
seul il l'ose l'écrire. A y regarder de près, c'est le sentiment
commun. De manière moins nette mais suffisamment intelligible, il se traduit dans toutes les manifestations collectives ou
individuelles de l'esprit moscovite à ce tournant de l'histoire
nationale. Interrogés sur leur situation, les paysans censitaires se déclarent « les orphelins du tsar » et disent n'attendre que de lui l'allégement des charges sous lesquelles ils
ploient. Consultés sur les mesures à prendre pour améliorer
l'état du pays, les « hommes de service » répondent qu'ils
sont « esclaves du tsar » et attendent ses ordres. On se trouve
ainsi dans un cercle vicieux et jusqu'à Pierre le Grand on n'en
sortira pas.

Quant à Krijanics, gracié en 1676 par le fils d'Alexis,
après un nouvel essai tenté, non pas même pour changer les
conditions d'existence locales, mais seulement pour s'y accommoder, il désespérera d'y réussir et passera en Pologne, pour
y prendre la robe des Frères Prêcheurs (1). Il s'exilera volontairement cette fois et il ne sera pas seul non plus à adopter
ce parti.

(1) Voy. Markiévtch, dans *Bulletins de l'Université de Varsovie*, 1876;
Bezsonov, dans *Revue orthodoxe*, nov. 1870; Biélokourov, *La Vie religieuse de
la société moscovite*, p. 176 et suiv.; le même, *Georges Krijanics à Moscou*;
Brückner, dans *Ancienne et nouvelle Russie*, 1876, t. II et III; le même, dans
Russische Revue, t. II, p. 426-444 et suiv.

Nous connaissons déjà l'aventure du fils d'Ordine-Nachtcho-kine. Comme ce jeune homme, après avoir humé l'air du dehors, dès cette époque, plus d'un Russe en vient à juger irrespirable l'atmosphère de son pays. C'est le cas de Grégoire Kotochikhine, qui, employé du Département des Relations extérieures, au seuil d'une brillante carrière, se décourage, et, en 1664, passe également la frontière pour échapper à la vengeance d'un chef dont il a refusé de se faire le complice dans une basse intrigue, ou simplement pour libérer sa con-science. Peut-être aussi pour ne pas courir le risque de rece-voir une seconde fois le fouet, comme cela lui est arrivé en 1660, à raison d'une erreur insignifiante.

En Pologne et ensuite en Suède, où l'attend une mort tra-gique, il dresse à son tour l'inventaire du milieu politique et social où il n'a pu vivre, et il arrive à peu près aux mêmes constatations. Tissu inextricable d'arbitraire, d'avidité et de grossièreté étreignant toutes les fonctions vitales, luxe bar-bare en haut, misère affreuse en bas, abjection égale partout, le régime n'est pas supportable (1).

Parmi ceux qui pensent, c'est l'opinion générale. Les uns fuient, les autres sont chassés, tous conviennent que cela ne peut durer ainsi. Quelques courtisans réussissent à cacher leurs révoltes intimes sous des dehors de soumission affectée, tel ce prince Nicolas Ivanovitch Odoiévski, qui, épris de toutes les « nouveautés », sans exception des plus hardies, parvient cependant à traverser sans encombre, en remplissant de hautes fonctions, les trois règnes de Michel, d'Alexis et de Féodor; type caractéristique d'ailleurs du boïar de l'époque; produit définitif de la politique moscovite; déraciné matériel et moral, sans lien ni avec les traditions de famille que la hiérarchie des rangs a brisées, ni avec le terroir qui n'est plus

(1) Pour Kotochikhine, voy. PLATONOV, Leçons, p. 329-330 et le livre sur la Russie de K. lui-même. Découvert en 1837 par Soloviov aux Archives d'État de Stockholm dans une traduction latine et l'année suivante dans l'original à la bibliothèque d'Upsala, cet ouvrage a été publié en 1841 et a eu, depuis, plusieurs éditions. Au bout d'une année et demie de séjour à Stockholm, ayant tué, dans une rixe, le mari d'une femme par lui courtisée, l'auteur est mort sur l'échafaud.

celui de ses origines, ni enfin avec le petit monde de ses paysans, qui ne sont plus que du bétail humain ; épave sociale où apparaît l'irréparable rupture consommée entre l'aristocratie et le peuple sur les ruines de l'ancienne organisation patriarcale de ce pays et où s'accusent les premiers effets de cette dislocation générale des éléments organiques, qui y demeure aujourd'hui encore un obstacle essentiel à toute construction harmonieuse et à toute possibilité non seulement de progrès mais de vie acceptable (1).

Celui-là est un sceptique, même en matière de religion. Avec les fanatiques du *Raskol*, il croit cependant à la fin inévitable du monde où il vit. Peut-être, probablement même, à leur exemple, se représente-t-il ce dénouement sous la forme d'un cataclysme, parce que, aux problèmes multiples qui encombrent l'impasse où son pays se trouve engagé, il n'imagine pas davantage de solution pacifique, progressive, transactionnelle. Peut-être, à défaut d'autre issue qu'il aperçoive, ce saut dans l'inconnu lui paraît, comme à eux, désirable. Mais il ne saurait se résoudre à lever le petit doigt pour en hâter l'événement. Il s'en rapporte non à la Providence, étant mécréant ou presque, mais à la fatalité. Et la Providence ou la fatalité va intervenir. Le cataclysme attendu, souhaité, se préparait — dans le berceau où vagissait le fils cadet d'Alexis. Il fallait qu'un tsar s'en mêlât, un souverain qui, avec la toute-puissance dont le second Romanov disposait déjà, possédât une autre ouverture d'esprit et un autre tempérament. Mais la Providence ou la fatalité voulut, en outre, que la besogne échût à un homme inhabile à travailler autrement qu'à la façon des ouragans et des tremblements de terre.

L'œuvre de Pierre le Grand n'aura été cependant qu'une résultante. Destructeur ou créateur, le génie du formidable révolutionnaire consistera principalement en une aptitude prodigieuse à lier en faisceau et à faire passer du pôle négatif au pôle positif un ensemble de forces collectives que l'histoire

(1) Voy. Arséniev, *Biographie d'Odoiévski.*

entière du dix-septième siècle aura préparées, dirigées même sur certains points dans des voies creusées à l'avance. Et c'est ce que l'auteur de ce volume s'est proposé de montrer.

Dans cette histoire, Alexis occupe une place si considérable ; sa figure y est tellement représentative de l'époque et du milieu auxquels il a appartenu ; elle a enfin jusqu'à présent si peu obtenu, même en Russie, une attention en rapport avec son intérêt, sa valeur et son charme, qu'il convient de lui consacrer ici quelques pages complémentaires.

CHAPITRE XV

LE SECOND ROMANOV ET SON HÉRITAGE

I. Le tempérament et le caractère d'Alexis. — II. Son esprit. — III. Sa cour. — IV. Son entourage. — V. Son héritage. — VI. L'avènement de Féodor. — VII. La fin de Nikone. — VIII. Le gouvernement des Favoris. — IX. Le premier coup de pioche. — X. Aperçu général.

I

LE TEMPÉRAMENT ET LE CARACTÈRE D'ALEXIS

Les contemporains s'accordent à représenter le père de Pierre le Grand comme un fort bel homme, de taille élevée, robuste, avec toutefois une obésité précoce, qui déparait sa majestueuse prestance, tout en correspondant bien au tempérament placide et débonnaire de celui que l'on se plaisait à appeler le *tichaïchyï tsar*, le tsar très paisible. Le teint vermeil, des yeux bleus très doux, un visage souriant dans une barbe brune tirant sur le roux, tel nous le montrent ses portraits. Pour ce qui est de l'embonpoint, ce ne pouvait être chez lui qu'un trait d'atavisme, car il n'imite pas sur le trône l'immobilité hiératique et la paresse physique de la plupart de ses prédécesseurs. Voyageur infatigable, chasseur intrépide, il est toujours en mouvement et sa sobriété ne se dément jamais. Observant scrupuleusement les jeûnes si fréquents et si sévères du canon orthodoxe, pendant le grand carême, si nous devons en croire Collins, il ne fait que trois repas dans la semaine, le samedi, le dimanche et le jeudi. Les autres jours, il se contente d'un morceau de pain bis et de quelques concombres et champignons confits au sel, qu'il arrose d'un coup de petite bière. Dans l'ordinaire, il ne prend que très peu de vin, mélant seulement parfois un peu d'huile ou d'eau de cannelle à sa boisson habituelle, qui est cette même bière très peu capiteuse. Cependant, au rapport du voyageur anglais, « quand il veut régaler ses gentilshommes, il s'assied dans une chaise et leur donne de sa main une petite caisse de liqueur si subtile et tant de fois distillée qu'elle ferait beaucoup de mal à ceux qui n'y seraient point accoutumés. Il y met quelquefois du mercure et prend plaisir à les enivrer (1) ».

En dépit de la douceur et de la bonhomie qui sont les traits saillants de son caractère, et bien que, au regard de toute souffrance humaine, il fasse souvent preuve d'une sensibilité qui, en son temps et en son milieu, paraît étonnante, Alexis a le goût de la brimade. Sa jovialité naturelle se ressent là des instincts despotiques de sa race, jusqu'à mêler une pointe de cruauté à des facéties en elles-mêmes innocentes. Écrivant le 13 mars 1657, de Kolomenskoié, à son grand veneur Matiouchkine, il lui confie que sa grande distraction, en cette résidence favorite, est de baigner tous les matins les boïars de son entourage. Pour peu que l'un d'eux tarde à l'heure très matinale du lever, il doit faire un plongeon sous la glace dans l'étang voisin. Après quoi, il est invité à la table du maître, et, ajoute le souverain, pour faire bonne chère, les coquins risquent exprès l'épreuve préalable (2).

Il se pourrait d'ailleurs que nous dussions reconnaître là autre chose qu'un trait de malice et de fantaisie personnelle

Au onzième siècle, le « bain » de Boleslas le Vaillant *(Chrobry)* fut célèbre en Pologne et aujourd'hui encore, dans le langage populaire du pays, le mot évoque l'idée d'une forte correction. Le roi avait, a-t-on cru, l'habitude de châtier au bain *manu propria* les jeunes gens de sa cour. Quelques historiens admettent cependant une confusion à ce propos et ne sont pas éloignés d'imaginer que ce bain ait été plutôt une faveur et une distinction. En Occident, le bain précédait obli-

---

(1) Collins, *Relation*, p. 79.
(2) *Actes recueillis dans les Bibl. et les Archives d'État*, t. IV, p. 140.

gatoirement l'admission au rang de chevalier, d'où en Angleterre l'ordre du Bain. Il est constant aussi que ce rite s'est
implanté plus généralement dans les pays visités par la conquête normande.

L'imitation ou la réminiscence n'était en tout cas, chez
Alexis, que très inconsciente, selon les probabilités. Nous
devons à Paul d'Alep une anecdote où le même trait prend
une forme différente. Au cours d'un pèlerinage, ayant à franchir la Moskva, plutôt que de chercher un pont ou un gué,
Alexis jette son cheval dans la rivière et ordonne à ses compagnons de le suivre. Gros et gras pour la plupart, les boïars
pensent y laisser leurs vies. Ils doivent obéir pourtant et
assister ensuite aux offices avec leurs vêtements ruisselants
d'eau. Mais le chroniqueur a eu aussi nouvelle des baignades
de Kolomenskoié et peut-être n'a-t-il fait que broder sur ce
thème (1).

La bonté, l'humanité d'Alexis furent proverbiales en Russie.
Le même Paul d'Alep (2) nous le montre visitant un hospice
de sa fondation, où l'odeur est tellement épouvantable que le
moine grec se sent défaillir. Le souverain, pourtant, va d'une
chambre à l'autre, interrogeant les malades, les baisant sur la
bouche, les consolant, et traînant derrière lui le patriarche
d'Antioche, qui ne peut se retenir de manifester son dégoût.
Cet hospice se trouve au monastère favori du tsar, sous l'invocation de saint Sava; mais Alexis en a établi un autre dans
son propre palais. Il y recueille de nombreux vieillards, avec
lesquels il prend plaisir à s'entretenir (3). Les moines de Saint-
Sava sont ses enfants gâtés, et il donne encore à Paul d'Alep
le spectacle d'un repas qu'il offre dans cet ermitage à des
mendiants et pendant lequel il sert lui-même ses invités (4).

A l'occasion pourtant, le même homme est capable de
réprimer avec rudesse et sans pitié des incartades même

(1) Paul d'ALEP, *Journal,* édit. Mourkos, t. III, p. 97; édit. Belfour, t. II,
p. 34.
(2) Édit. Mourkos, t. IV, p. 134; BELFOUR, t. II, p. 252.
(3) COLLINS, *Relation,* p. 60.
(4) Édit. Mourkos, t. IV, p. 122; BELFOUR, t. II, p. 242.

légères. Pour des négligences dans le service de sa vénerie, si elles se répètent surtout, il ordonne d'appliquer le knout, *jusqu'à ce que la mort s'ensuive* (1). Mais, respirant dans sa figure épanouie, dans ses yeux souriants, dans son accueil habituellement aimable, dans les plaisanteries ingénues dont il émaille sa correspondance, la bonté indulgente l'emporte. Elle l'empêche même de faire preuve d'une fermeté suffisante à l'égard de quelques personnages de son intimité, qu'il sait être de fort mauvais sujets et qu'il traite parfois en conséquence, mais qu'il ne se résout ni à éloigner de sa personne, ni à chasser des emplois par eux occupés. C'est le cas de son beau-père, Ilia Miloslavski, qui est un incorrigible voleur, un intrigant de la plus basse espèce et dont communément il tolère les méfaits.

Il est sujet aux emportements. En 1661, ses armées aux prises avec les Polonais ayant subi plusieurs échecs, ce même Ilia-Danilovitch, qui n'a rien d'un grand capitaine, s'offre comme commandant en chef, promettant de ramener prisonnier le roi de Pologne en personne. C'en est trop ! Alexis répond en souffletant l'impudent ; il lui arrache une partie de sa barbe et le renvoie à coups de pied. Mais c'est tout et il n'y paraît pas le lendemain. Alexis ne manque jamais de regretter ces mouvements impétueux, qui l'éloignent de son naturel et ne sont qu'un effet de sa grande impressionnabilité. La Martinière s'est laissé dire que, pressé un jour de ratifier une sentence de mort, prononcée contre un déserteur, le tsar s'y est refusé, en expliquant ainsi sa décision : « Dieu n'a pas donné du courage à tous les hommes (3). »

Il est aisément irritable, parce qu'il ne saurait être indifférent à rien. Tout l'intéresse presque également, et la guerre de Pologne, et la maladie d'un homme de cour, et les affaires d'État, et les affaires domestiques du patriarche Joseph, et les questions de chant liturgique, et le jardinage, et les plaisirs

(1) *Actes recueillis dans les Bibl. et les Arch. d'État*, t. IV, p. 140.
(2) MAYERBERG, t. II, p. 111.
(3) *Nouveaux voyages* (1647), p. 166.

de la chasse au faucon, et les représentations théâtrales qu'il
inaugure dans son palais, et les querelles qui surgissent dans
son monastère favori. Constamment, il confond ces préoccupations multiples, ainsi que les sentiments qui y correspondent
naturellement. En faisant à Matiouchkine le récit d'une
chasse, il se laisse aller à un transport lyrique, disant comment
« grâce à Dieu, aux prières du veneur et à son bonheur », le
faucon longtemps tenu en haleine a enfin saisi sa proie.

Un trait de ressemblance frappante avec Pierre le Grand
s'accuse dans cette physionomie : l'universelle curiosité, unie
de même au besoin incessant de se mêler de tout, quoique
d'une façon plus discrète et souvent occulte ; de faire
même œuvre de ses doigts et de ne jamais rester en repos.
Dans sa chapelle, Alexis allume lui-même les cierges avant les
offices et souvent il ne se retient pas d'en faire autant dans
les autres églises qu'il visite (1). Arrivant à l'inauguration du
nouveau palais de Nikone et se faisant accompagner de divers
présents, très volumineux pour la plupart, le tsar ne laisse à
personne le soin de les présenter au patriarche. Celui-ci se
tenant au fond d'une grande salle, Alexis va à la porte, prend
un lot de zibelines précieuses, traverse la pièce dans toute sa
longueur et revient pour chercher une douzaine de gâteaux.
Après la part du souverain vient celle de la souveraine, puis
celle de leurs enfants ; il n'en néglige aucune, se met en sueur,
s'éponge le front et continue. « Il avait l'air d'un esclave faisant un service pénible, » observe Paul d'Alep (2).

Ajoutons ce détail savoureux : l'usage veut qu'après la
cérémonie de la procession des Rameaux, où il doit conduire
lui-même par la bride le cheval du patriarche, — c'est bien
un cheval et non un âne, — le tsar reçoive à son tour du pontife un cadeau, qui est d'une somme de cent ducats. Alexis
fait mettre de côté cet argent, pour qu'il serve à son enterrement, comme « gagné par le travail (3). »

(1) Paul d'Alep, édit. Mourkos, t. III, p. 45.
(2) Edit. Mourkos, t. IV, p. 110; Belfour, t. II, p. 230.
(3) Paul d'Alep, édit. Mourkos, t. III, p. 179; Belfour, t. II, p. 92.

Contrairement aux précédents, nous l'avons vu aussi paraître à la tête de ses troupes, au cours des deux premières campagnes de Pologne, et partager sinon les périls, du moins les fatigues de ses soldats. Pourtant, la fortune tournant après un début triomphal, il ne devait plus retourner à la bataille. Il rentrait ainsi dans la tradition (1), moins héroïque ici que pratique. Pas de risque pour le souverain, qui ne doit présider qu'à des victoires et dont il convient que la personne soit préservée de toute atteinte matérielle comme de toute humiliation directe. Comme ses prédécesseurs, Alexis n'est d'ailleurs pas homme de guerre. Il faut remonter à Dmitri Donskoï (1363-1389) pour en trouver un sur le trône qu'il occupe. Depuis, les souverains de Moscou n'ont plus ressemblé à ceux de France, qui, même efféminés comme Henri III, faisaient volontiers blanc de leur épée, et plus mâles, mouraient comme Henri II dans un tournoi, ou, comme François Ier, combattaient pied à terre, pour sauver au moins l'honneur. Aucun d'eux n'a tenu à montrer, dans les mêlées sanglantes, le panache blanc de Henri IV.

En commun avec Pierre le Grand, Alexis a encore le penchant despotique à imposer autour de lui ses façons de penser, de sentir et de faire. Se trouvant bien tel jour d'une saignée, il veut que son entourage entier y passe après lui, et un de ses favoris, Rodion Strechniév, un vieillard, se rebiffant, il s'indigne : « Ton sang est-il plus précieux que le mien? » Il lâcha bride à sa colère : injures et coups, suivis d'ailleurs aussitôt de caresses et de largesses expiatoires.

Comme son horizon intellectuel, la sphère de son activité est cependant beaucoup plus restreinte. Son enfance a été aussi paisible que celle de son fils devait être agitée. Jusqu'à cinq ans, il a grandi au *terem* parmi les femmes. A cet âge, confié à son futur beau-frère, Boris Morozov, il a commencé à s'instruire ; c'est-à-dire qu'il a appris à lire dans le livre d'heures, le psautier et les pères de l'Église. A partir de sept

(1) Voy. K. WALISZEWSKI, *Ivan le Terrible*, p. 418.

ans, il s'est mis à l'écriture, puis à l'étude du chant d'église,
et là-dessus, bien que dirigée par un laïc, Vassili Prokopiév,
— innovation remarquable déjà, — son éducation a été con-
sidérée comme terminée. Il était censé savoir tout ce qui
convenait à un futur souverain et il possédait une bibliothèque composée de treize volumes (1). Ces connaissances
sommaires et très spéciales, Alexis les a complétées ultérieurement par de copieuses lectures; mais son esprit a gardé
toujours l'empreinte ainsi reçue.

II

SON ESPRIT

Tout en montrant dans sa correspondance une érudition
relativement assez étendue, des goûts artistiques, voire même
certaines curiosités scientifiques, le père de Pierre le Grand
devait rester toujours un clerc d'Église, versé très particulièrement dans les matières liturgiques et s'en inspirant même
dans les objets les plus étrangers à cet ordre d'idées. Paul
d'Alep nous le montre encore dirigeant un office, reprenant
les lecteurs, faisant la leçon aux chanteurs. Oubliant la présence du patriarche d'Antioche, l'un des officiants se sert de
la formule usuelle : « Bénissez-moi, mon père! » Aussitôt la
voix du tsar éclate en coup de tonnerre : « Fils de p..., ne
vois-tu pas à qui tu parles? Ou ne sais-tu pas qu'il faut dire :
« Bénissez-moi, seigneur (2)? »

Une religiosité profonde, voisine parfois de l'extase, mais
sincère et servant à développer les plus nobles parties de son
être, s'associe à ces puérilités. Porté à la malveillance à
l'égard du souverain et parlant de la grande avidité qui le

(1) Voy. pour cette éducation, KOTOCHIKHINE, *De la Russie,* chap. I, p. 28;
ZABIÉLINE, dans *Lect. de la Soc. d'hist. et d'ant.,* 1847, liv. V. Comp. PLATONOV,
dans *Messager hist.,* mars 1886, p. 267.
(2) Édit. Mourkos, t. IV, p. 126; BELFOUR, t. II, p. 246.

rend peu scrupuleux dans le choix des moyens employés pour remplir son trésor, Albert Vimina en convient lui-même (1). Si pénétré comme tsar de la dignité de son rang, comme chrétien Alexis est plein d'humilité. Il parle fréquemment de ses péchés. Il éprouve des remords incessants. Plutôt que de s'égaler au soleil, comme tel de ses contemporains, il dit ne vouloir être qu'une petite étoile « non pas ici, mais là-bas (2). » Il a des visions. En 1656, au moment de donner assaut à Kokenhausen, il aperçoit les deux martyrs Boris et Gleb, qui lui ordonnent de consacrer ce jour à saint Dimitri.

En dehors même du monastère de Saint-Sava qu'il fréquente assidûment, sa vie est habituellement réglée comme celle d'une communauté religieuse. Levé à 4 heures du matin, il débute par des dévotions adressées au saint du jour, ne prend que le temps d'une brève et cérémonieuse entrevue avec la tsarine et se hâte aux matines, en attendant la messe quotidienne. A un banquet qu'il offre au patriarche d'Antioche, les Grecs ne sont pas peu surpris d'entendre un lecteur qui, aussitôt après le *Benedicite,* entame un chapitre de la vie de saint Alexis et continue pendant tout le repas (3).

Au milieu de tous les soucis qui se disputent sa pensée, celui de son salut l'emporte de beaucoup chez ce despote. Conformément au sentiment général de l'époque dans son pays, c'est dans l'accomplissement exact des rites et dans certaines pratiques ascétiques qu'il aperçoit le moyen le plus sûr de gagner le ciel. Sa conscience religieuse ne s'en contente pourtant pas, comme d'autre part elle ne le retient pas de goûter quelques plaisirs profanes, même de ceux que l'Église frappe de ses anathèmes. Il a l'intelligence trop claire, avec une trop grande dose de bon sens, pour accepter la doctrine orthodoxe dans toute sa rigueur et, en dehors

---

(1) *Ist. delle guerre civili,* p. 321.
(2) Lettre du 23 janvier 1655, citée par Soloviov, *Hist. de Russie,* t. X, p. 384.
(3) Paul d'Alep, édit. Mourkos, t. III, p. 26-27; Belfour, t. I, p. 391.

d'elle, ne pas chercher aussi dans la religion un élément de discipline morale, plus large et plus profond.

Sa conception du monde fut essentiellement religieuse. Il jugeait toutes choses de ce point de vue. Mais, filtré à travers une âme foncièrement bonne, sereine et douce, l'ascétisme lui-même du *Domostroï* s'assouplissait et se vivifiait. Comme la plupart des chasseurs passionnés, Alexis avait le sens de l'observation très développé et, de ses études premières, il tenait le goût de la méditation, l'habitude du recueillement. D'où une finesse de sentiment qu'on ne s'attendrait pas à trouver chez un Moscovite de ce temps. Sa morale et sa philosophie prenaient à l'occasion un tour et un ton singulièrement sympathiques. Ce gros homme était maître dans l'art de consoler. Louis XIV se piquait, lui aussi, d'être le substitut de la miséricorde divine. « Nous devons, écrivait-il, donner aux peuples qui nous sont soumis les mêmes marques de bonté paternelle que nous recevons de Dieu lui-même... Nous n'avons rien de plus à cœur... que de faire trouver aux plus nécessiteux des soulagements dans leur misère (1). » Dans une lettre d'Alexis au prince Odoiévski, nous trouvons cette phrase : « Dieu nous a mis à notre place pour secourir ceux qui n'ont pas d'autre secours. » C'est la même pensée, traduite dans des termes presque identiques. Seulement, les mêmes mots s'appliquent, de part et d'autre, à des objets très différents. Alexis s'adresse à un père affligé par la mort de son fils et voilà une misère que le Roi-Soleil n'eût sans doute pas songé à honorer de sa compassion.

En d'autres occasions, pour exprimer sa réprobation ou sa colère, le correspondant du prince Odoiévski sait aussi donner à son langage une forme expressive, souvent imagée, ou au contraire sentencieuse, habituellement forte et pénétrante. Il fut extrêmement écrivassier. A un simple trésorier de monastère, pour une peccadille commise en état d'ivresse, il envoyait une épître autographe de quatre pages, appelant le coupable

_____

(1) Lavisse, *Hist. de France*, t. VII, 1ʳᵉ partie, p. 289.

au jugement de Dieu et de saint Sava, parlant de torrents de larmes qu'il aurait versées à ce propos et invoquant toutes les puissances du ciel contre ce pauvre diable d'ivrogne (1).

Sa faconde est parfois déconcertante. Reprochant au prince Georges Romodanovski la mauvaise exécution d'un ordre compris de travers, il le traite d'« ennemi de la croix du Christ et de nouvel *Achitofel* » (?). Il le charge de toutes les malédictions d'Israël. « Que Dieu te rende ce qui t'est dû pour ta façon diabolique de me servir, comme il a fait à Daphan (?) et à Aviron (Aaron?), à Ananias et à Samphira !... Que ta femme et tes enfants pleurent des larmes aussi cruelles que celles que tu as fait verser toi-même !... »

Outre une correspondance très volumineuse, Alexis a laissé un récit (inachevé) de ses campagnes et plusieurs cahiers contenant la description des revues passées par lui, les discours prononcés à ces occasions, etc. : le tout rédigé de sa main et bourré d'annotations ou de corrections. Prosateur médiocre. bien que n'ignorant rien des finesses de la langue livresque et visant au style, il s'est essayé aussi dans la poésie. Nous possédons entre autres morceaux une épître en vers, adressée par lui à ce même prince Romodanovski. Les vers ne sont encore que d'assez méchante prose, où des alinéas géométriquement espacés tiennent lieu d'une coupe absente, où il n'y a trace ni de rythme ni de rime et où prévaut une grande trivialité. Dans l'ensemble cependant, eu égard surtout au temps et au lieu, cette œuvre littéraire n'est pas à dédaigner.

De sa philosophie, Alexis réussissait à tirer une conception très nette du pouvoir, dont il était dépositaire, comme procédant de Dieu et ayant pour objet de juger les hommes selon la vérité. Mais il admettait le partage de ce pouvoir avec les boïars et en excluait, au moins en principe, le fanatisme comme l'intolérance. Nikone voulant astreindre les laïcs de son entourage à des dévotions excessives, le tsar protestait en des termes

(1) Soloviov, *Hist. de Russie*, t. XII, p. 339-340.

que Bodin, qu'il ne peut guère cependant avoir lu, eût approuvés : « Nous ne devons contraindre personne à prier Dieu. » On sait pourtant qu'il s'est porté à admettre quelques contraintes de même genre. A se faire l'interprète de la sagesse et de la justice divines, on risque toujours de telles inconséquences.

Sans aucune notion d'art, il eut des goûts artistiques très prononcés, un certain fonds même d'émotivité poétique et des allures d'esthète. Il ne se lassait pas de reconstruire et d'embellir son palais de bois de Kolomenskoié, où il jouissait avec délices d'un site pittoresque, sans grandeur mais doux et paisible comme son propre naturel, donnant, comme la plupart des campagnes russes, l'impression du repos et de la tranquillité. Il introduisait une note d'art et de poésie jusque dans l'organisation de sa chasse préférée, rédigeant tout un code de fauconnerie, y discutant agréablement sur la beauté des oiseaux, la courbe harmonieuse de leur vol et l'aspect dramatique de leurs combats. Le dernier grand fauconnier de France, Louis XIII, n'a jamais songé à en faire autant. Mais à ces goûts et à la virtuosité dont il savait faire preuve pour les satisfaire, Alexis donnait carrière surtout dans l'ordonnance majestueuse des cérémonies religieuses et des fêtes de cour. Il savourait en amateur raffiné un office bien chanté et se délectait avec la pompe savamment réglée d'une réception d'ambassadeur. Il s'occupait à ce propos des moindres détails et y attachait une importance énorme.

Sur la vie et sur le monde en général, ses vues ont été celles d'un optimiste résolu et d'un déterministe inconscient. Dans les divertissements profanes qu'il se permettait, théâtre ou chasse, il apercevait un moyen utile et nécessaire de combattre la tristesse, car Dieu, pensait-il, veut qu'on soit gai et on l'offense en se livrant à la douleur sans modération. C'est ce qu'il expliquait au prince Odoiévski, en l'engageant à ne pas trop pleurer son fils. Il se refusait à concevoir notre passage sur la terre comme une épreuve pénible. Entremêlant à dose et dans un ordre convenables les occupations et les distractions, les dévotions et les plaisirs, cette étape devait nous conduire sans trop de souffrance à la porte de l'éternité. Côtoyant le rationalisme et frisant l'épicuréisme, cette doctrine s'accommodait avec sa foi chrétienne très robuste, parce qu'il avait l'âme essentiellement conciliante.

C'est ainsi encore que, sans aucune hostilité à l'égard de la culture occidentale, répondant sympathiquement à tous les appels de l'ère nouvelle qui s'ouvrait pour son pays, il n'en acceptait aucun comme une consigne absolue. Évolutionniste prudent, il eût peut-être épargné à son peuple la terrible secousse d'une révolution, s'il avait pu mieux mettre d'accord ses sentiments avec ses entreprises. Mais là, son esprit de conciliation était mis en échec. La vieille Moscovie ne pouvait suffire à l'effort qu'on réclamait d'elle qu'en s'européanisant précipitamment.

Alexis a-t-il poussé ses tendances transactionnelles jusqu'à souhaiter une union religieuse avec Rome? Reutenfels l'affirme, mais ne fournit aucune preuve à l'appui de cette assertion que tous les faits connus semblent contredire (1).

Ni les idées, ni la carrière du père de Pierre le Grand n'offrent d'ailleurs l'exemple d'une unité parfaite. Pendant les premières années de son règne, subissant l'influence de Morozov, du clergé et de sa première femme, il s'est appliqué à maintenir dans l'ensemble, sauf quelques légers écarts, l'ancien idéal domestique et social. Il entrouvrait bien le *terem*, et en 1654, contrairement à tous les précédents, il voulait que la tsarine assistât au départ des troupes pour la campagne de Pologne. Il obligeait même la pauvre Marie Ilinitchna à tenir chez elle des réunions, une sorte de salon. Mais seule l'entrée en scène de Matviéiév et de Nathalie Narychkine devait inaugurer dans ce sens une ère nouvelle.

Dans la vie domestique, avec sa première comme avec sa seconde femme, Alexis fut un époux exemplaire. La légende lui a donné une maîtresse, la femme du boïar Ivan Mous-

(1) PIERLING, *Nouveaux documents pour la biographie de Reutenfels*, p. 7.

sire. Pouchkine, dont l'un des fils, Platon Ivanovitch, passa pour le demi-frère de Pierre le Grand, fut traité en parent par le réformateur, très accommodant en pareille matière, et dut peut-être plus tard à cette origine supposée d'encourir la défaveur de Bühren (1). Mais cette légende ne repose sur rien et la physionomie entière d'Alexis y contredit. Ce fut par excellence un homme d'intérieur. Aux époques d'absence forcée, sa correspondance avec les membres de sa famille indique des relations extrêmement affectueuses. En novembre 1654, pendant la première campagne de Pologne, ayant donné rendez-vous aux siens à Viazma, il leur écrit : « Je vous attends comme un aveugle se réjouit de voir la lumière... (2) »

De son premier mariage, il eut huit filles, dont six ont survécu, et cinq fils. Lui faisant un foyer très chaud et très captivant, cette nombreuse famille le défendait contre les entreprises extra-conjugales, et sa cour n'eut jamais aucune ressemblance avec celle de Louis XV, ni même avec celle du « Grand Roi », son contemporain.

III

SA COUR

L'absence de l'élément féminin, tout au moins dans la figuration extérieure, y constituait précisément à cette époque un trait caractéristique et d'une importance considérable. Sans aller avec Michelet jusqu'à reconnaître dans le rôle historique des maîtresses royales en France une intervention utile et bienfaisante de la démocratie, on peut admettre que, d'Agnès Sorel à Mme de Maintenon, à travers des influences corruptrices et dépravantes, la grâce et la finesse féminines n'ont pas cessé d'exercer par ce canal une action avantageuse sur

(1) Karabanov, dans *Antiquité russe*, avril 1871, p. 583.
(2) *Lettres des souverains russes*, t. V, p. 15.

le développement intellectuel et moral du pays. Et il n'y avait
pas que les maîtresses. Autour de quelques reines au moins
et de quelques princesses, aimables, spirituelles, brillantes,
de bonne heure s'est formé, à la cour de France, un noyau de
société policée, élégante, curieuse des choses intellectuelles.
Et le rayonnement s'en est fait sentir dans la culture générale.

Ici rien de pareil. Le *terem*, où s'enferme la famille du souverain, ne fait pas partie de la cour et la cour reste entièrement masculine, pompeuse, mais froide et sombre. Extrêmement peuplée d'ailleurs. En principe, tous les « hommes de
service » présents à Moscou en font partie et doivent tous les
jours paraître au palais, se mettre à la disposition du maître.
Or, en dehors des fonctionnaires de premier rang, titulaires
de grandes charges, cela fait bien quelque trois ou quatre
mille personnes, qui tous les matins envahissent le Kreml.
Les salles d'attente, assez peu spacieuses, n'en peuvent évidemment contenir qu'un petit nombre, et quelques élus
seulement sont admis dans la chambre du tsar. Les moins
favorisés stationnent au dehors, sous la pluie et la neige
parfois et pendant de longues heures. De l'intérieur au dehors
et à l'inverse, un va-et-vient s'établit cependant. A l'intérieur
on doit rester debout, et fatigués, des vieillards sortent pour
s'asseoir sur les marches du palais, ou même à terre. D'autres, empressés, les remplacent, dans l'espoir d'attirer sur
eux le regard du souverain, qui habituellement fait le tour de
l'assistance. Les nouvelles circulent, les intrigues se nouent
dans cette foule compacte. Des rixes y éclatent souvent aussi.
Mais on ne dégaine pas l'épée, car le port d'armes est interdit
à la cour et nul rendez-vous n'est donné non plus en un autre
lieu pour une rencontre chevaleresque. Le chevalerie n'a
jamais existé ici; les finesses de l'escrime sont inconnues
et le duel dans la forme occidentale n'est pas encore entré
dans les usages. Les querelles se vident sur place à coups de
poing. Mais quoi? Le sang coule, un homme s'affaisse en
râlant. Ce n'est rien. Le combat s'échauffant, les adver-

saires ne se sont pas contentés du pugilat et l'un d'eux, un
stolnik (dapifer) a eu la tête fendue avec une brique (1).

Nous sommes loin de Versailles.

Ces courtisans qui se battent comme des portefaix sont
cependant vêtus comme des rois mages. Dès cette époque,
même au point de vue de l'apparat extérieur, l'autocratie a
pris son aspect définitif. Avec l'esprit de modération,
d'épargne et de pieuse humilité propre à ses ancêtres, Alexis
a recueilli aussi dans leur héritage une prédilection décidée
pour la pompe et l'ostentation. Vivant dans son intérieur fort
modestement, comme tous les Romanov devaient le faire
jusqu'à ces derniers temps, il voulait que ses apparitions
publiques ainsi que les solennités de sa cour fussent entourées
du plus grand éclat possible. C'est ainsi qu'il se trouva à
l'étroit dans toutes les résidences dont il héritait et qu'en les
agrandissant il chercha aussi à en augmenter la magnificence,
indépendamment même de ses préoccupations artistiques. Il
visait d'abord à l'effet. L'esthétique venait après. Mais la
religion n'était pas non plus oubliée. Il la mêlait à tout et faisait donc une large place dans ses nouvelles et somptueuses
constructions à toute une suite de chapelles, destinées à la
tsarine, aux tsarévitchi et aux tsarevny. Une de ces chapelles,
dite « derrière la grille d'or », fut même élevée au rang de
« cathédrale ». La grille était simplement dorée, bien entendu,
et le cuivre y provenait des monnaies retirées de la circulation après la crise que nous savons.

Pour l'ornementation des pièces, Alexis donnait la préférence à la peinture, à la sculpture imagée et aux tentures de
cuir ou de soie. La décoration des murs était confiée à ses
peintres d'icones, dont le travail se ressentait cependant,
nous le savons, de l'influence étrangère. Après les premières campagne de Pologne, vainqueur mais séduit par ce
qu'il avait vu dans les pays conquis, le tsar ne dédaigna pas
d'en tirer des artistes et des ouvriers, et un plafond de salle

(1) Voy. Soloviov, *Hist. de Russie*, t. XIII, p. 68.

à manger avec la représentation des douze signes du Zodiaque porta la marque de leur savoir.

Ainsi accommodé, le Kreml formait toujours et de plus en plus un amas chaotique d'édifices datant de diverses époques, gauchement accotés ou sommairement reliés par des galeries couvertes et découvertes. La plupart étaient maintenant en briques, mais conservaient dans leur structure les traits caractéristiques des palais en bois d'autrefois. Pour les résidences de campagne, le bois demeurait employé d'ailleurs et y perpétuait le même type. Entièrement rebâtie par Alexis, celle de Kolomenskoié se distinguait autant par l'amplitude de ses proportions que par l'originalité de son architecture.

Riverain de la Moskva, à sept verstes seulement de la capitale, ce village avait déjà au siècle précédent attiré Vassili III. Michel s'y était plu. De 1667 à 1671, Alexis y fit travailler des architectes et charpentiers biélo-russes, embauchés par Nikone pour son monastère de la Résurrection, ainsi que des peintres moscovites, qui s'inspiraient d'un livre, probablement allemand, emprunté à la bibliothèque du patriarche. Un artiste arménien, Saltanov, attiré de la Perse, les aida et le nouveau palais témoigna de cette collaboration, en un mélange assez bizarre de motifs occidentaux et orientaux, religieux et profanes. Dans la grande salle, le trône du tsar fut flanqué, comme à Byzance, de deux lions qu'un mécanisme ingénieux faisait rugir. Après avoir visité en 1673 le chef-d'œuvre ainsi produit, Reutenfels déclara qu'il ressemblait à un gentil jeu d'enfant; mais Siméon Polotski le qualifia, en fort mauvais vers, de huitième merveille du monde. Ce n'était pas encore Versailles.

Le très actif souverain s'occupa aussi d'embellir un autre village de son domaine, Izmaïlovo, où, à côté d'un palais moins magnifique, il voulut avoir une ferme modèle, avec des cultures savantes, un jardin fruitier, des vignes et des plantations de mûriers. Kolomenskoié garda cependant ses préférences, grâce surtout à de vastes prairies, rendez-vous au printemps des oiseaux migrateurs, cygnes et oies sauvages, canards et grues, offrant des ressources pour la chasse au faucon. Ce fut la grande passion d'Alexis, et, en honneur depuis les temps les plus reculés chez les grands ducs et les tsars, l'art de la fauconnerie, arrivé à la période de déchéance en Occident, reçut à cette époque en Moscovie son plus grand développement. Au seul département des Menus Plaisirs *(Potiéchnyi Dvor)* de la capitale, plus de cent fauconniers avec de nombreux aides s'employaient au dressage de plusieurs milliers d'oiseaux choisis avec soin.

Par contre, bien qu'il se résignât parfois à en prendre sa part, le second Romanov n'appréciait guère les autres divertissements appartenant plus particulièrement à la tradition de son pays, combats d'ours, jeux de *skomorokhy*, et, en lui donnant le goût du théâtre, Matviéiév contribua à augmenter cette aversion.

En prenant pour collaborateur, pour ami et pour guide l'éducateur de la belle Nathalie, Alexis fit un bon choix. Cet ancien capitaine de *striéltsy* était tellement aimé de ses soldats que, d'après la chronique du temps, comme il manquait de pierres pour les fondements d'une maison qu'il voulait se faire bâtir, pour lui en procurer, ces hommes n'auraient pas hésité à démolir les tombes de leurs parents! Serviteurs, amis ou parents, l'époux de Nathalie n'eut pas toujours à se louer au même degré de son entourage.

IV

SON ENTOURAGE

Ses filles du premier lit furent toutes fortement constituées et l'une d'elles, Sophie, devait montrer, même en politique, un tempérament vigoureux. Les fils, par contre, étaient maladifs. Trois moururent du vivant de leur père; de deux autres, l'aîné, Féodor souffrait du scorbut; le second, Ivan, joignait à une faiblesse physique très grande un développe-

ment intellectuel insuffisant. En 1670, décidant de se rema-
rier, le tsar suivit pour la forme sculement le rite usuel en
pareille circonstance, c'est-à-dire qu'il se donna l'apparence
de faire choix parmi quelques centaines de jeunes filles
recueillies, triées sur le volet dans tous les coins de l'empire.
En fait, il avait déjà jeté son dévolu sur la séduisante pupille
de Matviéiév. Au dernier moment, une intrigue de cour
opposa cependant à l'élève une rivale fortement appuyée,
Mlle Biélaiév. Mais il fut prouvé qu'elle avait « les mains trop
maigres » (1), et l'incident n'eut pour effet que de donner au
mariage déjà décidé avec Nathalie un caractère de mystère et
d'aventure galante. Ce fut le seul roman d'Alexis.

Artamon Matviéiév était fils d'un simple diak et nous ignorons comment il avait réussi à pénétrer dans l'intimité du
souverain. Morozov s'était sans doute employé à le pousser,
avec Ordine-Nachtchokine, Rtichtchev et quelques autres
parvenus de même origine obscure.

Matviéiév se montrait partisan décidé des nouveautés d'Occident. Sa maison était décorée et meublée à l'européenne,
avec des tableaux, des objets d'art. Sa femme ne vivait pas
enfermée dans le gynécée. Son fils recevait une éducation
soignée. Arriviste résolu mais prudent, après avoir gagné
même la faveur du maître, longtemps, le père s'effaça discrètement à un rang peu élevé de la hiérarchie officielle; en
recueillant la succession d'Ordine-Nachtchokine à la direction des relations extérieures et du département de la Petite-
Russie, il ne figura encore à la Douma que comme simple
gentilhomme, et, deux années seulement après la naissance
de Pierre le Grand, il fut nommé boïar.

A raison de la faiblesse de son caractère qui le livrait sans
défense à des influences aisément dominatrices, Alexis n'eut
pas à se louer de la plupart de ses autres collaborateurs. Heureusement pour lui, une habitude d'esprit que nous connaissons voulait que le tsar fût toujours mis hors de cause dans

(1) Ikonnikov, *La Femme russe*, p. 48.

les colères soulevées par ses agents. Pour l'homme du peuple,
en toute circonstance, le coupable c'était « le boïar ». Et les
boïars ainsi visés s'en trouvaient plus portés à se serrer autour
du souverain, capable seul de les protéger. C'est à cela que la
jeune dynastie a dû de traverser impunément des émeutes et
des insurrections redoutables. Pour qu'elles lui devinssent
fatales, il eût fallu qu'une entente intervînt entre la plèbe
fréquemment soulevée et quelques grands seigneurs exceptionnellement populaires, comme Nikita Romanov ou le prince
Jacques Tcherkaski. Mais ni l'un ni l'autre n'étaient ambitieux d'un grand rôle, ni capables de le jouer.

En général, la haute aristocratie fut, à cette époque, pauvrement représentée. Elle subissait les conséquences du système politique, qui, depuis le Terrible, avait constamment
tendu à l'énerver et à l'avilir. Elle achevait de s'épuiser au
milieu des âpres contestations pour « les places » à occuper
et elle manquait de plus en plus de sujets capables de les
remplir dignement. Sous Alexis, parmi les Tcherkaski, en
dehors du prince Jacques, le prince Grégoire ne se distinguait
que par sa force physique et sa passion pour les chevaux.
Les Vorotynski n'étaient représentés que par le prince Ivan
Alexiéiévitch, une nullité. Les Troubetzkoï laissaient à la
journée de Konotop, avec le prince Alexis Nikititch, le peu de
gloire qui leur restait. Dans la famille des Galitzine, destiné
plus tard à une grande célébrité, le prince Vassili Vassiliévitch
commençait seulement une carrière destinée d'ailleurs à de
lamentables disgrâces. Plus marquant fut pendant quelque
temps, le chef de la seconde lignée des Patrikiév, le prince
Ivan Andréiévitch Khovanski ; mais sa réputation de grand
homme de guerre était usurpée, due surtout à un talent de
hâblerie, dont témoigne son sobriquet *Tararouï*, où la consonance avec *Tartarin* ne saurait passer pour accidentelle, et
Alexis put lui dire un jour : « A part moi, tout le monde te
considère comme un imbécile. »

D'entre les Morozov, famille éteinte aujourd'hui, l'éducateur d'Alexis fut le dernier personnage historique. Très doués,

d'après l'opinion générale, et ne manquant certainement pas
de courage, deux Chérémétiév, Vassili Borissovitch et Pierre
Vassiliévitch, eurent la malechance d'être voués, en Ukraine,
à des besognes ingrates. Les Odoiévski, déjà appauvris, les
Pronski, les Chéïne, les Saltykov, les Repnine, ne fournissaient aucun sujet distingué. Parmi les Khilkov, le prince Ivan
Andréiévitch passait pour incorruptible et c'était son seul mérite. Rélégués au second plan par les vicissitudes politiques,
les Dolgorouki, les Romodanovski ne tendaient qu'à s'éclipser
davantage. « Les places », unique objet de leur ambition,
devaient par suite échapper progressivement à ces dégénérés.
La force des choses y poussait des parvenus, qui savaient du
moins se rendre utiles. Ils ne savaient pas toujours mettre
leur valeur morale au niveau de leurs talents. Les Miloslavski,
Ilia Danilovitch, Ivan Mikhaïlovitch et Ivan Bogdanovitch
étaient d'habiles hommes, mais d'affreux coquins. Fort vanté
par les étrangers pour son affabilité et son humanité, Bogdan
Matviéiévitch Khitrovo, l'auteur de l'incident qui a précipité
la brouille entre Alexis et Nikone, se faisait payer pour les
services qu'il rendait, même par ceux qui le louaient ainsi.
Sa proche parente, la nourrice du tsarévitch héritier, Anne
Petrovna Khitrovo, justifiait amplement et méchamment son
surnom de *Khitraïa* (rusée) (1). Au milieu de ce monde,
Rodion Matviéiévitch Strechniév, Ordine-Nachtchokine et
Féodor Mikhaïlovitch Rtichtchev se trouvaient isolés. Il faut
rendre pourtant justice à Alexis qu'il n'a rien épargné pour
leur donner des compagnons dignes d'eux, en n'hésitant pas,
à l'exemple de Louis XIV, à puiser dans les bas-fonds à la
recherche d'un Colbert.

Sa faute a été de ne pas imiter « le grand roi », en soutenant comme il eût fallu ceux qu'il élevait. Il n'a pas créé de
dynasties ministérielles, et, pour échapper avec ses collaborateurs de choix à la jalousie de leurs rivaux titrés, il n'a trouvé
que l'expédient de cette chancellerie secrète, où il jouait à

(1) Voy. TERECHTCHENKO, *Essais biographiques*, t. I, p. 96.

cache-cache, non sans quelque dommage pour sa dignité. En mettant Ordine-Nachtchokine après Matviéiev au rang de boïar, il n'en a pas moins poursuivi l'œuvre de nivellement démocratique que le Terrible avait inaugurée et que Pierre le Grand et ses successeurs allaient consommer.

Bien que d'apparence robuste, le second Romanov était de santé délicate, et, aux approches de la cinquantaine, ses forces déclinèrent rapidement. En 1674, il se préoccupa de sa succession, et moins de deux années après, dans la nuit du 29 au 30 janvier 1676, il mourut, à 47 ans, laissant un héritage qui devait être fort disputé.

V

SON HÉRITAGE

Ainsi qu'on en aura sans doute acquis la conviction, dans l'histoire de la Russie moderne, le cataclysme qui s'est appelé la réforme de Pierre le Grand n'était pas absolument indispensable et l'inévitable rénovation du grand empire dans le sens de la civilisation occidentale pouvait s'accomplir autrement que par les voies révolutionnaires — si des hommes s'étaient trouvés assez heureusement inspirés pour lui épargner cette épreuve. Un moment, cette chance parut assurée à la vieille Moscovie. Après la mort du fils aîné d'Alexis, Dimitri († 1651), son successeur désigné fut le tsarevitch Alexis, qui, né en 1654, aurait eu 22 ans au décès de son père. Il comptait Rtichtchev parmi ses éducateurs, passait pour un élève modèle et presque un prodige. D'esprit prématurément très sérieux, à dix ans, les jouets qu'on lui faisait venir d'Allemagne ne l'amusaient plus. Il préférait la lecture. Dans sa bibliothèque, des grammaires, des lexiques, des livres de mathématiques et de géographie, des cartes et des globes terrestres voisinaient avec des chroniques russes (1).

(1) *Archives de la Cour*, d'après Viktorov; voy. Zabiéline, dans *Annales de la Patrie*, 1854, n° XII, p. 120-121.

Les chroniqueurs étrangers, qui nécessairement espéraient merveille de cet émule de Pic de la Mirandole, ont peut-être bien exagéré quelque peu le développement précoce de son intelligence. A douze ans, il aurait possédé le latin à la perfection et composé des vers. Il lisait les classiques et étudiait la philosophie. Assez mal à propos, ses précepteurs négligeaient les exercices physiques dans son éducation et en excluaient toute préoccupation d'art; mais, plus sagement, avec une piété solide, ils s'efforçaient d'inculquer à leur élève le respect des coutumes nationales. Les appartements du jeune prince reflétaient eux-mêmes ce mélange d'esprit conservateur et de tendances progressistes. Sa chambre à coucher s'encombrait d'icones et d'instruments de physique, voisinant dans un ameublement européen avec une profusion de bibelots profanes (1).

De fort bonne heure aussi, le tsarevitch fut initié aux affaires, et en 1666-1667, exilé en Sibérie, Krijanics essaya d'entrer en relations avec ce futur maître, qui promettait tant (2). A la même époque, le fils d'Alexis devenait candidat au trône de Pologne, et, à treize ans, moitié en latin, moitié en polonais, il prononçait devant les ambassadeurs de Pologne un discours fort étendu, auquel Krijanics eût applaudi. Hélas! une tombe, prématurément ouverte aussi, devait engloutir toutes ces espérances. Le tsarevitch mourut en janvier 1670, et le 1er septembre 1674, son frère cadet, Féodor, fut, à 14 ans, déclaré héritier (3). Dans l'ensemble des causes qui ont déterminé la crise révolutionnaire du dix-huitième siècle, une autre cruelle fatalité intervenait.

L'événement était gros de conséquences. Féodor ne manquait ni d'intelligence ni d'instruction, mais maladif, ne marchant qu'appuyé sur une canne, obligé de réclamer le secours d'un courtisan pour lever son bonnet devant un envoyé

---

(1) Tsviétaïév, dans *Mémoires de philologie*, 1890, t. I, p. 5.
(2) Hubbenet, *Études hist. sur le procès de Nikone*, t. II, p. 137; Biélokourov, *Notes sur la vie morale de la société moscovite*, p. 220.
(3) *Recueil des doc. d'État*, t. IV, nos 97-98.

étranger, il ne pouvait gouverner. Il n'en succéda pas moins à son père sans difficulté et, semble-t-il cette fois, sans simulacre d'élection.

VI

Le gouvernement échut en fait à Matviéiév, et il pouvait plus mal tomber. Malheureusement, ce substitut du nouveau souverain était aussi le père adoptif de la belle-mère du tsar, et, entre les enfants des deux lits, des querelles s'allumèrent aussitôt au palais, ce qui ne s'était jamais vu encore. Bientôt Byzance renaît, sans métaphore, dans la troisième Rome. Fille du premier lit, Sophie Aléxiéiévna commande à tout un bataillon de tsarevny, cinq sœurs et trois tantes qui ne sont plus des recluses du *terem*, à l'ancienne mode, car à cet égard Nathalie a fait école au Kreml, et qui s'appuient sur la forte situation que les longues années du mariage d'Alexis avec sa première femme ont donnée aux Miloslavski. Nathalie résiste de son mieux, mais la politique n'est pas son fait et son fils est encore en bas âge. Auteur d'un récit curieux sur la révolte des *striéltsy*, un chroniqueur polonais veut que Matviéiév ait caché d'abord la mort d'Alexis et voulu introniser Pierre, avec le secours de cette milice turbulente (1). Parmi les chefs d'accusation dressés plus tard contre l'auteur présumé de ce complot, cette imputation ne figure pourtant pas.

De toute façon, rallié à Féodor, Matviéiév conserva quelque temps sa haute situation, mais le pouvoir lui glissa graduellement des mains. Constamment souffrant, le nouveau tsar s'abandonnait d'autant plus facilement à son entourage intime, et, tout en lui prodiguant leurs soins, tantes et sœurs

_____

(1) Ms. de la Bibl, imp. de Saint-Pétersbourg, section IV,.Q, n? 8; Comp. POGODINE, *Les Dix-sept premières années de la vie de Pierre le Grand*, t. II, p. 60; OUSTRIALOV, *Hist. du règne de Pierre le Grand*, t. I, p. 11.

s'évertuaient à mettre à l'écart la *matchikha* (belle-mère)
détestée, l'humble fille d'un capitaine de *striéltsy*, qui à Smolensk portait des *lapti* (sandales d'écorce remplaçant ici les
sabots). Parvenu lui-même et d'autant plus porté à regarder
d'un œil jaloux toute fortune rivale, le maître de cour, Bogdan
Khitrovo, bien qu'ami autrefois de Matviéiév, secondait
énergiquement leurs efforts en utilisant le crédit de la maîtresse de cour, cette Anne Petrovna Khitrovo, à qui sa réputation de jeûneuse *(postnitsa)* valait une grande faveur au
milieu du petit monde féminin, passablement émancipé déjà
mais toujours très dévot, qui triomphait maintenant au Kreml.

Matviéiév perdit d'abord la direction du département de la
Pharmacie, charge de la plus haute importance à ce moment,
les drogues tenant une grande place dans l'existence du souverain régnant. Puis, le plus vulgaire des prétextes, une
plainte du résident danois au sujet d'une livraison de vin du
Rhin non payée, servit à perdre l'importun (juillet 1676), aux
applaudissements de la plèbe, qui voyait en lui un sorcier.
Relégué au fond de la Sibérie, dans l'affreux Poustoziérsk
de sinistre mémoire (1), il eut la naïveté de multiplier des
pétitions et des mémoires justificatifs, adressés au tsar et à
son entourage, sans oublier la pauvre Nathalie. Il ignorait
qu'à ce moment le propre frère de la seconde femme d'Alexis,
Ivan Narychkine, encourait lui aussi l'exil à vie, après de
longues séances dans les chambres de question (2).

En même temps, le patriarche Jaochim réglait ses comptes
personnels avec le confesseur d'Alexis, André Savinov, qu'il
faisait dépouiller de la prêtrise et interner dans un monastère
lointain. Mais, pour la vieille rancune de prêtre qui se donnait ainsi satisfaction, ce n'était que l'avant-goût d'autres
représailles visant plus haut.

---

(1) *Hist. de l'innocent emprisonnement de A.-S. Matviéiév*, p. 387 et suiv.;
MATVIÉIÉV, *Mémoires*, dans TOUMANSKI, *Recueil*, t. I, p. 135 et suiv.
(2) SOLOVIOV, *Hist. de Russie*, t. XIII, p. 236-243.

VII

LA FIN DE NIKONE

A la nouvelle de la mort du tsar « très paisible », un autre exilé s'était ému. Dans sa prison du monastère de Thérapontov, Nikone avait versé des larmes, mais refusé d'envoyer le témoignage écrit de pardon qu'on lui demandait pour le défunt, selon l'usage. En outre, adressant une requête au nouveau souverain pour un objet insignifiant, il s'était porté à la signer : Nikone, *patriarche*. Le patriarche en exercice en profita pour réunir les éléments d'un nouveau réquisitoire contre l'audacieux compétiteur. Le commissaire chargé de la surveillance du prisonnier, prince Samuel Chaïssounov, s'y employa avec zèle. Excès de toute nature, traitements barbares infligés à divers membres de la communauté, correction manuelle administrée à un serviteur et ayant entraîné sa mort : les méfaits imputables à l'incorrigible révolté abondaient. Après la mort d'Alexis, Nikone n'avait cessé de boire pendant tout le carême, se livrant en état d'ivresse aux plus singulières extravagances, mêlées de débauche grossière. Il avait gorgé d'eau-de-vie une jeune fille de vingt ans, jusqu'à lui faire perdre la raison et même la vie. Son emprisonnement devenait en outre purement illusoire. Il s'était fait construire une habitation où il disposait de vingt-cinq pièces et où il menait une existence qui de toute façon ne pouvait être tolérée. N'allant que très rarement à l'église, au témoignage de son frère servant, Iona, ne s'étant pas confessé depuis trois ans, sous prétexte de consultations médicales, il faisait venir chez lui de jeunes femmes, s'enfermait en tête à tête avec elles et les déshabillait entièrement. Se plaisant à célébrer des mariages, il emmenait les mariées dans sa cellule, après la cérémonie, les enivrait et les gardait jusqu'à minuit. Un frère lai lui servait de proxénète, et beaucoup de ses admirateurs venaient chez lui de nuit, accompagnés de leurs femmes, qu'ils lui livraient (1).

La complicité présumée de l'ex-patriarche dans l'insurrection de Stenka Razine était évoquée en même temps, et un concile réuni par Joachim à cette occasion semble avoir reconnu la réalité de tous les faits ainsi mis à la charge de l'accusé. Nikone les niait énergiquement. En donnant ses soins à des femmes malades, il affirmait n'avoir jamais poussé ses investigations « jusqu'aux parties honteuses », mais recommandé seulement d'y appliquer des onguents appropriés. A part Iona, toutes les personnes de son entourage l'innocentaient également. En mai 1676, un arrêt du concile ne l'en renvoya pas moins au monastère de Saint-Cyrille, où deux moines soigneusement choisis devaient partager sa cellule et le surveiller étroitement.

Il ne tarda cependant pas à trouver des défenseurs jusque dans la famille de Féodor. Une des sœurs d'Alexis, Tatiana Mikhaïlovna, gardait depuis son enfance une affection profonde pour l'ancien ami de son frère. En 1678, elle engagea son neveu à visiter le monastère de la Résurrection. Féodor fut vivement impressionné par la beauté de l'établissement. Il y revint à plusieurs reprises et finit par engager la communauté à lui adresser une pétition en faveur du fondateur. Mais, pour y faire droit, un nouveau concile était nécessaire ; Joachim n'eut pas de peine à influencer sa décision et Féodor dut se contenter d'envoyer à Nikone une lettre autographe, où il lui témoignait sa compassion. Peu après l'archimandrite de Saint-Cyrille, Nikita, annonça que l'ex-patriarche se mourait et Joachim répondit en ordonnant qu'on l'enterrât comme un simple moine.

Féodor était trop faible pour tenir tête au chef de son Église. En 1681, pourtant, il s'avisa d'imiter son père, en faisant appel aux patriarches d'Orient, et, après de laborieuses négociations, en y mettant le prix, il obtint l'annulation de la

(1) Soloviov, *Hist. de Russie*, t. XIII, note 190; *Le Procès de Nikone*, p. 341; Choucherine (*Biographie de Nikone*, p. 92), glisse sur ces accusations.

sentence prononcée contre l'ex-patriarche en 1666 (1). En même temps, l'archimandrite de la Résurrection, Herman, remettait au tsar une lettre dans laquelle Nikone faisait ses adieux aux moines du monastère par lui fondé, et, en la lisant, Féodor montra une émotion telle que Joachim crut prudent de céder.

En grande hâte, le *diak* du département des Écuries, Ivan Tchépiélev, fut expédié à Saint-Cyrille pour délivrer le prisonnier et le conduire à la Résurrection. D'après la légende, quelques jours avant l'arrivée de cet agent que rien n'annonçait, Nikone aurait fait des préparatifs de départ, en sorte que l'on crut qu'il perdait la raison. Il s'embarqua sur la Cheksna dans un état d'extrême faiblesse. Au lieu de remonter le Volga, ainsi que l'y engageait Tchépiélev, il voulut descendre le fleuve jusqu'à Iaroslavl, et, au milieu d'une immense affluence des populations riveraines lui prodiguant des démonstrations sympathiques, le 16 août 1681, il atteignit un monastère de la Sainte-Vierge, voisin de la ville. Se sentant mal, il ordonna d'y aborder, et le lendemain il expirait. Il avait environ soixante-quinze ans. Ajourné par la débilité de Féodor, l'ordre réparateur auquel le jeune tsar désirait attacher son nom était venu trop tard. Le triste héritier d'Alexis n'avait plus lui-même longtemps à vivre, et, après Matviéiév, la réalité du pouvoir continuait à lui échapper, partagée entre des favoris qui, avec plus de dignité, on doit en convenir, préludaient au rôle futur des Miénchikov, des Bühren et des Chouvalov.

VIII

LE GOUVERNEMENT DES FAVORIS

Les Miloslavski s'effaçaient maintenant devant d'autres parvenus. Premier chambellan comme, sous Ivan le Terrible,

(1) KAPTEREV, *Les Relations entre le patriarche Dosiphée et le gouvernement russe*, p. 71-72.

Adachev l'avait été, Ivan Maksimovitch Iazykov passait au premier rang avec Alexis Timofiéiévitch Likhatchov, ancien précepteur du tsarevitch Alexis, et son frère Michel. A eux trois, ils opéraient à la cour un bouleversement complet, en poussant Féodor à un mariage assez singulier avec une jeune fille de famille obscure, Agathe Grouchetska. Sans grande beauté ni charme qui la recommandassent au choix du souverain, médiocrement élevée par une tante, femme d'un simple *diak* de la Douma, Simon Zaborovski (1), cette personne n'avait pour elle que son origine polonaise, gage d'une disposition probable à exercer son influence au profit d'un occidentalisme particulier, qui séduisait les maîtres du jour.

Iazykov et les Likhatchov étaient des polonophiles. Ils prétendaient orienter la Moscovie dans le sens de cette civilisation voisine et quelque peu familière déjà à leur pays. Elle leur souriait par les aspects attrayants d'une culture ouverte aux influences étrangères, mais gardant pourtant son originalité slave. Auprès de la couche où ils jetaient cette complice présumée, mais qui n'étant que celle d'un moribond devait demeurer stérile, une lutte ne tarda pas à s'engager entre les tendances qu'ils se flattaient de faire prévaloir et l'européanisme intégral préconisé par les partisans nombreux d'une transformation plus radicale de la vie nationale. L'avènement de Pierre le Grand allait en décider.

Cédant à Alexis Likhatchov la place de premier chambellan et passant au rang d'*okolnitchyï*, Iazykov, un instant tout puissant, eut bientôt à compter avec le grand homme d'une époque prochaine, Vassili Vassiliévitch Galitzine, dont l'esprit vigoureux et le tempérament dominateur commençaient de s'affirmer.

Cependant, livré à ces hommes, le gouvernement de Féodor avait à faire face à des problèmes redoutables d'ordre extérieur et intérieur. Au dehors, c'étaient les conséquences de la longue guerre soutenue contre la Pologne pour la possession

(1) *Recueil complet des Lois*, t. II, n°ˢ 748, 829, 877-878, 881; *Suppl. aux Actes hist.*, t. IX, n° 93; *Recueil des doc. d'État*, t. IV, n° 121.

de l'Ukraine. La conquête d'une partie de cette province mettait les nouveaux possesseurs aux prises avec l'indocilité des Cosaques, et la paix enfin signée avec la Pologne ouvrait des perspectives menaçantes du côté de la Turquie. A la mort d'Alexis, le résident moscovite à Varsovie, Tiapkine, avait signalé la possibilité d'une entente polono-turque, négociée par l'intermédiaire de la France, et Sobieski pouvait se piquer de marcher sur les traces de Bathory (1). Le roi réclamait, bien au contraire, le concours de l'armée moscovite contre l'ennemi commun de la chrétienté ; il désavouait les intrigues de « la faction française » ; mais, Moscou faisant la sourde oreille, il s'emportait jusqu'à esquisser un moulinet avec sa canne sous le nez du résident, et, en octobre 1676, il signait avec la Porte le traité de Zurawno.

Aussitôt, redoutant un tête-à-tête avec la Turquie, Moscou en venait à désirer ardemment l'alliance qu'il lui avait vainement offerte. Mais le traité antérieur d'Androussov laissait entre les deux pays des difficultés épineuses. Renonçant à Kiév, la Pologne exigeait au moins une compensation. Le 3 août 1678, une entente intervint, prolongeant la trêve d'Androussov et, avec quelques petites places, attribuant aux Polonais, pour Kiév, une indemnité de 200,000 roubles (2); mais l'accord de volontés, l'union de forces en vue d'un intérêt supérieur et commun, qui auraient pu y justifier la défaillance de l'une des parties contractantes, demeurèrent absents. La ligue anti-ottomane rapprochant les deux moitiés du monde slave resta à l'état de rêve. Poursuivis de 1678 à 1680, à Moscou et à Varsovie, avec l'assistance du légat du pape, François Martelli, de nouveaux pourparlers n'eurent pour effet que de mieux mettre en évidence l'antagonisme qui les opposait l'une à l'autre (3).

Aussi, bien qu'au dire de Tiapkine, renvoyé de Varsovie à

(1) ZAMYSLOVSKI, dans *Revue du min. de l'Instr. publ.*, janvier-mars 1888.
(2) *Recueil complet des Lois*, II, n° 730 ; TANNER, *Legatio polono-lithuanica*, p. 93.
(3) ZAMYSLOVSKI, *loc. cit.*, mars 1888, p. 161, 180 et suiv. Comp. THEINER, *Mon. hist.*, p. 202-207.

Baktchissaraï, les chiens et les cochons fussent mieux traités
en Moscovie que lui-même à la cour du khan, le souverain de
la Crimée agissant comme intermédiaire, Moscou accepta en
1681 les conditions dictées par la Porte : trêve pour vingt ans,
frontière au Dniéper, continuation des « présents » habituels,
taxés à Constantinople de tribut, et payement des arriérés
pour deux ans (1).

D'un gouvernement de favoris on ne pouvait guère
attendre mieux et on doit rendre à celui-ci cette justice que,
sans sacrifier au dehors aucun des intérêts essentiels du pays,
il sut, surtout vers la fin, son autorité s'affermissant, accomplir à l'intérieur quelques réformes bienfaisantes et noblement inspirées. De 1679 à 1682, il présida à un remaniement
partiel du code pénal, ayant pour objet l'adoucissement de
certaines pénalités, la suppression notamment de la mutila-
tion, remplacée par le fouet, le knout et l'exil en Sibérie (2).
A cette initiative se laissent rattacher, en 1677 et 1682, des
décrets interrompant l'exécution du châtiment légalement
infligé à deux femmes adultères. C'était, on le sait, l'enterrement en vie. Les malheureuses furent déterrées et internées
dans un cloître (3).

Sur divers points, dans l'activité législative ou administrative de ces gouvernants intérimaires, on ne saurait méconnaître une impulsion libérale, qui devait faire défaut dans
l'œuvre tumultueuse et brutale du grand réformateur d'un
avenir prochain. Par une série d'ukases, dirigés contre la
mendicité professionnelle, mais visant aussi à l'atténuation de
la misère, cause génératrice de cet abus, Iazykov et ses collaborateurs donnaient la main à l'Église pour l'organisation
systématique de la bienfaisance ; ils opéraient un recensement
général des nécessiteux, créaient un hospice et un *work-house*
destiné à les recueillir, projetaient un ensemble d'établissements hospitaliers, sur le modèle de ceux qui étaient dus déjà

(1) Soloviov, *Hist. de Russie*, t. XIII, p. 290-293.
(2) *Recueil complet des Lois*, t. II, nᵒˢ 772, 846.
(3) *Actes hist.*, t. V, nᵒˢ 14, 80.

à l'intervention charitable de Rtichtchev. Avec beaucoup d'autres, ce projet reste en suspens; mais peut-être le temps seul a-t-il manqué à ses initiateurs pour lui donner tout au moins un commencement d'exécution. L'année 1679 fut signalée par une grande réforme de l'administration provinciale, à l'effet de diminuer la charge des contribuables. Cette fois, les mesures adoptées répondaient mal au but visé. Elles consistèrent essentiellement dans la suppression des fonctionnaires élus ou commissionnés, organes de l'autonomie locale ou agents du pouvoir central, qui disputaient aux voiévodes, c'est-à-dire « aux hommes de service » rétribués par l'attribution d'une province à exploiter, l'administration, c'est-à-dire l'exploitation de cette proie. Les administrés n'avaient guère chance de gagner au change.

Le grand souci de ce gouvernement fut encore d'ordre fiscal. D'année en année, les arriérés augmentaient dans l'acquittement de toutes les contributions. Pas une province, pas un district n'arrivaient à fournir leur quote-part entière. En 1679, le remplacement des taxes multiples destinées à l'entretien des *striéltsy* par un impôt unique ne conjura pas le mal, comme on l'imagine bien; convoquées à Moscou, de 1680 à 1681, en vue d'une réforme plus générale, deux assemblées de députés surent aboutir seulement à cette constatation désespérante qu'on ne payait pas, parce qu'on n'avait pas de quoi, et l'impôt unique dut être réduit (1).

D'ailleurs, l'insuffisance des *striéltsy* eux-mêmes et de tout l'appareil militaire dont on disposait devenait de plus en plus sensible, en regard des nécessités nouvelles auxquelles on avait à faire face; avec l'assistance d'une délégation d' « hommes de service », Vassili Galitzine s'occupait, dans cette sphère, d'un projet de réorganisation complète, et il arrivait à cette conviction qu'elle devait avoir pour point de départ la suppression du *miéstnitchestvo*.

Mais c'était un terrible coup de pioche à donner dans l'édi-

(1) *Actes de la Comm. archéog.*, t. IV, n° 250; *Actes hist.*, t. V, n° 77.

fice de la vieille Moscovie, et livré encore en ce moment aux divertissements d'une enfance singulièrement remuante à la vérité et extrêmement éveillée, le grand démolisseur d'un avenir proche n'en a guère osé de plus hardis. Sapée, minée de tous les côtés et chancelant sous son propre faix, avant qu'il y portât la main, la maison croulait déjà. Et déjà, sur le peuple somnolent qu'il allait éveiller à une vie nouvelle, annoncée par mille lueurs, l'aube du grand jour qu'il ferait lever poignait dans le pâle crépuscule où vacillait et s'éteignait la frêle existence et la mélancolique destinée de son frère aîné.

IX

LE PREMIER COUP DE PIOCHE

Ainsi qu'il a été montré (1), depuis que le principe du contrat ne figurait plus à la base de leurs rapports avec le souverain, cette institution du *miéstnitchestvo* était pour les boïars moscovites le dernier point d'appui. Ils le savaient, et quand, dès la fin du seizième siècle, les exigences impérieuses du service engageaient leur maître à suspendre pour un temps, pour une campagne ou une cérémonie, l'application de l'arithmétique hiérarchique des places, les intéressés ne manquaient pas d'objecter que, pour eux, « être sans places voulait dire ne pas être du tout ». Assurément, ce dernier débris des privilèges perdus ne constituait plus à leur profit qu'une « aristocratie de souvenirs » ; mais, c'était toujours cela, et, en dehors de cela, il ne leur restait rien. Le *boiarstvo* tombait au néant.

Il ne recula pas devant l'abîme; il ne se débattit même pas sur la marge, parce que, pour les places à défendre, les candidats faisaient déjà défaut. Avant d'être tué par cette dernière disgrâce, le boiarstvo était mort (2). Lui survivant, le « Con-

---

(1) Voy. K. WALISZEWSKI, *Ivan le Terrible*, p. 56 et suiv.
(2) Voy. KLIOUTCHEVSKI, *La Douma des boïars*, p. 529.

seil des boïars » (*Boiarskaïa Douma*) conserva au dix-huitième siècle un semblant d'existence. En dépit d'une contradiction fort apparente entre son organisation et sa composition sociale, il continua à fonctionner dans l'ordre et dans la forme ancienne, mais avec un caractère très différent : institution gouvernementale maintenant, ne gardant plus que le nom de la classe gouvernante dont elle procédait; réunion de fonctionnaires dociles, remplaçant à l'état de simples manœuvres les anciens compagnons libres du souverain.

Mais le *miéstnitchestvo* avait lui aussi épuisé sa vitalité avant de mourir. Dès le milieu du dix-septième siècle, il était entré en décomposition, dégageant par un processus curieux ses éléments constitutifs, c'est-à-dire les anciennes familles replacées à leur rang naturel, mais leur juxtaposant un agrégat nouveau, l'aristocratie de cour, et appliquant à celle-ci comme à celles-là le principe essentiellement aristocratique, mais absolument contraire à son propre esprit, d'un coefficient d'honneurs et de droits appartenant à tel ou à tel d'après leur naissance.

Au début, l'institution se distinguait de toutes les aristocraties de l'antiquité et du monde moderne par ce fait précisément qu'aucune famille ni aucune personne n'y avait aucune importance ni aucun droit individuel lui appartenant en propre. Les intéressés pouvaient seulement faire valoir une vocation strictement déterminée à un certain ensemble rigoureusement défini de droits et de devoirs constituant la propriété collective de tous les « hommes de service », quels qu'ils fussent, et se répartissant entre eux d'après certaines règles. Mais, ainsi construit, l'organisme évolua et les circonstances tendirent à y introduire une division, primitivement absente, en classes et en catégories, en même temps que les familles y reprenaient corps, en devenant des unités distinctes (1).

La crise du *Smoutnoié Vrémia* y contribua. Au lendemain

(1) ZIÉRNINE, dans *Archive des Sciences historiques,* t. III, 1ᵣᵉ partie, p. 9.

de ce bouleversement général, une tendance irrésistible
s'affirma à fixer les hommes et les choses, en même temps
que la constitution de la propriété territoriale et l'asservissement des paysans à la terre créaient une situation privilégiée
au bénéfice d'une classe particulière. Cette classe pouvait-elle
fournir les éléments d'une nouvelle aristocratie? Quelques
historiens l'ont pensé. Si pourtant le phénix n'est pas né de
ces cendres chaudes, qui depuis n'ont cessé de se refroidir,
c'est sans doute qu'elles ne contenaient plus aucun germe de
vie. En dépouillant l'unique trait d'originalité qui lui donnât
une physionomie historique, le *miéstnitchestvo* perdait toute
raison d'être, et, produit d'une répartition mécanique de
fonctions et de privilèges, les nouvelles classes n'étaient que
des formules de chancellerie.

En novembre 1681, la question de la réorganisation de
l'armée prenant un caractère d'urgence, à raison de la situation humiliée et de la sécurité précaire que l'on devait au
dernier traité avec la Porte, Féodor convoqua un *Sobor*.
L'assemblée ne comprit que des « hommes de service »,
comme seuls compétents en la matière, et sous l'inspiration
de Vassili Galitzine, à l'unanimité, elle se prononça pour la
suppression du *miéstnitchestvo*. Le tsar réunit alors le conseil
des boïars et le haut clergé en une sorte de chambre haute
qui à son tour se prononça dans le même sens, et, le même
jour, la comptabilité généalogique et hiérarchique de l'institution, les registres de service *(razriadnyia Knigi),* furent
brûlés (1).

La suppression du *miéstnitchestvo* entraînait l'abandon définitif de l'idée de compagnonnage *(droujina),* qui figurait encore
à la base de l'organisation des « hommes de service », tous
indistinctement, fonctionnaires et soldats à la fois, occupant
des emplois civils qui servaient à les nourrir et obligés en
retour de monter à cheval au premier appel. La nécessité
d'une armée régulière imposait d'ailleurs une spécialisation

(1) *Recueil des doc. d'État,* t. IV, n° 130; LATKINE, *Leçons sur l'hist. ext. du
droit russe,* p. 190-191.

des services et un projet en ce sens fut conçu dès ce moment.
Sans que Pierre le Grand s'en mêlât encore, la vieille Moscovie sortait, à cet égard aussi, de sa formation primitive.
Une répartition proposée de tous les hommes de service en
trente-quatre classes ébaucha une des réformes capitales du
futur règne et celle qui a le plus fortement imprimé à la Russie
moderne sa physionomie actuelle. Trait curieux : le projet
attribuait la préséance à l'élément civil. Il accordait la première place à un boïar, qui, avec vingt collègues de même
rang, membres comme lui de la Douma, était chargé du contrôle de la justice. Après lui seulement venait un militaire,
faisant office de commandant de la garde du corps et de chef
d'état-major. L'alternance ainsi réglée était maintenue du
haut en bas de l'échelle (1).

Mais déjà les jours de Féodor se trouvaient comptés. En
juillet 1681, il avait eu un fils, le tsarevitch Élie; la mère
mourait en couches et l'enfant ne survécut que quelques
semaines. La tsarine Agathe avait répondu à ce que Iazykov
attendait d'elle : à la cour, les *kontusze* polonais se substituaient rapidement aux *feriazy* moscovites; aux portes du
Kreml, des écoles polonaises et latines se multipliaient, non
sans évoquer les souvenirs déplaisants de Dimitri et de
Maryna et soulever des récriminations. Le parti polonophile
n'eut pas le temps d'en triompher. Docile à son influence,
en février 1682, Féodor se remaria avec une parente de la
défunte, Marfa Apraxine, d'origine également humble; mais
moins de trois mois plus tard, le 27 avril, il succomba à l'âge
de vingt et un ans (2).

(1) OBOLENSKI, dans *Archive des Sciences hist. et jur.*, t. I, 1ʳᵉ partie, 2ᵉ sect.,
p. 23 et suiv.

(2) Voy. pour cette époque les mémoires déjà cités de MATVIÉIEV, MIÉDVIÉDIÉV,
SAVVA ROMANOV, le rapport d'un inconnu adressé à divers personnages politiques
de l'Occident, en traduction russe dans *Revue du min. de l'Instr. publ.*, mai
1835, p. 69; SCHLEUSING, *Anatomia Russiæ deformatæ*; BOUVET, *The present
condition of the Moscovite empire*; LA NEUVILLE, *Relation*, p. 38 et suiv.;
ZAMYSLOVSKI, *Le Règne de Féodor*; POGODINE, *Les Dix-sept premières années de
la vie de Pierre le Grand*, t. II et suiv.; ARISTOV, *Les Troubles de Moscou pendant la régence de Sophie*.

Les événements qui ont suivi n'appartiennent plus à l'objet de ce volume.

X

APERÇU GÉNÉRAL

Le sentiment des historiens russes en ce qui concerne le dix-septième siècle est très partagé. Une école a vu dans cette époque l'âge d'or du passé national et voudrait y ramener l'avenir. Elle garde peu d'adeptes. Ses contradicteurs chargent cette même période des couleurs les plus noires, en un tableau effroyable de décomposition politique et sociale. Ils y font ressortir l'émiettement atomique de toutes les classes, la fuite éperdue de tous les individus hors des liens organiques, d'où leur assujettissement au seul principe d'union subsistant : le pouvoir absolu du tsar autocrate. Le paysan fuit le bailli, le commis d'administration, le voiévode et le propriétaire, coalisés pour l'exploiter; l'habitant des villes fuit les fonctionnaires de tout rang, uniquement appliqués à lui extorquer des pots-de-vin; pliant sous les charges communes, les débris des groupements dissociés perdent conscience pourtant de toute solidarité; de l'un à l'autre, le conflit des intérêts particuliers arrive à l'état aigu; partout triomphent l'égoïsme nu, la convoitise âpre du bien d'autrui, la haine jalouse du prochain; la religion elle-même est impuissante à les atténuer; le corps social se dissout et dégage une odeur de cadavre (1).

Ces faits ne se laissent guère contester, et, avec les autres causes précédemment indiquées, ils expliquent le cataclysme qui a suivi. Cependant, la Moscovie des trois premiers Romanov ne s'est pas disjointe; dans le domaine politique,

(1) Voy. DITIATINE, dans *La Pensée russe*, 1881, n° XI, p. 311 et suiv; dans le même sens, les criminalistes : NEKLIOUDOV, BIÉLOGRITS-KOTLIAREVSKI, etc. — Comp. SERGUIÉIÉVITCH, *Les Pénalités dans le droit russe*, p. 48 et suiv.

elle a paru même fortifiée et agrandie par des annexions considérables. Employé à liquider le triste héritage du *Smoutnoïé
Vrémia*, le règne de Michel a légué à celui d'Alexis une situation assurément difficile : encore meurtri et épuisé, le pays
était appelé à de nouveaux sacrifices pour soutenir un programme ambitieux et entretenir une armée dressée à l'européenne. D'où l'insurrection de 1648. Un nouveau code, la
suppression du *zakladnitchestvo,* comme moyen d'obtenir une
répartition plus équitable des charges, et le retrait des privi-
vilèges accordés au commerce étranger servirent d'une part à
calmer les mécontentements les plus violents, mais provo-
quèrent de l'autre de nouvelles révoltes. A Solvytchegodsk et
à Oustioug, à Novgorod et à Pskov, celles-ci restèrent cependant locales, comme celles qui, vers la même époque, éclataient sur le sol français, en Bretagne et en Guyenne, à
Rennes et à Bordeaux. Elles se laissèrent pareillement réduire
par l'isolement. Mais, au moment où Alexis s'occupait de les
réprimer, sur la frontière du sud-ouest, l'Ukraine se mettait
en feu et Khmiélnitski sollicitait l'intervention du tsar.

Une perspective magnifique s'ouvrait là. Impossible de la
négliger. Cependant, elle va réclamer un nouvel effort. Sans
avoir eu le temps de reprendre haleine, de panser ses plaies,
la pauvre Moscovie doit fournir encore une énorme dépense
d'énergie. Le succès répond d'abord à sa vaillance, puis
l'abandonne ; la peste, des hostilités imprudemment engagées
sur un autre front de bataille avec la Suède, le soulèvement
des tribus sauvages de l'Est compromettent les résultats
obtenus ou près d'être acquis. Les ressources s'épuisent. Plus
d'argent. Le crédit est mis à contribution de façon abusive et
téméraire. L'essai d'une monnaie fiduciaire avorte et entraîne
de nouveaux troubles.

En 1667, le traité d'Androussov donne une paix relativement avantageuse ; mais, la même année, Stenka Razine
entre en scène, et, l'année d'après, la défection de Brioukhoviétski au sud, la révolte de Solovki au nord ramènent une
situation critique. Puis, c'est la crise religieuse, avec ses con-

séquences d'ordre politique et social. Le pays résiste pourtant encore, et, au sein du schisme déclaré, une puissance insoupçonnée d'idées et de sentiments soulève les masses.

Tout cela ne saurait donner une impression absolue d'affaissement par défaut de forces vitales. Il est possible même d'affirmer que, de certaine façon, cette époque a été féconde et créatrice, en une tension extrême d'énergies, concentrées à la vérité et utilisées unilatéralement. A travers tous les désordres et au milieu de toutes les ruines, un dynamisme formidable et constructif s'y accusait au service d'un principe unique, qui était l'État, avec ses intérêts exclusifs, politiques, militaires, financiers, dynastiques, absorbant à leur profit toutes les fonctions sociales. Législative ou administrative, l'activité qu'il suscitait et stimulait n'avait qu'un objet : réaliser l'unité du pouvoir, fortifier l'autorité, amasser un trésor abondant, créer une puissante armée. Le reste, c'est-à-dire les intérêts sociaux, ainsi qu'on les entend aujourd'hui, les droits individuels, tout ce qui compte de plus en plus dans les collectivités modernes, ne comptait alors pour rien, devant la grande affaire qui seule importait : la grandeur, la sécurité, le prestige de l'État omnipotent.

Dans cette voie et avec cet idéal qu'elle a accepté docilement et imposé à la postérité, la Moscovie du dix-septième siècle n'a pas seulement obtenu de grands accroissements de territoires; par le développement achevé de l'autocratie, l'établissement consommé du servage, la codification de 1648, elle a déterminé pour un temps très long, dans un certain sens, l'évolution de l'histoire nationale. Ruiné de fond en comble au point de vue social, ébranlé en quelques parties, même au point de vue politique, l'édifice archaïque d'une époque révolue s'effondrait; mais, encastrée dans sa structure intime, la bastille autocratique et bureaucratique des grands ducs et des tsars moscovites, avec ses dépendances, se maintenait et s'affermissait même au milieu de cet écroulement, legs intact du passé à un avenir lointain. Elle n'arrivait pourtant pas à absorber entièrement la vie nationale.

En poursuivant le but unique assigné à l'effort commun, l'État et ses agents ne regardaient pas aux moyens, avec aussi peu de respect pour la morale que pour la liberté. L'une et l'autre, cependant, gardaient quelques défenseurs, héros parfois et parfois bandits, qui, même au prix d'excès et de violences également coupables, contre cette raison d'État tyrannique et dévoratrice, revendiquaient les droits de l'indépendance individuelle ou collective, et, victimes dans le présent, ménageaient de leur côté les réserves de l'avenir.

Ainsi conçu et organisé, le gouvernement des premiers Romanov a victorieusement traversé de redoutables épreuves et accompli des œuvres considérables ; il n'a pu suffire à la tâche impossible qu'il s'imposait, en voulant mettre d'un jour à l'autre la vieille Moscovie au rang des puissances européennes. Introduite dans le cadre socialement et intellectuellement trop étroit où il essayait de lui faire place, la civilisation occidentale brisait ce moule, et ni Alexis ni ses héritiers immédiats n'étant capables de l'élargir progressivement, une rupture brusque et violente est devenue inévitable. En la précipitant, Pierre le Grand devait maintenir pourtant, dans ses lignes générales, renforcer même l'appareil politique dont il héritait et, en le superposant archaïquement à une société transformée, il allait créer le paradoxe désespérant où la Russie moderne se débat encore aujourd'hui.

Mais la transformation était inévitable et, dans ses traits essentiels, préparée par tout le travail du dix-septième siècle, inaugurée même sur certains points et, sur d'autres, esquissée dans des projets et des rêves où les prédécesseurs du grand réformateur, les Ordine-Nachtchokine, Rtichtchev, Krijanics et Galitzine, allaient même au delà de ce qu'il voulut ou osa entreprendre.

FIN

CARTE
DE LA MOSCOVIE
au XVII° siècle

LÉGENDE

------- Frontières à l'avènement de la
dynastie des Romanov (Traités de 1617
et de 1619)

------- Frontières à l'avènement de
Pierre-le-Grand

Au nord à l'est et au sud, frontières
incessamment mobiles dont le tracé
n'est qu'indicatif.

LES PREMIERS ROMANOV.

BIBLIOGRAPHIE

(Pour les sources citées au cours du présent volume et non comprises dans l'index suivant, le lecteur est prié de recourir à la bibliographie du volume précédent : *la Crise révolutionnaire.*)

A. V., *Le théâtre à la cour de Russie au dix-septième siècle* (Teatr pri rousskom dvorié...), dans « Nouvelles de Moscou » (Moskovsk. Viédomosti), 1857, n° 133.

Acta Historica res gestas Poloniae illustrantia, Cracovie, 1887, vol. XI°.

Actes de la Commission archéographique établie à Vilna (Akty izdavaiémyié Arkh. Kom... outchrejd. v Vilnié), Vilna, 1867, 2 vol.

Actes pour l'histoire de la Russie du Sud-Ouest (Akty... k istorii ioujnoï i zapadnoï Rossii), Saint-Pétersbourg, 1863-1892, 15 vol.

AKSAKOV (C.), *OEuvres*, Moscou, 1861-1880, 3 vol.

ALBERTRANDI (J. C.), *Histoire du règne de Jean-Casimir* (Historya panowania Jana Kazimierza), sans nom d'auteur, édit. E. Raczynski, Posen, 1840, 2 vol.

ALEXIS MIKHAILOVITCH (le tsar), *Recueil de lettres*, édit. Barténiév, Moscou, 1856, 1 vol.

ALMQUIST (H.), *Documents pour l'histoire de la Moscovie*, en 1613, dans « Le Monde Oriental », Paris et Upsala, 1907, I.

AMBROISE (A. A. Ornatskiï), *Histoire de la hiérarchie ecclésiastique en Russie* (Istoria Rossiïskoï Khiérarkhii), Moscou, 1807-1815, Ier vol.

Ancienne et nouvelle Russie (Drevnaïa i novaïa Rossiia), 1880.

ANDRÉIEV (V. V.), *Le Raskol et son importance dans l'histoire du peuple russe* (Raskol i iévo znatchenié), Saint-Pétersbourg, 1870, 1 vol.

Antirrchesis, voy. ARCUDIUS.

ANTONOVITCH (C. B.), *Les derniers temps de l'existence des Cosaques sur la rive droite du Dniéper* (Posledniié Vrémiéna Kozatchestva na pravoï storonié Dniépra), Préface du III° vol. des « Archives de la Russie du Sud-Ouest », voy. ce titre.

LE MÊME, *Un Épisode de l'histoire de la province de Bratslav* (Granovchtchina, epizod iz istorii Bratslavchtchiny), dans « Antiquité de Kiév » (Kiévskaïa Starina), 1888, vol. XX, p. 75-93.

LE MÊME, *Les personnages historiques de la Russie du Sud-Ouest* (Istoritcheskiié Diéiatiéli Iougo-Zapadnoï-Rossii), Kiév, 1885. 2 vol.

LE MÊME, *Monographies pour l'histoire de la Russie de l'Ouest et du Sud-Ouest* (Monografii po Istorii...), Kiév, 1885, Ier vol.

ANTONOVITCH (V. V.) et DRAGOMANOV (M. P.), *Chants historiques du peuple petit-*

russien (Istoritcheskiïa Piésni Malorousskavo naroda), Kiév, 1874-1875, 2 vol.

Apollos (l'archimandrite), *Esquisse de la biographie du patriarche Nikone* (Natchertanié jitia ... Nikona), Moscou, 1845, 1 vol., 4e édit.

Archives de l'Académie ecclésiastique de Moscou, Ms. Dossier original du procès du patriarche Nikone.

Archives centrales de Kiév, Ms. Dossiers divers pour l'histoire de la province.

Archives de la Chambre des finances de Kiév, Id.

Archives d'État à Moscou, Ms., nos 89 et 119 (Documents pour l'histoire du patriarche Nikone).

Archiv fur Oesterreichische Geschichte, Vienne, 1865 et années suiv.

Archives du Ministère de la Cour, section de Moscou, Ms. Dossiers divers pour la Petite-Russie.

Archives du Ministère de la Justice, Id. (Classement défectueux. Un grand nombre de feuillets classés comme se rapportant au département de la Sibérie contiennent des documents intéressant l'histoire de la Petite-Russie).

Archives du Monastère de Saint-Nicolas de Kiév, Ms. Documents pour l'histoire de la Petite-Russie.

Archives de Motyjine, publiées par An. et Av. Savitskiï, sous la rédaction de A. M. Lazarevskiï, Kiév, 1890, 1 vol.

Archives de Pologne (Polska Metryka Koronna), aux *Archives principales du Min. des Aff. étr. à Moscou.*

Archives principales du Min. des Aff. étr. à Moscou, Ms. Dossiers pour l'hist. de la Petite-Russie. (Classement par objets en cahiers reliés.)

Archives de la cathédrale de Sainte-Sophie à Kiév, Ms. Dossiers pour l'hist. de la Petite-Russie.

Archives de la typographie synodale de Moscou. Ms. Dossiers divers pour l'hist. littéraire et religieuse.

Arcudius (P.), *Antirrchesis*, Vilna, 1610, 1 vol. Sans nom d'auteur.

Aristov (N. I.), *L'industrie dans l'ancienne Russie* (O promychlennosti v drevniéï Rousi), Saint-Pétersbourg, 1865, 1 vol.

Le même, *Les troubles de Moscou sous la régence de Sophie* (Moskovskiïa Smouty v pravliénié tsarevny Sofïï Aléksiéiévny), Varsovie, 1871, 1 vol.

Arseniév (I.), *Biographie du prince Nicolas Ivanovitch Odoiévski* (Blijnïï Boiarine Kniaz N. I. Odoiévskiï), Moscou, 1902, 1 vol.

Le même, *Nouvelles données sur le service en Russie de N. Spafari* (Novyia dannyïa o sloujbié v Rossii N. S.), dans « Lectures de la Société d'hist. et d'ant. de Moscou » (Tchténia), 1900, IV.

Le même, *Voyage à travers la Sibérie de N. Spafari en 1675* (Poutiéchestvié tcherez Sibir...), Saint-Pétersbourg, 1882, 1 vol.

Arséniev (K. I.), *Aperçu historique et statistique des opérations monétaires en Russie* (Istoritchesko-statistitcheskoié obozriénié monetnavo diéla v Rossii), dans « Mémoires de la Société russe de Géographie » (Zapiski Rouskavo Geografitcheskavo Obchtchestva), Saint-Pétersbourg, 1846, I.

Askontchenski (V.), *Kiév et sa plus ancienne école* (Kiév s iévo drevniéïchim outchilichtchem...), Kiév, 1856, 2 vol.

Avril (le père Philippe), *Voyage en divers états d'Europe et d'Asie...*, Paris, 1692, 1 vol.

Avvakoum (le protopope), *Autobiographie*, dans le Ve vol. des *Matériaux*, publiés par Soubbotine, voy. ce nom. — Autre rédaction dans la *Biographie d'Avvakoum* publiée par Borozdine, voy. ce nom.

Avvakoum, ses opinions et sa secte, dans l' « Interlocuteur orthodoxe » (Pravosl. Sobiéssiednik), 1868, II.

Avvakoum en Sibérie (Protopop Avvakoum v Sibiri), dans « Bulletins de l'Eparchie de Tobolsk » (Tobolsk. Epark. Viédomosti), 1885, XV et suiv.

B. (Alexandre Brovkovitch, archevêque de Kherson sous le nom de Nicanor), *Description de quelques écrits en faveur du Raskol* (Opisanié niékotorykh sotchiniénii... v polzou Raskola), Saint-Pétersbourg, 1861, 2 vol.

BAGALIÉI (D. I.), *Matériaux pour l'hist. de la colonisation et de la vie des steppes dans l'État de Moscou* (Materialy dla Istorii Kolonizatsii i byta stepnoï okraïny...), Kharkov, 1886, 1 vol.

LE MÊME, *Esquisses pour l'histoire de la colonisation*, etc. (Otcherki iz Istorii...), Moscou, 1887, 1 vol.

BANTICH-KAMIÉNSKI (D. N.), *Contribution à l'histoire de l'Union religieuse en Pologne* (Istoritcheskoié Izviéstié o voznikcheï v Polchié Ounii), Moscou, 1805, 1 vol.

LE MÊME, *Histoire de la Petite-Russie* (Istoria Maloï-Rossii), Moscou, 1842, 3 vol., 3ᵉ édit.

BANTICH-KAMIÉNSKI (N. N.), *Aperçu des relations extérieures de la Russie jusqu'en 1800* (Obzor vniéchnykh Snochenii Rossii...), Moscou, 1894-1902, vol. I-IV.

BARANOVITCH (Lazare, archevêque de Tchernigov), *OEuvres* (Pisma), Tchernigov, 1865, 1 vol.

BARSSOV (E. V.), *Actes pour l'histoire de la révolte de Solovki* (Akty otnossiachtchéssia k Istorii Soloviétskavo bounta), dans « Lectures de la Soc. d'hist. et d'ant. » (Tchténia), 1883, IV et 1884, I.

LE MÊME, *Le hetman Brioukhoviétski*, même Recueil, 1884, II.

LE MÊME, *Les frères A. et S. Denissov, épisode de l'hist. du Raskol*, dans « La Revue orthodoxe » (Pravoslavnoié Obozriénie), 1865, V, VI, VIII, IX-XII.

LE MÊME, *Nouveaux matériaux pour l'hist. du Raskol* (Novyié matérialy...), Moscou, 1890, 1 vol.

BARSOUKOV (A. P.), *La famille Chérémétiév*, Saint-Pétersbourg, 1881 et années suivantes (en cours de publication).

BEAUPLAN (Guillaume le Vasseur, sieur de), *Description de l'Ukraine*, Rouen, 1660, 1 vol.

BEKHTEREV (V. M.), *Le rôle de l'éducation dans la vie publique* (Rol naoutchenia v obchtchestviénnoï jizni), Saint-Pétersbourg, 1898, 1 vol.

BERCH, *Le règne d'Alexis Mikhaïlovitch* (Tsarstvovanié tsaria A. M.), Saint-Pétersbourg, 1831, 2 vol.

BESTOUJEV-RIOUMINE (K.), *L'insurrection de 1648 à Moscou* (Moskovskiï Bount 1648 goda), dans « Messager historique » (Istoritcheskiï Viéstnik), 1880, I.

BEZSONOV (P. A.), *Les écrits inédits de Krijanics*, dans « Revue orthodoxe » (Pravoslavnoié Obozriénié), 1870, I, II, XI, et XII.

Bibliothèque de l'Académie des Sciences de Cracovie, Ms. nº 442 (dossiers divers.)

Bibliothèque Czartoryski à Cracovie, Ms. nº 379 (dossiers divers.)

Bibliothèque Krasinski à Cracovie, Ms. fol. A. I. IV. l. 52, 54.

Bibliothèque nationale à Paris, Ms. Fonds français, nᵒˢ 3558; 15966-67; 17190; 20161; 20264 (dossiers divers).

Bibliothèque Ossolinski à Lemberg, Ms. nᵒˢ 189, 221, 225, 231 (dossiers divers), 224 (Journal d'Oswiécim).

Bibliothèque publique de Posen, Ms. P. N aa, 12, p. 330 (Rapport sur les Cosaques, octobre 1619).

Bibliothèque publique de Saint-Pétersbourg, Ms. IV, Q. 8; Q. I. 401; Q. I. 1058 (dossiers divers); Ms. slaves, nº 243 (OEuvres de Jean de Vichnia); Ms.

polonais, n° 223 (Correspondance de Constantin Ostrogski); n° 241 (Rapport de Konieçpolski).

Bibliothèque synodale de Moscou, Ms. n° 130 (Épitre attribuée à Baranovitch); n° 469 (Paisius Ligaride sur le concile de 1666-1667); n° 716 (Biographie de F. M. Rtichtchev).

Biélaiev (I. D.), *Leçons sur l'histoire de la législation russe* (Lektsii po Istorii rousskavo zakonodatiélstva), Moscou, 1879, 1 vol.

Le même, *L'armée russe sous le règne de Michel Féodorovitch et après lui jusqu'aux réformes de Pierre le Grand* (O rousskom voïskié...), Moscou, 1846, 1 vol.

Le même, *La propriété territoriale dans l'Empire moscovite* (O poziémiélnom vladiénii v Moskovskom Gossoudarstvié), dans « Annales de la Société d'hist. et d'ant. de Moscou » (Vrémiennik...), XI.

Le même, *Le service de la garde sur la frontière polonaise* (O storojevoï, stanitchnoï i polevoï sloujbié na polskoï okraïnié), Moscou, 1848, 1 vol.

Le même, *Discours et compte-rendu pour l'année 1867 à l'Université de Moscou* (Riétch i ottchet), Moscou, 1867, 1 vol.

Biélokourov (S. A.), *Arsène Soukhanov*, Moscou, 1891-1894, 2 vol.

Le même, *Arsène Soukhanov*, dans « Messager théologique » (Bogoslovskii Viéstnik), 1892, III.

Le même, *Georges Krijanics à Moscou* (Iouri K. v Moskvié), Moscou, 1901, 1 vol.

Le même, *La vie religieuse de la société moscovite au dix-septième siècle* (Iz doukhovnoï jizni Moskovskavo obchtchestva XVII v.), Moscou, 1903, 1 vol.

Biélov (E. A.) *Les troubles à Moscou au dix-septième siècle* (Moskovskïïa Smouty v kontsié XVII v), dans « Revue du Min. de l'Inst. publ. » (Journal Min. Narod. Prosv.), 1887, I.

Biélski (M.), *Chronique de Pologne* (Kronika Polska), Cracovie, 1597; autre édition, utilisée pour cet ouvrage, dans *Recueil des historiens polonais* (Zbiór Dziejopisów), Varsovie, 1764, I.

Bobynine (V. V.), *Études sur l'hist. du développement des sciences physiques et mathématiques en Russie* (Otcherki istorii razvitia fiziko-matematitcheskikh znanii v Rossii), Moscou, 1886-1893, 2 vol.

Bogoslovski (V.), *Le grand Concile de 1666-1667 à Moscou* (Bolchoï moskovskiï Sobor...), dans « Revue orthodoxe » (Pravoslavnoié Obozriénié), 1871, II, III, VI, VII.

Boratynski (L.), *Les Cosaques et le Vatican au seizième siècle*, dans « Revue polonaise » (Przeglad Polski), Cracovie, 1906, X.

Borissov (V. A.), *La publication du Code de 1648 par Alexis Mikhaïlovitch* (K voprossou ob izdanii Oulojénia...), dans « Bulletin d'archéologie et d'histoire » (Viéstnik), édition de l'Institut archéologique de Saint-Pétersbourg, 1899, II.

Bonozdine (A. X.), *Le protopope Avvakoum*, Saint-Pétersbourg, 1900, 1 vol. 2° édit.

Borzeçki (J.), *Mémoires*, dans *Historica Russiae Monumenta*, suppl. Voy. ce titre.

Boulgakov (M.), *Histoire de l'Académie de Kiév*, Kiév, 1847, 1 vol.

Bouslaiev (F. I.), *Études historiques sur la littérature et l'art national russe* (Istoritcheskié otcherki rousskoï narodnoï sloviésnosti i isskoustva), Saint-Pétersbourg, 1861, 2 vol.

Le même, *Vues généraless sur l'iconographie russe* (Obchtchiïa poniatia o rousskoï ikonopisi), dans « Recueil de la Société des amis de l'art ancien en Russie » (Sbornik obchtchestva lioubitiéleï drevniérousskavo iskoustva), Moscou, 1866.

BOUTOURLINE (M. D.), *Documents tirés des Archives de Florence* (Boumagi Florentinskavo Arkhiva), Moscou, 1871, 1 vol.

BOUTSINSKI (P. N.), *Bogdan Khmiélnitski*, Kharkov, 1882, 1 vol.

BOUTSINSKI (P. H.), *Le peuplement de la Sibérie et la vie de ses premiers colons* (Zassiélénié Sibiri...), Saint-Pétersbourg, 1889, 1 vol.

BOUVET (le père), *The present condition of the moscovite empire, till the year 1699*, Londres, 1699, 1 vol.

BRAÏLOVSKI (S. P.), *Épiphane Slavenitski* dans « Lectures de la Société des amis de l'instruction religieuse » (Tchtenia v obchtchestvié lioubitieli doukhovnavo prosviéchtchénia), 1890, III.

LE MÊME, *Les relations du moine Evfime avec Simon Polotski et Silvestre Miédviédiev* (Otnochénia Tchoudoskava inoka Evfimia...) dans « Messager philologique » (Filologitcheskiï Viéstnik), 1889, III.

Bratskoié slovo, voy. Recueil.

BRILLIANTOV (I.), *Le monastère de Thérapontov*, Saint-Pétersbourg, 1899, 1 vol.

BRIX (K), *Geschichte der alten russischen Herreseinrichtungen...* Berlin, 1867, 1 vol.

BROEL-PLATER (V.), *Recueil de mémoires* (Zbiór Pamietnikov), Varsovie, 1859, vol. IVᵉ.

BRONIEWSKI (M.), *Martini Broniovii... Tartariae Descriptio*, Cologne, 1595, 1 vol.

BRÜCKNER (A.), *Culturhistorische Studien*, Riga, 1878, 1 vol.

LE MÊME, *Die Europaeisierung Russlands*, Gotha, 1888, 1 vol.

LE MÊME, *Die Gesandtschaftsreise Meneses, 1672*, dans « Russische Revue », XXVIII.

LE MÊME, *Les monnaies de cuivre en Russie* (Miédnyïa Diéngi v Rossii), Saint-Pétersbourg, 1864, 1 vol.

LE MÊME, *Le livre de dépenses du patriarche Nikone* (Raskhodnaïa Kniga Nikona...), dans « Revue du min. de l'Instr. publ. » (Journal Min. Nar. Prosv.), 1873, III.

LE MÊME, *Les diplomates-touristes russes* (Rousskïé diplomaty-touristy...) dans « Messager russe » (Rousskiï Viéstnik), 1877, III, IV, VII.

LE MÊME, *Les disputes au sujet de l'Union religieuse* (Spory o Unje) dans « Revue historique trimestrielle » (Kwartalnik Historyczny), Lemberg, 1896, III.

LE MÊME, *La peste à Moscou en 1654* (Tchouma v Moskvié...), dans « Messager historique » (Istoritcheskiï Viéstnik), 1884, XVI.

BRUN (F. K.), *Le littoral de la Mer Noire* (Tchernomorié), Odessa, 1879, 2 vol.

BYTOMSKI (J.), *Obsidio Zamosciana*, sans lieu ni nom d'auteur, 1649.

CARLISLE (Ch. HOWARD, comte DE), *La relation de trois ambassades de M. le comte de Carlisle*, Paris, 1857, 1 vol.

CARLSON (F. F.), *Sveriges Historia under... Gustaf regering*, Stockholm, 1855-1885, 7 vol. Et en allemand : Geschichte Schwedens, Gotha, 1855, vol. IVᵉ.

CATHEUX, *Journal... touchant les Moscovites arrivés en France en 1668*, dans « Bibliothèque russe », nouvelle série, 1860, III; autre édition avec des extraits des journaux de l'époque dans la *Russie du XVIIᵉ siècle*, édit. du prince A. Galitzine; traduction russe de M. Polondiénski, dans « Messager russe » (R. Viéstnik), 1863, X.

CHAFRANOV (P. A.), *La charte accordée à B. Khmiélnitski par Moscou* (O statiakh Bogdana Khmiélnitskavo), dans « Antiquité de Kiév » (Kiévskaïa starina), 1889, XI.

CHAUDOIR (S. de), *Aperçu sur les monnaies russes*, Saint-Pétersbourg, 1836, 3 volumes.

CHEVALIER (P.), *Histoire de la guerre des Cosaques contre la Pologne*, Paris, 1663, 1 vol.

CHLIAPKINE (I. A.), *Histoire de la polémique entre les savants moscovites et petits-russiens à la fin du dix-septième siècle* (K istorii polemiki miéjdou moskovskimi i malorousskimi outchenymi...), dans « Revue du min. de l'Instr. publ. » (Journal ministerstva nar. prosv...), 1885, X.

LE MÊME, *Saint Dimitri de Rostov et son temps, 1651-1709*, Saint-Pétersbourg, 1891, 1 vol.

CHMOURLO (E.), *L'ambassade de Paul Menzies auprès du Pape, 1672-1673*, dans « Revue du min. de l'Instr. publ. », 1900, X.

CHOUCHERINE (I.), *Information sur la naissance... et la vie du patriarche Nikone par un clerc de son entourage* (Izviéstié o rojdenii... i o jitii Nikona), Saint-Pétersbourg, 1891, 2ᵉ édit.

CHPILEVSKI (S. M.), *La peste à Kazan sous le règne d'Alexis Mikhaïlovitch* (O tchoumié v Kazani...), dans « Mémoires scientifiques de l'Université de Kazan » (Outchényié Zapiski), 1879, III-IV.

Chronique de la Petite-Russie (Liétopisiets Malyïa Rossii), édit. F. Toumanski, Saint-Pétersbourg, 1793, 1 vol.

Chronique d'un témoin oculaire (Liétopis Samovidtsa), Kiév, 1878, 1 vol.

Chroniques de la Russie du Sud (Ioujno-rousskiïa liétopissy), Kiév, 1856, 1 vol.

Chronique de Tchernigov (Tchernigovskaïa Liétopis), dans « Antiquité de Kiév » (Kiévsk. Starina), 1890, IX et suiv.

CHTCHAPOV (A. P.), *Idées et superstitions au sein de l'Église orthodoxe et du Raskol, Esquisses historiques* (Ist. otcherki narodnavo mirosoziértsania i souiévieria...), dans « Revue du min. de l'Instr. publ. » (Journ. M. N. Pr.), 1863. II-III.

LE MÊME, *Le Raskol russe... et l'état intérieur de l'Église et de la Société russe* (R. Raskol v sviazi s vnoutr. sostoianiém rousskoï Tserkvi...), Kazan, 1859, 1 vol.

LE MÊME, *Le Sobor en 1648-1649 et la réunion des députés en 1767* (Ziémskiï Sobor 1648-1649 godov i sobranie depoutatov 1767 goda), dans « Annales de la Patrie » (Otiétchestv. Zapiski), 1862, XI.

CHTCHOUKINE (I. I.), *Le suicide collectif dans le Raskol russe*, Paris, 1903, 1 volume.

CHTCHOUKINE (N. S.), *Les Russes sur l'Amour au dix-septième siècle* (Podvigi Rousskikh na Amourié...), dans « Le fils de la patrie » (Syn Otiétchestva), 1848, IX.

Code de 1648, promulgué par *Alexis Mikhaïlovitch* (Oulojénié), Saint-Pétersbourg, 1796, 1 vol., 10ᵉ édit.

COLLINS (S.), *The present state of Russia*, Londres, 1667, 1 vol. Édition française, Paris, 1679, 1 vol.

Courte description de la Petite-Russie (Kratkoié Opissanie...), Kiév, 1878, 1 volume.

CZERMAK (W.), *Les projets de guerre contre la Turquie de Ladislas IV* (Plany wojny tureckiej Wladyslawa IV), Lemberg, 1873, 1 vol.

CZUCZYNSKI (A.), *Les procès-verbaux de la diète de 1585* (Djarjusze Sejmowe...), Cracovie, 1901, 1 vol.

DACHKIÉVITCH (N. P.), *La terre de Bolkhov et son rôle historique* (Bolkhovskaïa Ziémlia i iéia znatchénié ....), dans « Travaux du troisième congrès d'archéologie en Russie »., Kiév, 1878, II.

DÉMIANOVITCH (A.), *Les Jésuites dans la Russie de l'Ouest, 1569-1772*, dans « Revue du min. de l'Instr. publ. », 1871, VIII-XII.

DENISSOV (S.), *L'Histoire des pères et des martyrs de Solovki* (Istoria ob ottsekh i stradaltsekh Soloviétskikh), Souprasl, 1788, 1 vol. ; et dans « Lectures de la Soc. d'Hist. et d'Antiq. » (Tchténia), 1846, III.

De rebus anno 1648 et 1649 contra Cosacos Zaporovios gestis, éditeur A. Koialowicz, Vilna, 1651, 1 vol.

DIÈV (M. I.), *Le moine Kapitone*, dans « Bulletin du gouvernement de Iaroslavl » (Iaroslavl. Gouber. Viédomosti), 1890, XI-XII.

DITIATINE (I. I.), *La question des Assemblées au dix-septième siècle* (K voprossou o Ziémskikh soborakh), dans « La Pensée russe » (Rousskaïa Mysl), 1883, XII.

LE MÊME, *L'origine de l'antagonisme entre les classes dirigeantes et le peuple en Russie*, même Recueil, 1881, XI et 1882, III.

LE MÊME, *Le rôle des pétitions et des Assemblées* (Rol tchelobitii i ziemskikh Soborov), même Recueil, 1880, V.

DLUGOSZ (J.), *Historiae polonicæ liber XIII*, Leipzig, 1712, 1 vol.

DOBROKLONSKI (A.), *Manuel d'une histoire de l'Église russe* (Outchebnik po istorii rousskoï tserkvi), Moscou, 1889-1893, 3 vol.

DOBROTVORSKI (I.), *Le suicide dans le Raskol* (Samoistréblénié...), dans « L'Interlocuteur orthodoxe » (Pravoslavnyï Sobiéssiédnik), 1860, I.

DROUJININE (V. G.), *Le Raskol sur le Don à la fin du dix-septième siècle (Raskol na Donou...)*, Saint-Pétersbourg, 1889, 1 vol.

DUBIEÇKI (M.), *Tableaux et Études historiques* (Obrazy i studya historyczne), Varsovie, 1899, 2 vol. in-8°.

EFIMENKO (A.), *Esquisses d'une histoire de l'Ukraine sur la rive droite du Dniéper* (Otcherki isitorii pravobiérejnoï Oukraïny...), dans « Antiquité de Kiév », 1894, X.

EFRON (I. A.), *Dictionnaire encyclopédique* (Entsikloped. Slovar), Saint-Pétersb., 1891 et suiv.

EINHORN (V. O.), *Études sur l'histoire de la Petite-Russie au dix-septième siècle* (Otcherki iz istorii Molorossyi...), Moscou, 1899, 1 vol.

LE MÊME, *La démission d'A. L. Ordine Nachtchokine* (Otstavka A. L. N...), Saint-Pétersbourg, 1897, 1 vol.

LE MÊME, *Le voiévode de Kiév P. V. Chérémétiév et la municipalité de Niéjine*, dans « Antiquité de Kiév » (Kiévsk. Starina), 1891, XI.

ELÉNIÉVSKI (K. S.), *Méletius Smotrytski*, dans « Revue orthodoxe » (Pravoslavnoié Obozriénié), 1861, VI-VIII.

ELEONSKI (F. G.), *La composition du Raskol sous Pierre le Grand* (Sostav Raskola...), Saint-Pétersbourg, 1864, 1 vol.

ENGEL (J. C.), *Geschichte der Ukraine und der Ukraischen Kosaken*, Halle, 1796, 1 vol.

ESSIPOV (G. V.), *Histoire de l'Ermitage de Vyg-Oziéro* (Istoria Vygovskoï Poustyni), Saint-Pétersbourg, 1862, 1 vol.

LE MÊME, *Le Raskol au dix-huitième siècle* (Raskolnitchi diéla XVIII s.), Saint-Pétersbourg, 1861-1863, 2 vol.

LE MÊME, *Le suicide dans le Raskol*, dans « Annales de la Patrie » (Otiétéchestv. Zapiski), 1863, II.

EVARNITSKI (D. I.), *Histoire des Cosaques du Zaporojé*, Saint-Pétersbourg, 1892-1895, 2 vol.

LE MÊME, *La Petite-Russie d'autrefois* (Iz oukraïnskoï stariny), Saint-Pétersbourg, 1900, 1 vol.

LE MÊME, *Recueil de documents pour l'Histoire du Zaporojé* (Sbornik materialov...), Saint-Pétersbourg, 1888, 1 vol.

LE MÊME, *Les libertés des Cosaques du Zaporojé* (Volnosti Zaporojskikh Kazakov), Saint-Pétersbourg, 1890, 1 vol.

LE MÊME, *Le Zaporojé dans les débris de l'ancien temps* (Zaporojé v ostatakh stariny), Saint-Pétersbourg, 1888, 2 vol. (Cet ouvrage et le précédent sont des ébauches de l'*Histoire des Cosaques* du même auteur.)

EVFROSINE (le moine), *Du suicide collectif dans le Raskol* (Otrazitiélnoié pisanie o samooubiïstviénnykh smiértiakh), Saint-Pétersbourg, 1895, 1 vol. (œuvre du dix-septième siècle).

EVGENII (le métropolite Bolkhovitinov), *Description de la cathédrale de Sainte-Sophie à Kiév et de la hiérarchie ecclésiastique* (Opisanié Kiévo-Sofiiskavo Sobora...), Kiév, 1825, brochure...

LE MÊME, *Description de la Laure des Cryptes à Kiév* (Opisanié Kiévo-Piétcherskoï Lavry), Kiév, 1826, 1831, 1837, 3 brochures.

LE MÊME, *Dictionnaire historique des écrivains ecclésiastiques en Russie* (Slovar istoritcheskiï o byvchykh v Rossii pissatiélakh doukhovnavo tchina), Saint-Pétersbourg, 1827, 1 vol.

EWERS (I. P. von), *Beitraege zur Kentniss Russlands*, Dorpat, 1816, 1 vol.

FABRICIUS (A.), *La poste et le régime économique en Russie au dix-septième siècle* (Potchta i narodnoié Khaziaïstvo v Rossii...), Saint-Pétersbourg, 1864, 1 vol.

LE MÊME, *Zur Geschichte des russischen Postvesens*, dans « Baltische Monatschrift », 1865, VIII.

FECHNER (A.), *Chronik der evangelischen Gemeinden*, Moscou, 1876, 1 vol.

FEODOSII, *Aperçu de l'histoire de l'Église russe* (Istoritchoskiï Obzor Tserkvi), Ekatiérinoslav, 1876, 1 vol.

FETTERLEIN (K. F.), *Note sur un récit de l'insurrection de 1648 à Moscou* (voy. Insurrection), dans « Messager de l'Europe » (Viéstnik Evropy), 1880, II.

Figures de grands seigneurs sous le règne d'Alexis M. (Kharaktery Viélmoj v tsarstvovanie A. M.), dans « Archive du Nord » (Siéviérnyï Arkhiv), 1825, XVII.

FISCHER (I. E.), *Histoire de Sibérie* (Sibirskaïa Istoria), Saint-Pétersbourg, 1774, 1 vol.

FILIPPOV (I.), *Histoire de l'Ermitage de Vyg-Oziéro* (Istoria Vygovskoï Poustyni), Saint-Pétersbourg, 1862, 1 vol. (édition Kojantchikov, œuvre du dix-huitième siècle).

FLENOV (I.), *Acte d'accusation contre les sectateurs du Raskol* (Oblitchénié na raskolnikov), dans « Journal des Confréries religieuses » (Bratskoié Slovo), 1894, I.

LE MÊME, *Les confréries religieuses et leur lutte avec l'Union* (O pravoslavnykh tserkovnykh bratstvach...), Saint-Pétersbourg, 1857, 1 vol.

FRANKO (I.), *Jean de Vichnia et ses œuvres* (Ivan Vichenskiï i ievo tvory), Lemberg, 1895, 1 vol.

FROLOV (N.), éditeur du *Magasin de l'Agriculture et des voyages* (Magazin ziemleviédiénia i poutiéchestvii), Moscou, 1852-1860, 6 vol.

GAGARINE (P.), *Études de théologie, de philosophie et d'histoire*, Paris, 1857 et années suivantes.

GALITZINE (P. E.), *La Russie du dix-septième siècle*, Paris, 1855, 1 vol.

GAUTIER (I.), *Le pays au delà de la Moskva* (Zamoskovnyï Kraï), Moscou, 1906, 1 vol.

GAVRILOV (le père), *Les rapports du patriarche Joachim avec les savants de Kiév* (Otnochénia patriarkha Ioakima k Kiévskim outchenym), dans « Le Voyageur » (Strannik), 1873, VII.

Gavronski (F.), *Bogdan Khmiélnitski* (Bogdan Chmielnicki), Lemberg, 1906, 1 vol.

Le même, *La mission de Biéniéwski pour la conclusion du pacte de Hadiatch* (Poselstwo Bieniewskiego), dans « Guide scientifique et littéraire » (Przewodnik naukowy i literacki), Lemberg, 1906.

Geijer (E. G.), *Svenska Folkets Historia*, Orebro, 1832-1836, 4 vol. Traduction française de I. F. Lundblad, *Hist. de Suède*, Paris, 1840, 4 vol. Traduction allemande, *Geschichte Schwedens*, Hambourg, 1836-1855, 4 vol.

Gilarov-Platonov (N. P.), *OEuvres* (Sbornik sotchinienii), Moscou, 1900, volume 2°.

Glavinic (S.), *De rebus Moscorum*, dans le recueil de Wichmann, voy. ce nom.

Gliszczynski (M.), *Le rôle et la vie intérieure du Zaporojé* (Znaczenie i wewnetrzne zycie Zaporoza), Varsovie, 1852, 1 vol.

Godefroy (Th.), *Description du grand-duché de Moscovie*, Bibl. nation. Fonds fr. 17, 190.

Golokhvastov (D. P.), *Les Actes de la famille Golokhvastov* (Akty dvoriane G...), dans « Lectures de la Soc. d'Hist. et d'Ant. » (Tchtenia), 1848, V.

Goloubiév (S.), *Histoire de l'Académie ecclésiastique de Kiév* (Istoria Kiévskoï Doukhovnoï Akademii), Kiév, 1886, 1 vol.

Le même, *Le métropolite de Kiév Pierre Mogila et ses collaborateurs* (Kiévskii mitropolit...), Kiév, 1890-1898, 2 vol.

Le même, *Matériaux pour l'hist. de l'Église orthodoxe dans la Russie de l'Ouest* (Materialy dla istorii Zapadno-rousskoï pravoslavnoï Tserkvi), dans « Travaux de l'Acad. ecclés. de Kiév » (Troudy K. D. A.), 1878.

Le même, *Pierre Mogila et Isaïe Kopinski*, dans « Revue orthodoxe » (Pravoslav. Obozr.), 1874, IV-V.

Goloubiév (A. A.), *Récits sur l'insurrection de Stenka Razine* (Izviéstia o bountié S. R...), dans « Messager historique » (Ist. Viéstnik), 1888, XXXIII.

Goloubinski (E.), *Notre polémique avec les sectateurs du Raskol* (K nacheï polémikié s staroobriadtsami), dans « Messager théologique » (Bogoslovski Viéstnik), 1892, II.

Goloubtsov (A.), *Discussions sur la foi à l'occasion des fiançailles du prince Valdemar avec la tsarevna Irène* (Prénia o viérié...) dans « Lectures de la Société des amis de l'instruction religieuse » (Tchténia v obchtchestvie lioubitieleï doukhovnavo prosviéchtchénia), 1891.

Gordon (P.), *Tagebuch* (traduction allemande de M. C. Posselt), Moscou, 1849, 3 vol.

Gorlenko (P. P.), *Esquisses et portraits de la Russie du Sud* (Ioujno-rousskiié otcherki i portrety), Kiév, 1868, 1 vol.

Gornicki (L.), *Histoire de Pologne de 1538 à 1572* (Dzieje w Koronie polskiej...), Cracovie, 1657, 1 vol.

Gonski (A. A.), *L'importance historique du règne d'Alexis Mikhälovitch* (Ob istor. Znatchenii tsarstvovania A. M.), dans « Mémoires scientifiques de l'Université de Kazan » (Outchen. Zapiski...), 1857, IV.

Gorski (A. V.) et Nievostrouiev (K. I.), *Description des manuscrits de la bibliothèque synodale de Moscou* (Opisanié roukopissieï), Moscou, 1862-1869, 3 volumes.

Les mêmes, *Examen des comptes rendus publiés sur l'ouvrage précédent* (Razsmotriénié retsenzii...), Saint-Pétersbourg, 1870, 1 vol.

Gorski (K.), *Histoire de l'infanterie polonaise* (Historya piechoty polskiej), Cracovie, 1893, 1 vol.

Le même, *Les opérations de l'armée polonaise contre les Cosaques* (O dzialaniach wojska Koronnego Rzeczypospolitej...) dans « Bibliothèque de Varsovie » (Bibljoteka Warszawska), 1887, III.

GORTCHAKOV (M. I.), *Le Département des Monastères* (Monastyrskiï Prikaze), Saint-Pétersbourg, 1880, 1 vol.

LE MÊME, *Les domaines des métropolites, des patriarches et du Saint-Synode russe de 988 à 1738* (O Ziemiélnykh vladiéniakh vssiérousskikh mitropolitov...), Saint-Pétersbourg, 1871, 1 vol.

GOURLAND (I. I.), *Le Département des affaires secrètes* (Prikaz... taïnykh diél), Iaroslavl, 1902, 1 vol.

LE MÊME, *Jean Gebdon, commissaire et résident*, Iaroslavl, 1903, 1 vol.

GRABIANKA (G.), Chronique (Liétopis), Kiév, 1854, 1 vol. Complément dans « Antiquité de Kiév » (Kiévskaïa Starina), 1894, XLVII, édit. A. M. Lazarevski. Pour l'identité de l'auteur, voy. même Recueil, 1897, LVI, 41-42.

GRABOWSKI (A.) *Souvenirs* (Ojczyste Spominki), Cracovie, 1845, 2 vol.

GRADOVSKI (A. D.), *La haute administration en Russie au dix-huitième siècle* (Vyschaïa administratsya Rossii...), Saint-Pétersbourg, 1866, 1 vol.

GRONDSKI (J.), *Historia belli cosaco-polonici*, Pesth, 1789, 1 vol.

Gründliche und wahrhaftige Relation von der Belagerung der Königlichen Stadt Riga, Riga, 1657, brochure.

GUÉPIN (Dom), *Saint Josaphat, archevêque de Polotsk*, Poitiers, 1894, 2 vol.

HAMMER (I. von), *Geschichte des Osmanichen Reichs*, Pesth, 1829, 10 vol.

HANXOVER (N.), *Bogdan Khmiélnitski*, traduction allemande de Mandelkorn, Leipzig, 1883, 1 vol.

HARASIEWICZ (M.), *Annales Ecclesiæ ruthenæ*, Lemberg, 1862, 1 vol.

HAUMANT (E.), *La guerre du Nord jusqu'à la paix d'Oliwa*, Paris, 1893, 1 vol.

HEDENSTROEM (A. v.), *Die Beziehungen zwischen Russland und Brandenburg, waehrend des ersten svedischen Krieges*, Marburg, 1896, 1 vol.

HEIDENSTEIN (R.), *De bello moscovitico...* Bâle, 1588, 1 vol.

LE MÊME, *Rerum Polonarum... libri XII*, Francfort, 1672, 1 vol.

HERBERSTEIN (S.), *Rerum moscoviticarum commentarii*, Bâle, 1556, 1 vol.

HEYDEN (Comte A.), *L'origine du Raskol...* (Iz isstorii voznikoviénia Raskola), Saint-Pétersbourg, 1886, 1 vol.

HIRSCH (F.), *Die ersten Anknüpfungen zwischen Brandenburg und Russlad*, Berlin, 1885-1886, 2 vol.

Historisch Verhael of Beschriving von de Voyagee gedaen... van den Heere K. van Klenk, Amsterdam, 1667, 1 vol.

HRUSEVSKYI (M.), *Histoire de l'Ukraine* (Istoria Oukraïny-Roussi), Lemberg, 1899-1906, 5 vol. Traduction allemande, *Geschichte des Ukrainischen... Volkes*, Leipzig, 1906, 1 vol.

LE MÊME, *Sources pour l'histoire de l'Ukraine* (Rozvidki i materiali do istorii Oukrainy...), Lemberg, 1898, 1 vol.

LE MÊME, *Esquisse d'une histoire du peuple ukrainien* (Otcherki istorii oukrains, kavo naroda), Lemberg, 1906, 2ᵉ édition, 1 vol.

HUBBENET (N.), *Étude historique sur le procès du patriarche Nikone* (Istoritcheskoiié izsliédovanié diéla patriarkha Nikona), Saint-Pétersbourg, 1882-1884, 2 vol.

IABLONOWSKI (A.), *L'Académie de Kiév* (Akademja Kijowsko-Mohilanska), Cracovie, 1899, 1 vol.

LE MÊME, *Les Cosaques et le légitimisme* (Kozaczyzna i legitymizm), dans « Atenum », Varsovie, 1896, VIII.

LE MÊME, *Sources historiques* (Zrodla dziejowe), Varsovie, 1870-1897, 22 vol.

IAGIC (V.), *La poésie nationale des Slaves*, traduction russe de N. Zadiératski, dans « Annuaire slave » (Slavianskii Iejégodnik), Kiév, 1878.

IAKOUBOV (K. I.), *Documents pour le commencement du règne d'Alexis Mikhaïlovitch*, dans « Lectures de la Soc. d'hist. et d'ant. » (Tchténia), 1898, I.

IAKOVLEV (G.), *Information* (Izviéchtchénié), dans « Journal des Confréries religieuses » (Bratskoié Slovo), 1888, I.

IEMIOLOWSKI (N.), *Mémoires* (Pauietniki), Lemberg, 1850, 1 vol.

IERLICZ (J.), *Mémoires* (Latopisiéts), Varsovie, 1853, 2 vol.

IEWLASZEWSKI (T.), *Mémoires* (Zapiski), dans « Antiquité de Kiév » (Kiévskaïa Starina), 1886, I.

IKONNIKOV (V. S.), *A. L. Ordine-Nachtchokine*, dans « Antiquité russe » (R. Starina), 1883, X-XI.

LE MÊME, *Critique des études de Vladimirski Boudanov sur les anciennes écoles russes*, dans « Bulletins de l'Univ. de Kiév » (Kiév. Oun. Izviéstia), 1874.

LE MÊME, *Essai sur la culture de Byzance* (Opyt izsliédovania o Koultournom znatchenii Visantii), Kiév, 1869, 1 vol.

LE MÊME, *La femme russe à la veille de la réforme de Pierre le Grand* (Rousskaïa jenchtchina na Kanounié reformy Piétra V.), Kiév, 1874, 1 vol.

LE MÊME, *Nouveaux documents pour l'histoire du patriarche Nikone* (Novyié materialy o patriarkhié Nikonié), Kiév, 1888, brochure.

ILOVAÏSKI (D. I.), *Histoire de Russie* (Istoria Rosii), Moscou, 1890-1905, 3 vol.

Insurrection (l') de 1648 à Moscou, Mémoire de l'époque, dans « Messager de l'Europe » (Viéstnik Evropy), 1880, I.

IOANNOV (l'abbé), *Information historique complète sur les sectateurs du Raskol* (Polnoié istor. Izviéstié o raskolnikakh), Saint-Pétersbourg, 1799, 1 vol.

IVANINE (M. I.), *L'art militaire chez les Mongols-Tatars* (O voiénnom iskoustvié ou Mongolo-Tatar), Saint-Pétersbourg, 1875, 1 vol.

IVANOV (P.), *Description des anciens documents dans les Archives d'État* (Opissanié Gosoudarstviénnavo Arkhiva starykh diél), Moscou, 1850, 1 vol.

IVANOVSKI (N. I.), *Le protopope Avvakoum*, dans « L'Interlocuteur orthodoxe » (Pravoslav.-Sobiéssiédnik), 1869, II.

LE MÊME, *Examen critique de l'enseignement de sectateurs du Raskol n'acceptant pas la prêtrise* (Krititcheskiï razbor outchenia niépriémliouchtchikh sviachtchenstva staroobriadtsev), Kazan, 1883, 1 vol.

IOZEFOWICZ (abbé Jean), *Chronique de la ville de Lemberg* (Kronika miasta Lwowa), Lemberg, 1854, 1 vol.

JEAN DE VICHNIA, *Quatre écrits au sujet de l'Union*, dans « Actes de la Russie du Sud-Ouest », II.

Journal de ce qui s'est passé entre l'armée des Polonais et celle des Moscovites... (auteur inconnu), Paris, 1660, brochure.

KAMANINE (I. M.), *Les Cosaques jusqu'à Bogdan Khmiélnitski* (K voprossou o Kozatchéstvié do Bogdana Khmiélnitskavo), dans « Lectures de la Société historique de Nestor » (Tchténia v istor. obch. N.), 1894, VIII.

KAMANINE (I. M.) et ISTOMINE (M. P.), *Recueil de documents historiques provenant des Archives de Kiév* (Sbornik istoritch. mater. iz... Kiévskavo tsentralnavo A.), Kiév, 1890, 1 vol.

KAPTEREV (N. F.), *Les Écoles gréco-latines à Moscou* (O greko-latinskikh Chkolakh v Moskvié...), Moscou, 1889, brochure.

LE MÊME, *Réponse à des accusations injustes* (Opravdanié...), dans « Revue orthodoxe » (Pravoslavnoié Obozriénié), 1888, VIII et IX.

LE MÊME, *Le patriarche Nikone et ses adversaires*, Moscou, 1887, 1 vol.

LE MÊME, *L'Enquête au sujet du Grec Arsène* (Sliédstviénnoié diélo ob Arsénié...), dans « Lectures de la Soc. des amis de l'instr. relig. » (Tcht. v obch lioub, doukh. prosv.), 1881, VII.

Le même, *Les relations du patriarche de Jérusalem, Dosiphée, avec le gouv. moscovite* (Snochénia Iérosolimskavo patriarkha...), Moscou, 1891, 1 vol.

Le même, *Les opinions du Concile de 1667 à Moscou sur le pouvoir du tsar et du patriarche* (Soudjénia bolchavo moskovskavo Sobora...), dans « Messager théologique » (Bogoslovskiï Viéstnik), 1892, VI.

Le même, *Les fonctionnaires laïques de l'épiscopat dans l'ancienne Russie* (Sviétskiié arkhiréiskiié tchinovniki v drevneï Roussi), Moscou, 1874, 1 vol.

Le même, *Le Tsar et les Conciles ecclésiastiques de Moscou aux seizième et dix-septième siècles* (Tsar i tserkovnyié moskovskiié Sobory...), dans « Messager théologique » (Bogoslovskiï Viéstnik), 1906, X-XII.

Le même, *Le pouvoir des patriarches et des évêques dans l'ancienne Russie* (Vlast patriarchaïa i arkhiéreïskaïa...), même Recueil, 1905, IV.

Kapoustine (M.), *Les relations diplomatiques de la Russie avec l'Europe occidentale* (Diplom. Snochenia Rosii...), Moscou, 1852, 1 vol.

Karabanov (P. F.), *Récits et anecdotes historiques...* (Istor. razskazy i anegdoty...), dans « Antiq. russe » (Rous. Starina), 1872, III.

Karpov (G. F.), *Denis Balabane*, dans « Revue orthodoxe » (Pravoslav. Obozriénié), 1874, I.

Le même, *Les débuts du rôle historique de Bogdan Khmiélnitski* (Natchalo istoritcheskoï diéiatiélnosti B. K.), Moscou, 1873, 1 vol.

Le même, *Examen critique des principales sources russes pour l'histoire de la Petite-Russie* (Krititcheskiï obzor razrabotki glavnykh istotchnikov.) Moscou, 1870, 1 vol.

Le même, *Méthode, évêque de Mstislav et d'Orcha*, dans « Revue orthodoxe » (Pravoslovnoié obozriénié), 1875, II.

Le même, *La Métropolie de Kiev et le gouvernement de Moscou*, même Recueil, 1871, IX.

Le même, *Les négociations pour la réunion de la Petite-Russie avec la Grande-Russie* (Péregovory ob ousloviakh ssoiédiniénia...), dans « Revue du min. de l'Instr. publ. » (Journal Min. Narod. Prosv...), 1871, XI-XII.

Le même, *Pour la défense de Bogdan Khmiélnitski* (V zachtchitou B. K.,.), dans « Lectures de la Soc. d'hist. et d'ant. » (Tchténia), 1889, Iі.

Le même, *Les villes de la Petite-Russie à l'époque de la réunion de cette province avec la Grande-Russie* (Malorossyïskiié goroda...) dans « Annales de la Commission archéographique » (Liétopis zaniatii A. K.), 1877, VI.

Karpov (B. P.), *Les écrits du protopope Avvakoum* (Sotchiniénia... Avvakouma), dans « Le Bibliographe », 1884, I.

Kazanski (P.), *Les auteurs responsables de la révolte de Solovki...* (Kto byli vinovniki Soloviétskavo vozmouchtchénia...), dans « Lectures de la Soc. d'hist. et d'ant. » (Tchténia), 1867, IV.

Kelsiév (V.), *Recueil des renseignements recueillis par le gouvernement sur les sectateurs du Raskol* (Sbornik pravitiélstviénnykh sviédiénii o raskolnikakh), Londres, 1860-1862, 4 vol.

Khmiélnitski (B.), *Lettres au patriarche Nikone, 1653*, dans « Mémoires de la Commission de Kiev » (Pamiatniki K. K.), v. ce titre; III, 2e partie, 2e édit., p. 182-184.

Khmyrov (M. D.), *Le Tsar Alexis et son temps*, dans « Ancienne et Nouvelle Russie » (Drevnaïa i Novaïa Rossia), 1875, XII.

Khrouchtchov (I. P.), *Contribution à l'histoire de la poste russe* (Iz istorii rousskikh potcht), Saint-Pétersbourg, 1884, 1 vol.

Kilburger (I. P.), *Kurzer Uebersicht von dem russischen Handel...*, dans « Büschings Magazin », 1769, III.

Kizewetter, *Les traits fondamentaux dans le développement de l'Empire russe* (Osnovnyié momenty v razvitii rousskavo Gossoudarstva), dans « L'Éducation » (Obrazovanié), 1897.

Klioutchevski (V. O.), *Les bonnes gens dans l'ancienne Russie* (Dobryié lioudi v drevnéi Roussi), dans « Messager théologique » (Bogoslovskiï Viéstnik), 1892, I.

Le même, *Caractéristique d'Ordine Nachtchokine*, dans « La Parole scientifique » (Naoutchnoié Slovo), 1904, III.

Le même, *Cours d'histoire russe* (Kours Rousskoï Istorii), 3ᵉ partie, Moscou, 1908, 1 vol.

Le même, *L'influence occidentale en Russie* (Zapadnoié vlianié...), dans « Problèmes de philosophie » (Voprossy Filozofii), Moscou, 1897, XXXVI, XXXVIII, XXXIX.

Le même, *Le suicide collectif* (Samoïstrébliénié), dans « Messager théologique » (Bogoslovskiï Viéstnik), 1896, III.

Le même, *La participation de l'Église aux progrès du droit civil et de l'ordre en Russie* (Ssodieïstvié Tserkvi ouspiékham rousskavo grajdanskavo prava i poriadka), dans « OEuvres des saints Pères » (Tvorenia Sviatykh Ottsev), 1888, IV.

Klipounovski, *Grégoire Néronov*, dans « Bulletins de l'Université de Kiév » (Kiévsk. Ouniv. Izviéstia), 1886, VII.

Kniazkov (S.), *L'origine du Raskol...* (Kak natchalssia Raskol...), Moscou, 1902, 1 vol.

Kochowski (M.), *Annalium Poloniae Climacteri tres, 1648-1668*, Cracovie, 1663-1698, 3 vol. *Climacter quartus, 1669-1672*, traduct. polonaise d'après l'original latin inédit, édition S. N. Bobrowiez, Leipzig, 1853, 1 vol.

Koialovitch (M.), *Études historiques sur la Russie de l'Ouest* (Istoritcheskoié izsliédovanie...), texte russe et français, Saint-Pétersbourg, 1865, 1 vol.

Le même, *Leçons sur l'histoire de la Russie de l'Ouest* (Lektsii po istorii zapadnoï Rossii), Moscou, 1864, 1 vol.

Le même, *L'Union religieuse en Lithuanie* (Litovskaïa Ounia), Saint-Pétersbourg, 1869-1871, 2 vol.

Koialowicz-Wijuk (S. J.), *De rebus 1648 et 1649 contra Cosacos Zaporovios gestis*, Vilna, 1651, 1 vol.

Kokhovski (V. P.), *Essai sur les guerres de B. Khmiélnitski* (Opyt izoutchénia voïn B. K...), Saint-Pétersbourg, 1862, 1 vol.

Kolossov (V.), *Arsène le Grec*, dans « Revue du min. de l'Instr. publ. » (Journ. M. N. Pr.), 1881, IX.

Koltchine (M.), *Les exilés et les prisonniers au monastère de Solovki* (Ssylnyié i i zatotchenyié...), Moscou, 1908, 1 vol.

Koninski (G.) (attribué à), *Histoire des Russes* (Istoria Roussov), dans « Lectures de la Soc. d'hist. et d'ant. » (Tchtenia), 1846. (L'œuvre est vraisemblablement de V. G. Poletika.)

Korb (J.), *Diarium itineris in Moscoviam*, Vienne, 1700, 1 vol.

Korzon (T.), *Les historiens de B. Khmiélnitski*, dans « Revue hist. trimestrielle » (Kwartalnik Historyczny), Lemberg, 1892, I.

Kostomarov (N. I.), *Bogdan Khmiélnitski vassal de la Porte*, dans « Messager de l'Europe » (Viéstnik Evropy), 1878, VI.

Le même, *Essai sur l'histoire du commerce en Russie* (Otcherk Torgovli...), Saint-Pétersbourg, 1862, 1 vol.

Le même, *OEuvres*, Saint-Pétersbourg, 1903 et années suivantes.

Le même, *La Russie du Sud et les Cosaques jusqu'à l'insurrection de B. Khmiél-*

nitski (Ioujnaïa Rous i Kozatchestvo...), dans « Annales de la Patrie » (Otiét-chestv. Zapiski), 1870.

Koulich (P. A.), *La colonisation polonaise dans le pays du Sud-Ouest* (Polskaïa Kolonizatsia iougo-zapadnavo Kraïa), dans « Messager de l'Europe » (Viést-nik Evropy), 1874, III-IV.

Le même, *La fin de la domination de la noblesse polonaise en Ukraine au dix-septième siècle* (Padiénié chlakhetskavo gospodstva...), dans « Messager de la Russie du Sud-Ouest » (Viéstnik Iougo-Zapadnoï Roussi), 1862, VII-XII, 1863, I.

Le même, *Les Cosaques dans leurs relations avec l'État et la société* (Kazaki po otnochéniou k gossoudarstvou...), dans « Archive russe » (Rousskiï Arkhiv), 1877, I-II.

Le même, *La Lutte de la noblesse polonaise avec les Cosaques...* (Borba chlakhty s Kozakami...), dans « Bibliothèque de lecture » (Bibl. dla tchtenia), 1863, IX et suiv.

Le même, *Matériaux pour l'histoire de l'unification de la Russie*, Moscou, 1877, 1 vol.

Le même, *Mémoires sur la Russie du Sud* (Zapiski o ioujnoï Roussi), Saint-Pétersbourg, 1856, vol. 1er.

Le même, *La Question d'Orient et les Slaves de delà le Danube* (Vostotchnyï vopros i zadounaïskaïa Slavianchtchina), dans « Revue du min. de l'Instr. publ. » (Journal M. N. Pr.), 1878, II-III.

Le même, *La séparation de la Petite-Russie d'avec la Pologne* (Otpadiénié Ma-lorossyi ot Polchi), Moscou, 1890, 3 vol.

Kounakov (G.), *Notes sur la guerre des Cosaques avec les Polonais* (Zapiski o Kozatskoï voïnié s Poliakami), dans *Actes de la Russie du Sud-Ouest*, III, voy. ce titre.

Kouprianov (I. K.), *Notes pour l'histoire de l'instruction en Russie* (Zamiétki dla istorii prosviéchtchénia), dans « Nouvelles de Saint-Pétersbourg » (Sankt-P. Viédomosti), 1862, n° 163.

Koutiépov (K.), *La chasse du Tsar en Russie* (Tsarskaïa Okhota na Roussi), Saint-Pétersbourg, 1898, 2e édit., 1 vol.

Kozlovski (I), *F.-M. Rtichtchev, Étude historique*, Kiév, 1906, 1 vol.

Le même, *Silvestre Miedviédiev, Esquisse historique*, Kiév, 1894, 1 vol.

Kraiewski (Abbé M.), *Histoire du règne de Jean-Casimir* (Dzieje panowania...), Varsovie, 1846, 2 vol.

Krasinski (Comte A.), *Geschichtliche Darstellung der Bauern Verhältnisse in Polen...* Cracovie, 1898, 2 vol.

Krasinski (J.), *Polonia*, Bône, 1574, 1 vol.

Krijanics (G.), *L'Empire russe dans la moitié du dix-septième siècle* (Rousskoié Gossoudarstvo v polovinié XVII v.), Moscou, 1859-1860, 2 vol.

Le même, *Œuvres*. Moscou, 1891-1893, 3 vol.

Kubala (L.), *Esquisses historiques* (Szkice historyczne), Lemberg, 1880, 2 vol.

Le même, *L'occupation de Kiev par Moscou en 1654* (Zajecie Kijowa), dans « Annuaire de l'Acad. des sciences de Cracovie », 1900-1901.

Le même, *Georges Ossolinski*, Lemberg, 1881, 2 vol.

Kurtze doch wahrhaltige Erzaehlung von der blütigen Rebellion... eingerichtet durch... S. Razine, sans lieu, 1671, brochure.

Kwiartowski (K.), *Histoire du peuple polonais sous le règne de Ladislas IV* (Dzieje narodu polskiego), Varsovie, 1823, 1 vol.

Ladyjenski (A.), *L'ambassade en Angleterre du prince Prozorovski... en 1662* (Possolstvo v Angliou...), dans « Messager historique » (Ist. Viéstnik), 1880, III.

Lamanski (V. I.), *Le Département des affaires secrètes...* (Prikaz taïnykh diél), dans « Mémoires de la Société russe d'archéologie », section russe et slave, Saint-Pétersbourg, 1861, II.

Le même, *Esquisse historique de la circulation monétaire en Russie, de 1650 à 1817* (Ist. otcherk diénéjnavó obrachtchenia...), dans « Recueil de statistique » (Sbornik statistitcheskikh sviédiéni), Saint-Pétersbourg, 1854.

Lappo-Danilevski (A. S.), *Esquisse historique de la formation des groupes principaux dans la population des campagnes en Russie* (Otcherk i istoria obrazovania glavniéichykh razriadov siélskavo nassiélenia...), dans « L'Organisation des Paysans » (Krestianskiï Stroï), I.

Le même, *L'organisation de l'impôt direct dans l'État moscovite* (Organizatsia priamavo oblojénia), Saint-Pétersbourg, 1890, 1 vol.

Lassota von Steblau (E.), *Tagebuch* (1594), Halle, 1867, 1 vol.

Latkine (V. N.), *Documents pour l'hist. des Ziémskiié Sobory...* (Materialy dla istorii...), Saint-Pétersbourg, 1884, 1 vol.

Le même, *Leçons sur l'histoire extérieure du Droit russe* (Lektsiï po vniéchniéï istorii...), Saint-Pétersbourg, 1890, 1 vol.

Lavisse (E.), *Histoire de France*, Paris, 1907, VIIe vol.

Lavrovski (N. A.), *Les anciennes écoles russes* (O drévnié-rousskikh outchilichtchakh), Kharkov, 1854, brochure.

Le même, *Monuments de l'ancienne éducation en Russie* (Pamiatniki starinnavo rousskavo vospitania), dans « Lectures de la Soc. d'hist. et d'ant. » (Tchténia), 1861, III.

Lazarevski (A. M.), *Les Paysans... petits-russiens* (Malorossyïskiié... Krestianié), dans « Mémoires du Comité de statistique de Tchernigov », 1866, I.

Le même, *Description de l'ancienne Petite-Russie* (Opisanié staroï Malorossyi), Kiév, 1888, 1 vol.

Le même, *Les Familles petites-russiennes* (Otcherki malorossyïskikh familii), dans « Archive russe » (Rousskiï Arkhiv), 1875-1878.

Le même, *Études, actes et documents sur l'histoire de la Petite-Russie* (Otcherki zamiétki i dokumiénty...), Kiév, 1892-1899, 5 vol.

Le même, *La Petite-Russie au dix-septième siècle* (Otcherki iz byta...), dans « Archive russe » (R. Arkhiv), 1873, I.

Lebédiév (A.), *Le moine Kapitone*, dans « Bulletins de l'éparchie de Iaroslavl » (Iarosl. eparkh. viédomosti), 1860, XIX.

Legrand (E.), *Bibliographie hellénique*, Paris, 1885-1903, 3 vol.

Lesur, *Histoire des Cosaques*, Paris, 1814, 2 vol.

Lettres des souverains russes (Pisma rousskikh gossoudareï), Moscou, 1896, V[e] vol.

Levitski (O. I), *Esquisse de l'histoire intérieure de la Petite-Russie...* (Otcherk. vnoutrennoï istorii...), dans « Bulletins de l'Université de Kiév » (Kiévski Ouniv. izviéstia), 1874, III, VII, XI.

Le même, *Traits fondamentaux de l'organisation intérieure de l'Église dans la Russie de l'Ouest aux seizième et dix-septième siècles* (Osnovnyïa tcherty vnoutrennavo stroïa...), dans « Antiquité de Kiév » (K. Starina), 1884, VIII.

Ligaride (P.), *Histoire du jugement de Nikone devant le Concile de 1666-1667* (en grec), Bibliothèque synodale de Moscou, Ms. n° 469.

Linage de Vauciennes (P.), *L'origine véritable du soulèvement des Cosaques...* Paris, 1674, 1 vol.

Linnitchenko (I. A.), *Deux procès de sorcellerie* (Dva diéla o volchebstvié), dans « Antiquité de Kiév » (Kiévskaïa starina), 1889, I.

Lioubanski (M. K.), *Histoire primitive des Cosaques de Petite-Russie* (Natchalnaïa istoria malorousskavo Kozatchestva), dans « Revue du min. de l'Instr. publ. » (Journal min. navod. prosv.), 1895, VII.

LIOUBIMOV (S.), *La lutte entre les partisans de l'orientation grande-russienne et petite-russienne... à la fin du dix-septième siècle* (Borba miéjdou predstavitiélami viélikorouskavo i malorouskavo napravliénia), même Recueil, 1875, VIII-IX.

LISKE (X.), *Contribution à l'histoire de la guerre polono-moscovite de 1633-1634* (Przyczynek do historyi.,.), dans les publications de la « Bibliothèque Ossolinski », 1868, XI.

LIZOGOUB (I.), *Chronique (1742)*, dans « Recueil de Chroniques pour l'hist. de la Russie du Sud-Ouest » (Sbornik Liétopisseï...), Kiév, 1888, 1 vol.

LOBCZYNSKI (I. D.), *Epitome de rebus 1648 et 1649 contra Zaporovianos Cosacos... gestis*, Vienne, 1653, 1 vol.

LOUKACHEVITCH (I. I.), *Histoire du Calvinisme en Lithuanie* (Istoria tserkviéï gelveticheskavo ispoviédania v Litvié), dans « Lectures de la Soc. d'hist. et d'antiq. » (Tchténia), 1847, VIII.

LE MÊME, *Portefeuille*, Musée Roumiantsov à Moscou, Ms. n° 376.

LOUKIANOV (I.), *Voyage en terre sainte* (Poutiéchestvié), dans « Archive Russe » (R. Arkhiv), 1863.

LUKOMSKI (S.), *Récit autobiographique d'un chroniqueur petit-russien* (Autobiogr. Skazka...), dans « Ant. de Kiév » (K. Starina), 1890, XXIX.

LUBIENIECKI (A.), *Poloneutichia*, Lemberg, 1843, 1 vol.

LYSECK (A.), *Relatio eorum quæ circa S. Caes. Maiest. ad Moscorum Czarum ablegatos... anno 1675 gesta sunt*. Salzbourg, 1676, 1 vol.

MACAIRE (Mgr), *Histoire du Raskol...* (Istoria rousskavo Raskola), Saint-Pétersbourg, 1889, 3e édit., 1 vol.

MACIEJOWSKI (W.), *Mémoires pour l'histoire, la littérature et la législation des Slaves* (Pamietniki o dziejach...), Leipzig, 1850, 2 vol.

MAÏKOV (L.-N.), *Siméon Polotski*, dans « Ancienne et nouvelle Russie » (Drevnaïa i novaïa Rossia), 1875, III.

LE MÊME, *Siméon Polotski*, dans « Études sur l'hist. de la littérature russe aux dix-septième et dix-huitième siècles » (Otcherki iz istorii rousskoï litiératoury), Saint-Pétersbourg, 1889, 1 vol.

MAKSIMOV (S.-V.), *Récits sur l'hist. du Raskol* (Razskazy iz istorii staroobriadstva), Saint-Pétersbourg, 1861, 1 vol.

MAKSIMOVITCH (M.-A.), *Chants historiques du peuple petit-russien* (Ist. piésni malorousskavo naroda), Kiév, 1849, 1re partie, 1 vol.

LE MÊME, *Chants nationaux de l'Ukraine* (Oukraïnskiïa narodnyïa piésni), Moscou, 1884, 1re partie, 1 vol.

LE MÊME, *OEuvres*, Kiév, 1876-1880, 3 vol.

MAKSIMOVITCH (L.) et CHTCHEKATOV (A.), *Dictionnaire géographique* (Geografitcheskiï Slovar), à l'article *Kazaki*, Kiév, 1801-1809, 2e édition, 7 vol.

MALINOVSKI (A.-F.), *Notes biographiques sur... A.-L. Ordine-Nachtchokine* (Biografitch. Sviédiénia...), dans « Travaux et Annuaire de la Soc. d'hist. et d'ant. » (Troudy i Liétopis Obch. Ist. i Drevn...), 1833, VI.

MANKIÉV (A.-I.), *Manuel d'hist. russe* (Iadro ross. istorii), Moscou, 1791, 3e édit. 1 vol.

MARKIÉVITCH (A.-I.), *Georges Krijanics*, dans « Bulletins de l'Université de Varsovie » (Varchavsk. Ouniv. Izviéstia), 1876.

MARKIÉVITCH (N.-A.), *Histoire de la Petite-Russie* (Istoria Malorossyi), Moscou, 1842-1843, 5 vol.

MARKOV (S.), *L'organisation de la secte des Popovtsy* (Obrazovanié popovchtchinskavo soglasia), dans « Revue orthodoxe » (Pravosl. Obozriénié), 1884, II.

MARTENS (F.), *Recueil des traités et conventions conclus par la Russie*, Saint-Pétersbourg, 1880, vol. V^e (Allemagne, 1656-1762).

MARTINIÈRE (P.-M. DE LA), *Voyage des pays septentrionaux*, Paris, 1671, 1 volume.

LE MÊME, *Nouveau voyage du Nort (1647)*, Amsterdam, sans date, 1 vol.

MASZKIEWICZ (B.-K.), *Journal* (Dyaryusz), à partir de 1643, dans le recueil de Niemcewicz, voy. ce nom, V.

Matériaux pour l'hist. du Raskol, édition du *Bratskoié Slovo*, 1876 ; autre édition de Soubbotine, voy. ce nom.

Matériaux pour l'hist. de la Petite-Russie (Materialy dla Historyi Malo-Rossyi), sans date ni lieu, publication de la Comm. archéographique (?) d'après le recueil d'O. (Onacewicz), aux archives de Szczorce. (Réplique polonaise à la publication des Monuments de la Comm. de Kiév, voy. ce titre), 2e fasc.

MATVIÉIÉV (A.-A.), *Histoire de l'emprisonnement de A.-S. Matviéiév* (Ist. o niévinnom zatotchenii), édit. N.-I. Novikov, Moscou, 185, 2e édit. 1 vol.

LE MÊME, *Mémoires (Zapiski)*, dans le Recueil de Sakharov et de Toumanski, voy. ces noms.

Matviéiév (A.-S.) au département de la Petite-Russie... (A. S. Matv. v. prikazié Maloï Rossii), dans « La Pensée russe » (R. Mysl), 1901, VIII-IX.

MATVIÉIÉV (P.-A.), *Le coup d'État du 13 mars 1672 à Batourine* (Batourinskii Perevorot), dans « Antiq. russe » (R. Starina), 1903, IX-XI.

LE MÊME, *Moscou et la Petite-Russie à l'époque d'Ordine-Nachtchokine* (Moskva i Malorossya v oupravliénié O. N...), dans « Archive russe » (R. Arkhiv), 1901, II.

MAYERBERG (A.), *Relatio eorum quæ circa Sacræ Cæsareæ Majest. legatos et Magnum Moscorum Czarum... acta sunt*, Salzbourg, 1676, 1 vol.

MAYERBERG (A.) et CALVUCCI (H.), *Iter in Moscoviam...*, sans lieu ni date (1671), 1 vol. La traduction française, Leyde, 1688, habituellement utilisée, est inexacte. Autre et meilleure traduction du prince Galitzine, dans « Bibliothèque russe et polonaise », 1858, vol. I et II.

MEÏTCHIK (D.-M.), *Données complémentaires pour l'hist. du Code de 1648* (Dop. dannyïa k istorii Oulojénia), dans « Recueil de l'Institut archéol. » (Sbornik Arkh. Instyt...), Saint-Pétersbourg, 1880, III-IV.

Mémoires scientifiques de l'Univ. de Moscou (Outchenyié Zapiski, Moscou, 1880-1881, 3 vol.

Mémoires scientifiques de l'Université de Kazan, Kazan, 1861, 4 vol.

Mémoires de la Soc. d'hist. et d'antiq. d'Odessa (Zapiski Odesskavo Obchtch. Ist. i Drevn.), Odessa, 1844-1853, 6 vol.

Mémoires de la Société russe d'archéol., section russe et slave (Zapiski otdiélenia roussk. i slav. A. O.), 1861, II.

Mémoires pour l'hist. de la Russie du Sud (Memouary iouj. Rossii), Kiév, 1890, 2 vol.

Mémoires sur les guerres cosaques (Pamietniki o wojnach Kozackich), Breslau, 1842, 1 vol.

MÉRIMÉE (P.), *Les Cosaques d'autrefois*, Paris, 1865, 1 vol.

MESSOULA (I.), *Quatre années de guerre des Polonais contre les Russes et les Tatars*, traduction de l'hébreu par D. Lévy, Tlemcen, 1855, 1 vol.

MIAKOTINE (V.-A.), *La Société russe, Études et Esquisses historiques* (Iz istorii rousskavo obchtchestva...), Saint-Pétersbourg, 1902, 1 vol.

MIASKOWSKI (A.), *Journal* (Dyaryusz), dans le Recueil de Niemcewicz, IV, voy. ce nom ; et dans « Monuments de la Comm. de Kiév », I, voy. ce titre.

MICHALOWSKI (J.), *Mémoires* (Ksiega Pamietnicza), Cracovie, 1864, 1 vol.

MIÉDOVIKOV (P. E.), *L'importance historique du règne d'Alexis M...* (Ist. znatchénié tsarstvovania A. M.), Moscou, 1854, 1 vol.

MIÉDVIÉDIÉV (S.), *Avis sincère... sur la réforme religieuse...* (Izviéstie istinnoïe... i pokazanié sviétloié o novopravliénii Knijnom i protchem), avec préface et notes de S.-A. Biélokourov, dans « Lectures de la Soc. d'hist. et d'ant. » (Tchténia), 1885, IV, et 1886, I.

LE MÊME, *Note* (Zapiska), dans le recueil de Toumanski, V, voy. ce nom.

MIÉLNIKOV (P.-I.), *Écrits sur le Raskol* (Pisma o Raskolié), Saint-Pétersbourg, 1862, 1 vol.

LE MÊME, *Biographie d'Avvakoum,* dans « Dictionnaire encyclopédique » (Ents. Slovar), 1861, I.

LE MÊME, *La Popovchtchina, Esquisses historiques* (Ist. otcherki Popovchtchiny), Moscou, 1864, 1 vol.

LE MÊME, *Le Suicide collectif* (Samoistrebliénié), dans « L'Abeille du Nord » (Siéviérnaïa Ptchela), 1860, n° 170.

MIÉTLINSKI (A.), *Chants nationaux de la Russie du Sud* (Narodnyïa ioujnorouskiïa piésni), Kiév, 1854, 1 vol.

MIKHAILOVSKI (I.-N.), *La vie et la carrière de Nicolas Spafari en Russie* (Otcherki jizni i sloujby N. S.), Kiév, 1897, 1 vol.

MIKLACHEVSKI (I.-N.), *Contribution à l'histoire de la vie économique dans l'État moscovite* (K istorii Khaziaïstviénnavo byta...), Moscou, 1804, 1 vol.

MIKLOSIC (F.), *Ueber Fremdvœrter,* dans « Archiv fur slavische Philologie », XI.

MILIOUKOV (P.-N.), *La colonisation en Ukraine,* dans « Le Monde » (Mir Bojiï), 1895, IV.

LE MÊME, *Études sur l'histoire de la culture russe* (Otcherki po istorii rousskoï Koultoury), Saint-Pétersbourg, 1899, 2° édit. 3 vol.

LE MÊME, *Les principaux courants de la pensée historique russe* (Glavnyïa tiétchénia rousskoï ist. mysli), Moscou, 1898, 2° édit. 1 vol.

LE MÊME, *Les questions litigieuses dans l'histoire financière de l'État moscovite* (Spornyié vaprosy), Saint-Pétersbourg, 1892, 1 vol.

LE MÊME, *La politique économique de la Russie... et la réforme de Pierre le Grand* (Gossoudarstviénnoié Khaziaïstvo Rossii...), Saint-Pétersbourg, 1892, 1 vol.

MILIOUTINE (V.-A.), *La propriété immobilière du clergé en Russie* (O niédvijimykh imouchtchestvakh doukhoviénstva...), Moscou, 1861, 1 vol.

MILLER (G.), *OEuvres historiques* (Ist. sotchiniénia), Moscou, 1846, 1 vol.

MILLER (V.-F.), *La littérature nationale en Russie* (Otcherki rousskoï narodnoï sloviésnosti), Moscou, 1897, 1 vol.

MILORADOVITCH (A.), *La tsarine Eudoxie* (Tsaritsa Evdokia Loukianovna Striéchniévykh), dans « Archive russe » (R. Arkhiv), 1897, III et 1901, I.

MILOVIDOV (I.), *Les manuscrits du monastère de Saint-Hippace* (Sodiérjanié roukopissiei Khraniachtchiyhsia v Ipatiévskom M.), Kostroma, 1887, vol. 1ᵉʳ.

MIRKOVITCH (G.), *Les Écoles et l'éducation à l'époque du Patriarcat* (O chkolakh i prosviéchtchenii v patriarchyi périod), dans « Revue du min. de l'Instr. publ. » (Journal Min. Nar. Prosv.), 1878, VII.

Monuments publiés par la Commission temporaire pour l'examen des actes anciens (Pamiatniki...), Kiév, 1845-1859, 4 vol. et Kiév, 1858, 3 vol. (réédition, avec quelques compléments, des trois premiers volumes, seuls épuisés).

Mémoires sur les guerres cosaques à l'époque de Khmiélnitski (Pamietniki o wojnach Kozackich...), Breslau, 1842, 1 vol.

MORDOVTSEV (D.), *Les paysans dans la Russie du Sud-Ouest au seizième siècle*

(Krestianié v iougo-zapadnoï Rossii...), dans « Archive des sciences hist. et juridiq. (Arkhiv ist. iourid. sviédiénii), édit. Kalatchov, voy. ce nom, III, 3ᵉ partie.

Le même, *Les livres scolaires du dix-septième siècle en Russie* (O rousskikh chkolnykh Knigakh), dans « Lectures de la Soc. d'hist. et d'ant.» (Tchténia), 1861, IV.

Moerner (T.-V.), *Kurbrandenburgs Stattsvertraege, 1601-1700*, Berlin, 1867, 1 vol.

Morozov (P.-O.), *Le Drame russe aux dix-septième et dix-huitième siècles. Esquisses historiques* (Otcherki iz istorii rousskoï dramy...), Saint-Pétersbourg, 1888, 1 vol.

Mouraviov (A.-N.), *Le Raskol au tribunal de sa propre histoire* (Raskol izoblitchaiémyï svoiéiou istoriéiou), Saint-Pétersbourg, 1854, 1 vol.

Le même, *Voyage aux Saints-Lieux en 1830* (Poutiéchestviié Ko sviatym miéstam...), Saint-Pétersbourg, 1848, 5ᵉ édit. 1 vol.

Musée Roumiantsov à Moscou, Ms. n° 376 (Section des Ms. russes et slaves), Portefeuille de Loukachevitch ; n° 1551. Réplique de Nikone. (Vozrajénié N.)

Mychetski (Prince S.-I.), *Histoire des Cosaques du Zaporojé* (Istoria o Kozakakh zaporojskikh), Odessa, 1852, 1 vol.

Nachricht von dem Aufruhr.... des... Stenka Razin... extrait d'un chroniqueur contemporain, traduct. de M. C.-H. Hase, dans « Büschings Magazin », IX.

Neugebauer (S.), *Moscovia*, Danzic, 1613, 1 vol.

Neumann (T.), *Le pays de Bratslav et ses habitants dans l'ancien temps* (Staraïa Bratslavchtchina...), dans « Antiq. de Kiév » (Kiévsk. Starina), XXV.

Neuville (de la), *Relation ancienne et nouvelle de Moscovie*, La Haye, 1699,— 1 vol.

Nikone (le Patriarche), *Son procès (Diélo o P.-N.)*, Documents de la Bibl. synod. de Moscou, édit. de la Comm. archéogr., Saint-Pétersbourg, 1897, 1 vol.

Le même, *Biographie* (Jizn sviatavo Nikona patriarkha), édit. du monast. de la Résurrection, Moscou, 1879, 1 vol.

Le même, *Réplique* (Vozrajénié ili razorénié smirennavo Nikona), Archives d'État, Doc. pour l'hist. du patriarche N. n° 89 et Musée Roumiantsov, Ms. n° 1551.

Niévoline (K.-A.), *Recueil complet des OEuvres* (Polnoié sobranié sotchiniénii), Saint-Pétersbourg, 1857, vol. IVᵉ.

Nikolaïévski (P.-F.), *La vie du patriarche Nikone en exil* (Jizn p. N. v ssylkié), Saint-Pétersbourg, 1886, 1 vol.

Le même, *Les relations de la Russie avec l'Orient au milieu du dix-septième siècle* (Iz istorii snochenii Rossii s vostokom...), dans « Lectures chrétiennes » (Khristiansk. Tchténié), 1882, nᵒˢ I, II, V, VI.

Nikolaïthyk (F.-D.), *Les premiers soulèvements cosaques en Pologne* (Piervyïa Kozatskiïa dvijénia...), dans « Ant. de Kiév » (Kiévsk. Starina), 1884, III-IV.

Nilski (I.-F.), *Leçons sur l'histoire du Raskol* faites à l'Ac. eccl. de Saint-Pétersbourg, 1887-1888, lithographiées à 85 exemplaires.

Le même, *De l'Antéchrist*, Saint-Pétersbourg, 1859, 1 vol.

Le même, *Le suicide dans le Raskol* (Samoistrebliénié...), dans « Lectures chrétiennes » (Kristiansk. Tchténié), 1862, II.

Le même, *La vie dans le Raskol* (Jizn v... Raskolié), Saint-Pétersbourg, 1869, 2 vol.

Novitski (I.-P.), *Adam Kisiel, palatin de Kiév*, dans « Antiq. de Kiév » (Kiévsk. Starina), 1885, XI.

Le même, *Le soulèvement d'Ivan Popovitch en 1663*, même Recueil, 1889, XI.

Obolenski (Prince M.-A.), *L'Empire moscovite sous le tsar Alexis M. et le patriarche Nikone* (Moskovskiié gossoudarstvo pri tsarié A. M...), dans « Travaux de l'Ac. eccl. de Kiév. » (Troudy Kiévsk. Doukh. Akad.), 1876, IV, VII, VIII, XII.

Obraztsov (I.-I.), *Les frères Likhoud*, dans « Revue du min. de l'Instr. publ. » (Journal M. Narod. Prosv.), 1867, IX.

Le même, *Les savants de Kiév en Grande-Russie*, dans « L'Époque » (Epokha), 1865, II.

Obroutchev (N.), *Examen des documents publiés et inédits pour l'histoire de l'art militaire en Russie* (Obzor roukopisnykh i piétchatnykh materialov...), Saint-Pétersbourg, 1853, 1 vol.

Ogloblïne (N.), *Aperçu des archives du Département de la Sibérie* (Obozriénié stolbtsov i Knig...), dans « Lectures de la Soc. d'hist. et d'ant. » (Tchténia), 1900, III.

Le même, *Les Navigateurs sibériens du dix-septième siècle* (Vostotchno-sibirskiié poliarnyié morekhody...), dans « Revue du min. de l'Instr. publ. (Journal Min. Nav. Prosv.), 1903, V.

Le même, *Simon Diéjniév*, Saint-Pétersbourg, 1900, 1 vol.

Okolski (S.), *Journal de négociations...* (Dyaryusz), Cracovie, 1859, 1 vol.

Le même, *Continuation du Journal de guerre* (Kontinuacya Dyaryusza wojennego), Cracovie, 1858, 1 vol.

Olearius (A. OElschlæger), *Voyages*, traduct. française, Leyde, 1719, 1 vol. (L'original allemand publié en 1648 et mieux en 1636, à Hambourg).

Opotchinine (E.-N.), *Le Théâtre russe, ses origines et son développement* (R. Teatr.), Saint-Pétersbourg, 1887, 1 vol.

Orzelski (J.), *Annales de la maison Orzelski* (Roczniki domu O...), dans le recueil de Broël-Plater, IV. Voy. ce nom.

Ostrogski (Prince C.), *Correspondance*, Bibl. publ. de Saint-Pétersbourg, Ms. polonais, n° 223.

Oswiecim (S.), *Journal* (Dyaryusz), Bibl. Ossolinski à Lemberg, Ms. n° 224 et « Antiq. de Kiév » (Kiévsk. Starina), 1882, II-XII.

Oundolski (V.-M.), *Silvestre Miédviédiév*, dans « Lect. de la Soc. d'hist. et d'ant. » (Tchténia), 1846, III.

Oustrialov (N.), *Histoire du règne de Pierre le Grand* (Istoria... P.-V.), Saint-Pétersbourg, 1858-1859, 6 vol.

Padalka (L.), *Les origines des Cosaques du Zaporojé* (Proïskhojdénié zaporojskavo kozatchestva), dans « Antiq. de Kiév » (Kiévsk. Starina), 1884, VIII-IX.

Palczewski (C.), *Des Cosaques* (O Kozakach), Varsovie, 1618, brochure.—

Palmer (W.), *The patriarch and the tsar*, Londres, 1871-1876, 6 vol.

Papnoçki (B.), *Armorial de la noblesse polonaise* (Herby rycerstwa polskiego), Cracovie, 1584 et 1858, 1 vol.

Le même, *Le Jardin royal*, Cracovie, 1594, 1 vol.

Pasek-Goslawicz (J.-C.), *Mémoires* (Pamietniki), Lemberg, 1877, 1 vol.

Pastorius (J.), *Bellum Scythico-Cosacicum*, Danzig, 1652, 1 vol.

Paul d'Alep, *Voyages de Macaire, patriarche d'Antioche*, traduct. anglaise de F.-C. Belfour, *The travels of Macarius...*, Londres, 1836, 2 vol.; traduction russe de S.-A. Mourkos, Moscou, 1896, 5 vol.

Pauli-Zégota, *Mémoires pour la vie et le procès de S. et C. Zborowski* (Pamietniki do zycia i sprawy...), Lemberg, 1846, 1 vol.

Le même, *Vies des grands généraux de Pologne et de Lithuanie* (Zywoty hetmanow...), Lemberg, 1850, 1 vol.

Pavlinov (A.-M.), *Histoire de l'architecture russe* (Istoria roussk. arkhitektoury), Moscou, 1894, 1 vol.

Pavlov-Silvanski (N.-P.), *Le Contrat de patronage* (Zakladnitchestvo-patronat), dans « Bulletins de la Société d'archéologie » (Izviéstia Arkh. Obchtchestva), IX.

Pawinski (A.), *Sources historiques* (Zródla dziejowe), Varsovie, 1880-1890, vol. IV et IX.

Peretiatikowicz (G.), *Le bassin du Volga aux seizième et dix-septième siècles (Povolojié)*, Odessa, 1882, 2 vol.

Perov (I.), *Les institutions éparchiales de l'Église russe aux dix-septième et dix-huitième siècles* (Eparkhialnyïa outchrejdenia v rousskoï Tserkvi...), Riazan, 1882, 1 vol.

Perwolf (J.), *Les Slaves* (Slovane...), Prague, 1869, 3 vol., traduction russe (Slavianié), Varsovie, 1886-1893, 3 vol.

Le même, *La Solidarité slave depuis les anciens temps jusqu'au dix-huitième siècle* (Slavianskaïa vzaïmnost s drevnicïchykh viékov...), dans « Revue du min. de l'Instr. publ. (J. M. Narod. Prosv.), 1873, XI-XII, 1874, I-IV.—

Perry (J.), *The state of Russia... (1698)*, Londres, 1716, 1 vol.—

Philarète (l'archevêque de Tchernigov, Goumilevski), *Aperçu de la littérature ecclésiastique en Russie* (Obzor rousskoï doukhovnoï litiératoury...), Saint-Pétersbourg, 1884, 3e édit. 1 vol.

Le même, *Description de l'éparchie de Tchernigov* (Opisanié Tchernig. Eparkh.), Tchernigov, 1873-1874, 5 vol.

Le même, *Histoire de l'Église russe* (Istoria Roussk. Tserkvi), Moscou, 1888, 5e édit. vol. IVe.

Phillippson (M.), *Der grosse Kurfürst, Fr. Wilhelm von Brandenburg*, Berlin, 1897-1903, 3 vol.

Piékarski (P.), *Les Représentants de la science de Kiév au milieu du dix-septième siècle* (Predstavitiéli Kiévs. Outchennosti...), dans « Annales de la Patrie » (Otiétch. Zapiski), 1862, I-IV.

Le même, *La Science et la littérature en Russie sous Pierre le Grand* (Naouka i litiératoura v Rossii...), Saint-Pétersbourg, 1862, 2 vol.

Pierling (le Père), *Albert Vimina, Relations de Venise avec l'Ukraine et la Moscovie de 1650 à 1663*, dans « Antiq. russe » (R. Starina), 1902, I.

Le même, *Nouveaux documents pour la vie et la carrière de J. Reutenfels* (Novyié materialy...), Moscou, 1906, plaquette.

Le même, *Païsius Ligaride*, dans « Antiq. russe » (Rous. Starina), 1902, II.

Le même, *La Russie et le Saint-Siège*, Paris, 1907, IVe vol.

Piétrov (N.-I.), *L'Académie de Kiév dans la seconde moitié du dix-septième siècle* (Kiévsk. Akad...), Kiév, 1885, 1 vol.

Piévnitski (V.), *Epiphane Slavinetski*, dans « Travaux de l'Acad. eccl. de Kiév » (Troudy Kiév. Doukh. Akad.), 1861, II.

Le même, *Siméon Polotski*, dans « Revue orthodoxe » (Pravosl. Obozriénié), 1860, III.

Piotrowski (abbé J.), *Journal* (Dziennik), édit. A. Czuczynski, Cracovie, 1894, 1 vol.

Pissarev (P.), *La Vie domestique des patriarches russes* (Domachnii byt rousskikh patr...), Kazan, 1904, 1 vol.

Platonov (S.-F.), *Leçons sur l'histoire russe* (Lektsii po roussk. ist.), Saint-Pétersbourg, 1901, 1 vol.

Le même, *Les Troubles de 1648 à Moscou* (Mosk. volniénia...), Revue du min. de l'Inst. publ. (Journ. Min. Nar. Pr.), 1888, VI.

Le même, *Le Tsar Alexis M.*, dans « Messager hist. » Ist. Viéstnik), 1886, V.

Podgorski (A.), *Monuments de l'hist. de Pologne au dix-septième siècle* (Pomniki do dziejów), Breslau, 1840, 2 vol.

Pogodine (M.-P.), *Les Dix-sept premières années de la vie de Pierre le Grand* (Siémnatsat piérvykh liét...), Moscou, 1875, 1 vol.

Le même, *Notes sur la famille du patriarche Nikone et ses adversaires* (Zamiétchania o rodinié...), dans « Le Moscovite » (Moskvitanine), 1854 XIX.

Polikarpov (F.), *Note historique sur l'Académie de Moscou* (Istoritch. Izviéstié...), dans « Ancienne Bibl. russe », XVI, voy. ce titre.

Polotski (S.), *Récit sur les délibérations du Concile de 1666 à Moscou* (Skazanié o diéianiakh...). Extraits dans « Ancienne Bibl. Russe », VI ; « Recueil complet des Lois », I, n° 397 et « Soubbotine, Matériaux pour l'hist. du Raskol », II.

Popov (Al.-N.), *L'Ambassade russe en Pologne, 1673-1677* (Rapports de Tiapkine) (Possolstvo v Polchié...), Saint-Pétersbourg, 1854, 1 vol.

Le même, *L'Ambassade russe en France, 1668-1669* (Roussk. possolstvo vo Frantsiou...), dans « La Conversation russe » (R. Biéssiéda), 1856, I.

Le même, *La Construction du vaisseau « L'Aigle »* (Postroïka Korablia Orel), même Recueil, 1858, IV.

Le même, *Histoire de l'insurrection de S. Razine* (Istoria vozmouchtchénia...), même Recueil, 1857, I.

Le même, *Matériaux pour l'histoire de l'insurrection de S. R.* (Materialy...), Moscou, 1857, 1 vol.

Popov (An.-N.), *Recueil d'écrits russes et slaves insérés dans les Chronographes de la rédaction russe* (Isbornik slavianskikh i rousskikh sotchiniénii...), Saint-Pétersbourg, 1869, 1 vol.

Popov (V.), *Siméon Polotski comme prédicateur*, Moscou, 1886, brochure.

Powidaj (L.), *Les Cosaques zaporoviens en Ukraine* (Kozacy zaporozcy...), Lemberg, 1862, 1 vol.

Pribram (A.-F.), *OEsterreichische Vermittellungspolitik im polnisch-russischen Kriege, 1654-1660*, dans « Archiv fur OEsterreichische Geschichte », LXXV-LXXVII.

Prilejaiev (P.-M.), *Les Écoles en Russie jusqu'à Pierre le Grand* (Chkolnoié diélo v Rossii...), dans « Le Voyageur » (Strannik), 1881, I-III.

Prougavine (A.-S.), *Les Sectes du Raskol* (Raskol-Sektantstvo), Moscou, 1887, 1 vol.

Le même, *Les Sectateurs du suicide collectif* (O sektié samoistrébitiéleï), dans « La Pensée russe » (R. Mysl), 1885, I, II, VII.

Pryjov (I.), *Histoire des cabarets en Russie...* (Istor. Kabakov), Moscou, 1868, 1 vol.

Przezdziecki (A.), *La Podolie, la Volhynie et l'Ukraine* (Podole, Wolyn i Ukraina), Vilna, 1841, 1 vol.

Przylecki (A.), *Mémoires sur les Koniecpolski* (Pamietniki o K...), Lemberg, 1842, 1 vol.

Le même, *Les Affaires d'Ukraine* (Ukrainne sprawy), Lemberg, 1842, 1 vol.

Puffendorf (S.), *De rebus gestis Friderici Wilhelmi, magni Electoris Br.*, Berlin, 1695, 1 vol.

Le même, *De rebus a Carolo-Gustavo, Svecia rege gestis*, Nuremberg, 1696, 2 vol.

Pypine (A.-N.), *Un ancien récit* (Drevnaïa poviést), dans « Messager de l'Europe » (Viéstnik Evropy), 1894, IV.

LE MÊME, *L'Ancienne instruction* (Drevniéié prosviéchtchénie), même Recueil, 1894, II.

LE MÊME, *La correction des livres et le commencement du Raskol* (Ispravliénié Knig...), même Recueil, 1894, IX.

LE MÊME, *Les derniers temps de la Russie moscovite* (Posliédniïa Vréміéna...), même Recueil, 1894, X-XI.

LE MÊME, *Histoire de la littérature russe* (Ist. *rous* litiératoury), Saint-Pétersbourg, 1898, 1er et IIe vol.

LE MÊME, *Recueil des nécrologes des sectateurs du Raskol* (Svod staroobr. sinodikov), Saint-Pétersbourg, 1883, 1 vol.

RADLOV (V.-V.), *Essai d'un dictionnaire des dialectes turcs* (Opyt slovaria tiourkskikh nariétchii), Saint-Pétersbourg, 1893-1895, 3 vol.

RADZIWILL (A.-S,), *Mémoires* (Pamietniki), édit. Raczynski, Posen, 1839, 2 vol.

Raskol (Le), Essai historique et critique sur les sectes religieuses en Russie, Paris, 1859, 1 vol.

RAZOUMOVSKI (D.), *Le chant d'Église en Russie* (Tserk. Piénié...), Moscou, 1867, Ier vol.

Récit sur la vie du patriarche Nikone (Poviest o jitii...), Bibl. publ. à Saint-Pétersbourg, Ms. Q. I, 1058.

Récit sur le bonnet blanc de Novgorod (Poviést o Novgorodskom biélom Kloboukié...), édit. D. E. Kojantchikov, Saint-Pétersbourg, 1861, 1 vol.

Recueil des Sciences politiques (Sbornik gossoudarstv. znanii), édit. Bezobrazov, Saint-Pétersbourg, 1875, vol. IIe.

Recueil des confréries religieuses (Bratskoié Slovo), 1875, II et IV, 1876, I et IV.

Recueil orthodoxe de Palestine (Pravosl. Palest. Sbornik), Saint-Pétersbourg, 1889, vol. VIIe.

Recueil de Simbirsk (Simbirskiï Sbornik), Moscou, 1844-1845, 2 vol.

Relatio eorum quæ circa S.-C. Majest. ad magnum Moscorum czarum... legatos... gesta sunt, Salzbourg, 1676, brochure.

Relatio gloriosissimæ victoriæ... apud Beresteczko, Varsovie, sans date ni nom d'auteur.

Relatio glorissimæ expeditionis... principis... Johannis-Casimiri, sans lieu, date, ni nom d'auteur.

Relation des particularités de la rébellion de Stenka Razine, traduction contemporaine de l'anglais, Paris, 1672, 1 vol.

Relation sur le siège de Lemberg par Bogdan Khmiélnitski en 1648 (Relacya o oblezeniu miasta Lwowa), publiée d'abord par Zubrzycki (voy. ce nom) dans « la Chronique de Lemberg » et faussement attribuée à M. Groswaier; puis plus complètement par A. Czolowski, dans « Revue historique trimestrielle » (Kwartalnik), Lemberg, 1892, VI, d'après une copie conservée aux archives de cette ville. L'original, de la main du véritable auteur, S. Kuszewicz, à la Bibl. Ossolinski, I. 2346.

REUTENFELS (J.), *De rebus moscoviticis*, Padoue, 1680, 1 vol.

Revue historique de la législation russe (Ist. Obozriénié rossiïskavo zakonopolojénia), Saint-Pétersbourg, 1826, XXXVI.

RICHTER (V.-M.), *Geschichte der Medizin in Russland*, Moscou, 1813, 1 vol.

RIEGELMANN (A.), *Récits des chroniqueurs sur la Petite-Russie* (Liétopisnyïa poviéstvovania...), Moscou, 1846-1847, 1 vol.

RINHUBER (L.), *Relation du voyage en Russie fait en 1684*, Berlin, 1883, 1 vol.

ROJKOV (N.), *L'Agriculture dans la Russie moscovite au seizième siècle* (Siélskoié Khaziaïstvo Moskovskoï R...), Moscou, 1899, 1 vol.

Romanov (D.), *L'annexion de l'Amour à la Russie, 1636-1847*, dans « La Parole russe » (R. Slovo), 1859, IV et VI.

Rondeau (C.), *Souvenirs* (Vospominania), dans « Antiq. de Kiév » (Kiév. Starina), 1889, XI.

Rostafinski (Joseph), *Origines slaves*, dans « Bulletin de l'Académie des sciences de Cracovie, section d'hist. et de philosophie, » mars 1908.

Rotar (A.), *Epiphane Slavenitski*, dans « Antiq. de Kiév » (Kiév. Starina), 1900, I.

Roubane ((V.-G.), éditeur de *Courte chronique de la Petite-Russie* (paraphrase de la chronique dite « Courte description de la Petite-Russie », voy. ce titre), Saint-Pétersbourg, 1777, 1 vol.

Rouchtchinski (L.-P.), *Vie religieuse des Russes d'après les récits des écrivains étrangers des seizième et dix-septième siècles* (Religioznyï byt Rousskikh...), Moscou, 1871, 1 vol.

Roudniév (A.), *Le boïar B.-I. Morozov*, dans la « Bibl. de Lecture » (Bibl. dla Tchténia), 1855, VII.

Le même, *L'éducation en Russie aux seizième et dix-septième siècles* (O vospitanii v Rossii...), même Recueil, 1855, VIII.

Russes (les) sur l'Amour (Rousskiié na Amourié), dans « Gazette russe » (R. Gazeta), 1859, n°ˢ 3, 7, 9.

Rudawski (L.), *Historiarum Poloniæ... libri IX*, Leipzig, 1755, 1 vol.

Sakharov, *Mémoires des hommes russes* (Zapiski rouskikh lioudiéï), Saint-Pétersbourg, 1841, 1 vol.

Sakowicz (C.), *Vers pour les funérailles de... Pierre Konachevitch* (Wiersze na Zalostuyi pogreb...). Kiév, 1622, plaquette.

Samovidiéts, *Chronique* (Liétopis), Kiév, 1878, 1 vol.

Savéliev (P.-S.), *Le trois centième anniversaire de l'armée du Don* (Trekhsotlétié voïska donskavo), Saint-Pétersbourg, 1880, 1 vol.

Savva (V.), *Les tsars de Moscou et les empereurs de Byzance* (Moskovskiié tsary i vizantiïskiié Vasilevsy), Kharkov, 1901, 1 vol.

Scherer (I.-B.), *Annales de la Petite-Russie...* Paris, 1788, 2 vol. (Traduction de l'ouvrage alors inédit du prince Mychetski, voy. ce nom).

Schleusing (G.-A.), *Anatomia Russiæ deformatæ*, Dresde, 1688, 1 vol.

Schubert (T.-F.), *Monnaies russes, 1547-1855*, Leipzig, 1857, 1 vol.

Schumacher (P.-V.), *Les premiers établissements russes dans l'Est sibérien* (Piérvyïa rousskiïa possiélénia), dans « Archive russe » (R. Arkhiv), 1879, II.

Schurtzfeisch (C.-S.), *Stephanus Razin...* Wittemberg, 1683, brochure.

Sekowski (J.-J.-S.), *Collectanea* (extraits des historiens turcs), Varsovie, 1824-1825, 2 vol.

Serebrianikov (V.), *L'Académie de Kiév, de la moitié du dix-septième siècle à sa réorganisation en 1849*) Kiévskaïa Akad...), Kiév, 1897, 1 vol.

Serguiéiévitch (V.-N.), *Les Antiquités du droit russe* (Drevnosti rousskavo prava), Saint-Pétersbourg, 1890, 2ᵉ édit. 3 vol.

Le même, *Les Pénalités dans le droit russe du dix-septième siècle* (Nakazanié v rousskom pravié), Saint-Pétersbourg, 1887, 1 vol.

Sieninski (J.), *Descriptio veteris et novæ Poloniæ*, sans lieu, 1585, 1 vol.

Siestrzencewicz (l'abbé S.), *Recherches historiques sur l'origine des Sarmates*, Saint-Pétersbourg, 1812, 4 vol.

Sikorski (A.-I.), *Le suicide et le meurtre épidémique dans les hameaux de Ternov* (Epidemitcheskiïa volnyïa smiérti...), Kiév, 1897, brochure.

Simonovski (P.), *Court récit sur les Cosaques petits-russiens* (Kratkoié opissanié o Kozatchom... narodié), dans « Lect. de la Soc. d'hist. et d'ant. » (Tchténia), 1847, I.

SIRISA, *Polens Ende*, Leipzig, 1797, 1 vol. —

SKALKOVSKI (A.-A.), *Histoire de la nouvelle Siétch* (Istoria novoï Siétchi), Odessa, 1886, 3e édit., 1 vol.

LE MÊME, *Traditions orales sur la nouvelle Russie* (Izoustnyïa predania o Novoross. Kraié), dans « Revue du min. de l'Instr. publ. » (Jour. Min. N. Pr.). 1839, XXI.

SKARGA (le père P.), *De l'unité de l'Église* (O jednosci Kosciola bozego), sans lieu, 1576, 1 vol.

SLOVTSOV (P.-A.), *Aperçu historique de la Sibérie* (Ist. Obozriénié Sibiri), Saint-Pétersbourg, 1838-1844, 2 vol.

SMIRNOV (P.-S.), *Critique de l'ouvrage de Borozdine sur Avvakoum*, dans « Revue du min. de l'Instr. publ. » (Journ. M. N. Pr.), 1899, I.

LE MÊME, *Histoire du Raskol...* (Ist. R. Raskola), Saint-Pétersbourg, 1895, 2e édit., 1 vol.

LE MÊME, *Le patriarche Joachim*, Moscou, 1881, 1 vol.

LE MÊME, *Les questions intérieures dans le Raskol au dix-septième siècle* (Vnoutrennyié vaprosy...), Saint-Pétersbourg, 1898, 1 vol.

SMIRNOV (S.-K.), *Histoire de l'Académie slavo-gréco-latine de Moscou* (Ist. Moskov... Akad.), Moscou, 1855, 1 vol.

LE MÊME, *Description historique du monastère de Saint-Sava...* (Ist. opisanié Savino-Storojevskavo Monastyra), Moscou, 1846, 1 vol.

SNIÉSSAREV (N.), *L'Éparchie du Don...* (Donskaia Eparkhia...), Odessa, 1881, 1 vol.

SOBIESKI (J.), *Journal de la guerre de Turquie* (Dyaryusz wojny tureckiej), Lemberg, 1853, 1 vol.

SOBOLEVSKI (A.-I.), *La culture intellectuelle dans la Russie moscovite...* (Obrazovannost Moskovsk. Roussi), Saint-Pétersbourg, 1892, plaquette.

LE MÊME, *Notes sur l'histoire du drame scolaire* (Zamiétki po istorii chkolnoï dramy), dans « Messager philologique russe » (R. Filolog. Viéstnik), 1889, I.

SOKOLOV, *Le premier versificateur de cour d'entre les élèves de l'école du Saint-Sauveur de Moscou* (Piérvyï pridvornyï stikkotvorets...), dans « Lectures de la Soc. des amis de l'instr. relig. » (Tchténia v obschtchestvié lioubitiéléï doukhnavo prosviéchtchénia), 1886, VI.

SOKOLOVSKI (P.-A.), *Vie économique de la population agricole en Russie... avant le servage* (Ekonomitcheskiï byt ziemliédiéltcheskavo nassiélénia Rossii... pred Kriépostnyïn pravom), Saint-Pétersbourg, 1878, 1 vol.

SOLOVIOV (S.-M.), *La Petite-Russie, Esquisses historiques* (Otcherki istorii Malorossyï), dans « Annales de la Patrie » (Otiétch. Zapiski), 1848-1849, LXI-LXII.

LE MÊME, *Schlözer et l'esprit anti-historique*, dans « Messager russe » (R. Viéstnik), 1857, IV.

SOUBBOTINE (N.-I.), *Matériaux pour l'hist. du Raskol* (Materialy dla istorii Raskola), Saint-Pétersbourg, 1860-1894, 9 vol.

LE MÊME, *Le procès du patriarche Nikone* (Dielo patriarkha Nikona), Moscou, 1862, 1 vol.

SOUKHOROUKOV (V.-D.), *Description historique de la terre des Cosaques du Don* (Ist. Opissanie ziémli voïska D...), Novotcherkask, 1869 et 1872, 2 vol.

SOULTANOV (N.-V.), *Modèles de l'ancienne architecture russe dans les miniatures* (Obraztsy drevniérousskavo zodtchestva...), Saint-Pétersbourg, 1881, 1 vol.

SOUMTSOV (N.-F.), *Contribution à l'histoire de la littérature de la Russie du Sud au dix-septième siècle* (K istorii ioujno-rousskoï litieratoury), Kharkov, 1884, 1 vol.

Le même, !même sujet, dans « Antiquité de Kiév » (Kiév. Starina), 1884, I-IV et X.

Sources pour l'histoire de la Petite-Russie (Istochniki Maloross. Ist...), dans « Lectures de la Soc. d'hist. et d'ant. » (Tchténia), 1858, I.

Sources pour l'histoire primitive du Raskol (Istotchniki piervonatchalnoï istorii Raskola), dans « Lectures chrétiennes » (Kristianskoie Tchténie), 1888-1889.

Souvorov (N.-I.), *La Crise financière des années 1659-1663 en Russie* (O finansovom Krizisié...), dans « Archive des sciences histor. et pratiques » (Arkhiv istor. i prakt. sviédiénii), 1863.

Sreznievski (I.-I.), *Les affaires d'Ukraine au temps de Bogdan Khmiélnitski* (Diéla Oukraïny), Kharkov, 1836, 1 vol.

Le même, *Matériaux pour un dictionnaire de l'ancienne langue russe* (Materialy dla slovara drevniérousskavo iazyka), Saint-Pétersbourg, 1893-1895, 2 vol.

Starowolski (S.), *Institutorum rei militaris libri octo*, Cracovie, 1640, 1 vol.

Stchoukine, voy. Chitchoukine.

Stern (B.), *Geschichte des œffentlichen Sittlichkeit in Russland,* Berlin, 1907, 1 vol.

Storojenko (A.-V.), *Étienne Bathory et les Cosaques du Dniéper* (Stefan Batorii i Dniéprovskiié Kazaki), Kiév, 1904, 1 vol.

Le même, *La province de Pereiaslavl dans l'ancien temps, Esquisses historiques* (Otcherki Pereiaslav. Stariny), Kiév, 1900, 1 vol.

Stradomski (A.), *Lazare Baranovitch, archevêque de Tchernigov...*, dans « Revue du min. de l'Instr. publ. » (Journal M. Nar. Prosv.), 1852, I.

Stroiév (P.-M.), *Étude historique sur le Code de 1648* (Ist. Izsliédovanié Oulojénia), Moscou, 1833, 1 vol.

Le même, *Les cérémonies de cour sous les règnes d'Alexis M. et de Féodor A.* (Vykhody tsarei...), Saint-Pétersbourg, 1844, 1 vol.

Le même, *Les questions économiques en Russie au dix-septième siècle* (Ekonomitcheskiï vopros v Rossii...), dans « Nouvelles de Moscou » (Mosk. Viédomosti), 1856, nᵒˢ 96 et 98 (section littéraire).

Stromilov (N.-S.), *L'élevage du bétail dans l'ancienne Russie* (Skotovodstvo drévnieï Roussi), dans « Revue d'agriculture » (Journal Siélskavo Khaziaïstva), 1871, IV.

Struys (J.), *Voyages en Moscovie...*, Lyon, 1682-1684, 3 vol.

Susza (J.), *Cursus vitæ... B. Josaphat Kuncevicii*, édit. J. Martinov, Paris, 1864, 1 vol.

Sviatlovsky (V.), *Histoire des anciens systèmes monétaires de la Russie*, Münich, 1897, 1 vol.

Swirski (abbé N.), *Relatio historica belli Szeremetici gesti anno 1660*, Zamosc, 1661, brochure.

Syrka (P.), *Nicolas Spafari jusqu'à son arrivée en Russie*, dans « Mémoires de la Soc. d'archéologie » (Zapiski Arkh. Obcht.), section orientale, Saint-Pétersbourg, 1889, III.

Syrtsov (I.-I), *La révolte des moines de Solovki au dix-septième siècle* (Vozmouchtchenié Soloviétskikh monakhov), Kostroma, 1889, 1 vol.

Le même, *Le suicide collectif dans le Raskol en Sibérie...* (Samojigatiélstvo Sibirskikh staroobriadtsev), Tobolsk, 1888, 1 vol.

Szajnocha (C.), *Deux années de notre histoire, 1646-1648* (Dwa lata dziejow naszych...), dans « Œuvres », Varsovie, 1877, Xᵉ vol.

Tanner (B.), *Legatio polonio-lithuanica in Moscoviam*, Nuremberg, 1869, 1 vol.

Tatarski (I.), *Siméon Polotrski...* Moscou, 1886, 1 vol.

TCHARYKOV (N.-V.), *Une ambassade russe à Rome au dix-septième siècle* (Possoltstvo v Rim...), Rome, 1901, 1 vol.

TCHERTKOV (A.-D.), *Une ambassade du tsar Alexis M. à Ferdinand II, grand-duc de Toscane, en 1659...* (Opis possolstva...), dans « Recueil de la Soc. hist. de Moscou » (Sbornik Mosk. Obchtch. Ist.), 1840, III.

TCHISTOVITCU (I.), *L'Église de la Russie de l'Ouest, Esquisses historiques* (Otcherki istorii zapadno-rousskoï tserkvi), Saint-Pétersbourg, 1882-1884, 2 vol.

TCHITCHERINE (B.-N.), *Essais sur l'histoire du Droit russe...* (Opyty po istorii rousskavo prava...), Moscou, 1858, 1 vol.

LE MÊME, *Les institutions provinciales en Russie au dix-septième siècle* (Oblastnyié outchrejdénia...), Moscou, 1856, 1 vol.

TECTANDER (von der Jabel), *Iter persicus...* (Voyage en Perse, 1602, de E. Kakasch de Zalonkemeny, traduct. de Ch. Schefer), Paris, 1878, 1 vol.

TEBECHTCHENKO (A.), *Les fonctionnaires dirigeant les relations extérieures de la Russie, Essai biographique* (Opyt obozriénia jizni sanovnikov oupravliachtchykh r. inostr. diélami), Saint-Pétersbourg, 1837, vol. Ier.

THEINER (A.), *Monuments historiques...*, Rome, 1859, 1 vol.

The present state of Russia, Londres, sans date, 2 vol.

TIKHONRAVOV (N.-S.), *Chroniques de la littérature et des antiquités russes* (Liétopisy rousskoï lit, i drevnosti), Moscou, 1863, Ve vol.

LE MÊME, *OEuvres*, Moscou, 1898, IIe vol.

LE MÊME, *Les premières cinquante années de théâtre russe* (Piérvoié piatidiéssiatiliétié r. teatra), Moscou, 1873, brochure.

TIKHTINE (S.), *Le droit byzantin comme source du Code de 1648...* (Vizantiïskoié pravo kat istotchnik Oulojénia...), Odessa, 1898, 1 vol.

TOLSTOÏ (G.-D.), *Histoire des institutions financières en Russie* (Istoria finansovykh outchrejdenii).,.), Saint-Pétersbourg, 1848, 1 vol.

TOUMANSKI (F.), *Recueil de mémoires et d'écrits divers sur la vie de Pierre le Grand* (Sobranié raznykh zapissok...), Saint-Pétersbourg, 1787, 1 vol.

TSVIÉTAIÉV (D.-V.), *Contribution à l'histoire de la culture en Russie aux seizième et dix-septième siècles* (K istorii Koultoury...), dans « Mémoires philologiques » (Filologitch. Zapiski), 1890, I.

LE MÊME, *La création de la flotte russe* (Osnovanié rousskavo flota), Saint-Pétersbourg, 1896, brochure.

TWARDOWSKI (S.), *La guerre avec les Cosaques, les Tatars, les Moscovites...* (Woyna domowa z Kozaki...), Kalisz, 1681, 2e édit., 1 vol. (en vers).

Urkunden und Actenstücke zur Geschichte des Kurfürsten Fr. Wilh von Brandenburg, Berlin, 1864-1894, 15 vol.

VENGEROV (S.-A.), *Dictionnaire critique et biographique* (Kritiko. biogr. Slovar), Saint-Pétersbourg, 1889-1895, 4 vol.

VIÉLITCHKO (S.), *Chronique* (Liétopis), Kiév, 1848, 3 vol.

VIÉSSIÉLAGO (F.), *Courte histoire de la flotte russe* (Kratkaïa istoria rousskavo flota), Saint-Pétersbourg, 1893, 2 vol.

VIÉSSIÉLOVSKI (A.-N.), *L'influence allemande sur le théâtre russe* (Germanskiié vlianié na rouskiï teatr), Saint-Pétersbourg, 1873, 1 vol.

LE MÊME, *Les chanteurs ambulants...* (Kaliki perekhojiié...), dans « Messager de l'Europe » (Viéstnik Evropy), 1872, IV.

VIMINA (A.), *Istorie delle guerre civili di Polonia...*, Venise, 1671, 1 vol.

VIOLLET-LE-DUC (E.), *L'Art russe*, Paris, 1877, 1 vol.

VISKOVATOV (A.-V.), *La construction du vaisseau « Orel »*, dans « Messager maritime » (Morskiï Viéstnik), 1856, I.

VLADIMIRSKI-BOUDANOV (M.-F.), *L'État et l'instruction publique en Russie du dix-septième siècle à l'établissement des ministères* (Gossoudarstvo i narodnoié obrazovanié.,.), dans « Revue du min. de l'Instr. publ. » (Journal Min. N. Pr.), 1873, IV-X, XI-XII.

LE MÊME, *Le Statut lithuanien et le Code de 1648* (Otnochenia miéjdou litovskim St. i Ouloj...), dans « Recueil des Sciences politiques » (Sbornik goss. znanii), édit. Bezobrazov, Saint-Pétersbourg, 1877, IV.

LE MÊME, *L'émigration de la population de la Russie du Sud, à l'époque de B. Khmiélnitskhi* (Pérédvijénié ioujno-rousskavo nassiélénia...), dans « Antiq. de Kiév » (Kiévsk. Starina), 1888, VII.

LE MÊME, *Les Ziémsk. Sobory dans l'ancienne Russie* (Ziemskiié Sobory...), dans « Bulletins de l'Univ. de Kiév » (Kiév. Ouniv. Izviéstia), 1875, X.

Vœu d'un gentilhomme polonais au sujet de la défense des pays russes (Votum szlachcica polskiego), Cracovie, 1596, plaquette.

VOLK-KARATCHEVSKI, *La lutte de la Pologne avec les Cosaques* (Borba Polchi s Kozatchestvom), Kiév, 1899, 1 vol.

VOROBIÉV (G.), *Le Concile de 1681-1682 à Moscou* (Moskovskiï Sobor...), Saint-Pétersbourg, 1885, 1 vol.

VYSOTSKI (N.-N.), *La peste sous Alexis M.* (Tchouma pri Aleks. Mikh...), dans « Mémoires de l'Université de Kazan » (Outchényié Zapiski Kazans.. Ouniv.), 1879, III-IV.

WASSENBERG (E.), *Gestorum Vladislai IV...*, Danzig, 1649, 2 vol.

WICHMANN (B.-V.), *Sammlung ungedruckter... Schriften...* Berlin, 1820, Ier vol.

WERESZCZYNSKI (abbé J.), *Écrits...* (Pisma), Cracovie, 1860, 1 vol.

WICKHART (C.-V.), *Moscovitische Reisebeschreibung*, Vienne, 1675, 1 vol.

WIERZBOWSKI (S.), *Notes historiques... 1634-1689* (Konnotata wypadkow), Leipzig, 1858, 1 vol.

WILCZEK (D.), *Correspondance, 1694-1695*, dans « Recueil de chroniques pour l'histoire de la Russie du Sud-Ouest » (Sbornik Liétopissiéï...), édit. V.-B. Antonovitch, Kiév, 1888, 1 vol.

XÉNOPOL (A.-D.), *Histoire des Roumains...*, Paris, 1896, 1 vol. ⌐

Z..., *Le haut gouvernement de l'Église russe* (O nachem vyschem tserkovnom oupravliénii), dans « Messager russe » (R. Viéstnik), 1891, IV.

ZABIÉLINE (I.-E.), *Le caractère de l'ancienne éducation nationäle en Russie* (Kharakter drevnié-narodnavo obrazovania...), dans « Annales de la Patrie » (Otiétch. Zapiski), 1856, III.

LE MÊME, *Essais sur l'histoire ancienne de Russie* (Opyty izoutchénia rousskikh drevnostiéi i istorii), Moscou, 1873, 1 vol.

LE MÊME, *Notes sur l'original du Code de 1648* (Sviédiénia o podlinnom Oulojénii...), dans « Archives des Sciences hist. et jurid. » (Arkhiv ist. i iourid. sviédiénii), édit. Kalatchov, 1850, I.

LE MÊME, *Traits d'originalité dans l'ancienne architecture russe* (Tcherty samobytnosti...), dans « Archive russe d'art » (R. Khoudojéstviénnyï Arkhiv), 1894.

LE MÊME (I.-E.), *Les campagnes de la Troïtsa* (Troïtskié Pokhody), dans « Lectures de la Soc. d'hist. et d'ant. » (Tchténia), 1847, V.

LE MÊME, *Le tsar Alexis M.*, dans « Essais sur l'histoire ancienne de Russie » (Opyty izoutch. rousskoï drevnosti i istorii), I.

LE MÊME, *Un boïar de premier rang dans son patrimoine* (Bolchoï boiarine v svaiom vottchinnom Khaziaïstvié), dans « Messager de l'Europe » (Viéstnik Europy), 1871, I.

LE MÊME, *La Vie domestique des tsarines russes* (Domachniï byt rousskikh tsarits...), Moscou, 1872, 1 vol.

ZABLOTSKIÏ-DIÉSSIATOVSKI (M.-P.), *Le prix des choses dans l'ancienne Russie* (O. tsiénnostiakh...), Saint-Pétersbourg, 1854, I.

ZAGOSKINE (N.-P.), *Le Code de 1648...* (Oulojénie...), Kazan, 1879, plaquette.

LE MÊME, *Essai sur l'organisation... de la classe des hommes de service...* (Otcherki organizatsiï... sloujilavo soslovia...), Kazan, 1876, 1 vol.

ZALUSKI (A.-C.), *Epistolarum historico familiarum volumina III*, Brunsberg, 1709, 3 vol.

ZAMYSLOVSKI (E.-E.), *Le dix-septième siècle dans l'histoire russe* (O znatchenii XVII v...), dans « Revue du min. de l'Instr. publ. » (Journal M. N. Pr.), 1871, XII.

LE MÊME, *Le règne de Féodor A.* (Tsarstvovanié F.-A.), Saint-Pétersbourg, 1871, I.

LE MÊME, *Les relations de la Russie avec la Pologne sous le règne de Féodor A.* (Snochénia Rossii s Polcheï...), dans « Revue du min. de l'Instr. publ. » (Journal M. N. Pr.), 1888, I-III.

ZABULSKI (S.), *Description de la Petite-Russie* (Opisanié o Maloi-Rossii), dans « Lectures de la Soc. d'hist. et d'ant. » (Tchténia), 1847, III.

ZAWISZA (C.), *Mémoires* (Pamietniki), Varsovie, 1852, 1 vol.

ZIÉLENIEWICKI (le père), *Memorabilis victoria de Szeremetho reportata*, Cracovie, 1668, plaquette.

ZIELINSKI (L.), *Souvenirs historiques de Pologne* (Pamiatki historyczne...), Lemberg, 1841, 1 vol.

ZIÉRNINE (A.), *La destinée du miéstnitchestvo* (Soudba miéstnitchestva), dans « Archive des Sciences hist. et jurid. » (Arkhiv istor. iourid. sviédiénii), édit. Kalatchov, 1859, III.

ZIÉRTSALOV (A.), *Nouvelles données sur le Ziémskiï Sobor de 1648-1649* (Novyïa dannyïa o soborié...), dans « Lect. de la Soc. d'hist. et d'ant. » (Tchténia), 1887, III.

LE MÊME, *Les émeutes à Moscou et au village de Kolomenskoïé en 1648, 1662 et 1671*, Moscou, 1890, 1 vol.

ZIMOROWICZ (B.), *Histoire de Lemberg* (Historya miasta Lwowa), traduct. polonaise du latin, par M. Piwoçki, Lemberg, 1835, 1 vol.

ZINKEISEN (I.-W.), *Geschichte des Osmanischen Reiches...*, Gotha, 1859-1863, 7 vol.

ZNAMIÉNSKI (P.-B.), *Le clergé de paroisse en Russie...* (Prikhodskoïé doukhoviénstvo...), Kazan, 1873, 1 vol.

LE MÊME, *Manuel pour l'histoire de l'Église russe* (Outchebnik...), Kazan, 1888, 5e édit. 1 vol.

LE MÊME, *Ivan Neronov*, dans l' « Interlocuteur orthodoxe » (Pravosl. Sobiéss.), 1869, I.

ZUBRZYCKI (D.), *Chronique de la ville de Lemberg* (Kronika miasta L...), Lemberg, 1844, 1 vol.

LISTE ALPHABÉTIQUE

DES NOMS DE PERSONNES CONTENUS DANS CE VOLUME

TABLE DES MATIÈRES

CHAPITRE IX

LE CONFLIT

CHAPITRE X

L'INTERVENTION DE MOSCOU

CHAPITRE XI

LE PARTAGE

TROISIÈME PARTIE

L'ÉVOLUTION INTELLECTUELLE

CHAPITRE XII

LA CRISE RELIGIEUSE

CHAPITRE XIII

LE « RASKOL »

CHAPITRE XIV

LA CRISE MORALE

CHAPITRE XV

LE SECOND ROMANOV ET SON HÉRITAGE

PARIS. — TYP. PLON-NOURRIT ET Cⁱᵉ, 8, RUE GARANCIÈRE. — 11826.

www.ingramcontent.com/pod-product-compliance
Lightning Source LLC
Chambersburg PA
CBHW052343020726
47503CB00001B/82